내방가사 현장 연구

이정옥

경북대학교 문리대 국어국문학과 및 동 대학원 문학석사, 계명대학교 대학원 문학박사.
위덕대학교 자율전공학부 교수.
중국해양대학 객좌교수, 미국 브리검영대학교 방문교수.
저서로는 『내방가사 향유자 연구』(박이정), 『영남 내방가사 1-5』(국학자료원), 『구술생애사로 본
경북여성의 삶』(경북여성정책개발원)(공저), 『이야기로 만나는 경북여성사』(경북여성정책개발원)
(공저), 『경북의 민속문화』(경상북도)(공저), 『경북 내방가사1-3』(북코리아)(공저) 등이 있으며, 논
문으로는 「내방가사 향유자들의 문명 인식과 그 표출 양상」 외 60여 편이 있다.
jolee@uu.ac.kr

내방가사 현장 연구

초판 1쇄 발행 2017년 11월 24일

지은이 이정옥
펴낸이 이대현

책임편집 이태곤
편　　집 권분옥 홍혜정 박윤정 문선희
디 자 인 안혜진 홍성권 최기윤
마 케 팅 박태훈 안현진 이승혜

펴낸곳 도서출판 역락
　　　　서울시 서초구 동광로 46길 6-6 문창빌딩 2층(우 06589)
　　　　전화 02-3409-2058(영업부), 2060(편집부)
　　　　팩시밀리 02-3409-2059
　　　　이메일 youkrack@hanmail.net
　　　　역락블로그 http://blog.naver.com/youkrack3888
　　　　등록 1999년 4월 19일 제303-2002-000014호

ISBN 979-11-5686-346-5 93810

＊정가는 뒤표지에 있습니다.

＊이 도서의 국립중앙도서관 출판예정도서목록(CIP)은 서지정보유통지원시스템 홈페이지(http://seoji.nl.go.kr)와
　국가자료공동목록시스템(http://www.nl.go.kr/kolisnet)에서 이용하실 수 있습니다.(CIP제어번호: CIP2017016053)

내방가사 현장 연구

內房歌辭

이정옥

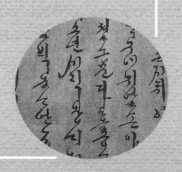

역락

문자언어는 독자가 그저 담담하게 눈으로 읽어낼 뿐이지만 화자의 소리로 전달하는 음성언어에 신명이 덧붙고 운율이 살아나면 청자는 저절로 어깨가 들썩여지거나 슬픔이 가슴에 고이는 공감을 한다. 눈으로 보는 문자는 냉정하게 관찰해야 하지만 입으로 전달하는 구어는 흥이 따르는 감동의 언어체계이기 때문이다. 문자로 기록되기도 하면서 소리로 낭송되기도 하는 이중적인 전달체계를 가진 내방가사는 여성 스스로가 생활 속에서 겪는 어려움이나 말로 다 못하는 고통을 치유해 주는 공감의 언어로도 기능한다.

전통사회에서 여성은 공적 영역에서는 한 걸음 물러나 있었으나 사적 영역에서는 일정한 정도의 지위를 확보하기도 한 존재였다. 그러나 총체적으로는 사회구조내에서 강요된 인습을 운명적으로 감내하고 관계맺는 이들을 위해서는 희생자의 자리에 놓여 있을 때가 훨씬 더 많았다. 더구나 여성들은 불안정한 존재와 위상을 스스로 깨닫지 못하고 오히려 성적 불평등을 강화하기도 했다. 그 언저리에서 <계녀가>류의 내방가사가 재창작되고 변전되거나 <자탄가>류의 내방가사가 창작되고 필사전승의 방법으로 유통되었다.

조선 후기 사회계층이 와해되는 시기가 되자 여성들은 여행의 기회를 통해 시야를 점점 넓히면서 <계녀가>류의 도덕적 일상계율의 강조에서 일탈되어 여행에서 느낀 감정을 주로 쓴 <유람가>류의 작품을 창작하고, 더 나아가서는 역사와 종교에 이르기까지 여성의 일상과 관심의 폭을 확대하면서 내방가사는 영남여성의 주류문학으로 자리를 잡게 되었다. 후기조선에서부터 개화기를 지나 일제강점기와 한국전쟁 등 역사의 거친 풍랑을 겪으며 살아왔던 여성들은 현실을 토대로 경험한 실제적 사실은 물론이고, 사실에 바탕을 두면서도 허구적 서사화의 경지를 개척해 내면서 끊임없는 문학적 전통을 쌓아왔다. 그러기에 영남 내방가사는 그 누가 뭐라고 해도 여성 향유자들이 펼쳐낸 다양한 체험과 애환과 고락을 담아낸 가치 있는 문학임에 틀림없다. 호남의 대표적인 지역문학으로 판소리가 있다면 영남에는 여성문학인 내방가사가 온존하게 지역문학으로 자리 잡고 있다. 무엇보다도 기록문학이면서 동시에 소리로도 구송된다는 점, 문자와 음성이 결합된 문학 양식이라는 점에서 확장된 문학예술의 독특한 영역임을 부인할 수 없다.

　30년 넘게 부단히, 경북의 지역문학이요 여성문학인 내방가사 자료를 내방가사의 현장에서 수집정리하고 있는 중이다. 2000년에는 경상북도의 요청으로 내방가사CD를 제작한 바 있고, 2002년에는 한국연구재단으로부터 지원을 받아 『영남 내방가사1~5』(국학자료원) 영인자료집을 발간하기도 하였다. 그로부터 10년이 지난 후 2012년~2014년까지 3년간 한국학중앙연구원의 한국학 중점 연구 과제인 <경상북도의 내방가사 조사·정리 및 데이터베이스 구축사업>의 선정과 지원 덕분으로 이 책이 출판될 수 있었다. 종합적인 보고서는 이미 제출했지만 그동안 필자가 학회에 발표한 논문과 저술, 그리고 보고서에 활용한 자료를 일부 정리하고 더 보태어서 출판했음을 밝힌다. 작업이 성공적으로 이루어질 수 있도록 공동연구를 추진했던 연구원 여러분들이 고맙다. 그 누구보다도 현재도 왕성하게 내방가사를 향유하고 계시는 경북의 안어른들께 감사드린다. 그분들이 왕성한 가사 집필과 낭송을 하시는 것은 내방가사보존회를 성공적으로 이끌고 계시는 이선자 회장님의 노고 덕분이다. 특별히 감사드린다. 막상 출판을 하려고 보니 미진한 부분이 너무나 많다. 앞으로 차츰 기워나갈 것을 약속드린다. 관련 학문의 연구에 도움이 되기만을 바랄 뿐이다.

2017년 가을
위덕대학교 이정옥 씀

글머리 _5

영남 내방가사의 맛과 멋

1. 영남 내방가사의 개념과 가치 ·· 13
2. 내방가사의 현장 ··· 19
3. 내방가사 향유자의 생애경험 ·· 55
4. 여성의 여행 경험과 사회화 ·· 80
5. 유람가형 내방가사 속의 여성의 놀이공간 ································ 90
6. 화전놀이의 유래와 전통 ·· 94
7. 공동작의 문학으로서의 민요와 내방가사 ·································· 100

제1장 교훈·도덕류

1. 계녀가 ··· 107
2. 여자 교훈가 ··· 124
3. 훈즈부가 ··· 132
4. 복선화음가 ··· 141
5. 김딕비훈민가 ··· 155
6. 규범(閨範) ··· 163
7. 퇴계션싱도덕가 ··· 215
8. 오륜가 ··· 219
9. 수신가 ··· 230
10. 권효가 ··· 241

제2장 송경축원류

1. 가세영언 ·· 253
2. 찬가(讚歌) ·· 268
3. 여즈경계스라 ·· 276
4. 정승상 회혼가 ·· 283
5. 회제선조 제문 ·· 293

제3장 부녀탄식류

1. 사향가 ··· 303
2. 로쳐녀가 ··· 313
3. 추풍감별곡 ··· 317
4. 회심곡 ··· 326
5. 노탄가 ··· 331
6. 사친가 ··· 338
7. 한별곡 ··· 353
8. 칠셕가라 ··· 362

제4장 풍류기행류

1. 부여노정기 ··· 373
2. 갑진연 여힝기렴 ·· 382
3. 시절가 ··· 400
4. 봉별갱봉기 ··· 414
5. 경북대본 화전가 ·· 424
6. 화전가 ··· 474
7. 하슈가 ··· 494
8. 화조가라 ··· 498
9. 제주관광 ··· 504
10. 귀녀가라(귀흔쓸노리라) ··· 512

제5장 도덕·수신가류

1. 직여사 ·· 523
2. 잠설가 ·· 538
3. 침낭자가 ·· 542

제6장 놀이·유희류

1. 일도송 웃푸리로다 ··· 567
2. 오힝웃칙 ·· 578
3. 언문뒤풀리 ··· 586

제7장 영사·종교경전류

1. 조선건국가 ··· 595
2. 히동만화 ·· 603
3. 한양비가 ·· 614
4. 우민가라 ·· 630
5. 권왕가 ··· 638
6. 찬탄염불가 ··· 663

[부록] 내방가사 낭송 대본

1. 희열가(류복혜, 하회댁) ··································· 669
2. 도산별가(김후주) ·· 676
3. 퇴계선생 시곡(조남이) ····································· 679

참고 문헌 _ 681

영남 내방가사의 맛과 멋

영남 내방가사의 맛과 멋

1. 영남 내방가사의 개념과 가치

내방가사는 지역적으로 영남지역 사대부가의 규방에서 발흥한 장르이다. 조선조 후기에는 비사대부가 여성이나 남성에 이르기까지 확산되기도 했다. 영남지방의 여성을 중심으로 고유하게 창작 전승된다는 측면에서 영남 내방가사라 규정해도 좋을 것이다. 양반가사에서 파생되어 주로 영남의 사대부가 여성들이 창작, 향수했던 내방가사는 조선조 18세기 이후에 들어서서 정착되었다. 그런데 시대의 흐름을 고려해 보면 창작과 전승 과정에서 사대부가의 여성을 뛰어넘어 중인이나 하층의 여성은 물론 일부 남성들에게까지 확산된 매우 독특한 지역 고전 문학 장르이다.

형식적인 측면에서도 3·4조의 4음보에서 댓귀 형식으로 무제한 이어지는 운문(poem in verse) 형식이 주조를 이루고 있으나 운문의 구조 속에 대화체가 삽입되거나 이야기나 설화의 내용과 같은 산문적인 요소가 삽입되어 서사적 구조와 혼류되는 모습도 보여 준다. 따라서 산문화의 경향도 작품 곳곳에 나타나기도 한다. 특히 <경북대 화전가>와 같은 작품에서 서사적 구성의 경향을 보여주고 있다. 이와 함께 여성 개인이나 혹은 집단적으로 노랫가락으로 구송하거나 혹은 필사라는 양면적인 전승과 향유 방식도 갖추고 있다.

　창작자가 주로 여성이라는 측면과 사대부가의 여성이라는 계급성을 고려하여 '내방가사' 혹은 '규방가사'라는 명칭으로 부르기도 했다. 18세기 이후 사대부가의 계급구조 하향화와 평민층의 상층화 즉, 계층이 혼류되는 사회 변동 속에 있었기 때문에 권영철이 주장하는 '규방가사(閨房歌辭)'라는 명칭은 적절하지 않다. 예를 들어 경북대본 <화전가>를 규방 여성의 작품이라고 할 수 없다는 것이 그 증거가 됨 직하다. 그렇다고 해서 '내방(內房)'이라는 용어도 적절하지 않지만 '내방'은 '안방'이라는 의미로 확대 해석이 가능하기 때문에 필자는 탈계급적 의미를 지니면서 창작과 향유 지역성을 고려한 '내방가사'라는 명칭을 사용해 왔다. 그러나 내방가사는 주로 영남 지역의 사대부가 여성들에 의해 창작 향유되어 온 매우 독특한 문학장르인 것은 분명하지만 조선 후기에서 현재까지 전승되고 있는 현재성의 문학장르라는 측면에서는 '여성가사'라고 해도 좋겠다. 그러나 전통적으로 명명해 온 '내방가사'라는 개념이 가장 적절하고 보편적인 명칭으로 보인다. 여기서 지역성을 첨가한다면 영남 내방가사, 경북 내방가사 등으로 명명할 수 있다.

　내방가사는 전승자 또는 향유자적 관점에서 보면 개인적 문학인 동시에 집단적 문학 양식으로도 규정할 수 있다. 특히 창작자나 향유자의 관점에서 보면 어머니가 딸에게 혹은 가문을 중심으로 한 여성들끼리 서로 공유하는 개인적 창작에서부터 집단이 모여 더불어 향유하는 집단적 방식을 취하고 있기 때문이다.

　내방가사는 내용적인 측면에서도 매우 복잡한 성격을 띠고 있다. 조선 후기에 들어서면서 《소학》과 《내훈》, 《여사서》 등 훈민 교학으로서 여성의 규범이 강조되던 시기에 출발한 문학 장르이기 때문에 다분히 교훈적인 색채가 강할 수밖에 없다. 여성들을 위한 수신 교훈서와 백성들

의 민풍 교화를 위한 교화서와 내용상 매우 밀접하기 때문에 내용의 상
호 출입이 잦았다. 따라서 이들과의 면밀한 텍스트 대조를 통해 여성 교
육의 흐름을 연구할 필요가 있다. 특히 전범적인 여성 교육서인 ≪여사서≫
와 ≪내훈≫과 ≪소학≫은 여성 교육에 있어서 매우 중요한 위치를 점하
고 있다. 일찍이 세종 조에 인쇄되어 발간된 ≪삼강행실도≫나 성종
6(1475)조 성종의 어머니인 소혜왕후(昭惠王后)가 쓴 ≪내훈≫에 삽입된
충열효의 수범적인 사례들과 중국의 원전인 한문으로 된 ≪여사서≫는
밀접한 관계가 있다. ≪여사서언해≫1)는 전통 왕조 사회의 여성 교육을
위한 일종의 교화서이다. 이 책은 후한의 조대가의 ≪여훈≫, 당나라 송약
소의 ≪여논어≫, 명나라 인효문황후의 ≪내훈≫, 청나라 왕절부의 ≪여
범첩록≫을 대본으로 1736년에 영조의 하명으로 이덕수(李德壽, 1673~
1744)가 언해하여 2권 4책으로 간행한 여자 수신서이다. 이 책은 여훈서
뿐만 아니라 소혜왕후의 ≪소학≫ 등 여타 민풍 교화서에 이르기까지 한
문 대문의 삽입으로 내용 간에 상호 출입이 많기 때문에 16세기에서 20
세기까지 폭넓은 시기에 걸쳐 그 내용이나 언어 변화를 조망하는데 매우
유리한 자료라고 할 수 있다.

여성 교훈서인 ≪여사서언해≫나 ≪내훈≫, ≪삼강행실도언해≫와
18세기 후반에서 19세기 초반에 개인이 필사한 ≪곤범≫과 ≪곤의≫ 등
각종 경서와 성리서, 모도문 등의 내용을 내방가사에 반영함으로써 여
성 교화서의 중요성을 일깨워주기도 하였다.2) ≪내훈≫, ≪삼강행실
도언해≫과 더불어 ≪여사서언해≫는 한글의 보급 차원에서도 매우
중요한 역할과 기능을 하였다. 타인의 체험을 전형화한 내용인 ≪내훈≫,

---

1) 이상규 역주, ≪역주 여사서언해≫ 권 1~4, 세종대왕기념사업회, 2014.
2) 황문환 외, ≪역주곤범≫, 장서각소장총서 3, 역락, 2008. 한국정신문화연구원,
   ≪장서각한글자료해제≫, 한국정신문화연구원, 1979. 참조. 박재연, ≪한글 필사
   문헌과 사전 편찬≫, 역락, 49~97쪽, 2012.

≪여사서언해≫는 조선의 주체의식을 이끌어내어 국가적 단위에서뿐만 아니라 가문과 가정을 중심으로 한 사회집단의 교육 체계를 구현해 내는데 크게 이바지하였으며, 특히 여성들의 가정교육서로서 한글학습에도 큰 영향을 끼쳤다.

사회 집단 결사체나 가문을 중심으로 한 여성 교훈서로는 우암 송시열(宋時烈, 1607~1689)의 ≪규범≫, 병와 이형상(李衡祥, 1653~1733)의 ≪규범선영≫,3) 이덕무(李德懋, 1741~1793)의 ≪부의≫,4) 이승희(1847~1916)의 ≪가범(家範)≫, ≪여범(女範)≫, ≪규의(閨儀)≫와 왕성순(王性淳, 1868~1923)의 ≪규문궤범≫(1915),5) 이만규의 ≪가정독본(家庭讀本)≫에 이르기까지 다양하다. 이를 언역한 한글본 ≪규범≫, ≪한씨부훈≫, ≪여사수지≫, ≪부의≫ 등의 한글교훈서도 활발하게 필사되거나 간행됨으로써 여성 중심의 수신 교육과 한글 교육의 확산에 매우 중요한 기여를 하게 되었다.

이러한 일련의 여성 교훈서가 그 내용에 개인의 체험을 덧붙여 낭송하기에 편하도록 3·4조 2음보격의 내방가사라는 교술 문학 장르를 촉발시키는 계기가 되었다. 특히 영남 지역에서는 ≪규곤의측≫, ≪규의≫, ≪여자초학≫, ≪천금록≫, ≪여교≫, ≪일심공덕≫,6) ≪태교신기≫,7) ≪규방필독≫,8) ≪기녀서≫, ≪여훈≫, ≪규범≫,9) ≪여자계

---

3) 이을호, <병와 이형상의 규범선영 해제>, ≪정신문화연구≫ 제7집, 1980. 28~37쪽. 이 책의 내용은 "1. 수신, 2. 독서, 3. 효친, 4. 충군, 5. 우애, 6. 돈목, 7. 제가, 8. 교자, 9. 신교, 10. 휼린, 11. 제기, 12. 분묘, 13. 간복, 14. 잡술, 15. 안분, 16. 징분, 17. 숭검, 18. 적선, 19. 거향잡의, 20 검속신심지례"로 구성되어 있다.
4) 김지용, ≪내훈≫, 명문당, 2011. 해제 참고.
5) 한국국학진흥원, ≪규범궤범≫, 근현대국학자료총서2, 한국국학진흥원, 2005.
6) 권영철, <일신공덕에 대하여>, ≪여성문제연구≫ 제1집, 1971. 참조. ≪일신공덕≫은 경북 봉화에 권상용(1851~1933)이 1912년에 지은 필사본이다.
7) 권영철, <태교신기 연구>, ≪여성문제연구≫ 제2집, 1972. 참조. 유희의 모부인 숙인 이씨 사주당(1739~1821)이 쓰고 유희가 1801년에 언해한 책이다.

행편≫ 등 필사본 여성 교훈서10)는 사대부가의 여성들 사이에 널리 유포되면서 개인의 체험과 상상력이 결합된 교술적 내방가사인 <계녀ㄱ>, <계녀가>, <계녀사>, <여ㅇ 드러보아라> 등 계녀가류의 내방 가사 문학의 새로운 장을 여는 촉매적인 역할을 하였다.11) ≪여사서 언해≫는 조선 후기 <계녀가>류의 내방가사와 비교를 통해 여성들에 대한 사회적 지위의 변화를 읽어낼 수 있는 매우 중요한 자료이다.

조동일이 내방가사를 교술적 장르로 규정하고 있듯이 내방가사는 내용적인 측면에서는 여성의 부덕과 삼종지도, 칠거지악을 잣대로 하여 여성을 경계하고 통제하는 작품이 거의 대부분이긴 하다. 또한 내방가사는 여성교육의 방식으로 어머니가 딸에게 가전하는 교육서의 역할도 담당하였던 것은 사실이다. 곧 예의범절, 봉제사, 접빈객, 시부모에 대한 효성, 지아비에 대한 열녀, 육아와 현모양처의 도리 등 사대부 사회의 사회적 규범을 철저하게 이행할 것을 요청하는 규범적 성격이 주를 이루고 있다. 그러나 한편으로는 여성들의 속박된 생활고와 여성 고유의 정서인 한과 자탄을 호소하는 내용도 다량 나타난다.

전통적으로 남성 중심의 유교적 생활 문화가 뿌리 깊게 자리하고 있었던 영남지역의 사대부 집안 여성들에게 내방가사는 그들의 기품을 표출하고 전수하는 기능을 하는 동시에 규범에 속박된 억압된 생활 속의 내

---

8) 권영철, <규방필독에 대하여>, ≪여성문제연구≫ 제9집, 1980. 참조. ≪규방필독≫은 경북 성주 초전면 고산정 송홍설 씨 소장본인데 송인건(1892~1954)이 1930년대에 쓴 것으로 추정하고 있다.
9) 권영철, <규방문헌을 통해본 영남여성의 교육관>, ≪여성문제연구≫ 제3집, 한국여성문제연구소, 1973. 참고. ≪규범≫은 경북 봉화군 상운면 구천동 용궁 전씨 녹문대 고씨부인 소장본이다.
10) 권영철, <규방문학을 통해본 영남여성의 교육관>, ≪여성문제연구≫ 제3집, 한국여성문제연구소, 1973.
11) 이정옥, ≪내방가사의 향유자연구≫, 박이정, 1999.

면적 정서를 분출하는 문학으로 자리를 잡게 되었다. 내방가사에는 조선 후기 여성들의 사회적 속박으로부터 벗어나려는 자의식도 상당히 반영되어 있다. 조선조 말에서 근현대로 이어지는 사회 변동 속에서 꾸준히 명맥을 유지하고 있으면서 남성 중심 사회로부터의 속박과 여성 내면으로 추구해온 여성 해방이라는 상충되는 갈등 양상을 고스란히 드러내 보이고 있다. 18세기에 발흥한 전통 여성 문학인 내방가사는 전 세계 어디에서도 그 유례를 찾아볼 수 없는 독특한 여성 중심의 문학 양식 가운데 하나라고 아니 할 수 없다. 내방가사는 사대부 부녀자들에 대한 교육과 학습 방식에서 출발하여 사회적 가치와 여성 내면의 가치를 일깨우는 품격을 가진 생활 양식의 일부로 정착되었다. 여성 해방이니, 양성 평등이니 하는 서구적 잣대로 도저히 측량할 수 없는 동양적 가치를 내방가사라는 프리즘을 통해 확인할 수 있다.

내방가사는 창작자나 전승자 혹은 향유층이 여성이라는 측면에서는 '남성'과 차별화되는 특징을 가지고 있으며, 사회 계층이라는 측면에서는 창작자나 향유층이 사대부 층에 속하기 때문에 남성 중심으로 창작된 '양반가사'나 '서민가사'와도 대응된다. 내방가사는 양반과 평민이라는 계층 구조의 교차적 변동과 함께 가족 중심의 농경사회에서 개인 중심의 근대 산업사회로 전환되는 시기에 여성의 지위와 역할의 변화를 조망할 수 있는 주요한 근거가 되기도 한다. 조선 후기 향촌사회에서 양반들은 그들의 사회적 위신과 권위를 지키기 위해 문중이나 향촌 사회의 조직을 강화하였다. 남성들이 서원이나 향회를 중심으로 결사체를 강화하였다면 여성들은 가문을 중심으로 문중계나 종계 혹은 딸네계(화수계)를 활성화하였다. 그에 반해 평민들 역시 동계(하계)나 대동계(상하계)를 강화하면서 평민 집단과 양반 집단체 간의 결사체를 강화하였다. 차츰 양반과 평민들의 경계가 무너지면서 평민 여성들도 한글을 깨치고 어깨 너머로 양반 여성들이 향유하던 가사를 베껴쓰기도 하고 낭송법을 배우는 향유자의 수도 늘어날 수밖에 없었다. 현재까지도 전승 향유되고 있는 내방가사는 문예적 가치는 물론이거니와 조선 후기에서 일제강점기를 거쳐 산업사회로 진입하는 과정에서 여성들의 시대정신을 가장 절실하게 반영하고 있는 매우 독특한 여성 문학 장르이다.

2. 내방가사의 현장

1. 침묵을 깬 목소리, 내방가사[12)]

1) '자기서사'를 위한 글쓰기

이야기가 있고 화자가 있는 모든 문학 텍스트를 서사라고 한다면 화자가 자기 자신에 관한 이야기를 진술하는 텍스트를 일단 '자기서사'하고 할 수 있을 것이다. 그러나 자기자신과 관련이 있기는 하더라도 그것이 '사실'이라는 전제에 입각해 있지 않다면 '자기서사'라고 할 수 없다. 물론 사실 자체와 글로 씌어진 사실은 별개의 것이다. 글로 씌어진 것은 작자에 의해 주장되고 구성된 사실일 뿐, 사실 그 자체와는 다른 것이다.

또한 자신과 관련이 있기는 하더라도 자기 자신에 관한 사실보다 외적 세계에 관한 사실에 초점이 맞춰진 진술은 본격적인 자기서사가 아니다. 그런 점에서 단순한 기행 유람(화전가, 유람가)이나 혹은 작자가 견문한 사건에 관한 기록은 '자기서사'라고 하기 어렵다. 그것은 외부세계에 대한 진술일 따름이다. 또한 자기 자신에 관한 사실을 진술보다 자기의 감정이나 정서상태의 표현에 초점이 맞춰진 것도 자기서사는 아니다. 그런 점에서 단순한 서정시도 자기서사라고 하기 어렵다.

---

12) 박혜숙 외(2002). "한국여성의 자기서사(1)", 『여성문학연구』7호, 327-328면. 이 글에서 '자기서사'에 관한 대부분의 내용은 본 논문을 인용하였다.

자기 자신에 관한 사실이란 "나는 어떤 사람인가?", "나의 인생은 어떤 것인가?"라는 물음에 대한 해답의 성격을 갖는 사실이라고 할 수 있다. 그런 점에서 자기서사는 자신의 일생이나 혹은 특정시점까지의 삶을 전체로서 고찰하고 성찰하며 그 의미를 추구하는 서술이라고 할 수 있다.

요컨대, '자기서사'란 화자가 자기 자신에 관한 이야기를 그것이 사실이라는 전제에 입각하여 진술하며, 자신의 삶을 전체로서 성찰하고 그 의미를 추구하는 특징을 갖는 글쓰기 양식이라고 할 수 있다. 따라서 '자기서사'는 단일한 장르개념이 아니며 다양한 장르를 포괄한다. 오늘날의 자서전은 '자기서사'의 대표적 유형이다. 이처럼 전통시대 한국남성의 자기서사가 개인의 독특한 정체성을 문제 삼거나 혹은 공적이고도 사회적인 정체성을 중시한다는 점은 아래의 전통시대 한국여성의 자기서사와의 뚜렷이 구별되는 특징적인 면모라고 할 수 있다.13)

조선의 여성은 남녀유별의 유교적 성별이데올로기에 의해 철저히 가족 내적 존재로 규정되었으며, 가족이나 친족공동체 밖에서 이루어지는 사회적 활동은 궁녀, 기녀, 의녀, 무녀 등 특수계층 여성들에게만 제한적으로 허용되었다. 여성에 글읽기와 글쓰기는 권장되지 않았다. 조선 전·후기를 통틀어 여성의 글읽기와 글쓰기는 그다지 장려되지 않은 것이 보편적 상황이었다. 조선시대의 '말/글' 관계에서 글은 기본적으로 남성 성별화된 매체였다.

이덕무는 여성이 한글소설을 읽거나 한글로 번역된 가곡을 익히는 것을 반대하였다. 하지만 "비록 부인이라도 또한 훈민정음의 상생상변하는 이치를 밝게 알아야 한다. 이것을 알지 못하면, 말하고 편지하는 것이 촌스럽고 비루하여 격식을 갖출 수 없다."고 하거나 "언문편지를 쓸 때는, 말은 반드시 분명하고 간략하게 하고, 글자는 반드시 또박또박 써야 한

---

13) 박혜숙 외(2002), 위의 글, 330-333면.

다.”고 하여 여성들의 한글 편지만큼은 그 실제적 필요성을 인정하였다. 편지와 같은 실용문을 통해 한글 글쓰기를 일상화한 여성들은 점차 가사나 소설을 창작하기에 이르렀으며, 편지나 가사를 자기서사의 글쓰기로 전용하기에 이르렀다. 조선의 여성들은 특정 장르에 구애되지 않고 일상의 구어—즉 말하기—에 바탕하여 자기서사의 글쓰기를 하였다.

내방가사는 자기서사의 글쓰기에 있어서도 중요한 역할을 담당하였던 바, 수많은 평범한 여성들이 내방가사를 통해 자신의 인생을 서술하고 성찰하였다. 그러나 대다수의 평민여성들은 한글을 읽고 쓰지 못한 상태로 남아있었다.

특히 조선후기에 이르러 여성의 한글 글쓰기는 확산되는 추세였다. 하지만 글은 그것이 자족적인 글쓰기인가 소통을 전제로 한 글쓰기인가, 사적인 독자를 상대로 쓰는가, 공적인 독자를 상대로 쓰는가에 따라 성격과 의미가 판이해지게 된다. ‘글의 유통상황’이 텍스트의 의미형성에 직접 관여하게 마련이다.

조선시대 여성의 글씨나 글이 가족 범위 밖에 공적인 세계, 이른바 ‘외간(外間)’에 전해지는 것은 매우 부정적으로 인식되었다. 허난설헌이 자신이 쓴 글을 모두 태워버리라고 유언을 했다는 기록이라든가, 혹은 혜경궁 홍씨가 궁중에 들어온 후 친정과의 편지 왕래가 빈번했으나, 친정아버지의 명에 따라 편지를 모두 물로 씻어 버려 남아있지 않게 되었다고 한 기록, 그리고 앞서 이덕무의 언급이나 『내훈』의 후부인에 대한 언급에서도 이러한 인식을 엿볼 수 있다. 여성이 쓴 글은 대개 가족이나 친족 내에서나, 공동체나 지역범위의 여성들 사이에서 유통되었다. 더구나 여성 자신이나 가족의 실제 사실과 직접 관련된 기록은 가족공간 밖으로의 유통이 금기시되었다. 가장 널리 유통되었으리라 추측되는 것은 내방가사 형식의 자기서사이다. 내방가사는 주로 여성들의 혼인을 통해 한 가문에서 다른 가문으로 전이되었지만 대개는 지역 공동체의 범위를 넘지 않는 한도에서 유통되었다. 이처럼 여성의 자기서사는 창작되기도 쉽지 않은 상황이었으며, 창작되었다 해도 제한적으로만 유통되었다. 요컨대 조선시대 여성 자기서사의 텍스트는 자족적인 글쓰기이거나 혹은 사적인 소통을 위한 글쓰기였다고 할 수 있다.

조선시대 여성의 자기서사의 작자─독자 관계도 남성적 상황이나 근대적 상황과는 사뭇 달랐다. 남성의 자기서사는 작자의 문집에 수록되어 유통되거나 정식으로 출간되기도 했다. 반면 여성들의 자기서사는 모두 필사본으로 되어있으며, 유통범위도 상대적으로 협소하였다. 전통시대 남성의 자기서사는 공식적인 문집을 매개로 유통되었기에 그 독자의 성별 및 계층에 제한 없이 무한히 개방된 작가─독자 관계가 전제된 것이었다. 반면 전통시대의 여성이 익명의 다중(多衆)을 상대로 글을 쓰는 것은 불가능하였고, 독자는 실제 작자가 구체적으로 어떤 인물인지를 알려면 알 수도 있는 범위 내에 있는 것이 일반적이었다. 요컨대 전통시대 여성 자기서사의 일반적인 작자─독자 관계는 성별, 계층, 지역에 있어 제한적이고 비개방적인 것이었으며, 그런 만큼 공적 성격이 미약하였다.

조선 후기 여성작가가 상정한 자기서사의 독자는 대체로 자기자신, 가족, 여성 일반으로 나뉘어진다. 독자가 자신인 경우는 글쓰기 자체에만 의미를 두었을 뿐, 아예 그 어떤 독자도 상정하지 않은 자족적인 글쓰기라고 할 수 있다. 독자가 가족인 경우는 자식·형제·시집식구·후손 등에게 자신의 과거사 등을 알리기 위해 쓴 것으로 사적인 소통을 목적으로 한 글쓰기라고 할 수 있다.14)

요컨대 여성의 자기서사는 전통적인 글쓰기 형식인 내방가사를 통해 이루어지곤 했다. 조선 후기에 다량 창작 유통된 내방가사는 그 문학적 완성도에 있어 내부적 편차가 크긴 하지만, 글쓰기를 전문으로 하지 않은

---

14) 박혜숙 외(2002), 위의 글, 333-340면.

평범한 여성들이 대대적으로 글쓰기를 행하였다는 사실 그 자체만으로도 큰 의의를 지닌다.

2) 오랜 침묵을 깬 여성의 목소리

"조선시대 대표적 시가의 하나인 가사는 오랫동안 남성의 문학이었다. 가사의 가장 이른 시기의 모습은 고려말 승려들이 포교용으로 창작하였던 불교가사였다. 조선시대에 들어와서는 주된 창작층이 남성사대부로 바뀌면서 15세기부터 16세기말까지 정극인, 송순, 송강 정철 등과 같은 걸출한 남성 사대부에 의해 가사의 창작 전통은 왕성히 이루어졌다. 조선은 남성 사대부 중심의 사회였기에 문학 또한 그들이 독점하였다. 대부분의 여성은 문학의 창작은 물론 향유의 기회마저 원천적으로 박탈되었다. 그러나 국문을 익힌 사대부가의 여성들 중에는 가사 창작의 기회도 스스로 만들어 낸 이도 있었다. 허균의 누나인 난설헌 허초희(1563~1589)가 지었다고 알려진 <규원가>나 <봉선화가>는 여성이 창작한 가장 이른 시기의 내방가사라 할 수 있다. 그러나 요절한 천재 작가 허난설헌 이후 오랫동안 여성들은 침묵하고 있었다. 17세기 무렵에는 어떤 작품이 있었는지 알 수 없"[15]을 정도로 허난설헌 이후 18세기까지 가사 창작의 연결고리는 보이지 않는다. 실제로 현재 작가를 알 수 있는 18세기 내방가사 작품은 11수에 지나지 않는다.[16]

그러나 18세기 이후 영남 사대부가의 여성들이 가사를 짓고, 베끼고, 읽는 독특한 문학 향유의 전통을 만들어 낸다. 원본의 정체를 알 수 없는, 원본이 무의미한 수많은 가사들은 베끼고 또 베끼는 필사의 전통으로 양적으로 재생산되고 유통된다. 필사 전통 못지않게 낭송은 기억의 재생산

---

15) 조동일,(2005)『한국문학통사3』, 385쪽.
16) 나정순 외(2002),『규방가사의 작품세계와 미학』은 11편의 기명작가 내방가사에 대한 논의를 다룬 책이다.

으로 전파되는 내방가사만의 독특한 향유방식으로 전승과 전파를 거듭하면서 수천, 수만의 가사 이본을 만들어낸다. 화산 폭발에 비견할 만한 내방가사 향유의 폭발적 증가로 경북의 여성들은 비로소 오랜 침묵에서 입을 열고 말하기 시작하였다.

3) 경북여성에 의한 문화혁명

향촌사회에서 보장한 여성지위, 종부

앞서도 말했듯이 문학은 남성의 전유물이었다. 문학이라는 창으로 사회를 논한다면 여성은 소외자요, 주변인이었다. 더구나 기록문학에서의 심각한 소외는 신분적 계층적 불평등을 웃도는 완전한 성불평등이었다. 여성에게 있어 비정치적 비사회적 역할론이 당연시되던 시대적 상황을 고려한다면 18세기 경북에서 일어난 내방가사 담당층이 당대의 표층문학, 즉 남성문학에의 참여는 가히 혁명적이라 할 만하다. 세계사에도 유례없는 여성에 의한 문화 혁명이라 하지 않을 수 없다.

그러면 여성의 문화혁명이 왜 경북에서 일어났을까. 경북은 조선시대 이래 그 어느 지역보다도 유교 전통의 보수성이 뿌리깊음을 부정할 수 없다. 그럼에도 불구하고 내방가사로 촉발된 여성의 문학적 행위와 그에 대한 대중적 호응이 온존함을 어떻게 설명하여야 할까.

조선 중기에 들어서면 양반의 지배가 지방의 구석구석까지 미치게 되고 일반 백성에까지 유교윤리가 확산되어 명실공히 유교적 명분사회를 이루게 된다. 그 사회적 배경에는 통치권을 둘러싼 내부 갈등과 낙향 관료들의 이익 유지가 중요하게 작용하였다. 이 과정은 구체적으로 조선 건국 초기 개국공신을 중심으로 한 훈구파 세력이 내부분쟁으로 쇠퇴하고 그 와중에 재야에 은거하여 유교적 학덕을 쌓는데 몰두하였던 사림파가 득세하는 것과 관련된다. 훈구파에 비해 지적, 도덕적 우월성을 가지고 있었던 사림파는 유교원리를 주무기로 세력권에 영입하였고, 따라서 이들은 유교의 이념을 절대적으로 신봉하였으며 유교적 질서를 뿌리내리는 데 전념하였다. 즉 유교이념의 실천은 사회 질서유지의 기제이자 사림파의 권력 기반이었던 셈인데 지방에 기반을 가진 사림파 및 그 후예들은 집권시에는 중앙으로 나아가고 진출이 좌절될 때에는 향촌의 지배층으로 남아 유교적 교화를 명분 삼아 향권을 장악해 왔다. 지방 양반들의 중앙 관료로의 진출이 어려워지고 양반층이 비대해지는 조선 후기로 가면서 향촌내의 특권 유지가 어려워지고 양반들은 더욱 유교원리를 절대화하고 문중 중심의 조직화와 기존의 득세 가문들끼리의 결성을 통하여 신분 확보를 꾀하게 된다. 17세기 이후에 일반화되기 시작한 족보 간행, 서원과 향안 중심으로 한 배타적 결사체의 활성화, 그리고 동족 부락의 형성은 이러한 향촌의 지배 질서의 재편성과 깊은 관련성을 갖는다. 이러한 사회는 원칙적으로 사적, 혈연적 영역과 혈연을 초월하는 차원에서의 공적 영역의 구분을 엄격히 하여 왔다는 점에 주목하여야 할 것인데, 여기서 여성은 공적인 영역에서 철저히 배제되어 있었다. 이 경우 여성의 주요 역할은 남성의 출세를 돕는 내조자에 국한될 수밖에 없었다.

잘 알다시피 조선시대 영남 사대부가의 여성들은 일찍부터 삼종지도와 열녀효부의 도덕적 굴레 속에서 순종적인 행동거지를 강요받았다. 문밖 출입조차 어려운 폐쇄된 공간에서의 자유만 허용되었다. 그럼에도 불구하고 동족집단의 향촌사회 내에서는 사대부가 여성으로서의 신분적 대우를 어느 정도 누렸다. 현재도 경북의 명문대가의 종부는 신분적으로 가문을 대표하고 대소가의 대소사를 진두지휘하는 실질적인 가정관리자로서 상징적으로도 상당한 정도의 대우를 받는 위치에 있다. 명문대가에서는 종손 못지않게 종부에게도 존칭어를 사용할 정도로 종부를 우대한다.

주부권과 '안방물림'의 전통

전통사회에서 우리나라의 가족은 생산의 단위이자 소비의 단위였다. 부유한 가정에서나 가난한 가정에서나 생산의 일차적 목적은 가내소비를 위한 것이었다. 주식인 쌀뿐만 아니라 부식까지도 가내에서 조달하고, 생산에서 조리, 저장 등 전과정을 가내에서 관장하였다. 식생활뿐만 아니라 주생활, 의생활도 원료의 생산에서 제작까지 전적으로 가내노동에 의존하였다. 가족이 생활의 단위이기 때문에 가족에 속하지 않는 사람은 의식주를 해결할 수 없었다. 또한 전통사회에서 가족은 경제의 단위만이 아니라 생활의 단위였다. 의식주의 모든 생활을 원만하게 운영하기 위하여 가족원은 가사를 분담하였다. 전통가족에서는 성별원리에 따라 가사를 분담하는 방법을 택하였다. 이를테면 가장인 남성은 집밖의 일, 어렵고 힘든 일을 담당하고, 주부인 여성은 집안 일, 쉽고 편한 일을 담당한다. 가장은 가족원의 의사를 외부에 대표하는 대표권을 갖고, 가족원을 통솔하는 가족권과, 가족의 재산을 관리하는 재산권을 갖는다.

이러한 가장권에 비하여 주부가 갖는 권한, 즉 주부권은 재산을 운영하고 소비하는 것으로 가사의 운영권과 집행권이라 할 수 있다. 가장권이 주부권을 통솔하지만 실제 가사의 운영에서는 가장권이 도구적 권한 또는 형식적 권한인데 비하여 주부권은 실제적 권한이라 하겠다. 가사의 운영과 역할의 분담에서는 가장권이 주부권을 지도하고 주부권이 가장권을 보필하여 가장권과 주부권은 상호보완적 관계에 있고 이들이 자동적으로 운영되고 이들 사이의 조화로 가사가 운영된다.17) 열쇠로 상징되는 이 주부권은 찬광, 쌀뒤주 등의 열쇠꾸러미를 주부가 관장하는 것으로 한 집안의 경제의 소비권한이었다. 이 주부권이 영남지방에서는 '안방물림'이라는 방법으로 계승된다. '안방물림'이란 시어머니가 며느리에게 곳간 열쇠를 건네주는 것과 동시에 시어머니와 며느리 간의 안채에서의 공간이

---

17) 이광규(1993), 『한국전통문화의 구조적 이해』, 서울대출판부, 13-14쪽.

동을 말하는 것이다. 안방은 안주인이 거처하는 공간이며, 여러 부속 건물로 둘러싸여 보호받는 공간으로, 그 중심에 위치하고 있으면서 가족 내에서 안과 중심의 역할을 수행하는 어머니, 혹은 주부 지위의 상징적 공간이기도 하다. '안방물림'은 주부권 계승의 중요한 단서로서 다른 지역과 구별되는 영남지역의 가족제도의 한 특성이다. 이는 곧 가정경영과 가정경제에 있어서 주부인 여성의 권한이 타 지역보다 상대적으로 강하다고 할 수 있는 증거가 된다. 특히 18세기 이후 사회경제적 가치의 중요성이 인식적으로 확산되면서 그에 상당하는 가정 내 역할이 여성에게 주어졌다. 유교적 선비상을 이상으로 하는 세정 모르는 남성들에 비하여 생산경제적 활동을 포함한 일상적 가계운영에서 가정내 여성 역할의 비중이 상당히 크게 되었던 것이다. 실지로 살림살이로 재산을 불린(治産) 여성들은 가문 내에서 그 공적을 인정받아 후손에게 대대로 칭송받는 훌륭한 조상으로 기려지기도 한다.[18] 내방가사에서는 유교윤리의 적극적 실천인 열녀행이나 효녀행보다 가정 경제의 부흥이 더욱 존경받는 공적 인정의 변수로 작용하는 경우가 많다. 현재 우리나라의 억척스러운 어머니상은 이러한 과정에서 자연스럽게 형성되었으며, 산업화과정을 거치면서 한층 더 강화되는 모습을 보이게 되었다.

여성의 가정 경제권의 확보는 가정 내에서 연장자로서의 지위 획득과 함께 남녀초월적 가정운영권을 공고히 확보하게 된다. 공적인 표층문화권에 대하여는 음양원리, 유교적 원리에 부분적으로 순응하는 적응의 방식을 취하면서 여성들만의 독특한 하위문화, 곧 자궁가족, 안채문화, 가정경제권, 모권을 형성 계승하면서 성취적이고 강인한 인성을 지니게 된 것이다.[19]

---

18) 빈한한 가문을 일으켜 세워 칭송받는 여성조상에 대한 가사로는 '능주구시경자록', '복선화음가' 등이 있다.
19) 조혜정(1981), 「전통적 경험세계와 여성」, 『아세아여성연구』20집, 아세아 여성문제연구소, 숙명여대.

영남은 조선조 후기 양반층이 동족근린집단의 강화와 촌락 단위의 문화권을 형성, 그 유대감이 긴밀하였다. 또한 향촌사회의 지배기반 강화의 수단으로 혈통과 문벌 위주의 통혼권을 형성하였는데 내방가사에서도 그 사실을 확인할 수 있다. 통혼권 내의 혼인은 한국의 혼인 풍속에서는 현재도 대단히 유효한 혼인관으로 작용한다. 또한 현재의 내방가사의 향유층도 대부분 영남 양반가 통혼권 내에서 형성된다. 연비연사간의 혼인관계가 자연스럽게 형성됨을 발견하는 경우가 상당히 많다.

4) 여성문학, 그리고 경북지방문학

내방가사는 조선 후기부터 주로 영남지방에서 익명의 양반가 여성들에 의해 창작 · 필사 · 낭송의 방법으로 향수되고 유통되면서 현재까지 전승되고 있는 문학이라고 했다. 그런 점에서 내방가사는 여성문학이면서 경북지방문학이라고 규정될 수 있기에 어쩌면 우리 한국문학사에서 주변문학이었다. 공적 출간의 기회에서 소외되었으며, 그 소외의 전통은 현재까지도 여전하여 활자로 옷을 바꿔 입은 경우를 제외하고는 내방가사의 원본자료집성의 기회를 얻은 적이 없다는 것이 그 증거다. 남성들이 주된 문화담당자였던 시기에 여성은 문학의 언저리에서조차도 소외되었듯이 남성에 의한 한자가 문학의 지배적 문자였던 시대에 여성의 글쓰기는 더러 금기시되는 것이기도 하였으니 출간의 기회를 얻은 적이 거의 없었다는 사실이 그것을 반증한다.

또한 조선시대와 그 이후 현재까지도 중앙과 지방의 구분은 엄연하여 지방의 것은 무엇이든 상대적으로 홀대받았다. 만약 내방가사의 창작과 유통이 중앙에서 이루어졌다면 장책될 기회 하나 없을 지경은 아니었을지도 모르지 않는가.

그러나 불행인지 다행인지 위의 두 가지 이유 덕분으로 가사 장르에서 유일하게 내방가사만이 향수와 유통의 전통을 현재까지 온존하게 유지할 수 있었다. 지금은 완전히 고전문학이 된 가사 중 유일하게 내방가사만이 현재진행형의 장르인 것이다. 그것은 오로지 작자면서 적극적 독자였던 여성들에 의해 사적으로 유통, 전승된 지방문학인 덕분이다.

그러므로 내방가사에 관한 한 그 문학적 중심은 영남이다.[20] 내방가사가 예전의 문화 중심지인 서울, 곧 중앙에서 향유되지 않고, 영남지역으로 그 향유가 한정된 만큼 외풍을 덜 받고 전통을 지켜낼 수 있었음이다. 현재까지 학계에 보고된 내방가사 자료의 양적 성과는 엄청나다. 두루마리 형태의 내방가사 자료가 6,000여 필을 넘는다는 보고가 사실이라면 아마 동일 문학 장르 중 그 작품 수는 최다임이 분명할 것이다. 그런데도 우리는 학계에서조차도 자료 원전의 모습을 공유하지 못하고 있다. 개인적으로 수장하거나 가문 차원에서 가전되는 사적 유통방식에도 그 원인이 있지만 선학들의 영인 자료에 대한 공유의식이 부족하였던 탓이 더 큰 원인일지도 모를 일이다. 어쩌면 내방가사에 대한 남성의 홀대의 전통은 현재까지도 여전하였던 것인가.

2. 내방가사는 누가 짓고 읽는가

1) 가사의 생애경험

여성들에 의하여 창작, 향유, 전승되어 온 가사작품[21]만을 내방가사로

---

20) "경상도의 경우와 마찬가지로 충청도나 전라도에서도 18세기 이후에 규방가사가 정착되었던 것으로 보인다. 그러나 절대연대를 밝힐 수 있는 이른 시기의 작품을 찾지 못했으며, 자료 조사가 미진해 자세한 사정을 알기 어렵다. 그런 사정을 감안하더라도 규방가사가 가장 발달된 곳은 경상도 북부지방이고 전형적인 형태가 거기서 마련되었다는 견해가 설득력이 있다."(조동일, 2005, 한국문학통사 3, 387)

21) 정길자, 『규방가사의 사적 전개와 여성의식의 변모』, 한국학술정보(주), 2005, 10쪽.

보는가 하면, 작가의 성별에 관계없이 독자가 여성에 한정된 것만을 내방가사로 인정하는 경우22)와 남성에 의해 창작된 작품을 내방가사라고 하기에는 부적당하지만, 오랜 세월에 걸쳐 여성들에 의해 읽히고 필사되는 동안 원작자의 개성을 잃고, 여성의 작품인 것처럼 독자에게 수용되었다면 내방가사라고 해도 무방하다23)고 여기기도 한다.

그러나 대부분의 내방가사의 작자는 여성이다. 남성작자도 다수 있으나 수용자적 측면에서 독자와 전승자를 포함한 향유층을 기준으로 말하자면 여성이다. 그 중에서도 결혼한 여성이다. 결혼하여서도 시집살이에 상당한 정도의 적응기를 거쳐, 시집에서 어느 정도 안정적인 가정 내 지위를 확보한 중년 이후 노년기에 접어든 여성이다. 그들은 시부모 모시기(사구고), 제사 받들기(봉제사), 손님모시기(접빈객), 친척과 화목하기(목친척), 하인 다스리기(어노비) 등을 비롯한 직간접적인 가사노동에서 놓여난, 소위 시집살이에서 어느 정도 해방된 여성이다. 자식을 낳아 길러 아들을 장가 들여 며느리를 맞았거나, 딸을 시집보내어 사위를 볼 만한 연령층은 되어야 가사 창작과 필사 등의 향유가 가능하다. 그러나 그들은 이미 결혼 전 어린 시절부터 그들의 할머니나 어머니의 가사 전승의 경험에 노출되었던 이들이다. 따라서 20년 가까운 시집살이의 기간 동안 가사를 향유하지 않았으되 가사를 선험적으로 알고 있었던 이들이다.

"어렸을 적, 아마 열 살 전후쯤에 어머니가 읽으시는 가사를 여러 번 들어 뜻도 모르면서 노래하듯이 외고 다녔더니 집안의 어른들이 종종 불러서 가사를 외어 보라고 하셔서 그 분들 앞에서 왼 적이 있어요. 아직도 기억이 나는 것이 지금 보니 바로 계녀가였네요."24)

---

22) 이재수, 『내방가사 연구』, 형설출판사, 1976, 10쪽.
23) 서영숙, 『한국 여성가사 연구』, 국학자료원, 1996, 11-12쪽.
24) 조남이 구술 자료.

2) 익명, 혹은 택호로 불리는 여성

사대부 가문의 여성들은 어린 시절부터 국문을 익히고 역사와 지리도 공부하였다고 한다. 가사나 소설을 베끼는 방법으로 글씨 연습을 하고 베낀 가사를 시집 갈 때 품어 가지고 가서 교환하여 가며 소리내어 읽는 전통도 만들었다. 집안일에서 어느 정도 물러나도 좋은 시기가 되면 시집살이 동안 잊었던 가사를 새로이 꺼내어 읽으며, 비로소 창작을 하기도 하였다.

가사의 작자들은 대부분 익명으로 존재한다. 그들은 가사를 쓰거나 베끼더라도 개인적인 이름을 가지고 있지 않다. 대신 택호(宅號)라는 별칭으로 이름된다. 택호란 결혼한 여성의 친정 고장이나 마을의 이름에서 주로 따온 별칭이다. 시집온 여성의 출신지와 본관과 성을 가리키는 호칭 혹은 지칭이다. 결혼을 하면 남편도 여성의 택호로 구분되고 호칭되고 지칭된다. 예를 들면 친정이 경주 양동마을인 여성이 영천 임고마을로 시집을 가게 되면 여성은 대개 '양동댁'이라는 택호를 가지게 된다. 그 여성의 남편은 '양동아재', '양동형님'로 호칭되거나 지칭된다. 반대로 여성의 친정에서는 '임고아지매', '임고형님'이라 불린다. 내방가사 현장에서 만나는 대부분의 안노인들은 서로를 택호로 호칭하고 지칭하는데 매우 익숙하다. 두루마리나 가사나 제책본 가사의 말미에 가사의 필자나 필사자는 이 택호를 수기해 두는 예가 종종 발견된다. 인쇄된 가사자료집에서도 작자나 소장자를 택호로 밝혀두고 있는 것은 이러한 여성 호칭의 관습에 기인한다.

현존 내방가사 향유층의 최하 연령층은 약 70대이다. 그나마 어려서부터 친정이나 시집에서 가사를 습득한 향유층만을 대상으로 한다면 연령층은 그보다 훨씬 더 끌어올려야 할 것이다. 한글홀림체 필사 자료를 막힘없이 읽어낼 수 있는 연령대는 80대 이상이다. 이는 근대적인 학교 교육을 받은 여성과 가학으로 한글을 배운 여성 간에 낭송 리듬의 확연한 차이도 발견된다. 실지로 80세 이전과 그 이후 연령 세대와는 가사 향유 경험에 있어서 상당한 단절을 확인할 수 있다. 이것은 일제강점기 이후 소위 신식교육을 받은 세대와의 단절을 의미하기도 한다.

내방가사는 낭송과 필사라는 크게 두 가지 방법으로 존재해 왔다.[25) 따라서 향유층도 그것을 기준으로 분류된다. 즉 작자층으로는 1차적 작자층과 그 작품을 개작하는 개작자가 있을 수 있다. 또는 입수한 작품을 단순히 필사하는 필사자도 있다. 위의 세 경우는 모두 문자로 기록하는 작업을 통해서 가사를 향유하는 방법이라고 할 수 있다.

그러나 가사는 이러한 기록문학적 방법 외에 낭송이라는 방법으로도 향유된다. 이 경우는 대부분 두 사람 이상의 다중(多衆)이 모인 공공적 장소, 예를 들면 잔칫집의 안방 정도의 여성이 모인 장소에서 향유되는 방식이다. 한 사람의 초성 좋은 여성이 가사를 소리 높게 읽으면 그 외의 여러 여성들은 귀 기울여 듣거나, 고개를 끄덕이며 공감을 표시하는 자세를 가진다. 때로 감동적인 대목에서는 탄성과 찬사 등의 간섭이 있을 수 있다. 그럴 경우에는 잠시 낭송이 중단되어 술렁이거나, 곧 이어 한두 사람의 제지로 다시 가사 낭송은 계속된다. 한 번에 여러 편이 읽혀지기도 한다.

보통 가사낭송을 도맡아 하다시피 하는 사람이 대소간에 한두 명쯤 있으며, 그들은 오랫동안, 집안의 여성들이 즐겨 듣고자 하는 가사를 여러 차례 읽은 경험으로 몇 편의 가사 정도는 외고 있는 경우도 많다.

3) 격동의 역사 속에서 : 은촌 조애영의 일생사

은촌 조애영(1911-2001)은 내방가사의 역사적 전승부터 20세기의 전

---

25) 이정옥, 『내방가사의 향유자 연구』, 165면, 표7 참조.

통적 가사정신을 계승한 인물이다. 경북 영양군 일월면 두들마을에서 태어나 어려서부터 한글로 쓴 내방가사를 글씨연습 삼아 익혔다고 했다. 한문과 한글, 자수와 길쌈등을 배우고, 가문의 여성교육 지침서인 '소녀필지'를 통해 가학을 배운다. 1922년 영양읍 공립보통학교에 편입, 신학문을 접하고 17세에 서울에 유학, 배화여고에 재학중 작문시간에 가사를 써 당선할 정도의 문장실력을 자랑하고 있다. 『회갑기념은촌내방가사집』에는 총 19편의 가사 작품이 수록되어 있으며, '자작내방가사의 종류와 해설'을 간단히 하고 있어 감상에 도움을 준다. 그의 가사에서는 20세기 초, 경북 양반가의 여성으로 태어나 일제강점기 신식교육을 받고, 서울로 출가하여 한평생을 살아온 경북 양반가 여성의 일생을 엿볼 수 있다.

① 내방가사 습작기 : 구한말 영남 반촌 풍속을 그린 <화전가>, 베짜는 새색시의 노래인 <직녀가>, 어머니의 결혼생활을 그린 어머니의 노래, <애련가>는 모두의 어릴 때의 기억을 더듬어 창작한 가사이다.

② 그리운 고향의 노래 : 한양조씨 일문의 조상 내력과 일월산에서 항일투쟁을 한 조상들과 고향의 전설을 <산촌향가>와 <일월산가>로 노래했다.

③ 일제하의 투사적 학교생활 : 광주학생운동의 주동자가 되어 고초를 받으며 학교생활을 한 사연을 <울분가>로, 졸업여행의 기행을 적은 <금강산기행가>를 통해 집안의 투사적 기질을 유감없이 발휘한 이력을 보인다.

④ 서러운 시집살이, 한국여성의 비애 : <신혼가>와 <귀거래가>를 통해 시집살이의 고통과 부부갈등의 원인이기도 했던 일제시 부호자제 남성들의 여성관 등을 고발하기도 한다.

⑤ 역사의 소용돌이 속에서 : 구한말부터 시작된 조국의 비극, 이승만의 장기집권으로 인한 부패상, 대통령의 실권, 4.19 학생의거로 이어지는

역사적 현실을 장편가사인 <한양비가>, <학생의거 혁명가>에서 고발한다. <육여사환영회가>는 5.16 혁명에 대한 여성의 기대를 적은 노래다.

⑥ 사회적 역할을 하면서 : 동창생을 생각하며 지은 <사우가>, 사회적 문제에 적극적으로 참여하며 여성지도자적 삶을 살면서 여성으로서 면모를 보인다.

⑦ 40년만의 귀향, 그리고 지난 삶의 회고 : <귀향가>, <고서화찬미가>, <수연가>

4) 내방가사 전통의 창조적 계승 : 소정 이 휘의 가사창작

소정 이휘 여사는 1931년 경북 영천시 청통 애련마을에서 북산서당에서 중재선생의 장녀로 태어났다. 1949년 대구 달성 서씨가로 출가, 슬하에 5남매를 두었다. 1995년부터 친시가에 전하는 내방가사와 제문, 문안지 등의 자료를 수집, 정리하기 시작하였다. 이들 자료를 '견문취류' 6책 13권의 수고본으로 정리하여 전국의 가사 관련 전공자들에게 제공하였고, 2003년 책으로 출간하기에 이른다. 여기에는 가사 38편, 제문과 위장 28편, 편지글 90편 등 총 176편의 작품이 수록되어 있다. 2002년에는 전남 담양 가사문학관에서 개최하는 가사공모전에서 대상인 문화관광부장관상을 수상, 명실상부 현대내방가사의 최고의 작가로 인정받기에 이른다. 이 휘 여사는 8년간의 창작가사를 정리하여 자신의 호를 딴 '소정가사'를 출간하기도 하였으며, 현재도 매년 가사 창작과 수고본 책자를 발간하여 관련 학자들에게 우송하고 있다.

그는 인간과 자연, 역사에 대한 다양하고 해박한 지식을 구비하였으며, 무엇보다도 정확한 한문구사능력을 가지고 있다. 그의 대부분의 가사는 국한문 병용체에 한자 어휘에 한글을 병기하고 있다. 그는 또한 전통 계승에 대한 남다른 소명의식을 가지고 있어 집안에서 전통적으로 전해져 내려오는 가례를 내방가사로 집필해 두고 있다. 이 자료는 내방가사 형식의 가례규범으로서 작품적, 민속학적 가치를 함께 지닌 중요한 자료가 될 것이다.

그는 또한 일상적 소재를 문학적으로 형상화하는데 주저하지 않는다. 자신의 개인적 여행의 경험은 물론, 가족들과의 일상이나, 자신이 직접 가꾸거나, 선물로 받은 꽃, 봄이 되자 아파트 베란다에서 어느 날 문득 핀 꽃 등, 일상의 모든 경험이 가사 창작의 소재가 된다. 심지어는 희필(戲筆)의 경지에까지 이름을 보이는 창작가사가 있을 정도다.

5) 안동 내방가사의 현재를 이끄는 힘 : 조남이의 전승력

조남이 어른은 1928년 청송 안덕에서 1녀6남의 맏딸로 태어났다. 일제시대 처녀공출을 피해 열여섯에 안동 최고의 양반가문인 진성이씨 이영호에게 시집간 조남이 어른은 첫딸을 낳으면서 시아버지의 혹독한 시집살이를 겪게된다. 다음해 돌 지나서 죽은 딸이 가여워서 울다가 시아버지께 들킨 조 어른은 호된 꾸지람을 듣고 자살을 시도하지만 둘째 시숙에게 발견돼 목숨을 건진다. 그 후 딸을 넷이나 더 낳으면서 시아버지는 아들을 새장가 보내려 하지만 금슬 좋았던 남편이 도망가는 바람에 애꿎은 조 어른만 시아버지께 모진 굴욕을 당한다. 하지만 맏며느리와 살지 못한 시아버지가 여생을 조남이 집에서 보낼 만큼 성품이 차분했던 조 어른은 결국 아들을 잇따라 낳으면서 시아버지께 인정을 받기에 이른다. 그 후 딸 하나를 더 낳았다.

그러나 2남5녀를 두고 남편이 죽자 여자로서 하기 힘든 막일과 건설현장 식당을 경영하면서 7남매의 공부와 혼사를 감당하는 등 사별 후 조남이 어른은 오로지 어머니로서의 사랑과 책임이 아니면 견딜 수 없는 모질고 힘든 삶을 살았다. 시집살이도 그렇지만 조남이는 삶이 힘들 때마다 어릴 때 외할머니와 어머니에게서 배운 가사를 자연스럽게 짓고 읊어왔다. 그렇게 짓고 읊어온 가사는 지금 다시 큰딸인 이선자(안동내방가사전승보존회장)에게로 이어져 4대째 가사를 전승시켜온 것은 물론, 우리나라 현대 내방가사의 큰 맥을 잇는 발판이 되었다. 2000년, 각종 방송사의 교양 다큐멘터리를 시작으로 다양한 방송에 다수 출연하였다. 2002년 조남이 어른의 생활용품 일체와 가사집이 일본 도쿄와 오오사카박물관에 전시되었고, 일본 NHK에서는 <한국여류문화세계>에서 어른의 내방가사를 소개하기도 하였다. 현재도 매우 왕성하게 가사활동을 하고 있다.

> "우리들은 속에 쪼끔 한스러운 일이 있으면 그걸 누구한테 말을
> 못하잖아. 집밖에 사람 알만 내가 축이 나니까. 그러니까 내가 글로
> 짓는 거야. 글로 고마 소회를 하는 거야. 평생 가사를 일기처럼
> 썼으니까 항상 가사와 같이 했지. 내 삶하고 같은 가사라고 보면 돼."

6) 내방가사보존회와 내방가사낭송대회 : 이선자의 전승의지

내방가사가 가장 많이 분포되어 있는 안동에서는 내방가사 경창대회를 매년 개최하며 내방가사의 저변 확대에 기여하고 있다.

내방가사가 안동을 중심으로 경북 북부지역에서 발달하였음에도 불구하고 소멸위기에 있음을 안타깝게 생각한 이선자 씨가 가사의 발굴과 전승, 지속적인 창작을 위해 용상장수대학을 중심으로 내방가사전승보존회를 구성하였다. 현재 내방가사전승보존회의 회장직을 맡고 있는 이씨는 안동 전역의 경로당의 도움을 받아 1997년 단오날 제1회 가사경창대회를 연 후, 98년 본회를 공식적으로 조직, 매년 경창대회를 개최, 2017년 현재 21회의 경창대회를 열었다. 현재 회원으로 등록된 내방가사를 향수하시는 분이 110명에 이르고 있으며, 본 보존회는 경상북도에 사회단체

로 등록되어 있다. 제1회 경창대회 때부터 발간한 가사모음집이 4권 있으며, 98년과 2000년 등 격년으로 개최되는 안동 국제탈춤페스티벌 및 안동민속제에 출전 시연한 바 있고, 또한 '99년 전국노인체육대회(장충체육관)에 출전하여 최우수상을 수상한 바도 있다고 한다.

2017년까지 총 21회에 걸쳐 21권의 내방가사낭송자료집에 발간되었다. 자료집의 수록 가사는 가문에서 세전되던 가사를 읽기 쉬운 현대어로 바꾸어서 기록한 가사가 대부분이었으나 최근의 자료집에는 창작된 가사가 점점 더 많아지고 있다.

제1회 내방가사 경창대회 모음집 수록 가사자료(20편)
화전가/권분성, 윷놀이/권자익, 성묘가/권응복, 도산별곡/박삼기, 망개 찧는 선소리/정은섭추풍난별곡/정남진, 화조가/김복순, 칠석가/류순조, 후원초당봄/박승목, 퇴계선생노퇴작시 시곡/조남이, 권효가/권금숙, 화전가/권정이, 구여성의 자탄가/정위조, 춘치가/심외생, 사향서원가/신분형, 의성읍 오로동 전설가사/이선자

제2회 내방가사 경창대회 모음집 수록 가사자료(19편)
영화창회록/권자익, 세월가/민분조, 나의 일생/권영숙, 도산별곡/이수걸, 회재선생사모애곡/박삼기, 부녀자탄가/김복순, 로탄가/미상, 권효가/규순조, 베틀가/천오조, 일생회상곡/김종향, 길삼가사/이준현, 옥설가/안옥순, 망부가/권달국, 백발가/김남홍, 유람가/정남진, 원정동락가/김종수, 퇴계선생사모애곡/박경기, 자녀훈계론/권분성, 여자소회가/이선자

제3회 내방가사 경창대회 모음집 수록 가사자료(21편)
나의 증손 백일가/권자익, 별곡소회/김유한, 담배가/이상기, 화수가/김종향, 해방가/류차희회갑가/권정희, 농춘가/김복순, 사향가/김시한, 기묘년 붕우가/이점함,

한라탐승가/류계남종군회심곡/권영숙, 부녀자탄가/김정순,
구국명륜가/박무남, 추천가/류수향, 아유가/김영진, 시골여자
서른사정/권숙향, 여행가/이재선, 수연경축가/금옥, 하회경치가/심외생,
봉우사모가/권분성, 영남칠십일주가/이선자

제4회 내방가사 경창대회 모음집 수록 가사자료(24편)
노인소회가/박무남, 제주도 여행가/류수향, 고향이별가/안지연,
은사가/조남이, 오륜가/이만식, 경력가/김성, 육여사 추모가/김유한,
여자설운가/김성년, 단종애사가/권분조, 화투풀이가/김복순,
이별가/김수행, 대한해방가/김인환, 경녀가/이상기, 오륜가/정진연,
예만김씨 세덕가/김욱영, 고별가/한희숙, 사미인가/권영록,
여행유람가/김시묘, 회심가/금옥, 남매이별가/김정순,
권선징악가/심외생, 환향가/김종향, 장렬가/권분성. 닭실 세덕가/이선자

3. 내방가사를 통해 본 여성의 생애경험

1) 부녀교훈류(계녀가) : 아해야 드러바라 내일이 신행이라

내방가사의 유형 중에서 가장 이른 시기에 지어져 가장 많은 이본을
가지고 있는 것이 교훈류의 가사다. 여기에는 당시의 규중규범으로 혼인
을 앞두거나 출가를 하는 딸이나 시집온 며느리들에게 부녀자로서의 생
활과 규범을 강조하기 위해 만든 계녀가를 비롯해, 당시의 유교적인 이념
들을 부녀자들에게 전하기 위해 만든 유교적인 내용들을 담은 가사들로
분류할 수 있는데, 이런 유형의 가사로 <계녀가>, <오륜가>, <효성
가> 등이 있다.

계녀가류는 계녀서에서 유래한 것으로, 산문으로 서술하던 시집살이하
는 여성의 도리를, 알기 쉽고 외기 좋도록 가사로 옮긴 것이다. 이재수는
계녀가를 규범적 계녀가와 체험적 계녀가로 나누었고, 권영철은 전형 계

녀가와 변형 계녀가로 나누었다.[26]

<계녀가>는 이정옥이 '계녀가'류의 내방가사를 교합 구성한 것으로 전체 구성은 '서언 − 사구고 − 사군자 − 화동생친지 − 봉제사 − 접빈객 − 태교 − 육아 − 어비복 − 치산 − 행신 − 향심 − 결언'등의 순으로 되어 있다. 이러한 전형적이고 고정적인 형식에서 조선조 후기로 가면서 점차 창작자의 개인적 체험과 시잡살이의 한탄이 많이 섞여 들어감으로써 문학성이 돋보이는 체험적 계녀가사류가 많이 유포되기도 하였다.

> 아해야 들어봐라 내일이 신행이라
> 네 마음 어떠하며 이 심사 갈발없어
> 우마에 짐을 실고 금반을 굳게 메어
> 친정을 하직하고 시가로 들어가니
> 부모께 떠날 적에 경계할 말 하고 많다
> ...(중략)...
> 아해야 들어봐라 또 한 말 이르리라
> 남의 집 처음 갈 때는 조심이 많건마는
> 세월이 많애가면 흘만키기 쉬우려니
> 처음의 가진 마음 늙도록 변치마라
> 옛글에 있는 말과 세정에 담은 일로
> 대강으로 기록하여 책을 매서 경계하니
> 이 책을 잃지 말고 시시로 내어보며
> 행신과 처세할 제 유익하게 되었으라
> 그밖에 경계할 말 무수히 있다만은
> 정신이 아득하여 이만하여 그치노라[27]

---

26) 계녀가 가운데 일정한 격식에 맞춰 공식적으로 지어진 작품군을 전형계녀가 혹은 규범적 계녀가라고 부르고, 그에서 벗어나 개별적인 성향을 보여주는 작품군을 변형계녀가 혹은 체험적 계녀가락 부른다. (박경주, 「변형계녀가의 장르적 특성과 담화 양상」, 『조선후기 시가와 여성』, 월인, 2005.)
27) 이정옥, 위의 책, 255−261쪽 참고.

이처럼 일반적으로 '계녀가'류의 가사는 출가하는 딸에게 부녀의 도리와 행실을 잘하도록 훈계하는 내용으로 되어 있는데 비해 <뉴실경계사>[28]는 이미 시집간 딸에게 시집살이를 잘하도록 당부하는 내용으로 된 체험형 계녀가류 가사이다. 특히 개인의 체험을 바탕으로 하여 시집가는 딸의 시가와 가문이 명문세가임을 주지시켜 시집살이의 사명감을 갖도록 하는 동시에 시집간 딸이 첫아이를 잃게 되자 낙심하지 않도록 위로하는 등 세심한 관심을 나타내고 있다. 이와 함께 어노비, 봉제자, 접빈객 등 여성으로서 닦아야 할 부덕과 의무를 훈계하며, 반가의 부녀다운 예절을 갖추어 시집살이를 잘하도록 일깨워주고 있다. 전형적인 '계녀사'류 작품에서 일탈하여 개인의 체험적 요소가 많이 개입된 변형 계녀가류의 작품이다.

> 뉴실아 드러바라 내몸이 여자로서
> 양반의 긔맥이라 협곡의 생장하야
> 견문이 바희 업서 세계를 다 모르니
> 다정이 겻해 안자 정영이 드러바라
> 우리 선조 용헌 선생 개국초 공신으로
> 숭녹대부 좌의정이 문회공의 현손이요
> 문헌공의 증손이오 행촌선생 손자씨고
> 평재선생 자제시고 천정의 지하 말삼
> 황염재상 일너스니 풍도가 거륵하고
> 심덕이 인후하다 자제 칠형제오
> 싸님은 뉸형제라 내외손 번성하야
> 반조정이 거의 찻다
> ...(중략)...

---

28) 경북 안동에서 발굴된 작품으로 서애 류성룡의 후예인 풍산 류씨 후조당 집안에 시집을 간 조선조 개국공신인 이원의 후손인 고성 이씨 부인의 자당 작품으로 알려져 있다.

네 한몸 도라보니 병근이 아매 잇다
적연해 초산 말은 네게 하기 알시렵다
의원보고 약을 지어 구할 생각 가쟈더니
약 다 먹고 우름 곳쳐 어름갓치 자쟈진다
애씨던 바람업서 허위허위 허새로다
아해 비록 업새쓰나 너 몸 소셩 할나던이
반년을 누엇빗쳐 식음을 전폐한다
륙월달 십구일의 너의 시모 문부하고
분망으로 내가 갈 쌔 가물후 장마이라
물이 불어 월파된다 너 한몸 일연내의
초상을 두 번 당해 애다름 과함으로
쇼셩하기 쉬울손가 어린 것 업샌 일은
눈의 삼삼 발피엿다 방슈자월 셩혼씨긴
내 후회 새로워라 그말 부대 다시 마라
나으면 자식이라
네 치울 일을진댄 후복을 생각하야
가리여서 치웟으니 원망말고 탓설마라
도지요요 작작기화 화상두고 이름이라[29)]

2) 풍류기행류(화전가) : 어화우리 동류들아 화전놀이 하여보세

자연을 찬탄하는 풍류적인 내용을 담은 것도 있다.

당시 여성들은 일 년에 한두 번 정도 허용됐던 놀이나 모임을 통해서 억압되고 규범화된 생활에서 탈출할 수 있었다. 그런 자리가 계기가 되어 가사가 창작되고 전승되기도 했는데, 놀이의 즐거움과 모임 장소의 아름 다움을 노래한 내용들이 주류를 이룬다. 화전놀이를 하면서, 또는 놀이를 파한 후에 불렀던 <화전가>를 비롯해 <반유가>, <화유가>, <태백산

---

29) 이정옥, 위의 책, 262-267쪽 참고.

가>, <화조가>, <몽유가> 등이 있다.

여성들의 놀이공간이 시집, 혹은 친정쯤에서 더 멀리로 확대되면서 기행가류의 가사가 많이 창작되어 왔다. <사시풍경가>, <제주도 유람가>, <주왕산유람가> 등이 있다.

이재수는 화전가류는 놀이를 소재별로 크게 풍류적 요소와 교훈적 요소, 탄식적 요소로 살핀 다음, 다시 화전가, 화류가, 화수가, 기행가, 답가, 기타 등 6가지 유형으로 나누었다.[30] 권영철은 화전가계 가사, 화수가계 가사, 윷놀이계 가사 등 셋으로 나누었고[31], 주정자는 전형적 화전가와 변형적 화전가로 나누었다.[32]

매우 특별한 형태의 화전가도 있다. 경북대본 <화전가>이다. 경북대본 <화전가>의 창작 연대는 고종 23(1886)년으로 추정된다. 작자는 경북 순흥지역 출신의 처녀로 청상과부가 되어 외로운 마음을 달래기 위해 하루 동안 화전놀이를 하는 동안 자신의 심사를 덴동어미가 대변하여 술회하는 형식을 취하고 있다. 서민들의 생활과 삶이 우회적으로 표현되어 있는 총 815행으로 된 장편 내방가사이다. 이 작품은 전체 17단락으로 구분되며 서사, 본사, 결사 형식으로 본사에 '덴동어미 일생담[33]'이 액자

---

30) 이재수, 「<화전가>연구」, 『여성문제연구』 2, 효성여자대학교, 1972.
31) 권영철, 「규방가사에 있어서 풍류소영류의 연구」, 『여성문제연구』 11, 효성여자대학교, 1982.
32) 주정자, 「화전가 연구」, 효성여자대학교 석사학위논문, 1977.
33) 이 <화전가>는 덴동어미가 네 번이나 시집을 갔으나 끝내 과부를 면치 못한 기막힌 일생을 그린 비극적인 가사이다. 남편과 백년해로하며 부귀영화를 누리기를 바라나 현실은 결혼만 하면 남편이 죽어 유리걸식하게 된 사실이다. 김문기, 위의 책, 174쪽.
   덴동어미는 이방의 딸이며 이방집에 시집을 갔는데, 남편이 그네 뛰다가 떨어져 죽어 17세에 과부가 되었다. 개가를 했더니 둘째 남편은 군포 때문에 빈털터리가 되어, 타관에 가서 드난살이를 하며 월수를 놓아 돈을 늘렸지만, 괴질이 돌아 돈을 쓴 사람들과 함께 죽었다. 지나가는 등짐장수를 얻어 살다가 다시 과부가 되고 말았다.
   엿장수를 만나 아들을 낳고, 별신굿을 할 때 한몫 보려고 엿을 고다가 불이 나

형식으로 전후의 화전놀이 가사 가운데 삽입된 대서사 내방가사이다.

3) 부녀탄식류(자탄가) : 헛부고 헛부도다 여자로 태어나서

교훈적 내용을 담고 있는 계녀가류에 이어서 등장한 것이 자신의 처지에 대한 부정적 시각과 저항을 읊은 자조탄식류의 가사이다. 이런 가사들은 시집생활 중에 자신이 겪고 있는 처지와 상황을 비관하고 한탄하는 내용을 주로 담고 있는 것들로 자신의 삶에 대한 질곡과 불행을 있는 그대로 사실적으로 담고 있다. <원별가>, <노처녀가>, <석별가>, <자탄가>, <회심가>, <복선화음가> 등의 주옥같은 작품이 있다.

신세한탄을 하는 사설은 어떤 종류의 내방가사에도 끼어들 수 있는데, 계녀가에서는 윤리로, 경축가나 화전가에서는 즐거움으로 눌러두었다. 그런 제어장치가 제거되어 마음 속에 누적되어 있는 불만을 쏟아 놓은 것이 탄식가이다. 여성이기에 겪는 고난이 많아 사설이 다양한 것이 특징이다. 부모·형제와 헤어져 시집살이에 시달려야 하는 괴로움과 청춘과부의 고독을 탄식한 것 등이 있다.

안동지방에서 널리 향유되는 <복선화음가(福善禍淫歌)>는 제목 그대로 '착한 사람에게는 복을 내리고 못된 사람에게는 재앙을 내린다'는 내용의 교훈가사로, 이 한림의 증손녀 이씨 부인의 창작으로 추정된다. 이씨 부인이 신행가는 딸에게 가난한 집에 시집가서 온갖 노력을 해 가문을 일으킨 사연을 들려주고 교훈을 삼도록 한 내용이다. 계녀가의 변형이라고 할 수 있으면서 중간 대목은 탄식가라고 할 수 있다. 찢어지게 가난한 살림살이를 피나는 노력으로 다시 일문을 일으켜, 고대광실 높은 집을 축성

서, 남편은 타죽고 자식은 데어서 이름을 덴동이라 하게 되었다. 살아나갈 길이 없어 덴동이를 업고 고향인 경상도 순흥으로 돌아갔다. 남들은 화전놀이를 하며 즐기는 자리에서 그동안 겪은 일을 길게 이야기해서 받아 적은 사연이라는 이유에서 작품 이름을 <화전가>라고 했다. 조동일, 『한국문학통사』 3, 392쪽.

하는 한 여인의 일대기이다. 남편 뒷바라지를 잘하여 장원급제하여 도문하는 영화를 함께 노래하고 있다. 고난을 이겨내고 극복한 자신의 훌륭한 행실과 함부로 행동하다가 부잣집을 떨어 먹는 괴똥어미의 몰락상과 대조시켜 서술하고 있다.

<노처녀가>는 조선 후기에 출현한 것으로 보이는 작자 미상의 작품으로, 부모가 좋은 혼처를 가리는 바람에 나이 사십이 넘도록 혼인을 하지 못한 노처녀의 비애를 그린 것이다. 노처녀가 혼인을 하지 못한 것은 가난한 자기 집안의 처지 때문이었다. 그러나 더욱 문제가 되는 것은 사대부가의 체면이었다. 요컨대 그녀는 가난하면서도 체면을 고집하는 몰락 사족의 후예였기 때문에 노처녀로 늙어야 했던 것이다. 그러나 노처녀는 자신의 신세를 체념하거나 순응하지 않고, 몰락사족인 부모의 무능과 허위를 통박하고 항변한다.

3·4조 및 4·4조 124구로 되어 있는 이 작품은 유통되는 과정에서 소설화되기도 하여 가사의 소설화라는 조선 후기의 문학사적 현상을 보여주기도 하였다. 장편 내방가사에 속하며, 작품 가운데 액자형식으로 꿈 속에서 이루어지는 장면을 삽입하는 서사적 기법을 이용한 수준 높은 작품이다.

4) 송경축원류(경축가) :

양반가에서 출생하여 양반교육을 받은 대부분의 가사향유자들은 역시 양반가로 시집가는 소위 계급내혼인을 하였던 여성들이다. 그들에게 있어서 가문의 자랑은 대단한 것이어서 조상을 기리고 흠모하는 가사들도 매우 다양하다. 소위 가문세덕가라 할 수 있는 것들로서 <쌍벽가>, <수경가>, <회혼치하가> 등이 있다.

경축가는 경축할 일이 무엇인가에 따라서 내용이 달라졌다. 부모의 회갑이나 조부모의 회혼을 경축한 노래가 흔하다. 사는 동안에 고생만 하고 뚜렷하게 이룬 것이 없어도 장수를 누리고 자손이 번창한 것을 큰 경사로 여겼다. 영덕지방에서 나온 <수경가>에서는 부모 회갑을 맞이해 수하들이 어리광을 부리며 노느라고 가장행렬까지 하는 거동을 우스꽝스럽게 그려냈다. 드물게 부모가 자식의 과거급제를 경축한 노래도 있다. <쌍벽가>가 그것으로, 1794년(정조 18)에 아들과 조카가 나란히 과거를 급제한 것을 보고 감격을 술회하며 두 사람의 전도와 가문의 번영을 축원한 노래이다.

4. 내방가사의 새로운 전승을 위하여

1) 작품집 및 향유자 분포

내방가사 연구에 있어서 작품의 영남 지역 분포에 대한 개념은 별 의미가 없다. 현전하는 예전의 가사나 창작가사들이 대부분 다양한 경로를 통하여 여러 지역으로 전파되기 때문이다. 또한 제책되어 전하는 가사집들은 지역적 범위와 한계를 반드시 가지고 있으므로 전체적인 내방가사 작품의 분포를 연구하는 데는 별 의미가 없다.

예를 들면 1995년 안동문화원에서 발간한 『안동의 내방가사』에는 총 57편의 작품이 실려있고, 영천시에서 발간한 『규방가사집』(1988)에는 총 51편의 작품이 있다. 봉화문화원에서 발간한 『우리 고장의 민요와 규방가사』(1955)에는 44편의 가사가 수록되어 있는 형편이니 작품의 지역적 분포에 대한 통계적 자료화는 의미가 없는 것이다.

현재 내방가사는 개인적인 차원에서도 활발히 창작되고 있다. 조사에 적극적으로 응한 대부분의 작자들이 창작가사를 가지고 있었다. 더러는 시집이나 친정쪽의 조상들, 이를테면 할머니나 어머니의 작품을 소중히 간직한 것을 자랑삼아 내놓기도 하지만 가장 최근에 자신이 지은 가사라고 하면서 제공해준 분들도 많았다. 영덕에서 만난 내방가사 창작자인 백남이 할머니는 총 70여 편의 창작가사를 보유하고 있기도 하였다.

따라서 내방가사의 분포성은 작품을 기준으로 삼기보다는 향유자를 기준삼아 자료화하는 것이 보다 객관성을 유지하는 것이라고 할 수 있다.

〈표 1〉 현주소를 기준으로 본 향유자 분포(2000년 현재)

안동	영덕	의성	영주	영천	경주	포항	예천	성주	타시도	합계
38	38	1	1	2	2	4	3	2	8	99

<표 1>의 현황을 참고하면 안동과 영덕을 중심으로 한 양반가문의 전통과 구습을 존중하는 지역을 중심으로 가사의 향유자들이 많다는 것을 알 수 있다. 이들 중 현주소가 타시도로 분류되어 있는 경우는 고령 때문에 자녀들의 거주지인 대도시, 서울이나 대구 등으로 이주하고 있는 분들이다.

〈표 2〉 원적지를 기준으로 본 향유자 분포

안동	영덕	의성	청송	영양	문경	영천	포항	봉화	울진	경주	예천	성주	타시도	미상	합계
29	21	1	8	6	1	1	9	2	2	4	3	2	4	6	99

내방가사의 향유자들은 대부분 친정에서 가사에 대한 기본지식을 익히고 배운 경우가 많다. 또는 출가하면서, 혹은 그 후에도 친정과 시집을 왕래하며 가사전승에 기여하였으므로 그들의 친정인 원적을 알아보는 것도 가사연구에 유효한 자료가 되리라는 판단에서 조사한 것이다. 대부분의 가사향유자들은 근거리의 계급내혼에 의해 혼인관계가 이루어진 경우가 많은 듯하였다. 따라서 시집과 친정이 행정구역에서 그다지 멀지 않은

지역 내에 있었다. 역시 안동과 영덕을 중심으로 청송, 봉화, 영양, 포항 인근지역에 집중적인 분포성을 보이고 있다. 결론적으로 경북의 내방가사의 향유자들은 행정적으로는 경북 북부권에 거주하였거나 거주하고 있고, 계층적으로는 양반계층(현재는 종가의 종부가 있는)에 속하였거나 그렇다고 추정되는 부녀자들이다. 그들에 의해 향수되고 창작되는 내방가사가 여전히 그 지역에서 집중적으로 수집되고 있다.

2) 전승과 보존 형태

현재 내방가사는 여성들 간의 낭송과 같은 집단적인 전승이나 좋은 작품을 필사하는 차원의 과거 전승방법과는 다른 양상을 보인다. 창작은 거의 개인적인 차원에서 이루어지고, 그 내용도 대단히 다양하다. 특히 사회적 관심사나 개인적 경험이 다양해지면서 내방가사의 유형 분류도 재편할 필요가 있다.

최근에 창작된 가사에 대한 수집과 유형 분류 등의 기초적인 작업이 일단 시급하다. 가사의 제목으로 창작 시기를 짐작할 수 있는 작품이 있으나 대부분은 전통적인 제목을 가지고, 그러나 그 내용은 최근의 작자 경험을 토대로 한 작품이 훨씬 더 많다는 점에서 종전의 가사들과는 큰 차이를 보인다. '남해유람별곡', '자녀교훈', '백발가', '효행가', '하슈가', '비탄곡', '화전가' 등과 같은 작품들이 그렇게 분류될 수 있다.

현재 내방가사는 개인적인 차원에서 창작하는 수준에 이르렀으나 또 한편으로는 가전되는 가사를 인쇄하거나 복사하여 제본하는 등 다양한 자료집이 양산되고 있기도 하다. 집집마다 장롱 속에 숨어있던 가사들이 뜻있는 후손들에 의해 발굴 보고되고 있다. 대구의 벽진이씨 가문에서 유인본으로 출간한 '이내말쌈 들어보소'나 역시 대구에 세거하는 옻골 최씨 집안의 '내방교훈'이 가전가사를 엮은 가사집이라 할 수 있다.

3) 내방에서 뛰쳐나와 무대로 : 내방가사경창대회

박혜숙은 "여성의 글이 대개 가족이나 친족내에서 유통되었으며, 기껏해야 공동체나 지역범위의 여성들 사이에서 유통되었다"는 여성 문학의 유통경로와 상황을 상정하면서 "조선시대 여성 자기서사 텍스트는 자족적인 글쓰기이거나 혹은 사적인 소통을 위한 글쓰기"라고 하였다. "또한 여성이 익명의 다중을 상대로 글을 쓰는 것은 거의 불가능하였고" "일반적인 작자-독자관계는 성별, 계층, 지역에 있어 제한적으로 비개방적이었으며 그런 만큼 공적 성격이 미약하였다"고 규정한 바 있다.

사적 관계망을 통해서 가족이나 지역범위에서 유통된 이전의 가사들과는 달리 '내방가사경창대회'라는 이벤트를 통해서 공적으로 발화된, 이를테면 '발화의 현장성'을 거친 작품이라는 점을 가장 큰 특징으로 꼽을 수 있다. 물론 이들은 이전까지는 종래의 사적 유통을 거쳐 가전되어 오던 작품인 경우가 대부분이다. 그런 작품들이라도 '경창대회'에서 다중을 상대로 한 공식적이고도 공개적 낭송의 단계를 반드시 한 번 이상 거친 후에야 이 자료집에 게재되었다. '경창대회'는 개별적 화자(낭송자)가, 대부분 여성인 다중의 청중을 상대로, 청중석보다는 높은 무대에서 마이크를 앞에 두고 앉아 발표자(혹은 낭송자)가 준비한 두루마리 형태의 가사를 제한된 시간만큼 낭송하는 발표형식으로 이루어지는데, 소정의 심사과정을 거쳐 시상도 되는 것이기 때문에 제법 경쟁적인 분위기가 형성된다. 이 경우 경창대회 현장은 '화자-청자'간의 결속성과 친밀도가 극대화되며, 가사내용에 대한 인식이 긴밀히 형성되고 있는 현격히 고양되는 공간이라는 점에서 예전의 사적 유통망과는 상당히 다른 유통양상을 띤다.

이러한 과정을 거치면서 가사의 '작자-독자' 관계는 '화자-청자' 또는 '개인-다중'의 관계로 그 관계의 변이가 자연스럽게 일어난다. 그리하여 내방가사라는 특정문학 양식에 대한 숭배 내지 신성화가 형성되어 그들의 전통적 문학행위에 대한 자긍심은 점점 강화되어 왔다.

이와 같이 공개적이고 대중적인 가사 낭송의 공간이면서 동시에 가사 유통의 공간으로 기능하게 된 '내방가사경창대회'는 내방가사의 언술방식을 변모시키는데 결정적인 위력을 발휘하게 되었다. 이 '내방가사경창대회'를 통해서 폐쇄적·사적 관계에서 필사나 낭송의 방법으로 유통되던 내방가사가 개방적·공적 관계로 유통의 방식이 변모하게 되었고, 그에 따라 결정적인 언술방식의 변화를 야기하게 된 것이다.

4) 현대내방가사의 새로운 변화들 : '청자 호명'과 '공동체 지향의식'

그 변화의 양상이 집약적으로 나타난 것이 바로 '청자호명' 언술방식이다. '청자호명' 언술방식은 가사의 양식적 결구방식인 서사에 관습적으로 상용되는 언술방식이었다. 전통적으로 가사는 전체구조로서 서사·본사·결사의 결구방식에 크게 의존하였으며 내방가사의 경우도 이에서 예외가 될 수 없었다. 그 중에서 내방가사는 다층적 어조를 자유롭게 구사하는 양식적 특성 때문에 그 언술방식에 대한 고찰이 '언술 형식', '말하기 형식', '글쓰기 방식' 등과 같이 그 용어를 달리하는 다양한 고찰의 관심이 되었다.

> 사적유통(작자-필사자/낭송자-독자/청자)
> → 공적 발화(화자-청자)로 변화

안동의 사회단체인 '내방가사전승보존회'는 내방가사 창작의 전통을 현대적인 방법으로 계승하는 시도를 끊임없이 하고 있다. '내방가사경창대회'라는 이벤트를 통해서 내방가사 향수와 유통에 새롭고 적극적인 변화를 일으키기도 하였다. '글하기'로서의 내방가사는 창작과 향유방식과 독서행위까지 포함된다. 내방가사의 창작(생산)-일차적 전승(유통)-이차적 전승(소비)의 경로는 내방가사의 전승 확대-팽창법칙이라 할 수 있다. 그것의 확장, 팽창, 변전의 형태가 '내방가사경창대회'로 나타나고 있다. 그 과정에서 내방가사 향유자들은 글 밖에서 글 속의 화자를 들여다보고, 글 속의 화자는 글 밖의 향유자들을 의식한다. 독자(청자)의 믿음 안에서 내방가사는 쓰이고 읽혀지는 확산과 번짐의 역사를 계속하게 된다. 그들의 '글하기'는 계속 된다. '글하기'의 확장과 팽창의 힘이 확산과 번짐의 효과로 나타난다고 할 수 있다. 경창대회라는 이벤트는 작자-독자의 관계보다 화자-청자의 관계로 결속성과 친밀도가 극대화되며, 공유의 인식을 고양하는 공간이 되었다.

현대내방가사의 주요한 특징은 '호명'과 '공동체 지향의식'으로 요약된다. 최근작 내방가사가 '호명'의 문법을 큰 예외없이 채택하는 것은 여성의 자기 존재성의 확인 절차이며, 이것은 화자(작자)의 정체성을 가문의식에서 찾는 일련의 과정으로 해석할 수 있다. 그리고 공동체를 지향한 그들의 의식체계는 전통적 가족 해체의 위기의식에서 발로된 것임을 확인할 수 있었다.

글하기의 목적이 단순히 표현이 아니라 커뮤니케이션이며, 전달한 내용이 분명히 전달되어야 한다는 상황과 목적적 행위는 동일하다. 행위의 진정성은 행위 그 자체에 있는 것이 아니라 행위자의 지향하는 바에 있다면 내방가사의 향유자들은 무엇을 지향하기 위하여 '청자호명'의 의식을 제의적 절차로 택하였는가.

호명은 일차적으로 가사의 독자, 혹은 청자를 환기하는 기능을 한다. 특히 경창대회와 같은 공적인 공간에서 다중을 상대로 노래하듯 가사를 낭송한다면 청자환기의 문법장치는 매우 합목적적 기능이라 할 수 있다. 호명은 가사의 유통, 향유범위를 지정하면서 가사 창작의 목적과 동기를 암시하기도 한다. 이때 객체를 호명하는 텍스트의 언술문법은 실재하는 존재를 대상화하는 기능만 있는 것이 아니다.

'내방가사경창대회'라는 행사치레는 나름대로의 일정한 절차를 요구한다. 그 형식적 절차에 최적으로 부합하는 구술상황을 인지한 작자(혹은 낭송자)의 문학적 변용이 '청자호명' 언술방식으로 발현한 것이다. 따라서 '청자호명' 언술은 표면적으로 청자들의 주의를 환기하고자 하는 목적을 가지나, 이면적으로는 통과제의적 절차를 문학적 관습이 무의식적으로 내면화된 문학적 구조화라는 해석이 가능하다.

5) 경북지역 기관 발간 자료

향토문화적 차원에서 경상북도 각 시군이나 문화원에서 내방가사에 대한 관심을 가지고 자료집을 발간한 경우가 많다.

영천시에서 발간한 『규방가사집』(1988)에는 총 51편의 작품이 수록되어 있다. 자조탄식, 도덕권선, 자연찬탄 등 3가지 유형으로 분류 편찬하였다.

『규방가사집』 수록 가사자료
1. 자조탄식(自嘲歎息) : 고향 쩌난 회심곡, 곽시지문, 기천힝가,
깃천별장가, 남미상봉 원별가, 낭군님전상서, 노처녀소회가,
단중인탄인모회, 동데미, 유회가, 리회가, 별곡답가, 붕우사모가,
사모가1, 사모가2, 사모가3, 신슈탄, 심중소회, 여자한가, 원망가,
이별가, 이별한탄가, 자탄가, 자탄회심곡, 정부인기쳔가, 진정소회가,
탄소스라, 탄식가1, 탄식가2, 회심가, 회심스

2. 도덕권선(道德勸善) : 경여가, 계여가, 사친가, 오륜가1, 오륜가2,
행신가, 효힝가, 효덕가, 효성가

3. 자연찬탄(自然讚嘆) : 사시경기가, 사시풍경가, 슌슈화조가, 춘풍사,
   춘풍사답, 화전가1, 화전가2, 화전가3, 화전가4, 금강유산가,
   주왕순유름기, 한양가

봉화문화원에서 발간한『우리 고장의 민요와 규방가사』(1995)에는 민
요와 가사를 자의적으로 분류하여 수록하였다. 그 중 규방가사 총 44편
이며, 권선효충가와 기타가사로 분류하였다.

『우리 고장의 민요와 규방가사』수록 가사자료

권선효충가 : 권선지로가, 효자가, 삼강오륜가, 권선지로가, 당일권선가,
도덕가, 자녀훈계록, 사친가, 수연가, 논개충열가
기타가사 : 자장가, 적벽가, 적벽부, 새야새야 파랑새야, 풍월노래,
산유화, 과부중, 풍월, 윷노래Ⅰ, 윷노래Ⅱ, 과부노래, 색시노래, 말거리,
누에, 회심곡, 꿩 자치기, 화조가, 매화시, 회한가, 석별가, 세덕가,
북정가, 침부가, 명월음, 꽃노래, 화전가, 선유가, 망부가, 붕우소회가,
상화가, 칠석가, 팔도유람가, 금강산 유람가, 제주도 여행가

내방가사에 개인적인 관심을 가지는 호사가에 의해 자료집이 발간된
경우가 있다. 안동문화원에서 발간한『안동의 가사』는 이대준이라는 한
호사가에 의해 편찬된 가사집이다. 이씨는 '가사에 도취하여 문전을 섭렵
하고 촌가의 내방을 찾아다니면서 두루마리에 적혀있는 가사를 모으는
일을 필생의 업으로 삼는[34] 현시대에 드문 이'이다.

『안동의 가사』수록 가사자료
도덕가/퇴계 부자분, 화전가/미상, 하회경곡/류시경, 망부가/미상,

---

34) 임동권,『안동의 가사』서문.

맹망인덕담경/미상, 자장가/이원봉, 화수찬가/김구현, 강남행/미상,

조부인 귀정 회고가/미상, 여행가/미상, 평수 부인가/미상, 부녀

노정기/미상, 제주관람가/조희수, 애사/이윤항, 우복동찬가/김자상,

진해강산유람록/미상, 고별가/미상, 환향곡/미상, 망향가/정임순,

대명복수가/김창희, 해소사/미상, 정부가/미상, 백발가/미상,

장한가/미상, 계매가/미상, 여자탄/미상, 수연축하가/미상, 수연가/미상,

축수연가/미상, 남매이별가/미상, 수연축사가/미상,

백남수연경축가/김필임, 동상가/미상, 회포가/미상, 계아사/미상,

신세자탄가/미상, 시절가/미상, 환향유록/미상, 선유가/미상,

원한가/권영철 모친, 석천화산 어룬몽유가/이필남, 몽중 탐승가/미상,

화전가/미상, 주왕산기행/미상, 열녀가/미상, 천등산 화전가/권기섭,

청량가/미상, 화조가/미상, 답 화전가/미상, 옥설화답/미상, 사친가/미상,

한국 유람가/김대현, 관동 유람가/미상, 사친가/미상, 봉우가/미상

6) 현재진행형의 내방가사

내방가사의 중심지라고 할 수 있는 경상북도 안동에서는 <안동내방가사전승보존회 : 회장 이선자>라는 대단히 의미있고 가치있는 단체가 결성되어있다. 그리고 그들의 의해 매년 내방가사 경창대회가 개최되고 있다. 그런 이벤트자리를 통해서 과거로부터 이어져 오는 내방가사를 전수하고, 자신들의 생활을 담아 새롭게 창작한 작품들을 공유하게 되는데, 여기서 내방가사의 현재성을 확인할 수 있다.

안동지역외에도 경상북도 지역에서는 현재에도 내방가사가 전승되고 있다. 아직도 많은 가정에서는 내방가사가 적힌 두루마리. 즉 각편이 발견되고 있고, 개별적으로도 현대 생활의 여러 가지 일면을 소재로 한 가사는 계속 창작되고 있다.

시(市)나 문화원 차원에서도 그 지역에 남아 전하는 가사들을 모아서 가사집을 발간함으로써 가사의 전승을 돕고 있고, 집안 대대로 전해오는

내방가사를 문집으로 엮거나, 자녀들이 할머니나 어머니가 평소 읊거나 보유하고 있는 각편을 효도나 후손교화 차원에서 문집형태로 묶어낸 것도 찾아볼 수 있다. 내방가사의 발상지인 경북지역에서는 그 맥이 끊어진 것이 아니라 현재에도 여러 가지 모습과 방법으로 창작, 전승되어 보존되고 있다.

내방가사는 대부분의 내용이 여성으로서의 힘든 생활을 표현했음에도 불구하고 탄식이 새어나오지 않게, 석별에도 눈물이 흐르지 않게, 풍류에도 속됨이 나타나지 않게 하였다. 부모와 고향을 그리는 맘에는 단순한 그리움이 아닌 강한 자각이 드러나 있다. 당시의 여성들은 자신의 생각과 느낌을 표현한 내방가사를 통해서 힘든 세월 중에도 여성으로서의 주체적인 삶을 이어갈 수 있었다.

내방가사는 유교를 기반으로 하는 사회에서 소외된 계층이었던 여성들이 남긴 문학의 한 형태이다. 남성들이 독점했던 기존의 문학과 비교해서 창작성이나 문학성이 뒤떨어진다고 해도 생활문학으로서 내방가사가 가지는 가치조차 폄하하는 것은 옳지 못하다. 내방가사는 영남지역 여성들의 문학적 성과로서 그 가치를 다시 한 번 신중히 검토하여야 한다. 여성들의 입과 입, 글과 글을 통해 아직까지도 면면히 이어오는 내방가사는 끈질긴 생명력을 가지고 있다. 현재까지 전수되고 있는 작품만 해도 수천 수에 이른다. 아직도 가사를 노래하는 여인들이 있는 걸 보면 삶에 대한 여인들의 사연은 언제까지나 끊이지 않을 만큼 많을 듯하다.

1971년 은촌 조애영의 "은촌내방가사집"에서 처음 '현대내방가사'라는 용어를 사용하였으나 학계에서는 그 어떤 관심도 보이지 않았다. 현재까지 학계에 축적된 대부분의 내방가사 관련 연구물들은 가사자료를 조선시대의 자료라는 것을 별로 의심해보지도 않은 채 이루어졌으며, 따라서 가사, 혹은 내방가사에 관한 한 과거완료형의 고전문학의 범주에서만 논의가 되었던 것이 사실이다.

그러나 내방가사는 엄혹한 일제강점기에도, 한국전쟁시기를 거쳐, 경제발전과 정보화 혁명을 이룩해낸 21세기 현재까지도 강한 전승력을 가지고 향유되어왔다. 또한 90년대에 들어서는 새로운 향유방식으로 부활하여 고전문학의 새로운 가능성을 보여주고 있다. 고전문학이 현대적으로 새로이 부활하여 장르적 기능도 온전히 가능할 수 있다는 징후가 있다는 것이다. 그러기 위해서는 내방가사의 문학적 표현양상과 향유방식은 불가피하게 변화하게 되었다.

내방가사는 더 이상 과거완료형의 문학이 아니라 현재형 내지는 현재진행형의 문학이다. 물론 지역적으로도 경북 일부지역에서만 향유되고 있고, 향유연령층 또한 대부분 고령자 여성들이기는 하다. 그러나 최근 들어 학계와 지방정부의 가사 창작 및 문화적 연구에 대한 관심, 그리고 무엇보다도 향유자들의 긍지 높은 향유의식에 힘입어 새로운 가사부흥의 기운이 꿈틀거리고 있다.

3. 내방가사 향유자의 생애경험

이 글은 현재 경상북도 일원에서 향수, 유통되고 있는 내방가사의 향유자들에 대한 설문조사 방식에 의해 수집된 계량화된 자료의 분석결과 보고이다. 내방가사나 그 향유자에 대한 현장조사나 또는 설문조사 방식의 선행업적이 없었던 것은 아니다.35) 그러나 그 후 20여 년이 지나 상당한 변화가 예상될 뿐만 아니라 그 간의 급격한 사회변화에 순응 또는 저항하면서 살아온 내방가사 향유자들과 그들의 내방가사가 어떤 형태로

---

35) 이원주, 「가사의 독자」, 조선후기의 언어와 문학,『한국어문학회』, 1979.
　　최근의 보고로는 이정옥, 「현재성의 내방가사」,『국제고려학 7호』, 국제고려학회, 2001.

존속되고 있는지에 대한 변화상을 짚어볼 때가 되었다. 또한 본격적인 사회과학적 분석방법을 사용한 설문조사방식의 계량적 조사도 해 볼 필요가 되었다.

이 글에서 사용한 '생애경험'이란 용어는 '살아있는 한평생 동안에 실지로 하여보거나 겪어보면서 얻은 지식이나 기능, 또는 마음속에 일어나는 것에 관한 의식, 즉 내적 경험을 포함한 단편적이며 비조직적인 사실'이라는 정도의 사전적 의미로 사용하였다. 또한 '생애주기'란 '인간이 살아오는 한평생 동안에 어떤 현상이 일정한 시간마다 똑같은 상태나 변화를 되풀이 할 때, 그 일정한 시간'이라는 의미로 사용하고자 한다.[36]

이 글의 설문항은 인구 통계적 변수(인적사항) 13문항을 포함하여 모두 44문항이다. 설문대상자는 경상북도 안동의 여성노인 약 150여 명을 대상으로 하였다. 그러나 설문항에 대한 노인들의 이해도가 낮아 무응답항이 많으며, 설문지 회수율도 매우 낮아 총 배부 수 150매에 비해 회수된 설문지는 100매에 불과하였다. 설문 시기는 2002년 10월부터 2003년 4월 농번기를 피하여 설문지를 배포하고 수거하였다. 데이터분석은 SPSS와 MS-Excel프로그램을 병행 사용하였다.

---

36) '생애경험'과 '생애주기'라는 용어는 가족관계학, 사회복지학, 노인복지학 등의 학문영역에서 사용되는 전문용어인 것으로 알고 있다.(송성자, 『가족관계와 가족치료』, 홍익재, 1995.
본 설문조사에 적극적으로 응답해주신 "안동내방가사 보존회(회장 이선자) 회원이신 안노인분들, 특히 설문지 배포와 수거에 도움주신 이선자 회장님께 감사드린다.
또한 설문지 분석에 도움을 준 장덕희 교수(위덕대 사회복지학과)와 데이터분석을 도맡아 한 최영환(위덕대 국어국문학과 4학년)군에게도 감사한다.

1. 최초의 가사경험

1) 최초의 가사경험

최초의 가사경험을 묻는 질문항은 모두 4항이다. 맨 처음 가사를 읽었을 때의 연령과 가사명, 가사를 읽게 된 동기와 그 느낌 등이 포함되어 있다. 연령을 묻는 항에서는 구체적인 나이를 물었으며, 다시 여성의 생애주기를 출가전·후와 장년, 그리고 환갑전·후 등 5시기로 나누어 질문하였다. 최초로 가사를 읽은 시기의 나이는 대체적으로 10대와 20대가 가장 많았으며(54%), 이는 생애주기별로도 출가 전에 가사를 처음 경험한 응답자가 54%와 일치한다. 그 다음은 환갑 후 22%, 출가 후 18%순이었다.

10대~20대가 한글을 익히게 되는 시기이며, 가정에서 어머니나 할머니 등 가내여성을 통해서 한글을 익히게 된다. 이때 가장 쉽게 한글 문헌으로 접하는 것이 가사일 가능성이 높다.

〈표 3〉 최초의 가사 경험 나이

나 이	인원수(명)	비율(%)
1세-10세	22	22.0
11세-20세	32	32.0
21세-30세	4	4.0
41세-50세	4	4.0
51세-60세	2	2.0
61세-70세	8	8.0
71세 이상	2	2.0
무응답	26	26.0

2) 맨 처음 읽은 가사

총 응답수 78편이었다. 그 중 <화전가>11수, <한양가>5수, <도산별

곡>3수, <효행가>3수, 그 외 2수씩 작품이 8수였다. <화전가>11수가 가장 빈도수가 많으나 11수 모두가 동일 작품이라기보다는 <화전가>유형의 서로 다른 작품일 가능성이 더 높다. 소설로 응답한 경우도 많은데 <권익중전> 2편을 비롯, <류충렬가>, <설낭자전>, <숙랑가>, <주봉전> 외에 그냥 소설책이라고 응답한 경우도 있다. 대부분의 응답자들은 처음 한글을 습득하고 난 후 여성들을 통해서 가전되는 작품들을 읽을 가능성이 많다. 이때 처음 접한 유형의 작품이었을 것이다. 실제로 <한양가>와 <도산별곡>은 경북 지역 어느 가정에서나 발굴될 정도로 필사본 자료가 많다.

3) 맨 처음 가사를 읽게 된 동기와 읽은 후의 느낌

본 문항은 복수응답이 가능하도록 하였다. 유효응답수는 모두 101항이었다.

"주위분의 권유"와 "글을 익히기 위해" 라는 응답이 21명으로 가장 높았으며, "내용이 재미있어서" 19명, "집안에 내려온 책이므로"가 18명으로 그 뒤를 이었다. "주위분의 권유"는 아마 최근 내방가사 보존회의 가입과 참여를 통한 권유라는 의미로 해석이 가능하다. 이런 응답자들은 대부분 최근 들어 60세 이상, 환갑이후 처음 가사를 접한 노인들일 가능성이 많다.

처음 가사를 읽은 후의 느낌은 대체적으로 만족하다는 반응이었다. 아주 좋았거나(48%), 좋았다는(40%) 응답이 절대적으로 높았다. 그 느낌이 그들의 생애에 지속되어 현재의 가사경험까지 연장되고 있다고 할 수 있다.

〈표 4〉가사를 읽게 된 동기

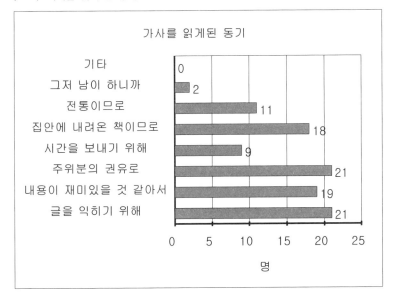

2. 생애의 가사경험

　본 질문항은 모두 41개이다. 질문항이 너무 많고, 특히 주관식 질문항이 많다 보니 응답률이 낮았다. 1번~2번은 가사 선호도에 대하여, 3번은 가사의 지은이에 대한 인지도, 4번~7번까지는 가사 읽는 시기를 연령대별, 생애주기별, 계절별, 하루 중 시간대별로 세분하여 질문하였다. 8번~11번은 가사 읽는 방법과 낭송했을 때 주위인물들의 반응을, 12~15번은 가장 좋아하는 가사와 그 이유를 묻고, 그 이유를 연령대별, 생애주기별로 다시 나누어 질문하였으며, 15번은 좋지 않은 가사에 대한 질문을 하였다. 16번~17번은 추천가사의 여부와 그 대상에 대하여, 18번은 가사입수경위에 대하여, 19번은 가사경험의 방해자에 대한 질문이었다. 이상 총 41개항은 21개항으로 대별할 수 있다. 본 논문에서는 아래의 11개 항목으로 재구성하여 분석해 보았다.

1) 지금까지 읽은 가사의 제목

지금까지 읽은 가사의 제목으로 응답한 작품수는 총 28편이다. 한 수씩 든 경우보다 둘 이상의 작품을 든 경우가 많았다. <화전가> 23수, <한양가> 23수, <도산별곡> 11수, <화수가> 7수, <석별가> 6수, <백발가> 5수, <여행가> 5수, <칠석가> 5수, <야유가> 4수, <영남(칠십일주)가> 4수, <은사가> 4수, <이별가> 4수, <노탄가>, <부녀자탄가>, <사향가>, <숙향전>, <시절가>, <추월가>, <춘향가>, <회심곡>, <효행가>는 각 3수씩이었다. 역시 <화전가> 유형이 가장 선호되는 작품유형이었고, <한양가>가 매우 대중적으로 유통된 가사라는 것을 알 수 있다. <도산별곡>이 많은 것은 안동지역의 역사적 특수성에 기인한 것이라 생각된다.

소설작품으로 응답한 경우도 많은데 <구운몽>, <(홍)길동전>, <류충렬가(2)>, <사씨남정기>, <설낭자전>, <숙향전(3)>, <심청가>, <조웅전>, <주봉전>, <춘향가(3)>등이었다. <제문(회제선생제문)> 2수, <회심곡> 3수라고 답하고 있다. 경북지역의 가사 가전본에는 제문이나 사돈지 등의 생활문도 많이 발굴되는데 가사와 크게 구분짓지 않고 필사하고 낭송하는 향유전통이 남아 있다.

2) 가장 많이 읽은 가사

1항과 관련하여 가장 많이 읽은 가사, 즉 가사선호도를 묻는 질문에 응답한 작품은 68편이었다. <도산별곡> 5수, <화전가> 5수, <한양가> 4수, <석별가>, <은사가>, <시절가> 등은 3수, <부녀자탄가>, <부모은중가>, <영남(칠십주)가>, <오륜가>, <칠석가>, <한라탐승가>, <회제선생제문>,<효행가>등은 2수씩이었다.

이와 같이 읽은 가사를 선호하는 이유를 물었다. 무응답의 비율이

24%나 되었으나, "내용이 좋아", 또는 "재미있어서"라는 응답자가 각각 22%씩 합해 44%나 되어, 가사선호의 가장 중요한 근거기준은 개인적인 선호도라는 것을 알 수 있다. 그 외 최근 내방가사경창대회가 개최되면서 "대회에 참석하기위해" 연습차 읽게 된 경우도 있으며, "가족들의 권유" 도 무시할 수 없을 정도의 빈도수를 보이고 있다. 기타 이유로는 "시아 버님이 지으신 것이어서", "내 삶이 고달파서", "유식하게 지은 것이니까" 등이 있었다.

〈표 5〉 가장 많이 읽은 이유

이 유	인원수(명)	비 율(%)
내 삶에 와 닿아서	6	6.0
내용이 좋아	22	22.0
경창대회 참석차	6	6.0
가족의 영향	6	6.0
재미있어서	22	22.0
기타	14	14.0
무응답	24	24.0

3) 가사의 지은이에 대한 정보

가사의 지은이에 대한 정보를 물었다. 아는 경우와 알지 못하는 경우 가 각각 50%로 같은 비율이었다.

안다면 누구인가에 대한 질문에 구체적인 인명을 언급한 경우(22명)보 다는 본인을 비롯한 친인척 명을 든 경우(26명)가 더 많았다. 시아버님, 아버지, 어머니, 언니, 고모, 영양남씨 맏종부, 영해사람, 영양사람, 윗대

딸네, 윗대조상들, 조모, 주변형님들, 진성이씨, 친구의 친지 등.

모른다면 그 이유가 무엇인가에 대해 "작자미상이어서"가 가장 많고(8명), "어려서"나 "(작자에) 관심이 없어서"가 6명이었으며, 무응답이 70%나 되었다. 대부분의 가사작품이 작자무기명으로 전승됨을 알 수 있다.

〈표 6〉 가사의 지은이에 대한 정보

가사의 지은이에 대한 정보

구체적으로 이름을 언급한 경우
0.22

무응답
0.52

본인을 비롯한 친인척 명을 든 경우
0.26

4) 가사를 읽은 시기

가사를 읽은 시기에 대한 질문이었다. 연령대별, 생애주기별, 계절별로 세분하여 질문하였다.

〈표 7〉 주로 언제 많이 읽었는가? (연령대별)

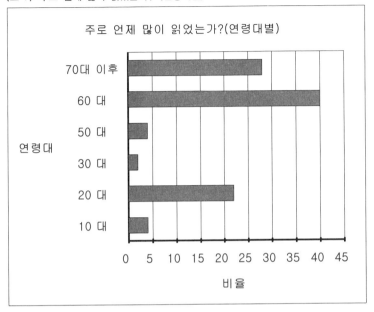

주로 언제 많이 읽었는가?(연령대별)

60대 40%, 70대 이후 28%, 20대 22%순, 60대 이후 68%로 나타난다. 10대와 20대가 26%이다. 30-50대는 6%에 불과하다. 10대와 20대는 한글을 익히는 시기이거나 계녀가 유형의 가사를 필사하는 시기였기 때문일 가능성이 높다. 30~50대는 한창 시집살이 등의 가사노동으로 가사를 접할 여건이 안되었을 것이다. 6,0~70대 이후는 가사 노동에서 벗어나서 가정내에서 어른으로서의 가내 지위도 확보하면서 자연히 가사를 접할 기회가 많아졌기 때문일 것이다.

<표 8> 가사 읽은 시기(생애주기별)

생애주기	인원수(명)	비 율(%)
출가전	18	18.0
출가후	8	8.0
장년	4	4.0
환갑전	2	2.0
환갑후	68	68.0

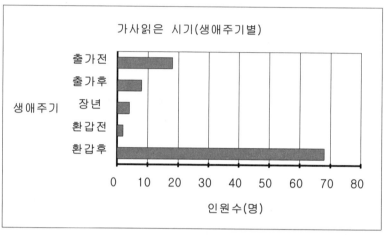

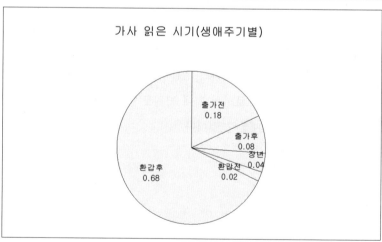

생애주기별로 가사를 가장 많이 읽은 시기는 환갑 이후 68%로서 연령대별 시기와 일치한다. 20대에 출가한 경우가 10대보다 더 많음을 알 수 있다. 환갑전과 장년기는 6%에 불과하다.

〈표 9〉 가사 읽은 시기(계절별)

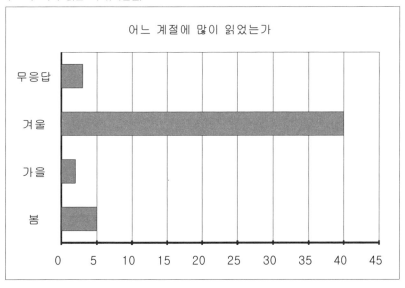

계절별로 유효응답 중 80%가 겨울이라고 응답하였으며, 그 이유도 밤이 길어서(12%), 추워서 바깥출입이 적어(6%), 휴농기로 한가하니까(10%), 심심하니까(8%), 잠이 오지 않아서(4%) 순이었다. 응답자의 대부분이 비록 양반사대부가의 여성이라 할지라도 농촌의 농사에서 벗어나기 힘들었으며 크거나 작거나 간에 농업노동과 가내노동을 병행한 여성들이다.

5) 가사 읽는 방법

가사읽기는 소리 내어 읽거나(48%), 노래조로 읽은(26%) 경우, 즉 소리를 내어 읽는 경우가 74%로, 소리 내지 않고 속으로 읽는 경우(24%)보다 훨씬 많았다. 낭송의 방법으로 가사를 읽었으며 어릴 때부터 웃어른들의 낭송소리를 듣고 자랐기 때문에 자연스럽게 낭송의 리듬을 습득한 어른들이 많았다.

〈표 10〉 가사 읽는 방법

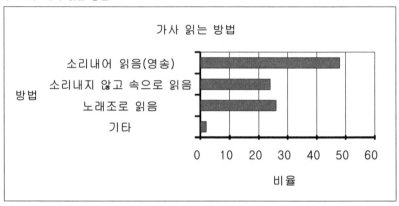

가사를 누구 앞에서 읽은 경우가 있는가 하는 질문에 대한 응답은 <표 11>와 같다. 이를 다시 분류하면 시어머니 등 손 윗사람 앞에서는 30%, 손아래 앞의 경우는 14%, 친구 앞에서는 14%인데 비하여 혼자서 즐기는 경우가 22% 정도로 나타난다. 혼자 읽는 경우(22%)보다는 누군가와 함께 있을 때 즐기는 경우가 많다(78%). 이는 내방가사가 문자 기반의 기록문학으로서 일차적 전승방법은 필사에 의한 것이지만 이차적 전승방법은 구비문학적 속성을 가졌다는 것을 확인시켜 주는 응답자료이다.

〈표 11〉 영송 대상

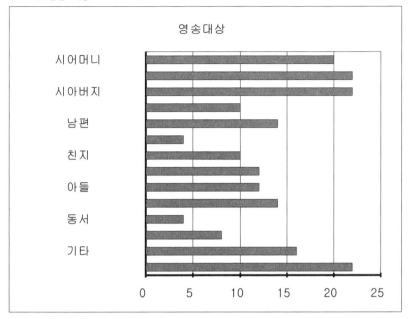

듣는 사람의 반응이 어떠한가 라는 질문에 무응답 30%를 제외하고 "아주 좋아하거나" "좋아한 경우"가 각각 40%, 28%로 "별로 안 좋아한 경우" 2%를 무시하여도 좋을 정도의 반응을 보였다.(복수응답 가능한 문항이었다.)

좋아한 이유로는 "어른들은 주로 내용을 이해하여 재밌어 한다."(25명 중 13명), 또는 "초성이 좋아서"(5명)였으며, "아이들이 신기해 해서", 혹은 "어머니가 읽으니까 좋아한다"고 대답했다. 반면에 "좋아하지 않더라"는 응답의 이유로는 "글의 내용을 모르거나", "문학에 취미가 없거나" "일하기를 원하기 때문"이라고 응답했다.

소리 내어 읽는 방법을 택한 경우, 그 좋은 점으로는 "공부가 되므로" 42명, "소일하기 좋아서"38명, "다른 사람이 좋아하므로" 2명, "남들은 하지 못해 자랑스럽다" 18명의 순이었다.

〈표 12〉 영송이 좋은 이유

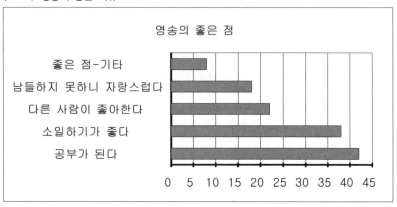

6) 가장 좋고 재미있었던 가사

모두 48편을 추천하였다. <화전가>7수, <부녀자탄가>3수, <오륜가>3수, <노탄가>, <도산별곡>, <유람가>, <퇴계시곡(퇴계사주)>, <효행가> 각2수씩 있었다. 추천의 이유를 묻는 질문에는 38명이 응답하였는데, "교육적이어서" 10명, "내용에 공감하여서" 9명, "내용이 좋아서" 6명, "재미있어서" 9명 등과 기타 경창대회 최우수작이어서 2명 등이었다. 대체적으로 내용에 공감하고 교육적인 내용의 가사를 선호하는 것으로 파악된다.

가장 좋았던 가사와 그 이유를 연령대별로, 그리고 생애주기별로 나누어 질문하였다. 아래의 <표 13>~<표 16>으로 정리하였다.

연령별	가사 제목
10대	시골여자 설음가사, 화전가, 경계가, 시절가, 화전가
20대	고담종류 읽음, 경계가, 경계가
30대	춘풍관별곡, 붕우사모가, 석별가
40대	춘풍관별곡, 도산별곡, 붕우사모가, 베틀노래
50대	춘풍관별곡, 은사가, 노탄가, 자탄가
60대	회갑가, 춘풍관별곡, 이별가, 회심곡, 백발가, 퇴계시곡
70대 이후	삼춘가, 화전가, 여행가, 화수가, 한라탐승가, 이별가, 석별가, 회혼 경축가, 회고가, 추월가, 도산별가, 화전가, 여행가, 노탄가, 은사가, 회심곡, 화수가

〈표 14〉 가장 좋았던 가사의 이유(연령대별)

연령별	이 유
10대	교육이 되니까, 교육이 되니까, 관동팔경 경치를 훑은 가사 때문에, 스승이 잘 가르쳐 주신 가사여서 재미있고 배울 점이 있어서
20대	교육이 되니까, 교육이 되니까, 관동팔경 경치를 훑은 가사 때문에, 스승이 잘 가르쳐 주신 가사여서 재미있고 배울 점이 있어서
30대	시집살이하면서 힘들 때 많이 했음, 꽃다운 시절 놀기를 좋아하며 꽃 떡굽던 생각에, 친구가 그리워서
40대	친구가 그리워서
50대	심심해서 읽었다, 노인이 되므로
60대	나만의 시간이 있다, 자랑스러워서, 자랑 취미스러워서, 뿌리를 찾아 생각할 여유가 있기 때문, 옛것을 살리고 싶은 마음으로, 재미있고 무료한 시간을 보내는데 좋아서, 시간이 잘 간다, 소일하기 위해서, 심심하지 않아서 좋음, 하는 일이 없으니 가사 읽기가 좋아서, 이별이 슬퍼서
70대 이후	친구들과 모여서 놀면서 부를 때, 글을 읽으면 심심하지 않아서 좋다, 살아온 시절을 반성하며 회심가를 읽었다. 글씨를 알게 되니까, 시간 보내고 해서 심심하지 않다, 칠십이 팔십을 접어들면서 취미생활로 즐겁고 방속국기자, 대학교수와 인터뷰를 하면서 즐겁게 사는 나의 생활이 너무 행복하고 보람 있다, 심심할 때본다, 뜻이 재미있지요, 이별이 슬퍼서, 옛날에는 살기 바빠 화수계에 가지 못했는데 지금은 백발이 되어 마음대로 갈 수 있다.
기타	시기별로 마음에 와 닿는 가사내용이므로, 재미가 있어서

생애주기	좋았던 가사
출가전	경려가, 화전가, 후민가, 삼국지, 옥루몽, 오륜가, 한양가
출가후	고대소설, 시아버님이 지어서 주신 영남칠십주가, 도덕가, 붕우사사모가
장년	화전가, 노탄가
환갑전	오륜가, 이별가
환갑후	삼춘가, 기타 등, 한라탐승가는 가사내용이 유식하고 경창대회에 나간 경험이 있다, 문장이 너무 흥미로워서, 화전가, 역사가 재미있어서, 이별가, 한 번씩 만나서 놀고나면 화수가를 짓는다.

〈표 16〉 가장 좋았던 가사의 이유(생애주기별)

생애주기	좋았던 이유
출가전	재미가 있어서, 어른들이 많이 들려주어서 좋아했다, 글을 쉽게 배울 수 있기 때문, 재미있어서, 어머님이 좋아해서 , 배울 점이 많아서
출가후	시부모가 허락해서, 아름다워서
장년	농사짓고 사니 밖에 출입을 못했는데 가사를 읽어보면 집에 앉아서 여러 곳 지향을 알 수 있도록 지여두어서 좋았다. 화전놀이에 참여할 수 있어서 좋았다, 노인이 되므로
환갑전	자랑 취미, 이별이 슬퍼서
환갑후	자랑스러워서, 역사적 내력을 알기 위해, 내용이 잘 되어있으니까, 혼자 잇는 시간이 많은데 심심치 않아서, 재미있어서, 노후가 안정되어 마음 놓고 갈 수 있어서, 이별이 슬퍼서, 글을 지어서 다음에 만나서 나우어 준다.
기타 -	유익하니까, 무조건 좋으니까

7) 좋지 않은 가사 유무

좋지않은 가사가 있는가 라는 대한 물음에 "없다"는 응답이 64%였고, "있다"와 무응답이 18%씩이었다. 좋지 않다고 판단한 이유로는 "구절이 어려워서", "남편을 육이오에 잃은 슬픔이 있어서", 또는 "내용이 별로 좋지 않거나 재미없다"라고 응답하였다. 좋지 않은 가사는 없다고 한 이유

로는 "대부분의 가사는 모두 좋은 내용이거나 유익하다"고 판단되거나 가
사를 읽으면 "마음이 안정되고 편안해지기 때문"이라고 응답하였다.

기본적으로 설문대상자들이 가사를 알고 좋아하는 분들이어서 부정적
인 답이 없으리라 생각했으나 내용과 개인적인 경험과 상황에 따라 선호
하지 않는 분들도 있었다.

8) 남에게 권장하고 싶은 가사유무에 대한 질문

가사를 추천하고 싶은 사람이나 추천하고 싶은 가사가 있는지, 그 각
각의 이유를 물었다.

〈표 17〉 가사 추천 대상자

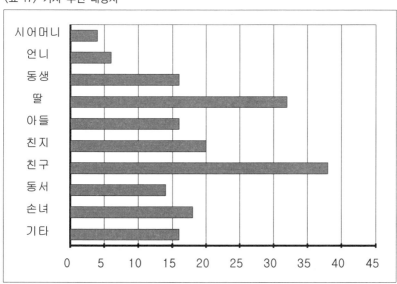

가사를 추천하고 싶은 사람은 친구, 딸, 친지, 손녀 등 친지 순이었으
며, 그 이유로는 "내용이 좋거나", "교육적이어서"가 압도적으로 많았으

며, "가사를 소개하고 싶어서"나 "현대인은 가사를 잘 읽지 않으니 전승하고 싶어서", 특히 "국문학을 전공한 손녀가 있어서" 라는 응답도 있었다. 추천하고 싶지 않은 가사가 있느냐는 물음에 72%가 "없다"고 응답하여 대부분의 가사에 좋은 느낌을 가지고 있음을 보여주었다. 추천을 하고 싶지 않은 가사가 없는 이유로는 "내용이 좋지 않다고 판단되거나 가사를 읽지 않기 때문"이라고 응답하였다. 즉 대부분의 가사가 "내용이 좋거나 재미있고, 도움이 된다"고 생각하면서, 심지어는 "싫은 가사를 가까이 한 일이 없다"며 가사 선별력을 과시적으로 나타내는 응답도 있었다.

〈표 18〉 가사 입수 경로

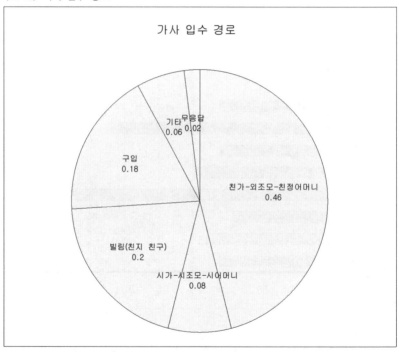

9) 가사의 입수경로

가사의 전승경로를 파악하기 위한 질문항이었다. 대부분의 가사향유자들은 친정에서부터 가사를 익히고 향유한 전통을 가지고 있음을 확인하였다. 시가에서의 전승경로는 미미하여 친구나 친척에게서보다 적었다. 친가-외조모-친정어머니의 경로가 46%로 가장 높았다. 친지나 친구에게 빌리거나(20%), 구입하는 경우도 18% 정도였다.

10) 가사경험 방해자와 방해요인 및 대처방법

〈표 19〉 가사 경험 방해자

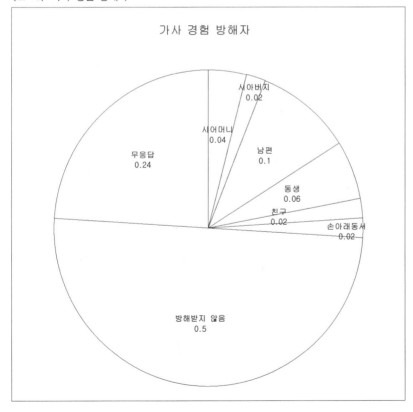

방해 받지 않은 경우가 50%나 되었다. 이 결과는 아마도 환갑 이후의 가사경험과 무관하지 않으리라 생각된다. 방해한 이유로는 "일해야 하니까"라는 응답이 대부분이었으며, 방해하는 방법으로는 "꾸중을 한 경우"가 가장 많았고(12%), "가사를 빼앗아간 경우"가 4명, 감추거나 아예 찢은 경우도 각 1명씩 있었다. 그러나 대부분은 가사읽기를 허락받거나 용인된 상황에서 읽을 수 있었으니 가사 경험의 주위환경은 비교적 관대한 편이라 할 수 있다.

가사를 읽지 못하게 한 경우에 대처하는 방법으로는 "감춰두고 몰래 읽은 경우" 14%, "저항하고 그냥 읽었다" 10%, "읽는 것을 포기한 경우"가 4%였으며 이 질문의 경우 무응답이 70%나 되었다.

〈표 20〉 방해에 대한 대처 행동

대처 행동	인원수(명)	비 율(%)
저항하고 그냥 읽었다	10	10.0
감춰두고 몰래 읽었다	14	14.0
읽는 것을 포기했다	4	4.0
기타	2	2.0
무응답	70	70.0

11) 가사를 읽지 않는 주위사람의 유무

주위에 가사를 읽지 않는 사람이 있는가 라는 물음에 대하여 76%가 있었다고 응답하였으며, 그 이유로는 "글을 몰라서" 40%, "재미를 몰라서" 32%로 응답하였다. 가사를 못 읽게 하는 사람이 있는 경우도 있었다.(2%)

가사를 읽을 수 있는 문자 해독 능력이 있고, 가사의 내용에 흥미를 느낄 수 있는 자신에 대하여 대단히 자긍심을 가지고 있는 듯하다.

<표 21> 가사를 읽지 않는 이유

읽지 않은 이유	인원수(명)	비 율(%)
글을 몰라서	20	40.0
재미를 몰라서	16	32.0
못읽게 하는 사람이 있어서	1	2.0
무응답	13	26.0

12) 가사를 발전시키기 위한 방안

가사를 발전시키는 방안에 대한 질문에는 42%나 응답을 하지 않았다. 그 다음으로는 내방가사경창대회나 홍보를 통해 발전시키는 방안이 가장 많았다. 현재 자신의 개인적인 흥미와 관심사만이 중요하다는 생각을 한 듯하다. 기타 의견으로는 젊은 세대의 발굴, 책출판, 연구와 창작 등이 있었다.

3. 가사 필사 경험

1) 필사 가사명과 작품 수, 필사의 이유

1편에서부터 셀 수 없이 많다는 응답까지 매우 다양한 답변이 있었다. 1편 5명, 2편 3명, 3편 3명, 4편 이상 10편 6명, 10편 이상 20편까지 2명, 30편 이상 1명, 40-50편 1명 과 같이 구체적 편수를 제시한 경우도 있으나, '수십권', '수없이 많다', '많이 필사했다.', '많이 쓰고 있다.', '많이 써보았다' 등의 답변도 7명이나 있었다. 구체적인 작품명을 든 응답자도 있었는데 작품명으로는 <딸둔어미사별>, <담배귀>, <사돈지>, <사찬가>, <여느자소회가>, <여환별곡>, <위장지>, <일생회상>, <제문>, <부녀소회가>, <한양가>, <화전가>, <부모은공가> 등이 있었다.

필사의 이유는 <표 22>와 같이 "내용에 대한 흥미"가 38%로 가장 높고, 보존 전승적 가치에 그 이유를 꼽은 경우가 그 다음으로 많았다 (34%). "선물을 하려고"라는 응답도 34%나 되었는데 후손이나 친구들에게 필사하여주고자 하는 이유 인 듯하다.

생애주기별 필사 시기는 환갑 후 52%로 가장 높았고 출가전후에 각각 16%, 14%, 합하여 30%로 다음으로 높다. 장년기에는 거의 필사할 수가 없었던 것은 그만큼 가사에 종사하는 시간이 많았기 때문이라 분석된다.

〈표 22〉 가사 필사의 이유

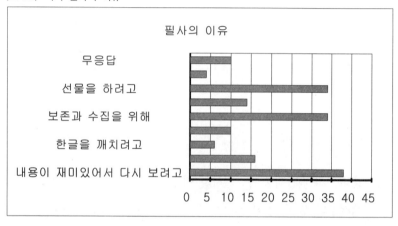

4. 가사 소장 경험

1) 소장 가사와 작품 수

1권 1명, 3권 4명, 4권 2명, 5권(정도) 4명, 6권 2명, 8권 2명, 10권 3명, 15권, 1명, 20편 1명, 30권 1명 외에 수십권의 가사책과 두루마리와 소설 <사씨남정기>가 있다는 답변도 있으며, 여러 권, 많이 있다는 답변도 3명 정도 있었다.

2) 소장이유와 활용방법

가사를 소장하고 있는 이유로는 "후손에게 가르치고 물려주기 위해" 22명, "보존과 수집을 위해" 21명, "내용이 재미있어서 다시 보려고" 20명으로 거의 비슷한 분포를 보였다. 개인적인 향유가치와 함께 전승 보존적 가치, 교육적 가치를 거의 동일하게 여기고 있다는 판단을 할 수 있다.

따라서 소장가사를 활용하는 방법으로는 "돌려 읽고 있거나"(21명), "후손들의 교육에 활용하고 있는 경우"(15명)가 많으나 "아직 활용 하는 방법을 모른다"(7명)는 응답자도 많았다. "심심하면 읽는다"(기타 2명)는 개인적 효용성만을 피력한 응답도 있었다. 무응답자가 많았다.

3) 소장가사를 물려주고 싶은 사람과 그 이유

딸13, 며느리 10, 손녀4, 손자1, 아들2, 아들과 딸1, 외손녀1, 동서1, 사돈1, 사촌1, 자녀3, 자손들2, 자식들2, 후손2 으로 총 응답 중 사돈1, 동서1, 사촌1을 제외하고는 모두 자녀를 포함한 후손들이었다. 그 이유로는 64명의 응답 중, "교육적 이유" 18명, "전승과 보존" 30명, "관심 있는 사람이어서" 8명, 기타 8명이다.

4) 소장 가사 중 인쇄나 출판하고 싶은 가사

총 응답자 24명 중, "없다" 6명, "많다" 2명, "많았는데 이젠 별로 없다" 1명, "모두다" 1명이었고 작품명으로는 <격여가>, <고회가>, <금강산유람가>, <도산별가>, <백발가>, <오륜가>, <우미인가>, <은공가>, <자탄가>, <중국기행문>, <화수가>, <화전가>2수, <회심곡> 2수 등을 꼽았다. 이들 가사는 내방가사 보존회에서 출간한 [영남의 내방가사]나 [내방가사경창대회원고모음집]에 수록된 가사명과 일치하고 있다. 그 이유로는 "길이보존하기 위하여", "내가 알고 있는 것은 거의 책에 있다", "내방가사(경창)을 열 때 딸에게 많이 주었다", "너무 아름답게 잘 지어서", "모두들 읽고 옛날 여인들의 삶을 되새기길 바라며", "보존을 위하여", "오래두고 보기위해", "외국 다녀온 기념으로", "요즘 내방가사책이 많이 나와 있다", "요즘 아이들이 잘 읽지 못하므로", "육이오를 상징하는 내용이어서", "자취를 남기고 싶어서", "재미있어서", "지난일이 그리워서" 등 다양한 응답이 나왔다. 그 중 "보존가치"에 의미를 둔 경우의 응답을 제외하면 통계처리 하기에는 부적절한 질문항이었다.

5) 소실가사의 유무와 그 이유

무응답자가 많았으나 응답자들 중 대부분은 "빌려가서 안주니까"라고 응답하였으며, "예전 교수(학자)들이 가지고 가서 돌려주지 않았다" 는 응답자도 7명 있었다.

5. 가사 창작 경험

1) 가사 창작 경험

가사창작 경험의 유무에 대하여 경험이 있는 경우가 42%, 없는 경우가 58%로 창작 경험이 있는 경우보다 없는 경우가 16%나 더 많았다. 가사 향유경험 중 읽고, 필사한 경험보다는 창작경험이 훨씬 더 적음을 알 수 있다. 창작가사의 내용을 묻는 질문에 대한 답변은 20명이 응답하였다.

<기유년 시어머니 갑사기> – 회갑을 못 넘기시고 별세하셔서 너무
슬퍼서
<부모은공화전가> – 삼강오륜을 알고 부모에게 효도하라는 뜻으로
<석별가> – 출가할 때 슬퍼서

<화전가> - 봄날을 즐기며 꽃을 보고 친구들과 한담하는 내용
<회고가> - 내가 살아오면서 겪은 내용
<노설가> - 일생을 되돌아보며 살아온 과정 노래
<자녀훈육가> - 교육적인 내용, 인간(여자)도리

위와 같이 창작 가사의 제목과 그 내용을 제시한 경우의 답변도 있었으나 "6.25에 남편을 잃고 삶의 고달픔을 적었다", "도덕성이 있는 글", "살아온 것을 적었다", "화전하러 간 내용" 등과 같이 내용만을 제시하거나, <금강산기행가>, <금강산관광가>, <동남아 관광유람가>, <사돈지>, <제문>, <소화가>, <여자소회가>, <자녀훈계록>, <자탄가> 등과 같이 가사의 제목만 제시한 응답도 있었다. 회고적인 내용, 관광과 유람, 화전놀이와 같은 특별한 경험적 내용, 자녀교육적 내용 등이 대부분이라 할 수 있다.

2) 창작한 연령과 동기

18명의 응답자가 있었다. 17세 1명, 30-40세 2명, 50대 2명, 60대 이후 5명, 70대 이후 8명 등으로 일찍이 17세부터 지은 이가 있기도 했지만 대부분의 응답자가 60대 이후(13명)에 창작하였다고 응답하였다. 생애의 가사경험과 거의 일치하는 부분이다. 창작동기로는 "일생을 기록하고자 하여" 4명, "행사, 유람, 관광을 기념하기 위해"4명, "교육적 동기로" 3명, 그 외 "재미와 취미로" 2명 등이었다. 앞의 창작가사와 중복적인 문항이라 이해해서인지 본 문항 역시 응답자가 많지 않아 19명에 그쳤다.

3) 앞으로 창작하고 싶은 내용의 가사

앞으로 꼭 창작하고 싶은 가사가 있는지, 있다면 어떤 내용인지에 대

한 질문에는 3명만이 응답하였다. 참고로 밝힌다.

* 남북이 하나되어 훌륭한 대한민국이란 명칭을 가졌으면 하는 이런 가사
* 내 평생 소원을 쓰고 싶다
* 평생 수기를 쓰고 싶다.

4. 여성의 여행 경험과 사회화

여성의 자유로운 여행(문밖출입)이 허용된 시기로부터 여성의 신분적 자유가 확대 신장되기 시작하였고 이를 통한 사회화의 과정이 내방가사 내용의 폭과 질이 확대되는 매우 중요한 계기가 되었다. 여성들의 여행 경험의 확대를 통한 사회화 과정을 이해하기 위해 먼저 남성들의 공간 확대가 어떻게 진행되었는지 살펴볼 필요가 있다. 기행가사 속의 남성의 여행 경험 가사는 조선시대 양반 남성이 그 창작의 중심에 있었으며, 16세기 중반부터 20세기 초까지 부단히 그들에게서 사랑받는 시가 장르였다. 특히 17, 18세기에 이르러 다양한 주제의 작품들이 많이 창작되었으며, 후기로 갈수록 유배나 사행 또는 구곡류 유람의 공간 반경이 넓어지면서 기행가사[37]의 비중은 상대적으로 확대된다.[38] 실지로 학계에 보고

---

13) 최강현은 "기행가사란 한국특유의 문학양식은 가사형식에 출발, 노정, 목적지, 귀로의 4단계를 내포한 시간적, 공간적 과정에서 여행자가 보고, 듣고, 느끼고, 생각한 자기의 여행경험을 담아 문학작품화한 것"으로 정의하고 있다. (최강현 ≪한국기행문학연구≫ 일지사, 1982. 7~18쪽. 서원섭(1978)은 "유롬기행의 가사는 이곳저곳 돌아다니며 놀고 구경하며 또 여행 중의 견문, 체럼, 감상 등 을 주제로 한 가사이다. 이는 유람의 성격을 띤 가사와 기행의 성격을 띤 가사로 2대별"하고 있다. 그러나 유람가와 기행가의 차이를 여행지의 국내외 구분으로 하고 있어

된 기행가사 작품만으로 53편이 넘는다.[39)

풍류기행형 내방가사에 대한 조명을 위해서 먼저 학계에 보고된 기행
가사에 대한 몇 가지 분석은 유효하다. 남성 작가의 작품이 대부분인 기
행가사에서 여행(혹은 유람)의 동기나 목적과 여행지나 그 여정을 분석하
는 것은 여성들의 작품인 내방가사의 그것과 비교되는 기준이 될 것이기
때문이다.

최강현 편저 ≪기행가사자료선집≫ 1의 43편 작품을 분석해보면 총
수록 작품은 45편이나 그 중에는 <부여노정긔>와 <금행일기>[40) 등
두편의 작품은 여성의 작품인 내방가사이므로 분석 대상에서 제외한다.
이 자료집에는 1556년에 창작된 것이 확실한 백광홍의 <관서별곡>으로
부터 1908년 창작된 김한홍의 <서유가>까지, 16세기 중반에서 20세기
초반 간에 창작된 작품들이 수록되어 있다.

먼저 여행동기나 목적을 분석해 보았다. 벼슬을 하는 환관으로서 임지
에 부임하거나 부임 후 관내 순시 목적으로 여행을 하거나(백광홍 <관서
별곡>, 정철 <관동별곡>, 조우인 <튤세곡>, 이용 <북정가>, 이방익 <표해가>,
구강 <북새곡>, <교쥬별곡>, <금강곡>, <청셕가>, 조희백 <도해가>, 김한홍
<서유가>, 실명씨 <기성별곡>, 실명씨 <척주가>), 혹은 부임지를 떠나면서
관내를 둘러보기도 하는(정현덕 <봉래별곡>) 등 공무수행 중의 기행을 목
적으로 한 작품이 모두 18수로 가장 많았다. 그리고 역시 환로에 있으면
서 다양한 이유로 유배를 받아 유배지로 가면서, 혹은 유배지에서 생활하

지나치게 단순하고 도식적인 구분을 하고 있다. 유람가와 기행가를 구분짓는 것
은 무의미하다. 돌아다니며 궁경하는 것이 유람이며. 그 여정, 견문과 감상을 적
은 것이 기행이라면 유람과 기행은 수평적으로 구분되거나 분류될 것이 아닐 것
이기 때문이다.(서원섭 ≪가사문학연구≫. 형설출판사, 1978, p.114)
38) 이상보 ≪17세기 가사전집≫, 교학연구사, 1982, ≪18세기 가사전집≫, 민속
원, 1991. 외 주해 가사문학전집, 1997.
39) 최강현, ≪기행가사자료선집≫ 1, 국학자료원. 1996.
40) 노태조. ≪금행일기≫에 대하여, 어문연국 제12집, 1983.

면서 창작된 작품이 모두 7편(송주석 <북관곡>, 이진유 <속사미인곡>, 이광명 <북찬가>, 안춘근 <홍리가>, 안묘원 <만언사>, 김진형 <북천가>, 채귀연 <채한재적가>)이었다. 결국 공무 수행중 여행이나 유배를 하게 되어 창작된 기행가사가 43편 중 25편이나 된다.

순수한 여행, 구곡류 유람 목적의 기행가사는 총 17수(조우인 <관동속별곡>, 위세직 <금당별곡>, 박순우 <명촌 금강별곡>, 실명씨 <병자금강산가>, 박희현 <지헌금강산유산록>, 조윤희 <관동신곡>, 실명씨 <금강산완경록> <금강산완유록>, <금감산유산록>, <금강산유산록>, <봉내청긔>, <송양별곡>, <향산록>, <향산별곡>)였다. 그중에는 삼척부사로 부임한 장인을 방문하는 목적으로 여정을 그린 작품인 권섭의 <영삼별곡>이 포함 되어있다. 그 외 특이하게도 전염병을 피하여 글 읽을 장소를 찾아다니며 전북 고창, 정읍, 태인 등지를 여행한 황전의 <피역가>가 한 편이 있다.

남성들의 가사에 반영된 여행은 주로 '임지부임, 관내순시'(7편), '순수유람'(16편), '방문'(1편), '피역'(1편)으로 공무를 띄고 임지로 부임하거나, 관내를 순시하면서 지은 기행가사의 임지는 다양하다. 총 18편 중 국내 기행은 15편, 외국 기행은 4편이었다. 국내로는 함경도의 관북지방, 강원도를 포함한 관동지방, 평안도를 포함한 관서지방, 그리고 기타 지역으로 크게 분류하여 보았다. 금강산과 강원도를 포함하여 4편, 즉 관동지방이 가장 많았다. 관북3편, 평양, 개성을 포함하여 관서지방 3편이었다. 그 외 제주1 편, 동래 1편, 단양 1편, 서해안 1편이었다. 반면에 순수한 여행, 혹은 유람의 목적지로는 금강산이 단연 으뜸이었다. 총 16편의 기행가사 중 11편이 금강산을 유람목적지로 선택하였다. 그 외에 묘향산 2편, 천관산, 완도, 개성, 삼척 기행이 각 1편씩 있었다.

이상의 분석에서 다음과 같은 몇 가지 흥미로는 발견을 할 수 있다.

첫째, 기행가사에 나타난 조선시대 남성들의 여행이나 유람은 대부분 공적 영역의 직분으로 이루어진다.

둘째, 유람지는 대부분 명승지이거나 경관이 뛰어난 곳이다. 특히 금강산은 그중 단연 손꼽히는 여행지였다. 공무를 수행하면서나 그렇지 않으면 순수 여행목적으로라도 금강산을 유람한 작품은 총 15수나 되었다.

셋째, 공적인 여행은 물론 수행하는 사람들이 있어서 단체의 성격을 띠었을 것이다. 그러나 견문과 감상은 개인적인 차원에서 이루어진다. 순수 여행 목적의 경우에는 철저히 혼자 여행을 하였다.

넷째, 비교적 오랜 기간 동안의 여정이며, 원거리 여행이 많았다. 특히 중국이나 심지어 미국까지도 여행하는 기회를 얻은 경우는 기행의 감격이 더욱 컸다. 이때 <일동장유가>, <북행가>와 같은 장편 기행가사 작품이 많이 창작되었다.[41]

남성에 비해 외방 출입이 철저하게 봉쇄되었던 여성들의 여행경험은 주로 친정 나들이가 고작이었다. 그러나 조선 후기사회에 접어들면서 족계와 대종계 딸네계와 사회적 계모임인 동계(상계, 하계)와 대동계(상하계)가 활성화되면서 여성들의 출입이 허용되기 시작했는데 그 중심은 화전놀이가 된다. 집안 여성이나 딸네 혹은 그들의 혼성이 된 화류계를 통한 여성들의 경험 공간이 확대된다.

여성의 경험 공간 중 먼저 폐쇄공간으로서의 내방을 들 수 있다. 내방가사에 '내방'은 공간적 의미로서 여성의 거주 및 생활공간이다. 그 공간 범주는 여성에게는 한없이 제한적이었다. 이는 조선시대 여성의 행동반경을 관습적으로 제한한 탓이다. 아무리 좁고 누추한 집일지라도 안방과 사랑방을 남녀의 거주공간으로 분류해 놓은 조선시대 양반가의 가옥구조에서 이와 같은 내외 관습은 쉽게 확인된다.

교훈・도덕류의 가사에 나타난 여성의 경험공간은 어려서는 내방, 결혼 후에는 시집 또는 친정으로 제한된다.

---

41) 임기중, ≪한글 연행록 가사≫, 학고방, 2016. 참조.

어와 우리 동뉴 규중의 집이 안즈
닉측편이 공정이오 열여졀니 ᄉ업이라
<중략>
열 살부터 불츌문의 유슌ᄒᄆᆯ 덕을 슴아 <규방정훈>

여성은 열 살부터 깊고 깊은 내방에 들어앉아 문 밖 출입을 하지 않아
야 했다. ≪열녀전≫이나 ≪내측편≫ 등과 같은 부녀교훈서를 읽는 것을
비롯하여 부녀자 수업을 받는 것이 최고의 덕목이었다.

이러한 내외관습 이데올로기를 강화하는 유교 원리 중의 하나가 음양
원리였다. 조선조의 지배 이념의 핵심인 유교와 특히 우주의 원리를 설명
한 주역은 종교적 성격을 띤 철학사상으로서 그 근본을 음양의 원리에
두고 있다.[42] 원칙적으로 음양은 상대적이며 동동한 것이다. 주역의 음
양논리가 유교적 가족제도 형성에 어떠한 영향을 미쳤는지를 박용옥
(1985)은 다음과 같이 분석하고 있다. 우주만물은 음양의 적절한 배합과
유전에 따라 형성되며 이는 남녀 교합이 새 생명을 탄생시키는 것과 동
일한 원리다. 여성과 남성은 각각 음과 양의 원리를 드러내는 상징이며
이 양자는 결코 뒤섞일 수 없다. 그러면서도 이 둘은 하나만으로 성립될
수 없는 상호보완적 성격을 갖기 때문에 동등하게 중요한 것으로 인지된
다. 주역의 남녀관에 따르면 남성은 우주 창조의 근원이며, 천상적인 것,
움직임, 강한 것을 나타내는 데 반해 여성은 창조된 것을 유지하는 지상
적인 것이며, 고요하고 부드러운 것으로 상징화 된다. 이러한 단순한 남
녀구별은 권력이 집중화되고 지배/피지배의 관계로 사회가 조직화됨에
따라 위계서열적 남존여비의 이념으로 굳혀진다. 안채와 바깥채라는 공
간적 구분과 내외관습의 배경은 이 근원적 우주관과 연결되어져 왔던 것

---

42) 이하 음양원리에 관한 논의는 조혜정, ≪한국의 여성과 남성≫, 문학과 지성사,
   1990, pp.73-74. 참조

이다.

> 친졍을 하직ᄒ고 싀가로 드러가니
> 네 ᄆ음 엇더ᄒ랴 ᄂᆞ 심ᄉ 갈발업다
> 빅마의 짐을 실고 금안을 구지미고
> 문밧긔 보닐 젹의 경계홀 말 하고만타 <권본계녀가>

내외법에 의해 외부출입이 엄격히 통제되었던 조선시대의 여성이 '친정'의 '문밖'을 나서보아야 가야할 곳은 '싀가'일 뿐이다. 또한 시가에서 여성에게 허여된 공간 영역은 '단좀'을 이루기도 어려운 방, '봉졔ᄉ'와 '접빈객'을 위한 공간과 '졍쥬(부엌)' 외에는 '무름없이(스스럼없이)'는 갈 수 있는 집이라곤 가까운 일가친척의 집이나 이웃이 있을 뿐이다.

이처럼 제한적이고 폐쇄적인 공간 영역에서만 활동이 가능했던 것이다. 내방은 여성의 거주, 생활공간인 동시에 내외법상의 규범 공간이기도 하였다.

> 남녀 로소 분별하니 나의 례졀 받자오늬
> 남자는 밧게 잇고 여자는 안에 잇서
> 여공에 매인 일을 난낫치 비와 닉리 <행실교훈지라>

> 밧그로 맛튼 일을 안으로 간여 말고
> 안으로 맛튼 일을 밧그로 밋지 마라
> 가장이 구죵커던 우스면 딕답ᄒ면
> 공경은 부죡ᄒ다 화슌키난 ᄒ나니라 <훈시가>

남성의 영역과 여성의 영역은 공간적으로 엄격히 분할되어 있었고, 그 각각의 고유 역할도 구분되어 있었다. 그것은 남성의 역할이 바깥에서 이루어지는 중요하고 공적이며 사회적인 것임에 비하여 여성의 경우는 주로 집안에서 이루어지는 '여공'들, 이를테면, 침선방적과 같은 가사노동에 해당되는 사적인 노동 영역에 해당하는 것들을 의미한다. 이렇듯 남성과 여성의 역할은 뚜렷이 구분되어 있으므로 각자의 고유 역할에 대한 관심과 간섭 또한 금기시되었다. <훈시가>의 경우 여성이 남성의 바깥일에 대한 관심은 철저히 배제되었으나 남성의 여성의 일에 대한 간섭은 허용되어 있으며, 여성의 잘못을 남성은 꾸중할 수도 있었으며, 그 경우 여성은 웃으며 대답하여 부부간의 불화를 일으키지는 말라고 훈계하고 있다. 남성과 여성의 구별은 '밖/안'의 공간구분의 차원을 넘어 남성과 여성의 '지배/복종'의 상하 신분질서까지도 엄연한 시대상을 제시하고 있다.

여성의 이동공간의 범위도 자연 결혼하여 평생 살아야 할 공간으로서의 시집과 이따금 말미 내어 출가외인의 신분으로 방문하게 되는 친정집으로 제한된다. <사친가>형과 <회혼가>형의 가사들은 대부분 친정을 그리워하거나 친정의 경사로운 행사에 참가한 여성들의 가사라 할 수 있다.

이렇게 여성에게 폐쇄적이었던 경험공간이 <화전가>형과 <유람가>형 가사에서는 그 경험 공간의 영역이 대폭적으로 개방되고 이동 확대되는 양상을 보인다. 비록 친정과 시가에 얽매여 살 수밖에 없는 여성들에게도 일 년에 한 번 또는 그 이상의 이동을 허용하는 기회가 주어지게 된 것을 이들 유형의 가사에서 확인할 수 있다.

비록 내방가사라 할지라도 여성의 경험공간은 '내방'만은 아니었으며, 그 경험공간은 가사의 소재와 주제의 다양화와 함께 개방과 확대와 이동이 불가피하게 된다. 특히 조선 후기로 들어서면서 <유람가>형의 내방가사 작품에 나타나는 여성 경험 공간의 확대 폭은 가히 괄목할 만하다. 여성의 경험공간의 확대에 기여한 유람가형 내방가사의 분석 자료는 아래의 도표와 같다.

<표 23>

자 료 명(발행연도)	편	편 저 자(발행기관)
은촌내방가사집(1971)	1	조애영
규방가사 1 (1979)	18	권영철(한국정신문화연구원)
규방가사집(1988)	3	영천시
안동의 가사(1995)	7	이대준(안동문화원)
민요와 규방가사(1995)	3	봉화문화원
내방가사경창대회모음집(2000)	2	(사)안동내방가사전승보존회
필사본	2	이정옥 소장본
총계	36	

분석 대상 작품 총 36편 중 남성의 작품임이 확실한 6편43)과, 실제 여
행이 수행되지 않은 3편의 작품44)은 분석 자료에서 제외하였다. 또한
<부여노정긔>는 ≪규방가사≫ 1과 ≪안동의 가사≫에 중복 수록되어
있다. 따라서 실제 분석대상 작품은 모두 26편이다.

<표 24>

제 목	제작시기	출발지→ 주행선지	여행형태	교통수단	목적
금강산기행가	1930년(경오)	서울→ 금강산	단체	도보	수학여행
윈별탄	1937년(정축)	→ 태백산	하인수행	도보	친척방문
쥬왕류람가	1954년(갑오)	→ 주왕산	단체		유람

---

43) <금강유산가>, ≪규방가사집≫, 영천시. <주왕순유룸기>, ≪규방가사집≫, 영
천시. <우복동찬가>, ≪안동의 가사≫ 이대준편 안동문화원, <한국유람가>,
≪안동의 가사≫ 이대준편 안동문화원, <북정가>, ≪민요와 규방가사≫, 봉화
문화원, <금강산유람가>, ≪민요와 규방가사≫, 봉화 문화원
44) <영남도칠십일주가>, ≪규방가사 1≫, 권영철 편, 한국정신문화연구원. <운산
구곡지로가>, ≪규방가사 1≫, 권영철 편, 한국정신문화연구원. <한양가>, ≪규
방가사집≫, 영천시

영남루가	52-54년간	→ 밀양	친구		
금광유람가	일제시대	부산 → 금강산	단체	대중교통	유람
부여노정긔	1815이전	안동 → 부여	가족	가마	부임 내행
계묘년여행기	1963년(계묘)	예천 → 경주	단체	관광	유람
사형제완유가	1962년(임인)	→ 서울	가족	대중교통	친척방문 방문화구경
청양산수가	60년대	→ 청량산		도보	조상세덕
슈곡가라	1927년(정묘)	→ 주왕산	단체		유람
유람기록가	1964년(갑진)	예촌 → 경주	단체		유람
여행기	1970년(경술)	영덕 → 백암온천	단체		온천
경주유람가	60-70년대	영주 → 경주	단체		유람
노정긔라	1973년(계축)	영덕 → 계룡산	개인	대중교통	딸방문
금오산척미정 유람가	1928년(무진)	선산 → 금오산	친척	도보	유람
청양산유람가	일제이후	→ 청량산	친구	도보	유람
유람가	1965년(을사)	예천 → 부여	단체	관광	유람
제주관람가	1980년(경신)	대구 → 제주도	가족	대중교통	유람
진해강산유람록	80년대	대구 → 진해	가족	자가용	유람
주왕산기행	1976년(병진)	서울 → 안동	친척	대중교통	귀향
관동유람가	1972년	대구 → 설악산	단체	관광버스	유람
제주도여행가	1987년(정묘)	서울 → 제주도	단체	대중교통	유람
여행유람가	1983년(계해)	안동 → 부곡온천	단체	관광버스	유람
가야산해인가	1957년(정유)	성주 → 해인사	친구	대중교통	유람
남해 일쥬 사박 오일 유람가	1972년(임자)	부산 → 남해일주	단체	관광버스	유람
제주도 여행가	1972년(임자)	봉화 → 제주도	친척	대중교통	유람

내방가사는 작자를 정확히 알 수 있는 작품이 드물다. 대부분의 여성 작자들이 그 이름을 밝히지 않기 때문이다. 비록 이름은 아니더라도 택호를 이름 대신으로 하는 경우도 있으나 이 역시 드물다. 또한 연구자들이 그동안 자료를 수집하는 과정에서 원작자에 대한 충분한 검증을 하지 않은 이유도 크다. 기행가사의 경우도 예외가 아니다. 작자명이 명기된 작품은 모두 6편뿐이며, 그중에서도 2편은 택호로 기명되어 있어 정확한 작자명은 알 수 없다. 그러므로 내방가사의 경우에는 작자 규명에 대한 관심은 별 의미가 없다. 특히 필사와 낭송이라는 구비전승적 전파성을 가지고 있는 내방가사는 오히려 여성 일반이라고 하는 다중적 작자관을 허용할 필요가 있다.45)

내방가사 작품은 그 제작 시기를 알 수 없는 작품이 대부분이다. 전승 과정에서 수많은 독자와 팔자를 만나면서 또한 수많은 첨삭의 과정을 거쳤기 때문이다. 그러나 기행가사의 경우는 여행한 해와 날짜를 가사 내용 중에는 확인할 수 있는 경우가 많다. 6편의 작품을 제외하고는 모두 제작 시기를 정확히 알 수 있었다. 그 6편도 대강 일제시대 작품인지, 아니면 최근의 작품인지를 분별할 수 있는 정도의 단서—이를테면 어휘나 풍경에 대한 소감—들이 있었다.

가장 이른 시기의 작품은 연안이씨의 <부여노정긔>이다. 1815년 이전의 작품이며, 유일한 19세기 작품이다. 그 외의 작품은 모두 일제시대, 혹은 최근세에 지어진 것들이다. 이 분석의 결과는 '내방가사의 제작 시기의 현재성'을 밝히는 중요한 자료가 된다. 여행의 목적은 유람이 대부분이었다. 친척 방문 2편, 아들부임에 내행(內行) 1편을 제외하고는 모두 유람 목적이었다.

여행지는 주왕산, 청량산, 금오산, 가야산 등 작자가 거주하여 살고 있

---

45) 이에 대한 구체적이고 체계적인 논의의 필요성이 있다.

는 곳에서 멀지 않은 명산이나, 경주, 부여 등지의 고적지가 대부분이었다. 여성의 여행 반경이 남성에 비해 상대적으로 좁다는 사실을 말해준다. 그 외에는 제주도, 부곡 온천, 서울, 남해, 진해, 강원도, 금강산 등 유명한 관광지가 대부분이었다.

혼자보다는 여럿이, 또는 단체로 가는 여행의 방법이 대부분이었다. 행선지가 멀수록, 또는 여행의 목적이 유람 그 자체인 경우는 대부분 단체여행이었다. 도보로 여행하는 경우가 많지 않는 것은 여성이 여러 날을 낯선 곳에서 묵어가면서 이루어지는 여행인 경우는 거의 없으며, 단하룻밤이라도 친척들의 집이라도 있어야 가능하리라는 사회적 통념 때문일 것이다. 여성들의 여행 교통수단의 이용이 특히 두드러진다는 특징을 보인다. 4편의 도보 이용의 경우를 제외하고는 버스나 기차 등의 대중교통을 이용하는 경우, 아니면 단체로 관광버스를 이용한 경우가 압도적이다. 시대적으로 현재에 가까울수록, 단체로 이루어지는 유람 목적의 여행일수록 많았다. 후자의 경우는 하루 이상을 여관 등의 숙박지에서 머무는 경우도 많았으며, 명승지 관광의 경우가 대부분이었다.

이것은 또한 여성 특유의 필치로 그려낸 여행지에서의 여정과 아울러 숙박지에서의 외유의 감회가 많은 부분 서술된다는 특이한 양상을 보이기도 한다.

5. 유람가형 내방가사 속의 여성의 놀이공간

여성의 경험공간의 확대에 가장 적극적으로 기여한 것은 놀이공간의 확대다. 남성들의 기행가사가 공무로 인해 부임한 임지의 관내 순시 또는 유배지에서의 기행 그렇지 않으면 스스로 수신의 방식으로 명승지를 찾아 유람하면서 견문을 넓히려는 목적에서 이루어지는 것과는 달리 내방가사의 경우 놀이에 대한 욕구 그 자체가 여성들에게는 집안이라는 폐쇄 공간으로부터의 탈출을 의미하였다. 그러다 보니, 최근작으로 올수록 여행지가 관광지나 온천이 되고 여행의 견문보다는 여행 과정의 유희와 인물 묘사에 더욱 치중하는 경향이 나타난다.

그러다 보니 남성의 경우, 여행 목적과 방법이 개인적으로 이루어지는데 비하여 내방가사의 경우 대부분 단체로, 타의에 의해 조성된 경우에 이루어진다. 이 역시 여행의 목적이 유희적 놀이이기 때문이다.

> 가소로운 여자 몸이 삼일간 작정하니
> 농번기에 맹낭하나 한평생이 멀다 해도
> 우고질병 다 제하면 반백년이 못 대나니
> 악가울사 우리 청춘 삼사십이 댄다해도
> 시드러진 꽃송이요 이 청춘을 허송하면
> 백발이 차자오니 아니 놀면 무엇하리 <유람기록가>

> 헛부다 우리인생 풀 입헤 이슬처럼
> 사라지면 그만이다
> 하루는 화전하고 하루는 완해하고
> 또 하루는 온천가세
> 차래 차래 조목 지워 규모 있게 놀어가니
> 문중이 감동하여 기부금을 지출하네 <여행기>

남성 작가들은 가사 창작 초기인 조선초부터 기행가사를 짓기 시작하여, 20세기 초까지 창작하였다. 내방가사로 알려진 작품 중에서 남성의 작품이 더러 없지는 않지만, 내방가사 창작의 명맥은 거의 여성들에게 넘겼다고 볼 수 있다. 내방가사의 경우, 기행가사는 20세기 중반인 1950년대 이후부터 많은 양의 작품이 나타난다.

<표 24>에서 보듯이 1815년 이전, 곧 19세기의 작품은 <부여노정긔>뿐이다. 그 외의 모든 작품들이 20세기에 창작되었다. 25편 중 정확하게 창작 년대를 알 수 있는 작품은 21편이다. 그러나 그 외의 작품들도 창작시기를 대강 추정할 수 있다. 해방 전후로 크게 시대구분을 하면 일제강점기간에 창작된 작품이 모두 5편이다. 그 나머지 20편은 각각 50년대 3편, 60년대 4편, 70년대 7편, 그리고 80년대 이후의 작품도 6편이나 된다.

이는 여성의 활동 범위에 대한 제약이 비교적 느슨해지면서, 동시에 우리나라에 부녀자들을 중심으로 한 1980년대 단체관광의 유행이 시작된 것과 무관하지 않다.

> 우리의 여자 습관으로 규중에 침복하여
> 한류람 못한 것이 평생에 여한이라
> 전생의 무삼 죄로 여자 몸 되엿든고
> 경오년 사월 달은 우리 일행 모집되여
> 억만근심 하마하고 주왕류람 가게되니
> 슬프다 우리단체 구경이 느젓구나 <쥬왕유람가>

> 슬푸다 우리일행 구식에 태여나서
> 가정교육 잇건마는 학교교육 막내하다
> 무명 세상 오늘날에 무식 여자 애들하다
> 이상은 명산구경 무엇으로 기렴할고
> 서양각국 여자들은 비행기로 구경가나
> 우리들의 심관에 난 주왕산이 연분이다 <쥬왕류감가>

> 세상 사람 웃지마소 지금은 옛과 달라
> 남존여비 구별 업서 규중에 여자몸도
> 자유를 부를 짖저 이십세계 우리들도
> 객지소풍 여사라래 <계묘년 여행기>

요즈유행 원고향은 사람마닥 여수로다
이리져리 쇠월사셔 일평보니 즘관니라
오십연즁 산역수 역역히 기록ᄒ며
고락도 허다ᄒ고 심흉도 무슈ᄒ다
이셰승 사람드라 심흉고락 졍츄니라
내혼자 만나거든 흔탄홀리 안니로다 <슈곡가라>

내방가사의 창작 시기와 여행지는 중요한 상관관계가 있다. 그 시기가 이를수록 공간이 집에서 가깝고, 최근작으로 내려올수록 행선지는 멀어지는 양상을 보인다. 개인적인 목적으로 여행을 한 경우 대부분 그 여행의 목적은 친척 방문이다. 친척들의 단체 여행의 경우에도 여정에 친척을 방문하는 경우가 허다하다. 이것도 또한 여성의 여행의 경험공간에 여전히 제한이 있음을 반증해 주는 사례이다. 단체관광의 경우, 연례적인 행사로 치루어지는 여행이 많았다.

화란춘성 만화방창 때는 조화 삼촌가절이라
갑진년에 유람가서 신라서울 구경하고
노름신이 나와 잇어 <유람가>

경북 예천군 용문면의 부녀자들은 신라의 수도인 경주를 구경한 갑진년(1964년)에 이어 백제의 수도인 부여를 관광하는 것이 맞는 도리라고 하면서 후기에서 내년을 기약하는 하면서(<유람기록가>) 실지로 부여를 관광한 이듬해인 을사년에 위에 인용한 유람가를 짓기도 하였다.

6. 화전놀이의 유래와 전통

화전(花煎)놀이는 동성마을 부녀자들이 중심이 되어 청명절(양력 4월 4, 5일 경)을 전후하여 베풀진 유람놀이이다. 춘삼월 한 해 최초로 꽃피는 시절에 날을 잡아 남녀노소가 각기 무리를 이루어 하루를 즐겁게 노는 것으로 화유(花遊)놀이라고도 하고, 꽃달임46)이라고 하는 지역도 있다. 화전이란 꽃을 붙여 부친 꽃지지미를 말한다. 찹쌀가루로 반죽하고 기름을 두르고 지진 전으로 봄에는 진달래꽃, 배꽃, 여름에는 장미꽃, 맨드라미, 가을에는 국화꽃 등을 이용해 만든다. 꽃이 없을 때는 미나리잎, 쑥잎, 석이버섯, 대추, 잣 등으로 꽃 모양을 만들어 붙였다.

화전놀이는 단순히 화전을 지져먹는 것이 아니라 부녀자들이 모여 노래하고 춤도 추며 가사 짓기를 하고 즐기는 것이다. 화전놀이의 기원은 신라까지 거슬러 올라 갈 수 있다.

≪삼국유사≫ 권1, <김유신조>에 다음과 같은 기록이 있다.

"김씨 집안의 재매부인이 죽어, 청연 상곡에 장사지내고 이를 노래로 지어 재매곡이라고 불렀다. 매년 봄이면 온 집안의 아녀자들이 그 골짜기 남쪽 시내에 모여 잔치를 벌였다. 그때가 되면 온갖 꽃이 피어나고 소나무 꽃가루가 온 골짜기와 숲에 가득 날렸다. 그래서 골짜기 어귀에 암자를 짓고 송화방이라고 했다. 원찰로 삼아 전해온다."47)

화전은 고려 때부터 전해온 음식이라고 한다. 조선시대 궁중에서 삼진날 중전을 모시고 비원에 나가 옥류천가에서 화전놀이를 하였다는 기록

---

46) "꽃전을 부치고 화채를 타고 생선국을 끓이고 담백한 꽃달임이 소담하게 벌어졌다." 박종화 <다정불심>
47) 지금도 경주 서천 서쪽 김유신 장군 묘가 있는 산은 송화산이며, 장군 묘 아래 김유신 장군을 추존한 흥무대왕을 제향하는 숭무전이 있다.

이 ≪조선왕조실록≫(세조실록) 등의 문헌에 자주 나타난다.

호남지방에서는 선비들이 봄날 야외 개울가에서 두견화를 구워 먹으면서 시회를 베풀었는데, 이를 전화회(煎花會)라고 했다.

다음은 홍만종의 ≪순오지≫(상)에 인용된 임제의 <전화회시>이다.

> 작은 시냇가에 가서
> 솥뚜껑을 거꾸로 하여 돌로 괴고 받쳐
> 흰 가루와 푸른 기름으로 진달래꽃을 지진다.
> 쌍젓가락으로 집어 먹으니
> 그 향기가 입안 가득 번지네.
> 한해 동안의 봄빛을 모두 뱃속에 전하는구나.

일반 민가에서는 화전놀이 날을 잡으면 주로 중년층의 부녀자들이 중심이 되어 상(喪)중이거나 특별히 큰일을 앞둔 사람들 외에는 모두 참가한다. 이때는 시어른들이나 남편들도 이 놀이를 즐길 수 있도록 허용하며, 놀이에 사용되는 기물, 경비, 음식 등은 통상 화전계의 수입 이자와 문중이나 마을에서 받은 보조금으로 충당하며 집집마다 갹출(醵出)해서 마련하기도 한다. 그야말로 대외적으로 인정받은 여성들의 놀이 문화였다. 오늘날은 회비를 모아 공동으로 음식을 장만하고 놀이를 준비하고 있다.

현재 안동을 비롯한 영남지역에서는 문중 단위로 여전히 이 놀이가 성한 편이다. 영남 안동지역 중에서도 특히 하회마을에서 사랑을 받았다고 한다. 하회마을 화전놀이의 단골 장소는 화천을 나룻배로 건너가면 나오는 남산 중턱의 팔선대이다. 팔선대는 깎아지른 듯한 바위 위에 여럿이 앉을 수 있는 공터가 있는 곳으로, 강과 하회마을 전경이 일품이라 신선들이 노닐었음 직한 장소다. 하회탈놀이는 마을에서 펼쳐지고 유선놀이는 만송정 솔숲과 부용대가 어우러진 화천에서 열리며 화전놀이는 마을

과 멀리 떨어진 팔선대에서 펼쳐진다.

화전놀이의 절정은 가사를 지어 초성 좋은 사람이 낭송하는 것이다. 화전놀이에서 지은 가사를 특히 <화전가>라고 하는데 영남 안동지역에서는 유달리 화전가를 잘 짓는 여인들이 많았다. 이는 안동으로 시집온 부녀들은 대개가 명문가에서 자라 규중에서 내방가사를 익혔음은 물론 규중교육을 충분히 받은 경우가 많았기 때문이다. 그래서 여인들은 자신의 친정 가문의 명예를 추락시키지 않기 위해서 <화전가>를 짓는데도 열심이었을 것이다.

또한 <화전가>는 개인만의 문화가 아니다. <화전가>에 대한 대답으로 청자들은 "우리 어맴은 참 초성이 좋으셨니더", "우째 초성이 저래좋노"라고 응답하며 그 흥을 돋운다. 이처럼 화전놀이는 놀이의 순간을 즐기는 여성의 집단문화다.

하지만 이러한 문화에 대한 남성들의 시각이 모두 옹호적인 것은 아니었다. 봉화지역에 전해지는 홍원당의 <조화전가>를 살펴보면 "규방의 부녀들이 풍류남자들이나 하는 산수 유람에 빠졌으니 세상이 거꾸로 돌아가는 것이 아니냐"며 화전놀이를 하는 부녀자들을 조롱하고 있다. 이러한 일부 남성들의 조롱에 맞서는 가사도 있었으니 바로 안동 권씨부인의 <반조화전가>이다. ≪언셔족보≫의 기록에 의하면 안동 권씨부인은 봉화의 진성 이씨 집안에 출가한 여인으로 당시 전형적인 양반 사대부의 모습을 보여주고 있다. <반조화전가>는 홍원당의 <조화전가>에 대한 반박으로 <조화전가>에서 조롱하는 항목을 조목조목 따지고 있다. 그녀는 화전놀이는 예부터 있어온 여성들의 놀이이며 화전놀이가 단청놀이에 불과하다는 조롱을 사서삼경과 ≪제가백가≫를 읽어 사람의 도리를 배우고도 행하지 못하니 결국 남자들의 책읽기가 단청놀이에 불과하다며 반박하고 있다. 이는 여성문화에 대한 자부심의 표현이 아닌가 한다.

그렇다고 해서 화전이란 것이 여성들만의 전유물은 아니었다. 남성들도 봄이 되면 구곡놀이의 일환으로 화전을 즐겼다. 하지만 남성들의 화전은 부정기적인 봄맞이 풍류의 일환이었으며 참여 범위도 지인들로 제한되어 여성들의 화전놀이와 구별되었다. 또한 남성들에게는 가벼운 여가 활동이었으나 여성들에게는 일 년에 한 번밖에 없는 공식적인 집단 나들이라는 점에서 차이가 있다.

전근대 사회에서 화전놀이에 소요되는 시간은 일반적으로 겨우 여덟 시간 내외였다고 한다. 여성들에게 있어서 화전놀이는 유일한 탈일상적인 축제의 시간이었다. 화전놀이는 전통사회의 엄격한 유교 원리에 얽매여 집안 살림에만 급급해서 바깥세상과 동떨어진 생활을 할 수밖에 없었던 부녀자들에게 단조롭고 답답한 일상에서 벗어나는 활력을 주는 민속놀이였다. 봄날 하루, 그녀들의 유쾌한 일탈은 봄 햇살보다 찬란하게 빛났다.

내방가사는 조선시대 후기부터 현재까지 주로 신분적으로 양반인 영남 지방의 여성들에 의해 창작되면서, 필사 또는 낭송의 방법으로 전승되고 있는 가사이다.[48) 보통 남성 양반들의 가사를 가사라 하고, 평민남성들의 가사를 평민가사, 혹은 서민가사라 명명한다. 이러한 남성작의 가사와는 달리 여성들이 창작, 향수하는 가사는 내방가사라고 명명한다. 이 내방가사라는 명명(命名)에는 공간적 의미가[49) 외현 되어 여기서 '내방'의 공간적 의미는 시적 자아의 "거주의 생활공간이면서 창작과 향유의 공간이기도 하면서 시의 배경이나 소재가 되는 공간"[50) 이라고 할 수 있다. 또한 그곳은 여성의 양반 신분을 나타내는 공간이기도 한즉, 양반 여성의 모든 것을 의미하는 은밀한 공간이기도 하다. 여성 창작 가사에 대한 명

---

48) 이정옥, 「현재성의 고전문학, 내방가사」. 국제한국학회 학술회의 발표요지. 2000
49) 내방의 의미론에 대하여는 신은경, "조선조 여성텍스트에 대한 페미니즘적 조명 사고(1)". 석정 이승욱선생 회갑기념논총 2. 동 간행위원회, 1991, pp. 576-577.
50) 신은경, 위의 글, 1991, p. 584.

명에 공간의미를 부여한 것은 그만큼 여성의 존재와 삶의 공간이 폐쇄적이고, 여성의 공간 경험의 범위가 제한적임을 함의하고 있다는 관점은 상당한 설득력을 갖는다. 그러나 실로 모든 내방가사 속의 여성의 경험공간이 내방으로만 제한되어 있다는 것은 위험한 편견이다.

동류들끼리 모여 노는 즐거움을 노래한 풍류가 가운데 <화전가>가 가장 큰 비중을 차지했다. 규중에 갇혀 지내던 부녀자들이 봄이 오면 진달래 핀 인근 산천을 찾아 화전놀이를 벌이고 가사를 짓는 것이 오랜 관례였다. 놀이를 거듭하고 화전가를 여러 차례 짓다 보니 같은 말을 되풀이하지 않을 수 없지만, 다시 짓고 읽으면 즐거웠다. 경상북도 영양지방에서 지은 <평남산화전가>에서는 놀이에 참여한 동류들의 모습을 한 사람씩 익살스럽게 그려내기까지 했다.

> 광대같은 대구댁은
> 사냥개를 닮았는가? 어이 그리 시끄러운가?
> 부덕좋은 교동댁은
> 말소리를 볼작시면 기생사촌 닮았는가?
>
> 춤 잘추는 방전댁은
> 하는 이력 볼작시면 거만하기 그지 않다.
> 토곡댁을 볼작시면
> 수나비를 닮았는가? 하는 짓도 분별없다.

그러나 여자로서 할 수 있는 놀이도 제한되어 있거니와 그나마도 마음대로 하지 못한다. 멀거나 가까우나 출입조차 제한되어 있으니 어찌 한탄스럽지 않으랴? 그저 규방에 갇혀서, 자유분방하게 돌아다니는 남편의 의복해대기에 오히려 바쁠 지경이니 더욱 한탄스럽기만 하여 자연히 남편에 대한 원망이 분출된다.

여자 몸이 되엇스니 목화 길삼 삼베 길삼
하자한이 골몰이라 이런 걱정 하노라니
어느 녀가 노단 말가

천지만물 생겨날 때 비록 남녀가 유별하나 인생이 가장 귀하니 춘삼월 호시절에, 놀기 좋은 때에 마음 놓고 놀 수 없는 여자의 신세를 한탄하고 남자됨을 부러워하다가 우리 부녀자들도 규방에만 묻혀 있지 말고 화전놀음으로 하루를 보내자고 하면서 가까운 산으로 놀러 갔다 지은 가사이다. 그러나 하루 해는 짧기만 하다. 여자의 몸으로 마음 놓고 늦게까지 놀 수가 없으니 후일을 기약하고 바삐 귀가해야 하는 것은 시집살이를 하는 여성들은 다시 괴로움의 일상을 체념적으로 받아들여야 한다.

쉽지 않는 우리 모듬 가는 해가 아깝도다
양유청자 가는 실에 가는 해 매여볼까
양사부유 여자의 몸 골몰에 담뿍싸여
어른 앞에 영을 빌고 허다한 일 재처노니
이와 같이 모여 놓기 피차 간에 어렵도다
재미있는 오늘 노름 서산 락일 젖어드니
촌락가에 저녁연기 동궁에 떠 오른다
돌아가기 늦어지면 어른 꾸중 두려워라
돌아가자 약속하고 행장을 수습하야
길을 서로 노눌 적에 섭섭하기 그지없다

내방가사는 조선시대에 지어진 이미 화석화된 고전시가 장르라는 논의가 편견이듯이 '내방'이라는 장르명의 폐쇄성에 사로잡혀 그 경험공간이 극히 제한적일 수밖에 없다라는 논의 역시 편견이다.

이 글에서는 이와 같은 편견을 바로잡고자 여성들이 지은 기행가사 소위 <유람가>형 내방가사에 주목하였다. 남성들의 기행가사와 비교분석한 결과를 토대로 여성들의 여행경험과 그 사회화 과정을 거칠고 소박하게 논의한 결과를 결론으로 삼는다.

첫째, 남성작 기행가사의 경우, 16세기부터 창작되기 시작, 17, 18세기에 가장 활발한 작품활동이 이루어진데 반하여 여성작 <유람가>형 내방가사는 19세기에 이르러 창작, 본격적으로 20세기 일제 이후에 현재까지 창작되고 있다.

둘째, 남성들의 여행이 공적인 임무에 의해서 이루어진다면, 여성의 경우 유람 그 자체가 목적인 경우가 가장 많았다.

셋째, 남성작의 경우 순수 유람 목적의 여행은 금강산을 비롯한 명승지를 주 여행지로 삼았으나 여성의 경우, 거주지 가까운 산이나, 명승고적지가 많았으며, 근래에 와서는 온천 등의 위락지도 다수 있었다.

넷째, 남성의 경우, 공무를 제외한 유람 목적인 여행은 대부분 개인적으로, 혼자 도보로 하는 여행인 데 반하여 여성의 경우 단체로 관광목적의 교통수단을 이용한 관광차원의 여행이 대부분이었다.

이상의 논의들은 남성작 기행가사와 여성작 <유람가>형 내방가사에 나타난 표면적 근거들을 토대로 한 분석의 결과에 힘입은 것이라는 점에서 한계를 지닌다. 이 결과를 바탕으로 한 작품내적 구조와 작자의식의 표출양상이나 그 사회화 과정에서 나타난 남녀간의 공간관이나 경험관, 그리고 사회상과의 관계에 본격적인 논의가 과제로 남아 있다.

7. 공동작의 문학으로서의 민요와 내방가사

민요의 작가는 따로 개인적인 작가라고 하기보다 노래 부르는 사람들이다. 그래서 민요와 같은 구비문학은 공동작의 문학이다. "공동작의 작가는 공동작을 한 집단 전체이며, 특정인물이 공동작에서 중요한 구실을 했다. 그렇다고 해도 집단 특정 인물의 성격을 살피는 데 있어서는 집단의식이 개인의식보다 더 중요하다. 집단의 성격은 무엇을 통해서 이루어진 집단이며, 그 사회적 위치와 심리적 특징은 무엇이며, 이념적 지향은 무엇인가 하는 데서 규정될 수 있다. 이러한 사실을 살피기 위해서 가장 유리한 연구방법은 현지조사이다.

지금도 전승되고 있는 공동작의 문학을 다루는 경우에는 작품 자체만 채록하는 데 그치지 않고, 그것을 창조하고 전달하며 수용하는 집단까지 조사하고 연구하는 대상으로 삼아야 한다는 것은 당연한 주장이다. 작품의 창작과 전달에서 특히 중요한 구실을 하는 사람에 대한 집중적인 조사와 연구는 그 사람의 개인의식을 밝히는 데 그치지 않고 그 사람이 속한 집단의 의식을 밝히는 데서 더욱 중요한 의의를 가진다는 사실을 알아야한다.

그러나 지금은 전승되지 않은 과거의 문학으로서 공동작이었던 것을 다루는 경우에는 이러한 연구가 문헌자료에 의거해서 이루어질 수밖에 없으나, 문헌자료가 필요한 사실을 두루 제공해준다고 기대할 수도 없다. 그러므로 이 경우에는 한편으로는 그 작품을 창작하고 전달한 집단에 대한 간접적인 추론을 전개하지 않을 수 없으며, 또 한편으로는 작품을 통해서 그 작품이 어떤 집단의 것인가를 알아내지 않을 수 없다."

문학 작품에서 작중 인물들의 기능은 그들이 수행하는 방식과 수행되는 사람으로부터 독립되어 있는, 하나의 이야기 속에서 일정하고 지속적인 성분들로서 역할을 한다. 그 기능은 이야기의 기본적인 요소들로서 구성되어 있다.

여성이 부르는 여러 민요의 주인공으로는 단연 그들 자신을 객관화한 여성이 주인공이 되며, 그 중 대부분은 시집간 여성들이다. 이와 같은 노래는 따로 <시집살이노래>라고 범주화되기도 한다. 주로 여성들이 향유하였던 서사민요는 일정한 성격을 지닌 인물과 일정한 질서를 지닌 사건을 갖출 수 없는 이야기를 노래한 민요이며, 여성들이 길쌈이나 장시간을 요구하는 김매기 등의 농업 노동을 하면서 부른 노래이다. 그런데 우리나라 여성문학의 또 다른 중요한 축인 내방가사 역시 결혼을 한 여성이 작가가 되어, 그 딸이나 또 다른 결혼한 여성을 대상으로 한 문학이라는 점에서 여성문학의 주인공은 대부분 결혼한 여성이라고 하겠다. 그래서 여성에 의해 불려지거나 창작된 문학적 기술물에서 여성은 곧 결혼한 여성이라는 등식이 가능할 수도 있다.

그런 의미에서 많지는 않으나 결혼하지 않은 여성인 '처녀'가 등장하는 서사민요는 여성 주인공의 또 다른 자아를 발견할 수 있다는 점에서 대단히 흥미롭다.

서사민요는 "길쌈노동요로서 여성들에 의해 불리어진다는 점. 그러기에 여성 생활이 고민을 나타내고 그들의 욕구와 세계관을 나타" 내는데 그 중에서도 미혼의 여성이 주인공인 일련의 민요만을 대상으로 그들의 정체성과 삶, 그리고 사랑에 대한 의식과 행동 양상의 분석을 통해 '처녀'들의 애정 의식을 탐색할 수 있다.

"여성문학은 여성을 지지하는 공동체 안에서 자아와 타자 모두를 재창조하는 주고받기의 계속적인 과정을 통해 충족감, 존중받고 있다는 느낌 및 조화로운 여성 정체성이 형성될 수 있다고 가정한다. 이와 같이 예술을 통해 타당하고 전달 가능한 여성경험을 창조하는 것은 일종의 집단적인 과업"의 산물인 것이다. 민요는 공동작의 문학이라는 점에서 민요의 향수자들의 집단의식을 대변한다. 평민 여성들의 민요를 통해서 당대 평민 여성들의 집단의식을 유추하는 것이 가능하다는 것이다. 서사민요 속 미혼 여성인 '처녀'의 정체성과 애정 의식은 곧, 당대 평민 여성들의 성정체성 내지 애정관을 표출하는 중요한 문학적 소통장치였음을 부정할 수 없다. 민요를 향유하는 여성이거나 그 민요에 주인공으로 등장하는 여성은 대부분 결혼한 여성인데 비하여 몇 서사민요에 결혼하지 않은 여성, '처녀'가 있다. 이들 미혼여성은 누구이며, 그녀들의 인생에 있어 중요한 것은 무엇일까.

현대소설이나 여성학에서 미혼의 여성은 사회적인 역할인식과 성정체성에서 위기의 시기를 사는 것으로 논의하고 있다. 즉 그들의 성정체성은 대단히 유동적이며 불안전한 상태인 것이다. 또한 사회적으로 처녀는 '정신적으로나 육체적으로 순결한 여성'이라고 규정, 엄격한 행동규범을 간습화해 두고 있다. 그러나 '서사민요'에 등장하는 여성인 처녀는 규범화된 사회통념을 과감히 부정하는 '애정지상주의자'와 같은 성역할을 자임하고 있다.

그녀에게는 조신한 처신을 요구하는 사회적 성정체성 이데올로기는 구속조차 되지 않는다. 노골적이고도 적극적인 구애를 한다. 구애에 긍정적 적극적 응답을 하지 않는 남성에게는 저주를 퍼부어서 죽음에 이르더라도 사랑을 관철하는 의지의 화신이다. 사랑하는 사람이라면 혼전부정도 서슴지 않는다. 그리고 사후 책임에 소극적인 남성이 미덥잖아 문제를 스스로 해결하는 과단성의 소유자이기도 하였다.

제1장
교훈·도덕류

교훈·도덕류

1. 계녀가

하나의 두루마리에 전편이 수록된 국문 내방가사이다. 자료 형태는 634×24.5cm 규격의 두루마리이며, 1단 2음보 형태의 필사본이다. 창작 연대는 미상이며 필사 연대는 1981년이다. 원작자 및 필사자는 알 수 없으며, 현소장자는 안동의 김구현 선생이다.

친정어머니가 시집가는 딸에게 시집가서 지켜야 할 아녀자로서의 도리를 교훈적으로 써 준 교훈적 내방가사이다. 일종의 교술가사로, 이본 계열의 가사가 여러 곳에서 발견되고 있다. <계녀가>를 권영철 은 <전형 계녀가>와 <변형 계녀가>로 구분하고 있다. <계녀가>류 는 내방가사 작품 가운데 이본이 가장 많은 것 가운데 한 가지이다. 교훈·도덕류 내방가사의 전거는 ≪주자가훈≫, ≪내훈언해≫, ≪소학언해≫, ≪여소학언해≫, ≪규범≫ 등을 비롯한 유교적 교훈서이다. 내용은 ① 서사, ② 사구고(事舅姑), ③ 사군자(事君子), ④ 목친척(睦親戚), ⑤ 봉제사(奉祭祀), ⑥ 접빈객(接賓客), ⑦ 태교(胎敎), ⑧ 육아(育兒),

⑨ 어노비(御奴婢), ⑩ 치산(治産), ⑪ 출입(出入), ⑫ 항심(恒心), ⑬ 결사 (結詞)로 이루어져 있다. 어머니의 체험적 경험을 바탕으로 한 구체적 훈계의 내용으로 구성되어 있다. 조선시대 봉건제도 하에서의 우리나라 양반가의 부녀자들의 세계관과 생활 모습을 생생하게 엿볼 수 있다.

<계녀가>류는 여성으로서 지켜야 할 전범적인 도리를 가사 형식으로 쓴 것이다. 전형적인 <계녀가>류와 개인적인 체험을 바탕으로 함으로써 다양한 개별적 체험이 혼재된 변형 <계녀가>류가 있다. 그리고 계녀의 시점에 따라 시집을 가는 당시에 전달하느냐 시집간 이후에 전달하느냐에 따라 그 내용을 달리하는데 시집간 연후에 전달하는 <계녀가>류는 변형적인 체험적 <계녀가>류에 주로 속한다.

대부분 <계녀가>류의 작자는 친정 부모님이며 가끔 아버지나 할아버지가 지은 작품도 전하기도 한다. 그러니까 세계 어느 나라에서도 찾아 볼 수 없는 여성 전유의 문학장르로 주로 영남지역 반가(班家)에서 정착 발달된 매우 특이한 교술적 문학양식이라고 할 수 있다.

계녀가

신행[1]가는 아해[2]들아 계녀가 들어봐라

---

1) 신행 : 신행(新行). 혼행. 혼인할 때에, 신랑이 신부 집으로 가거나 신부가 신랑 집으로 감.
2) 아해 : 아이(兒). 나이가 어린 사람. 남에게 자기 자식을 낮추어 이르는 말. 여기에서는 내용상 '시집가는 딸'을 지칭한다. '아이'의 15세기 형태는 '아히'이다. '아히'는 한자어 '아해(兒孩)'에서 온 말인데, '아이'로 형태가 변화하면서 한자어와의 관련성을 상실하고 고유어로 정착하게 되었다. 현대어와 같은 '아이'는 19세기 문헌에 처음 나타난다. 이는 유성음 사이에서 'ㅎ'이 약화되면서 나타난 형태라고

백마에 집을 민야[3] 문밖에 보낼 적에

경계할 일 하고 많다[4]

신힝간 지 스홀만에 시부모께 사관할 제

가까이 나아안자[5] 방이나 뜨시온가[6]

잠이나 편흐신가 살뜨리[7] 물은 후에

그만에[8] 돌아나와 진지를 츠릴 적에

식성을 물어보아 한담[9]을 맞게 하고[10]

꾸러안즈[11] 진지흐고 식상을 물린 후에

내 방에 돌아나와 일손을 밧비[12]들어

홍쩍〃[13]흐지 말고 자직〃[14]흐얏거라

저녁을 당흐거든 아침과 같이흐고

어디로 누우시며 자세히 사뢰[15]보아

이불을 정케[16]펴고 자리를 편케[17]흐고

볼 수 있다. 아히>아희>아히>아이.

3) 짐을민야 : 짐을 실어 끈으로 매.

4) 하고많다 : 많고 많다.

5) 안자 : 앉아. 음절말 자음군 'ㄵ'이 연철 표기된 형태이다.

6) 뜨시온가 : 따뜻한가. '뜨시다'는 '따뜻하다'의 경상도 방언형이다.

7) 살뜨리 : 살뜰히. 정성스럽고 지극하게. 연철 표기 형태이다.

8) 그만에 : 그대로. 곧.

9) 한담 : 함담(鹹淡). 짠 맛과 싱거운 맛.

10) ≪여사서≫ "무릇 여자가 됨에 (좋은 버릇을) 익혀서 떳떳함을 일삼을 것이다. 오경(새벽 4시)에 닭이 울거든 일어나 옷을 입고 세수하고 양치질을 이미 다 하고 뜻을 따라서(정성껏) 머리를 빗고 몸단장을 하고 나무(불쏘시개)를 가려서 불을 때고 일찍 부엌에 내려가 냄비 그릇을 닦고 가마솥을 씻고 물을 데우고 국을 끓일 것이다."

11) 꾸러안즈 : 꿇어 앉아. '꾸러'는 '꿇-'의 어말 자음군이 'ㄹ'로 단순화된 뒤 연철 표기된 형태이다. '안자'는 '앉아'의 연철 표기 형태이다.

12) 밧비 : 바삐.

13) 홍쩍〃 : 허둥지둥. 들떠서 어름어름 지내는 모양.

14) 자직〃 : 자직자직. '일을 부지런히 하는 모양'으로 추측된다.

15) 사뢰 : 웃어른에게 말씀을 올려.

16) 정케 : 정(正/淨/精)케. 바르게. 깨끗하게. 정성들여.

17) 편케 : 편(便)하게.

부모님 이역보아18) 부모님 말씀 바다19)

구태이20) 말리시면 그만에 돌아나와

등촉21)을 도두우고22) 할 일을 생각ᄒᆞ여

책을 보나 일을 ᄒᆞ나 이윽히23) 안ᄌᆞᆺ다가24)

밤들거든25) 잘 것이라

아해야 들어봐라 ᄯᅩ 한 말 일으리라26)

부모님께 병들거든 정신을 더욱ᄒᆞ야27)

권속28)이 만흐나마29) 종 맡겨 두지말고

팽님을30) 친히 ᄒᆞ고 탄약31)을 손수 따려32)

---

18) 이역보아 : 이녁보아. 이쪽을 보고(말씀하시면).

19) 바다 : 받아.

20) 구태이 : 구태여. 일부러 애써.

21) 등촉 : 등촉(燈燭). 등불과 촛불.

22) 도두우고 : 돋우고. 위로 끌어올려 도드라지거나 높게 하고. 연철 표기 형태이다.

23) 이윽히 : 이슥하게. 밤이 꽤 깊게. '이슥하다'의 중세 국어 어형은 '이슥ᄒᆞ다'로, '*이슥'과 형용사를 만드는 접사 '-ᄒᆞ다'가 결합한 형태이다.

24) 안ᄌᆞᆺ다가 : 앉았다가. '안ᄌᆞᆺ-'은 '앉았-'의 연철 표기 형태이다.

25) 밤들거든 : 밤이 깊어지거든. 15세기부터 20세기까지 '밤들다'라는 동일 어형으로 나타난다. 이는 "해가 져서 어두워진 때부터 다음날 해가 떠서 밝아지기 전까지의 동안"을 나타내는 '밤'과 "어떤 때, 철이 되거나 돌아오다"를 뜻하는 '들다'가 결합한 것이다. 여기에서 '들다'의 의미 "어떤 때, 철이 되거나 돌아오다"는 원래 "밖에서 속이나 안으로 향해 가거나 오거나 하다"라는 의미에서 파생된 것으로 보인다. 전체 의미가 "밤이 깊어지다"를 뜻하는 것으로 미루어볼 때에, '밤이 들다'라는 '구'에서 조사 '이'가 생략되면서 '밤들다'라는 합성어로 형성된 듯하다. 처용가의 '夜入伊'라는 표현으로 보아서 '밤들다'는 신라 시대에도 이미 있었던 말임을 알 수 있다.

26) 상황이나 장면이 바뀔 때 나타난다.

27) 더욱ᄒᆞ야 : 더욱 기울여.

28) 권속 : 권속(眷屬). 권솔. 한집에 거느리고 사는 식구.

29) 만흐나마 : 많으나마, '만흐-'는 '많으-'의 연철 표기 형태이다.

30) 팽님을 : 평임(平任)을. 평소의 임무를.

31) 탄약 : 탕약(湯藥). 달여서 마시는 한약.

32) 따려 : 달여. 액체를 끓여 진하게 만들어. '달여'에서 어두 경음화 현상이 적용된 형태이다. '달이다'의 가장 오래된 형태는 '달히다'로, 이것은 '닳다'의 어간 '닳-'에 사동접미사 '-이-'가 결합한 것이다. 약물을 계속 불에 올려놓고 끓이면 액

병 증세를 보와가며 주름으로33) 즈로34)권코

누이며35) 안주실제36) 살손37)을 부디 잡고

소매38)를 밧낼 적에39) 전처름 잇게 마라

송나라 증효부난 시모가 낙치40)ᄒ야

제작(詛嚼)을 못하여서 저즐41)먹여 효양ᄒ고42)

당나라 노 효부는 도적이 방에 드니

체가 줄어들어 농도가 높아진다. 그리하여 원래의 액체가 '닳게' 된다. 이런 의미
에서 '달히다'는 '닳-'에 어원을 두고 있다고 볼 수 있다. '달히다'의 어중 ㅎ은
유성자음 ㄹ과 모음 사이에서 탈락하여 없어지고 현대국어에서는 '달이다'로 굳
어졌다.

33) 주름으로 : 간격의 폭이 일정하게 반복적으로.
34) 즈로 : 자주(頻). '자주'의 15세기 형태는 '즈로'와 '즈조'였다. '즈로'는 전 세기에
걸쳐 나타나는데, 20세기에는 '자로'의 형태로 나타난다. '즈조'는 '빈(頻)'의 의
미를 가진 용언 어간 '즞-'에 부사 파생 접미사 '-오'가 결합하여 만들어진 파생
부사이다. '즈조'는 '즈로'에 비하여 신형(新形)이었던 것으로 추측되지만, 두 형
태 모두 20세기까지 공존한다. '즈조'는 '즈조>자조>자주'의 변화 과정을 거쳐
현대어에 이르고 있다.
35) 누이며 : 누우며. 눕-+-으며.
36) 안주실제 : 앉으실 때. '안주-'는 '앉으-'의 연철 표기 형태이다.
37) 살손 : 일을 정성껏 하는 손.
38) 소매 : 의미상 '소변(小便). 또는 大小便'의 오기(誤記)인 듯하다.
39) 밧낼 적에 : 받아낼 때에. 몸을 움직이지 못하는 사람의 대소변 따위를 받아 처
리할 때에.
40) 낙치 : 낙치(落齒). 늙어서 이가 빠짐.
41) 저즐 : 젖(乳)을. 연철 표기 형태이다.
42) 효양ᄒ고 : 효양(孝養)하고. 어버이를 효성으로 봉양하고. "唐氏乳姑而毓山南之貴
胤ᄒ고"는 당씨가 이가 없는 시어머니에게 젖을 짜서 드린 효성으로 손자인 최
산남의 일족을 귀히 길러내었다. 당나라 최산남(崔山南)의 증조모 장손(長孫)씨
가 연세가 많아 이가 다 빠져 음식을 먹을 수 없게 되자 조모인 당(唐)씨가 젖
으로 그의 시어머니를 봉양했다고 한다. 그래서 증조모는 수명대로 살다가 돌아
가셨다. 최씨는 후에 절도사가 되었는데 조모를 극진히 봉양했다. 조모가 그의
증조모에게 행한 효도의 보답이었다. 최산남은 만당(晩唐)시기 문종·무종때의
사람으로 산남서도(山南西道)의 절도사를 지낸 최관(崔琯)을 말한다. 이 고사는
≪구당서≫ 권177, ≪신당서≫ 권182의 <최관전(崔琯傳)>에 실려 있지만 조
모 당씨와 증조모 장손씨에 관한 이야기는 여기 실려 있지 않다. 조모에 관한 이
야기는 ≪신당서≫ 권163 <유씨가훈>과 ≪고금여범≫ 등에 나온다.

시모를 끄러안고[43] 도피를 안이[44] ᄒ니
이 갓치[45] 착한 일을 너희도 ᄒ얏서라
아해야 들어봐라 또 한 말 일으리라
다른 말삼 다 던지고 화순ᄒ기[46] 제일이라
부모님께 효양할 제 귀체를 편케 ᄒ고
배곱흘 제[47] 업게 ᄒ고 치울 제[48] 업게 ᄒ라
한 말 곧 불순하면 불효가 되난이라
어버이 시킨 일을 실타고[49] ᄒ지 말고
어버이 말린 일을 쎄우고[50] 하지 말고
어버이 꾸즁커든 업드러 감소ᄒ고[51]

---

43) 끄러안고 : 끌어안고. '끄러'는 '끌어'의 연철 표기 형태이다.
44) 안이 : '아니'의 오류. 당나라 노씨의 고사인데 노씨는 강도의 칼에 맞서서 홀로
    되신 시어머니를 온전히 보호할 수 있었다. 당나라 정의종(鄭義宗)의 처 노(盧)
    씨는 강도가 들이대는 칼에도 아랑곳하지 않고 몸으로 시어머니를 막았는데 노
    씨는 칼에 맞아 거의 죽을 지경이 되었고 강도는 달아났다. 노씨의 이야기는 ≪구
    당서≫ 권193, ≪신당서≫ 권205에 실려 있고 ≪열녀전≫과 ≪온공가범(溫公
    家範)≫, ≪고금여범≫에도 수록되어 있다.
45) 이갓치 : 이같이. 이렇게. 모음간 유기음 'ㅌ'이 'ㅅ ㅊ'으로 중철 표기한 형태이다.
46) 화순ᄒ기 : 화순(和順)하기. 온화하고 양순하기.
47) 배곱흘 제 : 배고플 때. '곱흘(飢)'은 '고플'의 분철 표기 형태이다. 15세기에 나
    타나는 '골ᄑ다'는 18세기까지 나타난다. 16세기 초반에 이루어진 <노걸대>의
    초간본에는 '골프다'의 형태가 나타나는데, 이는 모음 'ㆍ'가 소실되는 변화에 의
    한 것이다. '골프다'의 받침 'ㄹ'이 탈락하여 나타나는 형태가 '고프다'이다. 18세
    기와 19세기에는 'ㅍ'이 'ㅂ-ㅍ'이나 'ㅂ-ㅎ'으로 분철 표기되는 예들('곱프다,
    곱흐다')이 나타나는데 이는 표기의 한 양상일 뿐, 실제 어형의 발음에는 전혀
    변화가 없었다.
48) 치울 제 : 추울 때. '춥다'는 15세기에 '칩다'와 '칠다'로 나타난다. '칠다'는 15세
    기까지만 나타나고 16세기 이후에는 '칩다'만 나타난다. '춥다'가 나타나는 시기
    는 19세기부터인데 이는 '칩다'에서 원순모음화 때문에 'ㅣ>ㅜ'가 된 것으로 볼
    수 있다.
49) 실타 : 싫다. 연철 표기 형탱이다.
50) 쎄우고 : 세우고. 우기고. 억지를 부려 제 의견을 고집스럽게 내세우고. 어두 경
    음화가 적용된 어형이다.
51) 감소ᄒ고 : 감수(甘受)하고. 책망이나 괴로움 따위를 달갑게 받아들이고.

아무리 ᄒ시나마 발명[52]을 밧비[53]마라

발명을 밧비ᄒ면 도분[54]이 피난이라

안식을 보와가며 노기가 풀린 후에

조용히 나와 안ᄌ 차례로 발명ᄒ면

부모님 웃스시고[55] 용서를 ᄒ오리라

지아비ᄂ ᄒ날이라 ᄒ날갓치[56] 중할소냐

언어를 조심ᄒ고 시〃로[57] 공경ᄒ야

친탓코[58] 아당[59]말고 미덥닷고[60] 방심마라

한 반에[61] 먹지 말고 한 홰에[62] 걸지 마라

내외를 구별ᄒ고 서로 입지 말아서라

계수[63]난 금수로되 갓가이[64] 아니 앉고

---

52) 발명 : 발명(發明). 죄나 잘못이 없음을 말하여 밝힘. 또는 그런 말.

53) 밧비 : 몹시 급하게.

54) 도분 : 화, 분노를 뜻하는 경상도 사투리.

55) 웃스시고 : 웃으시고. '웃스-'는 과분철 표기 형태이다.

56) ᄒ날갓치 : 하늘(天)같이. '하늘'의 옛 형태는 '하ᄂᆞᆶ'이다. '하ᄂᆞᆶ'은 훈민정음
으로 기록된 초기의 문헌에서부터 나타난다. '하ᄂᆞᆶ'에서 어말 'ㅎ'은 모음으로
시작되는 조사와 결합할 때는 'ㅎ'이 유지되었고(하ᄂᆞ리, 하ᄂᆞᆯ흘, 하ᄂᆞᆯ해 등), 자
음으로 시작되는 조사와 결합할 때는 뒷소리와 결합하여 거센소리로 표현되었으
며(하ᄂᆞ쾌, 하ᄂᆞᆯ토 등), 단독으로 사용되거나 합성어를 형성할 때는 'ㅎ'이 탈락
된 형태로 나타났다. 그러다가 17세기에 이르러 'ㅎ'이 삭제된 형태인 '하ᄂᆞᆯ' 일
반화된다. '하ᄂᆞᆯ'은 16세기에 비어두음절에서의 'ㆍ'의 비음운화로 인해 '하늘'로
나타난다. '갓치'는 모음간 유기음 'ㅌ'의 'ㅅㅊ(구개음화)' 표기 형태이다.

57) 〃로 : 시시(時時)로. 때때로. 경우에 따라서 가끔. 의미상 '사사些事(조그마하거
나 하찮은 일)'로 볼 수도 있다.

58) 친탓코 : 친(親)하다고. 음운축약 및 중철 표기가 적용된 형태이다.

59) 아당 : 아당(阿黨). 남의 비위를 맞추거나 환심을 사려고 아첨함.

60) 미덥닷고 : 미덥다고. 믿음성이 있다고.

61) 한 반 : 한 반(盤). 같은 반(盤).

62) 홰 : 홰대. 옷을 걸 수 있게 만든 막대.

63) 계수 : 계수(鷄獸). 다른 '계녀가(誡女歌)'에는 '져구(猪狗)(돼지와 개)'로 기록되
어 있다.

64) 갓가이 : 가까이. 모음 간 경음 'ㄲ'의 'ㅅㄱ' 표기 형태이다. 15세기 어형은 '가
ᄭᅡᄫᅵ'이다.

열이난[65]지 초목이되 낮이면 풀리거든

하물며 사람이야 분별이 업슬손가

각격[66]이 밧틀[67]매니 그 안해[68] 점심 이고

밭가에 마조[69]안즈 손갓치[70] 대접ᄒ니

저적[71]을 할지라도 공경을 폐할소냐

학업을 권〃ᄒ야 나태케 말아서라

침색에 고혹ᄒ야[72] 음란케 말라서라

투기를 과이ᄒ면[73] 난가[74]가 되난이라

밧그로[75] 맛흔[76]일을 안[77]으로 밀지 말고

---

65) 열리지난 : 연리지(連理枝)는. '연리지(連理枝)'는 두 나무의 가지가 서로 맞닿아
서 결이 서로 통한 것으로, 화목한 부부나 남녀 사이를 비유적으로 이르는 말이다.

66) 각격 : 내용상 '극결(郤缺)'의 오기로 보인다. '극결(郤缺)'은 춘추시대 진(晉)의
대부(大夫)이다. 기(冀) 땅 사람으로 들에서 김을 매는데 그 아내가 점심을 가져
오니 아내 대하기를 손님처럼 공경하므로, 지나가던 구계(臼季)가 이것을 목격
하고 그를 진 문공(晉文公)에게 추천하여 대부로 삼았다. 기결일농부 처경엄여
빈(冀缺一農夫 妻敬儼如賓) : 기 땅의 극결은 한낱 농부였으나, 아내는 그를 손
님 모시듯 했다오.<백거이(白居易) 증내(贈內)>.

67) 밧틀 : 밭(田)을. 모음간 유기음 'ㅌ'의 'ㅅㅌ' 표기 형태이다.

68) 안해 : 아내(妻). 안해>아내. '안해'는 15세기 이후로 현재 '아내'에 이르기까지
계속하여 쓰인 단어이다. 18세기에 나타나는 '안히'는 동일한 음성형을 표기한
것이며, 19세기에 나타나는 '아닉, 아내'는 유성음 사이에서 약화된 'ㅎ'이 탈락
하면서 나타난 형태이다.

69) 마조 : 마주.

70) 손갓치 : 손님같이. '갓치'는 '같이'로, 모음간 유기음 'ㅌ'이 구개음화가 적용되
어 'ㅅㅊ'으로 표기되었다.

71) 저적 : 다른 이본 <계녀가(誡女歌)>에는 '천역(賤役)(천한 노동, 비천한 일)'으
로 기록되어 있다.

72) 고혹ᄒ야 : 고혹(蠱惑)하여. 아름다움이나 매력 같은 것에 홀려서 정신을 못 차
리어.

73) 과이ᄒ면 : 과(過)하게 하면.

74) 난가 : 난가(亂家). 화목하지 못하고 싸움이나 말썽이 그치지 아니하여 소란스러
운 집안.

75) 밧그로 : 밖(外)으로. 여기에서 '밖(外)'은 '남편'을 의미한다. '밖'의 옛 말은 '밧'
으로 어간 말 자음 'ㅺ'은 'ㅅ'과 'ㄱ'이 각각 발음되는 두 개의 자음을 표기한 것
이다. 어간 말 'ㅺ'의 'ㅅ'이 뒤에 오는 'ㄱ'에 동화되어 'ㄲ'으로 되는 '밧>밖' 변

안으로 맛흔 일을 밧그로 밀지 마라

아히야 들어봐라 또 한 말 일으리라

부모님 꾸중커든 황송ㅎ야 감소ㅎ고

가장이 꾸중커든 웃으며 대답ㅎ라

웃으며 대답ㅎ면 공경은 부족ㅎ나

부부간 사이에는 화순밖게[78] 업는이라

부모님과 가장님은 허물이 잇다해도

날이 새면 보거니와 그중에 어렵기는

동생들과 지친[79]이라

재물을 시세ㅎ야[80] 형제 간 불목ㅎ고[81]

언어를 잘못ㅎ면 지친 간 불화되니

그 아니 두려우며 그 아니 조심할가

일척포[82] 끄너[83]내야 동생과 입어서라

화는 17세기 초에 일어나다. '밧'과 '밖'은 이것이 20세기까지 공존하다가 한글 맞춤법이 제정되면서 '밖'이 규범 어형으로 정해지면서 '밧'은 완전히 사라졌다. 여기에서는 어간 말 'ㅅ'이 연철 표기되었다.

76) 맛흔 : 맡(任)은. 맜다>맡다. '맡(任)~'의 15세기 어간은 '맜-'이다. '맜다'가 '맡다'와 같은 변화를 보여 주는 실마리는 17세기 초 문헌인 <동국신속삼강행실도>에 보인다. '맛튼 짜히'(동삼충1,48b)의 '맛튼'이 그것이다. 이 단어는 첫 음절의 어간 말 자음이 'ㅌ'으로 변했음을 보여 주는데 'ㅼ>ㅌ' 변화를 음운론적으로 설명하기 어렵다. 'ㅼ'은 된소리를 나타낸 문자이기 때문에, 이것이 유기음 'ㅌ'으로 변화한 것은 극히 이례적인 현상이기 때문이다. 18·19세기 문헌에서도 주로 '맜-'이 쓰이고, '맡-'은 드물게 출현할 뿐이다. 그러다가 20세기 이후의 문헌에서 정서법이 확정되면서 종성 'ㅼ'이 표기법에서 폐기되고 '맡-'이 채택됨으로써 '맡-'으로 고정되었다. 여기에서는 모음간 유기음 'ㅌ'을 'ㅅㅎ'으로 재음소화하여 '맛흔'으로 표기하였다.

77) 안 : 안(內). '아내'를 이르는 말이다.

78) 화순밖게 : 화순(和順)밖에. 조화롭고 순종하는 것 만한 것이. '밖게'는 '밖에'의 중철 표기 형태이다.

79) 지친 : 지친(至親). 매우 가까운 친족. 아버지와 아들, 언니와 아우 사이를 이르는 말이다.

80) 시새ㅎ야 : 시새워하여. 질투(嫉妬)하여.

81) 불목ㅎ고 : 불목(不睦)하고. 서로 사이가 좋지 아니하고.

일두속[84] 갈라내야 동생과 먹엇서라

지친은 우익이라 우의 업기[85] 어이 살리

무스이[86] 잇을 때난 남 보듯 하거니와

급한 일 당ᄒᆞ오면 지친 밧게[87] 또 잇난가

귀천을 혀지[88]말라

의복을 빌릴 적에 말없이 내여주고

음식을 나눌 적에 구무내여[89] 주지 말라

아ᄒᆞ야 들어봐라 쏘 한 말 일으리라

봉제스[90] 접빈객[91]은 부녀의 큰일이라

제스날을 당ᄒᆞ거든 각별히 조심ᄒᆞ야

방당[92]을 소제ᄒᆞ고[93] 헌ᄒᆞ[94]를 일금하라[95]

---

82) 일척포 : 일척포(一尺布). 한 자 되는 베.

83) ᄭᅳ너 : 끊(切)어. 어간 말 자음 'ᄚ'이 'ㄴ'으로 단순화되고 'ㄴ'이 다시 '연철 표기된 형태이다.

84) 일두속 : 일두속(一斗粟). 한 말 좁쌀.

85) 우의 업기 : 우애(友愛)없이. 형제간 또는 친구 간의 사랑이나 정분이 없이.

86) 무스이 : 무사(無事)히. 아무런 일이 없이. 아무 탈 없이 편안하게.

87) 지친밧게 : 지친(至親)밖에.

88) 혀지 : 헤아리(考)지. 짐작하여 가늠하거나 미루어 생각하지. '셰-'(算)의 15세기 형태는 '혀-'로, '혀→셰→세-'의 변화를 겪은 것으로 파악된다. '혀→셰-'는 ㅎ의 구개음화 때문이며, '셰→세-'는 구개음화된 ㅅ 뒤에서 j계 이중모음이 단순모음과 구별되지 않게 되어 생겨난 변화이다. 15세기에 '혀-'는 "수량을 세다"라는 의미와 "짐작하여 가늠하거나 미루어 생각하다"라는 의미를 동시에 가지고 있었다. 그러나 현대 국어에서 '세-'(算)는 "수량을 세다"라는 의미만 담당하고, "짐작하여 가늠하거나 미루어 생각하다"라는 의미는 '헤아리-'(考)가 담당하고 있다.

89) 구무내여 : 구분내어, 차별나게.

90) 봉제스 : 봉제사(奉祭祀). 봉사(奉祀). 조상의 제사를 받들어 모심.

91) 접빈객 : 접빈객(接賓客). 접객(接客). 손님을 접대함.

92) 방당 : 방당(房堂). 방과 사당.

93) 소제ᄒᆞ고 : 소제(掃除)하고. 청소하고. 더럽거나 어지러운 것을 쓸고 닦아서 깨끗하게 하고.

94) 헌ᄒᆞ : 훤화(喧譁). 시끄럽게 지껄이며 떠듦.

95) 일금하라 : 일금(一禁). 모조리 금지하라.

제미[96]를 씨슬[97] 적에 티 업시 다시 씻고

제물[98]을 씨슬 적에 티 업시 다시 씻고

우슴[99]을 크게 마라 누춤이 뛰난이라[100]

비질을 밧비 마라 먼지가 나난이라

아히들 보채나마 먼저로 주지말고

종들이 죄 있으나 맷바람[101] 내지마라

제편[102]을 전케[103] 케고[104] 제주[105]를 말게[106] 뜨고

정신을 츠려가며 식수[107]를 잊지 마라

등촉을 끄지 말고 의복을 푸지[108]마라

달[109] 울기를 고대ᄒᆞ야 행스를 일즉[110] ᄒᆞ고

음식을 노눌[111] 적에 원망업시 하엿어라

봉제수도 하려니와 접빈객을 잘ᄒᆞ여라

손님이 오시거든 이웃에 꾀오나마[112]

---

96) 제미 : 제미(祭米). 젯메쌀. 제사 때 올릴 밥을 지으려고 마련한 쌀.
97) 씨슬 : 씻을. 연철 표기 형태이다.
98) 제물 : 제물(祭物). 제사에 쓰는 음식물.
99) 우슴 : 웃음. 연철 표기 형태이다.
100) 누춤이 뛰난이라 : '루(淚)+춤=눈물과 침.' "눈물과 침이 튄다"의 의미로 추측 된다.
101) 맷바람 : 매질을 마구 함.
102) 제편 : 제편(祭−). 제사에 쓰는 떡.
103) 전케 : 정(正)하게. 바르게. 겉으로 보기에 비뚤어지거나 굽은 데가 없게.
104) 케고 : 괴고. 의식이나 잔칫상에 쓰는 음식이나 장작, 꼴 따위를 차곡차곡 쌓아 올리고.
105) 제주 : 제주(祭酒). 제사에 쓰는 술.
106) 말게 : 맑게. '맑−'의 어말 자음군 'ㄺ'을 'ㄹ'로 단순화하여 표기한 형태이다.
107) 식수 : 의미상 '제사의 차례'를 말하는 것으로 보인다.
108) 푸지 : 풀지. 어말 'ㄹ'이 탈락된 표기 형태이다.
109) 달 : 닭. 어말 자음군 'ㄺ'을 'ㄹ'로 단순화하여 표기한 형태이다.
110) 일즉 : 일찍(早).
111) 노눌 : '나눌(分)'로 보인다.
112) 꾀오나마 : 꿔오더라도. 꾸(借)어오더라도. '꾸(借)다'의 15세기 형태는 'ᄭᅮ다' 이다. 'ᄭᅮ다'의 어두에 있는 'ᄡᅥ'의 'ㅅ'의 음가에 대해서는 'ㄱ'의 된소리를 표 기했다는 견해도 있고, 두 자음 모두 발음되었다는 견해도 있다. 그러나 후자

없닷고 핑계 말고 밥그릇 골게[113]말고
국그릇 식게 마라 수제[114]를 노흘[115]적에
층등케[116] 말아서라 옛적에 도간모[117]는
머리털을 비여내여 손님을 대접ᄒᆞ니
이 갓치 착한 일을 너희도 하얏서라
아해야 들어봐라 또 한 말 하겠노라
수태를 하거들랑 음식을 가려먹고
악색[118]을 보지 말고 틀리게[119] 눕지 말고
열달을 이리하고 자식을 낳시면은
얼골[120]이 단정ᄒᆞ고 총명이 더ᄒᆞ리라

도 16세기 초에는 ‘ㅺ’이 ‘ㄱ’의 된소리를 표기했다고 보고 있다. 전자에 따르면 15세기 문헌에 나타나는 ‘ㅴ’은 ‘ㅂ+‘ㄱ’의 된소리’로 발음되었다고 보게 되고, 후자에 따르면 ‘ㅂ+ㅅ+ㄱ’으로 발음되었다고 보게 된다. 그러나 어느 견해를 따르더라도 16세기 이후에 나타나는 ‘ㅴ’은 ‘ㅂ+‘ㄱ’의 된소리’로 발음되었다고 보아야 한다. 이 ‘ㅴ’은 일반적으로 17세기에 ‘ㅂ’이 탈락되어 ‘ㄱ’의 된소리를 표기하게 되는데, 이것은 이 시기에 ‘ᄭᅮ다’가 나타난다는 사실로 알 수 있다. 그러나 16세기부터 ‘ᄭᅮ다’가 나타나는 것을 보면 이 단어는 ‘ㅂ’ 탈락을 비교적 일찍 경험했다고 하겠다.

113) 골게 : 곯(空)게. 담긴 것이 그릇에 가득 차지 아니하고 조금 비게.
114) 수제 : 수저. 숟가락과 젓가락.
115) 노흘 : 놓을. 연철 표기 형태이다.
116) 층등케 : 가지런하지 않고 뒤흩어.
117) 도간모 : 집안이 가난하여 머리털을 잘라서 손님을 대접한 당나라 왕규(王珪)의 아내 두씨(杜氏)를 말하는 것으로 보인다. 두보(杜甫)의 ＜송중표질왕빙평사사남해(送重表姪王砯評事使南海)＞에서 당나라 왕규(王珪)의 아내 두씨(杜氏)가 머리털을 잘라 술을 사서 손님을 대접한 것을 읊어 “집에 들어와 아내의 머리털이 없는 것을 보고 괴이쩍어 오랫동안 탄식하였더니, 아내가 스스로 말하기를 머리털을 잘라 저자에서 술을 사 왔다 하였지.[入怪鬢髮空 吁嗟爲之久 自陳剪髻鬟 鬻市充杯酒]”라고 하였다.
118) 악색 : 악색(惡色). (소행이) 좋지 않은 것. 나쁜 것.
119) 틀리게 : 몸이 틀리게. 바르지 않은 자세로.
120) 얼골 : 얼굴(面). ‘얼굴’의 최초의 형태는 15세기의 ‘얼굴’이며 이 형태가 오늘날까지 이어지고 있다. 17세기부터 나타나기 시작한 ‘얼골’은 그 당시 모음체계가 다시 정립되는 과정에서 제2음절 모음 ‘ㅜ’가 ‘ㅗ’로 바뀐 것으로 보인다. ‘얼굴 상(狀) <1664유합원,10a>, 얼굴 형(形) <1664유합원,19b>’이라는 예

옛날에 문왕모[121]는 문왕[122]을 배얏슬[123]제
이 갓치 하엿스니 이 갓치 착한 일을
너희도 하얏어라 두세살 먹은 후에
지각이 들거들랑 작난[124]을 절금하고[125]
더웁게[126] 입지 말고 새소음[127] 놓지마라
썩은 음식 주지 말고 상한 고기 주지 마라
귓타고[128] 안유[129]말고 버릇업게 마라서라

에서 알 수 있는 것처럼, '얼굴'은 17세기까지는 주로 '모습(形)'이나 '틀型'을 의미했는데, 18세기부터 의미 영역이 축소되어 '안면(顔面)'을 의미하기 시작하였다.

121) 문왕모 : 문왕모(文王母). 태임(太任/太姙). 태임(太任)은 주(周) 나라 왕계(王季)의 비(妃)이며 문왕(文王)의 어머니로, 상(商) 나라 사람으로 지국(摯國)의 중녀(仲女)로서 임(任)씨 성을 가졌다. 태임의 성품은 바르고 곧으며 참되고 엄격하여 오로지 덕(德)을 행하였다고 한다. 문왕을 임신했을 때는 눈으로는 나쁜 것을 보지 않았으며 귀로는 음란한 소리를 듣지 않았으며 입으로는 거만한 소리를 내지 않았다고 하여, 태교(胎教)를 말할 때 인용한다.

122) 문왕 : 문왕(文王). 주나라의 기초를 닦은 명군. 덕치에 힘썼고, 상나라와 화평주의적 태도를 취했으며 제후들의 신뢰를 얻었다. 유가로부터 이상적 군주 칭송 받았다.

123) 배얏슬 : 배(姙)었을. '배얏-'은 '배얹-'의 모음조화를 고려한 표기이며, '-슬'은 '-었을'의 연철 표기 형태이다.

124) 작난 : 작난(作亂). '장난'의 고어형이다. 주로 어린아이들이 재미로 하는 짓. 또는 심심풀이 삼아 하는 짓. 짓궂게 하는 못된 짓. '작난(作亂)'은 '난리를 일으킴(~17세기)'이라는 의미에서, '어지럽고 소란함(18세기)'이라는 의미를 거쳐, '어지럽고 소란하게 하는 짓(19세기)'이라는 의미로 변해 왔다. 그리고 '의미 변화와 더불어 어형 변화도 겪어 '장난'으로 변화하였으며, '장난'이라는 어형이 나온 이후부터는 '작난'은 주로 그 본래의 의미로 쓰이고 변화된 의미는 '장난'에 넘겨준 것으로 판단된다.

125) 절금하고 : 절금(切禁)하고. 엄금하고. 엄하게 금지하다.

126) 더웁게 : 덥게. 중세국어 시기에는 '덥다'의 어간 '덥-' 뒤에 모음으로 시작하는 어미가 오면 받침의 'ㅂ'이 'ㅸ'으로 변해 '더버', '더븐' 등과 같이 활용하였다. 'ㅸ'의 소멸과 함께 어간말 'ㅸ'은 모음을 만나 'w'로 약화되어 '더워', '더운'으로 변하게 되었다. 그런데 여기에 쓰인 '더웁게'는 '덥-' 어간 뒤에 자음으로 시작하는 어미 '-게'가 온 것을 표기한 것으로 '덥게'로 표기해야 하나, 어간 '덥-'의 받침 'ㅸ'을 지나치게 의식하여 '더웁게'로 표기한 것으로 보인다.

127) 소음 : 솜(棉). 소음>솜.

밉다고 과장흐여130) 정신을 잃게마라

맹ᄌᆞ의 어머님이 맹ᄌᆞ를 기르실 제

가기131)를 세 번 옮겨132) 합궁 끗헤 살이실제

이웃에 돗133)잡거날 너 주잣고 속이시고

도로혀134) 후회흐여 사다가 먹였스니135)

너희도 이걸 보아 속이지 마라서라

아해야 들어봐라 또 한 말 일으리라

노비난 수족이라 수족 업시 어이살리

더위에 농사 지어 상전을 봉양흐고

추위에 불을 떼어 상전을 봉양흐니

그 아니 불상흐며 그 아니 귀할손가

---

128) 귓타 : 귀(貴)하다. 귀(貴)+ㅅ+하다. 자음축약 및 모음간 유기음 'ㅌ'의 'ㅅ
ㅌ' 표기가 적용되었다.

129) 안유 : 안유(安遊). 편안히 놀며 지냄.

130) 과장흐여 : 과장(課杖)하여. 매를 쳐서.

131) 가기 : 가지(家器). 집과 기물.

132) 세번옮겨 : 세 번 옮겨. 맹모삼천지교(孟母三遷之敎), 즉 맹자의 어머니가 아들
을 가르치기 위하여 세 번이나 이사를 하였음을 이르는 말이다.

133) 돗 : 돝(猪). 돼지.

134) 도로혀 : 도리어. '도리어'의 15세기 형태는 '도ᄅᆞ혀'이다. 15세기에 'ㅎ'은 'ㆅ'
과 대립되어 있었다. 혀舌/혀다引. 'ㄲ, ㄸ, ㅃ, ㅆ, ㆅ'의 각자병서는 ≪원각경
언해≫(1465) 이후로 폐지되었는데, 이후 16세기에 어두음 표기의 'ㅆ'은 다
시 부활하였으나 'ㆅ'은 그렇지 못했다. 위의 예에서 보면 17세기부터 'ㆅ' 표
기가 보이지 않는다. '도ᄅᆞ혀'의 'ㆅ'은 'ㅋ'으로 변한다. 짠 것을 먹으면 물을
자꾸 켜게 되는데, 이때의 '켜다'도 중세국어에는 '혀다'였다. 이상으로 본다면
'도리어'는 '도ᄅᆞ혀>도ᄅᆞ혀>도로혀>도로켜/도로여>도리여>도리어'의 변천 과
정을 거쳤을 것이라 예측할 수 있다.

135) 이웃에 돗잡거날 너주잣고 속이시고 도로혀 후회흐여 사다가 먹였스니 : 맹자
의 어머니가 자식에게 직접 모범을 보이기 위해 한 번 한 약속은 반드시 지켰
다는 이야기와 관련된 내용이다. 맹자가 어렸을 적 이웃집에서 돼지를 잡자
"어머니, 저 집 돼지는 왜 잡아요?"라 물으니 맹자의 어머니가 처음에는 대수롭
지 않게 여기고 무심결에 "너 줄려고 잡나 보다."라고 농담을 하였다가 곧 자식
에게 헛말을 한 것을 후회하고 말한 바를 지키고자 그 집에 들러 돼지고기를
사다 맹자에게 먹였다 한다.

귀천은 다를망정 혈육은 한가지라

꾸지저도[136] 악정[137]말고 치나마 과장마라

나 많은 종이어든 어미를 생각흐고

나 어린 종이어든 자식갓치 길럿서라

제 때에 해 입히고 배 고프게 말아서라

아해야 들어봐라 또 한 말 일으리라

세간[138]을 사실 적에 치산[139]을 잘 하여라

곡식이 만흐나마[140] 입치례 흐지말고

포백[141]이 많으나마 몸치례[142] 흐지마라

헌 의복 기워입고 잡음식 먹어서라

집안을 자로[143] 쓰러[144] 문지[145]잇게 마랏서라

---

136) 꾸지저도 : 꾸짖어도. 연철 표기 형태이다. '꾸짖다'의 15세기 형태는 '구짖다'
   이다. 15세기부터 시작된 어두경음화를 겪어 16세기 부터는 '쑤짖다'가 나타난
   다. 18세기에는 '꾸짖다, 꾸짖다'로 나타나다 현대국어 '꾸짖다'로 이어지게 된다.
137) 악정 : 악정(惡情). 나쁜 감정. 또 다른 '계녀가(誡女歌)'에는 '악언(惡言)'으로
   표기되어 있다.
138) 세간 : 세간. 집안 살림에 쓰는 온갖 물건.
139) 치산 : 치산(治産). 집안 살림살이를 잘 돌보고 다스림.
140) 만흐나마 : 많으나마. '만흐-'는 '많으-'의 연철 표기 형태이다. 이 자료에서는
   분철 표기 형태인 '많으나마'와 혼기 양상을 보인다.
141) 포백 : 포백(布帛). 베와 비단을 아울러 이르는 말.
142) 몸치례 : 몸치레. 몸치장. 몸을 보기 좋고 맵시 있게 하려고 하는 치장.
143) 자로 : 자주.
144) 쓰러 : 쓸어(掃). 연철 표기 형태이다. '쓸(掃).다'는 15~18세기에 '쓸다'로 쓰
   이다가 19세기에 '쓸다'가 나타나 '쓸다'와 경쟁하다가 20세기에 '쓸다'로 정착
   한다. '쓸다'의 15세기의 형태는 '쓸다'이다. '쓸다'의 'ㅄ'은 (ps)로 소리나는
   어두 자음군이었다. 그런데 17세기 중기에 어두 자음군 'ㅄ'은 경음화하여 'ㅆ'
   과 동일한 음성형을 갖게 된다. 19세기에 나타난 '쓸다'는 경음화를 반영한 표
   기이다.
145) 문지 : 먼지(埃). '먼지'의 15세기 형태는 '몬지'이다. 이 형태는 18세기까지 이
   어져 오다가 19세기에 '몬지', '몬지', '먼지', '문지' 등 다양한 형태로 나타난다.
   20세기에 들어서는 '먼지'와 '몬지'로 정리된다. 18, 19세기에 나타나는 '몬
   지', '문지' 등은 '몸지'와 함께 여러 지역의 방언에 남아 있다. '문지'(현재 강원,
   경기, 경상, 전남, 충북, 함경), '몬지'(강원, 경기, 경북, 전남, 충청), '몸지'(충청).

기명[146]을 알아놓아 패수[147] 업시 하얏서라
이웃에 왕래할 제 무름을[148] 쓰고 가고
급한 일 아니거든 밤으로 왕래마라
남의 집 가거들랑 더욱 조심 하얏서라
옷귀를 길게 하여 속옷을 나게[149] 마라
아해야 들어봐라 또 한 말 일으리라
시가로 처음 갈 제 조심이 만커니와[150]
세월이 오래가면 혼미키가 쉬우니라
처음으로 가진 마음 늘도록[151] 변치 말고
시정에 당한 말과 옛글에 잇는 말씀
자세히 기록하니 한 말씀도 잊지 말고
시〃로[152] 내여보면 행신처사 유익하고
깨달을 일 만스오니[153] 친정일 생각나고
고향 소식 그립거든 이 가사 내여놓고
사향 추억 그려봐라 경계할 일 하고 만하
그만에 경계하니 정신이 아득하여
이만하고 끗치[154] 업다

천구백팔십일년 신유 시월 초이일
안동시 신안동 二九六의 三

---

146) 기명 : 기명(器皿). 그릇.
147) 패수 : 패수(敗數). 패운. 기울어져 가는 운수.
148) 무름 : 여성들이 바깥출입을 할 때 얼굴과 몸을 가리는 덮개.
149) 나게 : 나오게.
150) 만커니와 : 많거니와. '만커-'는 '많거-'의 연철 표기 및 자음축약 형태이다.
151) 늘도록 : 늙도록. 어말 자음군 'ㄺ'이 'ㄹ'로 단순화되어 표기되었다.
152) 시〃로 : 시시(時時)로. 때때로.
153) 만스오니 : 많사오니. 많으니. '만-'은 '많-'의 어말 자음군 'ㄶ'이 'ㄴ'으로 단
순화되어 표기된 형태이다.
154) 끗치 : 끝이. 모음간 유기음 'ㅌ'의 'ㅅㅊ(구개음화)' 표기 형태이다.

친가 부 경계 사십팔세
안동고등학교 근무 중

2. 여자 교훈가

<여자 교훈가>는 규수(閨秀)들의 유교적 교화를 목적으로 쓴 내방가 사이다. 100×50cm 규격의 장책본으로 3편의 가사와 1편의 편지글이 실린 ≪교훈가≫ 첫 번째 가사 작품으로 전부 6면이다. 2행 4음보 형식의 2단으로 필사되어 있다. 그 뒤에 <계녀가라>, <화전가라>와 편지 <동유간서>가 이어진다. 이 작품은 권영철 소장본이다. 내용은 ≪내훈≫, ≪여사서≫ 등이 원류를 이루고 있으며, 이에 해당하는 작품으로 <계녀가(戒女歌)>, <규중행실가(閨中行實歌)>, <규중여자가>, <교녀가(敎女歌)>, <현부신손양경가(賢婦身孫養警歌)> 등이 있다.

시집 간 여자가 할 일을 낱낱이 예를 들며 열거하였다. 시부모 섬기기, 제사 받들기, 손님 접대하기, 일가친척 간에 화목하기, 험담 말기, 남편 섬기기, 행보법(行步法), 친구 사귀는 법, 사람 대하는 법, 남의 집을 방문하는 법, 말과 행동을 조심하는 법 등이다. <계녀가>의 변형 이본에 속한다.

여자 교훈가

쳔지가 비홉ᄒ여 음양으로 삼긴 인싱
엇지 안니 소즁ᄒ고 밍ᄌ님니 이르시되
효순을 모를진 된 금수에 불원니라[1]
엇지ᄒ야 져러ᄒ고 남ᄌ는 고사ᄒ고
여자로 니을지라[2] 쳔ᄒ가 광딕ᄒᄃᆡ

---

1) 불원니라 : 불원(不遠)이라. 멀지 않으니라.
2) 니을지라 : 이을지라.

용납 업난[3] 여자로다 자셔 듯고 닛게 마라[4]
부모의 혈육으로 졈〃니[5] 장성ᄒ여
난 발셔 열사리라 세워리 홀〃ᄒ야
몃 히 안니 지니가면 출가 외인 될 거시라
친부모을 모실 젹에 진심갈역[6] 하여 보라
니 친졍에 비운 힝실 출가ᄒ여 곤치기난[7] [어려워라]
길삼 방젹 여공 지질 언어 힝동 출닙 범졀
혼졍신셩[8] 문의욱ᄒᆞᆫ[9] 사친경장[10] ᄒ난 것설
니 부모계 교훈 바다 출가ᄒ여 힝할 거요
친졍에 못 비운 일 출가ᄒ야 고싱니라
시부모가 말을 ᄒ되 친부모를 원망ᄒ며
타인 타셩 말을 ᄒ되 견문업다 흉을 ᄒ며
노비 권속 비운는다 그을 딜 당도ᄒ면[11]
가장 보기 부ᄭᅳ럽고 남 보기도 히참ᄒ다[12]
부모의 교훈 바다 출가니라 ᄒ난구나
힝예셕에[13] 당도ᄒ여 그 부모가 질거ᄒ며
거가[14]로셔 나갈 졔 친부모가 손을 잡고
눈물노 니른 마리 아히야 불너 가며
타문에 들어가셔 시부모게 효도ᄒ고

-----

3) 용납 업난 : 어쩔 수 없는.
4) 닛게 마라 : 잊지 말아라.
5) 졈졈니 : 점점이. 차차로.
6) 진심갈역 : 진심갈력(盡心竭力). 마음과 힘을 있는대로 다함.
7) 곤치기난 : 고치기는.
8) 혼졍신셩 : 혼전신성(婚前晨星). 결혼하기 전 아침 일찍부터.
9) 문의욱ᄒᆞᆫ : '문의육한'으로 추정됨.
10) 사친경장(事親警長) : 어버이를 섬기고 어른을 공경한다.
11) 그을 딜 당도ᄒ면 : 그럴 때를 당하면.
12) 히참ᄒ다 : 해참(駭慚). 남 부끄럽다.
13) 힝예셕에 : 행례석(行禮席)에. 결혼을 올리는 예식 자리에.
14) 거가 : 거가대족, 문벌이 좋은 집안.

가장의게 화순흐라 빅 번 쳔 번 당부흐며
손을 노아 니별할 지 자에흐신 부모 심사
눈물 밧게 안니 난다 시집니라 들어가셔
시부모가 명영크든 거역 말고 시힝흐며
가장이 말 흐거든 오공단정 쥬장니라
속상흐고 분난다고 기운니여 말을 말고
늬외 간에 유정탓고 부모 압히 농담 말고
남 보난 듸 히롱 말라 셰월 닌심 고니흐다[15]
그 모도[16] 흉언일셰 시부모가 썽을 늬여
악셩으로 꾸지거든 황공흐게 고달흐여[17]
늬 비록 재주 업시 나닌는 다시[18] 꾸즁 듯고
분을 늬여 말할 젹에 장타십히[19] 말을 말고
수다니[20] 꾸중히도 듸쳑 업시 들어셔라
시부모가 꾸짓다가 며나리도 자식니라
구연흔[21] 마음 들어 타니르고 후회한다
그 부모가 고수[22]라도 자기 감심 졀노 듸여
부모 젼에 꾸러 안자 젼후 사을 엿주오면
굿듸을 당흐거든 흐기리셩 가만 〃
회과자칙[23] 졀노 되여 발명을 쌜이 마라
발명니 불공니라 삼쳔가지 지목[24] 등에

---

15) 고니흐다 : 고이하다.
16) 모도 : 모두.
17) 고달흐여 : 고달(告達)하여. 말씀을 올려.
18) 재 업시나 닌는다시 : 죄 없으나 있는 듯이.
19) 장타십히 : 장하다 싫게.
20) 수다니 : 수다스럽게.
21) 구연흔 : 공연한.
22) 고수 : 중국 고대 순 임금의 아버지. 고수는 후처가 낳은 아들을 편애해 항상 순을 죽이려고 했다.
23) 회과자칙 : 회과자책(悔過自責). 과오를 후회하고 스스로를 책망함.
24) 지목 : 죄목.

불효가 웃듬니라 부모 혈육 타고 나셔
불효을 멀이 흐소 여자의 흔평싱이
어려온 날 흐도 만타 은공흐며 단정흐며
묵듕흐며25) 말 업시며 황낙히 흐지 말며
번거니 흐지 말고 황홀한 치 흐지 말며
아는 것도 모르난 치 보난 것도 못 본다시
들른 날도 모른다시 늬 죠심만 할 거시라
여즈의 흉니 만타 늬 잘난 치 흐지 말고
남여 분별 싱각흐고 시부모계 악담 말고
가장 압히 나셕26) 말고 늬외 간에 닷틈 마라
남의 흉을 보지 말고 죠형 분명 할 것시라
음탕흐며 투기흐며 불화흐며 불효흐면
칠거지악27) 되난이라 어와 여자들아
여즈의 날건이여28) 다시 곰〃 싱각흐쇼
듕코도 듕할 시라 경듕니 알고 보면
져 힝실 의연코나 시부모가 계시거든
안고 셔고 할 젹에도 공경으로 듀장흐라29)

---

25) 묵듕흐며 : 묵중(默重)하여. 침묵하며 무게 있게.
26) 나셕 : 나서지.
27) 칠거지악 : 성리학의 '天(하늘)-地(땅), 剛(강함)-柔(유연함)'라는 순환적 자연
철학의 성리학의 원리를 '南(남성)-女(여성)'이라는 틀에 맞춘 ≪소학≫에서부
터 여성은 삼강지도(三綱之道)와 칠거지악(七去之惡)이라는 종속적인 굴레에 묶
이게 되었다. 조선 후기 사회에 들어서면서 유교 중심적 사회 조직이 느슨해지
면서 여성들의 개인 체험을 바탕으로 여성의 도리를 교술하는 문학적 텍스트를
대량 산출해 내는 역할을 하였다. 따라서 중국과 조선 여성들의 사회적 지위에
대한 변화를 이해하는데도 매우 중요한 사료적 가치가 있으며, 조선 여성교육사
연구를 위한 중요한 텍스트이기도 하다. ≪여사서언해≫의 원전이 중국 하은주
시대로부터 청나라에 이르는 시기까지 광범위한 시대를 거치면서 '하늘(天)-
남', '땅(地)-여'을 상징하는 두 순화의 주체가 대등적 관점에서 송나라 이후 성
리학과 결속되면서 '상-하', '존(尊)-비(卑)'의 관계로 변화되는 남성 중심의
윤리관이 고착되는 과정을 조망할 수 있다.
28) 날건이여 : (여자로) 태어난 사람이여.

거름거리 나갈 젹에 시부모가 보시난니
웃긴 단〃 잡아민고 초마쏘리 여마 쥐고³⁰⁾
공순니 들어가며 부모 압히 단닐 젹에
국궁여야³¹⁾ 거름 것고 시어룬니 문답할 딕
낫흘 들고 말할 젹에 눈 바루 딕답 말라
더욱〃〃 죠심ᄒ며 화순으로 듀장 삼고
자로 쑤죵 계시거든 가장니 불순ᄒ여
닉 마음에 잘한 닐도 못ᄒ 다시 들어셔라
가장니 화난 일³²⁾을 여자가 말유³³⁾ 말아
쳔셩니 완연커든 말닌닷고³⁴⁾ 되겐난야
말여도 안니 딕고 집안 요란ᄒ지 말아
집안이 요란ᄒ면 지어간에³⁵⁾ 힉가 만타
가장니 ᄒ신 일을 당연니 그르나마
골닉여 말을 말고 종요니³⁶⁾ 틈을 타셔
자기 회심 졀노 딕여 듄져리³⁷⁾ 말을 ᄒ면
강약ᄒ 강포 말고 억지로 말유ᄒ면
억우리³⁸⁾ 딜 거시요 그 집니 망ᄒ리라
가장이 유약다고 능멸이 아지 말고
공순이 할 거시라 여즈라 ᄒ난 거시
친부모을 ᄒ직ᄒ고 시집니라 갈 젹에난

---

29) 듀장ᄒ라 : 주장하라.
30) 초마쏘리 여마쥐고 : 치마꼬리 여며 쥐고.
31) 국궁여야(鞠躬如也) : 몸을 굽혀.
32) 화난 일 : 하는 일의 오기.
33) 말유 : 만류.
34) 말닌닷고 : 말린다고.
35) 지어간에 : 지어간(至於間)에.
36) 종요니 : 조용히.
37) 듄져리 : 돈절히.
38) 억우리 : 억울하게.

가장 ᄒ나 싱각ᄒ면 엇지 안니 듕할 손야
가장니 명영커든 안자셔 듸답 말라
주야장창 눕지 말고 늬 몸니 고단탓고
가장의게 악담 마소 그 모다³⁹⁾ 불공니라
늬외딘 팔자로셔 수심을 세고 보면
가장니 눈치 보고 더욱 수심 세난니라
고상ᄒ고 영화홈이 무비⁴⁰⁾ 모다 지 팔자라
누기을 원망 말고 집안니 화순ᄒ면
윤기가 도라오고 집안니 불화ᄒ면
싀 운이 들어온다 어와 여자들아
가장니 출타커든 더고아⁴¹⁾ 조심ᄒ여
이웃 출닙 ᄒ지 말고 세리〃⁴²⁾ 모니여셔
번화ᄒ게 노지 마라 남 보기에 희참ᄒ다
밤으로 출닙 말고 물니로⁴³⁾ 단닐 젹에
눈 바루 쓰지 말며 심회나게 소리 말고
물 속으로 들다 보고 머리 모숨 만지가며
물 발나 단장 말고 물동 우에 물 버 놋코⁴⁴⁾
압뒤 사람 보지 말고 친혼 동유 간다고셔
손짓ᄒ여 웃지 말고 보난 사람 욕을 혼다
손님니 오시거든 듸졉을 잘 ᄒ여라
늬 가장의 친구니라 늬 살님니 구간타고⁴⁵⁾
오난 손님 시려⁴⁶⁾ 말고 양식니 부죡타고

---

39) 모다 : 모두.
40) 무비 : 무비(無非). 아닌 것이 없다.
41) 더고아 : 더욱.
42) 세리〃 : 서리서리. 사이사이.
43) 물니로 : 무리로.
44) 물 버 놋코 : 물 부어 놓고.
45) 구간타고 : 구차하고 가난하다고.
46) 시려 : 싫어

손님 실타 걱정ᄒ면 그 손님이 안자 듯고
잘 것도 써나가고 유할[47] 것도 〃 라간다
목소리 크게 ᄒ면 손님 듯기 미편ᄒ고
수심을 씌고 보면 손니 혹시 엿보다가
의심ᄒ고 가난니라 어우 여자들아
열심코 도심ᄒ라[48] 여자의 흉니 만타
왕촉[49]니 망ᄒ기로 츙신불사니군이요
열여는 불경니부라 힝실을 조심ᄒ요
여자의 몸이 도야[50] 허코도 둥할시고
시속 인심도 보소 엇지 안니 조심딀고
흉니라면 달니 듯고 기리라면 물너간다
남으 흉 보기 죠와 히담[51]으로 양식 삼고
어와 황단ᄒ다[52] 이와 갓흔 세월 닌심
언무쪽니 힝쳘니요[53] 풍무쳐니 요목니라
여자이 몸이 도야 자고로 믹낭ᄒ다[54]
길가에 나셔나마 남자와 동힝 말고
게쳔에 쌜늬 타가[55] 남졍니 지늬거든
낫쳘 들고 보지 말고 놉흔 산에 올나셔 〃

---

47) 유할 : 머물. 유(留)할.
48) 도심ᄒ라 : 조심하라. 과도교정형.
49) 왕촉 : 전국 시대 제나라 화읍(畵邑) 사람. 낙의(樂毅)가 처음 제나라를 격파했
    을 때 그가 어질다는 소문을 듣고 군대에 명령해 화읍 주변 30리를 포위하도록
    해 들어가지 못하도록 하고 예의를 갖춰 만가(萬家)에 봉하고는 연(燕)나라를
    돕도록 청했다. 그는 끝내 사양하고 나가지 않았는데, 연나라 사람들이 위협하자
    나무에 목을 매 자살했다.
50) 도야 : 되어.
51) 히담 : 희담(戲談). 우스갯소리.
52) 황단ᄒ다 : 황당하다.
53) 언무쪽니 힝쳘니요 : 발 없는 말이 천 리 가고(無足之言 行千里).
54) 믹낭ᄒ다 : 맹랑하다.
55) 쌜늬타가 : 빨래하다가.

니집 저집 젼갈 말고 기침 부듸 크게 마라
운난 사람 혹시 닛다 늬외 간에 의 샹ᄒ고56)
동유ᄭ리 셜화 말고 부〃간에 닷톰 마라
밤에 나셔 것지 말고 가쟝니 ᄯᅮ짓다고
도라안자 한슘 말고 시부모가 칙혼다고
가쟝의게 알요 말고 늬 가쟝의 부모니라
시부모가 업슬진듸 늬 가쟝니 싱길손야
어와 여자들아 변〃치 못혼 구변으로
두어 마듸 훈계 말을 명심ᄒ야 닛지 마라
늬 밧게 나문 가지 긍양듸로57) 지어 보소
훈게할 말 허다ᄒ나 부듸〃 명염ᄒ라
여ᄌ의 할 닐니야 늬 밧게 업난이라
늬 글 보고 심상ᄒ면58) 금수에 비할니라

---

56) 의 샹ᄒ고 : 의리가 상하고.
57) 긍양듸로 : 국량(局量)대로. 자기 양껏. 타고난 능력껏.
58) 심상ᄒ면 : 대수롭지 않고 예사로우면.

3. 훈ㅈ부가

이 작품은 한국국학진흥원에 소장되어 있는 한글 필사본 가사이며, 전 소장처는 진성이씨 근저댁이다. 필사 시기는 "병진 원월 망일"이며 필사자는 미상이다. 513×18.5cm 크기이며 두루마리로 단과 행 구분이 없다. <훈ㅈ부가>는 며느리를 훈계하는 가사인데, 며느리의 주된 역할은 봉제사(奉祭祀)와 접빈객(接賓客), 방적주사(紡績紬絲)가 으뜸임을 설명하는 가사이다. 시어른이 며느리에게 쓴 작품으로 남성 작임을 알 수 있으나 전승 과정에 여성들이 베껴 쓴 이본도 많이 있다.

훈ㅈ부가

며느리[1] 며느리야 이내 말슴 드려보소
인간 칠십 머다 마고 척촌광음[2] 앗긔여라[3]
구각방심[4] ᄒ나 ᄉ즌히 빅쳔만ᄉ 그르나니
부여의 맛든 일이[5] 무슨 거시 제일인고
봉저ᄉ[6] 젹빈긱과[7] 방젹 쥬ᄉ[8] 읏듬이라[9]
며나리야 며나리라 너의 일신 도라보니

---

1) 며느리 : 며느리.
2) 척촌광음 : 척촌광음(尺寸光陰).
3) 앗긔여라 : 아끼어라.
4) 구각방심 : 구각방심(九各放心).
5) 맛든 일이 : 맡은 일이.
6) 봉저ᄉ : 봉제사(奉祭祀).
7) 젹빈긱과 : 접빈객(接賓客)과
8) 방젹 쥬ᄉ : 방적주사(紡績紬絲).
9) 읏듬이라 : 으뜸이라.

소임도 즁커니와 쳐지도 난쳐ᄒ다
불쳔위[10] 미신 집의[11] 심슘셰 죵부로셰
너른 집에 두양이오[12] 큰 뢰에 돗틔로다
봉졔ᄉ 불민ᄒ면 너의 칙망 그 아이면
졉빈킥 허송ᄒ면 너의 칙망 그 아인가
츙가 유무[13] 졍셩 바다 흔연 영졉ᄒ여셔라
이 마음 이루와셔 여러 형졔 우익ᄒ고
그른 일을 훈게ᄒ고[14] 오른 말을 흥복ᄒ쇼[15]
잇난 거슬 논ᄒᄒ고[16] 업난 거슬 구쳐ᄒ쇼
나우 형져 박풍속은 네 것 늬 것 교게ᄒ여
분문할호[17] 각거ᄒ야 친쳑 월시 ᄒ는고나
졔 안희의 말을 듯고 동긔간 뢰심ᄒ고[18]
졔 ᄌ식의 말을 듯고 지친간의 작쳑ᄒ다[19]
져 ᄉ름 증게ᄒ야 늬 마음 기과ᄒ쇼
며ᄂ리야 며ᄂ리야 부듸부듸 죠심ᄒ쇼
옛글에 ᄒ엿스되 과쳐의 법을 바다
형졔를 우익ᄒ야 어우가방 ᄒ시다
졔ᄉ 즁 불쾌ᄒ야 아회 어런[20] 썽 늬거든

---

10) 불쳔위 : 불쳔위(不遷位). 신위를 영원히 사당에 모시는 것이 허락된 인물에게
    그 후손들이 행하는 제사.
11) 미신 집의 : 모신 집에.
12) 두양이오 : 동량(棟梁)이오.
13) 츙가 유무 : 친가유무. 친가의 소식. 편지.
14) 훈게ᄒ고 : 훈계(訓戒)하고.
15) 흥복ᄒ쇼 : 항복(降伏)하소.
16) 논ᄒᄒ고 : 나누어서 하고.
17) 분문할호 : 분문할호(分門割戶). 문을 나누고 세거를 구분한다. 곧 살림을 분가
    한다는 뜻.
18) 뢰심ᄒ고 : 배신(背信)하고.
19) 작쳑ᄒ다 : 작척(作斥)한다. 서로 배척한다.
20) 아회 어런 : 아이와 어른.

춤고춤고 다시 춤아 우슴으로 딕접ᄒ쇼

일실을21) 츳마 두면 빅ᄂ리 편ᄒᄂ니

가간에 시시비비 잇고 업기 ᄂᄂ이라

시비를 두럽거든 방젹 치순 근염ᄒ야

긴 허리럴 오그리고 져근 눈을 부루ᄊ고

물ᄂ를 도으쓸고 바드집을22) ᄌ조 치도

굴다 말고 츄타23) 말고 솜시딕로 ᄒ여셔라

어린 ᄌ식 너르 덥고24) 늘근 부모 션양하쇼

장쳘도우 귀흔 쓸도 어육 마슬 몰ᄂ잇고

왕승승의 늘근 모친 직금 방젹25) 순쇼ᄒ니

져 갓흔 지우여도 의식 돈졀 ᄒ여거든

우리 갓흔 범ᄉ람이 입고 먹기 가릴손가

포의갈건26) 항착이요27) 소ᄉ칙망28) 다반이라

촌간의 짐슈환지 고공의 슴쳘 의복

공ᄉ원의 취혐든과 촌의동장 동양석두

가지가지 싱각ᄒ이 일용젹두29) 허다하다

이 곡셕 져 쌀ᄀ치 긔긔입입 신고로다

일연 숨빅 육심일이 날도 만코 쌔도 만타

---

21) 일실을 : 일실(一失)을. 한 가지 실수를.

22) 바드집을 : 바디집을.

23) 츄타 : 추하다.

24) 너르 덥고 : 넓게 덮고.

25) 직금방젹 : 직금방적(織金紡績). 유향의 ≪열녀전≫ <모의·추맹가모(鄒孟軻母)>에도 여인이 베를짜서 팔아 가사를 경영했다는 이야기가 나온다. 여성의 방적이 자체 충족을 위한 생산에서 가계 경영에 도움이 되는 시대적 변화를 반영하고 있다.

26) 포의갈건 : 포의갈건(布衣葛巾). 의관(衣冠).

27) 항착이요 : 항상 착용하고. 항상 입고.

28) 소ᄉ칙망 : 작은 일에도 책망을 당함.

29) 일용젹두 : 일용적두(日用積豆). 일용할 곡식을 쌓아놓는다. 비축이나 저축을 해야 함.

아참 가면 전역 오고 밤히 가면 나지 올쇠[30]
어나날 쌔 업스며 어나 쌔 먹즌난가[31]
만는 날을 구어보고 여려 쌔을 헤아리이
쓰난 것도 허다ᄒ고 먹난 것도 허다ᄒ다
며나리야 며ᄂ리야 너의 광당 이 안인가
되약즐ᄌ 도으줍고 부대부대[32] 조심ᄒ소
한 말 쓸대 반 말 쓰고 한 되 쓸듸 반 되 쓰소
구비구비 요량ᄒ고 너르너르 싱각ᄒ소
음식의 션악 말고 접대의 후박 마소
이근 음식 헛쳐 노코 싱 곡셕을 앗겨 쓰소
빈부난 진쳔이나 본심을 일치 마소[33]
남무 거슬 희긔 마소 허욕이 다 쓸대업ᄂᆡ
그른 스람 안치 말고 올은 스람[34] 박대마소
먹난 대 교만마면 굼난대[35] 샹셩ᄒ라
이 마음 젼일ᄒ면 무슨 일 그를손가
내 마음 다시 줍바 내임을 슴기 두소
흔 말을 그를 치면 빅가지로 우싀로다[36]
나진 우난 져 약기난 샹 나라을 망ᄒᆡ내고
싀비 우난 져 암달근 한국을 픠ᄒᆞ도다
풍구 안히 옥비혀난[37] 픠가 망신 ᄒᆞ여잇고
흔씨 부인 베치마도 치부셩가 하엿덧라
왕고ᄂᆡ금[38] 구어브이 가국 흥망 부여로다

---

30) 나지올쇠 : 낮이 올세.
31) 먹즌난가 : 먹잖는가.
32) 부대부대 : 부디부디.
33) 일치 마소 : 잃지 마소.
34) 올은 스람 : 옳은 사람.
35) 굼난대 : 굶는데.
36) 우싀로다 : 우사로다. 남부끄러운 일.
37) 옥비혀난 : 옥비녀는. 지나친 사치스러움을 비난하는 말.

며느리야 며나리야 부듸부듸 청염호여
풍구을 증계호고39) 흔씨을 쏜 바드소40)
너의 처지 싱각호이 시록시록 난쳐호다
어린 가쟝 철몰닉라41) 문방츳ㅅ42) 흔다호고
슌방 간다 공방 주소 도빅 간다 옷 구미소
츈츄로 조즌 과거 졍시 본다 향시 본다
관망의복 기비호고 노마힝쟝43) 츠려닉이
힝지44) 돈은 어듸 나며 슈션 골물 뉘 아던고
초당의 놉피 안진 너의 싀부 거동 보소
청춘이 어졔런이 빅발이 오날이라
늘근 거동 유셰호고 일지일믹 부동한다
지ᄉ을 전혀 잇고 가ᄉ을 닉 몰녀라
다박 싀음45) 쓰다듬고 모진 기참46) 도도오며
당구풍월 훗날이고 츄월츈풍 다 보닌다
잇난 죽을 마다호고 업난 술을 칙쥴호다47)
늘근 안히 희롱호고 어린 손즈 츄시린다48)
원근의 친소업고 졉대의 후박업시
가난 손을 말유호고 오난 손을 즐겨흔다
엇지 보면 쳔황씨요49) 엇지 보이 갈천씨라

---

38) 왕고닉금(徃古來今) : 지난 옛날부터 지금에 이르기까지.
39) 증계호고 : 경계하고.
40) 쏜 바드소 : 본받으소.
41) 철몰닉라 : 철을 몰라. 철이 없이.
42) 문방츳ㅅ : 문방차사(文房差使).
43) 노마힝쟝 : 노마행장(路馬行狀). 길을 나서는데 필요한 말과 행장.
44) 힝지 : 행재(行財). 길 떠날 때 필요한 돈.
45) 다박 싀음 : 다북한 수염.
46) 기참 : 기침.
47) 칙쥴호다 : 재촉하다.
48) 츄시린다 : 추스린다.
49) 쳔황씨요 : 천황씨(天皇氏). 중국 태고 시대의 전설적인 인물.

이 가장 저 싀부을 보양봉독50) 어니할고
며나리야 며나리야 너의 소등 불소하다
근검 등의 부귀하고 히려51) 긋히 빈천이나
져졔 가난 져 신힝은 져리 져리 홀난하다52)
허부즈으 쌀일년이 빅진숭으53) 즈부로다
친졍도 웅부런이 싀가도 만식이나
긔셔도54) 굉장하고 위의도55) 거록하다
농바리 도복 바다 압뒤의 흘어잇고
교젼비56) 양여로난 좌우의 버러셔라
쳥쳔갓흔 독교마리57) 구름갓치 달여오늬
인셩만셩 모힌인대 잔치도 장할시고
만쟝갓탄 너른 집의 분벽ᄉ창58) 발근 방의
대소 병풍 둘너시고 화문셕 펼쳐노코
션난 양은 황쇼 거동 안진 양은 대마 거동
예슈을 마친 후의 신방으로 도라든다
싀별갓흔 요강 대야 어름갓탄 함셕경과
위낭금침59) 버려노코 반셕동의 비겨안즈
머리 닷기 경젹하기60) 나나리61) 일슘으이

---

50) 보양봉독 : 봉양봉독(奉養奉讀). 부모님을 봉양하고 책을 읽어 드림.
51) 히려 : 화려(華麗)한.
52) 홀난하다 : 혼란하다.
53) 빅진숭으 : 박진상의.
54) 긔셔도 : 기세(氣勢)도.
55) 위의도 : 위의(威儀)도.
56) 교젼비 : 교전비(轎前婢). 예전에, 시집갈 때에 신부가 데리고 가는 여자 종을 이
    르던 말.
57) 독교마리 : 한 마리 말이 끄는 가마.
58) 분벽ᄉ창 : 분벽사창(粉壁紗窓). 하얗게 꾸민 벽과 비단으로 바른 창문이라는 뜻
    으로, 여자가 거처하는 아름답게 꾸민 방을 이르는 말.
59) 위낭금침 : 원앙금침.
60) 경젹하기 : 성적하기. 화장하기.
61) 나나리 : 나날이.

호스가 져러ᄒᆞ이 교만이 아이나랴
쟝긔갓슬 빅진ᄉᆞ난 쟝긔 바득⁶²⁾ 일을 숨고
승첩갓탄 싀어미난 골픽 샹육 셰월 간다
봉ᄉᆞ젹빈 니몰니라 방젹 직음 뉘 알는고
봉ᄉᆞ젹빈 몰니ᄒᆞ이 조선 빈긱 비치ᄒᆞ고
방젹 직임 마다ᄒᆞ이 이웃 쟝ᄉᆞ 조하ᄒᆞᆫ다
흥ᄒᆞ나이⁶³⁾ 친척이요 비웃ᄂᆞ이 비복이라
그른 말을 올계⁶⁴⁾ 듯고 올은 일을 글이⁶⁵⁾ 아내
그다지 히희ᄒᆞ이⁶⁶⁾ 만석군이 으러진다⁶⁷⁾
문젼 옥답 업서지고 조흔 가듸 간듸업다
그더지 호스튼이 어이ᄒᆞ야 져러ᄒᆞ고
일간두옥 쩌젹문의 지로 굿태 쏙슐이요
분결갓탄 져 손결이 가마귀 바리 되고
반달갓튼 져 얼골이 싱뒤 올나 동ᄉᆞᆫᄒᆞᆫ다
분이가 분이련가 어빅미가 분이로다
나래가 나래런가 피복이 나릐로다
김동지 방의 씨코 쟝파총의 오슬ᄒᆞ고⁶⁸⁾
안은 아히 져즐 춧코⁶⁹⁾ 업은 아히 밥을 츤니
굼난 양은 불샹ᄒᆞ나 계그름은 쾌심ᄒᆞ다
져 부ᄌᆞ의 져려키난 젼혀젼혀 히태키라
져계 오난 저 신힝은 져리져리 초슬ᄒᆞ다
이진ᄉᆞ으 며나리요 정감역의 ᄯᆞᆯ아기라

---

62) 쟝기바득 : 장기와 바둑.
63) 흥ᄒᆞ나이 : 흥하는 이.
64) 올계 : 옳게.
65) 글이 : 그러게. 잘못.
66) 히희ᄒᆞ이 : 헤프게 하니.
67) 으러진다 : 엷어진다.
68) 오슬ᄒᆞ고 : 옷을 하고.
69) 져즐춧코 : 젖을 찾고.

싀가도 가난터이 친정도 철빈이라
늘근 암쇼 가이 슬고 지달마의 샹힉일쇠
힝쥬치마 흐임이요 방구져리 구종이라
슴간 초옥 습작문의 쏘박쏘박 모라든다
조분 방의 써젹즈리 기상반의 예물일쇠
슘일 스관 맛친 후의 졍주로[70] 나라드려
깅탕을[71] 지어내야 싀미계[72] 마슬 물어[73]
반상을 간검ㅎ야 구고 젼의[74] 드린 후의
내 마음 쳥염ㅎ야 치숀ㅎ기 도으줍내
졍구을 담당ㅎ고 졉빈을 졍셩ㅎ다
직음 방젹 근염ㅎ야 아히 어른 다 덤난다
잇고 업기 구쳐ㅎ야 여려 형제 부이ㅎ닌
익근 음식 헛처노코 노비 권솔 다 먹인다
효셩도 츌둉ㅎ고 심덕도 거록ㅎ다
스람이 져려ㅎ이 하나리 감동ㅎ사
고릭갓탄 기와집은 포빅으로 스여내고
바다갓흔 논즈리난 되말 슨히 일워낸다
동거고이 의죡이도 암뒤 마이 노복이라[75]
그더지 가난트이[76] 저더지 쟝ㅎ고나
며느리야 며노리야[77] 부듸부듸 조심ㅎ야
빅씨댁을 증계ㅎ고[78] 니씨부인 법을 보소

---

70) 졍주로 : 부엌으로. 경상도 방언형임.
71) 깅탕을 : 갱탕(羹湯)을.
72) 싀미계 : 시매(媤妹). 시누이에게.
73) 마슬물어 : 맛을 물어.
74) 구고젼의 : 구고(舅姑) 앞에. 시아버지와 시어머니 앞에.
75) 동거고이 의죡이도 암뒤마이 노복이라 : 미상.
76) 가난트이 : 가난하더니.
77) 며노리야 : 며느리야.
78) 증계ㅎ고 : 경계하고.

언어의도 조종ᄒ고 힝지의도 진듕ᄒ고[79]
쥬ᄉ의도 담당ᄒ고 치슨의도 알들ᄒ야[80]
가지가지 이려ᄒ야 모도모도 져 갓ᄒ면
어진 ᄒ나 나려보와 치부셩가[81] ᄒ오리다
우리 집일 싱각ᄒ이 소산ᄒ기 그지업다
너의 착ᄒᆫ 셩힝으로 우리집 흥셩챵셩[82] ᄒ여 쥬소
아달 나아[83] 손ᄌ보와 빅ᄌ쳔손ᄒ여 쥬소
빅ᄌ숀 ᄒ온 후의 이내 노리 젼히 쥬소

병진 원월 망일의 벼역ᄒ엿슴[84]

---

79) 진듕ᄒ고 : 진중(珍重)하고.
80) 알들ᄒ야 : 알뜰하여.
81) 치부셩가 : 치부성가(致富成家). 돈을 모아 집안을 이룸.
82) 흥셩챵셩 : 흥셩챵셩(興盛創成).
83) 아달나아 : 아들 나아.
84) 벼역하엿슴 : 필사하였음.

4. 복선화음가

<복선화음가>는 이정옥 소장본으로 385.7×30cm 크기의 두루마리본인데 이정옥의 ≪영남 내방가사≫ 제5권 42~58쪽에 실린 작품이다. 비교적 현대에 들어와서 필사된 자료로 경북 안동 용산동에 권분성님이 필사한 자료이다. <계녀사> 계열에서 가장 일탈한 모습을 보여주는 만큼 그 작자군도 사대부가의 여성에서 평민 여성으로 확대된다는 사실을 입증해 줄 수 있는 작품이다.

<복선화음가>는 제목 그대로 "착한 사람에게는 복을 내리고 못된 사람에게는 재앙을 내린다"는 내용의 교훈의 가사이다.[1] <복선화음가>는 <계녀가>의 전형적인 작품 가운데 그 변형의 정도가 가장 큰 작품으로서 가사와 소설의 장르가 혼성되는 과정에서 생겨난 여성가사의 하나로서 다양한 이본이 있다. <계녀가>의 일반적인 전형은 "① 서사-② 사구고-③ 사군자-④ 목친척-⑤ 봉제사-⑥ 접빈객-⑦ 태교-⑧ 육아-⑨ 어노비-⑩ 치산-⑪ 출입-⑫ 항심-⑬ 결사"의 13항목을 차례로 서술하고 결사를 두어 마치는 구조임에 비해, <복선화음가>의 경우는 제9항목에 해당하는 치산만을 따로 떼어 도드라지게 확대하고 여기에 초점을 두어 괴똥어미의 사례를 액자 형식으로 끼워 넣어 시집가는 딸을 훈계하는 구조를 지니고 있다.[2]

유복한 집에서 자란 여성 화자인 이씨 부인이 가난한 집에 시집을 가게 되었으나 치산에 힘써 시댁을 부유한 가문으로 만들고 남편과 아들을 급제시켜 벼슬자리에 올라서게 한다. 화자는 그러한 자신과 부유한 집에 시집와 방탕한 행동으로 자산을 모두 탕진해 버린 괴똥어미를 대비시켜

---

1) 이정옥, ≪내방가사의 향유자 연구≫, 박이정, 1999, 273쪽.
2) 조자현, 「<福善禍淫歌>의 서술구조에 대한 和諍記號學的 분석」, ≪한국시가연구≫ 제26집, 이회, 2009 ; 김석회, ≪조선후기 시가 연구≫, 월인, 2003, 329쪽.

시집가는 딸에게 훈계를 하는 내용이다. 시집가는 딸에게 자신을 본받고 괴똥어미를 경계하라며 계녀하는 것이다. 따라서 <복선화음가>는 크게 이씨 부인의 일생부분, 괴똥어미의 일생 부분, 계녀 부분으로 나뉘며, 괴똥어미의 이야기를 액자형식으로 끼워 넣음으로써 서사성을 확보하려고 시도한 작품이다. 내외 운율 구조도 일탈을 보여 산문화의 경향을 보이고 있다. 내방가사가 문학작품으로서 질적인 발전을 보인 대표적인 작품 가운데 하나이다.

복선화음가

어와 세숭 스람들아 이내 말숨 들어보소
불행흔 이내 몸이 여즈 몸이 되얏스니
리흘님[3]예 증손이요 정흑사의 외손여라
스흑 호경[4] 열여전을[5] 십여시에 에와내고[6]

---

3) 리 흘림 : 예문관 검열. 이 한림.
4) 스흑 호경 : 사서오경(四書五經).
5) 열여전을 : ≪열녀전(列女傳)≫은 중국 전한 시기의 사람인 유향이 편찬한 책으로, 여성의 활약한 기록을 모아서 엮은 영사서. 여성의 모범이 될만한 인물에 대하여 담고있어서, 여성에게 가르치는 훈육서의 성격이 강하다. 유향의 원저서는 7편으로 구성, 후에 본문 7편을 상편과 하편으로 나누어서 편집하고, 송(頌) 1권을 가미한 전 15권으로 구성되었고, 여학자 반소(班昭)의 주석이 더해진 유흠(劉歆)의 ≪열녀전≫이 전해졌다. 현재 유통되는 통용본은 남송(南宋) 때 챼기(蔡驥)라는 인물이 재편집하여 책에서, 원래의 ≪열녀전≫ 7권에 송(頌) 편을 나누어서 ≪속열녀전(續列女傳)≫ 8권으로 구성 하였다. 그리고 다른 판본으로는 송나라 시절 사람인 방회가 7권으로 간추린 것도 있다. 한나라의 반소(班昭)와 마융(馬融), 오나라(吳) 사람 우위(虞蘙)의 아내 조씨(趙氏), 진나라 기무수(綦毋邃)의 주석이 있었지만, 모두 흩어져 없어져 버렸다. 남아 있는 주석이 달린 ≪열녀전≫ 판본은 청나라의 왕조원(王照圓)의 ≪고열녀전보주(古列女傳補注)≫, 고광기(顧廣圻)의 ≪고열녀전고증(古列女傳考証)≫, 양단(梁端)의 ≪열녀전교주(列女傳校注)≫ 등이 있다.
6) 에와내고 : 외워내고.

쳐신 범절 행동거지 침선 방직 슈 노키도
십亽세에 통달ᄒ니 누가 아니 칭춘ᄒ랴
악ᄒ 행실 경계ᄒ고 측ᄒ 亽람 뿐을 바다
일동 일졍 션히 ᄒ니 남녀노소 ᄒ난 말이
천승적강[7] 이 소졔난 부귀공명 누리리다
그 얼골 그 태도난 천만고에 처음이라
이러ᄒ기 층춘 받고 금옥으로 귀히 질러[8]
십오세가 그에 되니 녀亽 유행 법을 조츠
강호로[9] 출가ᄒ니 김홀님에 증손부라
경계 조훈[10] 화류 중에 삼월 망강[11] 우기ᄒ니[12]
등명군 십이병은[13] 군복 병치 츤난ᄒ고
전배[14] 후배 열두 ᄒ님[15] 오색 복색 황홀ᄒ다
각亽[16]에 가진 시비[17] 좌우로 세의ᄒ니
거리거리 구경군이 뉘 아니 칭춘ᄒ리
풍유 남亽 오라범님 배행기구 거룩ᄒ다
은안 백마[18] 뒤 세우고 청亽행 亽인교에
흑술 안경 대모[19] 중도 빗겨 타고

---

7) 천승적강 : 천상적강(天上謫降). 하늘 위의 신선이 인간 세상에 내려오거나
사람으로 태어남.
8) 질러 : 길러. ㄱ-구개음화.
9) 강호로 : 예전에, 은자(隱者)나 시인(詩人), 묵객(墨客) 등이 현실을 도피하여 생
활하던 시골.
10) 조훈 : 좋은.
11) 망강 : 음력 보름께.
12) 우기ᄒ니 : 우기는 고기의 '쌍지느러미'를 뜻하는데 여기서는 남녀가 결혼을
한다는 뜻임.
13) 등명군 십이병은 : 가마채를 잡는 열 두명의 사람을 뜻함.
14) 전배 : 전배(前輩). 앞선 한 무리.
15) ᄒ님 : 혼사 신부나 신랑의 수발을 들기 위해 때 뒤따라 가는 사람.
16) 각亽 : 관아에 소속된 사람을 통틀어 이르는 말. 비슷한 말.
17) 시비 : 시비(侍婢). 곁에서 시중을 드는 계집종.
18) 백마 : 은으로 꾸민 안장을 없은 흰 말.

오동설합[20] 백홍연죽[21] 이해 슈층 들이우고
옥슴 전대 요강 타구 슈배 규즁 츳지로다
소주 약주 가진 안주 복만 구즁 완득이라[22]
탄탄 정로 조흔 길로 흐로 잇틀 스흘 안에
강호에 득달흐니 시댁이 어대련고[23]
쥬렴 속에 즘간 보니 수간모옥 청계즁애
동래서북 가련흐다 반별은[24] 조큰마난
가세가 영체흐니[25]
신행에 허다 흐인[26] 밥인들 먹일손냐
합천치수[27] 팔연판은 쟁반애 불근 대초
도로혀 무색흐다 폐백을 드린 후에
눈을 감고 안자스니 혀다흔 구경군이
서로 일러 흐난 말이 앗가울스 저 신부야
곱기 귀히 기른 낭즈 간구흔 저 시집에
그 고생을 엇지 흘고 극난흐긔 혼인이라
저 대도록 속앗난고
흐로밤 지낸 후에 회마치행[28] 흐올 적에
배행 왓든 오라범님 나을 보고 흐난 말삼

---

19) 대모 : 바다거북과에 딸린 거북의 등으로 만든 안경.
20) 설합 : 오동으로 만든 설합장.
21) 백홍연죽 : 담배통, 설대, 물부리와 세 부분으로 이루어진 담배를 재어 피우는
    담뱃대.
22) 복만 구즁 완득이라 : 미상. 배 안에 가득 차도록 얻어냄.
23) 어대련고 : 어디이런가.
24) 밤별은 : 양반가 문벌은.
25) 영체흐니 : 가난하니.
26) 허다 흐인 : 많은 하인.
27) 합천치수 : 합천치수(合川治水). 두물머리. 두 갈래의 물길이 하나로 합치는 일
    곧 남녀가 결합하는 것을 상징하는 말임.
28) 회마치행 : 신부를 데리고 온 상객과 하인배들이 말머리를 돌려 본가로 되돌아
    가는 행차.

가세가 이러ᄒ니 홀일업다[29] 도로 가ᄌ

ᄎ마 혼ᄌ 못 가갯다

어여분 우리 누에[30] 이 고생을 어지ᄒ리

두 말 말고 도로 가ᄌ

오라바님 ᄒ난 말ᄉ 이 말이 왼 말이요

슴종지도 즁ᄒ 법과 여ᄌ 유행 일것스니[31]

부모 형제 머러스라 행예예혼[32] ᄒ올 적에

제물을 의논홈이 옛적에 전ᄒ 바요 ᄉ군ᄌ에 경계로다

슈간모옥 저(지)은 집은 구고 기신[33] 내 집이요

안밧 즁문 번화갑 제천 부모에 옛집이라

ᄒ날이 정ᄒ 팔ᄌ 슌종ᄒ면 복이 대고

시댁이 간구ᄒ나 천생지록[34] 잇스리라

굼고 벗기 매양이며 가도가 심ᄒ시도

구고애 뜻을 바다 효성으로 봉양ᄒ면

도로혀 감동ᄒᄉ 불승 기특 ᄉ랑ᄒ오

그런 말ᄉ 다시 말고 쵸지을[35] 보즁ᄒᄉ

평안지즁 환ᄎᄒᄉ 시댁에 간구ᄒ 말[36] 보모님께 부대마오

ᄌ애 ᄌ졍 우리 부모 이 말ᄉ 들으시면

갓득이나 늙은 친당 침식이 불안ᄒ대

션우슴 조흔 말도 시가ᄉ를 ᄌ랑ᄒ여

부모 마음 편키ᄒ오 오라버님 ᄒ난 말ᄉ

아름다운 우리 누에 오히려 놀낫드니 금일에야 다시 보니

---

29) 홀일업다 : 하릴없다. (무엇이)어떻게 할 도리가 없다.

30) 누에 : 누의에.

31) 일것스니 : 읽었으니.

32) 행예예혼 : 행례례혼(行禮禮婚).

33) 기신 : 계신.

34) 천생지록 : 천생지록(天生之祿). 하늘에서 생겨난 복록.

35) 쵸지을 : 처음의 뜻을.

36) 간구ᄒ 말 : 간구(懇求)한 말.

백행이 구비ᄒ니³⁷⁾ 무궁복록 누리리라

슈지부모³⁸⁾ 귀흔 몸을 안보ᄒ야 줄 잇스라

눈물 뿌려 즉별ᄒ고 현ᄉ당³⁹⁾ ᄒ온 후에

숨일을 지낸 후에 세수 작객 예법으로⁴⁰⁾

부엌으로 내려가니 소슬흔 흔 부엌애 탕관 ᄒ나 뿐이로다

줌지에⁴¹⁾ 부모 봉양 뮤엇으로 ᄒ준 말가

진황씨 서방님은 아난 거시 글 뿐이요

시정⁴²⁾ 모른 늙은 구고 다만 망영 뿐이로다

ᄒ인을 급히 불러 이웃집에 보냇뜨니

도라와 ᄒ난 말이 전에 군 쌀⁴³⁾ 아니 주고

염치업시 또 왔나냐 두 말 말고 밥비 가라⁴⁴⁾

그령저령 ᄒ노나니 때가 님에 오시로다⁴⁵⁾

즈계 흠농 여러 놋코 약간 전양 대여내여⁴⁶⁾

쌀 팔고 반츠 ᄉ니 기식이 중식이라

앞폐 드린 금봉채단 김중즈집 전당ᄒ고

왜포 당포 찬찬 이복 시츤가에 전당ᄒ고

슝계 구계 두루 불슈 안진 빗에 길기 ᄒ고

공단 대단 핫이불은 이즈랑집 영영 방매

혼수가 만탄 흔을⁴⁷⁾ 금노 엇지 당할소냐

친정애 약간 구지 헌시루에 무릇기라⁴⁸⁾

---

37) 백행이 구비ᄒ니 : 백가지 행동을 다 갖추었으니.
38) 슈지부모 : 수지부모(壽之父母). 부모로부터 타고난 목숨.
39) 현ᄉ당 : 현사당(顯祠堂). 조상을 뫼신 사당에 인사를 드림.
40) 작객 예법으로 : 손님같은 예법으로.
41) 줌지에 : 졸지에. 잠깐 사이에.
42) 시정 : 세정(世情).
43) 군 쌀 : 꾸어간 쌀.
44) 밥비 가라 : 빨리 가라. 바쁘게 가라.
45) 오시로다 : 옷이로다.
46) 대여내여 : 되어내어.
47) 만탄 흔을 : 많다는 한을.

고운 낭ᄌ 대단치마 과거보기 소용이라

흐도 못흔 소과 대과 무방ᄎ시⁴⁹⁾ 무삼일고

ᄉ시 중춘 고운 이복 그 무어시 지탕흐리

허리띄⁵⁰⁾ 열 두죽은 버선 집기 다 진햇내⁵¹⁾

여간 쌀대 밥을 진들 부모 남편 진지흐고

슈ᄉ 노복 나나주니⁵²⁾ 저 먹을 것 전혀업다

흔 때 굴머 두 때 실시⁵³⁾ 치마끈을 졸라맨들

글노 엇지 당흘소냐 눈이 캄캄 흐올 적에

헛두통을 알노라니⁵⁴⁾ ᄉ랑에서 무슨 호기

슈청 흐님 급히 불러 손님 두 분 오셧으니

술 ᄉ오고 정심해라 호령이 등등흐니

시행을 아니흐면 ᄉ랑에 망신이요

시행을 흐ᄌ흔들 두 주먹 불것ᄉ니

생각다 흘 일 업서 인두 가왜55) 전당주고 술 ᄉ오고

양식 팔아 손님 대접 흐엿신들

잇흘 ᄉ흘 유흔 손님 말유흐기 무슴 일고

봉제접빈 지성인들 업난 바에 어이흐리

반갱기요 ᄎ려노니 ᄌ 드리난 이내 마음

일언 일로 흔빈지ᄉ⁵⁶⁾ 이 모양이 흔심흐다

불효예 저리피라 ᄌ시이 생각흐니

---

48) 친정애 약간 구지 헌시루에 무롯기라 : 친정에서 약간 꾸어온 것은 헌 시루에 불을 붓는 것과 같이 아무 표시가 없이 새어버린다는 말.

49) 무방ᄎ시 : 무방차시(無榜次試). 합격자 방에는 이름이 없어 다음 번 과거시험에 응해야 한다는 뜻.

50) 허리띄 : 허리띠.

51) 진햇네 : 지냈네.

52) 나나주니 : 나누어 주니.

53) 실시 : 실시(失時). 시간을 놓치다. 뒤늦게.

54) 알노라니 : 앓노라니.

55) 가왜 : 가위.

56) 흔빈지ᄉ : 한빈지사(寒貧之士). 가난한 선비.

엄난 것이 흔이로다 분흔 심亽 다시 먹고
곰곰 생각 다시 ᄒ니
김중亽 이 부즈난 근본적 부즈런가
수족이 다 성ᄒ고 이목구비 온전ᄒ니
내 힘써 내 먹으면 그 무엇을 부려ᄒ리
비단치마 입던 허리 행즈치마 들려 입고
운혜 당혜 신든 발내⁵⁷⁾ 석세 집신 졸여 신고
당중58) 안해 무근 처마 즐고매고⁵⁹⁾ 개간ᄒ여
외 가지를 굴기⁶⁰⁾ 길러 성시애 팔아오고
뽕을 따 누애 쳐서 오색당亽 고운 실을
유황갓튼 큰 배틀에 필필이 짜낼 적에
쌍월앙 공죽이며 기린 봉황 범나비라
문체도 출난ᄒ고 슈법도 기이ᄒ다
오회⁶¹⁾ 월여 고은 실은 슈 놋키로 다 진ᄒ고
호승세 돈 천냥은 비단 갑시 부족ᄒ다
세이 세이⁶²⁾ 틈을 타서 칠십 노인 슈이63) 짓고
청승 북근⁶⁴⁾ 고은 의복 녹의홍승 쳐여 치중
어린 아혜 색옷 입펴 대신 입난 족복이라
저녁애 켜는 불노 세벽 조반 얼런 진내
알알이 혜여 먹고 준준이 모와보니
양이 모여 관이 되고 관이 모여 백이로다

---

57) 발내 : 발(足)에.
58) 당중 : 집장롱.
59) 즐고매고 : 잘끈매고.
60) 굴기 : 굴게.
61) 오회 : 장사애왕 오회(長沙哀王 吳回, ? ~ 기원전 187년)는 중국 전한 초의 인물
로, 전한의 이성 제후국 장사국의 제3대 왕이다.
62) 세이 세이 : 사이사이.
63) 슈의 : 수의(壽衣).
64) 청승북근 : 청상(青裳) 붉은.

울을 뜻고 담을 치고 집을 짓고

알패에 조흔 전답 만흘시고

안밧 마구 노쇠 나귀 때를 츠자 우난 소리

십이 중문 쥴행낭쥴 왕방울을 거러두고

고대광실 놉흔 집애 츈혀마다 풍경 달아

동남풍이 것듯ᄒ면 잠든 날을 깨와서라

보라 대단 요이불을 반ᄌ까지[65] 도로 씨고

용목패숭[66] 두리숭을 ᄌ지 흠농 겹쳐 놋코

오동설합 백통연죽 서초 양초 가득ᄒ여

왜화기며[67] 당화 기와 동내 반숭

안성 유긔 슘각고의 가득ᄒ고

슈중 하님 열둘이요 반빗 ᄒ님 슈물 둘이라

좌우로 벌려서니 육간 대청 가득ᄒ다

올벼 타즉 일쳔 석은 적은 고애[68] 너어 두고

늣벼 타즉 이쳔 석은 가쳐마랍 용정ᄒ고[69]

도지쌀[70] 칠백 석은 김동지 집 봉슈ᄒ고[71]

시츈갑 팔쳔 양은 이낭청에 백속이

날마다 소를 잡아 보모 봉양 유족ᄒ다

츈물도 허다ᄒ다 아침 저녁 갈아 놋코

혼정신성 ᄒ올 적에 가진[72] 실과 약주로다

안진 다락 선 다락에[73] 가진 찬흡 열두설합

---

65) 반ᄌ까지 : 반자까지. 방 · 마루의 천장을 평평하게 만드는 시설.

66) 용목패숭 : 용목패상(龍木机床).

67) 왜화기며 : 일본식 꽃무늬가 있는 식기. 그릇.

68) 고애 : 창고에. 고방에.

69) 용정ᄒ고 : 용정(舂精)하고. 쌀을 찧고.

70) 도지쌀 : 도지(賭地)쌀. 조선 말기, 한 해 동안에 돈이나 곡식을 얼마씩 내고 남에게 빌려서 쓰는 논밭이나 집터를 이르던 말.

71) 봉슈ᄒ고 : 봉수(捧受)하고. 바치고. 조세나 도지(賭地)를 곡물로 바침.

72) 가진 : 갖춘.

꿀병 스탕 편강이며 약과 슨즈 즁복이라

주먹갓흔 굴근 대초 춘시 호도 겹쳐 놋코

점복[74] 쌈약 포육을 셩을 쳐서 셰이[75] 놋코

호초 생강 양염이며 은안 백쳑 인절미라

지약이 복이 되고 지셩이면 감쳔이라

시집 온지 십연만에 가ᄉ이 이러ᄒ오

아들 형제 고명딸은 형용도 기이ᄒ다

내외 간애 화락ᄒ니 걱정인들 이슬손냐

갑즈 구월 초파일에 국화주를 ᄒ 즌 먹고

안색이 이지ᄒ여 춘관을 분부ᄒ여

다리 치[76] 드러누어 책 보이고 담배대 가로 물고

고요히 듯노라니 호련이 줌이 들어

정신이 흔흔트니 큰 대문애 무산 일로

청동백역[77] 고이ᄒ다 놀내여 줌을 깨여

완즈 영충 열트리매 똥배 불은 ᄒ님연을[78]

저리 급히 엿줍난고 엿쥬시오 ᄒ난 말이

백번지 충안 백발 우리 죤구 쳥여즁을 눌너 집고

황황히 드러와서 나을 보고 ᄒ난 말슴

이번 과거 즉일 충방 넘에 남편 내 아들이

즁원 급제 ᄒ엿으니 이른 경ᄉ 또 잇난가

지금까지 오래 ᄉ라 부귀공명 이른 경ᄉ 애다를손냐

너애 시모 슘년만 더 슐드면 동희동낙 ᄒ련마는

---

73) 안진 다락 선 다락에 : 앉아서 물건을 넣을 수 있는 다락과 서서 물건을 넣을 수
있는 다락.

74) 점복 : 전복(全鰒).

75) 셰이 : 쌓아.

76) 다리 치 : 다리 치들고.

77) 청동백역 : 천둥벼락.

78) ᄒ님연을 : 계집종을.

혼즈 보기 앗갑도다 내 마음 알흐거든
너의 내외 오작흐랴 전후방군 허다흐니
첫제 돈이 백양이라 흐로 이틀 스흘 만애
두본거구 거록흐다 재인 무동 열두 논은
오색 비단 가진 치중 식천금은 안백마난
슘복두 대모각대 어스화 흔가지가 향풍애 나붓긴다
전후애 가진 전배 복색도 황홀하다
안동 방고 리흔님 은실 내위 흐난 소리
어엿분 우리 낭군 분성적도 괴괴흐다
당분 왜밀 어대 두고 먹을 갈아 성적홀지
회가로⁷⁹⁾ 칠을 흐니 얼슝덜슝 그린 모양
호랑 등을 불워홀가 모즈 빠진 허방근애
똥 지천 무슴일고 까제 줍고 나연 후에
팔 벌이고 깨금줄지 박즁대소 뉘 아닐가
말 꺽굴로⁸⁰⁾ 타신 양반 서울 길로 가랴시냐
스당애 고유흐고 경스 인스 채 못흐고
실내위 흐난 소리 기정성애 서판서라
전애 방골 코리 육촌 실내 그만 욕비시오
승지댁 스촌 형님 무슴 일로 부르시나
꾀득스런 스종 동서 팔을 어이 이그시오
안밧으로 허다 빈객 차담슝도 융숭흐다
초입사애 주성중영 멸군으로 안변부스
성지 당슝 동내부스 물망으로 평양감스
국운도 망극흐다 쌍교 독교 흘려 타고
고을마다 단일 적에 연관이 스십이라
아람답고 고운 얼골 인간 공도 면홀손냐

---

79) 회가로 : 횟가루.
80) 꺽굴로 : 거꾸로.

아들 형제 진스급제 가문도 혁혁ᄒ다
딸을 길러 출가ᄒ니 혼수 범절 치행이야
다시 일너 엇드ᄒ리 춘화추동 스철 의복
대의 성전 유족ᄒ다 바느질애 침선채며
대마구종 춘득이요 전갈 ᄒ님 영에로다
남노여비 가젓스니 전답인들 안니쥬랴
대흔물갈 조흔 전답 슘백석 밧난 추수
동도지 오천양은 요용소치[81] 유연ᄒ다
나애 신행 올 때가 도리혀 생각난다
저 건너 꾀동어미[82] 시집스리 ᄒ던 말을
너도 더러 알거니와 대강 일러 경계ᄒ마
지일 처음 시집 올지 가슨이 만금이라
마당에 노적이요 너른 광애 금은이라
신행ᄒ여 오난 날에 나서면서 눈을 들어
스방 슬펴 기침을 크게 ᄒ니 신부행실 바이 업다
츳담숭에 허다 음식 성율 먹기 고이ᄒ다
무슨 배가 그리 곱파 국 마시고 떡을 먹노라
좌중 부녀 어이 아리 떡조각을 집어들고
이도 주고 저도 주니 세틱 행실 전혀 업다
입구먹에 춤이 흘러 연지 분도 간대 업고
앗가울스 대단치마 어롱더롱 흉악ᄒ다

---

81) 요용소치 : 요용소치(要用所致). 고문서의 명문에서 사용하는 문구. 이상규,『한
   글고문서연구』, 경진출판사, 2012. 참조,
82) 괴똥어미 : 가난한 집으로 시집간 여성이 많은 재산을 모으고 남편과 아들을 성
   취시킨 후에 혼사를 앞둔 딸에게 훈계하면서 악행으로 패가망신한 괴똥어미 내
   력을 곁들여 들려주는 내용이다. 이 부분은 액자형식으로 ≪괴동어미전≫을 삽
   입한 대목이다. 곧 계녀훈 가운데 괴똥어미의 사설이다. 계녀사라는 이 가사유형
   의 본래 취지를 가운데 두고 작중 화자의 긍정적 경험담과 괴똥어미의 부정적
   목격담을 그 안에 액자처럼 끼워 넣은 방식이다. <복선화음가>는 변형 <계녀
   사>의 성격을 띠고 있는데 아주 다양하고 많은 이본이 유포되어 있다.

신부 행동 그려ᄒ니 위 아니 위면ᄒ리
습일을 지낸 후에 형용도 긔긔ᄒ다
백주의 낮줌 즈기 혼즈 안즈 군소래며
두리 안즈 흉보기와 문틈으로 손 보기며
담애 올라 시비 구경 어룬 말슴 초달기와
금강순 엇지 알고 구경ᄒ니 둘제로다
기역니은 모르그던 책을 엇지 들고 아노
안심안심 용열ᄒ고 거름거리 망측하다
다름박질 ᄒ난 때에 넛틀 우슴 무슴일고
치마꼬리 빈혀 빠저 개가 문다 허리띠 어디두고
불근허리 들러내노 어룬 걱정 하올 적애
족박 함박 드던지며 성내여 솟대 닷기
독슬부려 그릇 깨기 등중 위에 남 보기며
가마가만 말들 기와 안니ᄒ 말 지여내여
일가 간에 이간질과 조흔 물건 잠간 보며
도적ᄒ기 여스로다 그 즁에 행실 보소
악ᄒ 스람 부동ᄒ야 착ᄒ 스람 흉보기와
지 처신 그러ᄒ기 남편인들 귀할손냐
금실조차 슬푸리며 무병ᄒ와 푸닥거리[83]
이복 주고 금전 주어 아들 낫고 부귀ᄒ기
정성굿 비러보소 순애 올라 순지ᄒ고
절애 가서 불공ᄒ들 지심스 그러ᄒ니
귀신인들 도울손냐 우환이 엽겁ᄒ니
스망인들 업슬소냐 딸아딸아 아기 딸아
복션화음 ᄒ난 법리 이를 보니 분명ᄒ다
저 건너 괴똥어미 너도 거면 안 보앗나
허다 시간 포진천물 남용남식 ᄒ고나서

---

83) 푸닥거리 : 무당이 부정이나 살을 풀기 위해 간단하게 음식을 차려놓고 하는 굿.

그 모양이 대앗고나 딸아딸아 괴동어미 경계ᄒ고
너의 어미 슬을 바다 세금결시 일은 말은
부대 각골 명심ᄒ라
딸아딸아 울지말고 부대부대 잘 가거라
승슌 군ᄌ 동기 우에 지친 화목 깃분 소식
듯기 오면 명연 슘월 하류시애 모여 승봉ᄒ나이라

5. 김디비훈민가

이 작품은 이정옥 소장본으로 18.5×19cm 크기로 총 57면으로 된 필사 장책본에 실려 있으며 <김디비훈민가>는 13면으로 되어 있다. 이 장책본에는 <추풍감별곡> 12면, <화전가> 25면, <귀녀가라> 14면, <효성가라> 6면, <언문뒤풀리> 5면 등이 실려 있다.

4음보 두 줄을 한 단위로 위와 아래 줄로 바꿔 기록하였다. 조선 제 23대 순조의 비 순원왕후 김씨가 순조 승하 후 지은 두 편의 가사로 알려져 있다. 1편은 남성에게 효부모(孝父母), 목형제(睦兄弟), 순부부(順夫婦), 경로(敬老), 남녀유별 등을 훈계한 것으로 <김디비훈민가(金大妃訓民歌)>라고도 한다. 모두 138구에 4·4조가 주조(主調)를 이루나 파격(破格)이 많다. 다른 1편은 부녀자에게 삼종행실 및 부부는 천지와 같음을 가르치고, 시부모 공경, 금투기(禁妬忌), 물인담(勿人談), 계외출(戒外出) 등을 훈계한 것이다. ≪김디비부인훈민가(金大妃婦人訓民歌)≫라고도 하는데, 이는 모두 49구로 된 짧은 가사로서, 역시 4·4조가 주조를 이룬다. <김디비훈민가>는 이들 작품의 변형으로 안동 지방에 널리 유포되어 있는 내방가사이다.

김디비훈민가

천싱 만민ᄒ옵신이 유물유측 모르든가
슘황 오졔 고왕ᄉ은[84] 혼돈 세계 초판이라
요순 우탕 나신 후로 오륜볍이 발가도다

---

84) 고왕ᄉ은 : 옛왕의 일은.

일 〃 이 등분ᄒ야 ᄎ 〃 로 쳬례로다
부ᄌ 자효 유친ᄒ고 군인신츙 유의ᄒ고
부화부순 유별ᄒ고 형우졔공 돈목ᄒ이
붕유보인 유신 후의 방가위지 인의로다
실푸다 친구님ᄂ 이ᄂ 말슴 드려보소
나은 ᄯᅩᄒ 무식ᄒ야 옛일을 묘른노라[1]
쳔지간 만물 즁의 최기한계[2] 스람이라
셰상 속말 오리 진이 인심좃차 변ᄒ드라
친쳑 부모 원근 간의 그ᄃ도록 ᄌ심ᄒ가
몹실 죄악 지은 자은 ᄯᅩ 어이 자조 난오
사람 도리 알작시면 ᄎᆷ아 어이 그리할고
부모을 잘 셤기면 착ᄒ 자손 난나이라
착ᄒ 일만 ᄒ고 보면 지악이 물너가고
복은 비록 못 어더도 ᄒ은 자연 면ᄒ난이
일신이 평안ᄒ면 쳔금이 가소롭다
부모을 쳔ᄃ히ᄒ면 악ᄒ 자손 난나이라
나무 젹악ᄒ지 마소 문효 보젼 드무도다
사람의 큰 죄악이 불효 막ᄃ 쪼 인난가
힝실 엽난 자손들은 숫돌갓치 싸라가고
힝실 인난 ᄌ손들은 봄풀 갓치 피여간다
엇지ᄒ야 죄을 지여 자손으계 젼할손가
남 모른다 ᄒ지 말고 ᄂ 도리나 ᄒ여 보소
지물 만즁이 아라 형졔 다틈 ᄒ지 마소
ᄒ 기운의 갈나나셔 ᄒ 졋 먹고 ᄌ라난이
고륙지친 뒤야신이 그 안이 즁할손가
조고만ᄒ 지물노셔 즁ᄒ 졍이 머러 간다

---

1) 묘른노라 : 모르노라.
2) 최기한계 : 최귀한 게. 최고로 귀한 것이.

형우졔공 간틱 업고 원수갓치 뒤여 간다
져틱도록 주심타가3) 수촌으계 나려가면
피차 부모 쏜을 바다 또 다시 불순ᄒ면
틱〃로 나려가면 원수가 되리로다
실푸다 스람들아 다시 곰〃 싱각ᄒ소
직물은 구름 갓고 형졔은 고륙이라
고륙이 이순ᄒ고4) 직물이 다 부흔들
윤기가 멸졀ᄒ면 그 직물을 무엇ᄒ리
형졔와 친쳑은 수족과 일반이라
사람으로 싱긴 몸이 수족업고 무엇ᄒ리
일신들 어이 살며 스람 노릇ᄒ야 볼가
남즈로 싱긴 몸이 부〃 인졍 즁할시고
각셩이 함게 모와 자손을 나아녹고
먹고 굼고 굼고 먹고 입고 벅고 벅고 입고
자나 씨나 씨나 자느 흔 가지로 질기다가5)
죽은 후의 피츠 셔로 흔 곳으로 도라간이
참으로 이 인졍이 비할 쩍가 젼여업다
칠거지악 업셔거든 조강지쳐 소박 마소
독수공방 원망할 졔 기〃이 직화로다
가산이 쇠픠ᄒ이 자손인들 젼할손야
부〃 셔로 화순ᄒ면 빅스가 틱평이라
걱졍 근심 다 졔ᄒ고 가난도 면ᄒ난이
빅연히로 엇듬이라 부귀 빈쳔 가빈할가
향당은 막여치라 노인을 경틱ᄒ소
할 말을 할지라도 조심ᄒ야 경틱ᄒ소

---

3) 주심타가 : 자심(慈心)하다가. 자비로운 마음을 가지다가.
4) 이순ᄒ고 : 이산(離散)하고. 헤어져 흩어지고.
5) 질기다가 : 즐기다가.

음식을 듸ㅎ거든 노닌붓터 경듸ㅎ소
연비이 장부ㅅㅎ고 십연이 장형ㅅㅎ소
언츙 신힝 독경은 셩현의 유훈이라
무시의 보난 손님 갓 벗고 듸치 마소
예법의 버셔난이 인ㅅ가 아이로다
수인ㅅ 하는 도리 졉빈ㅎ기 공경ㅎ소
문박계 오난 손님 박듸ㅎ야 보닌 후의
원근 친구 업셔지고 욕급 션조6) 아이할가
조셕으로 보난 ㅅ람 형제 갓치 화합ㅎ소
잇기 업기 추듸ㅎ야 급혼 이을 구조ㅎ의
그 쥬일을 알기ㅎ야 쳥ㅎ거든 드려가소
할 말을 밧비ㅎ고 쉽기 써나 이려나소
손이 오릐 안자시면 듸졉ㅎ기 조흘손가
말 ㅎ기을 오릐 ㅎ면 남보기의 기란ㅎ다7)
씰 말이8) 젹건이와 망발ㅎ기 쉬운이라
남졍이 업는 집의 조셕 왕닉ㅎ지 마소
무례ㅎ다 져 남즈은 쳘업시 추립ㅎ야
쥬야 마조 셔로 안즈 써날 쥬을 모르난고
져은 비록 조화ㅎ나 남무 소견 엇더할고
슈졀과부 회졀함이9) 져런 ㅅ람 타시로다
졀문 여자 가는 길의 뒤을 짜라 가지마소
헛기침 길기ㅎ여 등 도라 셔신 후의
조금도 짓쳬 말고 압만 보고 지닉 가소
ㅅ람의 할 도리은 예졀붓터 살피보소

---

6) 욕급 션조 : 욕이 선조에게 미친다.
7) 기란ㅎ다 : 지난(持難)하다. 지루하다.
8) 씰 말이 : 쓸 말이. 전부모음화.
9) 회졀함이 : 회절(回折)함이. 절개를 꺾는 것이.

노인이 가는 길의 압셔 〃 가지마소
장유가10) 차리 업고 남녀가 유별 업고
스람이 스람이면 금수의 비할손야
주식 잡기 탐치 마소 망신 픽가 아조 십다
취즁의 흐는 마리 씬 후의은 우스로다
술리라 흐난 거션 변성물이 분명흐다
되취흐면11) 실성흐이 부되 〃 조심흐소
남의 게집 혹치 마소 갈인 후의12) 씰되 업소
당초의 금셕언약 빅연도 부족든이
간교흔 져 여인늬 일연이 못 뒤야셔
흔 일이 불합흐면 아조 영결 흐즈 흐이
어르셕은 져 남즈은 후회 막급 밋지 마소
남의 직물 탐치 마소 욕심이 느려간다
직물을 즁케 아라 남의 스람 쳔되 마소
자손이 벌이난이 흔 스람만 살이리요
용밍과 힘을 밋고 남과 부되 다틈 마소
분두의13) 싸우다가 살인 당긔 아조 십다
어와 셰상 사람들야 어늬 말을 집피14) 듯소
밥 맛셜 아라난야 맛 조흔 쥴 아라거든
사롱공상 네 가지의 먹을 도리 흐야 보소
흐날이 스람 닐 졔 굼기은 아이흐늬
젼토 업고 직물 업고 엇지 흐야 먹을 손야
사람의 큰 근본이 농사박계 쏘 인난가
일츌 작일 입식의 춘경추수 힘을 씨소

---

10) 장유가 : 장유(長幼)가. 늙은이와 젊은이가.
11) 되취흐면 : 술을 크게 취하면.
12) 갈인 후의 : 갈라진 후에. 헤어진 후에.
13) 분두의 : 분두(憤頭)에. 분함이 머리까지 올라.
14) 집피 : 깊이. ㄱ－구개음화.

나틱 사지실시 ᄒᆞ야 이 농사을 잘못 ᄒᆞ면
풍흔상셜15) 치운 날의 삼동을 어이 살며
명춘의 젼딕동을16) 무엇시로 밧칠손야
친구의 직물 여수 분명ᄒᆞ기 ᄒᆞ여주소
직물노 의상키난 자고로 인난이라
남을 쏘기어든 직물 자손으계 젼치 마소
쏙난 이은 좃히 뒤고 쏘긴 ᄉᆞ람 화을 반닉
미옥흔 져 ᄉᆞ람은 물욕의 잠기여셔
조고만흔 직물노셔 딕ᄒᆞ면 욕을 ᄒᆞ이
무단이 욕셜ᄒᆞ이 픽가망신 자치로다
어와 셰상 사람들아 부딕 〃〃 딕치 마소
악흔 놈니 수이 죽어 졔 길조가 아니로다
후흔 ᄉᆞ람 덕이 뒤여 쳔우신조ᄒᆞ나이라
무식흔 사람들아 일신 ᄉᆞ치 조화 마소
빈쳔 직가 교인호아 부기 직가 교인호아
조흔 의관 가진 칙복 사람마다 할 작시면
존비상ᄒᆞ 뉘이시며 부귀빈쳔 뉘이실가
불츙 기복 입지 말고 부당 음식 먹지 마소
교사직가 속망ᄒᆞ고 근겸재가 장원ᄒᆞ다
허량과 용 씨고 나면 그 무어시 이실손야
부모의 약간 직물 장구이 밋다가셔
일조 픽박흔 연후의 집신도 귀ᄒᆞ리라
져계 가는 져 여인닉 히 밧비 가지 말고
거계 잠간 머물너셔 닉 말 줌간 드려보소
집의셔 자라 날셔 부모을 셤기다가
자라난 후 출가ᄒᆞ야 시부모을 잘 셤기소

---

15) 풍한상셜 : 풍한상셜(風寒霜雪). 바람과 서리와 눈이 온 추위.
16) 젼딕동을 : 전대(田貸) 돈을. 빌린 돈을.

그 가장을 공경함니 삼종힝실 씻〃ᄒ다
부〃난 쳔졍이라17) 갈소록 조심ᄒ소
가장이 쎵을 닌들 그 가장을 어이ᄒ리
이늬 몸이 약차ᄒ면 그 흔 손의 달여신이
가장이 쎵을 늬도 말 되답은 부듸 마소
첩의게 유셰ᄒ고 박되ᄒ면 남이 우셔
그 무어시 조흘손야 발악 말고 투기 마소
ᄒ날갓튼 져 부모도 못 말이셔 두어거든
아모리 시기한들 속졀이 이실손야
셰간만 다사리고 자식이나 키워늬소
그 가장이 첩을 흔들 그듸도록 희할손야
이웃 추립 자조ᄒ야 늬 몸을 쳔히 마소
살임을 잘못ᄒ면 이웃 허물 잘 ᄒ드라
남의 허물ᄒ난 사람 각가이 ᄒ지 마소
다른 사람 만닌 후의 늬 허물을 쏘 ᄒ난이
분수 업난 져 여인내 무단이 마실18) 돌면
훗요랑은 고사ᄒ고 남의 이목 싱각잔고
안이난 걸 난 쳬ᄒ고 업난 거셜 인난 쳬로
무즁싱수 자아닌져 시비 닷틈 무수ᄒ다
업난 일도 잇다ᄒ고 자근 말을 크게 ᄒ니
늬 밥 먹고 늬 옷 입고 남의 욕셜 조화ᄒ늬
져은 비롯 난쳬 ᄒ나 남의 공논 오흘손야
여자로 삼긴 몸이 마을 추립 블가ᄒ다
할 이리 바이 업셔 이웃 추림흔다 히도
조심ᄒ고 졍신 차려 살피어셔 아라ᄒ소
남졍이 가는 길의 압을 셔 가지 말고

---

17) 쳔졍이라 : 천정(天情)이라. 하늘의 정이라.
18) 마실 : 마을.

등 도라셧다 가져 그 사람이 가거들낭
옷기셜 다시리고 압만 보고 지닉가소
여름날이 덥다 히도 오셜 벗고 나지 마소
힝실의 버셔난이 남무 소견 엇더 할고
가군을 호힝함이 뉘손의 이실손야
시부묘 셤기기을 지셩으로 ᄒ야시면
ᄒ나님이 감동ᄒ사 어진 자손 이여준다
효셩도 잇건이와 불효 광치 그지업다
졔ᄉ을 당ᄒ거든 친가 유무할지라도
졍결니 작만ᄒ야 실셔치19) 말으셔라
두렵다 여인 힝실 사람으게 인난이라
내 몸의 바든 거시 음식과 길삼니라
이 박게 다른 이른 주장을 ᄒ지 마소
매사을 할지라도 시부모게 무려ᄒ소
시부모가 업신 후의 가장이 주장니라
백사을 조심ᄒ야 그 말대로 시힝ᄒ소
가장이 업신 후의 자식으로 상에20) ᄒ소
삼강힝실 ᄯᅥᆺ〃한 게 이 박게 ᄯᅩ 인난가

___

19) 실셔치 : 실셔(失序)하지. 순서를 잃지.
20) 상에 : 상의.

6. 규범(閨範)

≪규범(閨範)≫은 표지 서명도 ≪閨範≫인 필사본으로 필사자 불명이며 '丁未(1907)'년에 필사된 것으로 보인다. 경북대학교 중앙도서관 고서([古 811.13 규43]) 소장본이며 1책 무계, 10행 26자, 무어미로 28.2×17.0cm의 크기이다. 이 책은 조선 여성 교육서 자료로서 특히 <계녀가>류의 발생과 발전에 크게 관여된 것이다. 이 장책본 내제명은 <우암 송션싱 계녀셔>이다. 이 작품과 함께 남한당 김한구 이본 <우암 송선생 계녀서> 이본을 함께 싣는다.

가훈(家訓)이란 한 집안의 자손들이 어떤 마음과 몸가짐으로 가정을 다스리고 또 남들과 더불어 어떻게 살아가야 하는지를 가르치는 삶의 좌우명(座右銘)이다. 가훈의 형식은 다양해서 어떤 가정은 한 글자나 한 말로 정하기도 했고, 어떤 집은 한 어귀나 몇 가지 말로도 했으며, 또 한 책자나 몇 권의 책으로 마련하기도 했다. 명문대가에는 선조로부터 내려오는 가통(家統)이 있고 가통의 중심에는 이 가훈이 자리하고 있다. 가훈의 명칭은 일정치 않아 ≪가계(家戒, 家誡)≫, ≪정훈(庭訓)≫, ≪가규(家規)≫, ≪가헌(家憲)≫, ≪가의(家儀)≫, ≪가법(家法)≫, ≪가범(家範)≫ 또는 ≪훈자(訓子)≫, ≪계자손서(戒子孫書)≫, ≪훈자손서(訓子孫書)≫, ≪계녀서(戒女書)≫, ≪유훈(遺訓)≫, ≪자경문(自警文)≫, ≪잠(箴)≫, ≪명(銘)≫, ≪계(契)≫ 등이 있다. 특히 여성들을 대상으로 한정하여 가르치는 교훈적 가훈을 '규훈(閨訓)'이라 한다. 오늘날 전하는 이 규훈류는 가문에 따라 ≪규범(規範)≫, ≪규감(閨鑑)≫, ≪계녀서(戒女書)≫, ≪여계(女戒)≫, ≪규방의칙(閨房儀則)≫, ≪규중요람(閨中要覽)≫, ≪여사서(女四書)≫ 등 다양한 명칭의 책이 있다.

내방가사로서 <계녀서>의 체제는 '부모를 섬기는 도리(道理)', '남편을 섬기는 도리', '시부모를 섬기는 도리', '형제와 화목하는 도리', '친척과 화목하는 도리', '자식을 가르치는 도리', '제사를 받드는 도리', '손님을 대접하는 도리', '투기하지 말아야 하는 도리', '말씀을 조심하는 도리', '일을 부지런히 하는 도리', '병환을 모시는 도리', '의복·음식을 하는 도리', '노비를 부리는 도리' 등 20가지 항목으로 나누어져 있다. 조선 영조까지는 주로 인수 왕후(성종의 생모)의 ≪내훈≫(소학, 열녀, 여교, 명심보감 등 4개서에서 발췌 편찬), ≪여사서≫(명나라 문황후의 내훈, 한나라 반소의 ≪여계≫, 당나라 송약소의 ≪여논어≫, 명나라 왕절부의 ≪여범≫ 등을 집성, 영조 12년 편찬), ≪여칙(女則)≫, ≪여헌(女憲)≫, ≪여훈(女訓)≫, ≪여범(女範)≫ 등으로 도덕 교육을 해오다가 가사 문학의 발흥과 더불어 소위 계녀가사의 성립을 보게 됐다.

<우암계녀서>의 이본은 ① 삼희제 손진번본 <우암선싱 계녀사>[1] (이재욱, 우암선생계녀서, 대동인쇄소. 소화 14년 9월), ② 이기준본 <여훈계(女訓誡)>, ③ <우암유잠>본, ④ <우암션싱계녀셔>(한글 필사본 1책)(무오 원월)(26×17.8cm), (한글필사본 1책)(무오 원월, 25장본 26× 17.8cm), ⑤ 경북대본 <우암선싱 계녀사>, ⑥ 남한당 김한구 이본 <우암 송선생 계녀서>, ⑦ 계명대본 <우암선싱 계녀사> 등이 있다.

---

1) 송시열(宋時烈, 1607.11.12.~1689.7.24.)은 본관은 은진(恩津)이고, 자는 영보(英甫), 아명은 성뢰(聖賚), 성래(聖來), 호는 우암(尤庵), 우재(尤齋), 교산노부(橋山老夫), 남간노수(南澗老叟), 화양동주(華陽洞主), 화양부자(華陽夫子), 시호는 문정(文正)이다.

밍지[2] 갈아샤디 쟝뷔[3] 갓[4] 쓰미 아뷔게[5] 졀ᄒ고 녀지[6] 싀집[7] 가미
어미게 졀ᄒ다 ᄒ시니 여지의 힝실은 아비 가라칠 일이 안니로디[8] 여
지의 나히 빈혀[9] 쏫기예 이르러 힝실 놉흔 집의 우귀함을[10] 당ᄒ여신
이[11] 마지 못ᄒ여 디강 적어 쥬이[12] 늘근 아비 말이 션후 읍고[13] 소략
ᄒ다 하지 말고 힘쎠 힝ᄒ라 부ᄌ 사이 고금소견을[14] 쓰이 셰솨하

---

2) 밍지 : 맹자(孟子)가. '밍자-+- ㅣ (주격)'의 구성.

3) 쟝뷔 : 장부가. '쟝부-+- ㅣ (주격)'의 구성.

4) 갓 : 갓쓸, 쏫子. '갇>갓'은 '븟(<붇), 못(<몯), 낫(<낟)'처럼 18세기 무렵에 변화
되었다.

5) 아뷔 : 아버지에게. '아비'는 '아버지'의 낮춤말로 쓰나, 옛말에서는 평어로 썼다.
'아비(父)-+-의기(여격)'의 구성.

6) 녀지 : 여자가. '녀ᄌ-+- ㅣ (주격)'의 구성.

7) 싀집 : 시집. 시가(媤家), 시댁(媤宅). 싀(媤)-+집(家)'의 구성. '시(媤)'는 우리
나라에서 만든 한자어이다. 중세어에서는 '싀아비, 싀어미, 싀집, 싀부모' 등 모두
'싀'로 나타난다. '싀집'은 17세기 이후까지 '싀집'의 형태로만 쓰이다가 18세기
말부터 '시집'이라는 형태와 함께 나타난다.

8) 안니로디 : 아니로되. '아니>안니'의 변화는 18세기경 'ㅇ+ㄴ>ㄴ+ㄴ'로의 이중
표기의 결과이다.

9) 빈혀 : 비녀(簪, 笄, 釵). '빈혀>빈여>비녀'. '빈혀'에서 제2음절의 두음 'ㅎ'이 탈
락한 '빈여'('국한회어』 272)의 연철 표기 형태이다. 20세기 이후에는 단연 '비
녀'가 우세하다. 다만 20세기 초의 <『조선어사전』 429>(1920)에서는 '빈혀', '빈
여', '비아'를 표제어로 올리되 '빈혀'를 중심 표제어로 잡고 있다. 이는 사전의 보
수적 태도에 말미암은 것으로 볼 수 있다. 한편 <조선어사전>(1938)에서는 '비
녀', '빈여', '비나' 등을 표제어로 싣고 '비녀'를 중심 표제어로 삼고 있다. '빈혀'에
대해서는 '비녀'의 옛말임을 분명히 지적하고 있다.

10) 우귀함을 : 우귀于歸함을. 곧 시집을 간다는 뜻.

11) 당ᄒ여신이 : 당하였으니.

12) 쥬이 : 주니.

13) 션후 읍고 : 선후(先後)가 없고. 앞뒤가 없고. 충청 방언에서는 '없:→읍:-'처럼
어두음절의 'ㅓ:'가 장음인 경우 'ㅓ>ㅡ'로 고모음화한다. 19세기 표기법으로
확산되고 있었다.

14) 고금소견을 : 고금소견(古今所見)을. 옛날과 지금의 어떤 일이나 사물을 살펴보
고 가지게 되는 생각이나 의견.

여15) 우사리[16] 만흔지라 눔의 눈의 번거이[17] 하지 말라

사부모라 부모 셤기난 도리라

아비가 나코 어미 기른이[18] 부모 읍사시먼 늬 몸이 어듸로 죠차[19] 나며 강보의 싸인 제로붓터 셩장하도로 글노하신[20] 은혜을 싱각ㅎ오먼 하날이[21] 가히[22] 업거든 엇지 이잘[23] 적 잇스며 쓰즐[24] 거살일[25] 마음 나리오 은덕을[26] 이짐도[27] 불효요 질병을 근심 안이 함도 불효요 훈게을 좃지 안님도 불효요 형제 친척을 박하게 함도 불효요 늬 몸을 츤게[28] 하야 남이 경멸이 역이게[29] 흠도 불효라 하야시니[30] 악간[31] 음

---

15) 셰솨하여 : 셰쇄(洗碎)하여. 글씨가 밖에 나가지 못하도록 물에 씻거나 잘게 찢어버리는 일. 조선조 왕실의 어필이 여항에 나돌지 않도록 반듯이 셰쇄하였다.
16) 우사리 : 웃을 이. 웃을 사람이. '웃(笑)-을(관형형어미)-+-ㅣ(의존명사)'의 구성. '-을>-살'의 교체는 '올'에 유추한 회귀적 표기.
17) 번거이 : 번거롭게.
18) 기른이 : 기르니. 기르-+-니>기르니. "아비가 낳고 어미가 치니(父生母育)"(『내훈』)
19) 어듸로 죠차 : 어디에서. 어디에 따라.
20) 글노하신 : 근로(勤勞)하신. 근면히 노력하신. 고생하신.
21) 하날이 : 하늘이. '하늘ㅎ>하늘>하늘'의 변화와 더불어 '하늘', '하날'의 형태가 20세기 초까지 나타난다.
22) 가히 : 가(邊)가. 'ㄱ>ㅈ>ㅁ>가' 변화와 달리 일부 방언에서는 기원적으로 'ㄱ'가 존재했음을 보여주고 있다. 여러 방언에서는 어간말의 ㅅ이 유지된 방언형 '가새, 가시' 등이 아직도 다수 사용되고 있다.
23) 이잘 : 잊을. '잊忘-+-을(관형형)'의 구성. '올'에 유추한 회귀적 표기.
24) 쓰즐 : 뜻을. '뜻-+-올'의 구성. 어말 ㅅ이 파찰음으로 교체.
25) 거살일 : 거스를. '거스리다, 거슬다, 거스르다'. 비어두음절에서 '으>ㅇ'의 역표기로 '거스리>거사리'형으로 잔류된 예이다. '올'에 유추한 회귀적 표기.
26) 은덕을 : 부모에 대한 은덕(恩德)을. 은혜와 고마움을.
27) 이짐도 : 잊음도. '잊-+-음'의 구성에서 전부고모음화 결과 잊음>이짐. 형태소 경계에서 전부고모음화가 진행된 점으로 보아 19세기 후기 표기임을 알 수 있다.
28) 츤게 : 천게. 천하게. 'ㅓ>-:'의 고모음화.
29) 역이게 : 여기게. 과도분절표기.
30) 하야시니 : 하였으니.

식과 의복 하여 드리고 착한 체 하지 말고[32] 부모 쥬시고져[33] 하시거
던 쥬고 먹이고져[34] 하시거든 먹이고 말고져 하시거든 말고 쥬라하시
거든[35] 쓸리지 말고 항상 죠심하야 정성이 극진하면 고슈갓한[36] 부모
라도 자연이 감동하시려든[37] 본딕 사랑ㅎ시난 부모야 엇지 깃거[38] 안
니 하시리요 옛 사람이 이리로딕 자식을 질너야[39] 부모 은혜을 안다
하여시이 네 오릭지 안니 하여 부모의 은혜를 알리라 그 어무로[40] 딕
강만 긔록하여노라 네 아비 부모 셤기난 도리을 다 아지[41] 못ㅎ면셔
너을 이리 갈라친니[42] 자식 사랑ㅎ미 졔 몸도 곤쳐야[43] 한다 하미 진
짓 오른 말삼이로다[44]

---

31) 악간 : 사악(邪惡)한. 부정하고 악한.

32) 마고 : 말고. 마오, 마지. ㄹ불규칙.

33) 쥬시고져 : 달라고 하시면. 화자 중심으로 주다는 '授'의 뜻이 아닌 '收'의 뜻이다.

34) 먹이고져 : 먹고자. 먹고 싶어 하면.

35) 쥬라하시거든 : 달라고 하시거든.

36) 고슈갓한 : 고수(苦受)같은. 괴롭힘을 주는 듯한.

37) 감동하시려든 : 감동하실 것이거든. 모음이나 'ㄹ'로 끝나는 동사의 어간 또는
    선어말 어미 '-으시-'의 뒤에 붙어, 어떤 사실을 추측하여 인정하면서 그와 대
    립되는 사실을 이어 주는 말. 모음이나 'ㄹ'로 끝나는 동사의 어간 또는 선어말
    어미 '-으시-'의 뒤에 붙어, 어떤 사실을 추측하여 인정하면서 그와 대립되는
    사실을 이어 주는 말. 주로 옛 말투에 쓰인다.

38) 깃거 : 기뻐. 기꺼이. '짒-+-브-'가 결합된 '기쁘다'와 '짒-+-어ㅎ다'가 결합
    된 '깃거-'가 공존.

39) 질러야 : 길러야. ㄱ-구개음화.

40) 어무로 : 의무로. 'ㅢ>ㅡ'에서 'ㅡ:ㅓ'의 음소 체계의 불완전함을 보여주는 표기.

41) 아지 : 알지. 'ㄹ' 탈락.

42) 갈라친니 : 가르치니. 'ㄱㄹ-+치다(育)'의 구성. '가르치다'는 15세기부터 19세
    기까지 '가르치다'와 '가리키다'의 의미 모두로 쓰였는데, 이 두 단어의 의미가
    나누어진 것은 현대국어의 맞춤법에서 각각 다르게 표기하고 뜻을 구별하도록
    규정한 결과이다.

43) 곤쳐야 : 고쳐야. ㄴ-첨가.

44) 말삼이로다 : 말씀이로다. '말씀>말슴'의 음운변화 결과에서 'ㅡ>·'역표기인지,
    '말슴>말삼 곧 비어두에서 'ᄋ>아'의 잔류인지 불명료하다. 남부방언에서 'ᄋ>
    어' 표기가 나타나는 점으로 보아서는 후자의 결과일 가능성이 더욱 높다.

사군자 지아비 셤기난 도리라

녀자의 빅연 앙망이⁴⁵⁾ 오즉⁴⁶⁾ 지아비라⁴⁷⁾ 지아비 셤기난 쓰즐 어긔
지 말ᄂ 일밧게 읍ᄉ니 지아비 듸단⁴⁸⁾ 그른⁴⁹⁾ 일을 ᄒ여 셰상의 용납
지 못할 일 밧긔난⁵⁰⁾ 구쓴⁵¹⁾ 조ᄎ 만분 미진한 일이 읍게 하여 하랴 하
난 듸로⁵²⁾ ᄒ고 한 말과 한 일을 어긔오지⁵³⁾ 마라 녀재 지아비 셤기난
즁 투긔⁵⁴⁾ 안니 하미 웃듬 힝실인니 일빅 쳡을 두어도 볼 만하고⁵⁵⁾ 쳡
을 어여비⁵⁶⁾ 하기을 ᄌ식갓치 하야 노긔을 죠금도 안싴의⁵⁷⁾ 두지 마라
네 지아비 단정한 션비라 녀싴의 침흑할니⁵⁸⁾ 읍실거시요 네 투긔할 인

---

45) 앙망이 : 앙망(仰望)이. 우러러 바람이.
46) 오즉 : 오직. '오직'의 15세기 형태는 현대 국어와 같은 '오직'이다. '오직>오즉'
   은 'ㆍ'가 소실하면서 발생한 모음 체계의 혼란으로 말미암아 정상적인 'ㅣ'를
   'ㆍ'로의 과도 교정표기이며, '오직>오즉'은 19세기 전부고모음화에 대한 과도
   교정표기이다. '오딕'도 'ㅣ'나 반모음 'ㅣ' 앞의 'ㄷ, ㄸ, ㅌ'을 'ㅈ, ㅉ, ㅊ'으로
   변동시키는 구개음화를 과도하게 의식하여 원래의 'ㅈ'을 'ㄷ'으로 바꾼 과도 표
   기이다.
47) 지아비라 : 남편(夫)이라. '집(家)-+아비'의 구성. "夫 샤옹 부<『훈몽자』 상,
   16ㄱ>"처럼 '샤옹'이 지아비(夫)의 뜻으로 존재하다가 '지아비형'이 생겨나 소
   멸된 것이다.
48) 듸단 : 대단히. 매우.
49) 그른 : 그른. 어떤 일이 사리에 맞지 아니한. '그르다'의 명사형은 '그릇, 그릇'이
   었다. 현대국어에서는 '그르다'와 유사한 의미로 '그릇되다'가 '그르다'보다 더 우
   세하게 사용되고 있음을 주목할 수 있다.
50) 밧긔난 : 밖에는. '밝-+-이ᄂ'의 구성. '밖'은 '안'의 대립어로 부부 중 여성을
   '안해'(아내)라고 하고 남성을 '바깥사람'이라 하는데 이 말은 '밖'에서 비롯된
   것이다.
51) 구쓴 : 구태여. 강요하여. '구틔-+-어'의 구성. '구틔-'는 '굳(堅)-+-희(사동
   접사)'의 구성이다. '구쓴'는 '구틔어'의 모음 축약.
52) 하랴 하난 듸로 : 하려고 하는 대로.
53) 어긔오지 : 아기지. '어긔-+-오-+-지'의 구성.
54) 투긔 : 투기(妬忌). 질투(嫉妬).
55) 볼 만하고 : 보기만 하고.
56) 어여비 : 어엿비. 불쌍하게. '어엿브(憐)-+-ㅣ(부사화접사)'의 구성.
57) 안싴의 : 안색(顔色)에. 얼굴빛에.

시⁵⁹⁾ 안이로딕 오히려 경게ᄒ니 너⁶⁰⁾쑌 안나라 네 쌀 ᄂ하도⁶¹⁾ 졔일 인ᄉ을⁶²⁾ 가라치고 고금쳔하의 투긔로 망한⁶³⁾ 집이 만ᄒ니 투긔ᄒ면 빅 가지 알름다온 힝실이 다 헛거시라 지피⁶⁴⁾ 경게ᄒ고 부부 자연 극진ᄒ미⁶⁵⁾ 공경ᄒ니 젹으니 말삼이나 즈기 ᄒ기난 일동일졍이라도 마암의⁶⁶⁾ 노치 말고 놉흔 손 딕졉ᄒ덧 ᄒ라 이러 탓ᄒ면 져도 딕졉이 극 진할 거시니 부딕 부딕 쓰절 어긔오지 말고 공경ᄒ면 이 셰 가지 예긔 나지⁶⁷⁾ 안니리라

사구고 싀부모 섬기난 도리라

셰상 부인이 지아비 몸을 졔 몸보다 즁니⁶⁸⁾ 녀겨 의복을 져 닙을⁶⁹⁾ 쥴 모로고 지아비 닙을 졔 닙도곤⁷⁰⁾ 즁이 녀겨 져 먹을 쥴 모로고 빅 ᄉ의 져도곤 더 혀피⁷¹⁾ 지아비 부모난 졔 부모의셔⁷²⁾ 더 즁ᄒ 쥴 모로 고 졔 부모 ᄉᄉ 편 지을 시부모 알가 염여ᄒ니 그럴작시면 례문의⁷³⁾

---

58) 침혹할니 : 침혹(沈惑)할 리가.
59) 인시 : 인사가. 사람이.
60) 즈기 : 적게. '젹>즉−+ㅣ(부사화접사)'의 구성.
61) ᄂ하도 : 낳아도.
62) 인ᄉ을 : 인사하는 것을.
63) 망한 : 망(亡)한.
64) 지피 : 깊이.
65) 극진ᄒ미 : 극진함에. '극진하게'의 뜻이다.
66) 마암의 : 마음에. 'ᄆᆞᅀᆞᆷ>ᄆᆞᅀᆞᆷ>ᄆᆞᅀᆞᆷ>마음' '마음'과 '마암'이 공존하는데 '마암'은 'ᆞ>ᅳ'의 역표기.
67) 예긔 나지 : 말이 나지.
68) 즁니 : 중히. 귀중하게.
69) 닙을 : 입을.
70) 닙도곤 : 입보다. '−도곤'은 비교격조사로 20세기까지 방언에 사용되었다.
71) 더 혀피 : 더 흡(洽)히. 더 흡족하게. '흡(洽)>협−+−히(부사화접사)'의 구성.
72) 부모의셔 : 부모보다.
73) 례문의 : 예문(禮門)에. 예를 잘 지키는 가문에.

엇지 졔 부모 상복의 긔년이요⁷⁴⁾ 싀부모 상복은 삼 년을 하라 ᄒ여시
리요⁷⁵⁾ 부모 셤기올 졔 부모의셔 더 즁ᄒ니⁷⁶⁾ 일동과⁷⁷⁾ 한 말삼과 한
일을 부듸 무심니⁷⁸⁾ 말고 살쓸이 셤기라 늬 부모갓치 셤기지 못하면
싀부모도 면나리을⁷⁹⁾ 쌀만치 못 사랑ᄒ나니 졔라고 싀부모 쌀만치 못
여기난 즐만 셜게⁸⁰⁾ 넉여 괴악ᄒᆫ⁸¹⁾ 부인은 쓰올 졔도⁸²⁾ 만코 가도 가
자 연니 불평ᄒ여 참혹하다가 늘근 후의 며나리 어더면 쏘 며나리 흉
을 못늬ᄒ며 졀며셔 부모 박듸ᄒ고 늘근 후의 며나리 흉 보고 그런 인
싱⁸³⁾ 셰상의 만흔이⁸⁴⁾ 엇지 엇지 경계하지 안니 ᄒ리 요시 부모 ᄭᅮ죵
ᄒ셔도 늬 일이 글너셔 ᄭᅮ즁ᄒ신다 ᄒ고 사랑하시되⁸⁵⁾ 깃거ᄒ여 더옥
죠심ᄒ고 늬 부모 집이셔 보닌 것 잇거던 봉흔듸로 시부모 압희셔 풀
어 드리고 더러⁸⁶⁾ 쥬시거던 시양⁸⁷⁾ 말고 바드되 간슈ᄒ여다가⁸⁸⁾ 다시
드리고 시⁸⁹⁾ 쓸 듸 잇거든 시부모ᄭᅦ 품ᄒ여셔⁹⁰⁾ 쓰라 ᄒ시거든 쓰라
이 박ᄶᅥ⁹¹⁾ 말은 부모 셤기난 장의 ᄒ여시니 그듸로 할 거시니 듸강 알

---

74) 긔년이요 : 기년(朞年)이요. 일 년 상을 말함. 부모 삼년상을 지내지 않고 일년상
　　을 지내는 것을 말함.
75) ᄒ여시리요 : 하였으리오.
76) 즁ᄒ니 : 중한 것은. '즁ᄒ-+-ㄴ(관형형어미)+ㅣ(의존명사)'의 구성.
77) 일동과 : 일동(一同)과. 한 가족과 집안 사람과.
78) 무심니 : 무심히.
79) 면나리을 : 며느리를. '며눌이>며느리'. 19, 20세기 나타나는 '며나리'는 방언형
　　으로 '으>ᄋ(아)'의 역표기.
80) 셜게 : 섧게. '셟-+-기'의 구성. 어말자음 'ㄹㅂ'이 'ㄹ'로 실현.
81) 괴악ᄒᆫ : 고약한.
82) 졔도 : 적도. 때도.
83) 인싱 : 인생(人生). 곧 사람.
84) 만흔이 : 많으니. '많-+으-+니'의 구성. 과도분철표기.
85) 사랑하시되 : 생각하시되. 'ᄉᆞ랑ᄒ다(思)>사랑하다(愛)' 의미변화. '思'는 싱각ᄒ
　　다'로 어형이 교체되었다.
86) 더러 : 덜어. '덜(分)-+-어'의 구성.
87) 시양 : 사양(辭讓).
88) 간슈ᄒ여다가 : 간수(看守)하였다가. '간슈ᄒ다>간슈하다>간수하다'
89) 시 : 새. 명사로 사용되었다.
90) 품ᄒ여셔 : 품(稟)하여서. 사뢰어서.

게 ㅎ노라

화형졔 형뎨 화목하난 도리라

형졔은 한 부모의긔 혈륙을 난와[92] ㄴ셔 한가지 졋 먹고 한집의 자
라나셔 옷도 한가지요 밥도 한가지라 먹고 놀기난 일 ㅎ기나 일시도
셔로 써나 지난 안니 ㅎ고 병 들고 근심ㅎ고 비 곱파ㅎ기ㄴ 치워ㅎ
면[93] 민망히 여기기을[94] 졔 당함의[95] 다름 읍시 지닌다가 각기 부부을
차려 셰간을 난은[96] 후의 지식의[97] 말도 듯고 노비의 말도 드러 자연
불공지셜이[98] 잇셔도 쳐음의ㄴ 사랑하던 마음이 졈졈 감ㅎ야 심흔 니
난[99] 미워ㅎ고 쓴코져 ㅎㄴ 니 잇시니 엇지 참혹지 안이 ㅎ리요 노비
젼답도 닷토며[100] 희연흔[101] 일이 만ㅎ니 욕심이 졈졈 늘고 지졍도[102]
모로고 지닌난 직[103] 만ㅎ니 부듸 삼가ㅎ라 노비 젼답은 읍다가도 잇
건이와 형졔은 한번 일흐면 다시 웃지 못ㅎ는이[104] 아희[105] 찍로부터

---

91) 박쩌 : 밖에. '쩌'는 '쎄'의 오표기.
92) 난와 : 나누어. 'ㄴ호-+아'의 구성. 'ㅎ'이 모음과 모음 사이에서 탈락한 변화.
93) 치워ㅎ면 : 추워하면. '칩다', '칠다', '칠-+-어'의 구성. 16세기 이후에는 '칩다'
   만 나타난다. '춥다'는 19세기부터 나타난다.
94) 여기기을 : 여기기를. 개음절 아래에서 대격조사 '을'이 주로 나타난다. 주제격
   '은'도 마찬가지이다.
95) 졔 당함의 : 저가 당함에. 저가 당함과.
96) 난은 : 나눈.
97) 지식의 : 자식의. 'ᄌ식>지식'의 변화는 ㅣ-모음역행동화. 개재자음이 'ㅅ' 임에
   도 ㅣ-모음역행동화가 적용된 사례이다.
98) 불공지셜이 : 불공평(不公平)하다는 말.
99) 니난 : 이는.
100) 닷토며 : 다투며.
101) 희연흔 : 해연(解緣)한. 인연을 끊는.
102) 지졍도 : 지정(至情):지친의 정, 친지간의 정리.
103) 직 : 자가. 'ᄌ(者)-+ㅣ(주격조사)'의 구성.
104) 못ㅎ는이 : 못 하느니.

한가지 지닉던 일을 싱각흐여 우이흐면 싸호고 불화흔 마음 엇지 나라 녀지 집의[106] 잇셔 오라비 안히와 시집 가셔 지아비 동싱과 한가지로딕 그 사이 참혹흐니[107] 만흔니 부딕 네 집의 잇슬딕 친동싱가치 흐고 화복길흉과 딕소스의가[108] 한지로 질기며 근심흐고 젼혀 화목하기을 쥬장하라 네 시민도[109] 읍고 스동싱이[110] 만치 안인 고로 자셔이 아이 흐노라[111]

목친쳑 친척을 화목흐는 도리라

친은 동셩의[112] 곌에요[113] 쳑은[114] 니셩의[115] 곌에라 그 즁의 춘슈 원근이 닛고 졍의후박이[116] 닛시나 다 션셰[117] 즈손이라 션셰을 싱각흐면 션셰 즈손을 엇지 박히[118] 할 마음이 닛리요[119] 사람이 남녀간의 다

---

105) 아히 : 아이. 아해(兒孩).
106) 집의 : 집에. '의'가 처격조사로 사용된 경우가 많다.
107) 참혹흐니 : 참혹(慘酷)한 이가. 참혹한 사람이.
108) 딕소스의가 : 대소사(大小事)가.
109) 시민도 : 시매(媤妹)도. 남편 누이의 남편.
110) 스동싱이 : 시동생이. '시동싱>스동싱'은 전부고모음화의 역표기로 19세기 후기 표기의 특징.
111) 아이 흐노라 : 아니 하노라. '아니>아이'에서 'ㅇ+ㄴ>ㅇ+ㅇ'의 변화는 모음 사이의 비자음이 비음화에 의해 약화된 표기.
112) 동셩의 : 동성(同姓)의. 같은 성씨의.
113) 곌에요 : 겨레(族)요. '겨레'는 '친척, 인척'을 포괄하는 의미로만 사용되다가 20세기에 들어서서 '민족'과 같은 개념으로 바뀌었다. '친척, 인척'의 개념을 나타냈던 '겨레'를 '민족'에 해당하는 의미로 사용하였다.
114) 쳑은 : 척(戚)은.
115) 니셩의 : 이성(異姓)의. 다른 성씨의.
116) 졍의후박이 : 정의후박(情誼厚薄). 사회나 공동체를 위한 옳고 바른 도리의 두꺼움과 얇음.
117) 션셰 : 선세(先世). 선대. 조상.
118) 박히 : 박(薄)히. 야박하게.
119) 닛리요 : 일리요. 일어나겠으리요.

각각 즈손을 두엇시디 화목고저 하야 미양 경계히되[120] 그 션셰 마음
갓튼 쥴은 싱각지 못ᄒ고 젼답으로 닷토며 빈쳔ᄒ면[121] 읍슈이 역이고
부귀ᄒ면 싀긔ᄒ고 병 드러 약을 구ᄒ여도 쥬지 안니 ᄒ고 남을 보아
도 겁 늬여 말을 못늬 ᄒ여라 당초의난 한 사람의 몸을 난호어 낫셔되
낭즁의난 원슈된니 그런 사람은 짐셩만도[122] 못ᄒ니 각별 경계ᄒ야 그
런 일을 보아도 참고 그런 말을 드러도 참고 빈쳔흔 사람은 불상이 역
니고 어여비[123] 역이며 부귀흔 사람은 깃거ᄒ고 질벙의[124] 근심ᄒ고
혼장과[125] 졔스의 힘 닛난 디로 구졔ᄒ고[126] 지니면 엇지 감ᄉ치 아니
ᄒ리요 옛 사람이 구디을 한가지로 닛시되 화목ᄒ난 법이 차무 린ᄶ
빅을[127] 써셔 붓쳐다 ᄒ니 화목ᄒ난 도리난 참난 건만한[128] 거시 읍나
니라

교자 ᄌ식 가라치난 도리라

쌀자식은 어미가 가라치고 아달ᄌ식은 아비가 가라친다 ᄒ건니와
아달ᄌ식도 글을 빅우기 젼의는 어미게 잇시니 어려셔부텀 속이지 말
고 과히[129] 치지[130] 말고 과히 어엿비 말고 글 빅홀 졔 차례 음시[131] 권

---

120) 지양 경계히되 : 지양경계(止揚警戒)하되. 금지하고 경계하되.
121) 빈쳔ᄒ면 : 빈천(貧賤)하면. 가난하고 천박하면.
122) 짐셩만도 : 짐승만도.
123) 어여비 : 어여삐.
124) 질벙의 : 질병에.
125) 혼장과 : 혼례(婚禮)와 장사(葬事).
126) 구졔ᄒ고 : 구제(救濟)하고. 돕고.
127) 차무 린ᄶ 빅을 : 참을 인(忍)자 백자(百字)를.
128) 참난 건만한 : 참는 것 만한.
129) 과히 : 지나치게.
130) 치지 : 때리지.
131) 음시 : 없이. '없는>엄는'으로 재구조화된 'ᄡ>ㅁ' 말음으로 사용되어 '없이'가

치 말고 하로[132] 셰 번식 권호여 일키고[133] 잡노롯[134] 못하게 호고 보
난 딕 드러눕지 못호고 밤을 지니거던 셰수을 일즉이 시기고 벗과 언
약이 닛노라 호거던 시힝호여 남과 실신케[135] 말게 호고 잡된 사람과
사괴지 못하게 호고 일가 졔수의 참예케 호고 왼갓 힝실을 옛 삼람의
일을 비호게 호고 열다섯 후의난 지아비다려 권호야 잘 가라치라 호
고 믹스을 젼일이[136] 가라치면 주연이 단졍호고 어진 션비 되느니라
어려셔 가라치지 못호고 늣기야 가라치면 되지 안니 호느니라 일즉
가라쳐야 문호을 보전호고 니 몸의 욕이 되지 안니이라 이런 일은 엄
미게 잇시니[137] 아비게 원망 말고 빅야실[138] 졔로부터 잡된 음식을 먹
지 말고 기우러진 주리에 안지 말고 몸을 단졍이 가지면 자식을 나하
도[139] 자연이 단졍호미 어미을 담난니[140] 만흔이[141] 열달을 어미 빅의
드러신니 어미을 담난게요 십 셰 젼의은 어미 흔터[142] 잇시이 엇지 아
니 가라치고 착한 주식 잇시리요 쌀주식도 가라치난 도리는 니와 다
름읍시니 딕기 남녀간 부즐언[143] 하게 가라치고 힝여 병이 날가호여
놀게 호고 편케흠은 주식 속임인니 부딕 잘 가라치여 남이다 칭도케
호게 호여라

'엄시'로 실현되며 다시 원순모음화 역행동화에 의해 '움시'가 실현된 것이다.
132) 하로 : 하루. 'ㅎㄹ'와 'ㅎㄹ'과 함께 17세기에 'ㅎ로'가 'ㅎ루'와 나타난다.
133) 이리고 : 읽고.
134) 잡노롯 : 잡노름. '頑藝 노롬 <몽유보, 29ㄴ>'에서 보는 것처럼 그 이전에는
    '노롬'이 '놀이'의 뜻으로 사용되었다.
135) 실신케 : 실신(失信)하게. 신용을 잃게.
136) 젼일이 : 하나처럼 일관되게.
137) 잇시니 : 있으니.
138) 빅야실 : (아이를) 배었을. 잉태(孕胎)했을.
139) 나하도 : 낳아도. 낳(産)-+-아도.
140) 담난니 : 닮으니.
141) 만흔이 : 많은 사람이.
142) 흔터 : 한테. 함께.
143) 부즐언 : 부지런.

봉졔스 졔스 밧드난 도리라

졔스은 정성으로 졍결ᄒ고 조심ᄒ미 웃듬이라 졔슈[144] 장만할 졔 걱정 말고 비복간[145] 굿지실[146] 일 닛셔도 굿짓지 말고 말할 졔 웃지 말고 졔물의 틔[147] 드리지[148] 말고 먼져 먹지 말고 어린 아히 보치여도[149] 쥬지 말고 만히 장만ᄒ면 쟈연 불결ᄒ니 쓸만치[150] 작만ᄒ고 홋 졔스의 부쟉할 젹 시부면[151] 일연 졔사슈와 소입을 싱각ᄒ여 후졔스의 궐졔[152] 말고 지극 정성으로 머리 빗고 모욕ᄒ고 게을이라도 펀치 말고 긔졔스의[153] 싴옷[154] 입지 말고 손톱과 발톱을 다 버히고[155] 졍결ᄒ면 신영이[156] 흠양ᄒ고[157] ᄌ손이 닛고 그럿치[158] 안이면 화 잇난이라 남

---

144) 졔슈 : 제수(祭需). 제사음식.
145) 비복간 : 비복(婢僕) 간에. 노비들 간에.
146) 굿지실 : 꾸짖을. '쑤짖−+−을'의 구성. 형태소 경계에서 전설모음화의 결과 '쑤지즐>쑤지실'로 실현된다.
147) 틔 : 티의 '틔>티'. 티의 옛 형태는 '틔'이다. '틔'는 16세기 문헌에 처음 보인다. 15세기에 '티'와 유사한 의미를 갖는 단어로는 '허믈(>허물)'과 '드틀, 듣글(>티끌)'이 있었다. 전 세기에 걸쳐 '틔, 티'의 출현 빈도가 낮은 것은 이들과 의미 영역이 겹치고 있었기 때문인 듯하다. '틔'는 19세기에 '티'로 변화하여 현대국어에 이른다. 이 변화는 근대국어시기에 일어난 'ᅴ>ㅣ'의 변화 결과이다. "밉다>밉다(憎), 불희>ᄲ리(根)" 등의 예가 있다.
148) 드리지 : 들이지. '들(入)−+−이(사동접사)−'의 구성. 들어가지.
149) 보치여도 : 보채어도.
150) 쓸 만치 : 쓸 만큼.
151) 시부면 : 싶으면.
152) 궐졔 : 궐제(闕祭). 제사를 빠트리다.
153) 긔졔스의 : 기제사(忌祭祀)에.
154) 싴옷 : 색깔이 있는 옷.
155) 버히고 : 베고. '벟(斬, 伐, 割)−+−이(접미사)+−다>버히다>베다'의 과정을 반영한 표기. '볘히다'는 '버히다'의 제1음절 모음 'ㅓ'가 뒤따르는 'ㅣ'의 영향을 받아 전설모음 'ㅔ'로 바뀐 어형이다. 그리고 '볘히다'는 '볘히다'가 다시 'ㅣ'의 영향을 받아 이루어진 것이 아닌가 한다.
156) 신영이 : 신령(神靈)이.
157) 흠양ᄒ고 : 흠향(歆饗)하고. 신명(神明)이 제물을 받아서 먹고.
158) 그럿치 : 그르치지. 15세기 '그릇다'에서 기원한 현대국어 '그르치다'는 17세기에

의 졔亽을 차려 보닌나 지아비 벗의게 치젼을[159] 쟉만ᄒ나다[160] 늬집 졔亽갓치 ᄒ고 남의게 가난 거시라 ᄒ여 불결ᄒ게 ᄒ면 심덕의 희룹고 복니 감ᄒ니 부듸 죠심ᄒ라 고ᄒ노라

디빈긱 손 디졉ᄒ난 도리라

늬 집의 오난 손은 원늬 친쳑 안니면 지아비 벗지오[161] 시쪽의[162] 벗지라 음식 잘ᄒ여 디졉ᄒ고 실과ᄂ 슐이나 닛난 듸로 디졉ᄒ되 손의 말을[163] 잘 먹이지 못ᄒ여도 박듸오[164] 손의 죵을 쟉[165] 먹이지 못ᄒ여도 박듸요 지아비 나간 찍 온 손을 죵 시기여[166] 말유치[167] 안니 함도 박듸요 일가을 쳥ᄒ여 쥬인 노릇ᄒ고 일가 亽람이 읍시면 마을 집쥬

'그르츠다'가 나오고 18세기에 전설 고모음화된 '그르치다'형이 나온다. 그 뒤 '그룻치다'의 형태가 나왔다. 18세기의 형태 중에 눈에 띄는 것은 '그룻티다'형이 나온다는 것이다. 이것은 구개음화의 방향과 다르게 과도교정에서 비롯된 것이다. 19세기에는 '그룻치다'의 빈도가 '그르치다'의 빈도보다 월등하게 높게 나타났다.

159) 치젼을 : 치전(致奠)을. 사람이 죽었을 때에, 친척이나 벗이 슬퍼하는 뜻을 나냄. 또는 그런 제식.
160) 쟉만ᄒ나다 : 장만하는데.
161) 벗지오 : 벗이오. '벋(朋)-+-이오'의 구성. '벋이>벗이'로 ㄷ-구개음화한 어형이 연철되고 내파화한 어말자음은 ㅅ으로 표기되었다.
162) 시쪽의 : 씨족의. 일가 친척의.
163) 손의 말을 : 손님이 타고 온 말을.
164) 박듸오 : 박대(薄待)요. 박대와 같고.
165) 쟉 : 잘.
166) 시기여 : 시켜. 시키다'는 15-16세기에는 '시기다'로 나타나다가 17세기에는 '시기다, 식이다, 식히다', 18세기에는 '시기다, 식이다', 19세기에는 '시기다, 식이다, 시키다, 식히다, 식키다', 20세기에는 '시기다, 식이다, 시키다, 식히다' 등으로 나타난다. 현대 국어에서는 '시키다'로 정착하는데, '시키다'는 두 가지 기능을 한다. "인부에게 일을 시키다."와 같이 동사로 사용되거나, "교육시키다, 등록시키다, 복직시키다, 오염시키다"와 같이 동사어간 결합하여 '사동(使動)'의 뜻을 더하는 접미사로도 쓰인다.
167) 말유치 : 만류(挽留)치. 머물게 하지.

인을 불너 쥬고 잘 딕졉ᄒ야 보ᄂ니라 한번 박딕ᄒ면 손이 은니 오고 한 손이 안니 오ᄂ난니 손니 안이 오면 가문이 즈연 무식ᄒ고 지아비와 즈식이 나가셔 쥬인 할 이 읍실 거시니 부딕 손 딕젹[168] 극진이 ᄒ라 옛 부인은 다루을 과라셔[169] 손을 딕졉ᄒ고 자리을 쓰러[170] 말을 먹여슨 이셰상 부인닉은 손이 오셔다[171] ᄒ면 지아비을 지쳬ᄒ고 지아비ᄂ 즈식이ᄂ 외딕[172] 가셔 잘 먹고 왓노라 ᄒ면 그난 깃버 여기이 부딕 명심 경계ᄒ여 잘 딕졉ᄒ되 인심이 부귀ᄒ 손님 오면 죠심ᄒ여 딕졉ᄒ고 빈쳔한 손님이 오면 허무이[173] 딕졉ᄒ이닌난[174] 더옥 불ᄉ한 힝실이라 노소을 분간ᄒ여 딕졉ᄒ련이와 귀쳔과 빈부ᄂ 부딕 부딕 분별치 말게 ᄒ노라

무투긔 투긔ᄒ지 말ᄂ는 도리라

투긔 말난 말은 사군즈 ᄒᄂ 딕문의 임의 말하여시되 투긔란 거션 부인의 졔일 악힝이미 다시 쓰노라 투긔을 ᄒ면 친밀ᄒ던 부부 ᄉ이라도[175] 셔로 미워ᄒ고 속이고 질병의 관게이 안니 역이고[176] 분한 만

---

168) 딕졉 : 대접.
169) 다루을 과라셔 : 머리카락을 팔아서.
170) 쓰러 : 썰어(切). '사ᄒ다, 싸ᄒ다>서ᄒ다, 써ᄒ다>썰다'. '썰다'는 15–16세기에 '사ᄒ다, 싸ᄒ다'로 나타나며, 17세기에 '서ᄒ다, 써ᄒ다'로, 18세기에 '써ᄒ다'로 쓰이다가 19세기부터는 '썰다'로 정착한다. '썰다'의 15세기 형태는 '사ᄒ다'와 '싸ᄒ다'로, 15세기 문헌에 동시에 나타나는 것으로 보아 쌍형 어간으로 볼 수 있다. '썰다'는 모음 사이에서 'ㅎ'이 탈락한 현상을 반영한 표기인데, 이 경우 모음 충돌을 피하기 위해서 단어가 축약되기도 한다. 이와 같은 변화를 보이는 예로는 '너ᄒ다>널다, 가ᄒ다>개다, 여희다>여의다, 자히다>재다(尺)' 등이 있다.
171) 오셔다 : 오셨다.
172) 외딕 : 외처에.
173) 허무이 : 허무하게.
174) 딕졉ᄒ이닌난 : 대접하는 이는.
175) ᄉ이라도 : 사이라도.

음과 악졍을 늬고 구고 셩기난 마음도 감동ᄒ고 자연이 사랑ᄒ난 마음이 들ᄒ여[177] 노비도 부질 읍시 치고[178] 가ᄉ도 잘 다스리지 못ᄒ고 상히[179] 악졍된 말로 ᄒ고 낫빗쳘 상히 슬피ᄒ여 남 듸ᄒ기을 실러ᄒ니 그러ᄒᆫ 흔심한 일이 어듸 잇시리요 투긔을 ᄒ면 아모라도 그러ᄒ기을 면치 못ᄒ난니 가도의 승픽와[180] ᄌ손의 흥망니 전혀 거긔 달여시니 ᄌ고로 망ᄒ난 집 말을 들으면 투긔로 말미암아 그러ᄒ니 만흔고로 시젼 삼빅 편 첫 듸문의 왕의 후비 투긔 안이 한 말을 웃씀으로 썼스니 옛 승인 싱각ᄒ오신 일이 엇지 깁지 안이 ᄒ리요 늬 몸 바리고 집이 픠ᄒ고 ᄌ손이 망ᄒ난거시 다 투긔의 달여슨니 늘근 아비의 말을 허수이[181] 역이지 말고 경계ᄒ라 늬 아모리 망영되나 너을 허수이 여기면 네 지아비 엇도 아닌 쳡을 위ᄒ여 투긔 말나하랴만은 부닌의 힝실의 지극 즁듸한 일인고로 다시 셰셰이 경계ᄒ노라

근언어 말삼을182) 죠심하난 도리라

상담의 일로듸 신부가 스집의[183] 가셔 눈 머러 슴 연이요 귀 먹어 슴 연이요 말 못하여 슴 연이라 ᄒ니 눈 머단 말은 보고도 본 듸로 말ᄒ지 말는 말이요 귀 먹는단 말은 듯고도 듯난 듸로 말ᄒ지 말난 말이요 말 못ᄒ단 말은 보난 게나[184] 듯난 게난 계관치[185] 아인 일은 말ᄒ

---

176) 역이고 : 여기고.
177) 들ᄒ여 : 덜하여.
178) 치고 : 때리고.
179) 상히 : 늘.
180) 승픽와 : 승패(勝敗)와.
181) 허수이 : 대수롭지 않게.
182) 말삼을 : 말씀을.
183) 스집의 : 시집에. '시>스' 과도교정 표기. 전부고모음화가 확장되는 시기인 만큼 과도교정형이 많이 나타난다.

지 말는 말이라 말을 삼가이¹⁸⁶⁾ ᄒ난 거시 읏쓷 힝실이요 힝실 즁 더
옥 더옥 경계할 일이라 말을 슴가치 안 ᄒ면 오른 말리라도 시비와 싸
홈이 긋칠 날이 읍시려던 하물며 드른 말을 할가 분야¹⁸⁷⁾ 남의 흉을
말ᄒ면 ᄌ연이 원망도 나고 쏜홈도 나고 네 부모와 친척이 다 짐승으
로 보고 노비와 이웃 ᄉ람이 다 읍슈이 여기난니 엇지 늬 혜랄¹⁸⁸⁾ 가
지고 도로혀 늬 몸을 희롭게 ᄒ리요 그언¹⁸⁹⁾ 이달코 한심ᄒᆫ 일 어듸
쏘 잇시이요 일빅 가지 힝실 즁의 말을 삼가ᄒᆷ이 졔일 공부라 부듸 부
듸 삼가ᄒᆞ여 누회치미¹⁹⁰⁾ 읍게 ᄒ라

---

184) 게나 : 것이나. '것-+-이나'의 구성.

185) 계관치 : 관계치.

186) 삼가이 : 삼갈여. 조심스럽게.

187) 할가 분야 : 할까 보냐.

188) 혜랄 : 것을.

189) 그언 : 그런.

190) 누회치미 : 뉘우침이. '뉘읓(懊悔 , 反悔, 悔)-+-ㅁ(명사형어미)-+-이(주격
조사)'의 구성. 현대국어에서 '뉘우치다'의 준말로 처리되고 있는 '뉘읓다'는 15
세기 문헌에 '뉘읓다'의 형태로 처음 나타난다. '뉘읓다'의 후대형은 다양하게
표기되어 나타난다. 16세기에 나타나서 많은 어형들과 경쟁하면서 현대국어까
지 이어지는 '뉘읓다'는 '뉘읓다'의 제2음절에 있는 '一'모음이 제1음절 모음
'ㅜ'의 영향으로 'ㅜ'로 동화한 결과이다. '뉘읓다'와 관련된 다양한 표기를 분
류하면, 제1음절 모음이 'ㅟ'인 것과 'ㅜ'인 것으로 나눌 수 있고, 제2음절 모음
이 '一'인 것, 'ㅜ'인 것, 'ㅗ'인 것, 'ㅣ'인 것, 'ㅟ'인 것, 제3음절의 초성 자음
'ㅊ'을 'ㅅ+ㅊ'이나 'ㄷ+ㅊ'으로 중철 표기한 것으로 나눌 수 있다. 그리고 17
세기부터는 어간이 3음절로 늘어난 '뉘옷치다, 뉘웃치다'도 나타난다. '뉘옻다'
는 '뉘읓다'가 형성된 후에, 17세기부터 본격적으로 나타나는 'ㅗ/ㅜ' 혼기를
반영한 것이다. 그 외에 19세기에 다양하게 나타나는 표기들 즉 제1음절 모음
이 'ㅜ'인 '누우치다, 누위치다, 누잋다, 누이치다'와 제2음절 모음이 'ㅣ'와 'ㅟ'
인 '뉘잋다'와 '뉘윗다' 등은 방언형을 표기한 것으로 보인다. 다만 '누웃츠다'만
은 '뉘우치다'의 하향 이중모음인 제1음절 모음의 활음이 제2음절로 인식되었
다는 것과 19세기에 활발하게 일어났던 '즈, 츠, 쯔>지, 치, 찌'를 겪은 개신형
과 보수형이 혼동되었다는 것으로 설명할 수 있다(한민족언어정보화CD 참고).

졀용 지물을 존졀이 싯난 도리라

지물이라 거션 한졍이 닛고 쓰기난 무궁흐니 아라셔 잘 쓰지 못흐
며 나즁의 는 지탕치[191] 못흐여 긔한의 골몰흐야 부모을 셤기지 못흐
고 조녀가 혼취도못흐난 너 셰샹의 만흔이니 안이 쏘 두려우랴 만승
쳔조랴도[192] 지물을 존졀이[193] 안니 흐면 나라이 망흐거던 하물며 필
부의[194] 집의셔야 지물을 졀용치 안이 흐면 어듸셔 날이요 풍연이나
흉연이나 츄슈한 곡셕 슈을 혜아리고 식구 슈을 혜알여셔[195] 졔스의
졍셩으로 흐되 작만흐기을 과히[196] 말고 부즐 읍난 허비 말고 의복과
음식을 너머 스치키[197] 말고 당연이 쓸 듸나 악기지 말고 무단한 일의
난 츄호도 허비치 말고 의복 음식 보아 가며 흐고 허랑한 일은 일졀이
아니흐면 조연이 쓰고 남는 거시니 질병의 약갑셜 흐느 상쟝의 소입
을 칠으나[198] 공스치의[199] 곤치는 일이 닛거던 욕을 면할 거시요 그런
일이 나지 안이커던 잘 길거흐여[200] 조손을 위흐여 젼답을 작만흐미
올흔이라 듸기 치가흐는[201] 법은 졀용의셔[202] 다시 읍난니라

---

191) 지탕치 : 지탱하지.
192) 만승쳔조랴도 : 만석을 하는 천량이 많은 자라도.
193) 존졀이 : 존중하고 절약하지.
194) 필부의 : 필부(匹夫)의.
195) 혜알여셔 : 헤아려서. '혜아리다, 헤아리다'
196) 과히 : 지나치지.
197) 스치키 : 사치스럽게.
198) 칠으나: 치르나.
199) 공스치의 : 公私債의.
200) 길거흐여 : 질겨하여. ㄱ-구개음화.
201) 치가흐는 : 치가(治家)하는. 살림살이하는.
202) 졀용의셔 : 절용(節用)에서. 절약하는 데서.

근사무 닐 부즈런 ᄒᄂ는 도리라

텬자 왕후도 노지 아니ᄒ시고 부즈런ᄒ신 말ᄉᆷ을 딩ᄌᆻ쎠셔 닐너 계시이션비의 안히로셔 부즈런이 아니ᄒ고 부모을 엇지 셩기고 ᄌᆞ소을 웃지 길으리요 잠도 안이 ᄌᆞ며 밥도 안이 먹고 과히 쎠 병나ᄂ는 부인도 잇건이와 그난본 비홀 게 안이런이와 심즁의 노지 마ᄌ ᄒ면은 문과 고담을 언의 결을 의²⁰³⁾ 일습으며 상육 더지기와²⁰⁴⁾ 윳놀기을 언의 결을의 ᄒ리요 구고와 지이비와 노비와 ᄌᆞ식이 다 가모의게²⁰⁵⁾ 달여시니 더옥 습가할 일이요 졔ᄉᆞ와 방적과 장 다무고²⁰⁶⁾ 죠셕 양식 츌입과 빅 가지 일이 다 가모의게 잇시니 언의 결을의 게으른 마음이 나리요 이러ᄒᆞᆫ 고로 가모가 부즐런ᄒ면 그 집을 보젼ᄒ고 게으르면 긔한의²⁰⁷⁾ 골몰ᄒ여 ᄌᆞ손의 혼취도 못ᄒ나니 남도 츤니²⁰⁸⁾ 부고 몸도 ᄌᆞ연 궁ᄒ

---

203) 결을의 : 겨를에.
204) 더지기와 : 던지기와.
205) 가모의게 : 가모(家母)에게.
206) 다무고 : 담고. '담-+-으(매개모음)-+-고'의 구성. 원순모음화에 의해 다므고>다무고. 현대국어에서 '담다'는 구체적인 물건을 어떤 그릇에 넣다라는 의미에서부터 추상적인 마음이나 사상 따위를 어디에 넣는다는 의미까지 확장되어 쓰인다. 15세기부터 '담다'와 '듬다'가 쌍형어처럼 혼용되어 나타나다가 20세기에 와서는 'ㆍ'의 비음운화와 더불어 '담다'로 고정되었다. 현대 표준어에서 '담다'는 '담그다'와 그 뜻을 구별하도록 되어 있다. '담그다'는 어떤 것을 액체 속에 넣다는 뜻이다. 그러나 '담다'는 액체와 상관없이 어떤 그릇에 물건을 넣은 것을 뜻한다. 그리하여 '바구니에 담다', '궤짝에 담아 두었다' 등과 같이 쓰인다. 추상적 의미의 '담다'는 '책은 사상을 담는 그릇이다', '이 편지에 내 마음을 담아 보내오'라고 할 때 그 예를 찾아 볼 수 있다. 이에 비해 '담그다'는 액체와 관련되어 그 속에 무엇인가를 집어넣거나 가라앉힌다는 뜻이다. '담그다'의 용례를 보면 '장을 담그다', '김치를 담그다', '젓갈을 담그다', '냇물에 발을 담그다'와 같다. 그러나 경상방언 등 일부 방언에서는 '담다'와 '담그다'를 이와 같이 엄격하게 구별하여 사용하지 않는다. 대구 지역 등에서는 '김치를 담았다'도 쓰이지만 '김치를 담갔다'도 흔히 들어볼 수 있다. 그러나 속담 "구더기 무서워 장 못 담글까"와 같은 속담에서는 거의 대부분 '담그다'가 쓰인다.
207) 긔한의 : 기한(飢寒)에. 굶주림과 추위에.

야 붓그러온 마음이 나느니 부디 부디 부즐언ᄒ기을 쥬장ᄒ라

시병 병화을 뫼시난 도리라

ᄉ람의 ᄉᄉ이 질병의 닛난니 병화이 극키 염여롭고 두려온 일이라
니 부모느 시부모 지아비나 병환이 계시거던 머리 빗지 말고 말슴을
직거ᄒ고²⁰⁹⁾ 우슬일 닛셔도 웃지 말고 거름을²¹⁰⁾ 게우르게 굿지²¹¹⁾ 말
고 일즉이 ᄌᆷ ᄌᆞ지 말며 잠을 ᄌᆞ되 늣도록 ᄌᆞ지 말고 다른 이 뫼시 이
웁거던 졋히²¹²⁾ 더나지 말며 약 달이고 죽 달이기을 손죠²¹³⁾ ᄒ고 죵이
닛단 ᄃᆡ도 시기지 말며 빅ᄉ의 걱정 말고 노비도 ᄭ짓지말고 병인 보
느 ᄃᆡ 근심 말고 증셰 즁ᄒᆫ 말 말며 아니 ᄌᆞ실지라도 음식 ᄌᆞ죠 ᄒ여
드리고 ᄉᄉ의 정셩을 일시라도 잇지 말고 권ᄒ는 ᄉ람과 의원을 잘
ᄃᆡ졉ᄒ기을 부디 극진이 ᄒ여라

의복 음식 ᄒ는 도리라

의복과 음식은 셩인이 가라ᄉᆞ되 금박ᄒ게²¹⁴⁾ ᄒ라 ᄒ여 게시니 의복
사치와 음식 ᄉ치는 가라칠 일이 아니로되 부닌의 소님이 의식박게
웁시니 의복과 음식이 용열ᄒ면²¹⁵⁾ ᄌᆞ연이 부닌닉을 웁슈이 역이나니

---

208) 츤니 : 천이. 천하게.
209) 적거ᄒ고 : 적게 하고.
210) 거름을 : 걸음을.
211) 굿지 : 걷지.
212) 졋히 : 곁에.
213) 손죠 : 손수.
214) 금박ᄒ게 : 검박(儉薄)하게. 검소하게.
215) 용열ᄒ면 : 용열(容悅)하면. 남의 마음에 들도록 아첨하여 기쁜 모양을 하면.

옛 글의 하야시되 부인은 규중의 닛시나[216] 박긔 알 일은 손이 오믹 음식을 보고 지아비 나가믹 의복을 본다 ㅎ여시니 엇지 살피지 안이 ㅎ라 부ᄌᆞᄂᆞᆫ 의복과 음식이 넉넉ㅎ고 가난ㅎ면 부쪽ㅎ니 넝넝ㅎ면 자연 잘ㅎ고 부쪽ㅎ면 잘ㅎ고져 ㅎ나 하일 읍건이와 그러ㅎᄂᆞ 부닌이 불민ㅎ면[217] 의복 음식을 다 죠흔 감이라도 불ᄉᆞㅎ고 부인이 능만ㅎ면 흔 가지 음식과 흔 가지 의복 ㅎ여도 보암 즉 ㅎ니 부듸 젹게 ㅎ기 심을[218] 쎠셔 남니 웃지 말게 ㅎ여라 노부가 의식 졀ᄎᆞ졔 도을릐 아니로듸 네 일즉 비혼 것 읍고 네의 싀가는 예ᄉᆞ 가난한 집과 달나 예의와 법도 졋졋할 거시니 셰셰이 긔록던 아니컨이와 부듸 부듸 일시라도 마음의 노치 말라 죠심ㅎ여 졍히 ㅎ면 의식이 ᄌᆞ연 죠흐리라 옛 부님은 나무을 칫슈로 싣ᄂᆞᆫ단[219] 말이 지금갓지 은젼ㅎ니[220] 졍흔 것박게 읍ᄂᆞ니라 네 시가의 가셔 외갓예 도을 맛동셔의 뭇ᄌᆞ와 졍이 ㅎ여라

어노비 노비 부리나 도리라

작식이 부모 셤길 졔 손죠 밧 갈고 밥 짓고 반찬 죽만ㅎ고 손죠 나무 비여 부모자는 방의 불 너흐며 풍우을 폐ㅎ지 말고 부모의 슈괴을[221] 듸신ㅎ면 만고 효ᄌᆞ라 ㅎᄂᆞ이라 요싀의ᄂᆞᆫ 그런 ᄌᆞ식 잇단 말을 듯지 못ㅎ니 자식이 못 ㅎ난 일을 노비난 ㅎ고 농ᄉᆞ하고 밥 짓고 반찬 죽만ㅎ고 원근의 ᄉᆞ환ㅎ니[222] 아모리 우리 나라의 명분이 그러ㅎ나 노비박게 귀흔 거시 읍ᄂᆞ이라 셰속 죠고마흔[223] 일이라도 ᄭᅮ짓기는 즐ㅎ

---

216) 닛시나 : 있으나.
217) 불민ㅎ면 : 불민(不敏)하면. 어리석고 둔하여 재빠르지 못하면.
218) 심을 : 힘을. ㅎ-구개음화.
219) 싣ᄂᆞᆫ단 : 끝는다는.
220) 은젼ㅎ니 : 언전(諺傳)하니. 말로 전하니.
221) 슈괴을 : 수고를.
222) ᄉᆞ환ㅎ니 : 심부름하니.

고 음식도 줄 먹이지 안니하고 의복도 못 이피고 딕소간의 죄는 잇시면 형중을[224] 과히 ᄒ여 스싱의 각갑게 ᄒ고 심ᄒ니난 죽이난 이가 잇시니 저은 죵의게 위엄 잇고 힝실을 엄ᄒ게 ᄒ노라 ᄌ랑ᄒ되 ᄒ난 일을 하날이 괫심이 역이기던 스람의 ᄌ손은 낫낫치 ᄉ환 읍ᄂ니 예 스람 아리로 딕 이도 ᄯ한 스람의 ᄌ소이라 줄 딕접ᄒ란 말슴이 엇지 올치 안니ᄒ리요 부딕 어여비 ᄒ고 ᄭ짓지 말고 칠 일이 닛거던 ᄭ짓셔 말며 믜 치되 과히 말고 의식을 잘 ᄒ여 쥬고 한 죵만 젼혀 스랑 말고 스람의 직죠 다 각각인이 못ᄒᄂ 일런집히[225] 시기지 말고 두로 죠트록[226] 시기며 이 죵다려 져 죵의 말을 말고 시가의 죵을 시가의 죵을 져 다리고 온 것만치 못 억이난니[227] 만흔이 부딕 갓치 ᄒ고 죵 다리고 남의 시비 말고 죵이 외간말을 ᄒ거ᄂ 음난한 말을 하거던 ᄭ중ᄒ고 ᄯ 셰쇄흔[228] 일 소기거던 모로ᄂ 쳬 말고 오릭 후의 걱정ᄒ여 ᄭ중ᄒ되 잔ᄭ중말고 상이 나무라지 말고 헛도이[229] 기리지 말고 슈고ᄒᄂ 말이 닛거던 음식 분별ᄒ야 쥬고 죵의 어린 ᄌ식이라도 어여비 ᄒ며 병 들거던 부모 ᄌ식이ᄂ 동긔ᄂ 잇는 죵은 몀쌀을[230] 쥬고 음난 거션 다른 죵 시기여 구완ᄒ야 쥬고 증셰을 각별 유의ᄒ여 무러 곤쳐 쥬고 위엄과 은혜을 아올나 힝ᄒ면 죵이 ᄌ연이 츙노츙비가 나ᄂ이라 상젼이 그러ᄒ되 죵시 소기고 요악ᄒ야 부리지 못 할거션 노코 부리지 말나

---

223) 죠고마흔 : 조그만한.
224) 형중을 : 형장(刑杖)을.
225) 집히 : 깊이. ㄱ-구개음화.
226) 죠트록 : 좋도록. 좋게.
227) 억이난니 : 여기는 이.
228) 셰쇄흔 : 세세(細細)한.
229) 헛도이 : 헛되게.
230) 몀쌀을 : 미음 쌀. 미음을 끓이기 위한 쌀.

칭디증지 쑤이고 반난 도리라

사람이 부흐야도 가난한 스람의게 취디하난[231] 일이 닛슨이 남이 쑤이라 흐며 빗[232] 달나 흐고 나도 남다려 쑤이라 흐며 빗 달느하미 잇슨이 닉 남의게 쑤어거나 빗셜 써거나 흐여거든 다시 쑬지라도[233] 즉시 흐여 갑흐라 남의 거셜 씨고[234] 즉시 안이 갑거나 갑흐되 죠케 아이흐면 그만 불사흔 일 읍시니 부디 죠심하련이와 엇지 간한 바의 쥐지[235] 안니흐여도 견딜 만흐거든 쑤지 말나 부질업시 쥐기와 빗닉기을 즐거흐다가 갑흘 딕 공흔 것 갓고 집이 즈연 가난흐니라 남이 날다려 쑤이라 흐거나빗 달나 흐거던 읍시면 못 쥬고 힝여 잇거던 닉식 말고 죠흔 다시 쥬어 보닉고 직쵹말고 쓰기 아숩거든[236] 져 집 형셰을 보아 가면셔 직쵹흐되 보기실토록 말고 인품이 각각 달나 잘흐여 갑난 이도 잇고 심슐 부졍흐여 안이 갑난 이도 잇시니 만분부졍이 흐여 쥬어도 웃고 밧고 노식 말미암아 안이 갑는 잇시니 세네 번 가지 직쵹흐고 그 후일의도 갑지 안니흐고 쏘 쑤이라 흐고 빗 달느 흐거던 그계는 쥬지 말고 약간 공이 쥬어 보닉고 젼갈흐여 부디 바드려 흐지 말나 그 집 스람 보고 스식 말고 이져버리면 졔 부그러흐난니 그런 즐 모로는 스람은 칙망흐여 부질읍는이라 딕강 쑤이기난 하려이와 빗 쥬기난 부디 마라 즈연이 원망이 나고 화가 잇난이라

---

231) 취디하난 : 취대(取貸)하는. 남에게 빌리는.
232) 빗 : '빚. 빛'이라는 단어는 15세기부터 17세기까지 '빋', 18세기 '빋, 빗, 빗ㅅ, 빗ㅈ', 19세기 '빗, 빗ㅅ, 빗ㅈ', 20세기 '빗, 빗ㅅ, 빗ㅎ'으로 나타나다가 '빚'으로 정착한다.
233) 쑬지라도 : 꿀지라도. 빌리더라도.
234) 씨고 : 쓰고. 전설고모음화.
235) 쥐지 : 꾸지. 빌리지. 움라우트 적용.
236) 아숩거든 : 아쉽거든.

미미 팔고 사고 하난 도리라

사람이 외갓[237] 거을 다 작만ᄒ지 못하면 ᄉ고 팔기을 마지 못ᄒ건
이와 닌심이 살 졔은[238] 젹게 쥬고 팔 졔난 만니 밧고져 하니 남의게
속든 아니 ᄒ련이와 너무 이롭고자 말며 물건을 살 졔 마암을 싱각ᄒ
되 닉가 팔면 아마 ᄂᄂᄇᄉ 것 다 ᄒ여 혜아리고 싱각ᄒ되 닉가 사면 암
마ᄂᄂ 쥴이로다 ᄒ여 갑셜[239] 거즁ᄒ여[240] ᄉ고 팔면 ᄌ연 맛당ᄒ 갑디
로 되ᄂᄂ이라 남의 질병의나 긔한의나 졀박ᄒ여 반갑 쥬고 ᄉ라 ᄒ거
던 갑셜 갑디로 쥬라 이하게[241] ᄉ면 지물을 오릭지 아니ᄒ야 일커나
ᄭᆡ거나 ᄒ난 거시요 젼답이나 노비 등속도 ᄌ손이 도로 파난이라 셰
속의 갑셜 혜아이지 못ᄒ고 과히 쥬어도 부질읍고 젹게 쥬어도 그른
이 남다려 공논디로 하면 이간의 닉 심슐과 복의[242] 히롭ᄂᄂ이라 부디
너머 이롭고져 말나

긔도 비수 원하난 도리라

무당 소건의[243] 말이 젼혀 그젼말인이[244] 그 말 듯고 긔도ᄒ지 말고

---

237) 외갓 : 온갖.
238) 살 졔은 : 살 적에는. 살 때에는.
239) 갑셜 : 값을. '값'은 15세기 이후로 의미나 형태의 변화 없이 그대로 쓰인다.
240) 거즁ᄒ여 : 대략 짐작하여
241) 이하게 : 이롭게. 덕이 되게.
242) 심슐과 복의 : 심술과 복에.
243) 소건의 : 소경의.
244) 그젼말인이 : 거짓말이니. '거짓말'은 '거즛+말'의 구성. '거즛'을 '겇(表, 皮)-+-
웃(접사)'로 분석하는 견해도 있지만 '겇'의 성조는 평성이고 '거짓말'의 제1음
절 성조는 상성이라는 점과, '겇-+-웃'에서 'ㅊ'이 'ㅈ'으로 바뀌는 과정을 합
리적으로 설명할 수 없다는 점에서 이런 견해는 설득력이 없다. '거즛말'은 19
세기에 일어난 '줏>짓'의 변화를 따라 현대어의 '거짓말'이 되었다. '거짓말'과

뫼희[245] 가 빌거나 물에[246] 가 빌거나 집의 병한이거나 부모 병환의 긔
도ᄒᆞᄂᆞᆫ 거션 집아니 셔로 의론하여 욱이지[247] 말고 ᄒᆞ연이와 집안 병
의 마지 못ᄒᆞ여 ᄒᆞ난 거션 그르고 아아ᄒᆞᄂᆞᆫ 거션 극히 올흔이라 소경
드려 하난 긔도은 마지 못ᄒᆞ야 ᄒᆞ연이와 무당과 화랑이드 려징 치고
장구 치며 큰 굿 ᄒᆞ난 거션 분명 이샹흔의 풍쇽이라 ᄌᆞ손이 오릭지 못
ᄒᆞ여 무도ᄒᆞᆫ 상흔이 되ᄂᆞᆫ이라 셰상의 양반의 집이라 ᄒᆞ며 그러ᄒᆞᆫ 집
이 닛다 ᄒᆞ니 혹 동닉의 굿ᄒᆞ면 부닉더리 ᄭᅮ 보러 가난이 닛다 ᄒᆞ니
그런 흔심ᄒᆞ고 불ᄉᆞ흔 일이 읍난이라 닉 ᄌᆞ손의셔 혹 그런 이 닛실가
두려워 ᄒᆞ노라 절의 가셔 싀쥬ᄒᆞ고[248] 불공흔다 ᄒᆞᄂᆞᆫ 거션 더옥 헛버
셔 하ᄂᆞᆫ 일이라 싱심도 말 거시니 각별이 죠심하게라

요계 죵요로온 경게라

사람의 귀쳔과 빈부난 다 명분의 달여시니 남의 귀한 벼살이[249] 놉

관련된 어형은 국어사 자료에 대단히 다양하게 나타나는데, 이러한 표기는 다
음과 같은 유형으로 나눌 수 있다. 20세기의 '가줏말, 가진말, 가짓말' 등 제 1
음절 모음이 'ㅏ'인 것은 모음 교체에 따른 어감의 차이를 반영한 것이다. 16세
기부터 나타나는 '거준말, 거줏말, 그짓말' 등은 제2음절 이하에서 'ㅡ'와 'ㆍ'
의 구별이 없어짐에 따라 나타나는 표기이다. 또 한 16세기 이후의 '거준말, 거
즌말' 등은 종성 위치에서 'ㅅ'이 'ㄷ'으로 말음되었기 때문에 나타나는 표기이
고, 18세기 이후의 '거즌말, 거진말, 긔진말, 가진말' 등은 이 'ㄷ'이 뒤에오는
'ㅁ'에 동화되어 'ㄴ'으로 발음되었기 때문에 나타나는 표기이다. '거짓말'의 첫
음절이 장음이기 때문에 실제 발음을 반영한 '그짓말'도 보인다. '긔진말'은 다
소 특이한 경우인데, '그진말'에서 'ㅣ'모음 역행동화를 겪은 형이 아닌가 추측
된다. '거짓말'과 '가짓말'은 둘 다 표준어이다. '거짓말'과 관련된 관용표현으로
는 '거짓말을 밥 먹듯 하다'가 있는데, 이것은 거짓말을 매우 자주함을 이르는
말이다.
245) 뫼희 : 묘에.
246) 물에 : 물가에.
247) 욱이지 : 우기지.
248) 싀쥬ᄒᆞ고 : 시주(施主)하고.

흐면 집이 부요하거든 보고 부러흐지 말고 스람이 빅스을 죠흔 줄 알
면 마음이 즈연 편안흐리라 치워도 날만치 못 입은 스람을 싱각흐고
빈고파도 날만치 못 먹은 스람을 싱각흐면 즈연이 부죡흔 거시 심히
읍사지난이라 스람이 딕톄[250] 교만 안이흐미 큰 덕인이 은문[251] 못흐난
스람을 보아도 읍수이 넉이지 말고 치워흐고 굼난 스람을 보아도 읍
수이 역이지 말고 불상이 역이고 나무 것 나무라지 말고 닉 것 즈량[252]
말면 즈연이 시비 읍는이라 스람이 너머 쇼활하게[253] 할 일은 안니로
딕 남이 절박흐게 구흐는 일 닛거든 져 스람 말을 드러 보아셔 노친을
위흐거나 졔스을 치려 흐거나 질병을 위흐거나 빈긱을 위흐거나 가장
마지 못할 일 잇거든 힘딕로 돌보아 쥬되 혹 나 쓸 딕 잇난 거셜 쥬는
거션 과 한니[254] 외갓 일을 젹즁케[255] 흐라 남의게 속을지언정 남을낭

---

249) 벼살이 : 벼슬이. '벼슬'은 15세기부터 변함없이 현대국어에 이르고 있다. 16세
     기 이후로 '벼살' 형태가 보이는데, '벼살'은 비어두음절에서 'ㆍ'가 'ㅡ'로 합류
     되면서 'ㆍ'와 'ㅡ'의 혼용으로 나타난 형태로 볼 수 있다. '볘슬', '볘슬'은 '벼
     슬'에서의 'ㅕ'가 전설모음화 내지는 단모음화 되면서 나타난 형태이다. 19세
     기 들어 'ㅅ, ㅈ, ㅊ' 아래서 'ㅡ'가 'ㅣ'로 변한 예들이 많이 나타나는데, '슳
     다>싫다', '즘승>짐승', '아츰>아침', '이즈러지다>이지러지다' 등이 그 예이다.
     '벼실'은 이러한 변화와 궤를 같이 한다.
250) 딕톄 : 대체로. 역구개음화형.
251) 은문 : 언문(諺文).
252) 즈량 : 자랑. '자랑'은 15세기에 '쟈랑(랑)'으로 처음 나타나며, 16세기에 '쟈랑,
     자랑'으로, 17세기에 '쟈랑, 자랑'으로, 18세기에 '쟈랑, 자랑, 즈랑'으로, 19세
     기에 '쟈랑, 자랑, 즈랑, 쟈량, 쟈량'으로, 20세기에 '자랑, 즈랑'으로 쓰이다가
     '자랑'으로 정착한다. '자랑'의 중세국어 어형은 '쟈랑, 쟈랑'으로 어원은 알 수
     없다. '쟈랑, 자랑'은 16세기에 제1음절 '쟈'가 '자'로 바뀐 '자랑'이 나타나기 시
     작한다. 한편 '즈랑'은 '자랑(<쟈랑)'을 'ㆍ'가 소실하면서 발생한 'ㆍ>ㅏ'에 의
     해 변한 것으로 착각하여, 표기 변화 이전의 형태로 돌이키려는 의도에서 '즈
     랑'으로 고친 과도 표기이다. '자량, 쟈량'은 'ㄹ' 뒤에 반모음 'ㅣ'가 들어간 형
     태로 19세기에 나타난다. 그러다가 20세기에 들어 '자랑'으로 정착하는데, 현
     대 국어에서는 이 '자랑'을 표준어로 인정하고 있다.
253) 쇼활하게 : 소홀하게.
254) 과한니 : 과하니. 지나치니.
255) 젹즁케 : 적중하게.

속이지 마라 남니 나을 쑤짓더라 ᄒ여도 늬 일이 그르면 져 스람이 쑤지시미 올코 늬 일이 오흐면 져 스람이 그른이 구차이 발명 말고 드을 만ᄒ고 도로혀 쑤짓지 말나 시부모와 지아비가 혹 그릇 아르시고 쑤죵ᄒ시거든 잔말ᄒ야 어지러이 발명 말고 줌줌ᄒ게 잇다가 오린 후의 죠용이 그러치 아인 연고로 살와도[256] 아라실 날이 주연 잇시니 부듸 당ᄒ야 불수이 발명 말고 늬 그릇ᄒ 일 잇거던 즉시 알외고 밧비 쳐사와 불우시거든[257] 달리 쑤미지[258] 말고 올흔 듸로 살와라 믜을[259] 그리ᄒ면 자연 그른 일니 젹은이라 말슴을 만이 ᄒ면 부질업는 말이 주연 나고 남이 시업시[260] 여기는이 부듸 부듸 말슴을 젹거ᄒ라 말만니 ᄒ는 거시 칠거지악의 도드러시니 경계ᄒ라 스랑의[261] 손니 오면 혹시도 엿보지 말나 엿보는 거션 불수ᄒ 힝실닌이 부듸 싱심도 마라 그만치 희구흔[262] 힝실이 음난이라 남녀 분명ᄒ면 목이 닛시니 의복도 밧게 사람이 보게 말고 어두운 후의는[263] 불 부치여 쭘 달이고 단이되 불이 업거나 죵이 업나 ᄒ거든 아모리 급흔 일이라도 문박게 나지 말나 옛 분인은 화지을 당ᄒ여도 나지 안이ᄒ고 타 죽으이 열녀젼의 올나시니 어두운 후난츌입 말고 동싱이라도 십세 후은 한 주리의 안지 말고 스오촌 사이라도 친히 겻히 안거느 한 주리의 상뉵치고[264] 칙 보지 말나 친후이[265] 듸접할지라도 거쳐을 친근이 말고 부듸 상심ᄒ고 남믜간 식라도 잡모히[266] 회희 말나 친가의나 시가의나 혹 미진한 일 잇셔도 시

---

256) 살와도 : 사뢰어도.
257) 불우시거든 : 부르시거든.
258) 쑤미지 : 꾸미지. 곧 변명하지.
259) 믜을 : 매사를. 모든 일을.
260) 시업시 : 실없이.
261) 스랑의 : 사랑방에, 사랑채에. 남성들의 공간.
262) 희구흔 : 해괴한.
263) 후의는 : 후에는.
264) 상뉵치고 : 상육놀이를 하고.
265) 친후이 : 친하게.

가 원쪽을 딕ᄒ여도 말ᄒ지 말고 늬친[267] 보고 시가 말 ᄒ지 말고 셔
스의도[268] 말을 말나 부인은 시가이 으뜸이요 친가도 알가 두려할 인
이 엇지 친가 결늬의게[269] 듯게 ᄒ리요 아롬다온 일은 자셔이 전파ᄒ
여 빈호게 ᄒ미 올흔이라 시부모와 지아비 전갈ᄒᄂ 딕 갓치 안ᄌ 전
갈 말고 하고 시부거든이러나 다른 딕가셔 ᄒ고 한틔셔 말나 결늬의
죵이 와 전갈ᄒ고 갈 졔도 그리ᄒ라 죵이 그른 일 잇셔 치고져[270] 시
부되 시부모 압픽셔 치지 말고 아모리 스랑ᄒ난 죵이라도 손죠[271] 치
지 말고 지아비의게 살와 다른 죵 시겨 치게ᄒ라 병 드러 악이나 음식
이나 안니 먹은면 시부모와 지아비와 다 집픠[272] 근심ᄒ시닌이 강잉ᄒ
야[273] 병니 날가 쓰부거던 미리 슬와 곤치게 ᄒ고 참고 숨기다가 병이
즁한 후의 근심 시기면 극한 불효요 불ᄒᆡᆼ한 일닌이 미리 곤치게 ᄒ라
머리빗고 셰슈ᄒ고 몸 쓰기을 시부모 병환 게실 졔밧긔난 폐치 말나
의복의 ᄯᅵ 잇거나 ᄒ면 보기 불ᄉᄒ니 아모리 치운 ᄯᅡ라도 폐치 말나
의복을 홰에ᄒ되[274] 지아비 옷 건 딕 한가지로 옷 거지 말나 흔딕 건
건시 소견 의심이 불ᄉᄒ니라 ᄌ녀 혼취할 졔 져 집 가ᄒᆡᆼ을 아라보아
가며 부딕 아음다온 딕을 가리고 빈부난 부지 말연이와 인간 딕ᄉ라
실낭 신부을 ᄌ셔이 아라ᄒ되 지아비게 맛기고 자셰 보라 언 닌난 쳬
말고 악간 소견을 베풀되 쳐단ᄒ지 말나 며나리난 나만 못ᄒ딕 어드
면 며나리와 셔 죠심ᄒ고 딸ᄌ식은늬 집의셔 나흔 딕로 보늬면 딸이
죠심ᄒ난이라 스람이 딕기 츙호인지할 박긔 업고 딕ᄉ의 당ᄒ여셔난

---

266) 잡모히 : 잡되게 모여.
267) 늬친 : 어머니
268) 셔사의도 : 서사(書辭)에서도. 편짓글에서도.
269) 결늬의게 : 겨레(親族)에게. 친척에게.
270) 치고져 : 치고자할 때. 때리고자 할 때.
271) 손죠 : 손수.
272) 집픠 : 깊이. ㄱ-구개음화.
273) 강잉 : 강잉(强仍)
274) 홰에 ᄒ되 : 횃대에 걸되.

쳐단할 적의 칼노 버힌 다시 엄정게 ᄒ야 남의 권ᄒ난 말 듯지 말고
자당ᄒ여 ᄒ라 스람이 구차치 안이면 죠흔니 구차한 일을 ᄒ지 마라
옛 스람은 사지을[275] 당ᄒ여도 구츠치 안앗거던 하물며 죽은 일의 당
ᄒ여 구치 안 하리요 불가ᄒᆫ 일 구ᄒᄂᆫ 거도 구츠ᄒ미요 남의 쥬은 거
시 일 훕 읍난 것도 불가ᄒᆷ미오 불가ᄒᆫ 음식 바다 먹ᄂᆫ 거도 구차ᄒ미
요 이밧고도 남의게 슬녀 하기 시은[276] 일ᄒᄂᆫ 것도 구츠ᄒᆫ 일이라 부
ᄃᆡ 식식홈을 쥬중ᄒ여라 부인의 츌닙이 즁ᄃᆡᄒ니 마지 못할 일이 안
니여던 츄립 말고 본가의도 부모 싱신이나 ᄃᆡ스을 지ᄂᆡ거던 단여올[277]
거시오 부질읍난 츄립은 말며 친구의나 일가의나 혼스나 지ᄂᆡ거나 상
스가 나거나ᄒ야셔 부득이 갈 터ᄂᆡ여던 갈ᄃᆡ의 집피 안고 밧게을 슬
피지 말나 큰일의 남여분별 어려우니 부ᄃᆡ 삼가 죠심ᄒ여라 스람의
허물이 승품[278] 참지 못ᄒ난 ᄃᆡ 닛시니 어ᄂᆡ 스람이 승품과 심슐이 읍
시리오마ᄂᆞᆫ 전혀 춤고 마음 가지기예 잇시니 ᄃᆡ소스의 성품을 과이
ᄂᆡ여 말도 슴가치 못ᄒ면 션후 츠례을 츠리지 못ᄒ고 일가 친젹 졍의
도 부린ᄒᆫ[279] 일 ᄒ면 조치 안인 일이 만ᄒ이 셩품을 과이 ᄂᆡ여 형벌
도 과도이[280] ᄒ며 셩품을 참지 못ᄒ야 나ᄂᆞᆫ ᄃᆡ로 부리면 점점 느러
욕도 ᄒ고 왼갓 광언망셜을[281] ᄒ난니 그런 붓그러온 거시 음난이라
승품이 긋친 후의난 슐을 먹고 씬 것과 가탄이라[282] 슐이라 ᄒ난 거션
사람을 미혹ᄒ게[283] ᄒ난 거시니 승품도 쏘ᄒᆫ 참지 못ᄒ며 싸루리 읍

---

275) 사지을 : 사지(死地)를. 죽을 상황을.
276) 시은 : 싫은.
277) 단여올 : 다녀올.
278) 승품 : 성품(性品).
279) 부린흔 : 불인(不隣)한. 이웃과 사이가 좋지 않은.
280) 과도이 : 과도(過渡)히. 과도하게.
281) 광언망셜을 : 광언망설(狂言妄說). 이치에 맞지 않고 도의(道義)에 어긋나는 말을.
282) 가탄이라 : 가탄(可歎)이라. 탄식(歎息)할 만함이라.
283) 미혹ᄒ게 : 미혹(迷惑)하게. 무엇에 홀려 정신을 차리지 못함. 정신이 헷갈리어
　　　갈팡질팡 헤맴.

는니라 부듸 곙게ᄒ여 덕을 심 시고 그른 일 곤치고 오른 일 힝ᄒ라
지아비 아모 일이나 혹 그릇 알고 분도의 아모 말이ᄂ 과히 할지라도
마죠승품 늬여 딕답 불순이 말고 마음을 나츄고 승품이 날지라도 참
고 잇다가 승품을 긋친²⁸⁴⁾ 후의 오른 일이ᄂ 그른 일이나 바른 듸로
죠용니 딕답ᄒ고 부듸 승푼을 참고 덕을 닥그면 부그러오미 읍게 ᄒ
라

션힝녹이라 옛사람 착ᄒ 힝실 말이라

왕상이와²⁸⁵⁾ 밍죵이난²⁸⁶⁾ 부모 병환을 뫼실 제 젹셜의 죽순과 닝어
을²⁸⁷⁾ 구ᄒ거날 밍죵은 듸밧틔 가셔 울미 죽순이 눈 소의 소ᄉ나고 왕

---

284) 긋친 : 그치다(止)'는 '멈추다'의 뜻을 가진 '긏다'는 '긏-+--이-'의 구성이다.
285) 왕상(184~268)은 삼국 시대 위(魏)나라 말 서진(西晉) 초 낭야(琅邪) 임기
(臨沂) 사람. 자는 휴징(休徵)이다. 성품이 지효(至孝)하여 계모(繼母)가 한겨
울에 생어(生魚)를 원하자 곧 강으로 가서 옷을 벗고 얼음 위에 누워 얼음을
녹여 고기를 잡으려고 하니 두 마리의 잉어(鯉魚)가 뛰어 나와 잡아 드렸다고
한다. 24효(孝)의 한 사람이다. 후한 말에 난리를 피해 여강(廬江)에서 30여
년 동안 은거했다. 서주자사(徐州刺史) 여건(呂虔)이 불러 별가(別駕)에 임명
했는데, 치적을 올렸다. 위나라 고귀향공(高貴鄕公)이 즉위하자 사예교위(司隸
校尉)에 임명되었고, 사공(司空)을 거쳐 태위(太尉)에 이르렀다. 진나라에 들
어 태보(太保)에 오르고 수릉공(睢陵公)에 봉해졌다. 낭야(琅邪) 왕씨(王氏)는
그와 동생 왕람(王覽)에서부터 명문가로 발돋움했다.
286) 밍죵(孟宗)은 삼국 시대 오(吳)나라 강하(江夏) 사람. 자는 공무(恭武)다. 손호
(孫皓)의 자가 원종(元宗)이었는데, 이름을 피해 인(仁)으로 고쳤다. 젊어 스승
에게 배웠는데 독서를 하며 밤늦도록 멈추지 않았다. 성품이 지극히 효성스러
웠다. 겨울에 늙은 어머니께서 죽순(竹筍)을 먹고 싶어 했지만 아직 죽순이 나
오지 않아서 구할 수 없게 되자 대숲에 들어가서 슬피 우니 땅 속에서 죽순이
솟아나 어머니께 가져다 드렸다고 한다. 처음에 군리(軍吏)로 있다가 오령(吳
令)으로 옮겼다. 어머니 상을 듣고 금령(禁令)을 어기고 달려갔는데, 나중에 자
수하니 손권(孫權)이 사형에서 감해 주었다. 손휴(孫休) 때 우어사대부(右御史
大夫)가 되었다. 손호가 즉위하자 사공(司空)에 임명되었다.
287) 닝어을 : 잉어를.

상을 물의 가셔 울미 머름²⁸⁸⁾ 속의셔 잉어가 쒸여 나난이라 육젹이
난²⁸⁹⁾ 원슐의²⁹⁰⁾ 압희 뫼셔던니 유즈을²⁹¹⁾ 쥬거날 노모을 싱각ᄒ야 품
의 품어던니 졀홀 졔 유즈가 나려지거날 원슐이 알고 더 쥬어 보니이
라육속이난 옥의 갓쳐던니 하로난 밤을 듸ᄒ여 울거날 그 연고을 무
른듸 듸답ᄒ되 노모 왓ᄉ온니 우ᄂ이다 ᄒ거날 웃지 안다 ᄒ난니 듸
답ᄒ되 졔의 모친이 나무을 칫슈로 싣터니 오날 음식이 그러ᄒ오미
노모 오신 쥴을 아로라닌 군이 드르시고 가라ᄉ듸 어진 어미의 즈식
이라 엇지 그른 일 닛시리요 ᄒ시고 곳 노와 부닉이라 긔결은 밧쳘 밀
졔 그 안히 졈심밥을 가져다가 먹이되 밥을 눈 우의 드러 드리기을 놉

---

288) 머름 : 얼음의 오자.

289) 육젹 : 여강태수를 지낸 육강(陸康)의 아들이며 187년에 출생하였다. 자는 공기
(公紀)이다. 아버지를 여읜 5세 조카 육손과 함께 자랐다. 부친 육강이 원술과
대적하게 되자 그의 가족은 오나라 손권에게 피신하였고 육강은 손책과 벌인
전투에서 사망하였다. 육적이 6세 때 원술을 접견하는 자리에 나온 감귤 3개
를 가슴에 숨겨나오다가 떨어뜨리게 되었다. 이를 본 원술이 왜 감귤을 숨기느
냐고 묻자 육적은 어머니게 드리려고 그랬다고 대답했다. 원술은 어린 소년의
효심에 감복되었고 이를 두고 회귤고사(懷橘故事), 육적회귤(陸積懷橘)이라는
말이 생겼다. 육적은 중국 영사에서도 손꼽히는 효자로 기록에 전한다. 학문을
좋아해서 많은 독서를 하였고 곧은 성격으로 자기 주장이 강했다. 손권의 휘하
에서 벼슬을 하였으나 중앙에서 멀리 떨어진 울림태수(鬱林太首)로 좌천되었
다. 울림에서 병을 얻어 그곳에서 32세로 사망하였다.

290) 원슐 : 중국 후한(後漢) 말기의 무인. 손견과 결탁, 동탁을 격파하고 랴오둥의
공손 찬과 동맹을 맺었다. 제위에 올랐으나 유비의 방해로 뜻을 이루지 못했다.
자 공로(公路). 여남(汝南:河南省 商水縣)에서 태어났다. 종형(從兄)인 원소(袁
紹)와 더불어 당대의 명문거족이었다. 동탁(董卓)이 황제 폐립(廢立)계획을 세
우고 가담시키려 하자, 후환이 두려워 난양[南陽:河南省]으로 탈주하여 손견(孫
堅)과 결탁, 동탁을 격파하여 명성을 떨쳤다. 얼마 뒤 랴오둥[遼東]의 공손 찬
(公孫瓚)과 손을 잡고, 한편으로 원소와 형주(荊州)의 유표(劉表)가 대립하게
되자, 유비(劉備), 조조(曹操)도 이에 휘말려 일진일퇴의 공방전을 벌였다. 이
러한 와중에 조조와 원소에게 패하여 양저우[揚州]로 근거지를 옮기고, 197년
주장[九江]에서 제위에 올랐다. 그러나 2년도 채 못되어 세력이 쇠진하여 제위
를 원소에게 돌려주고 원소의 아들 원담(袁譚)에게 의탁하려 하였으나, 유비의
방해로 뜻을 이루지 못하고 강정(江亭)에서 피를 토하며 죽었다.

291) 유즈을 : 유자를

흔 손 듸접흔다시 흐니 닛씌 마참 귀한 스람이 지닉다가 보시고 착히 역이여 그지 아비을 버살을 시기이라 밍즈난 어려실 졔 이웃집의셔 돗잡는 것 보시고 어만님게 뭇즈온듸 듸답하시되 희롱흐여 답흐시기을 너 먹이려 줍난다 흐시고 이윽고 우어 가라듸 어린 즈식을 속임이 물가흐다 흐시고 즉시 돗고기을 스셔 먹이신이라 네 미셩흐여²⁹²⁾ 츌가 흐니 늦도로 닉 겻히셔 두어 가라치지²⁹³⁾ 못흐고 타문의 보닉니 힝셰 닌스와 미스을²⁹⁴⁾ 웃지할 쥴 모로난 고로 닉의 마음이 답답 민망흐여 니 여러 가지 소건으로 셰셰 구차이 경계흐여 이르나니 부듸 부듸 쌔예 식인 마마음의 젹셔 이 칙을 한 달의 두셰 번식 보아 잇지 말나 너의 노부가 겻히 잇셔셔 듸소 허물의 경계흐난 쥴노 알면 마음이 범연코져²⁹⁵⁾ 흐여도 즈연이 범연할 길 읍나니라 이 칙을 가지기을 소학갓치 아라 공경흐고 시가의 가셔 크게 그릇친 듸 범치 안니홈을 원흐로라 녀즈 부모의게 효도흐면 네 몸을 잘 가지고 네 허물로 말미암아 부모의게 시비 읍게 흐는거시 큰 효도가 되나이라네 어쳔만스의 이거셜 심즁의 먹어 미스을 이듸로 흐면 네 비록 닉 겻털 쩌낫시나 닉의 실흐의 닛셔 닉 말을 듯난 닷흐니라 부듸 명심흐여라

---

292) 미셩흐여 : 미성(未成)하여. 성년이 되기 전에.
293) 가라치지 : '가르치다'의 중세국어 어형은 'ᄀᆞᄅ치다' 혹은 'ᄀᆞᆯᄋ치다'이다. 'ᄀᆞ
ᄅ치다'는 'ᄀᆞᄅ-+-치다의 구성. 'ᄀᆞᆯᄋ듸'의 어근 'ᄀᆞᆯ'과 형태적 어원적으로
가까운 점이 있다. 후자 '치다'는 '育'(양육하다)의 뜻으로 중세국어에 많이 쓰
였다. 'ᄀᆞᄅ치다'는 어원적으로 '말하여 치다'(말로써 양육하다)는 뜻을 지닌 것
으로 분석된다. 말로 타이르고 옳바르게 길러내는 것이 '가르치다'의 어원인 셈
이다. 'ᄀᆞᆯ'이 '말하다'의 뜻을 가진다는 증거는 '일콛다'와 '일ᄏᆞ라' 등에서 확인
된다. '일콛다'는 '일흠'(名)과 '곧다'로 분석된다. 즉 '이름을 말하다'라 '일콛다'
의 원뜻이다.
'가르치다'는 15세기부터 19세기까지 '가르치다'와 '가리키다'의 의미 모두로
쓰였는데, 이 두 단어의 의미가 나누어진 것은 현대국어의 맞춤법에서 각각 다
르게 표기하고 뜻을 구별하도록 규정한 결과이다.
294) 미스을 : 매사(每事)를. 모든 일을.
295) 범연코져 : 범연(泛然)하고자.

남당한 션싱1) 부훈 부훈이란 말은 지어미 훈게라

하날이 빅셩을 ᄂᆡ시ᄆᆡ 윤긔가 다셧 가지 닛스니 스람이 오윤을 발
이고2) 스람된 지 음난지라 한 가지ᄂᆞᆫ 부ᄌᆞ유친닌이3) 부ᄌᆞ ᄉᆞ이난 친
의 할 ᄯᆞ름이요 두 가지난 구신유의이4) 구신은 부리고 셤기기을 오흔
도리로 할 ᄯᆞ음이오 세 가지나 부부유별인이5) 각각 그 지아비을 지아
비 삼고 그 안히을 안히 삼아셔 혼줍지 안이 ᄒᆞ고 셔로 공경ᄒᆞ여 셜만
치 안이ᄒᆞ고 친압지6) 안 ᄒᆞ멀 이르미오 네 가지ᄂᆞᆫ 장유유셔이7) 아오

---

1) 조선 영조 때 김한구(金漢耉)의 남한당(南漢黨)과 홍봉한(洪鳳漢)의 북한당(北漢
黨)의 두 파당으로 나뉘었는데, 이들 파당에 들지 않은 사람을 이르던 말. 대개 영
조 만년에 분당의 조짐이 생겨 김한구와 친밀한 사람을 '남한당'이라 하고, 홍봉한
과 친밀한 사람을 '북한당'이라고 하였으며, 북한당이나 남한당에 들지 않은 사람
들을 '불한당'이라 하여 서로들 표방했었는데, 이홍록과 김수현이 이를 들어 임금
에게 고했기 때문이었다.(又問壽賢 南漢北漢不漢黨之說 蓋英宗晩年 有分黨之漸 親
於金漢耉者 謂之南漢 親於洪鳳漢者 謂之北漢 不入兩漢者 謂之不漢黨 互相標榜 興祿
壽賢 以此告上故也)[정조실록 권 제1, 14장 뒤쪽, 정조 즉위 4월 1일(임인)]두산
백과
김한구(金漢耉, ?~1769) 조선 후기의 무신이다. 딸이 영조의 계비(정순왕후)로
들어가자, 아들 구주와 함께 사도세자를 무고하여 죽게 하였다. 이 사건으로 정국
은 벽파와 시파로 나뉘어 새로운 당파 국면을 맞이하였다. 시호는 충헌이고, 본관
은 경주(慶州)이다. 호조참의를 지낸 선경(選慶)의 아들이며, 호조참판을 지낸 한
기(漢耉)가 형이다. 영조 35(1759)년에 딸이 영조의 계비(繼妃)로 뽑혀 정순왕
후(貞純王后)가 되자, 돈령부도정(敦寧府都正)이 되고 오흥부원군(鰲興府院君)에
봉해졌다. 같은 해에 금위대장에 오르고 1763년 어영대장이 되어 주로 서울과 수
도권 방위를 맡았다. 1764년 아들 구주(龜柱)가 왕과 친분이 있는 신하로서 당론
에 관여하였다 하여 파직당할 때, 아들을 잘못 가르쳤다고 하여 함께 파직되었다.
그러나 1766년에 장악원제조(掌樂院提調)로 복직되고 이듬해에 다시 어영대장이
되었다. 영의정에 추증되었다.
2) 발이고 : 버리고.
3) 부ᄌᆞ유친닌이 : 부자유친(父子有親)이니.
4) 구신유의이 : 군신유의(君臣有義)가.
5) 부부유별인이 : 부부유별(夫婦有別)이.
6) 친압지 : 친하지.
7) 장유유셔이 : 장유유서(長幼有序)가.

가[8] 감이 형의게 쎅ᄒ지 못ᄒ면 졀문이가 어룬의게 감히 더ᄒ지 못ᄒ고 슌ᄒ여 차례 잇슴이요 다셧 가지난 붕우유신인이[9] 친구 사이는 졍셩과 밋붐으로[10] 할 거시요 속키져 발이지 안이홈이라 집의는 쥬인과

---

8) '아우'의 15세기 형태는 '아ᅀ'였다. 그런데 이 '아ᅀ'는 자음과 휴지(休止) 앞에서는 '아ᅀ'로 나타나지만 모음 앞에서는 '앗ㅇ'로 곡용(앗이, 앗이, 앗올)한다.
   '아ᅀ'는 'ㅿ'이 소실되면서 '아ㅇ' 형태로 나타난다. 그런데 이 '아ㅇ'에 주격조사 '－이'나 서술격조사 '－이다'가 결합이 되면 '아이'로 나타나는데, 이 형태는 19세기까지 나타난다.
   '앗' 형태는 '앗'의 옛 형태라고 할 수 있다. 15세기 'ㅿ'을 가진 단어들이 방언형에서 'ㅅ'으로 나타난다는 것은 'ㅿ'의 기원이 'ㅅ'이었음을 보여주는 것이라고 볼 수 있다. "무ᅀ우-무수, 프ᅀ어리-프서리, 몸소-몸소, 새ᅀ삼-새삼 등". 그런데 '앗'에 주격조사 '－이'나 서술격조사 '－이다'가 결합한 경우에 '아시' 형태로 나타나지 않고 '앗이' 형태로 나타난다.
   '앗ㅿ' 형태는 '아ᅀ'가 모음 앞에서 곡용할 때(즉, 앗이, 앗올 등), 어간의 말음이 'ㅅ'이고 어간형이 'ㅿ'임을 드러내기 위하여 표기한 형태이다.
   '아ᅀ'는 'ㅿ'의 소실과 'ㆍ'가 비어두 음절에서의 'ㅡ'로 바뀌면서 17세기에 '아으'의 형태로 나타난다. '아우'의 형태가 처음 보이는 것은 18세기인데, '아으'가 '아우'로 변화한 것은 형태소 구조 제약에 의한 것으로 보인다.
   원래 '아우'는 일가 친척에서 손아랫사람을 통칭하는 의미(少, 小, 次)를 가지고 있었는데 20세기 후반에 들어서서 남자 손아랫사람을 지칭하는 의미로 용법이 제한되어 사용되었다.
9) 붕우유신인이 : 붕우유신이니.
10) 밋붐으로 : '미쁘다'는 "믿음직스럽다"의 의미로, 현대국어에서는 약간 의고적인 표현으로 쓰인다. 이 '미쁘다'는 '믿다[信]'의 동사 어간에 형용사 파생 접미사 '－브－'가 결합되어 만들어진 단어이다. 이 형용사 파생 접미사는 결합되는 환경에 따라서 '－ᄫᅵ/브－, －ᄫᅳ－, －ㅂ/브－' 등 여러 가지 이형태를 보였으며, 15세기와 16세기에는 상당히 생산적인 접미사였다. 예) 깄다(喜) : 깃브다(ᄆᅀᅢ매 깃븐 ᄠᅳ디 이실씨<1447석보상,6:16b>), 뉘으츠다(悔) : 뉘웃브다(ᄆᅀᅢ매 뉘웃브며<1459월인석,13,10a>) 등.
   '미쁘다'의 15세기 형태는 '믿브다'이고, 16세기까지 이 형태는 유지된다. 17세기 근대국어에 들어서서 음절 말에서 'ㅅ'과 'ㄷ'의 대립이 사라지면서 '밋브다'의 형태가 나타나기 시작하고, 18세기에 와서는 음절 말음이 'ㅅ'으로 통일된다. 18세기에 나타나는 '밋부다', '밋보다' 형태는 순음('ㅁ, ㅂ, ㅍ' 등) 아래에서 비원순모음이 원순모음으로 동화되는 현상을 반영한 형태이다. 예) 믈>물[水], 플>풀[草] 등.
   '믿브다'에서 첫음절의 어간 말음이 둘째 음절의 첫소리에 영향을 주어 된소리로 나타나는 현상을 반영한 표기 '미쁘다'는 20세기에 들어와서야 나타난다.

종이 군신지의가[11] 잇고 부인의게는 그 지아비로 ᄒ여금 친구의게 잘 ᄒ난 거시 쏘혼 붕우유신이[12] 되난지라 부듸 가되 오륜 읍난 듸 읍시 이 사람이 오윤을 발이면 스람이 안이라 듸기 사람이 금슈와 다른 거션 오륜이 잇슴이요 금슈는 오륜을 모로난 연고로 금슈라 ᄒ는이라 사람이 다섯 가지의 한 가지라도 읍시면 비록 사람 형상이 갓쵸와시나 금슈와 다름이 읍난지라 그런즉 사람과 금슈 스이예 장찻 무어시 되고져 하라

사부모구고장 부모와 구고을 셤기난 중이라

율곡[13] 션싱이 가라스듸 사람이 어버의게 효도ᄒ기을 아지 못ᄒ난 즈 읍시되 효도ᄒ난 즈 심히 드무오니 이난 부모의 은혜를 기피 모로는 연고라 듸기 사람의 몸이 승명과 혈육과 모발과 신톄가 다 어버이 쥬신 비요 슈퇴ᄒ고 강보 젹으로부터 셩즁ᄒ기예 다 어버이 쥬신 비라 그런 즉 부모의 은혜 엇더ᄒ신야 스람이 혹시 한 그릇 밥과 한 필 비단을 쥬거던 은혜을 싱각ᄒ야 마음이 졀노 감동되여 갑기을[14] 싱각

동사 어간에 결합하여 형용사를 파생시키는 접미사 '-ㅂ/브-'는 17세기에 들어오면서 그 생산성을 잃게 되었다. 그리고 새로운 접미사 '-스럽-'이 등장하여 '-ㅂ/브-'의 역할을 대신한다.

현대국어에서 '미쁘다'가 의고적인 표현으로 남고, 동일한 의미의 '믿음직하다', '믿음직스럽다'가 일반적으로 쓰이는 것은 이 때문으로 볼 수 있다.

11) 군신지의가 : 임금과 신하의 의리가.
12) 붕우유신이 : 벗 사이에 지켜야 할 도리는 믿음에 있다는 인륜의 실천덕목인 오륜(五倫)의 하나.
13) 율곡 : 이이(1536~1584)의 호. 조선 중기의 유학자이자 정치가로 <동호문답>, <성학집요> 등의 저술을 남겼다. 현실·원리의 조화와 실공(實功)·실효(實效)를 강조하는 철학사상을 제시했으며, <동호문답>·<만언봉사>·<시무육조> 등을 통해 조선 사회의 제도 개혁을 주장했다. 우리나라의 18대 명현(名賢) 가운데 한 명으로 문묘(文廟)에 배향되어 있다.
14) 갑기을 : 갚기를.

ᄒ거던 하물며 ᄂᆡ몸을 쥬신 비니 그 은혜 더옥 엇더ᄒ랴 시젼의 가로
ᄃᆡ 부모의 은혜난 호천망극이라 ᄒ여시니 남의 ᄌᆞ식되여 엇지 부모의
은혜을 몰나갑지 안니ᄒ리요 니러무로 예쩍 효지 되실 졔난 그 공경
을 다ᄒ고 봉양홈이 그 질거홈을¹⁵⁾ 다ᄒ고 병 들면 그 금심을 다ᄒ고
상ᄉ 나면 그 실품을 다ᄒ고 졔ᄉ의난 그 엄ᄒ을 다ᄒ여 졍셩을 쓰지
안니하는 니 읍난지지라 부닌은 지아비을 하날을 슴고 구고는 지아비
을 ᄉᆡᆼ휵하셧신이그 은혜 날 나으시니 웃지 다르이오 요시의는 닌심이
효박ᄒ고¹⁶⁾ 부여의 승품이 편싴ᄒ야¹⁷⁾ 구고 망극ᄒ신 은혜을 모로고
심승ᄒᆞᆫ 힝닌으로 아라 진심 갈역ᄒ여¹⁸⁾ 그 은혜 갑흘 쥴 모로니 웃지
한심치 안이리요 비록 편싴한 부인이라도 그 지아비는 ᄉᆞ낭ᄒ니¹⁹⁾ 만
일 그 지아비 ᄉᆞ낭ᄒᆞᄂᆞᆫ 마음으로 그 지아비 ᄉᆡᆼ휵ᄒ신 은혜을 ᄉᆡᆼ각ᄒ
면 잔연 구고의게 향할 졍셩이 닛시리라 ᄯᅩ 셰상의 고부지간의 실화
하는²⁰⁾ 지 만ᄒ 이니는 며나리가 구고의 ᄌᆞ익ᄒᆞᄂᆞᆫ 마음은 금슈도 다
잇슨니 ᄉᆞ람이 아모리 완악ᄒᆞᆫ덜²¹⁾ 웃지 그 ᄌᆞ식을 사랑치 안이하리요
ᄉᆞ랑ᄒ기을 집피ᄒ기예 가라치기을 부즐언이ᄒ고²²⁾ 가라치여 듯지 안
닌 즉 ᄭᅮ짓기을 더ᄒ니 이난 인졍의 마지 못ᄒᆞᄂᆞᆫ 일이라 ᄭᅮ지기을 혹
과이ᄒᆞᄂᆞ 그 본심닌 즉 사랑ᄒᆞᄂᆞᆫ ᄃᆡ셔 나거날 ᄌᆞ식되난 지 도로여 미
워하난 쥴노 아라 원망하야 사랑ᄒᆞᄂᆞᆫ 쥴을 모로이 엇지 우미치²³⁾ 아니
리요 다른 사람의 거는 칙망을 안니ᄒ고 ᄌᆞ식의게난 칙망ᄒ니 웃지
그 ᄌᆞ식 ᄉᆞ랑ᄒ기을 다른 사람만 못ᄒ야 그러ᄒ리요 다른 사람은 그

---

15) 질거홈을 : 즐겨함을.
16) 효박ᄒ고 : 효박(淆薄)하고.
17) 편싴ᄒ야 : 편색(偏色)하여.
18) 갈역ᄒ여 : 갈역(竭役)하여. 주어진 일을 열심히 다하여.
19) ᄉᆞ낭ᄒ니 : 사랑하니.
20) 실화하는 : 실화(失話)하는. 말을 실수하는.
21) 완악ᄒᆞᆫ덜 : 완악(惋愕)하다. 깜짝 놀란들.
22) 부즐언이ᄒ고 : 부지런히 하고.
23) 우미치 : 우미(愚迷)하지. 어리석고 둔하지.

르고 올코 ᄒᄂ는 시비와 니히득실이²⁴⁾ 닉게관게ᄒᄆᆷ 읍셔야 칙망을 아
니ᄒᄂ니 이난 셕근 연고요²⁵⁾ ᄌᆞ식의게는 션악 시비와 이히 득실이 마음
의 간졀ᄒᆫ 고로 칙망을 지괴ᄒᄂ니 이난 친한 연고라 만일 부모 구고 그
ᄌᆞ식을 가라치지 안이ᄒᆞ고 칙망도 안이ᄒᆞ면 이난 인졍 안이라 부모의
자이 ᄒᆞ난 마음 그리 긴한 고로 ᄌᆞ식의게 계관ᄒᆫ²⁶⁾ 긔물이라도 더 악
기거던²⁷⁾ 하물며 ᄌᆞ식의 아히 되여 죵신ᄆᆡᆫ 사람을 엇지 사랑치 안니
ᄒᆞ리요 ᄌᆞ식 사랑ᄒᆞ기 심한고로 며나리을 심히 사랑ᄒᆞ여 가라치기와
구짓기을 ᄌᆞ식과 갓치ᄒᄂ니 읏지 구고의 ᄭᅮ진난 일을 원망ᄒᆞ리요 셰
상의 며나리 된 ᄌᆞ 그 구고 부기을 닉 부모 보기와 다은 고로 그 가라
치고 ᄭᅮ짓는 거션 ᄌᆞ이 알아지 못하고 의심한 쥴노 아라 원망ᄒᆞ고 분
을 닉여 그 지아비로 ᄒᆞ여금 효도을 일케 ᄒᆞ고 윤긔을²⁸⁾ 상호며 가도
을 일케 ᄒᆞ니 이난 다 며나리²⁹⁾ 죄라 읏지 한심치 안니ᄒᆞ리요 옛 글의
ᄒᆞ여시되 텬하의 올치 안인난 부모 읍다 ᄒᆞ여시니 ᄌᆞ식과 며나리 된
지이 말을 기피 싱각ᄒᆞ여 부모와 ᄌᆞ식 된 도리가 그러한 즐 알면 ᄌᆞ연

24) 니히득실이 : 이해득실이.
25) 셕근 연고요 : 섞은 연고이고.
26) 계관ᄒᆫ : 관계되는.
27) 악기거던 : 아끼거든.
28) 윤긔을 : 윤기(倫紀)를. 윤리와 기강을.
29) 며나리 : 며느리. 국어사 자료에서 '며느리'가 소급하는 최초의 형태는 15세기의
'며늘이'이다. 이 형태는 '며ᄂᆞ리'를 연철한 것인데, 모음조화를 따르지 않는다는
점으로 미루어 '며ᄂᆞ리'의 제1음절 모음은 '음절부음+・'였을 것으로 간주된다.
이와 같은 유형에 속하는 예로는 15세기 국어에 '여라~여러[衆]'가 함께 나타나
는 것을 들 수 있다. 15세기에 나타나 현대어로 이어지는 '며ᄂᆞ리'는 '음절부음+
・'가 'ㅕ'로 바뀐 뒤에, 이 'ㅕ'의 영향으로 '・'가 'ㅡ'로 바뀐 것이다. 한편 19
세기에 나타나는 '며늘'은 '며느리'의 준말이다. 16세기부터 나타나는 '며ᄂᆞ리'와
19세기에 나타나는 '며늘'은 16세기 후반기에 일어난 비어두음절에서의 '・>ㅡ'
변화의 결과 '・'와 'ㅡ'의 발음이 같아져서 나타나는 표기이다. 그리고 16세기
에 나타나는 '며늘이'는 '며느리'를 분철하여 표기한 것이다. 그 밖에 17세기와
19, 20세기에 나타나는 '며누리', 19, 20세기 나타나는 '며나리'는 방언형인 것
으로 보인다.

이 깃거ᄒ여 잇지 안니ᄒ고 ᄭᅮ짓시면 두려ᄒ고 원망치 아니ᄒ여 효즈
와 효부가 지여이 되난이라

사가장 남편 셩기난 도리라

부인은 평싱의 영욕화복이[30] 젼혀[31] 그 지아비게 미여시니 그 지아
비 진실노 칙ᄒ미 죵쪽과 항당이 다 잇쌀고 일국과 쳔하의셔 사모ᄒ
여 몸이 영화을 누린즉 그 지아비와 지어미로 한 가지 영화되고 그 지
아비 진실로 칙지 못ᄒ면 죵쪽과 항당이 다 쳔한 쥴노 역이고 일국
과[32] 쳔ᄒ가 다 바렷다 ᄒ고 몸이 드럽고 욕되면 그 지어미 된 지 웃
지 한가지 욕되지 안니일요 그러ᄒᆫ 즉 그 지아비 된 ᄌ 웃지 작한 도
리로 인도치 안니하리요 셰상 닌인이 도리을 모로고 젼혀 고이하게만
할 쥴알고 의복과 음식으로 만일을 삼아 착한 도리 인도ᄒ고 허물을
구할 쥴은 싱각지 안니ᄒ여 한 말이라도 졔 마음의 거스리면 구고의
게 원망ᄒ고 형졔의도 닷투와 허무한 말노 그 지아비을 가라치여 지
아비로 하여금 본심을 일케 ᄒ여 우으로 그 부모의게 불효ᄒ고 아릐
로 형졔 간 불화ᄒ야 일가와 항당의셔 다 득죄ᄒ고[33] 쳔ᄒ만셰예 뢰
인[34] 되게 ᄒ니 져런 부인의 몸의 엇지 영화되며 무삼 죠흔 일 잇시리
요 졔 몸이 악인의 안ᄒ된 분 안나라 엇지 한심치 안니ᄒ리요 부인의
몸이 되어 그 지아비을 악인이 되게 ᄒ면 그 죄을 웃지 다 속ᄒ리요
이러ᄒ무로 옛젹 칙흔 부인은 그 지아비을 착흔 일노 인도ᄒ여 허물

---

30) 영욕화복이 : 영욕화복(榮辱禍福)이. 영화로움과 욕됨과 불김함과 복됨이.
31) 젼혀 : 전혀. 부정의 서술어와 호응하지 않고 긍정의 서술어와 호응된다. 20세기
   까지 사용되었다.
32) 일국과 : 일국(一國)과. 한 나라와.
33) 득죄ᄒ고 : 득죄(得罪)하고. 죄를 얻고.
34) 뢰인 : 죄인(罪人). ㄷ 구개음화 과도교정형.

인 즉 구원호고[35] 착한 일 즉 권호야 밤나즈로 공경호여 그 지아비로 하여금 착한 장부의 아히 되게 호니 이거시 부인의 도리라 남의 아히 된 지 웃지 이러혼 일 본밧지 아니호리요

졉형졔 형과 동싱과 사회예 셔로 졉응하난 도리라

사람마다 형졔 간예 쳐음은 사랑호다가 마츰니 불화호는 지 만흔니 니난 다 그 안히된 지 집의 드러와 타셩이 셔로 모와 동셔 시이의 졍의가 셕글고[36] 셔로 졔게만 이롭고져 호야 시비을 만들고 허무한 말을 만들어 셔로 츔소호여[37] 틈니 난니 형졔 간예 각각 그 안히 말을 듯고 형졔 시이의 불화호여 가되가 픠악호니[38] 이거션 다 부인의 소위니 슬부다 형졔난 본딕 한 긔운으로 난운 빅라[39] 혈육과 긔믹이[40] 셔로 연호고 길흉화복이 셔로 관게호니[41] 엇지 화합지 안이하리요 형졔가 화한 즉 집이 흥호고 집이 흥한 즉 부녀도 한가지 복을 눌이고 형졔가 불화호면 집이 망호고 집이 망흔 즉 부인도 갓치 그 히을 입난니 집안 흥망이 형졔 간 화호고 화치 안닌난 딕 미여시매 형졔 간 화호고 화치 안이면 부인의게 미여시니 부인 셔로 상이호여 화하게 하난 거션 동셔을 스랑할 쑨 아니라 졔 몸을 스랑호미라 셔로 사랑호난 법이 닛시

---

35) 구원호고 : 구원(舊怨)하고.
36) 셕글고 : 시끄럽고. 현대 국어 '시끄럽다'에 직접적으로 대응하는 어형은 18세기에 들어서야 처음으로 보인다. 이전 시기에는 '싯구다'만 볼 수 있다. '시끄-+-리-+-업-+-다'의 구성. "꼿 얼골이 天然호고 골은 그윽호다마는 싀 소릭도 셕글호다"(교본 역대 시조 전서 1135-24)
37) 츔소호여 : 참소(讒訴)하여. 남을 헐뜯어서 죄가 있는 것처럼 꾸며 윗사람에게 고하여 바치다.
38) 픠악호니 : 패악(悖惡)하니. 사람으로서 마땅히 하여야 할 도리에 어그러지고 흉악하니.
39) 난운 빅라 : 나눈 바이라.
40) 긔믹이 : 기맥(氣脈)이. 마음과 뜻이.
41) 관게호니 : 관계하니.

이 동서가 날을 읍슈이 역여도 나은 그거셜 본밧지 말고 동서가 나을 박디흐여도[42] 나는 그거셜 본밧지 말고 정셩으로 디졉흐여 져 스람이 감동흐기을 심쓰면 비록 그 악한 동서라도 니 졍셩의 감동흐여 셔로 사랑하는니라 형졔 화흐여 집이 홍흐 즉 부인 영화라 니 한번 마음을 졍셩으로 드리면 집이 홍흐고 복을 밧나니 엇지 줌시 덜 명심치 안리라 시젼의 일너시되 형졔 시이난 셔로 죠케 흐고 셔로 가치 그르지 말느 흐여시니 형졔간 도리러 흐거든 동서 간이야 더옥이 도리을 십써 흥할지니 부디 부디 명심흐여 허소이 듯지 말고 허소이[43] 알지 마라

자식과 면나리 가라치난 장이라

사람의 션악이[44] 쳐음 비호기예 잇난 고로 즈식 가라치기을 어려셔 할 거시요 아히가라치기난 젼혀 어미한티 미여시니[45] 디기 아히가 지가[46] 나기로붓터 어미의 말을 듯고 어미의 힝실을 밧난 고로 아히 비호기가 어미의 더흔 니가 읍고 어려셔 닉킨 바을 커셔도 잇지 안니흐거날 셰상 부인이 즈식 가라치기을 졔 할 일노 안니 흐고 젼혀 즈이흐기만 슝상흐여 뒤덥고 쑤지도 안니흐며 욕심과 교만흐기만 길너셔 악인과 사힝 듯고도 경계치 안니면 니난 어려셔붐 가라치지 모흔 비이 니거션 다 어미의 죄라 옛 젹 승현도 다 어미의 가라치기예 덕을 릴워시이 믜 모친은 믜즈을 위흐여 셰 번을 옴기시고 증즈의[47] 모친은

---

42) 박디흐여도 : 박대(薄待)하여도. 인정 없이 모질게 대하여도.
43) 허소이 : 허소(虛疏)히. 얼마쯤 비어서 허술하거나 허전하게.
44) 션악이 : 선과 악이.
45) 미여시니 : 매었으니.
46) 지가 : 제가.
47) 증즈의 : 증자(曾子)의. 증삼(曾參)을 높여 부르는 말. 중국 노나라의 유학자 (B.C. 506~?B.C.436). 자는 자여(子輿). 공자의 덕행과 사상을 조술(祖述)하여 공자의 손자인 자사(子思)에게 전하였다. 후세 사람이 높여 증자(曾子)라고 일

응식을 밧지 아니흐여시니 리러흔 일이 다 후셰사람의 어미 된 지 본
바들 일이라 며나리 가라치기도 쏘한 츠음예 잇난지라 며나리 츠음[48]
드러와 공경치 아인 지 읍난니 그 공경흐는 듸로 인도흐여 가라치면
착한 며나리듸고 잘 인도치 못흐면 그 쳐음 만음을 발여 악으로 드러
가난니 듸기 즈식 가라치기난 젼혜 엄케 할지라 엄흔 즉 즈식이 죠심
흐야 효도와 공경하난 마암이 더옥 나고 엄치 안니며 즈식 긔탄 읍셔
효도와 공경흐난 미음이 졈졈 읍난이라 그러ᄂ 즈식의 완만한[49] 거산
너머 쵹박키 흐야 은의을[50] 상케말고져 흐라 단쥬와[51] 상규의[52] 악힝
을 요슌도[53] 감하지 못흐여게시니[54] 부즈간과 고부 간 실화흐기난 닌
륜의 큰 변이라 엇지 과히 쵹박기[55] 흐여 닌룬의 큰 변이 되게 할이요
이런 고로 가장 된 지 즈부을 츠음의 가라치고 가라치되 미미[56] 듯지
안이커든 그만 긋치고 즈식과 며나리을 다만 착한 힝실이 읍실지은졍

컬었으며, 저서에 ≪증자≫, ≪효경≫ 등이 있다.
48) 츠음 : 처음'은 '初'의 뜻을 가지는 '첫'에 접미사 '-엄'이 결합한 것이다. 접미사
'-엄'의 의미는 시간과 관련되어 있는 것으로 보인다. '*첫엄'은 15세기에 '처섬'
으로 나타나지만, 'ㅿ'의 불안정성으로 인해 'ㅿ'이 탈락된 '처엄'의 형태로도 나
타난다. '처엄'은 17세기에 이르러 '처음'으로 나타나는데, 이는 동일한 모음이
반복되는 것을 피하고자 하는 일종의 이화작용으로 볼 수 있다. 17세기에 등장
한 '처음'의 형태는 18·9세기를 거쳐 현대국어에 이른다.
49) 완만한 : 완만(緩慢)한. 움직임이 느릿느릿한.
50) 은의을 : 은혜와 의리를.
51) 단쥬와 : 단규(段珪, 미상~189)는 후한 때 사람. 환관으로 십상시(十常侍) 중
한 사람이다. 영제 때 환관이 되어 중상시(中常侍)를 지내 열후에 봉해졌다. 환
관 장양(張讓)과 조충 등과 무리를 지어 나쁜 일을 자행했다. 중평(中平) 6년
(189년) 소제(少帝)가 즉위하자, 대장군 하진(何進)이 환관을 주살할 것을 모의
하는 것을 알아채고 제거했다. 원소(袁紹) 등이 환관을 잡아 죽이자, 장양과 함
께 소제를 협박하여 소평진(小平津)으로 달아났지만 민공(閔貢)에게 죽임을 당
했다.
52) 상규의 : 상규(常規)의.
53) 요슌도 : 중국 고대의 요 임금과 순 임금. 성군(聖君). 명군(明君).
54) 못흐여게시니 : 못하였으니.
55) 쵹박기 : 촉박(促迫)하게.
56) 미미 : 지나칠 정도로 몹시 심하게.

그 부모와 구고의게 효도을 일려 큰 변이 나지 안이케 할지라 뎌긔부
즈 간 셔로 쳔ᄒ고 고부 간 스스로 슌ᄒ면 가ᄂᆡ가 화긔로 늉ᄒ여 콘복
을 누울 거시요 부즈 간 친치 못ᄒ고 고부 간 슌치 못ᄒ면 칙망은 하
련이와 부모와 구고 되야 너머 핍박케 ᄒ여 실화되난 것도 잘못ᄒ난
일이라 웃지 경계치 안이ᄒ오며 엇지 ᄯᅩ 이즐리요

뎌첩잉

　부닌은 칠거지악이[57] 닛시되 그 즁의 투긔닛스니 투긔난 부인의 뎌
악이요[58] 승인의 큰 경계라 뎌긔 하날과 ᄯᅡ히 음양이라 양은 하날이요
음은 둘리이 남녀난 음양을 법 바든 일이라 두 음으로 한 양을 ᄶᅩᆺ난거
션 쳔지 이치예 썻썻한 일이요 양여로 한 지아비 셩기난 거션 사람의
썻썻한 일이라 부인 남의게 항복하난 거시리 그 몸의 사ᄉ 쓰즈로썻
텬도의 썻썻한 일과 인ᄉ 당연한 거셜 다토라 하면 우미한[59] 일이라
첩으로써 젹실을 다토아 항거하면 그 죄가 크건이와 젹실로 투긔 부
리면 엇지 착한 도리가 되리요 장부가 비록 첩잉의게[60] 혹하야 증실
을[61] 소박하여도 증실이 된 즈난 졔 도리을 추여 다지만 하난니 첩잉
을 슌이 뎌졉하면셔 가장을 공경ᄒ면 첩잉도 감동ᄒ고 가장도 누웃
쳐[62] ᄭᅢ달을[63] 거시니 다만 부인 역역키[64] 다토와 익일나[65] ᄒ면 첩의

---

57) 칠거지악이 : 칠거지악(七去之惡)이. 예전에, 아내를 내쫓을 수 있는 이유가 되
　　었던 일곱 가지 허물. 시부모에게 불손함, 자식이 없음, 행실이 음탕함, 투기함,
　　몹쓸 병을 지님, 말이 지나치게 많음, 도둑질을 함 따위이다.
58) 뎌악이요 : 큰 악이요.
59) 우미한 : 우미(愚迷)한. 어리석고 미련한.
60) 첩잉의게 : 첩인에게.
61) 증실을 : 정실(正室)을. 'ㅓ:>ㅡ:' 고모음.
62) 누웃쳐 : 뉘우쳐.
63) ᄭᅢ달을 : 깨달을. 'ᄭᅵᄃᆞᆮ다'는 'ᄭᅵ(覺)-+ᄃᆞᆮ(走)-'이 합성된 동사이다. 'ᄭᅵᄃᆞᆮ다>ᄭᅢ

게 원망이 점점 더ᄒ고 가장도 점점 소박ᄒ야 심한 즉 너 치고 욕된 한을 면치 못할 거시니 무어시 유익할이요 도 가변의 셰상의 졉쳡 간에 다토기로 만히 나ᄂᆞ니 즈근 즉 닉외 불화ᄒ여 셔로 쑤짓고 형벌이 상히 나고 즈여덜이[66] 편치 못ᄒ고 비복이 용납지 못ᄒ야 집이 점점 망ᄒ고 큰 즉 졉쳡지간 원슈 되야 상히 독한 마음을먹어 요괴한 일이 무슈하거[67] 나면 ᄌᆞ손의게도 참화가 미치고 그 집이 씨가[68] 읍나니 이 거시 다 젹실이 투긔ᄒ야 원망을 취한 거시니 엇지 경게 안이리요

어비복 노비어거 하난 도리라

늉곡 션싱이 가로디 비복은 닉의 슈고을 디신ᄒ니 맛당이 은혜을 먼져 ᄒ고 위엄을 뒤예 ᄒ여야 그 마음을 으들지라 임굼이[69] 빅셩을 ᄉᆞ랑치 안이면 빅셩이 비반ᄒ고 빅셩이 비반ᄒ면 나라이 망ᄒ고 쥬인이 죵을 사랑치 안니면 죵이 비반ᄒ니 죵이 비반ᄒ면 집이 ᄌᆞ연 픠ᄒᆞ다 ᄒ시니 이 말ᄉᆞᆷ은죵 둔 사람이 지피 싱각할 빅라 디기 죵 부리는 법 그 마암을 웃난 거시웃듬이라 그 마암[70] 엇난 도리난 긔 한을 지음

       닫다>깨닫다'로 바뀌었다.
64) 역역키 : 역력하게.
65) 익일나 : 이기려. 의도형어미 20세기에 들어서서 '-ㄹ나>-려고'고 바뀌었다. 방언에서는 아직 '-ㄹ나'가 잔존해 있다.
66) 즈여덜이 : 자녀들이.
67) 무슈하거 : 무수하게.
68) 씨가 : 씨앗이.
69) 임굼이 : 임금이. '님금>님굼'의 변화는 제2음절 모음은 음절 끝 자음 'ㅁ'의 영향으로 'ㅡ'가 'ㅜ'로 바뀐 것으로 보인다. 이러한 동화 현상은 15세기 국어에서는 대단히 드문 현상이다. 18세기에 나타나 현대어로 이어지는 '임금'은 '님'의 'ㄴ'이 경구개음으로 발음된 후에 탈락한 결과이다. 19세기 이후에 나타나는 제2음절 '군'은 '군(君)'의 한자음을 의식한 표기로 보인다.
70) 마암 : 마음. 'ᄆᆞ슴>ᄆᆞᄋᆞᆷ>ᄆᆞ음>마음'의 변화를 거치는데 '마암'은 비어두음절에서 'ᅳ>ㅏ'의 회귀적인 표기이다.

ᄒᆞ여 의식을 넝넝이 ᄒᆞ고 가라치기을 먼저 ᄒᆞ고 형벌을 뒤예 ᄒᆞ면 즉
은 허물을 덥퍼 두고 지은 죄을 용셔ᄒᆞ며 잘한 일을 칭츈ᄒᆞ고 못혼 일
은 아쳐럽게[71] 여기고 그 직됴을[72] 아라 부리고 심의 맛지 못ᄒᆞ난 거
션 억지로 부리지 말며 졍셩으로 듸졉ᄒᆞ고 악담담으로 ᄯᅮ짓지 말고
가라치고 부리기을 번거로이 말 거신이 번거ᄒᆞ면 아릿사람이 엇즐ᄒᆞ
여[73] 도로 여게울너저 분부을 만홀이[74] 아는이 하물며 살피기을 과히
말나 살피기을 과이 ᄒᆞ면 아릿 사람이 즙납을 못ᄒᆞ야 더옥 속이기을
잘 ᄒᆞ난니 은혜와 위음은 그 혀 편벽되게 못할 일리라 그러나 가장은
맛당이 염ᄒᆞ기을[75] 쥬장ᄒᆞ고 가모은 맛당니 은혜을 쥬장할 거시라 그
러ᄂᆞ 상 쥐기난 후이 ᄒᆞ고 형벌은 과이 말나 비복으로 ᄒᆞ여금 밧상전
을 들 위엄ᄒᆞ고 안상전은[76] 사랑ᄒᆞ여 상쥰 즉 영화로 알고 형벌한 즉
붓그러 ᄒᆞ고 게으른 마음이 업고 비반할 ᄯᅳᆺ지 읍슬 거시니 이거시 심
복ᄒᆞᄂᆞᆫ 법이라 죵의게 심복한 즉 진력ᄒᆞ여도 일이 되고 죵을 심복지
못ᄒᆞ면 졍셩 업셔 일이 되지 안이 하난이라 죵이 음난ᄒᆞ고 위죠 말얼
지여 지졍 간의 이간ᄒᆞᄂᆞᆫ ᄌᆞ난 더옥 각별이 금단ᄒᆞ고 죵시 곤치지 안
니하거던 조차 바릴진니 죵니 읍셔 손죠 졍구지역을[77] 할지라도 그런
죵은두면 늬 가도을 어지러이 할 거시니 부듸 명심ᄒᆞ고 잇지 말게 ᄒᆞ
노라

---

71) 아쳐럽게 : 애처롭게. 17세기의 문헌에는 '아쳐롭다'가 나타난다. 이다. 그러나
   이 단어의 기원은 중세국어 문헌에 나타나는 '아쳐러ᄒᆞ다', '아쳗다', '아쳗브다'
   에 있으므로 "가엾고 불쌍하여 마음이 슬프다"는 뜻으로 사용되다가 "가엾고 불
   쌍하다"는 뜻으로 의미가 변했다. 중부방언에서는 형용사 파생접사 '-롭-'이 남
   부방언에서는 '-럽-'으로 대응된다.
72) 직됴을 : 재주를.
73) 엇즐ᄒᆞ여 : 아찔하여. 갑자기 정신이 아득하고 조금 어지러워.
74) 만홀이 : 만혼(晩忽)히. 늦고 소홀히.
75) 염ᄒᆞ기을 : 염(念)하기를. 생각하기를.
76) 안상전은 : 안 상전은.
77) 졍구지역을 : 졍구지역(井臼之役)을. 물을 긷고 확을 찧는 일을.

간가무

 남조난 박게 거흐고 부인은 안의 거흐야 박게 말을 안의 드러오지 안케할 거시요 안의 말이 박게 나오지 안이흐여야 닉외 집법이 분명 홈인이라 닉외 부명케 흐기난 가도을 바루난 근본인이라 딕기 가닉로 흐여도 밧게 일은가장이 쥬장할 거시요 안의 일은 가모가 쥬장흐여 각각 그 도리을 안연 후의외간 싱각이 전일흐고[78] 거죄[79] 죠용흐야 일 이 차례 딕로 되난이라 가모의 쥬장흐난 일은 모단 부여와 여종을 거 나려 의복과 음식과 일을 할 싸름이라 그 도리난 일얼 부지런이 흐고 쓰기을 죤졀이[80] 하기예 잇난지라 만일 부지런흐고 절용한[81] 즉 젹슈 로도[82] 성가흐고 성셰지법이[83] 잇고 가장의 박게셔 다스리면 더옥 쉬 을지라 논나라 문빅의[84] 모친은 가로딕 텬조의 황후는 친히 현담얼[85] 싸고 공후의[86] 부인은 굉연얼[87] 찌고 경딕부의[88] 부인은 딕딕을[89] 짓

---

78) 전일흐고 : 전일(全一)하고. 한결같이 하고.

79) 거죄 : 죄를 다스림.

80) 죤졀이 : 존절(尊節)히.

81) 절용한 : 절용(節用) 절약하에 쓰고.

82) 젹슈로도 : 적수. 적수공권(赤手空拳)의 줄인말. 맨손과 맨주먹이라는 뜻으로, 아 무것도 가진 것이 없음을 이르는 말.

83) 성셰지법이 : 성세지법(成勢之法)이. 세력을 이루는 방법이.

84) 문빅의 : 춘추시대 노나라의 공보문백(公父文伯)의 어머니 계강자(季康子)가. 文 文伯빅之지母모 ㅣ 不블踰유門문而이見견康강子조흐고 : 문백의 어머니는 문을 넘어 서지 않은 채 계강자와 말을 나누었다. 공문백(公父文伯)의 어머니인 계강 자(季康子)의 종조할머니는 일흔 나이에도 강자가 문안을 갔는데 어머니는 중문 안에서 문에 휘장을 치고 있었으므로 강자는 문 밖에서 절을 올렸다. 직접 대면 하지 않고 휘장을 사이에 두고 서로 이야기를 주고받는 예를 지켰다. 경강에 관 한 이야기는 ≪국어(國語)≫ <노어하(魯語下)>, ≪열녀전≫ 등에 실려 있다.

85) 현담얼 : 현담을. 현담(玄紞)을 : 제례 대 쓰는 관의 앞뒤에 옥을 늘어뜨린 검은 술을 말한다.

86) 공후의 : 공후(公后)의.

87) 굉연얼 : 미상.

88) 경딕부의 : 공경대부의.

고 셔사의 안히난 그 지아비얼 입힌다 ᄒ니 이 말삼을 보면 방젹과 침
션은 쳔즈의 후비도 손됴[90] ᄒ는지라 하물며 필부 셔사의 안히난 더욱
부즈런할 지라 금셰 부인더이 편하기을 질겨ᄒ고 일ᄒ기난 붓그러이
역겨 손을 밋고 일을 안이 하며 씨기도[91] 졀용치 안니ᄒ니 부즈도 탕
픠ᄒ거든[92] 하물며 가난한 집은 더욱 지탕치[93] 못ᄒ야 안으로난 제 몸
을 갈우지 못ᄒ고 박그로난 그 장부얼 밧드지 못ᄒ며 우으로 션셰 유
한 업을 일코 아릭로 즈손의 삽넌 업이 읍시니 이거션 한 부인의 부지
런ᄒ고 부지런치 안니ᄒ기예 가도 흥망이 이갓ᄒ니 엇지 두렵지 안니
ᄒ리요ᄃᆡ 긔분여난 이 말을 보고 더욱 삼가하멸 심쎠 힝할진이라

졉빈긱

부인이 안의 닛셔 호영이[94] 쥭문 박게 나가지 안니ᄒ고 말삼이 외인
의게 통치 안이 ᄒ즉 빈긱 사구기난 과년 읍살 덧하ᄃᆡ 그 슐과 밥을
작만ᄒ여 빈긱얼 ᄃᆡ졉ᄒ여 빈긱과 쥬인의 즐기는 마음을 인도하기난
젼혜 부인의게 잇신이 부인도 빈긱 사괴난 도리예 참예ᄒ난지라 옛
부인이 머리얼 버혀[95] 파라 갑셜 바다셔도 빈긱을 착실이 ᄃᆡ졉ᄒ는 직
잇시니 ᄃᆡ기 부인이 빈긱 ᄃᆡ졉을 안니ᄒ면 집의 빈긱이 오지 안니하

---

89) ᄃᆡᄃᆡ을 : 미상.
90) 손됴 : 손수.
91) 씨기도 : '시기다>식이다, 시키다, 식히다, 식키다'로 변해 왔다. '식히다, 시키다,
    식키다'는 어중의 'ㄱ'가 격음화한 것을 반영한 표기이며 '식히다'는 'ㅋ'을 'ㄱ+
    ㅎ'으로 오분석한 결과이다. '시키다'는 두 가지 기능을 한다. "인부에게 일을 시
    키다."와 같이 동사로 사용되거나, "교육시키다, 등록시키다, 복직시키다, 오염시
    키다"와 같이 동사어간 결합하여 '사동'의 뜻을 더하는 접미사로도 쓰인다.
92) 탕픠ᄒ거든
93) 지탕치 : 지탱(支撑)하지.
94) 호영이 : 호령(號令)이.
95) 버혀 : 베어. '벟-+-이(접미사)+-다>버히다>베다'의 변화를 경험했다.

나니 빈긱이 오지 안니ᄒ면 집이 쇠ᄒ난이라 가난한 집의셔 손 딕졉할 거셜 작만ᄒ기 어려울지라도 유무 딕로 졍결ᄒ게 작만ᄒ여 쏘한 작만하기 어려운 긔식을 박게 보니지 말고 음식이 풍비치 못ᄒ여도 졍은 가이 볼 거시니 져 빈긱도 그 졍셩이 감동ᄒᄂ니라 셰상의 무식ᄒ 부인 쥬식 작만하기을 맛기고 빈긱을 박딕ᄒ여 죠흔집 소으로 문박게 졀격ᄒ게 ᄒ여 가장의 슈치되게 ᄒ니 이난 엇지 경계ᄒ지 안니하리요 부딕 부딕 삼가ᄒ고 명심ᄒ여 잇지 마라

봉졔사

졔사은 근본을 잇지 안니하야 효도을 폐고 졍셩을 벗치난 빈라 인가의 컨 일이 졔스만 못ᄒ 일이 읍시니 경영ᄒ여 다 쥬션ᄒ기난[96] 다 쥬부의게 잇고 가난한 집에 더옥 갓쵸기 어려운 즉 쥬부 된 지 웃지 만홀이 ᄒ리요 신물을[97] 본 즉 감히 먼져 안이 먹고 졔스 씰[98] 거신 즉 감히 다른 딕 씨지 안이ᄒ여 갈무러 두고 유렴을[99] 밀이 ᄒ고 졍결이 ᄒ야 졍셩을 드린 즉 졔물이 풍비치[100] 못ᄒ여도 신되 가반 다시 흠양ᄒ난이라 만일 봉션하기로[101] 마음을 쓰지 안니코 작만ᄒ기을 괴로이 역이여 졍셩으로 하지 안니코 비록 읜소랄다 씬딕도 흠양치 안니ᄒ난니 그러ᄒ면 ᄌ손 도리에 되지 못ᄒ고 불효막심하난이라 무산 안면으로 션죠의 ᄉ당에 드러가 뵈오리요 실푸다 웃지 경게치 안니ᄒ리요

---

96) 쥬션ᄒ기난 : 주선(主善)하기는.
97) 신물을 : 신물(新物)을. 새로운 물건을.
98) 씰 : '쓰(用)-ㄹ(관형사형어미)'의 구성. 전부고모음화.
99) 유렴을 : 미상.
100) 풍비치 : 풍족하게 준비하지.
101) 봉션하기로 : 봉물(奉物)하기로.

그 부덕

부인이 집의 힝할 일은 우의 다 말ᄒ엿시되 그러나 그 몸을 닥가가
지지 못ᄒ면 근본 되지 못ᄒ난지라 딕기 부인의 덕이 곳고도 고요ᄒ
면 화ᄒ고 슌하미 웃씀이라곳든 즉 지아비얼 곤치지 안니ᄒ야 드러온
욕을 밧지 안니ᄒ고 엄졍ᄒ고 공경ᄒ여 몸을 가지고 음난한 일을 마
암예 두지 안니하난 일노 릴음이요 고요한 즉 말슴이 간즁ᄒ고 동지
가 안셔 ᄒ야 우셔도 입몸이[102] 보이지 안니ᄒ고 노여운[103] 일 잇셔도
큰소리로 ᄒ여 ᄭ짓지 안니함을 이름이요 화한단 말은 지아비 셩기기
을 슌케 ᄒ기로 쥬장ᄒ난 말의닌니 네 가지 일리 다 가촌 즉 일 만 가
지가 다 착할거오 ᄒᆫ 가지라도 삼가치 못ᄒᆫ 즉 부덕이 그릇되난지라
웃지 경게치 안니ᄒ리오 셰상의 부닌이 그 몸을 발리여 힝실을 닥가
가지지 못ᄒ 즉 그 사사온 욕심을 좃ᄎ 공경ᄒ난 마음을 발리고 측ᄒᆫ
힝실을 논난연미라[104] 힝실을 닥그면 큰 경사되고 욕심을 좃ᄎ 죠심치
안니면 큰 악힝 되나이 그러ᄒᆫ 쥴 알면 뉘가 경ᄉ을 바라고 악힝을 ᄒ
리오 닉 ᄌ셔히 말할 거시니 모단 부임은 살펴보소셔 사람이 착한 일
을 한 즉 그르지 안니ᄒ여 힝실이 날로 나아가고 부형의게 슌한 부덕
이 날노 시로온 즉 이거시 착한 ᄉ람이 되난지라그러ᄒᆫ 즉 하날이 복
을 쥬시고 사람마다 도와 쥬어셔 혼인을 구ᄒᄂ 직 다 원ᄒ며 드러셔
난 부모가 사랑ᄒ고 형졔가 다 즁히 여기며 나와셔난 향당이 다 일ᄭ
고 셰상이 ᄉ모ᄒ여 닉 몸이 항상 편안ᄒ고 쾌ᄒ여 일싱을 질거이[105]
지니고 죽어도 힝실을 칙의 긔록ᄒ여 훗ᄉ람의 법이 되니 이거시 큰
경ᄉ요 욕심을 좃ᄎ 죠심치 안니면 악힝이 되여 텬한의 바린 ᄉ람이

---

102) 입몸이 : 잇몸이. '잇'과 '입(ㅁ)'의 혼태에 의한 교체형.
103) 노여운 : 노여운. 화가 나는.
104) 논난연미라 : 미상.
105) 질거이 : 즐거이. 즐겁게. '즐거이>질거이'의 변환은 전부고모음화.

되난지라 이러흔 즉 하날이 복을 안이 쥬시고 사람도 도와 쥬지 안이
흐야 혼인얼 구하난 지 업고 드러셔는 부형 아쳐라이 역이나 느셔면
향당이 다 츤이 역이며 셰상이 다 빈반흐여 항상 그 미음이 편치 못흐
여 붓그럼으로 일싱을 지니고 쥭어도 악힝을 칙의 긔록흐여 훗사람에
경계을 삼난니 이거시 큰 악힝이라 니 마음 죠심흐기와 안이흐기예션
악이 판연흐고[106] 션악이 판연한 고로 영화되고 욕되미 판연하고 영화
되고 욕되난 걸 판단흔 고로 이히가 분명흐니 엇지 죠심치 안니하리
요 그러나 션힝을 발이고 악힝을 비우면 영화을 발이고 욕된 일을 취
흐며 이로온 일을 발이고 히로온 걸 취하면 이거션 눈이 닛셔도 보지
못흐고 귀가 잇셔도 듯지 못흐고 마음이 닛셔도 지각이 읍셔 짐싱
과[107] 다르지 안니할 거시니 실푸다[108] 져러흐면 웃지 사람이라 일너
구원하리요

동어요, 비위, 고위, 셔리라

우암 송 션싱 졔품 진셜 도라
졔물 목녹
과 육품이라 실과난 다 씨되 복숭화는 씨지 안니흐나이라 만일 ㄱ
난흐여
다 갓초 츠리지 못흐면 스품이나 이품이나 쓰느이라
포 말은 어육을 다 포라 흐난이라
혜 식혜 어혀
치소 싱치와 숙치와 침치라

---

106) 판연흐고 : 판연(判然)하고.
107) 짐싱과 : 짐승과.
108) 실푸다 : 슬프다. '슳-+-브다/-ㅂ다'의 구성. '슬프다>실푸다'는 'ㅡ> ㅜ'의
　　　원순모음화와 'ㅡ> ㅣ' 전부고모음화를 계기적으로 경험한 예이다.

청장 말근 장이라
초 초장니라
시져 수져라
병 덕이라
면 국수라
반깅 육깅이나
치강이ᄂ 씨ᄂ이라
육 쇠고기와 돗고기로 갈습과
구이회 부치라
어 셩션션이 갈삽과 회로
씨되 잉어난 씨지 안이ᄒᄂ이라
주 술이라
젹 간한 쇼지 승추 두 쇼지이라
간젹은 초혼의 쓰고 육젹 두 쇼지ᄂ
아혼과 중혼의 갈ᄂ 씨ᄂ이라
어추젹이ᄂ 계육젹니ᄂ 쓰ᄂ이 셰 졉시라
ᄎ 아즉품죽외 숙
님으로 듸신 쓰난이라

제긔탕

오셕탕을 쓰되 숫초지
못ᄒ면 슴식을 쓰ᄂ히라
무릇 졔사 장만할 졔 쓰러 발
일 거시라도 쳥니 안니ᄂ이라

젼긔 슴일 초야 모욕ᄌ계ᄒ고 규부ㄱ 늬 집 ᄉ롭과 졔수을 졍결이 장만하라 젯날 시벽의 니러나 졔츤진셜을 ᄒ되 쳐음의 실과을 진셜ᄒ고 버금 치소와 운혜와 잔과 진졀을 진졀ᄒ고 신참 신쥬닌 쥬부와 춤ᄉᄒ안ᄉᄅ나니라 지비 하안니 남ᄌᄂᄂ 지비ᄒ고 부닌은 ᄉ비ᄒᄂᄂ이라 강신쥬닌 분향 지비ᄒ고 잔의 술얼 부어 모ᄉᄋ우의라 셔 번 진 찬 지우리고 니러 지비ᄒ난이라 집ᄉ 지싱으로셔 어육과 병과 면과 반깅을 츠례로 진셜ᄒ고 물너 셔난이라 초혼 쥬닌이 ᄂᄋᄉ고 위 압회 잔을 밧드러 동으로 힝ᄒ여 셔거든 집ᄉ지 셔으로 힝ᄒ여 술을 치거든 쥬닌니 ᄇ다셔고 위 압히 드린 후 쏘 비위 압희 준을 ᄇ다셔 그와 갓되ᄒ고 부어 향상 읍희 안거든 집식지 고위 비위의 준을 붓드러 ᄭᅮ러 안ᄌ 쥬닌을 쥬거든 쥬닌이 ᄇ다 모ᄉ 우의 시 번 지우리고[109] 집ᄉ 지을 쥬면 집식지 ᄇ다 도로 젼의 조와든듸 토드리고 간젹을 졉씨이 담아 안아 오고 반깅을 열고 축 니런 후의야쥬닌이 지비ᄒ난이라 아혼 지비ᄒ고 육젹을 드리고 초혼ᄒ난 예와 갓치ᄒ난이라 종혼 형졔ᄂ 일ᄉ촌이나 ᄒ난이라 유식 유식이란 말은 고쎠와 비위의 술준의 술을 더 부어 가득계 ᄒᄂ 거시이라 유식ᄒ고 쥬닌과 쥬부 다시 지비ᄒ고 밥의 술으 졍니 ᄉ난니라 합문 문을 닷난 말이라 계문 문을 덜단 말이라 계문ᄒ고 숙깅 드리ᄂᄂ니라 사신 쥬닌과 쥬부와 모든 ᄉ롬이 다 지비ᄒ고 신쥬을 흡독ᄒ여 ᄉ당의 모시고 건난이라 음식 쥬뷔 졔긔을 졍니 씨셔 간수ᄒ고 다른 그웃스로 음복을 ᄒ되 졔ᄉ 지닌 음식을 친이 ᄒ지 말나 오릭 두지 말고 니날 다 읍시계 ᄒ라 듸져 졔ᄉ는 닉외 쥬즁ᄒ난 일니이라 부닌이 모로 못할 닐니 인라듸 강추리여셔 긋틱다 긔록ᄒ난이 보기 잇지 말고 ᄌ쥬 ᄒ여라

우암 듸션싱 계녀잠
남당 션싱 계녀잠

굿되 다 졔亽 지닌 법을 긔록ᄒ노라

졍미 유월 초구일 필셔
졍순빅분동거
칙쥬는 별당 니소져

7. 퇴계션싱도덕가

<퇴계션싱도덕가>는 <규즁모범(閨中模範)>, <경운젼(慶雲傳)>, <황산별곡(黃山別曲)이라>와 함께 한 권의 전적에 수록된 국문 가사로 22×27.2cm 크기의 책이며, 단·행·음보 구분 없는 줄글 형태의 필사본이다. 권영철 소장본이다.

퇴계 이황의 <도덕가(道德歌)>는 <권션가(勸善歌)>, <지로가(指路歌)>, <권션지로가(勸善指路歌)>, <인택가(仁宅歌)>, <안택가(安宅歌)>, <공부자궐리가(孔夫子闕里歌)> 등의 이본이 전해지는데, 필사본마다 그 내용이 다소 다르지만 주제는 같다. 내용은 성현의 천만 가지 가르침이 인의상수(仁義象數)와 예의문물(禮義文物)에 집약된다는 성리학적 유교 사상으로 일관되어 있다.

퇴계션싱도덕가라

어와 버님닉야 집구경 가즈셔라
집이스 만컨무난 츠즈 갈집 다으도다
황학루[1] 악양루[2]는 소스의 구경쳬요
봉황딕[3] 낙셩딕[4]은 족긱으 구경쳐라
우쥬의 비겨 셔〃 딕가루 싱각ᄒ니

아마도 죠흔 집은 공부즈의 집이로다
문명흔 슌슈 간의 소왕으 만셰계라
동슌이 쥬산이요 문수[5]가 청용리라
농슌이 빅호되고 사슈[6]가 횡유로다
궁즁을 널이ᄒ고 딕가을 이우실졔
쥬공[7]의 놉푼 도덕 죠흔 터 싹가[8] 놋코
오힝으로 쥬초ᄒ고 숨직로 기동슴아
팔조목[9] 도리거러 삼강영[10] 딕양언고
육십스괏 쏩바늬여[11] 기 〃 년목 거러[12] 놋코
삼빅팔십 사효슈로 차 〃 로 산즈[13] 비즈
오십토로 알믜언져 인의예디[14] 기와ᄒ니
일육슈가 북문이요 이칠화 남문리라
슘팔목이 동문이요 사구금이 서문이라
일월성신 층을쑴고 낙구ᄒ마 단청ᄒ니
아믜도 죠흔 집은 이 집밧기[15] 다시업다
인문을 놉피 열고 의놀을 크게 싹가

---

5) 문수 : 문슈. 태산(泰山)에서 흘러내리는 물. 문하(汶河).
6) 사슈 : ᄉ슈(泗水). 공자의 고향을 흐르는 물. 바뀌어 공자의 학(學)을 말하기도 함.
7) 쥬공 : 주공(周公). 유교에서 존숭하는 성인(聖人). 이름은 단(旦). 주문왕(周文王)의 아들. 무왕(武王)의 아우. 무왕의 아들 성왕(成王)을 도와 예악(禮樂)을 제정하고 주실왕업(周室王業)의 터를 정했다고 함.
8) 싹가 : 닦아. 어두 'ㄷ'이 경음 'ㅉ'으로 표기된 형태이다.
9) 팔조목 : 팔죠목(八條目). 여덟 가지 조목. 곧 수신(修身)·제가(齊家)·치국(治國)·평천하(平天下)와 성의(誠意)·정심(正心)·격물(格物)·치지(致知).
10) 삼강영 : 삼강령(三綱領). 세 가지 강령. 곧 명명덕(明明德), 신민(新民), 지어지선(止於至善).
11) 쏩바늬여 : 뽑(拔)아내어. '쏩바-'는 중철 표기 형태이다.
12) 거러 : 걸(縣)어. 연철 표기 형태이다.
13) 산즈 : 산즈(撒子). 지붕 서까래 위나 고물 위에 흙을 받기 위하여 가로 펴서 엮은 나뭇개비 또는 수수깡.
14) 인의예디 : 인의예지(仁義禮智). '디'는 '지'의 구개음화 이전 표기 형태이다.
15) 밧기 : 밖에. 어중 경음 'ㄲ'을 'ㅅㄱ'으로 표기한 형태이다.

예악 문 물 갓좌노코 오난사람 밧즈ᄒ니
궁중이 놉푼[16]고듸[17] 누긔〃〃 엿봇던고
풍호무우 영귀인은 당승의 올나가고[18]
누항춘 풍단표사 은실즁의 들어가고
즈로염우 민즈건은 문안의 겨우드러
칠십졔즈 삼천인을 역〃히 다알손가
아미도 우리등이 이집구경 가즈셔라
정도가 탄〃ᄒ니 너머가기 쉽건만언
구인순이 놉파씨니[19] 너머가기 어엽쏘다
침〃칠야 가지말고 명〃빅일 가즈셔라
가다가 저물거던 명도ᄻ 길을 무러
이천의 비을 씌워 영계로 날여갈 졔
남풍졔천 발근 달이 공즁루각 구경ᄒ고
치암으로 도라드러 복셩공듸 구경ᄒ고
종셩공듸 집압푸로[20] 술셩공듸 구경ᄒ고
아셩공듸 구경 후의 힝단을 바릭보니
만좌춘풍 즈졋난듸 하마ᄒ면 볼듯ᄒ되
궁중이 놉파스니[21] 앙지미고 어이ᄒ리
첨지지젼 어득ᄒ고 홀년직후 어이ᄒ리
불원철이[22] 와계다가 져집 구경 못ᄒ오면
전공자셕 되오리라

---

16) 놉푼 : 높(高)은. 모음 간 유기음 'ㅍ'을 'ㅂㅍ'으로 중철 표기한 형태이다.
17) 고듸 : 곳(處所)에. 종성 'ㄷ' 표기 및 연철 표기 형태이다.
18) 올나가고 : 올라가고. '올나-'는 모음 간 'ㄹㄴ' 표기 형태이다.
19) 놉파씨니 : 모음 간 유기음 'ㅍ'을 'ㅂㅍ'으로 중철 표기한 형태이다. '-씨-'는 연철 표기 및 치찰음 아래 전설고모음화가 반영된 표기 형태이다.
20) 압푸로 : 앞으로. 모음 간 유기음 'ㅍ'을 'ㅂㅍ'으로 중철 표기한 형태이다.
21) 놉파스니 : 모음 간 유기음 'ㅍ'을 'ㅂㅍ'으로 중철 표기한 형태이다. '-파스-'는 연철 표기 형태이다.
22) 불원철이 : 불원천리(不遠千里). '철이'는 과분철 표기 형태이다.

어와 후싱들아 ㅊ〃로 글ᄒ나니
집구경 가ᄌ스라 만이인를면 죠흐니라
보리밥 파싱치을 양맛초 먹근[23] 후의
모지을 다시 쓸고 북ᄎᄒ의 누어시니
눈압픠 틱공부운 오락가락 부귀라
구치말고 빈천이라 염치말라 인싱빅연의
흔가홀슨 이늬거시
빅구야 나지마라 너우민긔 ᄒ오리
셔슨의 희저간듸 고기빅 썻짠[24] 말가
죽간을 둘너메고 심이중ᄉ 나려가니
연화슈슴 어촌이 무능닌가[25]

---

23) 먹근 : 먹(食)은. 중철 표기 형태이다.
24) 썻짠 : 떳단. 어중 경음을 'ㅅ짜'으로 중철 표기하였다.
25) 무능닌가 : 무릉(武陵)인가. 체언의 곡용에서 'ㄴ'이 첨가되었다.

8. 오륜가

이 가사는 <당한과>와 같이 한 권의 장책에 수록된 국문 가사이다.
자료 형태는 29.5×25cm 크기의 책이며, 단과 행의 구분이 없는 줄글
형태의 필사본이다. 원작자 및 창작 연대는 미상이며, 이정옥 소장본
이다.

오륜가

어와 세상 친설들아[1] 이닉 말슴 드려보소
세상을 싱각하니 한심히 드를 방업하다
오진 말슴 하오딕 아니며 실피잔옥
친례업고 붕우도 신이업셔 윤기가
픽졀한니 픽늉이 타시로 옛이럴
싱각한니 유의유친 자시히 드러보소
스람이 삼겨날 제 쳔셩니야 다를소야
셩인도 쳔지졍셕 우부낭 졍지졍이
지초황슴[2] 셔죠시니 쳥셩을 갓든지디
이삼셰 말 빅우고 칠팔셰언 살신든난
일을 본바든 소신도 부모님 조견으로
니부졀 갈희야셔 번을 문후의
졍도 들어져셔 슘쳔디곳 닐어닛고
공무즈제 셩인을 싱이디 〃 흐시라도
밧게 안증손 안듯고 빅혼 셩인니라

---

1) 친설들아 : 친설은 친솔(親率)을 이르는 것이 아닌가 한다.
2) 지초황슴 : 지초(芝艸)와 황삼.

이 가사 져 〃 말삼 드르시면 발가오리
발가온듯 아르시며 호저보면 츙신예인난어
귀예 징 〃 익히 듯고 눈의 삼 〃 심히 보면
불효부제[3] 차마하며 무산져악 츠마하랴
쳔지기벽 ᄒᆞ온 후의 만물ᄌᆞ싱 하여셔라
쳔황씨 지황씨 인황씨 유소씨난[4]
틔고젹 시졀이라 임 〃 통 〃 호엿도다
구목위소 호올 젹의 식목실 ᄒᆞ올ᄯᅡ나라
오륜이 닛셧시면 귀쳔이 닛셔슬야
하날이 셩인늬사 만물을 제도할
슈인난 불을 늬스 화식을[5] 먹게 하고
여황씨난 오셜디어[6] 의복입게 하고
실농씨넌[7] 다부디여 농ᄉᆞ랄 가라치고
헌원씨난[8] 비럴 무어 사희을 통커ᄒᆞ여[9]
구공으로 예럴 지어 법도럴 발케하고
우 겨후 밍셔럴 왕영니 부딘ᄒᆞ니
운쳔히 요란하여 젼국시졀 듸여셔라
공부ᄌᆞ난 신후의에 츈튜예디[10] 늬쳔ᄒᆞ로

---

3) 불효부제 : 불효부제(不孝不悌). 어버이를 효성스럽게 잘 섬기지도 못하고 어른에
   게 공손하지도 못함.
4) 유소씨 : 유소씨(有巢氏). 중국 고대의 전설적인 성인. 새가 보금자리를 만들고 사
   는 것을 보고 사람에게 집을 짓는 것을 가르쳤다고 한다.
5) 화식을 : 화식(火食). 불에 익힌 음식을 먹음.
6) 오셜디어 : 옷을 지어.
7) 실농씨난 : 신농씨는.
8) 헌원씨난 : 헌원씨는. 헌원은 통치기간 중 목조건물·수레·배·활·화살·문자를 만들
   어냈고, 자신이 직접 지금의 산시[山西] 지방에 있는 어떤 곳에서 야만족을 물리
   친 것으로 전해진다. 이 승리로 황허 강 평원 전역에 걸쳐 그의 지도력을 확립할
   수 있었다.
9) 통커ᄒᆞ여 : 통하게하여. 통일하여.
10) 츈튜예디 : 춘추예지.

단니며셔 풍속을 꼰쳐신니 오륜힝실
뉘모라며 안의예지 귀을 모라 고도
덕을 관하여 부즈셩닌 딘씨쏘다
쳔지인 만물쥬의 사람니 귀한 비로
일너명심 불망하여 부귀공며 할거다
오륜희라 부즈뉴친언 쳥셩디친니라
부시목혹 하여 아닌 목이 겨신니
부모의 즁한 은혜 안니 갑고호리
부모 비록 불익한 듯 자식조차 불효하랴
딘나라 왕승의난 세목 즉시 봉양하여
왕상을 미워한니 아비도 갓치하여
악한 쳐랄 사랑하고 귀한 잠식 미워한니
왕상 불너 말하오듸 누른 식고기
하잉어회을 먹어시며 이 병니 즉시하고
무슉이 살디로다 말하고 한슘한니
어와니일 옹식하다 시졀언 엄동니라
구할 일니 망연하다 졍셩을 디속드려
모이드며 불효로다 어름 우의 안즈던니
싱잉어 쒸여나니 반갑기도 층양업고[11]
각회하미 그지업다 공산의 안즈던
어황작니 나라 온다 효셩이 디극한니
날니 쥬심이라 즉시 밧비 드러와
봉양한니 병 즉츠하다 온나라 밍총니난
부모계 효도하케 노부모 병니드러 지미을
못짯초와 즁십월 셜상풍의 죽슌을
원하시니 밍총니 자탄하미 촌심니
이탁하여 마암니 둘듸셔 쥬님의

---

11) 층양업고 : 측량없고.

드러간니 빅셜니 분〃이라 딕안고
통곡ᄒ니 놀닉올ᄉ 죽슌니야 둘언어이
초승난고 우든 웅물 간딕업고 즐겁도
층양업다 즉시 밧비 드러와셔 죽슌딘을
현공한니 하날니 쥬신 빅라 병니 즉ᄎ
하다 한날라 젼단이나 부모을 닐코
평싱의 원하난 빅라 효양 못히 한ᄒ던니
부모님 화상을 닐즉하여 목상을 하여노코
별당의 봉안하고 젹난의 하난거동
아젹지역[12] 음식 봉야 싱병너룹 한세문안
싱시갓치 봉양한니 감회하미 층양이니다
다젹난니 나간 후면 안희초라 딕힝턴니
이웃람 즁슈이난 연장을 빌여간니
란의 거동보소 가장님 업다하고
별당의 드러가셔 목샹 알의 본니
목승이 혼연니 답디 안니시니
도라나와 나싁하고 아니 죽니 당슉이
노분하여 화상을 ᄭ즛디시며 졍난을
욕을 하고 목승이 피을 흘니고 막딕로
두다린니 난의 쳐 망극하여 눈물을
을 닉싯도다 가장 오기 고딕턴니 궁쳔극디
통곡하여 부모계 비례간즉 졍난니
도라와셔 눈물을 닉시고 면상의
필을 흘니고 분기 못 니기여
연고을 자시뭇고 칼노 질너 셜분한니
당슉을 못니기여 즛차가셔 하날이
감동하여 살난도히 슐되고 당나라랄

거난정문 모장하엿더라 노부모 봉양할데
낭치분식하니 가셰가 빈하고 여부모계
드린 음식 여린 즉식 겻히 안즈 고즁의
독지로다 부〃와 의논하디 부모의
작식 음식 저아히 다 먹오니
우리난 절머시니 나흐며 자식이라
부모난 연노하니 봉양을 몃날하리
저아히 슬하의 뭇고 온젼니 봉양하시
그아히 동심디여
북망산 업고 나셔 산의 구셜하리
쳔디 감동하여 사랑 즁의 어든 황속
작식을 무들손가
누만양 되단말가 황속얼 어더신니
즈식 살고 봉양한니 한니튤 쳔죠라
엿말 자신 듯고 효양을 부디하소
부모도 업시면 즈손니 잇슬손가
부모게 효양하면 착한 즈시나고
부모게 불효하면 못실 자식 나난니라
부모의 스랑 마암 즈식니 가졌니면
즈연 하난닌이 무시 다힝이라
가마귀 미물니나 반포정셩[13] 가즛도다
아랍답다 가마귀야 촌풍의 송암니라
효힝으로 사친하미 효졍신셩 음듬이라[14]
겨우리 치우신가[15] 여럼의[16] 더우신가

---

13) 반포정셩 : 반포정성. 반포지효(反哺之孝).
14) 음듬이라 : 으뜸이라.
15) 치우신가 : 추우신가.
16) 여럼의 : 여름에.

무슨 음식 마시 흘너 구미을 닐우신가
촌심의[17] 염여하고 조셕으로 뭇잡나니
삭싱 봉양은 가셰예 닛건니와 빅에 니부니
한즈로 마암니 무어시리 우리 부모
계시던 츄립의 코달하코 나갈 젹
하직하고 놀디라도 멀니 말며 도라와셔
문안하며 모라게 나가닛난 고졀알고
뉘라셔 구안하며 불시의 병환말슴
자운니 불힝하며 어듸로 긔별부모
마암미 위하나 종신을 못하리라
두세변 가하여도 두려흐고 원발며
알외기일 울며하여 듯줍디 안니커던
피나고 압풀디라 쎵니여 치시거던
분즈너 닐심니 원망을 하디 말며
험한 닐 됴흔 닐을 듸소사을 의논하며
디망을 하디말며 즈식이 부모와
즈식 사이의 노을 쏫자 하며
슬푸디 쥬근 부모 외졍니 그분다
아모리 마암니야 이달고 졀통한들
빅여을[18] 스라여도 다사난 못하리라
부모봉양 친가스람미 시할가 염여하소
남의 부모 츠즈 보소 듁은 부모 싱각하니
눈물이 갈발업다 셰상의 모드녹
청튠을 모라드라 뎨부모 불공하고
친구을 초화며 투젼즙게 토타하고
득싱의 호탕하여 봉양을 이져신니[19]

가스을 도라보라 한막의 친극마디
손목 잡고 술 권할 제 단만굿디[20] 쑌이라
츙셩을 실피하고 가만이 쇠틴하여
조셕니 난게로다 공슌춰디 쑷힌 거슬
팔쥴하여 갑즈하니 가딕졍즁 거명등물
노비젼답 다 팔니고 졔위답 마즈 팔고
팔 거시 다 업고 됴슈독 할딕업셔
발악만 나단 말가 답〃하고 미련하다
기닥쳔신 안니하고 됴숭부모 원모 원셩
친쳑의 우환딕고 가련타 그른 놈언
쳔연의 딕닌딕고 툭의면 욕하고
셰숭의 씨업다 군신유의난 쳔디지분의로다
님군언 의를 덜고 신하난 츙을 덜고
혼비귀현 수별하미 고금쳔니 하상싱로다
님굼언 님이요 신하난 슈신니라
한국츙신 소즈겨연 갈츙보국[21] 무상하다
흥노의사 구든 츙져은[22] 어니흐여 변노할손가
기한을 못니기여 쥐 구무 파먹다가
쳔워신조[23] 하여 환곡국 다시하고
져국츙신 왕튜니난 왕의게 지티딕여
농통로 도라와셔 밧기닐 슴현니 국하국
망하온 후의 졍장용쳥을 쳥하딕 일편단심
국셔이라 삼공을 쥬랴한들 엿닝국
져마니고부 직물 탐할손가 불사인군

---

19) 이져신니 : 잊었으니.
20) 단만굿디 : 다만 그때.
21) 갈츙보국 : 갈충보국(竭忠報國)
22) 구든츙져은 : 굳은 충정은.
23) 천워신조 : 천우신조

하라하고 졀향치사 하여시면 한국 츙신
용방니난 강딕하미 쪽니 업다 하길니
욱난하여 삼청국여 하탕하고 포악니
막심하여 살닌하기 도화하여[24] 졍스랄
안니하고 삼륜을 부키나 돈〃용방니
직간하디 할걸니 불쳥하여 고국디불
원하여 용방을 쥬겨신니 망극츙신
왕중호니난 소양쌉 비중으로 녹순니
반젹디여 요양을 범하거널 장흔니
션봉디여 딘젼의 튤스하여 목순을
굿딧슨니 불효졔 몹쓸 놈아 황뎨의
통외하물 네 어니 비반하노 옥산이
디로하여 댱홍을 즈바다 톱을로써
쥭일졔 홍의졀디 무셔울사 간닥니
널도록 쑤딧기 열닐하니 넷말삼
즈시듯고 갈츙보국 명심하소 니녹이
빅셩디여 왕총에 이셔시니 신도을
아니하고 무슨 일 쏘 하나요 슈경야독
히셔하여 딕평셩딕 셩혼 입고 쳥디을
압셔우고 격마로 단일젹의 의기도
양〃하고 호사도 합도할스
어의 셩님니야 갈사록 망극하다 빅셩니
밧친 셰목 녹은이 흐시난고 셰〃우〃
져호야 쳔세만세 억만세라 우로갓튼
초로닌싱[25] 세상의 무공하미 쳔싱만

---

24) 도화하여 : 좋아하여.
25) 초로닌생 : 초로인생(艸露人生). 풀잎에 맺힌 이슬과 같은 인생이라는 뜻으로,
    허무하고 덧없는 인생을 비유적으로 이르는 말.

미하오딕 애필슉 지심니라 슬푸다
무한 놈아 심언 무산 일고 오륜의
버셔나고 복급션셰 무슨 일고 금의옥식
닐싱녕지 교반니 병발하여 등화의
납워갓치 케목슉을 지촉하다 마디을
갈나닌녀 각도닌민 희하시고 무리한
쳐ᄌ권식 졀도의 원참하고 션영의
향화긋코 친척의 니별니고 만사무셕
맛득할사 누춰만여 덜후하다 부〃유별
언니셔디 합기라 남으로 디은 인졍
니즁기난 니러년 부〃밧겨 도닛난
야셩니 빅합하여 자손을 상싱하고
빅년을 딜기다가 죽은 후의 통졀하고
사라셜²⁶⁾ 즁실하리 오륜니 읏듬니라
부〃셔로 화동하여 안빈낙 할작시며
빅년회로 읏득니라 부귀공명 단졔할가
부〃졍니 어미간을 못 맛튜고
자손을 어들손가 친은거니 딕업거던
부〃간의 박딕치 마소 독승공방²⁷⁾ 원망할데
그 마암 엇더할고 게딥 원망 하난 소릭
유월의도 셔릭도 셔친다 여ᄌ힝
젹니리 져리 무ᄉ 츄립문 가하다
문박츄립 자조하여 힝시을 쳔케 마르소셔
남졍들 가난견뎨 압셔〃 가디마소
등도라 셧다가 간 후의 하소
닉딥의셔 자릭 슘겨 날녀부모 날졔

---

26) 사라셜 : 살아서.
27) 독승공방 : 독수공방

친부모을 디극히 셤겨 잘한 후의
튤가하여[28] 싀부모을 봉양하소 군즈졍기난
도리 삼동디 힝실니라 승슌군자
하오시고 홍불구고 국딘하고 화우슉미
자별하여 화치돈목 부듸하소 비도를
굿라보고 야의을 발케셔리 남즈낫게
니셔늬 닌을 함긔 맘고 블여 아늬셔
의인을 하말고 졍졀을 굿닷하여
의복을 졍케하소 음식을 맛보아셔
빈긱을 듸졉하소 불속디 긱늬실듸
쎠년 소릐 니딘마그 힝동을 딘듕하여
슐먹고 퇴티마소 닌삼을 후늬하여
부장분슌 하오셔 노비을 디탕하소
부모도 안낙하고 늬비 환슌하오
션남졍의 효힝키도 부모쎡기 디뉘손의
닛단말가 쳔신늬 감도하여 디졍으로
하엿사며 사손을 만여두어 효자을
쵬동하고 쳔셩늬라 반복을 바드리라
썽늬소릐 부쳬할케 녀겨난 소쳔늬라
기고늬손의 닛다고 시부모 셤기고려
디졍으로 하엿시면 쳔신늬 감동하여
효즈을 종동하고 즈손을 만늬두어
만복을 바드리라 부〃쳔졍 이라
늬계난 그쳔늬라 병늬소릐 불쾨할여
말듸쳑 부듸와 소부여의 빅년고락
가군의계 달엿스니[29] 빅사을 거역마소

---

28) 튤가하여 : 출가하여.
29) 달엿스니 : 달렸으니.

닐〃마다 조심하소 예로부터 쳐첩이

니겨신니 구츳하계 투기말고 갈록공순하고

심하여 허튼미리 의복 쥬져틈 미하게

마르소셔 가장니 튜케보면³⁰⁾ 쳔딕히기

고니할가 나갈졀 고은틱도 고은즉혜

닉디바소 나느니 눈의것쳐 보면

무단니 옥셕난이 일신 닉틱도을

나나드나 한갈갓치³¹⁾ 힝동을 치연하며

나므니나 을글이보야 딕단한일

업신후예 말듯게 하디소 일업시

단이다가³²⁾ 시비히기 고이할가 일시럴노

난계 딥밥마다 션굴 마시라

됴셕을 자로찻고 길삼을 닉몰닉라

침켜은 셔쳔갓고 졍구디역 괴로워라

물닉보만 자식본듯 베틀보면 형틀본 듯

갓가이 하실허울 밋히 션져두고

삼사년 디닌 후의 츠즐 마암 젼혀업셔

한가히 며져두니 풍우의 다셕엇다³³⁾

져러허게 그르면 평싱의 한딕입셔

풍녕의도 쥬리기던 흉연의어 살니문나면

니웃딥 니오밥 니면불니오

이말함 자시듯고 분여³⁴⁾힝실 본바드소

---

30) 튜케보면 : 추케보면. 추하게 보이면.
31) 한갈갓치 : 한결같이.
32) 단이다가 : 다니다가.
33) 다셕엇다 : 자식 없다.
34) 분여 : 부녀.

9. 수신가

한 권의 전적에 <수신가> 전편이 수록된 국문 가사로 자료 형태는 245×18.8cm 크기의 책이며, 2단 2행 4음보 형태의 필사본이다. 원작자 및 필사자는 알 수 없으며 책주는 박봉례(朴奉禮)이다. 권영철 소장본이다.

개화로 인해 삼강오륜이 무너진 세태를 안타까워하며, 시대의 풍속이 변하더라도 부녀자들이 그 도리를 다 해야 함을 훈계하고 있다. 효, 여필종부 및 절개, 이웃 간 예의, 말조심, 신체 청결 등 부녀자가 지켜야 할 덕목을 구체적으로 나열하여 제시하고 있다.

수신가

冊主人 朴奉禮

어화 세상 무심하다 초작에 잠이 집어[1]
우주 불평 꿈을 지니 왕고래금 보라하고
어데한 고동 소래 놀라서 일어보니
천지는 홍암하야 일월이 무광하다
산천은 에구한데[2] 세속은 다르도다
동방국 반만년에 기자 유풍 간데업고
공멩자에 어진 도덕 옛성훈 누가아리
인이예지 삼강오륜 절새인가 멫해든고
남중하결[3] 녀중군자 옛사적은 남어건만

---

1) 집어 : 깊(深)어.
2) 에구한데 : 의구(依舊)한데

이친경부 호부열여 고인 미풍 가솔업다[4]
성현지도 끗처스니[5] 동방예절 속절업다
도덕문이 막혀스니 새상 인심 두려워라
구중문이 열려슨니 여자 출입 분부하고
유별성이 문어지니[6] 남녀동등 되단말가
화금이 순후하야 양심을 은후하고
물질에 지배되야 허영을 일삼드라
남녀칠세 부동성은 옛성인에 말삼인되
남바여교 연되 생활 그 안이 한심한가
내비로[7] 무심하야 시데 이해 못할망정
삼천리 반도 녀자 청춘말로 가솔업다
게명 천지 반백년에 문명 인는 누구 〃
사람마다 교택하야 양육강식 하야 있고
여자마다 사치하야 태만이 자심드라
백두산하 그 옛집은 우리 조상 터이 되여
사천년 긴 〃 영사 남훈여교 하서근만
시데 풍조 일열하야 개화풍에 놀라껫네
사해 강산 동포형제 인륜상제 하셧건만
일천만 반도 녀자 부덕을 일탄말가
시속은 변천한들 예절은 일반이라
시속에 출물한들 고데 미풍 이줄손가
성인전 천예들아[8] 슈신가를 들어보소
알리장래 오는 압길 침 〃 시야 빛이 되여

---

3) 남중하걸 : 남중호걸(男中豪傑).
4) 가솔업다 : 가소롭다. 연철 표기 형태이다.
5) 끗처스니 : 그쳤으니. 어두 경음화 및 중철 표기가 적용된 표기 형태이다.
6) 문어지니 : 무너지니. 과분철 표기 형태이다.
7) 비로 : 비록.
8) 천예들아 : 처녀들아.

요됴묵[9] 군잠요부 형숙전부[10] 대여주소[11]
슬푸다 우리 여자 이 새상에 출싱할 제
부모 혈육 타나기는[12] 남녀가 일반이라
부츙에남 중게녀도 금치옥엽 지하것아
부즁싱남 중셍녀로 금지옥엽 자랏것만
엇든 사람 향철광숙 엇든 사람 요강칠석
여자 교육 살펴보니 한심하고 가련하다
신여경[13]은 누구시며 신학경은 무엇인가
시대적 학교출신하야 그도 坯한 조커이와
행유여런 하온 후에 학문을 딱을지라
슬푸다 어린동유 여자행실 어더타나
가정교육 열심하고 부모 음훈 보행하라
삼세에 배운 행실 팔십까지 일어나니[14]
얼릴 적에 못 배우며 후회막급 하나니라
집안에 들어서면는 부모 명영 복종하고
문박에 나서면는 행동거지 조심하라
동기간에 우에 하고 일가친척 화목하라
길삼 방적 조석공제 여자에 직분인이[15]
침공[16]을 열심하고 제봉자수 알들하라
새월이 무정하야 너에연광 뜻업서 〃
이팔청춘 도라들며 남가여혼 하나니라
녀필정부 본법으로 삼질에 본을 바다

---

9) 요됴묵 : '요조숙녀(窈窕淑女)'의 오기로 보인다.
10) 형숙전부 : 현숙정부(賢淑貞婦).
11) 대여주소 : 되어 주소.
12) 타나기는 : 타고 나기는.
13) 신여경 : 신여성(新女性).
14) 일어나니 : 이르(至)나니.
15) 직분인이 : 직분(職分)이니.
16) 침공 : 침공(針工).

출유행 하옵시며 너에 책임 충한이리

입가한 삼일만에 긔동을 일즉하라

부모문안 들인 후에 가정 청결 할진이라

부모에게 효도함은 자식들에 상돈이라

진수공찬 하기보다 마음편케 할진이라

부모가 부루시면 말삼 끗해 대답하고

부모가 식힌 일은[17] 죽기로서 할진이라

부모님께 조석 문안 혼정신연 극진하라

칩고 덥고 보쌀피며 구미 마처 전공하라

진지상을 들고가서 공손이 꾸르안자

아모 반찬 업슴니다 만이 잡수시옵서

부모님에 이복등절 정심하게 인난이라

부모님이 에시커든 더욱 공경 할진이라

부모오지[18] 하시그던 로이불원 할진이라

꾸지람을 하시거든 발명을 하지마라

발명이 대답으로 도로 촉분 도운이라

물론 무슨 일이라도 어른에게 무어하리

물어서 하는 일이 책망이 업난이라

천지간에 중하기는 부모박게 또 인난가

사라 셍전[19] 극진보양 효당갈역 할진이라

수욕정이 풍부지[20]요 자용양이 친부데라[21]

---

17) 식힌일은 : 시킨 일은. '식힌'은 '시킨'의 과분철 표기이다.

18) 부모오지 : 부모(父母) 의지(依支).

19) 셍전 : 생전(生前).

20) 수욕정이 풍부지 : 수욕정이풍부지(樹欲靜而風不止). 나무는 조용히 있고 싶어도 바람이 멎지 않으니 뜻대로 되지 않는다는 말로 효도를 하려고 해도 부모가 살아계시지 않는다는 뜻.

21) 자용양이 친부데 : 자욕양이친부대 (子欲養而親不待). 자식(子息)이 부모(父母)에게 봉양(奉養)하고자 하나 부모(父母)는 기다려 주지 않는다는 뜻으로, 효도(孝道)를 다하지 못한 채 부모(父母)를 잃은 자식(子息)의 슬픔을 가리키는 말

생전에 못한 효도 사후에 엇지하리
삼천가지 오형죄중 불효죄가 대죄로다
동기간에 우에하고 동기일신 중한이라
수족갓은[22] 동기형제 단제불가 부속이라
육신에 갓가우며 동태골육 그안인가
동서간에 유정함은 마음스게 인난이라
수상수하 게론 말고 서로예경 할진이라
새상에 외로기는 독신박게 또 인난가
동기간에 불목하면 부모 마음 엇더하리
서로 밋고 서로도와 집음 우슴 지을지라
가정을 공경함이 천지간에 으듬이라
부창부수 여필종부 여자본능 이안인가
가명을 복종하기 소홀이 말진이라[23]
만복록에 근원이 부화부순 그안인가
부귀영화 슬데업고 만족록[24]은 무엇하리
부〃불화 하는것이 녀자불행 이안인가
슬푸다 이 사회에 부〃진에 누구른고
소호에 감정으로 리혼 문제 주장하고
소호에 가난으로 남편 능멸 한단말가
무심한 여셩드라 사회 풍조 도라보소
사랑이라 중데 문제 생명보다 중한이라
우는 자는 멋〃치면 죽는 자는 누구〃〃
위데한 참사랑을 리해하기 어럽드라
가련한 여셩드라 시의 리해 못하야서

　　로 부모(父母)가 살아계실 때 효도(孝道)를 다하라는 뜻.
22) 수족갓은 : 수족(手足)같은. '갓은'의 '갓-'은 종성 'ㅌ'이 'ㅅ'으로 표기된 경우
　　이다.
23) 말진이라 : 말(勿)지니라.
24) 만족록 : 만종록(萬鍾祿). 아주 많은 녹봉(祿俸)

이십청춘 길을 잃고 어는 곳에 혀메는고
남성을 원망말고 네 자신을 도라보소
불상한 산촌여자 무식하게 구원하야
전정을 그러치고[25] 일셍도궁 하단말가
동등위중 이시테에 자격따라 결혼하라
우메무식 불고하고 허영심에 눈이 높아
고등인물 가리면서 노고 먹는 자리차자
제자채 엇더든지 용망도달 하단말가
백만장자 민들마소[26] 부은[27] 갓은 금전이라
금에옥식 좋다할들 마음편에[28] 할 말이라
밥을 비러 죽을 순들 인정 속에 행복이라
순후한 즉분으로 공경하고 순종하라
만복록에 형라함이 희셍 중에 잇난이라
이웃노인 데접하기 부모갓이 셍각하라
만날적 그시마다 공손이 인사하라
언어가 불순하며 거만하게 대난이라[29]
여자에 음성소리 높이지 말진이라
음성을 나직하야 다정하게 할진이라
누구를 데하든지 정답게 인사하라
뻣〃하게 하는 인사 안하기만 못하드라
예로인 하신 말슴 이웃사촌 하신이라
조석상대 치늑함이 원척보다 나흐니라
급한 일이 잇슬 때나 불의제번 셍길시는
먼저 와서 보는 것이 이웃 정이 그안인가

---

25) 그러치고 : 그르치(誤)고.
26) 민들마소 : 믿(信)들 마소. 믿(信)지 마오.
27) 부은 : 부운(浮雲).
28) 마음편에 : 마음 편(便)히.
29) 대난이라 : 되나니라.

이웃가에 불친하며 안심데지 못한이라
남의 며날 흉네기는 이웃에서 나〃이라
물길에 나타남에 모여서 광설마라
먼 되 눈에 그릇되며 모해당키 수운이라[30]
거리에 나설 쎄는 보행을 조심하라
함수하태 하는 것이 숙여[31]에 근본이라
누구에 집이라도 너모 거럼[32] 자조마라
못처럼 보는 것이 반갑고도 깁은 이라[33]
남에 집에 놀너갈 때 신발을 좋심하라[34]
남자신이 잇게 데며[35] 물어보고 들어가라
남에 집에 닷친문은 한부로 열지마라
가부를 부른 후에 그제야 열진이라[36]
모여서 노는 것은 육백처를 가릴지라
남성출입 잣은 곳에 여자출입 부당하다
동유들과 모여 놀대 랑지히 포속마라
문박에서 듯은 사라[37] 도라서 욕한이라
남이 와서 흔답[38]할데 거드리지[39] 말진이라
흔답하고 단긴이[40]가 그심이가 온전하리
남이남과 흔답할 때 타듯지 말진이라
내심이가 정당하며 남이 공반 하난이라

---

30) 수운이라 : 쉬(易)우니라. 쉽다.
31) 숙여 : 숙녀(淑女).
32) 거럼 : 걸음(步). 연철 표기 형태이며 제2음절의 중성 'ㅡ'가 'ㅓ'로 표기되었다.
33) 깁은이라 : 기쁘니라. 기쁘다. 과분철 표기 형태이다.
34) 좋심하라 : 조심하라.
35) 잇게데며 : 있(有)게 되면. 있으면.
36) 열진이라 : 열(開)지니라. 열어라. 과분철 표기 형태이다.
37) 듯은사라 : 듣(聽)는 사람.
38) 흔답 : 험담(險談).
39) 거드리지 : 거들(助)지.
40) 단긴이 : 다니는 이(人). 다니는 사람.

남의물건 차용하며 쓴 뒤에 갓다주라

차지로[41] 오기[42]되면 두번차용 못한이라

친한동유 힘을 밋고 비밀을 롱치마라

말이라 하는 것이 믿는 세서[43] 나나이라

남이수작 하는 말을 옛듯지 말진이라

숙여된 행동으로 온당치 못한이라

우슴에 소리라도 제 자랑을 하지마라

자랑이 쉬가 쓸어 남에 미움 반난이라

이 세상에 유행함이 네 가지채[44]가 잇는이라

모으고도[45] 아난채면 업고도 있는채라

못하고도 잘한채며 못나고도 잘난채라

범배사와 치사 등은 정도따라 할진이라

있는 사람 뿐을 바다 용심적 모방하며

분수에 과분하며 패가망신 하난이라

여가를 이용하여 몸을 자조 시슬지라

수족이 드러우며 추비하게 되난이라

의복은 사치마라 작만하게 있난이라

떠러저서 기운 옷도 께긋하면 되난이라

남성을 되하야서는 정범하게[46] 할진이라

친절한 채 가긍하며 후한이 셍긴이라

아모리 시속이나 유별을 극중하라

여자에 도리로서 구별리 없을손가

---

41) 차지로 : 찾으러. 돌려받으러. 연철표기 형태이며 제2음절의 중성 'ㅡ'가 'ㅈ' 아래에서 고모음 'ㅣ'로 표기되었다.

42) 오기 : 오(來)게.

43) 믿는세서 : 믿는 데서.

44) 채 : 체. 척. 그럴듯하게 꾸미는 거짓 태도나 모양.

45) 모으고도 : 모르(不知)고도.

46) 정범하게 : 정법(正法)하게.

집안에 걱정잇슬 때는 심중에 자중하라
혼화답소 하는 것이 우치무식 하난이라
엇더한 일이라도 미루치 말진이라
이왕에 제가 할일 해노고 놀진이라
시동기 섬기이는 음숙히[47] 할진이라
일정일동 태만하며 실예하기 쉬운이라
시누에 데접하기 정으로서 할진이라
고부간에 불화함이 여기서 나난이라
화장을 할지라도 룡후하게[48] 말진이라
신분에 이지하야 욕데기 쉬운이라
내태도 이만하야 비양한체 말진이라
이팔청춘 그 시절은 사람마다 곱난이라
동유를 사랑함에 평볌하게 인정서라
끔적스리 스는 정이 머지 안이 하난이라
남에 말을 고지 듯고 비평을 하지 말진이라
제물건 중하기는 사람마다 일반이라
남에 물건 좋다하야 허용[49]을 내지마라
허용이라 하는 것이 인생에 화근이라
놀기를 좋아말고 일하기를 생각하라
사람에 중한 손을 한시노지 못한이라
남이 하는 일을 볼 때 눈익혀 볼진이라
엿사로[50] 보기 되면[51] 평생바도 못한이라
어럼다[52] 하올시고 그양 두지 말지니라

---

47) 음숙히 : 엄숙(嚴肅)히.
48) 룡후하게 : 농후(濃厚)하게. 짙게.
49) 허용 : 허욕(虛慾).
50) 엿사로 : 예사(例事)로.
51) 보기되면 : 보게 되면.
52) 어럼다 : 어렵(難)다.

마음네여 열심하며[53] 못한것이 업나이라

인정이 집을사로[54] 더욱심중 할진이라

힘밋고 하는일이 실수가 만흔이라

남이슬러[55] 하는 것은 절데로 하지마라

제가좋흔[56] 것이라야 남도또 한 조흔이라

어데를 나갈시는 명영바다 갈지이라

자유 출입 하는 것이 행실에 것친이라

이웃집 놀러가기 부데 자조 말진이라

관습은 엇기 쉽고 버리기는 어려워라

동유를 사괴임에 착한 동유 가릴지라

근주자는 적어서도 근묵자는 흔이니라[57]

일년 삼백 육십일에 하로갓이[58] 행할시고

일평셍 육칠십에 시종을 열일하라

충신지가 충신지요 소인지가 소인이라

성현문에 군자나고 효부문에 열여난다

선악이 엇더든고 내좋으며 다조워라

선인지래 뿐을 바다 착한예절 수양하소

내 몸이 불순하며 남인들 선할손가

도덕문에 피는 곳은 천주만년 고흐시고

래절가에 피난 일홈 천고유전 장할시고

---

53) 열심하며 : 열심히 하면.
54) 집을사로 : 깊(深)을수록. '집-'은 '깊-'의 구개음화 이전 표기 형태이다.
55) 슬러 : 싫(厭)어. 중철 표기 형태이다. 슳다>싫다. '슳다'의 '싫다'로의 변화는 조음위치 동화로 후설모음 'ㅡ'가 전설성 자질을 가진 자음 'ㅅ'의 영향을 받아 전설모음 'ㅣ'로 바뀐 것이다.
56) 좋흔 : 좋은. 중철 표기 형태이다.
57) 근주자는 적어서도 근묵자는 흔이니라 : 근주자적근묵자흑(近朱者赤近墨者黑). 붉은 인주를 가까이하면 붉게 되고 먹을 가까이하게 되면 검게 물든다. 착한 사람과 사귀면 착해지고, 악한 사람과 사귀면 악해진다.
58) 하로갓이 : 하루 같이.

충신불사 이군이요 열여 불경 이부로다
높흔 산 상ㅅ봉에 울〃창송 푸러잇고
죽잎 칠년[59] 저데 잎[60]은 사시장천 한 빗[61]이라
심낭자에 착한 효성 절데 효성 아름답고
성춘향에 구든 절게 만고 정열 그 안인가

---

59) 죽잎칠년 : 죽림칠현(竹林七賢). 중국 진(晉)나라 초기에 노자와 장자의 무위 사
   상을 숭상하여 죽림에 모여 청담으로 세월을 보낸 일곱 명의 선비. 곧 산도(山濤),
   왕융(王戎), 유영(劉伶), 완적(阮籍), 완함(阮咸), 혜강(嵆康), 상수(向秀)이다.
60) 데잎 : 댓잎(竹葉).
61) 한빗 : 한(一) 빛(色). '빛'의 종성 'ㅊ'이 'ㅅ'으로 표기되었다.

10. 권효가

이 가사는 <권효가> 외에 <규영현가>, <직여사>, <화조가>, <계부사>, <정승상회혼가>, <퇴계선생문월가>, <문월가>, <전춘가>, <해동국미기> 등과 한 권의 전적에 수록된 국문 가사이다. 자료 형태는 25.6×15.6cm 크기의 책이며, 3단 2행 4음보 형태의 필사본이다. 원작자 및 창작 연대는 미상이며, 권영철 소장본이다.

부모님께 효도를 하라는 가르침을 전하는 가사이다. 효행이 뛰어난 인물들의 이야기가 소개되어 있다.

권효가

이 가스난 착흔 무음 감발흐여 부모의계 효도흐게 흔 무리라 볼만 흔 마리 만흔니 보난 니 명심흐여 다른 가스와 갓치 흐닐로 나지마오

청춘 쇼연 아히들라 이닉 말숨 드러보소
천지〃간 만물 중익 귀흔 거시 사람이라
사람을 귀타흐미 오류으로[1] 일너씨니
오륜을 모를진딕 금수와 갓할지라
귀타흐미 무어신고 부모 구존 흐신 사람
사군지절 고사흐고 부모 봉양 먼저 흐소
오륜을 모를 진딕 금수와 갓할지라
귀타흐미 무이진고 부모 구존 흐신 사람
사군지절 고사흐고 부모 봉양 먼저 흐소

---

1) 오류으로 : 오륜으로.

부모의게 불효흔 놈 동기인정 어이 알며

쟝유〃서 붕우신을 안다ᄒ미 무어인고

제 부모이게 불효흔 놈 타인으게 조와ᄒ며

제 형제게 불목ᄒ면 남과 별노 친압ᄒ니[2]

인의을 어이야랴 취흔 거시 주식이라

ᄌ물 탐지 ᄒ난 ᄉ람 천성인 달 온전ᄒ며

주싀 방탕 ᄒ난 ᄉ람 심정인들 어질손야

흔ᄌ 술 주비석의 친흔 정이 ᄌ별ᄒ고

ᄒ로밤 잠기쟝익 중흔 익가 형제갓다

나무집 귀흔 ᄌ제 그기룻치칭 아조쉽다

지리 잡기 친흔 정이 쟝구이야 미들손야

푼전 호리 그룻치며 친흔 안만 간듸업고

질욕 픽담 돗톨적이 피츠 간의 수문 허물

낫〃치 지어닐 제 일호 ᄉ정 바이업다

제 망신은 고ᄉᄒ고 안진 부모 욕이밋늬

이을 보와 짐즉ᄒ면 친구을 ᄉ구와도

손우익우 삼익중의 션악을 가려늬여

중심으로 통정ᄒ고 외면으로 홈마소지[3]

친구라 ᄒ나거시 오륜의 드러씨이

옛부텀 붕우되가 쇼인 군ᄌ 판이ᄒ다

칙〃ᄒ게 조흔교정 쇼인간쟝 천협ᄒ고

담〃ᄒ미 물갓터되 □□□□ □□□□[4]

붕우도〃 어렵거던 ᄒ물며 이늬살람

부모으게 효도ᄒ미 빅힝 중의 웃듬이라

---

2) 치압ᄒ니 : 친압(親狎)하니. 너무 지나치게 친하니.

3) 홈마소지 : 권효가 다른 필사본에는 '흥지마소'로 되어 있는 것으로 보아 필사자가
필사를 하면서 실수를 한 것이 아닌가 한다.

4) 사진 촬영 시 책 가운데 부분이 나오지 않아 글자가 보이지 않는다. 다른 필사본
을 참고하면 '군자중심 변역업다'로 되어 있다.

부싱 모육 ㅎ온은정 죵신토록 갑즈히도
호천망극 가이 업닉 부모봉양 ㅎ난도리
가세딕로 할지라도 갈역진심 ㅎ여서라
부모 봉양 ㅎ다ㅎ고 닉집 이 업난 직물
여간가산 척민ㅎ며 동딕서취 빗절 닉여⁵⁾
진작 갑지 못흔 후의 구츠ㅎ고 욕된 마리
부모 귀예 들어시면 부모 마암 엇더ㅎ랴
이을 보와 싱각ㅎ면 뜻 편ㅎ기 제일이라
마음이 불평ㅎ면 진수성춘 살가노랴
자식 나아 장양ㅎ면 부모 은정 안단말이
나을 두고 싱각ㅎ면 정영코도 분명ㅎ다
오회라 우리 선군 날갓흔 불초자을
만득으로 어더시이 산히 갓흔 부모은제
여복⁶⁾귀히 길너씨랴 구세 동몽 입학ㅎ여
권학을 힘써할 제 이휼흔 깁흔 정을
심중의 품어두고 조석으로 교훈할 제
성흔 딕의 병 날세라 더운 날의 치울세라
나무 아히 못할세라 부모 욕심 이러ㅎ여
노를 닉여 꾸지시면 아든 닐도 〃로 이저
무지흔 어린 쇼견 혼겁ㅎ고 민망터의
자닐 후의⁷⁾ 싱각ㅎ니 부모 마암 닉 알노다
부모 심중 원흔 닐을 엇지ㅎ여 페여보며
부모 싱전 중흔 은정 어이 ㅎ여 갑스올가
편모을 뫼시딕가 병정연독 훙만닉

---

5) 빗절닉여 : 빚을 내어.
6) 여복 : 여북. '얼마나, 오죽, 작히나'의 뜻으로 언짢거나 안타까운 마음을 나타낼 때에 쓰는 말
7) 자닐 후의 : 자란 후에.

간산을⁸⁾ 탈픠ᄒ고 남북으로 유리할졔⁹⁾
흰당이 빅발자친 어린 동싱 부탁ᄒ고
구츠흔 이ᄂᆡ 신명 남무집의 몸을 파라
남산이 밧철 갈졔 오ᄌᆞ가로 노릐ᄒ며
후원이 남걸할 졔 사모가로 실피부ᄂᆡ¹⁰⁾
칠팔연을 분주ᄒ여 부모 봉양 엇지ᄒ리
고비양위 망극은을 만분일돗 못다갑ᄒ
오십이 다 넘어서 부모 싱각 ᄉᆡ로만타
실푸다 이 세상이 오륜이 잇것만난
부ᄌᆞ 윤기 치모르고 형우졔공 간듸업고
장유〃서 붕유신과 효ᄌᆞ우익
ᄒ난 도을 아난 ᄉᆞ람 몃〃친고
상윤픠속 ᄒ난 일이 시왕날니 달나나가
셰도 싱각을 ᄒ면 어늬 안니 흔심ᄒ가
부모구존 ᄒ신 사람 부듸효향 힘써ᄒ소
장기 바독 일을 삼아 부모 봉앙 불고ᄒ며
ᄌᆡ물 쳐ᄌᆞ 사〃ᄒ여 부모 마암 쏘거씨니
섬쳔 형벌 즁흔 죄익 불효ᄒ미 최듸ᄒ다
옛사람이 칙을 지어 션악간익 기록ᄒ미
후싱드런 이걸 비와 악흔 힝실 다시 곤쳐
착흔 사람 번¹¹⁾을바다 비우다가 못 밋쳐도
ᄒ우 불초 면할리라 요순 안닌 우리 사람
인〃마다 〃착ᄒ며 공밍안인 짐금 후싱
사람마다 성현되랴 천성을 일치 말고

___

8) 간산 : 가산.
9) 유리할 졔 : 따로 떨어질 때.
10) 실피부녀 : 슬피 불러.
11) 번 : 본.

힝실을 밧쎄 싹가 셩심듸로 힘 셰을면
일신이 효졔함미 구족[12]좃 밋쳐가고
한집이 효졔함마 온쳔하가 달을손야
흐물며 이늬 일신 부모 혈뮉 바다나셔
늬 몸 귀흐이리 부모 몸이 영화된다.
어와 셰상 스람더라 자졔 도리 힝흔 닐이
출입할 졔 먼져 고코[13] 놀노가도 방위잇다
무시의 즁흔 병과 홀시의 급흔 닐이
분주동셔 망조할듸 부모 마암 고사흐고
쳔셩을 못흐여도 문겨[14]을 쏀얼 바다
극진 봉양 흠섯흐면 출쳔지효 드을손야
셩현군즈 효셩 말삼 사칰 유젼 흐여신이
이을 보와 싱각흐면 자졔 도리 이 아인가
계초명의 이러니셔 관수흐고 건질흐여
부모 쳐소 드러가셔 음식과 흔관으로
온언순산 못짜오며 부모게 득죄흐면
달지유혈 피가 나도 부모 근력 쇠히갈가
압푸자늬 눈물날 졔 부모 원망 어이흐며
부모님 부르시면 입의 밥을 비타눗코
다름 〃 〃 듸답흐며 이휼흐여 흐시거던
교치흔 쯧 두지 말고 감격흐여 잇지 마소
부모 혀믈 잇거시던 체읍흐며 즈로[15]간히
그른 부모 올킈흐면 자졔 도리 이아인가
부모으긔 영을 바다 가숸을 담당히되

---

12) 구족 : 구족(九族). 고조·증조·조부·부친·자기·아들·손자·증손·현손
　　까지의 동종(동종) 친족을 통틀어 이르는 말.
13) 고코 : 고하고.
14) 문겨 : 문견(聞見). 견문
15) 즈로 : 자주.

일푼전일 닙곡을 제님으로 출입 말며
소〃흔 가간스이 부모으게 먼저 물어
이리흐라 흐시거던 영듸로 시힝흐여
사불여의[16] 할지라도 부모게 윈망 말며
부모님 씨긴 말삼 제 안다고 거역흐고
이리 비록 유익흐나 부모 마암 편홀손야
이럴 보와 짐작흐며 봉양도 흐련이와
뜻 편흐기 제일이라 옛날의 증씨 효즈
듸〃로 효양 잇서 부모 봉양 흐올 적의
부모친구 듸접흐자 남은주식 츠질적의
부모으 쓴절[17]바다 잇난음식 잇다흐야
부모 치구 노나도리 그도 기역 열친이다
그 아들은 양친할 제 차는 음식 업다흐여
다시 나와 봉양흐이 효성이야 일반이나
양지흠과 구체양이 효즈편의 우열 잇다
실푸다 연소비야 이늬 말삼 즈세 듯고
부모 마음 편키흐소 마암 편키 웃듬이라
부모으게 불효하면 몹실 즈손 부듸나고
부모으게 효도흐면 착흔 즈손 다시난다
효즈가의 효즈 나고 충신문의 충신 나며
자고로 일너씨니 엇지이니 정영흐랴
나무 자식 되난 스람 부모 은정 아라볼스
일즉 나가 늣기 오면 무의서〃 바릐보고
날이지 고 안이 오면 거리예서 바릴 쩌의
저넌 비록 천연흐나 부모 마암 엇쩌흐리
이휼[18]흔 부모 은정 빈부간 업건만난

---

16) 사불여의 : 사불여의(事不如意). 일이 뜻대로 되지 아니함.
17) 쓴절 : 뜻을.

빈ᄒ고 궁ᄒ 사람 자식 나아 길러닐제
며기〃와 입피기을 남과 갓치 못ᄒ여라
잇웃 동미 고은 옷과 나무 아ᄒ 먹난 반찬
염양 업ᄂ 어린 눈의 집이 와서 그걸 찻ᄂ
치워라고 부시 썰며 빈 곱ᄒ라 즉〃 울먼
그 아히의 부모된이 그 간장이 엇더ᄒ랴
나무 ᄌ식 되ᄂ 사람 그 정곡을 어이아랴
부모 말삼 거역ᄒ고 눈을 홀쎄 보지마랴
부모 업시 삼겨씨며 삼겨난들 절노 크랴
싱민 이릭 몃천연이 효ᄌ효부 만컨마넌
순갓ᄒ니 또 잇난가 부완모언 그지업서
쥬기〃을 일삼으되 극진이 효ᄒ여서
호읍민천 ᄒ올 적의 자원기신 ᄒ예씨니
이을 보와 싱각ᄒ면 엇지 아니 감동ᄒ랴
왕상이 효모할 제 어무병이 지중ᄒ여
잉어회을 원ᄒ사니 엄동설안 치운날의
마암이 망극ᄒ여 강수의 어름쓰고
북향 ᄉ빈 통곡ᄒ이 어름 우의 잉어 쮜고
밍종의[19] 효성 보소 병든 어미 봉양할제
가산이 빈궁ᄒ여 약간 어던 드린 음식
언리 자식 분식ᄒ이 부〃 서로 의논ᄒ고
싱아히을 무들야고 뒤동산 엇득[20]밋틱
금 ᄒ독을 어더시이 천감지동 아이ᄒ면
이런 닐이 잇실손가 진나라 정난이도

18) 이휼 : 애휼(愛恤). 불쌍히 여기어 은혜를 베풂.
19) 맹종의 효행 이야기는 아래에 다시 썼다. '가산이 빈궁ᄒ여-'라고 하는 부분은
  '곽거이'의 고사이다.
20) 엇득 : 언덕.

부모 일즉 여힌 후의 평싱의 원흔 마음
효양 못흔 〃이 되야 부모 얼골 쏜을 바다
남걸짝가 등신흐야 지성 봉양 흐올 써의
안히가 망영되여 침을 질너 피가 나고
눈의서 눈물 흘너 부모 환싱 완연흐니
감동천지 아니흐면 등신 몸이 피가 나랴
빅설분 〃 동십월의 죽순 업혈 원흐시이
밍종의[21] 효성 보소 병든 어미 봉양할 제
효성이 감천흐야 눈 가온틴 죽순나고
숑나라 진 효부난 시모가 낙치흐여
음식 저작 못흐시니 졋절 멱겨 효양흐고
당나라 소효부난 도적이 방의드니
시모을 막아 안자 소릭을 아이흐이
도적갓흔 악힝인도 감화흐며 물너가고
즈로의 사친도난 빅니박게 쌀을 지고
강신끠 효모할 제 근처의 식수 업서
오리박게 물을 지이 천신이 감동흐여
집 압혜 물이느고 고기 날노 물의 삼겨
부모봉양 흐여신이 인력으로 어이흐며
노릭자의 효성 보소 구십 양친 봉양훌제
나히 잔츠 칠십이라 부모 마암 질기고저[22]
아롱옷설 지어입고 춤을 추며 논일 써의
마로[23]우의 업더저서[24] 어린아로 우름울 제

---

21) 밍종 : 맹종(孟宗). 중국 삼국 시대 오나라 사람. 자는 공무(恭武). 효자로서 이
　　름이 높았으며, 겨울에 그의 어머니가 즐기는 죽순이 없음을 슬퍼하자 홀연히
　　눈 속에서 죽순이 나왔다고 한다.
22) 질기고저 : 즐겁게 하기 위해.
23) 마로 : 마루.
24) 업더저서 : 엎드려서.

시식기로 히롱ᄒ니 그 효성이 엇셔ᄒ며
회귤ᄒ더 육적이와 선침ᄒ던 황항이며
기관ᄒ던 수창이와 상분ᄒ던 유목누난
효힝지모 싹가ᄂᆡ여 천추죽빅 유전ᄒ이
나무 ᄌ식 되난 ᄉ람 이를 보와 싱각ᄒ면
엇지 아니 감격ᄒ리 향당은 막여치라
ᄂᆡ집 노인 섬긴도로 나무 노인 밋처서라
존장을 맛ᄂᆡ거든 문난 말슴 ᄃᆡ답ᄒ되
공순ᄒ고 경ᄃᆡᄒ여 잡된 말을 ᄒ지마라
입효 출공 ᄒ난도리 일로 두고 이르미라
제 부모게 효성ᄒ면 타인으게 공경ᄒ고
제부모게 불효ᄒ면 나무 노인 ᄃᆡ접할가
형지우이 ᄒ난도와 붕우유신 하ᄂᆞᆫ 법은
효로붓터 밋처씨니 효성 잇난 저 ᄉ람은
자연이 알건마는 불효부제 ᄒ난 ᄉ람
아무리 교훈ᄒᆞᆫ들 기과천선 쉬울손야
무지ᄒᆫ 싸마구도 어미반포²⁵⁾ ᄒ여쩌던
ᄒ물며 우리 ᄉ람 미물마도²⁶⁾ 못할손야
부모으 사랑홈은 우마라도 달니보고
부모으 미워홈은 처ᄌ라도 ᄂᆡ처씨니
그럿턴 못ᄒ덜사 부모 명영 거역마소
부모 자이 적다 ᄒᆡ도 아달 엇지 효안느며
아달효 성 극진ᄒ며 ᄌ정 저근 부모업다
실푸다 연소비야 부모망극 은을
참아 엇지 잇질손야 조흔 음식 만ᄂᆡ거던
부모 싱각 먼저ᄒ고 험ᄒ고 악ᄒᆫ 일을

---

25) 반포 : 새끼까마귀가 자란 다음 먹이를 물어다가 어미까마귀에게 먹이는 것.
26) 미물마도 : 미물만도의 오기.

닉혼즈 담당ᄒ여 부모으게 알게 말고
반갑고 조흔 닐은 부모으게 들니시면
이도 ᄯ흔 효심이라 부듸 마암 편케ᄒ소
세상 남여 사람드라 이 가ᄉ을 자세듯소

　이 칙이 각가 〃사을 도취ᄒ여 변등ᄒ여시나 본듸 졸필노 총거[27] 중
의 급히 번역ᄒ노라고 오즈가 잇실 듯ᄒ와 나무게[28] 우음이 잇실가 염
여되오나 그러나마 이 거설 즈로 보와 눈이 익키고 소ᄋ 능히ᄒ여 여
언문 〃장 천명ᄒ기 소망이라

_____

27) 총거 : 총거(悤遽). 몹시 바쁘다.
28) 나무게 : 남에게.

제 2 장
송경축원류

송경축원류

1. 가세영언

이 가사는 한국국학진흥원에 소장된 한글 가사이며, 전소장처는 전주 류씨 류창석이다. "일월셩신 분명ᄒ니 쳔도가 젹실ᄒ고 산쳔초목 분명ᄒ 니 지도가 젹실ᄒ다" ≪일도송웃푸리로다≫ 가사집에 수록되어 있다. 이 전적에는 <일도송웃푸리로다>, <가세영언>, <퇴계선생낙빈가>, <정 승상회혼가>, <화조가> 중에서 두 번째 작품이다. 이 작품은 설화가 섞 여 있는 서사적 구조를 보여 주며 <가세영언(家世詠諺)>은 두 가지가 있 는데 모두가 전주 류씨 시조로부터 수곡파의 내력과 아울러 양파(류관현) 집 내력을 찬양하는 글로써 영언(零言)은 한문책이고 영언(詠諺)은 언문 두루마리로 되어 있다. 수제(修齋, 류정호)의 ≪완산가훈(完山家訓)≫이란 필사본 책(1893년 癸巳)의 <가세영언(家世零言)>은 정제(定齋, 류치명) 찬 이나 두루마리 형식의 한글로 된 <가세영언>은 현재 작자 미상으로 알 려져 있다. 25×33cm 크기로 1행 음보 구분 없이 줄글 형식이다.

앞부분은 전주 류씨의 시조와 관련된 설명은 맞다. 그러나 뒷부분은 대산 이상정이나 그 부인 등에 대한 일화가 등장하고, 필사기에도 딸을 호칭하는 '이실아 너도 한 몫이다' 등으로 보아 대산 이상정의 집안에 내려오는 것으로 추정되는데 앞으로 더 검토가 필요하다.

이 글의 마지막에는 필사 후기가 들어있다. "아히들아 닉말슴을 잇지 말고 쟝닉도록 간슈ᄒ여라 인싱 세상이 일쟝춘몽 갓다 안졀은 반봉ᄉ 갓흐나 셰덕가나 허황심신을 것중아 번역ᄒ노라. 글시 온젼치 못ᄒ나 쟝닉 나의 이손부 필부 영위혼 심졍이니 져히들 다죵반 ᄎ례로는 아바나 나의 ᄉ후이라도 만고의 명당을 깁히깁히 바라노라. 이실으 너도 ᄆ양 한목이라."

이 작품은 가사체에서 산문 소설류와 혼류된 모습을 보여준다.

가셰영언

시조 완산 백공은[1] 젹덕누인으로[2] 다섯 아들과
한 사위가 모도[3] 문과에 오르기로 그 부인을
삼한국 ᄃᆡ부인이라고 나라에셔 직첩을 주섯나니라[4]
그 손자 영흥공은 ᄐᆡ종 다동방 싱원으로
영흥부사를 씨기시고[5] 산소를 능으로 봉ᄒ야
종능이라고 하얏난이라 ᄯᅩ 효힝이 지극ᄒ야 그 부형제
학공 상ᄉ를 당ᄒ야 구산을[6] 하는 즁에
하르ᄂᆞᆫ[7] 뒷간을 간니 범이 잇난지라

---

1) 전주류씨의 시조 완산백 : 완산백의 휘는 류 습(濕)이요 부인은 전주 최씨이며, 다섯 아들은 류극당, 극서, 극수, 극제, 극거이고 사위는 심효생이다.
2) 젹덕누인으로 : 적덕누인(積德累人)으로. 어진 덕(德)을 세상에 널리 베풂. 인덕(仁德)이 널리 세상에 미침.
3) 모도 : 모두.
4) 주섯나니라 : 주셨느니라.
5) 시기시고 : 시키시고.
6) 구산을 : 산지를 구하는데. 장지로 쓸 산지를 구하는데.

곳 씌지져 가로ᄃᆡ 아모리 즘승이기로
부모의 몽복[8]을 입은 사람을 자바 먹난 거슨[9]
의리의 부당ᄒᆞ고 너도 부자의 본의를 아는 즘승이니
썩 다른 ᄃᆡ로 가라ᄒᆞ니 범이 맛치[10] 무신[11] 구하난
모양으로 입을 벌이니 네가 날을 잡아먹을
터이냐 ᄒᆞ니 범이 고기를 헌드ᄂᆞᆫ지라 그르면
입을 엇지 벌이나야 하니 곳 입을 손에다 ᄃᆡ이고
답답히 그난[12] 모양이나 그졔야 손을 입에 너흐니 목에
빈여 한 기가 걸여 잇거ᄂᆞᆯ[13] 곳 집어ᄂᆡ니 범이 감수한
쏫으로 등을 ᄃᆡ이고 곳 타라는 모양을 보이거널 그졔야
잡아타니 하로밤 스이예 전라도셔[14] 예안까지 와셔
범바위 산소터를 잡아난이라 영흥공이
그터에 쟝ᄉᆞ를 지닌 후에 그 건지에서
거려을[15] ᄒᆞ시니 그곳을 효자암이라고 이르고
산소 잇난 곳을 유빈골이라고 하니
이거슨 당신의 셩위로 잇거려셔 지명이 되얏난이라[16]
그 아들 회헌션싱은[17] 문쟝과 도덕이 당시에
놉하 육신과 갓치 벼살을 하시다가 당종의
사변니 난 이후 다시 벼슬을 하시지 아니ᄒᆞ고
전라도로 나려가셔 소와 졍을[18] 짓고 숨어난이라

---

7) 하르ᄂᆞᆫ : 하루는.
8) 몽복 : 몽복(蒙服).
9) 거슨 : 것은.
10) 맛치 : 마치.
11) 무신 : 무슨.
12) 그난 : 그러는.
13) 잇거널 : 있거늘.
14) 전라도셔 : 전라도에서.
15) 거려을 : 거려(居廬)를. 여막에서 사는 것을.
16) 되얏난이라 : 되었나니라.
17) 회헌션싱 : 안향.

증손인의 공은 경성 묵젹골을 사시다가

집안에 탐권낙셰19) 하난 거슬 조아하지 아니하야

백씨 참판공이 영쳔군슈로 이슬쩍

나려와셔 상쳐하시고 그 곳에셔 박씨 부인의게

장가들어 이간직와20) 동서가 되니 다시 셔울을

가시지 아니하고 인히 외닉셔 스라난이라²¹⁾

하로난 들구경을 흐로 갓더니 엇든²²⁾ 즁 이러기를

만닉 길가에 누어거널²³⁾ 인의공이 곳 집에 와셔 밥을

갓다 먹여더니 그 즁이 감사 만만하고 가더니

다시 도라와셔 닉가 남의 은혜를 입고 갑지²⁴⁾ 아니하는

거슨 부당하니 닉가 지리를 조금 져긔 압산에 아모

좌향으로 씨면 십 연만에 급졔 두 장이 나거던 파셔 온기라²⁵⁾

공이 무르되 조흔 묘을 판단 말이 무슨 소리야 하니 만약

파지 아니하면 화픠가 날 터이니 부듸 조심하라 하거널

그 즁을 꾸지셔 갈오되 만약 그 터에 쎠서

급직가 나고 다시 면예를26) 할나하야 도남이

명산을 파지 못흔다고 흐면 듸스의 말과 갓치

화픠가 나면 아서는 곳 남의 집을 결단을 닉난

거시니 나난 쓸 슈가 업다고 하야더니 그 터를

간직27) 집에셔 씨고 과연 급졔 두 쟝이 나고

18) 소와 정을 : 소(沼)와 정자(亭子)를.
19) 탐권낙셰 : 탐전낙세. 책읽기를 탐하고 세상을 즐김.
20) 이간직와 : 미상.
21) 사라난이라 : 살아나니라.
22) 엇든 : 어떤.
23) 누어거널 : 누었거늘.
24) 갑지 : 갚지.
25) 파셔 온기라 : 파서 옮겨라.
26) 면예를 : 면례(緬禮)를. 이장을.
27) 간직 : 간재(艮霽) 이덕홍(李德弘). 조선 중기 때의 학자. 예안 출생. 본관은
    영천(永川). 자는 굉중(宏仲), 호는 간재(艮齋). 습독(習讀) 현우(賢佑)의 아들

파지 못ᄒ야 그 집이 화픠를 입엇난이라

인의공이 자부 김씨난 쳥계션싱의[28] 짠님이시니

이십ᄉ에 소쳔을 일코 삼연을 석ᄉ 베

옷슬 입고 언문으로 가례를 벡겨 놋코 담ᄉ날

슌졀을 하시니라 두 아들이 잇스되 쟝은 기봉션싱이[29]

오슈곡으로 이서ᄒ고 차ᄂ 묵계션싱30)이니 경셩으로

다시 올나 가셧난이라 기봉션싱이 일즉 부모님을

일코 쳔젼 외칙에 가셔 크시다가 쟝가를 가실 ᄯ

외삼촌 되시난 학봉 션싱이 다리고 가다가 중노에셔 가마를

노코 쉬더니 엇드한 노구가 가마문을 열고 보더니

샹낭은 좃타만은[31] 하거날 학봉게셔32) 고이케 너겨셔

이며, 형조참판 현보(賢輔)의 조카이다. 10여세에 이황(李滉)의 문하에 들어가
오로지 학문에 열중하여 스승으로부터 자식처럼 사랑을 받았다. 모든 학문에 뛰
어났으나 특히 역학에 밝았다.

28) 쳥계션싱 : 청계 김진 선생은 의성김씨 집안의 중시조이다. 그는 자녀 교육을 잘
한 인물로 유명한데, 그 사연은 다음과 같다. 청계가 과거를 보기 위해 한양에
와 책을 보고 있는데 한 사람이 지나가다 그의 관상을 보면서, "살아서 참판 되는
것보다는 증판서가 후일을 위해 유리할 것"이라고 하자 즉시 과거를 포기하고 고
향에 내려와 자녀 교육에 힘쓴다. 그의 5형제 모두가 과거에 합격한다. 그래서
청계 집안을 '오룡지가(五龍之家)'라고 한다고 한다. 그중 넷째가 학봉 김성일 선
생이다.

29) 기봉션싱 : 기봉(岐峯) 유복기(柳復起). 1555(명종 10)~1617(광해군 9). 조선
중기의 학자·의병. 본관은 전주(全州). 자는 성서(聖瑞), 호는 기봉(岐峯). 안동
출신. 할아버지는 인의(引儀) 윤선(潤善)이다. 외숙 김성일(金誠一)의 문하에서
수학하였으며, 정구(鄭逑)와 더불어 교유하였다. 임진왜란 때 김해(金垓) 등과
함께 의병을 일으켜 예천 등지에서 싸웠으며, 정유재란 때에는 곽재우(郭再祐)
를 따라서 화왕산성(火王山城)을 지켰다. 전란이 끝난 뒤에는 굶주려 방랑하는
백성들을 진휼하는 데 힘썼다. 벼슬이 예빈시정(禮賓寺正)에 이르렀으며, 안동의
기양리사(岐陽里社)에 제향되었다.

30) 묵계션싱 : 김계행(金係行)은 자 취사(取斯), 호 보백당(寶白堂), 시호 정헌
(定獻)으로 1431(세종 13)~1517(중종 12). 조선 중기의 문신. 본관은 안동
(安東). 자는 취사(取斯), 호는 보백당(寶白堂). 득우(得雨)의 증손으로, 할아버
지는 혁(革)이고, 아버지는 비안현감 삼근(三近)이며, 어머니는 김전(金腆)의 딸
이다.

노구를 불너 물으니 신부가 귀먹고 법어리고[33]
쏘 사지 병신이라 하거날 학봉게셔 놀나이 너계 스닉가
부모 업는 싱딜을 이른딘 보닐 슈가 업스니 도라가난
거시 올타 하시거날 기봉게셔 하시난 말이 부부지도난
쳔지의 딕륜이라 비록 셩예난[34] 하지 아니 하얏스나
홀예가 임의 반슈가 일우엇스니 즉금 만약
도라가면 그 신부난 지과가[35] 될 거시오 쏘 드른 바와 갓흐면[36]
더구나 도라 갈슈가 업난 거슨 닉가 쟝가를 아니가면
그 신부난 이 셰상에 영영 버리난 거시니 나난 쟝가을
갈 터이니 염여 말지고 가즈고 하니 부득이 가셔 본즉
그 집과 조치 못한 사람이 간혼을 한 거시러라 그 후
아달은 육형졔오 손자난 십육이오 증손은 사십인이오
현손은 팔십구인이더라 쟝즈도 헌공은 덕기가
심후하고 힝실이 지극한 딘 하로난 집 셧짝으로[37] 쓔에셔
불이 잇거날 가셔 본즉 엇드한 걸인니[38] 해산을 하난지라
곳 하인을 불너 집으로 다리고 가셔 슌산을 씨기고
남즈 되난이를 다리여 거쥬을[39] 무르니 셔울 사난

---

31) 좃타마는 : 좋다마는.
32) 학봉게셔 : 학봉께서. 학봉은 김성일(金誠一, 1538 ~ 1593)의 본관 의성(義城).
자 사순(士純). 호 학봉(鶴峯). 안동 임하(臨河) 출생. 1556년(명종 11) 도산서
원으로 가서 이황(李滉)을 만나 그 문하생이 되었다. 1562년 승려 보우(普雨)의
말에 따라 문정왕후가 희릉(禧陵)을 옮기려 하자, 유생의 신분으로 이에 반대하
는 상소문을 지었다. 1564년 진사시, 1567년 대과에 합격하여 승문원 부정자(副
正字)에 임명되었다. 이후 정자(正字) ·대교(待敎) ·봉교(奉敎) 등을 역임하고,
1572년(선조 5)에는 상소를 올려 사육신을 복관시키고 종친을 등용할 것 등을
주장하였다.
33) 법오리고 : 벙어리고. 경상도 방언에서는 '버버리'이다.
34) 셩예논 : 성례논. 예식을 올리지 않았으나.
35) 지과가 : 지과(至寡)가. 과부가.
36) 갓흐면 : 같으면.
37) 셧짝으로 : 서쪽으로.
38) 걸인니 : 걸인이. 거지가.

청풍 김씨로 다 병즈호란으로 적적히 이 곳즐 온 거신 듸 굿

씨난 정츅연 정월이라 슈삼월을 조리 씨셔 셔울노

올여 보닐 씨 불망셔를 써셔 쥬고 갓난이라 그 후 공

의 오듸손 되난 이가 살옥의 죄로 안동부스가 다른 혐의

로 기살을40) 하야 스방으로 츌포을 보늬여 잡아 쥬기

긔로 작정하거널 굿씨 정승 김종슈41)난 청풍김씨의 현

손이라 불망셔을 가지고 셔울노 올나가셔 김정승

을 차즈가니 김정승이 그 사실을 모르난지라 부득이

하인에 방으로 나와더니 김정승이 굿씨 구십 조모가 잇

난지라 밤에 드러가셔 그날 경역한 일을 말ᄒ다가

오날은 이상한 일이 잇난듸 영남 안동 잇난 류셔

방 자가 살인을 하고 와셔 살어달나 ᄒ고 우리 집에 무

슨 셰의가42) 잇다하고 불망셔를 늬여 노나 우리 조샹이

엇지 안동 가셔 그 스람의 집에 나실 이치가 업슬 거시니

이거시 믹낭한43) 일이 업다 ᄒ거날 그 조모가 듯더니 놀

나 ᄒ난 말이 듸감이 그 스람을 엇지 ᄒ얏나야44) ᄒ인 방으

로 보닛나니다 그졔야 크게 쑤지져 가로듸 남의 즈손니 되

여셔 조샹의 은덕을 모르면 쳔ᄒ의 불효막심45) 한 거시라

하고 그 손부 정경부인을 속히 불너 네가 듸감의 싀옷슬 한

볼만 가져오라 하고 듸감트러46) ᄒ난 말이 네가 이 옷슬

---

39) 거쥬을 : 거주(居住)를. 사는 곳을.

40) 기살을 : 기살(旣殺)을. 살인을.

41) 김종슈 : 김종수(金鍾秀, 1728(영조 4)~1799(정조 23))는 조선 후기의 문신
   이다. 본관은 청풍(淸風). 자는 정부(定夫), 호는 진솔(眞率) 또는 몽오(夢梧).
   서울 출신. 우의정 구(構)의 증손으로, 할아버지는 참판 희로(希魯)이고, 아버지
   는 시직(侍稷) 치만(致萬)이며, 어머니는 홍석보(洪錫輔)의 딸이다.

42) 셰의가 : 세의(世倚)가. 대를 걸친 인연. 혼맥이나 학맥 등으로 인한 인연.

43) 믹낭한 : 맹랑한.

44) ᄒ얏나야 : 하였느냐.

45) 불효막심 : 불효막심(不孝莫甚).

46) 듸감트러 : 대감에게.

가지고 그 사람을 모욕을 씌기고 입히되 네 방으로 불
너 드리라 하고 쏘 네가 도복을 입고 갓치[47) 사당에 가셔 괴 한
기를 드러늬 가지고 나와 열고 본즉 그 속에 쏘 불망셔 한
불과 굿썬 일기와 두더기가 이스니 모도 불망이라는 슈
를 노아 잇난지라 김정승 그졔야 놀나며 졔가 이르한 은
인을 모르고 당신들 닝듸한 거슨 셰상에 용납지 못할
거시니 죄를 청ㅎ거날 조모 되시난 부인늬 갈뢰되 네가
만약 그 사람을 살이지 안이하면 늬가 네의 읍히셔 죽
을 거시니 무슨 일을 하드라도 살이라 하거날 김정승
이 아모리 싱각하야도 살인한 사람을 살이라고 명영할
슈도 업고 더구ㄴ 안동부스가 쏘 혐감이 잇난 터에 살일
도리가 업난지라 부득이 그 잇튼날 궐늬예 드러가 가셔
안동부사와 경상감사를 갈ㅇ늬고 그 종딜과 고종을 보늬
여 희살을48) 하얏난니라 쳐사공은 도하공의 증손
이니 한 박분파의 조상이라 평싱에 격음하시되
음덕을 만이 베푸시고 그 백씨 진사공이 일즉이 도
라 가시거널 그 족하 호군공을 성입하도록 다시 십연을
합산하얏다가 다시 분권을 할싀 직물 한 가지을 취
치 아니 ㅎ고 다만 학님 옥노 다섯 권과 시져 두불과
지르솟49) 한 기만 가지고 나왓난이라 한번은 쳐가에 가
시다가 의성읍에셔 자시고 잇튼날 아츰예 쟝사에 말
이 쥬의 슐밥을 모도 먹어다고 야단이나셔 쟝사가 돈이
업셔 그 갑슬 무러 쥴 도리가 업셔 말을 쎗기고 가지 못한
거슬 볼쎠ㄴ더니 하인이 ㅎ기를 그 슐밥을 실상 우리 말
이 먹어난 거슬 소인늬 우리 말은 입을 싹고 장ㅅ의 말 입에다

---

47) 갓치 : 같이.
48) 희살을 : 희살(戱殺)을.
49) 지르솟 : 옹기로 만든 작은 솥.

밥풀을 칠히셔 우리 말은 용ᄒ게 면ᄒ얏다 ᄒ기로 공
이 곳 말을 돌니며 ᄭ지셔 갈ᄋ되 네가 엇지 나의 말
말 먹은 거슬 남으게[50] 가화를 씨긴 거시 부당타 하시고 그 돈을
물어 쥬시고 가셧나이라 그 부인 신씨난 오봉션싱[51] 종손여시
니 근친을 가셰다가 오신 날 하인 회지(힝지) 쥴 돈이 업셔셔 싀
부형 되시는 진ᄉ공이 무르시되 네가 친정셔[52] 올 쩍 돈이 잇
거던 하인 힝지를[53] 쥬라 하시니 딕답하시 되졔가 돈과 쌀
을 가지고 오다가 즁노에셔 걸인이 죽게 되얏기로 돈을 쥬
고 ᄯᅩ 오다가 엇든 여즈가 길가에셔 해산을 하엿거널 쌀을
쥬고 왓기예 아무 것도 업ᄂ이다 하시니 진사공이 크게 탄
탄복하시ᄂ이다 하로난 베을 비 ᄶᅡ[54] 오게 싱거를 씨게더니[55][56]
그 베가 자가 난지라 비ᄶ가 오니가 크게 두려워셔 그 베를 가
지고 장에 가셔 팔ᄋ 다른 베를 밧구커로[57] 하고 간 거슬 부인
인니 알고 크게 놀닉면 하시되 이 거슨 늬 물건을 가지고
남을 쏘기난 거시니 곳 가셔 물너 오라 ᄒ시니 그 비즈가 그 사
람이 삼심이[58]ᄭ지 간 거슬 ᄎᄌ 물너 왓ᄂ이라 그 아들 쟝
은 용와공이요 다음은 양파공이니 쳐ᄉ공과 부인이 의
논하고 우리가 자식을 못 가르치면 세상에 ᄌ랑할 거
시 업스니 십이 밧[59] 위쳔으로 이사를 가셔 초실을[60] 짓고 십

---

50) 남으게 : 남에게.
51) 오봉션싱 : 오봉 이호민(五峯 李好閔 1553-1634)은 조선조 문신으로 자는 효
    언(孝彦), 호는 오봉(五峯)·남곽(南郭)·수와(睡窩), 본관은 연안(延安).
52) 친정셔 : 친정에서.
53) 행지를 : 행자(行資). 노자(路資)
54) 비짜 : 베를 짜다.
55) 씨게더니 : 시키더니.
56) 씨게더니 : 시키더니.
57) 밧구커로 : 바꾸게.
58) 삼심이 : 삼십리.
59) 십이 밧 : 십리 밖.
60) 초실을 : 초집을. 풀로 지은 집.

연을 공부 씨겨 두 아들님이 다 셩취ᄒᆞ야 듸과를 ᄒᆞ고 그
집 압헤 가죽나무 세 쥬를 심아 잇기로 그 ᄌᆞ리를 삼가
가졍 두들이라 하ᄉᆞ이라 양파공게셔 근검하시ᄉᆞ 벼살이 놉하
귀히 되야 도손으로 하인에 일을 하시되 하르난 나라에 승소
가 되야 역마를 잡아타고 풍악을 치이고 집을 쩌ᄂᆞ가시다가
홀련이 말을 돌여 물이고 도라와 부억에 지을 쳐닉
시고 홀 한 산치식61) 부억마다 쌀고 다시 말을 타시거늘
셔리가 물으니 하시기를 닉가 아희쩍부터 미일 흘 물62) 퍼다
가 부억에 쌰라다가 그 잇튼날 쓸어닉고 다시 쌰는 거시 항상 직
사이더니 오날은 닉가 벼살을 하엿다고 마음이 잠간 부화히
셔 이쯘 거시라 하시거늘 그르면 나으리가 츌입을 하시면
엇드케63) 하시난잇가 그거슨 닉가 집에 업스면 집에 밥을 아
니 먹으니 관계가 업다 하시더라 쏘 집 압헤 향양 한 밧치64)
잇난듸 미연 일즉 익난 곡셕을 심아65) 먼져 익으면 지쳔 어
려운 사람으로 날마다 그륵슬66) 가지고 이삭을 쯧기니 그 밧츨67)
남이 의젼이라고68) 하야나이라 부인 김씨가 아기를 븨얏슬
쩌 조셕을 이으지 못하니 맛동셔 용와 부인쎠셔 남의 집
에 가셔 삼을 삼고 그 밥을 갓다 항상 동셔를 먹예나이라69)

---

61) 흘 한 산치식 : 흙 한 삼치씩.
62) 흘 물 : 흙물.
63) 엇드케 : 어떻게.
64) 밧치 : 밭이.
65) 심아 : 심어.
66) 그륵슬 : 그릇을. 방언표기.
67) 밧츨 : 밭을. 모음간 유기음 표기.
68) 의젼이라고 : 의전(義田)의 이름은 범문정공(范文正公)으로부터 비롯하였는데
범씨(范氏)의 의장(義庄)이라고도 한다. 의장은 일가 중의 가난한 집을 도와주
기 위하여 문중에서 관리하는 토지이다. 송(宋)나라의 재상 범중엄(范仲淹)이
좋은 전지(田地) 수천 묘(畝)를 사들여 그 조(租)를 거두어 저축해 두었다가 족
인들 중에 혼가(婚嫁)나 상장(喪葬)을 치르지 못하는 자에게 공급해 주었다고
한다. ≪宋史 卷314 范仲淹列傳≫

양파부인계셔 친정을 가실시 두 아들 두고 그 날 아츰을[70)
못 먹은 거슬 보고 써ᄂ 후에 이웃집에서 쌀을 보닉셔 밥
을 한편으로 지으면새 요와 부인쎄셔 하인을 불너 이르
되 오날 아기씨쎄셔 두 아기가 밥을 못 먹은 거슬 보고 갓
스니 네 급히 가셔 이 말을 하라 ᄒ니 가마가 임의 멀이 갓
난지라 안동 오심이[71) 기목까지 가니 빅가 젓작가에[72) 딕인지
라 거게셔 크게 외여 갈오딕 아모집에서 쌀을 보닉셔 악
이가 밥을 먹어스니 그리 압시ᄉ 하니 듯난 스람이 딕소ᄒ더
라 아들 삼형졔가 이스니 장은 범계공이니 노이 동암 두 동
싱으게[73) 우이가 지극하ᄉ 일즉이 과거를 보시지 안이하고
가실의 낙을 부쳐 삼쳬당을 짓고 믹일 삼형졔분니 모이시
ᄉ 스흘만큼 자손을 모아놋코 글도 짓고 고담도 ᄒ며 희담도 ᄒ며
훈계도 하시고 닷시만큼[74) 안밧 ᄌ손을 모아 언문칙도 보이고 쏘
고금 경계 딜말한 스힝도 말ᄒ며 봄 되면 화젼도 쑤으며 가ᄉ도 지
으시며 고기도 잡아 쳔이 노리도[75) 하야 항상 화기가 융융하야
여러 ᄌ부 손부들으게 사람이 간언을 못하니
딕산 션싱이[76) 하시기를 쳔하 화기가 그딕의 집에 잇다 하얏난이라

---

69) 먹예나이라 : 먹이나니라. 방언적 표기.
70) 아츰을 : 아침을.
71) 오심이 : 오십 리.
72) 젓작가에 : 저쪽 가에. 방언적 표기.
73) 동싱으게 : 동생에게.
74) 닷시만큼 : 닷새마다.
75) 쳔이노리 : 천렵(川獵). 냇물에서 놀이로 하는 고기잡이.
76) 딕산 션싱 : 대산 이상정을 이름. 조선 후기 안동 출신의 문신(文臣)이자 대표적
    성리학자인 대산(大山) 이상정(1711~1781)은 '소퇴계(小退溪)'라 불릴 정도로
    출중한 선비였다. 진정한 학문 수행에 천착함으로써 도학(道學 : 성리학)을 다시
    꽃피우고 기라성같은 제자들을 길러낸 그는 조선 후기 영남학파의 대표적 거유
    (巨儒)로, 퇴계 이후 제일이라는 평을 받고 있다. 퇴계 이황을 제일 존경하고, 평
    생 도학을 공부하며 퇴계학 정립을 위해 노력한 그는 방대한 저술을 남겼고, 그
    의 제자 인명록인 ≪고산급문록(高山及門錄)≫에 올라있는 문하생만 273명에
    이른다.

손자 한평은 성힝이

통명 강직하고 문장이 섬부하야 유림간 디소스를 모도 공으

게 결정ᄒ난지라 병호시비77)가 나 기공이 고쥬가 되얏난니라

호계셔원78)은 퇴계션싱 쥬원이니 학봉션싱과 서이션싱이

배향이 되얏난디 디산션싱을 쏘 빙향할나 ᄒ니 셔이집에

셔 디산니 평일에 셔이보다 학봉을 더 존슝ᄒ고 쏘 도통을

학봉으게 다이난 거슬 불평ᄒ고 쏘 셔이가79) 놉흔 즈리예 잇

난 거슬 학봉집에셔 항상 불평하니 만약 디산을 빙향하ᄂ 날

에 혹 두 분 위픽를 다시 밧구아80) 뫼실 의논니 날가 염여도 되고

쏘 디산을 뫼시면 학봉으게 연원으 자중이 더 될가 시긔ᄒ야

---

77) 병호시비 : 1620년 이후 안동을 비롯한 영남 유림이 호파(虎派)와 병파(屛派)로
   나뉘어 전개한 쟁단[鄕戰]. 1620년(광해군 12) 퇴계 이황을 주향으로 하는 여
   강서원(廬江書院: 1676년 호계서원으로 바뀌어 사액을 받음)을 건립하면서 종
   향자인 서애 류성룡과 학봉 김성일 가운데 누구의 위패를 퇴계의 왼편에 둘지를
   두고 문제가 발생하였다. 즉 '애학(厓鶴)'이냐, '학애(鶴厓)'냐 하는 위차 문제였
   다. 애학을 주장하는 측에서는 서애는 영의정을 지냈고 학봉은 관찰사를 역임했
   으니 관직의 높낮이로 결정하자고 주장하였고, 학애를 주장하는 측에서는 우리
   풍속에 나이가 우선이니 네 살이 위인 학봉이 왼쪽에 위치하여야 한다고 주장하
   였다. 이에 조정에서는 당시 영남을 대표하는 상주의 우복(愚伏) 정경세(鄭經世)
   에게 자문을 구하여 서애를 왼쪽, 학봉을 오른쪽에 배향함으로써 위차 문제는
   일단락되었다.
78) 호계셔원 : 호계서원(虎溪書院). 경상북도 안동시 임하면(臨下面) 임하리(臨河
   里)에 있는 조선 중기의 서원. 안동 지방의 대표적인 서원으로 1575년(선조 8)
   지방사림들이 안동부(安東府) 동북쪽 여산촌(廬山村) 오로봉(五老峯) 아래에 있
   는 백련사(白蓮寺) 절터에 여강서원(廬江書院)을 세워 퇴계(退溪) 이황(李滉)의
   위패를 봉안하고 도학을 강론하였는데, 1605년(선조 38) 대홍수로 인해 유실되
   자 중창하였다. 1620년(광해군 12) 이황의 큰 제자인 서애(西厓) 류성룡(柳成
   龍), 학봉(鶴峯) 김성일(金誠一)의 위패를 추가 배향하였다. 1676년(숙종 2) 사
   액을 받고 '호계'로 이름을 바꾸었다. 원래 월곡면(月谷面) 도곡동(道谷洞)에 있
   었으나 안동댐 건설 수몰지구로 1973년 지금의 위치로 옮겨 세웠다. 이황은 도
   산서원, 김성일은 임천서원, 류성룡은 병산서원으로 각각 위패를 옮김으로써 지
   금은 강당만 남아 있는데, 이곳에서 매년 1회 당회(堂會)를 개최하고 있다.
79) 셔이가 : 서애 류성용을 이름.
80) 밧구아 : 바꾸어.

만단으로 핑계를 후되 호계를 정우복81) 션싱이 하기를 묘문을
다시 못 연다 하얏스니 될 슈가 업다 하야도 그 말을 우복션싱
으 말이 증거가 업난지라 그 제는 묘뉘가 비좁은 고로 모를 얼(널)
피지 아니흐면 안 되난 이유를 가지고 시비를 흐엿스나 모늬 동
셔 좌우 쳑슈를 게산하기 널필 필요도 업고 위페를 쳔동 아
니 하여도 츙분한 즈리가 잇스미 시비는 그럭져럭 왈가왈
부 하엿나니라 자셰한 것은 여강지82)에 잇나이라 증손 졍지션
싱은83) 딋산이 션싱의 연원으로 도학이 통탈하와 급문녹에

---

81) 정우복 : 정경세(鄭經世, 1563 ~ 1633)는 본관 진주(晉州). 자 경임(景任). 호
   우복(愚伏)·일묵(一默)·하거(荷渠). 초시(初諡) 문숙(文肅). 개시(改諡) 문장(文
   莊). 경상북도 상주(尙州)에서 출생하였다. 류성룡(柳成龍)의 문인이다. 1582년
   (선조 15) 진사를 거쳐 1586년 알성(謁聖)문과에 급제, 승문원 부정자(副正字)
   로 등용된 뒤 검열·봉교(奉敎)를 거쳐 1589년 사가독서(賜暇讀書)를 하였다.
   1592년 임진왜란이 일어나자 의병을 일으켜 공을 세워 수찬(修撰)이 되고 정언·
   교리·정랑·사간(司諫)에 이어 1598년 경상도관찰사가 되었다. 광해군 때 정인홍
   (鄭仁弘)과 반목 끝에 삭직(削職)되었다.
82) 여강지 : 『여강지(廬江志)』는 1573년 이퇴계의 학문과 덕행을 기리기 위해 호
   계서원에서 관련 기록을 모아 편집한 책.
83) 정지선싱 : 정제 류치명(柳致明 : 1777~1861)을 가리킨다. 전주류씨의 여러 분
   파 중 무실(水谷) 전주류씨는 류성(柳城)의 입향 이후 무실을 중심으로 크게 번
   성하여 안동을 대표하는 명문 사족으로 성장하였다. 대대로 내려오는 가훈인 '기
   도유업(岐陶遺業)'은 기봉(岐峰) 류복기(柳復起)와 도헌(陶軒) 류우잠(柳友潛)
   부자의 충성심과 학문적 업적을 후손들이 계승하자는 의미의 가훈이 되어 후손
   들에게 영향을 주었다. 정재선생은 조선 말기 영남학을 이끈 대학자였다. 그는
   검소하면서 청렴한 성품을 지녔으며 많은 업적을 남겼다. 학문적으로는 외증조
   부인 대산 이상정의 사상을 바탕으로 갈암(葛庵) 이현일(李玄逸), 밀암(密菴) 이
   재(李栽), 대산(大山) 이상정(李象靖), 손재(損齋) 남한조(南漢朝)를 이어 퇴계
   학파를 계승하면서 후학양성에 힘써 많은 문인들을 배출시켰다. 이는 조선 말
   영남학파가 한층 성장해가는 계기가 되었다. 『정재선생유묵(定齋先生遺墨)』은
   류치명(柳致明 : 1777~1861)의 유묵을 모아놓은 필첩이다. 류치명이 지인들에
   게 보낸 편지를 배접하여 만든 서첩으로 총 11점을 모아놓았다. 류치명은 자가
   성백(誠伯), 호가 정재(定齋)이다. 이상정(李象靖)의 외증손으로 외가인 안동의
   소호(蘇湖)에서 출생하였다. 이황(李滉)—김성일(金誠一)—장흥효(張興孝)—이
   현일(李玄逸)—이재(李栽)—이상정으로 이어지는 학통을 이어받아 이진상(李震
   相)·류종교(柳宗喬)·이돈우(李敦禹)·권영하(權泳夏)·이석영(李錫永)·김

긔록된 문인이 육빅여명이시고 벼살은 디과 급졔하세
셔 가의 디부 병조참판이시고 외직은 젼나도사 초산 부사
를 사셧는디 초산 셔회가 흉시민 진지 지을 쌀이 업셔셔
아릭 마을 망지닉 쩍에 가셔 쌀을 꾸어서 지엇나니라 부
인쎄셔는 평싱에 모슈치마를⁸⁴⁾ 입어 보지 못ᄒ엿다가 션싱
이 초산 부ᄉ를 가시민 사랑에셔 지금 만금 틔슈를 가시니 모
슈치마를 엇어 입겟다⁸⁵⁾ 하셋스나 불힝이 도라 가시민
관닉에 모슈치마를 썻나이라 션싱을 그 후 계모연 구
월 이십 오일 본가 길ᄉ 시도 유향 유문 친 육빅 여명
도 회석 샹에셔 결졍ᄒ야 불쳔위로 봉ᄉ하게 되엿나
니라 현손 셰산공은 음사 벼슬노 가셧난디 부즁 축원의
관서 축임관이신디 외직은 고을을 여러 고을 사셧스나⁸⁶⁾ 긔
졔사시마다 실과 한 졉시 포 한 마리 외에난 본가에 보닌 일
이 업나니라 오디 손진사공은 졍직 션싱의 손자이시고
셰산 공의 자졔이시나 쳥염 사환가 어려운 집에셔 나
셔셔 벼살은 과시에셔 진ᄉ를 하실 살임에 착렴ᄒ시와
동암소 위토87) 엄쟝논 셔 마지기를 소즉ᄒ야 웃어런⁸⁸⁾ 셰산공

홍락(金興洛) 등 많은 학자를 배출하였다. 퇴계학파의 적통으로 리(理)의 자발
성을 적극 긍정하는 성리설을 제창하여 조선 주자학의 독자적 발전에 크게 기여
하였다. 1805년(순조 5) 별시문과에 병과로 급제, 승문원부정자·성균관전적·
사간원정언·사헌부지평·세자시강원문학 등을 거쳐 1831년 전라도 장시도사
(掌試都事)가 되었고, 그 후 우부승지, 초산부사, 공조참의, 대사간, 한성좌윤, 병
조참판 등을 역임하였다.
84) 모슈치마를 : 모시치마를.
85) 엇어 입겟다 : 얻어 입겠다. 7종성 법칙에 따라 ㄷ도 ㅅ으로 표기함.
86) 사셧스나 : 사셨으나.
87) 위토 : 제사 또는 이와 관련된 사항들을 집행하는 데 드는 비용을 충당하기 위한
토지. 위토는 주로 논과 밭으로서 각각 위토답(位土畓)·위토전(位土田) 또는 위
답(位畓)·위전(位田)이라고 구분하여 부르기도 하며, 이따금 임야도 그 수익이
제사 경비에 충당되는 경우에는 위토에 포함하기도 한다.
88) 웃어런 : 웃어른.

양미를 흐든 것을 웃어런 출스흐신 후에 그 속식을 소비하
지 아니할 짜로 늘인 것이 살임[89] 밋쳔이 되엿고 초연에 술
막들에 가서 손소[90] 묵밧틀[91] 쏫고 근검절약흐야 당신 말연
에는 남이 이르기를 동문박 쳔석군이라 하엿스나 실지는 한
오백 석 하야 자손을 위흐야 일평싱 노력하셋고 조샹
을 위하야 각 위예 위토를 유여하게 두실 석물까지 하
시고 준비흐야 둔 것도 잇스니 실지 쟝후손니 잇지 못 할 사
업을 만이 하셧나니라 더욱히[92] 잇지 못 할 일은 식산흐난 방
법인듸 살임은 안 쓰난 것이이서 느나니라 하셧나니라
아히들아 늬 말슴을 잇지 말고 쟝늬도록 간슈흐여라
인싱 셰상이 일쟝춘몽 갓다 안절은 반봉스 갓흐나 셰덕가나
허황 심신을 것줍아 번역흐노라 글시 온전치 못흐나 쟝늬 나의 이
손부 필부 영위흔 심졍이니 져히들 다종반 츠레로는 아무나 나의
스후이라도 만고의 명당을 깁히 깁히 바라노라 이실ㅇ 너도 미양
한목이라[93]

---

89) 살임 : 살림.
90) 손소 : 손수. 고어.
91) 묵밧틀 : 묵밭을.
92) 더욱히 : 더욱이.
93) 한목이라 : 함께 하라.

2. 찬가(讚歌)

하나의 두루마리에 전편이 수록된 국문 가사이다. 자료 형태는 308 ×
30.5cm 규격의 두루마리이며, 1단 1행 4음보 형태의 필사본이다.

작품 말미의 "계묘년 정월 열여드랫날 원대 엮음"이라는 기록으로 보
아 창작 연대는 1963년이며, 원작자는 무안 박씨 문중의 '원대'라는 이름
을 가진 사람임을 알 수 있다. 또 본문에서 필사자가 자신을 '섬촌댁 장
남'이라 소개한 것으로 보아 여성이 아닌 남성이 쓴 가사임을 알 수 있다.
권영철 소장본이다.

경북 영덕군 창수면 보림리에 있는 무안박씨무의공파종택(務安朴氏武毅
公派宗宅)에서 열린 무안 박씨 화수계(花樹契)에 참석하여 그때의 감회를
적은 가사로, 무안박씨 자손으로서 자부심을 가지고 조상의 뒤를 이어 후
손으로서의 도리를 다 할 것을 권하고, 화수계의 참뜻을 강조하면서 다음
모임에 모두 참석할 것을 독려하는 내용이다. 특히 화수계에 참석한 사람
들의 이름을 하나하나 들어 인물의 됨됨이를 소개하면서 화수계의 즐거
운 분위기를 생생하게 묘사한 부분이 인상적이다. 무안 박씨 화수계에서
행한 기행을 가사로 지은 것이지만 기행류라기보다는 가문세덕을 더욱
강조하였으므로 송경축원류로 분류하였다.

찬가(讚歌)

해마다 정월 되면 열여드래 시급하니
동방에 혁혁한 영해 무박 화수계[1]라
저 다운 할배 아재 형님 누나 한테[2]모여

---

1) 화수계 : 화수계(花樹契). 같은 성을 가진 사람들이 친목을 위해 만든 계.

적조했던 소식 듣고 서로 손목 잡을 적에
그 가운데 인정나고 그로해서 단합되니
뜻 깊은 이 모임에 어느 누가 빠질소냐
계묘년[3] 화수계는 창수면 보림[4]이라
분망한 공사무를 잠시 동안 버려두고
창수통 긴긴 골을 느닷없이 걸을 적에
길 위에 많은 사람 눈 설고 낯설지만
이 중에 우리 일가 찾아내기 쉬운 것이
똑똑하고 분명하고 잘난 사람 가려내어
누구냐고 물어보면 무안박가 틀림없고
어디가냐 물어보면 화수계 간다하니
오다〃〃 얻은 동행 길 위에 뻗혔더라
그런데 벗님네요 내말 잠간 들어보소
산판[5]덕에 큰길 나고 객차 또한 다니지만
이번에 차중 일행 고생도 많았더라
한팃재 올라오던 뻐스가 성이 나서
두 번 세 번 빵구내어 다이야[6] 바람 빼고
도랑고개 나타나면 내려서라 올라타라
차장 아가[7] 짜증 때문 입맛이 달아나네
미곡 오촌 썩지 나서 배목삼계 너 가거라
해질녘에 인천동에 내렸으나 아득하다
아직도 십리길을 걸어가야 된다하니
숨 짜른 놈 못다 오고 성 급한자 돌아설 곳

---

2) 한테 : 한데. 한군데. 한곳.
3) 계묘년 : 계묘년(癸卯年). 1963년.
4) 창수면 보림 : 경상북도 영덕군 창수면 보림리.
5) 산판 : 산판(山坂). 나무를 찍어 내는 일판.
6) 다이아 : 타이어(tire).
7) 차장 아가 : 차장(車掌) 아이가. 나이 어린 승무원(乘務員)이.

고비 〃 〃 다시 돌아 아랫 보림 방구 절벽
눈앞에 다달으니 가슴 덜컥 하였으나
그래도 코구멍이 두 개가 잘 생겨서
구두 밑창 들어나도[8] 죽자사자 기어오니
어허라 벌어졌네 한마을 벌려졌네
보림동에 하나뿐인 기와집 나타났네
반갑도다 이 사랑에[9] 어떤 사람 모였는고
양잿물에 씻은 듯이 가을볕에 바랜듯이
말끔한 신사숙녀 영해 걸물 다 모였다
저쪽에 자리 잡은 노장패 들어보소
술잔 위에 웃음 띄고 흥겨롭게 놀건마는
불원간에 자동탈퇴 앞가슴에 붙었으니
이 자리가 녹속하면 사십고개 얼른 넘고
이 자리가 아깝거든 세월 흐름 막아보소
숫곰 암곰 두 종덕씨 혐날 때도[10] 되었건만
맞장구 쳐가면서 노는 모양 구수하고
종옥씨 으즛하게[11] 사회봉 잡고서니
든든코 믿업기는[12] 말할 수가 없건마는
턱밑에 검은 수염 애닲고 답답하네
재채씨 재술씨 종식씨 잠간 보소
산중에 인물 난단 옛말 진정 옳은 것이
하는 처사 속 깊고 면면이 특징있다
차돌같은 인환씨는 계장 감투 눌러쓰고
동분서주 빠쁜 모양 감당할까 용려되나

8) 들어나도 : 드러나도. '들어-'는 분철 표기 형태이다.
9) 사랑에 : 사랑방에.
10) 혐날 때도 : 혐(嫌) 날 때도. 싫어할 때도.
11) 으즛하게 : 의젓하게
12) 믿업기는 : 미덥기는. '믿업-'은 분철 표기 형태이다.

짝붙여 말할 때는 감히 누가 당할소냐
특히나 귀락씨는 기자생자[13] 오빠된다
향촌에 소문나니 듣기에 거북하고
노래할 때 반짝이는 금니 또한 멋있구나
좋은 듯이 앉아있는 용두시 거동보소
돌부쳐 흡사하고 무골호인 같건마는
뱃장[14]좋게 내어 미는[15] 고집통은 말 못하네
점낙씨 석환씨 드문드문 던진 말이
방 중에 꽃이 되어 웃음이 절로 난다
호락씨 상무유사 책임완수 이상무라[16]
스물다섯 여섯일곱 밤알같은 청년들아
화수계 주인공은 그대들이 분명하며
재침양복 넥타이에 포마도[17] 향내 좋다
도곡동 아나운서 종대씨 호걸 웃음
눈웃음 칠 때마다 우리 속병 고치겠고
만종씨 항골 박가 일거수 일투족에
사람들이 요절하니 이 또한 재주로다
병화씨 노래소리 듣기에 아름답고
곱슬〃〃 넘긴 머리 파마넨트[18] 뒤지겠네
경낙씨 얌전 빼고 조용하게 앉았건만
술 한 잔 들어가면 누구보다 흥취롭고
찬용씨 딱한 사정 어느 누가 알아줄고

---

13) 기자생자 : 기생(妓生).
14) 뱃장 : 배짱. 모음 간 경음 'ㅉ'을 'ㅅㅈ'으로 표기한 형태이다.
15) 내어 미는 : 내미는.
16) 호락씨 상무유사 책임완수 이상무라 : 나중에 첨가된 내용이다.
17) 포마도 : 포마드(pomade). 머리털에 바르는 반고체의 진득진득한 기름. 광택과
    방향(芳香)을 내는데, 머리를 매만져서 다듬기 위하여 주로 남자가 사용한다.
18) 파마넨트 : 퍼머넌트(permanent). 파마(perm).

항렬 높고 나이 젊어 어사 중에 왔다갔다[19]
약관을 겨우 면해 스물다섯 접어드는
장래 주인 거동보면 이 또한 가관이라
술 한 잔 받을 때도 눈치보며 응수하고
담배 생각 나는 친구 볼 일 없이 통세[20]간다
노소동락 하는 것이 화수계 참뜻이라
그런데로 채면 지켜 유쾌하게 놀아보세
무웅군 팔팡미인 볼수록 신통하고
쟁반에 구슬같이 노래소리 듣기 좋다
원호군 미남자요 마음마저 너그럽고
위락군 말없으나 제 할 도리 찾아하며
승락군 뻗힌 키에 실속없는 웃음난다
번포동 종가 주인 동복군 살펴보니
무의공[21] 직계 주손 무거운 책임맡아
나없이[22] 하는 처리 큰사람 완연하다
응대군 돌아보니 이 또한 소중쿠나
얼른얼른 자라나서 경수당[23] 문호[24]맡아
활개치든 선조님들 그 업적 빛내어라
병웅군 버틀25) 좋다 신나게 잘도 놀며[26]
보림동에 종구씨 재대씨 무락씨는

---

19) 찬용씨 딱한사정 어느누가 알아줄고 항렬높고 나이젊어 어사중에 왔다갔다 : 나
  중에 첨가된 내용이다.
20) 통세 : 뒷간. 변소(便所).
21) 무의공 : 무의공(武毅公) 박의장(朴毅長). 조선 중기의 무신. 임진왜란 때 경주
  부윤(慶州府尹)으로서 경주 탈환 작전에서 적군을 크게 무찌르는 공을 세웠다.
  그 전공으로 경상좌도 병마절도사에 승진하였다. 사후 호조판서가 추증되었다.
22) 나없이 : 나이 없이. 나이가 어리다.
23) 경수당 : 경수당(警修堂). 신위(申緯). 조선 후기 때의 문신이며 서예가 화가.
24) 문호 : 문호(門戶). 문벌(門閥).
25) 버틀 : 신체 풍모.
26) 병웅군 버틀좋다 신나게 잘도놀며 : 나중에 첨가된 부분이다.

잠시도 앉아 있을 여가없이 바쁘며
갈변에 어린 청년 인형같이 고운 얼굴
뉘집 사위 될는지는 내 알바 아니지만
남의 서방 만들기는 진실로 아깝도다[27]
저 뒷줄 할머님들 주름〃〃 잡힌 얼굴
만면에 흡족한 빛 숨길 줄 몰라하고
부끄러워 숨어보는 새댁네들 들어보소
초면에 인사없이 말하기는 죄송하나
내 한마디 부탁하니 귀 담아 두었다가
자자손손 전래하여 지켜주기 바랄 것은
무안 박가 새댁된 것 행복하게 알아주소
어라 쯧쯧 잊었구나 저쪽에 딸내들이
초롱같은 눈초리로 이 사람 바라보네
오냐그래 기분이다 너희들도 한몫보자
고운 치마 빨간 댕기 앵두같은 이쁜 얼굴
떡도 싫다 밥도 싫다 다만 하나 바랄 것은
돌아오는 가을에는 시집 보내 달라는 것
조상되고 그만 소원 누가 아니 들어주랴
아무 걱정 하지 말고 얌전하게 배워두면
골골이 비좁도록 너를 찾아 올 것일세
어기 있는[28] 이 사람은 원대라 부르나니
글자를 소개하면 으뜸 원자 큰 대자요
택호[29]를 묻는다면 섬촌댁 장남이라
세〃년〃[30] 지나도록 객지생활 하는 중에

---

27) 갈변에 어린청년 인형같이 고운 얼굴 뉘집 사위 될는지 내 알바 아니지만 남
   의 서방 만들기는 진실로 아깝도다 : '갈면청년 하나같이 부쳐처름 예쁘구나'를
   수정하여 다시 쓴 내용이다.
28) 어기있는 : 여기 있는. '어기'는 '여기'의 오기로 보인다.
29) 택호 : 택호(宅號). 집주인의 벼슬 이름이나 처가나 본인의 고향 이름 따위를 붙
   여서 그 집을 부르는 말.
30) 세〃년〃 : 연년세세(年年歲歲). 여러 해를 거듭해서 계속 이어짐.

어쩌다 기회얻어 이렇게 참석하니
감개가 무량하고 영광되고 즐겁건만
본래가 빈 수레라 보다싶이 시끄럽고
언행거지 안된 짓을 관용해서 보아주소
보림동에 어린 청년 이번 모임 준비 위해
심부름 왔다갔다 몸 담아 일 한다고
한 자리에 오래 앉아 놀기조차 못했으니
고맙고 미안하나 후일에 갚음하세
다시 한 번 돌아보니 하나같이 미남이라
일일이 이름들어 자랑하고 싶으건만
이러다간 화수계가 가사풀이 될 것이고
밑천 짜른³¹⁾ 이 사람이 추방당할 우려되니
빠진 분들 이해하고 속 털고 놀 것이며
이 모임의 참된 뜻을 한 번 더 인식하여
자랑스런 우리 조상 만방에 높이 모셔
그 핏줄 타고나온 우리 또한 성공하여
억천 만 년 후손에게 버젓한 조상되고
먼저 나신 어른들께 공경하는 청년되며
흩어진 우리 일가 빠짐없이 찾아내고
오늘에 불참한 우리 일가 청년들도
다음 해는 참석하게 우리 함께 권려하여³²⁾
괴로운 일 서로 돕고 즐거운 일 서로 나눠
합심하여 일한다면 무엇이 겁날소냐
시세 직분 충실하게 착하게 알뜰하게
앞으로 전진 〃 〃 끊임없이 노력하여
말머리 상상봉에 줄기찬 깃발 꽂고
영해 땅을 주름잡고 나아가서 온 세계에

---

31) 짜른 : 짧(短)은. 제1음절의 종성 'ㄼ'이 'ㄹ'로 단순화 된 뒤 연철 표기되었다.
   '짜르다'는 '짧다'의 경사도 방언이다.
32) 권려하여 : 권려(勸勵). 어떤 일을 하도록 부추기거나 장려하여.

우리 세력 뻗혀가며 오래〃〃 살아보세

계묘년 정월 열여드랫날 원대 엮음

3. 여ᄌ경계ᄉ라

<여ᄌ경계ᄉ라>는 <마구사>와 함께 한 권의 전적에 수록된 국문
가사이다. 자료 형태는 32×25cm 크기의 책이며, 단·행·음보 구분
없는 줄글 형태의 필사본이다. 권영철 소장본이다. 원작의 창작 연대
와 필사자는 미상이나 저자는 내용상 곽씨 문중에 출가한 부인인 것
으로 추측된다.

내용은 모두 네 부분으로, 첫째 사람의 도리로써 오륜을 지켜야 함,
둘째 조선의 개국 송축, 셋째 곽씨 문중의 세덕 칭송, 넷째 아녀자에
대한 훈계로 이루어져 있다. 이 중 주된 내용은 곽씨 문중의 세덕을
구체적으로 들어 칭송하면서 같은 문중에 출가한 아녀자들이 각자의
직분을 다 하고 삼종지도를 지킬 것을 훈계하는 내용이다. 이 가사도
교훈·도덕류에 속하지만 그 내용은 송경축원이 중심을 이루고 있다.

여ᄌ경계ᄉ라[1]

모란이딕칙

어화 동문 여ᄌ분니 이내 말ᄉᆷ 드러보소
틱극이 초판ᄒ여 음양이 갈ᄒ닐지[2]
유지각ᄌ[3] ᄉ람이요 무지각ᄌ 금슈로다

---

1) 여ᄌ경기사 : 여자경계사(女子警戒辭)의 오기이다.
2) 틱극이 초판ᄒ여 음양이 갈ᄒ닐지 : 태극이 초판하여 음양이 가려질 때. 천지 만
    물이 처음 생겨날 때.
3) 유지각ᄌ : 유지각(有知覺者). 알아서 깨닫는 능력이 있는 자.

스람이요 무지각은 금수와 다를소양
이럼으로⁴⁾ 잇적⁵⁾성인 긔천됨국 ᄒ여시니
복히 실농⁶⁾ 황지씨와 요순 우탕 문무 주공
재 〃 승 〃 이리 나셔 인륜으로 가라친니
부ᄌ 간이 친흠 잇고 군신간의 의가 잇고
부 〃 간이 분별 잇고 즁유 간이 ᄎ례 잇고
붕우 간이 신이 잇는 이 〃른 오륜이라
마고⁷⁾디셩 공부ᄌ도 인륜으로 셩인니요
안증ᄉ밍 송종현도 인륜으로 현인이요
젼조이 ᄉ션싱과 아조이 오션싱도
인륜으로 디현되이 오륜을 모르이난
금수와 갓탄지라 이 안니 놀남흔가
오빅년 우리 조션 흔양에 터를 싹가
쳔승션긔8) 씨를 숨어 금지옥엽 즁셩ᄒ야
기러불억 미진 열미 춘우춘풍 만 〃이여
일지싱 여월지항⁹⁾ 황ᄒ여디 티슨약여
젼지무궁 ᄒ올지라 근국ᄒ신 렬셩조에
기ᄌ유화 쏀을 바다 풍속을 바류시고
인마을 가라친이 삼강오륜 읏덤이오¹⁰⁾
츙호졍렬 주장이라
오홉다 우리 곽시 득셩흔지 오릭로다
고려시에 졍이공은 관셔흔농 사람으로

---

4) 이럼으로 : 이러므로. 분철 표기 형태이다.
5) 잇적 : 옛적.
6) 복히실농 : 복희씨(伏羲氏)와 신농씨(神農氏). 중국 고대 전설상의 제왕.
7) 마고 : 만고(萬古). 매우 먼 옛날.
8) 쳔승션긔 : 천상선계(天上仙界)
9) 여월지항 : 여월지항(如月之恒). 상현달이 점점 보름달이 되듯이 일이 날로 번창
   (繁昌).
10) 읏덤이오 : 으뜸이요. 모음 간 경음 'ㄸ'을 'ㅅㄷ'으로 표기한 형태이다.

팔학사와 동힝ᄒ여 동국이 츌사하사

포산군을 봉하신이 동국이 모든 곽시

뇌안이 자손이양 그 후로 창셩ᄒ야

셰 〃 로 관면이요 듸 〃 로 잠영이라

오홉다 쳥빅 션조 시조 〃 이 공신이라

익산 히남 치졍ᄒ사 쳥빅으로 현명ᄒ고

문장 도덕 장ᄒ시고 지리이 박남ᄒ사

소리 텨¹¹⁾를 복지흔이 비실산12)이 리룡이요

틔빅산이 즙조되고 듸리산13)이 쥬산이라

자 〃 손 〃 물치ᄒ야 낙동강이 종시로다

빅자 쳔손 곽분양이 동국이 깅싱이라

쳔년으로 별시함이 류산이 안장ᄒ고

이양셔원¹⁴⁾ 입향ᄒ며 부사졍과 진사공은

자지¹⁵⁾분이 형지¹⁶⁾로다 오홉다 진사공은

졈필지¹⁷⁾이 문안이요 흔흔당¹⁸⁾이 친우시라

문장으로 져현ᄒ야 무오사회 피한 후예

도동별사 입향ᄒ고 별지공 삼형졔와

예안공 형지분은 장차손이 분파되고

장손파이 연일당은 이조 좌량 벼살ᄒ고

이양셔원 입향ᄒ며 차파이 예양공은

---

11) 소리 터 : 대구광역시 달성군 현풍면 대리 솔례(率禮) 터.

12) 비실산 : 비슬산. 대구 달성군 유가면 양리 일대에 있는 산.

13) 듸리산 : 지리산.

14) 이양셔원 : 이양서원(尼陽書院). 대구광역시 달성군 현풍면 대리 솔례(率禮)에 있는 서원. 1707년(숙종 33)에 지방유림의 공의로 곽안방(郭安邦)·곽지운(郭之雲)·곽규(郭赳)·곽황(郭趪)의 학문과 덕행을 추모하기 위하여 창건하여 위패를 모셨다.

15) 자지 : 자제(子弟). '지'는 치찰음 'ㅈ' 뒤에서 전설고모음화된 표기 형태이다.

16) 형지 : 형제(兄弟).

17) 졈필지 : 점필재(佔畢齋). 김종직(金宗直). 조선 전기의 성리학자.

18) 흔흔당 : 한훤당(寒暄堂). 김굉필(金宏弼). 조선 전기의 성리학자.

지평 벼살[19] ᄒᆞ여시며 사시 손이 탁청현은

참봉공이 즁지시라 함양군수 지ᄂᆡ시며

무외이힝 지극ᄒᆞ야 이양서원 입향하고

울산공이 계씨 분은 별홀로 례곡어라

덕망이 겨록ᄒᆞ야 도동별사 입향ᄒᆞ고

연일당이 함씨분은 벼살리 정낭이요

사세손 차파이난 삼쳑공이 자지분이

즁공은 졍암이니 문장긔졀 장ᄒᆞ시고

황희 감사 지ᄂᆡ시면 남지서원[20] 입향ᄒᆞ고

계공은 창이시이 류쥬치졍 거록ᄒᆞ며

이양셔원 입향ᄒᆞ고 강능부사 쥭지공은

십팔셰이 과거ᄒᆞ야 팔쥬이 치션ᄒᆞ야

월암사이 입향ᄒᆞ고 이조판서 충렬공은

황석산이[21] 사졀ᄒᆞ야 례연서원[22] 입향ᄒᆞ며

충졀노 졍포ᄒᆞ고 충렬공 계씨[23]분은

덕이학힝 참봉이요 오시손 장파에서

---

19) 벼살 : 벼슬. '벼슬'의 15세기 형태는 지금과 같은 '벼슬'인데 16세기 이후 비어
두음절에서 'ㆍ'가 'ㅡ'로 합류되면서 'ㆍ'와 'ㅡ'의 혼용으로 '벼슬'이 나타난다.
여기에서는 16세기 형태인 '벼슬'의 영향으로 제 2음절의 'ㆍ'가 'ㅏ'로 표기된
것으로 보인다.

20) 남지서원 : 남계서원(藍溪書院)은 경상남도 함양군 수동면 원평리에 있는 서원.
사적 제499호. 면적 4,810㎡. 1552년(명종 7)에 창건되었으며, 정여창의 위패
를 모셨다. 1566년(명종 21)에 사액을 받았으며, 1597년(선조 30) 정유재란으
로 소실되었다. 1603년 나촌(羅村)으로 옮겨 복원했다가, 1612년 옛터인 현재
의 자리에 복원했다. 숙종 때 강익(姜翼)·정온을 추가 배향했으며, 별사에는 유
호인·정홍서(鄭弘緒)를 배향했다가 1868년(고종 5)에 별사를 없앴다. 소수서원
에 이어 2번째로 창건된 서원으로 흥선대원군의 서원철폐 때에도 남아 있었다.

21) 황석산 : 황석산은 경남 함양군 안의면 상원리 일대에 있다.

22) 례연서원 : 예연서원(禮淵書院)은 대구광역시 달성군 유가면에 있는, 임진왜란
때 의병장으로 활동했던 곽재우(1552~1617)의 충절을 추모하기 위해 세운 서
원이다. 1995년 5월 12일 대구광역시 기념물 제11호로 지정되었다.

23) 게씨 : 계씨(季氏). 남의 남동생을 높여 이르는 말.

례곡공이 자지분은 명필노²⁴⁾ 일홈나고
삼쳑공이 손자분은 별호로 귀현이니
힝외로 참봉ᄒᆞ야 류호서원25) 입항ᄒᆞ고
츙익공 망우당26)은 임난이 참외ᄒᆞ야²⁷⁾
공훈이 듸진ᄒᆞ야²⁸⁾ 함경감사 지닉시며
례연서원 입항ᄒᆞ고 츙렬공이 자제형제
부친외히 사졀ᄒᆞ며 구셰동거 구거당과
외선보국 무한당과 그나문 삼십겹지
륙십진사 역〃히 다할손양
일문삼강 존ᄌᆡ집과 양호자 사호자와
렬부졀부 만할시고²⁹⁾ 십이졍여 볼지어다
장할시고 우리곽씨 벼살도 만큰이와
츙호렬노 셰덕이라 아무리 말셰인덜
구졍을 벼릴소양
어엿부다 동문 여자 다갓흔 자소으로
불힝이 여자되여 다각〃 출가ᄒᆞ며
여자이 유힝³⁰⁾이 여읜부모 형지로다
더구나 원듸 조상 추호나 사렴할가
자고로 우리 문중 국닉이 유명함은
츙호렬노 이롬이라 오믹31) 젼〃 잇지마오

<hr/>

24) 명필노 : 명필(名筆)로. 모음 간 'ㄹㄹ'의 'ㄹㄴ' 표기 형태이다.
25) 류호서원 : 달성군 소재 서원 류호서원(柳湖書院).
26) 망우당 : 곽재우는 1552년(명종 7) 경상도 의령(宜寧)에서 태어났다. 본관은 현
풍(玄風), 자는 계수(季綏), 호는 망우당(忘憂堂)이며, 황해도관찰사 곽월(郭越)
의 셋째 아들이다. 평생 은거하며 살려고 했던 곽재우에게 전쟁 소식이 전해진
것은 1592년(선조 25) 4월 13일에 일본군이 부산포를 점령하고 며칠 지나지
않아서였다. 의병을 일으켜 영남 일대의 왜적과 싸웠다.
27) 참외ᄒᆞ야 : 참여(參與)하여.
28) 듸진ᄒᆞ야 : 대진(大振)하여. 크게 떨치어.
29) 만할시고 : 많(多)을시고. 많(多)구나. '만할-'은 '많을-'의 연철 표기 형태이다.
30) 유힝 : 유행(有行). 행실.

오나리 어난 씨뇨 씨 마참 모춘이라

일기난 화창ᄒ고 양류난 청〃이라

추보당 놉흔³²⁾집이 싱회가 잇다던이

그 뉘가 기셜할고 부인시기 가소롭다

동민셔민 통기하고 양〃삼〃 작반하야

종일토록 히〃낙〃 그안이 과도할가

의복등절 볼작 시면 오환촉빅 찰난ᄒ고³³⁾

염식지구 볼작시면 핑구작주 과도ᄒ다

자고로 셩후 현비 이른 힝낙 이섯든가³⁴⁾

그나문 슉여현뷰 이런 힝낙 이섯든가

고서이 엽난³⁵⁾풍속 오날 보기 뜻밧기오³⁶⁾

여자직분 드려보오 칠녀이 부동셕과

팔녀이 후장즈는 분별례양 가라치고

십셰가 늠거든³⁷⁾ 규문이 불츌ᄒ며

녀ᄉ굴이 경계마다 언으를 순키ᄒ고

침셕³⁸⁾방적 빅우기며 제ᄉ예 변두³⁹⁾져히

례로써 되되기며 쥬셕을 즁만ᄒ야

부모 근심 업기ᄒ며 도요시절⁴⁰⁾ 츌가하야

지자우귀⁴¹⁾ ᄒ거들낭 소쳔⁴²⁾을 잘셤기며

---

31) 오미 : 오매불망.

32) 놉흔 : 높(高)은. 모음 간 유기음 'ㅍ'이 재음소화되어 'ㅂㅎ'으로 표기된 형태이다.

33) 찰난ᄒ고 : 찬란(燦爛/粲爛)하고.

34) 이섯든가 : 있었던가.

35) 엽난 : 없(無)는.

36) 뜻밧기오 : 뜻밖이오. 체언의 곡용에서 연철 표기된 형태이다.

37) 늠거든 : 넘거든.

38) 침셕 : 침선(針線). 바느질.

39) 변두 : 변두(籩豆). 제사 때 쓰는 그릇인 변(籩)과 두(豆).

40) 도요시절 : 도요시절(桃夭時節). 복숭아꽃이 필 무렵. 혼인을 올리기 좋은 시절.

41) 우귀 : 우귀(于歸). 전통 혼례에서, 대례(大禮)를 마치고 3일 후 신부가 처음으로 시집에 들어감.

구고[43]를 효봉하고 졔ᄉ간ᄋ 우익하고
봉졔사 져빈긱은 인간이 되사이라
졍졍으로 착심ᄒ야 침가유무 할거시오
비복도 사람이라 착실리[44] 되졉하고
ᄉᆡᆼ남ᄉᆡᆼ여 혼인가쵀 인간되사 안이온가
고이 〃 자라ᄂᆡ야 후문셩최 당년사라
잇젹이 부인덜은 틱즁교육 잇다한이
그안이 놀납한가 삼죵지이 칠겨지악
고볍[45]이 즁하온이 부되 〃 조심ᄒ고
쥬블유졍 야힝이촉 잇말삼 자 〃 한이
부되 〃 조심하야 이런 힝낙 다시 마오
〃 이랄 말삼 남사오나 연다즉실 조심이라
부되 〃 조심하요

---

42) 소쳔 : 소쳔(所天). 아내가 남편을 이르는 말.
43) 구고 : 구고(舅姑). 시부모.
44) 착실리 : 착실히. 중철 표기 형태이다.
45) 고볍 : 고법(古法). 옛날부터 전해 오는 법이나 법칙.

4. 정승상 회혼가

이 가사는 <규영현가>, <직여사>, <화조가>, <권효가>, <계부사>, <퇴계선생문월가>, <문월가>, <전춘가>, <해동국대계> 등과 같이 한 권의 전적에 수록된 국문 가사이다. 자료 형태는 25.6×15.6cm 크기의 책이며, 3단 2행 4음보 형태의 필사본이다. 원작자 및 창작 연대는 미상이며, 권영철 소장본이다.

이 가사는 정승상의 회혼연에 참석하여 보고 느낀 것을 적은 가사이다. 정승상의 성품과 약력, 정승상의 집, 잔치에서 정승상의 가족들이 회혼을 축하하며 인사말을 올린 것에 대해서도 차례로 기록하였다.

이 가사와 동일한 가사가 있어 비교해본 결과 표기상 받침이 생략되어 있는 경우가 많으며 가사를 옮겨 적다가 잘못 옮겨 적은 부분이 여럿 보인다.

정승상 회혼가1)

니 가스난 셰상이 드문 경수을 필단2)묘화로 기려닌3) 거신니 보암직 ᄒ나 슬상은 우시기4)라 유닉이야 불관5)ᄒ다
천지 만물 삼긴 후의 사람이 최귀ᄒ다
하날이 사람닐 제 수요6)귀천 각 〃 이라

---

1) 회혼 : 회혼(回婚). 부부가 혼인하여 함께 맞는 예순 돌 되는 날. 또는 그해
2) 필단 : 필단(筆端). 붓끝.
3) 기려닌 : 그려낸.
4) 우시기 : 우스개.
5) 불관 : 불관(不關)
6) 수요 : 수요(壽夭). 오래 삶과 일찍 죽음.

수부귀다남ᄌ7)를 사람마다 원컨마는
유덕ᄒ이 귀히 되고 적악8)ᄒ이 쳔히 되니
사람으 ᄒ올 쎠시 착흔 이리 졔일이라
다른 이을 보지 말고 졍승상을 두고보소
조션9)붓텀 덕을 싸아 자손으게 밋쳐씨이
쟝안 갑지 히동촌의 집도 쏘한 거록ᄒ다
문 압폐 늘근 회목10) 션듸감의 수식인가
운소11)의 고든 가지 사군 충졀 머금엇고
쓸 압폐 셩한 그늘 ᄌ손 여음 무궁ᄒ다
그 아릐 집을 지어 복덕으로 눌너씨이
남극셩이 빗쳣던가 귀인셩니 나렷쪈
임술 이월 초팔일의 일국 듸로 졍승상이
이 집의셔 나시쇼야 죵수시졍 아히들아
졍승상쯱 귀경 가ᄌ 집 졔도를 볼작시면
안 듸쳥 너른 마로 바[다] 갓치 깁헌난듸
가옷 졍침12) 쥬렴 듸롸 졍경부인 침소ᄒ고
졍침 건너 셔편 방의 마ᄌ부인 거쳐ᄒ고
후원 별당 졍쇠ᄒ고13) 쟝손부 맛타 잇고
셋지 ᄌ부 다음 손부 각방으로 논나잇고
동협실 셔협실의 낭ᄌ 손여 모와두고
셔졍벽의 영충 달고 억만 사람 보살필지
누상고 가진 괴쌍 졍주 고방 층다락의

---

7) 수부귀다남자 : 수부귀다남자(壽富貴多男子).
8) 적악 : 적악(積惡). 남에게 악한 짓을 많이 함.
9) 조선 : 조선(祖先). 조상.
10) 회목 : 회목(檜木). 편백.
11) 운소 : 운소(雲霄). 구름 낀 하늘.
12) 정침 : 정침(正寢). 거처하는 곳이 아니라 주로 일을 보는 곳으로 쓰는 몸채의 방.
13) 정쇠ᄒ고 : 정쇄하고.

몸종 불너 쇳쎠14) 논와 각청으로 간검ᄒ고15)
화단 엽헤 실과나무 나뭇 밋헤 가치 심어
아히 몸종 늘근 비ᄌ16) 친심하여 믜 가구니17)
과실 낭게 잡쏫 피고 가치 밧헤 오싴 쏫치
나무집 화초분의 빅종 번화 불부잔타18)
종각의 인경친 후 방〃마당 등촉 빗치
상원 관등 이 아닌가 동협방의 칙소릐와
줄힝낭19)의 방치20)소릐 우고우낫 아히 소릐
닉외 중문 신칙ᄒ여 볍영으로 긔폐ᄒ고
이럿틋시 가신 형식 의복 음식 ᄉ치업고
상노비ᄌ 낭속21)들도 후흔 가풍 덕을 입어
일싱 가도〃틈업서 온 집안이 화긔로다22)
외뒤청 노픠 소쇠 웅장ᄒ고 어그럽다
승상뒤감 노퇴23)ᄒ여 사침으로 물너나와
숑쥭서와 침병 아레 슌싴 담요 도듬ᄒ고
녹ᄉ 슈청 다믈이고 ᄌ식들노 시립ᄒ며24)
저근 사랑 도라드이 휘황하기 그지업다
만당금옥 안진 지상 남〃업시 종반이오
들고나고 ᄒ나ᄉ라 밍상군의25) 빗긱인가26)

<hr>

14) 쇳쎠 : 열쇄.
15) 간검ᄒ고 : 간섭하고.
16) 비ᄌ : 비자(婢子). 여자 종.
17) 믜 가구니 : 공을 들여 가꾸니.
18) 불부잔타 : 부럽지 않다.
19) 줄힝낭 : 줄행랑. 대문의 좌우로 죽 벌여 있는 종의 방.
20) 방치 : 다듬잇방망이.
21) 낭속 : 낭속(廊屬). 종붙이.
22) 화긔로다 : 화기(和氣)로다. 온화한 기색. 또는 화목한 분위기로다.
23) 노퇴 : 노퇴(老退). 늙어서 스스로 벼슬자리 따위에서 물러남.
24) 시립ᄒ며 : 시립(侍立)하며. 웃어른을 모시고 서며.
25) 밍상군 : 맹상군(孟嘗君). 중국 전국시대 제나라의 정승, 정치가.

큰디문 바로 여러 디거스마 츌립업고
오방그치 갈나 서워 악귀요귀 흐령흐며
선영마다 지막지여 지로조츠 두후흐이
틱신가흔[27] 구목송추 우로 중의 절노 늘늬
압송정 뒤산정은 우리 승상 장구쇠라
지상가 크그싀로세 별포치을 다 히여다
더운 절의 피서흐고 봄바람의 꼿 경기와
빈옥갓흔 귀공 자질 사절나와 공부할 제
꼿 그늘의 칙을 피고 송월 흐의 싀를 외와
가법으로 비와나서 경박한틱 전혀 업늬
노승상의 심덕 보소 궁곤흐그 주급흐니[28]
치운 스람 옷셜 주고 이웃 빅성 귀히 흐심
이 흔 집의 넙은 그늘 멷〃집을 덥퍼늬네
그 인심을 짐작흐며 만간집이 넉〃잔타
아마도 지샹틱이 유덕흐고 굉걸[29]홀사
장안 제틱 만커마는 그 송셩을[30] 뉘 싸르라
승상틱신 빅총마[31]는 눈빗[32]갓치 늘거쇼야
일싱 놀고서 〃 통머리의 조우럿다
육축조차 유순흐니 왕긔업서[33] 저려흐라
제틱도 조커니와 복역 조타 우리 승상
낙치흔 후 팔구십을 틱평으로 거신늬
청운금방 소연일은 선천으로 뭇[34]을 쑤고

26) 빗긱인가 : 빈객인가.
27) 틱산가흔 : 태산같은.
28) 주급흐니 : 주급(週急). 아주 다급한 처지에 있는 사람을 구하여 주니.
29) 굉걸 : 굉걸(宏傑). 굉장하고 훌륭하다.
30) 송셩을 : 칭송하는 소리.
31) 빅총마 : 백총마(白驄馬). 백마.
32) 눈빗 : 눈의 빛깔.
33) 왕긔업서 : 왕성한 기운이 없어.

금관옥되 노되상은 긔영희[35]로 소일흐고
오정녹을 장복흐고 일품 관되 흑창흐여
니외 관직 조흔 빗살 두 세 번을 다 지니고
긔로당의 원님가라 의정부의 퇴로흐니
우수비척 세상 바기 평지신선 이 아인가
우리 성상 등국 후의 복인으로 쏩혀서
세즈 동궁 가례시의 국혼수을 몃 번지며
왕되비 수연마다 우전으로 상을 바다
국가의도 충신이요 가정의도 효지로다
충효흐신 덕으로서 저러타시 귀히 된가
귀흐심도 커커니와 인간의 드문 복역
회방도 보연이와 회혼연이 오날이라
니외 히로 종고낙이 육예[36]을 시로 갓촤
실랑 거동 볼작시면 숭녹되부[37] 정되감은
수판을 손의 잡고 빅수풍진 거록흐미
천상의 틔얼선관 학을 타고 나리닷
신부 거동 볼작시면 정경부인 심싯 노인
예석이 나오실 제 금치단 갓초오고
서동부서 갈라서 〃 합환주로 고빅홀 제
요지의 서왕모가 좌우선여 옹위흐고
요지연의 나리듯 좌위 모신 즈손
쌍 〃 이 버린 양은 종남산 놈현봉의

---

34) 쑷 : '쑴'을 옮겨 쓰면서 잘못 썼다.
35) 긔영회 : 기영회(耆英會). 조선 때, 일흔 살 이상 되는 임금의 친척과 재상, 이품
    이상 정일품 이하 및 경연 당상이 참석하던 경로회.
36) 육예 : 육예(六藝). 고대 중국 교육의 여섯 가지 과목. 예(禮), 악(樂), 사(射),
    어(禦), 서(書), 수(數)를 이른다.
37) 숭녹되부 : 숭록대부(崇祿大夫). 조선 시대에 둔 종일품 상(上) 문무관의 품계.
    고종 2년(1865)부터 종친과 의빈(儀賓)의 품계에도 아울러 썼다.

층 〃 그절 ᄌ손보이 종ᄯᆺ 〃 〃 버린나디
부든 바람 화평ᄒ고 흔턴 날이[38] 다시 말가
일긔조차 이러ᄒᆼ이 화날아난 복이 〃 라
홰혼 잔치[39] 비설할 제 긔구도 장할시고
구름갓흔 빅치일을 열업[40]치로 노피 치고
성쳡갓흔 황화평풍 여그저그 둘너난디
무위청의 주수ᄒ고 벌비청의 진비ᄒ고
의읍의 각식 선물 수로[41]청의 치부ᄒ고
각집 되신 청한서간 록사[42]청의 기탁ᄒ고
고량진미 가지연수 방중산이 압봅히고
오강수로 술을 비저 무인불출 노리ᄒ며
현초별비 전후관 치ᄒ 〃 로 모여들고
금옥관디 제유지상 연츠차로 노와안고
일품 조관 명수들과 남힝 호반 빈긱들관
동서반 니위 친척 숨ᄉ청의 가득하고
중인녹사 청수들은 좌우로 시위홀제
이러흔 드움겸ᄉ 국갓은 달 모라소가
궐늬예 가진 폐물 상ᄉ하여 나러올 제
황송하신 ᄉ궤장[43]은 특별ᄒ야 우상ᄒ고
장악원[44]의 온갖 풍우 벌은으로 틱이실제
빅발 두상 비나금관 옥ᄉ디 도리옷[45]과

---

38) 흔턴날이 : 흐린 날이.
39) 홰혼잔치 : 회혼 잔치.
40) 열업 : 마른 잎.
41) 수로 : 수로(酬勞). 수고나 공로에 대하여 돈으로 보답함.
42) 녹사 : 녹사(祿賜). 녹과 하사품.
43) ᄉ궤장 : 사궤장(賜几杖). 나이가 들어 벼슬에서 물러나는 대신이나 중신에게 임
    금이 안석(案席)과 지팡이를 내려 주던 일.
44) 장악원 : 장악원(掌樂院). 조선 시대에, 음악에 관한 일을 맡아보던 관아.
45) 도리옷 : 도리옥. 조선 시대에, 정일품과 종일품 벼슬아치의 관모에 붙이던 옥관

호피 삼층 평고즈 파초선46) 노피 잡고
틱평 지상 오날 풍유 빅슈홍은 휘황ㅎ다
상송ㅎ신 구절즁47)은 공경ㅎ여 서위두고
사송ㅎ신 가진 풍유 여즁악이 더옥조타
송쥭갓흔 구든 혀리 구부실 줄 모로시며
선학갓흔 머리터리 늘그실 줄 모로시늬
뉘 아니 부려ㅎ며 뉘 아이 층찬48)ㅎ며
회동촌 놉흔 집의 집〃마다 쥬렴 거고
통구듸도 구경인은 억기 갈고 질도 트늬
천틱만상 이 구경이 싀록〃〃 싀로 난다
아롱쾌즈 무동들언 옥수한삼 흐터지고
일등명 그 고은 수청 각식 의장 칠례ㅎ고49)
쌍〃이로 모여드러 노릐ㅎ면 춤을 추늬
이월화풍 이른 보이 회동집의 다드러다
싱소악 서드난듸 온깃 춤이 그절ㅎ다
호며럽다 억기 춤의 징그럽다 손추이며
보그조타50) 몸 추이며51) 요절52)홀사 만도춤53)의
말근 노릐 모흔 춤이 어우러저 노나거동
춘강곡 발근 달의 낙포선여 나노난닷
온갖 호스 다흔 후의 닉당으로 드오실제

자(玉貫子)

46) 파초선 : 파초선(芭蕉扇). 조선 시대, 의정(議政)이 외출할 때 햇볕을 가리기 위
해 받쳐 들던 파초 잎 모양의 부채
47) 구절즁 : 구절죽장. 마디가 아홉인 대지팡이.
48) 층찬 : 칭찬.
49) 칠례ㅎ고 : 치레(緻禮)하고.
50) 보그조타 : 보기 좋다.
51) 몸추이며 : '몸춤이며'의 오기.
52) 요절 : 요절(撓折). 휘어져 부러짐.
53) 만도춤 : '만보춤'의 오기.

중〃도듬 쏫방석 어름갓치 도도 페고
처일주 가득 부어 차〃로예 현수홀 제
일품지상 맛즈제난 유득ㅎ고 웅중ㅎ다
가진 과복 정저ㅎ고 중듸청 도라나와
김부인⁵⁴⁾과 쌍을 지어 순은비을 손의 들고
비나이다 〃〃〃〃 마시 중수⁵⁵⁾ 하압소서
둘지 즈제 웅주거목⁵⁶⁾ 노리즈랄 봇을 바다
진홍관듸 지어입고 호박준을 놉피 들고
윤부이과 쌍을 지워 천만복축 ㅎ난 말이
빅세〃〃 ㅎ옵쇼서 쇼연 남힝 세지 즈제
가진 관복 치례ㅎ고 최부인과 쌍을 지워
헌수준을 놉피 드러 미수무강 ㅎ옵쇼서
일등 총서 윤판서 도리옥 금관복을
정부이과⁵⁷⁾ 쌍을 지워 유리 즌주 부어들고
늬위 마조 흔수홀 제 수여남슨 ㅎ암쇼서
당〃 명스 맛손즈은 선관갓흔 고은 풍골⁵⁸⁾
가진 관복 차랴 입고 순은비 놉픠들어
조부인과 쌍을 지워 복지축원 ㅎ나마리
빅발 환흑 ㅎ옵소서 둘지 손제 흔수홀 제
빗옥갓흔 장늬명스 초립청포 싀로 가라
쏘 일비을 부여들고 니즈낭와 쌍을 지워
알들ㅎ기 수을 비되 빅시〃〃 우빅스라
셋지 손즈 흔수홀 제 초립청포 흑스듸의
아람답고 고〃은 얼골 탐〃ㅎ게⁵⁹⁾ 어여부다

54) 김부인 : 김부인.
55) 마시장수 : 만세 장수.
56) 웅주거목 : 웅주거목(雄州巨牧). 땅이 넓고 산물이 많은 고을. 또는 그 고을의 원.
57) 정부이과 : 정부인과.
58) 풍골 : 풍골(風骨).풍채와 골격을 아울러 이르는 말.

서낭ㅈ와 쌍을 지어 일비을 부어들고
남다르게 축수ㅎ되 연〃마다 오날이셔
ㅎ날갓치 무강ㅎ소 ㅊ리로 혼수홀 제
홍도가ㅎ 시손ㅈ은 청포녹듸 갓촤입고
동험실노 도라나와 조낭ㅈ와 쌍을 지어
연엽잔을 나지 들어 낙치부싱60) 비난이다
할임 족ㅎ61) 헌수홀 제 익정비ㅈ 분〃하여
시술 ㅎ 준 다시 부어 유리비 치와 들고
성심으로 비난 마리 남산갓치 즁수ㅎ고
외손형제 혼수홀저 만옥가ㅎ 소연조사
청흑홍비 흑각듸예 오사관복 정직ㅎ고
또 일비을 부어들고 빅부인과 쌍을 지어
미수무강 ㅎ옵소셔 둘 지 위손62) 혼수홀 제
옥갓ㅎ 소연 진ㅅ 청포흑듸 눌너뒤고
고은 얼골 말근 음성 서낭ㅈ와 쌍을 지어
단정ㅎ기 잔을 드러 강능지축 ㅎ나이다
어린 손ㅈ 혼수홀 제 ㅎ 쌍을노 기절ㅎ다
추월가ㅎ 십시 아히 긔린 가ㅎ 칠시 동몽63)
옥싴바의 가차입고 방실〃〃 우시며셔
담〃 흑발 서로 씰며 형ㅈ가각 저을ㅎ늬
봉황가ㅎ 귀ㅎ 소ㅈ와 어엽부다 ㅎ 쌍 소여
아롱싴 청홍비ㅈ 분성적 곱기ㅎ고
여엽즌 엽히 쥐고 어린닷라64) 절ㅎ 모양

---

59) 탐탐ㅎ게 : 탐탐(耽耽)하게. 마음에 들어 매우 즐겁다.
60) 낙치부싱 : 낙치부생(落齒復生). 빠진 이가 다시 자라남.
61) 할임족ㅎ : 한림 조카.
62) 위손 : 외손(外孫).
63) 동몽 : 동몽(童蒙).사내아이
64) 어린닷라 : 어른 따라.

신통호고 긔졀호듯 장닉 지상 너 아이야
직즈가치 싯인 스람 강수가치 넘썬 소릭
고문의 들어서 〃 치흐 〃여 흐난마리
거록홀사 우리 승상 복도 만코 덕도 만타
팔즈 조흔 정경부인 화랄 닉시[65] 빈필이라
둘 노이이[66] 마조 안즈 금실 위지 흐롱호면
가진 차담 상을 물여 원건[67] 업이 노닉쥬닉[68]
오날 모힌 스름덜아 직상 사읍 별연츤타
불숭호이 술여 쥬고 병든 스람 약을 주고
지 〃 흐처 무흉호이 그 공득도 저글소야
우리 금상 환후 평복 맛빅셩의 다힝이요
우리 승상 무병장수 장안 빅셩 경수로다
명연 이월 오날 나릭 싱신 경수 도잇도다
토그즌이 술을 부어 황송호나 드러보싀
오날 갓흔[69] 귀혼 경수 이 싀상이 다시업다
거록홈도 거록호다 이 공이 뉘공인고
충군호신 공득이오 익민호신 공호신 공일쇠
치구직상 명수덜라 친척 공구 선빈드른
글럴 지어 치수호닉 무지호 예즈들은
비운 거시 언문이라 노릭 치로 지여보싀

<hr>

65) 화랄닉시 : 하늘이 내신.
66) 둘노이이 : 두 노인이.
67) 원건 : 원근(遠近).
68) 노닉쥬닉 : 나누어 주네.
69) 오날 갓흔 : 오늘 같은.

5. 회제선조 제문

회재 이언적이 대부인 손씨에게 치성할 때 올린 한글 제문은 서원섭 본 3종류, 권영철 본 6종류, 이동영 본 1종류, 이정옥 본 2종류가 이미 학계에 소개된 바가 있다. 경북 경주 일대에 회제 선생의 한글 제문의 이본은 필사의 방식으로 상당히 널리 퍼져 있다고 할 수 있다. 본 자료는 전체 크기 186.2×14.3. 두루마리로서 "경주 항골딕 책주, 임인 이월 기망의 등서"라는 등서(謄書) 간기와 전사자의 택호의 기록이 있는 자료인데 이정옥 소장 자료이다.

이언적(李彦迪 1491~1553)은 본관은 여주이며, 자는 복고, 호는 회재 (晦齋), 자계옹(紫溪翁)이다. 참군 수회(壽會)의 손자로, 생원 번(蕃)의 아들이며, 어머니는 경주손씨 계천군 소(昭)의 딸이다. 초명은 적(迪)이었으나 중종의 명으로 언(彦)자를 더하였다. 24세에 문과에 급제하여 벼슬길에 나갔다가 김안로의 등용을 반대하다가 관직에서 쫓겨나 경주의 자옥산에 들어가서 성리학연구에 전념하였다. 1537년 김안로 일당이 몰락한 뒤에 종부시첨정으로 불려나와 홍문관교리·응교·직제학이 되었다가 이조·예조·형조의 판서를 거쳐 1545년(명종 즉위년)에 좌찬성이 되었다. 윤원형 등이 선비를 축출하는 을사사화를 일으켰을 때 추관(推官)이 되어 선비들을 심문하는 일을 맡았지만 자신도 관직에서 물러났다. 1547년 윤원형 일당이 조작한 양재역벽서사건에 무고하게 연루되어 강계로 유배되었고, 그곳에서 많은 저술을 남겼으나 63세로 죽었다.

이언적은 조선조 유학, 곧 성리학의 정립에 선구적인 인물로서 유학의 방향과 성격을 밝히는 데 중요한 구실을 하였다. 그것은 주희의 주리론적 입장을 정통으로 확립하는 것이다. 27세 때 당시 영남지방의 선배학자인 손숙돈과 조한보의 견해를 모두 비판하여 자신의 학문적 견해를 밝혔다.

이언적은 이 논쟁에서 이기론의 주리론적 견해로서 이선기후설과 이기불상잡설(理氣不相雜說)을 강조하였다. 이러한 이우위설(理優位說)의 견해는 이황에게로 계승되는 영남학파의 성리학에 선구가 된다.

회재 선생의 자당에게 드리는 한글 제문의 이본은 여럿이 있지만 원본은 전하지 않는다. 회재 선생이 1547년 윤원형 일당이 조작한 양재역벽서사건에 무고하게 연루되어 강계로 유배되었을 때 적소에서 대부인의 상을 당하였다. 그곳에서 "祭先妣 孫夫人文"이라는 한문 제문과 함께 한글 제문을 지은 것으로 추정된다. 한글 제문은 회재 선생이 58세 되던 명종 3년 술신 7월에서 10월 사이에 유배지에서 선비 손씨에게 올린 제문이다.[1]

이 회재 선생의 제문은 경북 지역의 반가에서는 스테디셀러로 곳곳에서 베껴 쓰고 낭송과 암송으로 회자되면서 다양한 이본을 낳게 되었다.

晦齊先祖祭文(회재선조제문)

생아육아 깊흔 은해 호천만극 다 할손가
(백)수편친[2] 우리 모시 팔십 춘추 당연이라
서산의 일박한이 조모를 어이할고
전전긍긍 조심이요 오미불망 촌장이라
새상 공명 하직 하고 슬전의 뫼시어서
반상채무 환락하고 승순채치 봉양하고
천추 만새 마치도록 자식 직분 다 하여서
우리 모시 테산 은해 만분지일 갑흘 거슬
쳔지 신명 돕지 안코 자식 정성 부족든가

---

1) 서원섭, <회제선생 한글제문>, ≪어문론총≫ 6, 1971. 참조.
2) (백)수편친 : 백수편친(白首偏親). 머리가 허옇게 늙은 편모(偏母).

조졍의 죄을 어더 쳘리원찬 왼일인고
필마행장 떠나갈 재 모자 서로 틀어잡고
촌장이 슨치도록 호쳔통곡 영결한이
쳔지가 참담하고 귀신이 느길지라
쳔애지각 먼먼 곳에 소식인들 엇지 알며
마규쳔산 첩첩한데 곅창한동 쳐참심회³⁾ 조조야야
사모타가 오경심야⁴⁾ 잠을 빌어 편시춘몽 꿈을 꾼이
신혼이 표탕한풍⁵⁾ 고향 산쳔 차자왓네
당상의⁶⁾ 급히 올나 모시 젼 비알한이
쇠안이⁷⁾ 창창하고⁸⁾ 학발이 의의하다
완연이 생시가치 손을 들어 더듬으며
엽해서 말씀하와 흔흔이 즐겨 울 제
악악한 개멍 소리 홀연이 놀라 쌔이⁹⁾
모씨의형¹⁰⁾ 간대 업고 적막공방 나 쓴이라
가삼을 쑤다리며 눈물 흘너 피가 된이
일월성진 명감한들¹¹⁾ 이 마음 살필 실가
아모려나 내가 살아 부모 유채 안보하고
유유한 긴 새월의 한 해 두 해 기다리면
창쳔이 조림하고¹²⁾ 성군이 게시온이

³) 쳐참심회 : 처참심회(悽慘心懷). 슬프고 참혹한 마음속의 회포.
⁴) 오경심야 : 오경심야(五更深夜). 깊은 한밤.
⁵) 표탕한풍 : 표탕한풍(飄蕩寒風). 한 바탕 불어오는 찬 바람.
⁶) 당상의 : 당상(堂上)에. 문관(文官)은 정3품 명선대부·봉순대부·통정대부 이
    상, 무관(武官)은 정3품 절충장군 이상의 벼슬 계제(階梯). 이례(吏隷)의 상관(上
    官)에 대한 칭호.
⁷) 쇠안이 : 쇠안(衰顏). 여위고 쭈그러진 얼굴.
⁸) 창창하고 : 참참(慘慘)하고. 참혹하고 참담한.
⁹) 놀라쌔이 : 놀라서 깨니. '깨니'가 비자음 'ㄴ'이 탈락하고 '애'가 비모음화된 표기.
¹⁰) 모씨의형 : 모씨의형(母氏儀形). 모씨의용(母氏儀容). 어머니의 용모와 모습.
¹¹) 명감한들 : 명감(冥感)한들. 드러나지 않고 은연히 서로 감응(感應)함.
¹²) 조림하고 : 조림(照臨)하고. 해나 달이 위에서 내리비침. 신불(神佛)이 세상을

하일 하시 언재든지 무죄 누명 버슬지라
이 산쳔을 하직하고 금의환향[13] 도라가서
국조은덕 사래하고 가정의 물어나와 시탕을[14] 친집하고[15]
감지을 마치오며 춘하추동 쌔를 싸라
지성봉양 다 할지라 이쩌티 위로하고
평안 소식 고데턴이 호사가 다마하야
조물이 시기튼가 불초한 이네 죄를
쳔신이 미워한가 조조모모 발아압든
안신은[16] 쯔쳐지고 쳔쳔만만 목미박개[17]
부음이[18] 다치온이 쳔지가 혼혹하고[19]
일월이 회명이라 반호병용[20] 기졀하고
고지곡쳔[21] 통곡한들 망망이[22] 막급이요
애애이 무익이라 광활한 한 쳔지 안에
배올 곳이 어되오며 무궁한 이 세월예
모실 날이 언제 올고 육아시 지은 사람
네 맘 먼져 아려든가 오호통제 우리 모시

굽어봄. 군주가 국토와 인민을 통치함. 귀인(貴人)의 방문(訪問)·임장(臨場)
등의 경청.
13) 금의환향 : 금의환향(錦衣還鄕). 비단옷 입고 고향에 돌아온다는 뜻으로, 출세하
여 고향에 돌아옴을 이르는 말.
14) 시탕을 : 시탕(侍湯)을. 부모의 병환(病患)에 약 시중하는 일.
15) 친집하고 : 친집(親執)하고. 손수 잡음. 친히 함.
16) 안신은 : 안신(雁信)은. 기러기가 전해 주는 편지란 뜻으로, 지금은 단순히 편지라
는 뜻으로 사용됨. 편지(便紙), 소식(消息), 안서(雁書), 안백(雁帛)이라고도 함.
17) 목미박개 : 몽매(夢寐)밖에.
18) 부음이 : 명종 3(1648)년 6월 18일 회재의 어머님인 정경부인 손씨가 하세하여
그 부음이 7월에 배소인 강계에 전해짐을 말한다.
19) 혼혹하고 : 혼혹(昏黑)하고. 날이 저물어 어두움.
20) 반호병용 : 반호벽용(班戶擗踊). 양반(兩班)의 집에서 부모의 상사(喪事)를 만난
상제(喪制)가 매우 슬피 울며 가슴을 두드리고 몸부림을 침.
21) 고지곡쳔 : 고지곡천(告知哭天). 곡을 하여 하늘에 상사(喪事)를 알림.
22) 망망이 : 망망(忙忙)히.

생아구로[23] 하였으며 업어 주고 안어 주고

잇블시 언제 올고 품안에 안기여서

고고히 울음 울제 금옥가티 길은 은정

틔글 모아 태산이며 삼사세 지니여서 거름 걱고

말 배울 재 온가 방법 가르치심 틔임틔사 교훈이라

불초 소자 무상하와 촌호보은[24] 못하여서

자자이 자라난 몸 이자 일여 삼남매을

모시 혼자 무육하사[25] 좌우이 안쳐 노코

시시로 하신 말삼 네의 부형 별새 후의

내 어지 살리마는 무의무탁 너이들을

참아 엇지 못할지라 구구 유생[26] 명 이어

너이들 장성 후의 학읍이 쓰을 두고

청운에 놉피 올라 입신양명 괴이하여

현달 부모 하기 되면 이 몸이 죽드라도

함소입지[27] 할 거시라 소자 비록 유치하나

부모 통정 모르리까

나이 차차 들어가서 학문 공부 힘을 서서

동서남북 사방으로 현사성수[28] 차지 제

자식 사랑 자모 마음 떠치기도 어렵건만

장내 성취 시키려고 안연자색 감드시며

쳔언만담 교훈 말삼 목석도 감화될쓰

근노하여 지으신 옷 쳘을 차자 보나시며

---

23) 생아구로 : 생아구로(生我劬勞). 나를 낳아 기른 수고로움.
24) 촌호보은 : 촌효보은(村孝報恩). 조그마한 효로 부모님의 은혜에 보답함.
25) 무육하사 : 무육(撫育)하시어. 윗사람이 잘 돌보아 사랑하여 기름.
26) 구구유생 : 구구유생(區區偸生). 제각기 죽어야 옳을 때에 죽지 않고 욕되게 살 기를 원함.
27) 함소입지 : 함소입지(含笑立志). 웃음을 머금으며 입지를 세움.
28) 현사성수 : 현자선우(賢者善友).

신근당부 하신 말삼 만지장서 혈성이라

혼정진성²⁹⁾ 못하온이 자식 도리 버여실분

음신조차 듬무오니 모시 심회 상상하며

경경한 잔등 하에 소자 셍각 어쩌하며

소실한 춘푼셩이 의레지회³⁰⁾ 여북하야

이려 그려 해을 지나 사환길의 올나션이

국조에 뫼인 몸이 이촉할³¹⁾ 적 만을지라

민에 뵤리 시다드며 첨만불급 될 데까지

눈물 쏼여 쏠여하사 내 나이 팔십이라

너를 보며 얼마 보리 환노풍진³²⁾ 조심하여

어서어서 단여오라 일일이 여삼츄라³³⁾

도라오기 바라실제 노약심경 병환되여

침석중 게시온이 인자지정 이네 마음

초심전장 어쩌할리 벼살을 내여노코

쑬젼에 물러나와 조석시탕 하올 마음

시일이 착급것만³⁴⁾ 군명이 지중하와

윤혀치³⁵⁾ 안이온이 아모리 절박한들

임이로 못할지라 요강가향³⁶⁾ 바라보아

몽혼만³⁷⁾ 살아 올 것 슬젼 봉향 못한 것이

쳘쳔지통 막급타가 말경은 이곳에셔

---

29) 혼정진성 : 혼정신성(昏定晨省). 아침 저녁으로 부모의 안부를 물어서 살핌.

30) 의레지회 : 애련지회(哀憐之懷). 남의 불행(不幸)을 가엾게 여기는 마음.

31) 이촉할 : 이측(離側)할. 부모님의 슬하를 떠남.

32) 환노풍진 : 환로풍진(宦路風塵). 벼슬길의 험난함.

33) 일일여삼츄라 : 일일여삼추(一日如三秋). 하루가 3년처럼 그리워하여 몹시 애태우며 기다림.

34) 착급것만 : 착급(着急)건만. 등이 달도록 몹시 급하건만

35) 윤혀치 : 윤허(允許)치. 임금이 허락하지 않음.

36) 요강가향 : 요망가향(搖望家鄉). 멀리 있는 고향의 집을 바라 봄.

37) 몽혼만 : 몽혼(夢魂)만. 꿈속의 혼만.

홀연이 혼자 안자 말리길 써난 행차
임종도 못하온이 만고의 이 일신은 천양간[38] 죄인이라
천리객관[39] 배소에서[40] 조석전을 들리온이
소소하온 모씨 용안 나를 차자 오실지라
생시와 가쓸진대 모자 상봉 하온 날앤
억수 업시 반기오며 새새원정[41] 다하련만
유명이 다르온이 아모리 호곡한들 성음을 불통이라
어제 어제 오호 에제 우리 부모 중한 체육[42]
만첩 천산 풍설 중에 개신 고시 어데온고
새상 사람 부모상변[43] 안당할리 업건마는
봉향 못한 천고서름 나하나 쌴이온 듯
쇠병득죄[44] 이내 몸이 생존인세[45] 무익이라
진에 새상 하직하고 구원성경[46] 어서 발바
부모임져[47] 차자가서 한업시 즐기오며
천새만세 마치도록 써남업시 매서 볼가
골수에 사인 포한[48] 조이 한 쪽 기록하와
초수오산[49] 면면 길에 이 몸 데신 부치온이
영혼이 개시오면 눈물 쌀여 스피실 듯

---

38) 천양간 : 천양간(天壤間). 하늘과 땅 사이.
39) 천리객관 : 천리객관(千里客館). 천 여리 머나먼 객지의 숙소. 곧 유배지를 말함.
40) 배소 : 배소(配所). 유배지.
41) 새새원정 : 상세한 원정(原情). 세세한 사정(事情)을 하소연함
42) 체육 : 체육(體肉). 몸과 살.
43) 부모상변 : 부모상면(父母相面). 부모와 서로 만남.
44) 쇠병득죄 : 죄명득죄(罪名得罪). 죄를 지음.
45) 생존인세 : 생존인세(生存人世). 인간 세상에 살아 있음.
46) 구원성경 : 구원선경(九原仙境). 저승에 신선(神仙)이 산다는 곳.
47) 부모임져 : 부모님전.
48) 포한 : 포한(抱恨). 한을 품음.
49) 초수오산 : 초수오산(楚水吳山). 초나라의 물과 오나라의 산세.

경주 힝골듹[50] 책주 임인[51] 이월 기망의[52] 등서[53]

---

50) 경주 힝골듹 책주 : 경북 경주 항골댁 책주(冊主). 회재 제문은 장첩본도 있고
   두루마리 본도 있다. 이 자료는 두루마리 본이지만 베껴 쓴 대본은 장첩본이다.
51) 임인 : 임인(壬寅)년. 1842년, 1902년으로 추정됨.
52) 이월 기망 : 2월 16일. '기망(既望)'은 음력(陰曆)으로 매달 16일, 이미 망월(望
   月, 15일)이 지났다는 뜻에서 16일.
53) 등서 : 등서(謄書). 등초(謄抄).

제 3 장

부녀탄식류

부녀탄식류

1. 사향가

하나의 두루마리에 <사향가> 전편이 수록된 한글 가사이다. 자료 형태는 397.5×24.5cm 규격의 두루마리이며, 단과 행 구분 없는 줄글 형태의 필사본이다. 창작 연대 및 원작자, 그리고 필사자 및 필사 시기는 알 수 없으며, 권영철 소장본이다.

고향을 떠나 먼 곳으로 시집간 여인이 여자의 몸이기에 한 번도 고향을 찾지 못한 자신의 신세를 한탄하며, 늙으신 어머니와 형제들, 그리고 돌아가신 아버지를 그리워하며 연로하신 어머니의 만수무강을 비는 마음을 담은 가사이다.

사향가라

어와 가소롭다 여자 몸이 가소롭다
가슴 중에 슲우도다[1] 슲운 중에 긋부도다
전생에 무신 죄로 여자신이 된다 말고

흉중에 만단회포 단문으로2) 이르라라
부모님 만금교에3) 비할 고지 전혀업다
일시 반객 떠나기랄 삼추갓치 넉여더이4)
옛셩인 하신 법이 개〃 이어지대
여자이 원부몰 외물함도 그지업다
원근을 혜졔하여 동서남북 훗터지니
낙엽과 일반이라 다시 가기 어렵도다
어향이 여자님내 소회난 한 가지나
소조야 갓사할손야 가작히5) 출가하면
소식이자 서로 듯졔 날가탈이6) 뉘이시라
한 변 이향 하온 후에난 멧고 끗난 다시7) 아득하다
처음으로 집을 떠나 객곤들8) 업살손야
홀〃하이 셰월이야 몃 철새가 밧고 잇고
언일 선내 이 마암나 오매일염 어무9)생각
밋친 심회 걸인 마암 자모에졔 박혀또다10)
그립도다 자모조난 보고져라 자모셔웅
에회하고 삼〃하다 자모님 종에회다
늘고 병든 모양이 더 세고 더 놀손가
남다란 심경으로 자심하고 안젼난가11)

---

1) 슯우도다 : 슬프(悲)도다. 슬프다. 분철 표기 형태이다.
2) 단문으로 : 단문(短文)으로. 짧은 글 솜씨로.
3) 만금교애 : <뉴니냥문뇩(劉李兩門錄)> 권4, "부인의 힝싀 조비압고 몽농(朦朧)
   호남흐믈 블복(不服)ᄒ며뉴시(劉氏)빅싀(百事) 진션(眞善)ᄒ믈 취즁(就中)ᄒ고뉴
   승샹(劉丞相) 만금교인(萬金嬌兒)쥴 더옥 경의ᄒ야"라는 대목에서도 보인다.
4) 넉여더이 : 여겼더니.
5) 가작히 : 가까이(近). 경상도 방언형 표기이다.
6) 날가탈이 : 나와 같을 사람. '가탈'은 연철 표기 형태이다.
7) 멧고끗난다시 : 맺고 끝낸 듯이. '다시'는 연철 표기 형태이다.
8) 객곤들 : 객고(客苦)인들. 객지에서 겪는 고생들.
9) 어무 : 어무이. 어머니. 경상도 방언형 표기이다.
10) 박혀또다 : 박혔도다.

동기 형제 압희 두고 즐거하고 안전는가

오날이나 속식[12]듯졔 내일이나 기별 알가

날노 두고[13] 기다라고 때로 두고 바라든이

삼춘시동 다 저내고 여랑처리[14] 도라오리

말이타향 타국갓치 풍평도 조처도다

무심한 이내 심회 촌〃히 쪼쳐니고

무심한 이내 눈물 옷 압피[15] 젼난도다[16]

졀셰에 조흔 경치 심회랄 도와내고

양월이 빗난 거동 흉젹이[17] 막혀진다

떠날 적 이셩회엽 니거낫다

화초 지고 신세 가졀 조흔 경이 객지이

과셰하이 굿부도다 슲운 마암 둘대업다

신춘이 푸른 물이 반갑기 그지업다

초목이 회포로다

동지셧달 설한풍이 고향 짝을[18] 바라노라

설빈 우에 서〃 바라 치운[19]줄도 모랄너라

슬퍼하고 굿버한들 어난 뉘가 알손고

병이 난들 뉘가 알며 괴로온 들 뉘가고

이리저리 도라바도 살든 대도 젼혀업다

아현도다[20] 이 소회랄 자모 보면 다 하노라

---

11) 안전난가 : 앉(坐)았는가. '안전-'은 연철 표기 형태이다.
12) 속식 : 소식(消息). 알림.
13) 노두고 : 놓아두고. 놔두고.
14) 여랑처리 : 여름(夏) 철이. '처리'는 연철 표기 형태이다.
15) 압피 : 앞(前)이. 모음 간 유기음 'ㅍ'을 'ㅂㅍ'으로 재음소화하여 중철 표기한
    형태이다.
16) 젼난도다 : 젓(潤)는도다. 젓는다. '젼난-' 제1음절의 종성이 뒤 음절의 초성에
    동화된 표기 형태이다.
17) 흉젹이 : 흉격(胸膈)이. 가슴이.
18) 짝을 : 쪽을.
19) 치운 : 추운(寒). 원순모음화로 인한 'ㅣ>ㅜ' 이전의 표기 형태이다. 칩다>춥다.

보고지고 〃 〃 〃 〃 어마 동생 보고지고
듯고 지고 자모 소리 듯고 지고 외답도다[21]
이별리 엇지면 수이 보리 낙〃하다
숩실이야 멋백이가 가련난고
그린 어마 어린 동생 아망하고 상〃하다
헛부도다 지일이야 촌〃심회 다디린들
어난 부친 차자 와서 어름시려 위로할고
다시음[22] 생각하니 슲으도다 이뇌 심회
이십을 모넘고서[23] 붓친을 여회오리
노천이 우지하고 귀신이 회랄즌
홉다 우리 가문이라시 명하시며
동불하신 물필재회이 날노 헛것이고[24]
금셰에 드문 셩덕 내 한 몸 바히 업다
여자에 쳡〃 여한[25] 어대다 비잔 말고[26]
천지가 아득하고 일원이 우광하다
어린 동생 바라고서 모여[27]서로 으지할 때
저어밀 안이오면 내 어대 으지하면
여아곳 안이 오면 병든 자오[28] 엇지살이
깁고 깊운 셔벽촌은 세상도 졀월하다[29]
쫑청에선 은세 이리 노라니 이리져리 단일젹[30]에

20) 아현도다 : 애연(哀然)하도다.
21) 외답도다 : 애달프(恨)도다. 애듧다>애달프다.
22) 다시음 : 다시금. 다시
23) 모넘고서 : 못 넘겨서.
24) 헛것이고 : 헛것이고.
25) 쳡쳡여한 : 첩첩여한(疊疊餘恨). 첩첩이 쌓여 남은 한.
26) 비잔 말고 : 보이자는 말인고.
27) 모여 : 모녀(母女). 제2음절 어두 'ㄴ'이 탈락된 표기이다.
28) 자오 : 자모(慈母)의 잘못된 표기인 듯하다.
29) 졀월하다 : 절원(絶遠)하다. 격원(隔遠)하다. 동떨어지게 멀다.
30) 단일젹에 : 다닐(往來) 적에. '단일'은 과분철 표기이다.

모여 서로 으지하여 일월을 보내든니

인간의 무산³¹⁾법이 모여 이별 씨기난고³²⁾

뱅이³³⁾밧게³⁴⁾ 분수할 제 심장으로 아득하다

심회랄 억제하야 좃케〃〃 편이 잇서

조케 가서 우수이 보새던 안의 드러안자

주렴으로 내다보니 어멈 여지 업산 거동

문을 비겨서 우난 모양 건강도 홀체 업고

글역³⁵⁾도 정패하다 엄〃흔 저어랄

반려두고 어이하야 가잔말고

살대갓치 도라설 제 홍군이 다 전난다

미장한 어린 동생 형제 동기꺼짐³⁶⁾ 따라나와

주렴을 열고보면 잘 가거라 이별할 제

상〃한 어린 눈물 홍영의 비오난 듯하되

의닥이 엄기로서 저더긔 설월하

이별회랄 못 보이기 여글지어 주단말가

분군의 깊은 자의 적혀 면이니 자〃 신고로

명〃하고 높은 원홍 우우의 비겨서〃

이되 행식보면 자〃이 녹키 실다

엉만 시럼³⁷⁾ 궁천지정 오날에 거라로다

운산이 첩〃하니 처워가치 아득하다

무심하고 몹실 것들³⁸⁾ 그 어미랄 이질손야

---

31) 무산 : 무슨.

32) 씨기난고 : 시키(使)는고. 만드는고. 경상도 방언형 표기 형태이다.

33) 뱅이 : 백(百) 리(里). 제1음절의 종성과 제2음절의 초성이 자음동화 후 제2음
절의 어두 'ㄴ'이 탈락한 표기 형태이다.

34) 밧게 : 밖(外)에. 모음 간 경음 'ㄲ'을 'ㅅㄱ'으로 표기한 중철 표기한 형태이다.

35) 글역 : 근력(筋力).

36) 꺼짐 : 까지.

37) 엉만시럼 : 억만(億萬) 시름(愁). 아주 큰 걱정.

38) 몹실것들 : 몹쓸 것들. 제2음절의 중성 'ㅡ'가 앞의 치찰음 'ㅆ'의 영향으로 전설

심장의 갈여야 뼈의 박하힌 병이 되뇌
외로하니 새상에 모병이하연 안가추고
힌 권 다 마리고 부월철이[39] 절서온문 삼□
높은 집과 예필종부 중하긔와
이 네몸 삼하난일 죄령 부모 잇근마안[40]
척사 당문 이어더지 어릅그던
죄령을 □의 어엿불사 의제 삼은제 성장하야
날 논 자 와서볼고 고향길도 이시라
장중하다 너의 형제 누장눅숙 충실하야
거날같이 조은 얼골 축천같이 말근 긔상
그립고도 보고지고 어이하면 수이 볼고
첨심호우 긔절하야 부대〃〃 보양야
너해 형제 혈심의 제갈어편이 이젓난
생각하니 공쟁키도 그지업다
사생중 부의할 너 아니면 여일손고
보고지고 형슈안면 거립도다[41] 백셔 얼골
형제봉수 하온 후의 몟칠에나 밧그내요
우리 형제 한해 잇사 히소답낙 하올 적에
만년을 알앗드니 떠난 지 수년인대
풍평도업 세계동슈 적인들 농올손가
사업존다을 눌다려 보잔만코 복천을 향
장하 만하 야자고백 시로소이 다 엇지고
말근 그동안 엇지하여 수이 볼고
형제 압 한같이나 백시 얼골 아니연고

고모음 'ㅣ'로 표기되었다.
39) 부월철이 : 불원천리(不遠千里). 천 리 길도 멀다고 여기지 않음.
40) 잇근마안 : 있건마는.
41) 거립도다 : 그립도다. 제1음절의 중성 'ㅡ'를 'ㅓ'로 표기하였다. 경상도 방언이
   반영된 표기 형태이다.

좋은 지절 도라와 형제 다시 모여보세
수소한 내 동생이 자모설하 며싀불가
네 가지 상최화의 종반간 십연간
수일광 의여서며 정속지 안이컨만
난외 달을 사내의 실신 철이 박게[42] 바린가
춘풍 낙엽질지 옛가지 못가난고
아시 적의 놀든 이리 외회영역 하엿노라
원건친척 삼사촌에 오라다시 살건마난
하자오리 바이엽다
우리 붓친 계섯으며 면어이나 오실지날
새로이 자심회가 갈발업다
곤곤히 이라나서 구가의 들어오니
부란한고 가이 천동 기양친이
암게 게신이로다 하고
옛집이 적적히 비엿도다
천운이 지중커든 감회들 업살손야
안향도 지할시고 상래할이 전혀업다
동서로 모라거든 지상이 무엇신고
생정구고 깊은 은회 월신의 족하오
태평코 반석기라 무엇을 원할손고
일신이 편안 일낙이난 타항성광 어렵도다
처엄으로 오뢰 있어 어렷온 일도 만흘시고
천게를 엇여람의 한서도 지암하다
괴롭고 고단하면 고향 생각 거지엽다
창의정호 난풍성을 다시보고 반기□제 완
코도 만흔 우리 동유 어낫 때의 모여 놀고
무정한 이 새월은 백구위력

지난안 사월 십구일은 우리 붓친 기리이다[43]

연고가 다 첩〃하야 빈하인도 못보네고

답과 갈이 안자스니 이네 심정 엇들손고

천외를 향장하야 석사를 주보하니

우리부모 날키울 적 이자외로 남달아어라

저하신 말삼 너해를 키워내야 자셕 영화 보오리랴

의지갈이 맛삽더니 일년 일수 가난 날은 이려단말가

의이고금천지 몹쓸 거산 내의 일신 뿐인로다

자모동생 이향 바라난가

허무코 몹실게 나로 가장 더하리라

지성이면 감천이라 효성 업기로서

인심을 부동하니 뉘 날 원망하리

억만소회 생각하니 견될 기리 전혀 업다

나죄[44] 울고 밤에 울고 하로 울고 잇틀 운이[45]

수상의 꾸종 듯고 수하의 흥을 보니

다시곰 생각하니 처음으로 상사람

익도서도 안이 이리하고 어이하고

눈물을 꼿제 쓰고 조흔다시[46] 안자시니

그 마음 잔관[47]이요 슬푼 심회 푸러주리[48] 전혀 업다

업난 부친 생각하니 첩〃 유한 가득하고

인난[49] 자모 생각하니 불상키로 거지업다

저연[50] 오날은 야〃빙천의셔 남의 사인

---

43) 기리이다 : 기일(忌日)이다.
44) 나죄 : 낮(晝)에. 연철 표기 형태이다.
45) 운이 : 우(哭)니. 과분철 표기 형태이다.
46) 조흔다시 : 좋은 듯이. '조흔'와 '다시' 모두 연철 표기 형태이다.
47) 잠관 : 잠깐(暫間).
48) 푸러주리 : 풀(解)어 줄 이. 풀어 줄 사람. '푸러'는 용언의 활용에서 연철 표기한 경우이고, '주리'는 체언의 곡용에서 연철 표기한 경우이다.
49) 인난 : 있는.

울앙으로 붓드러 철벙하난 지회혈음 진〃이
금연 오날은 이떠지 고요하여
닉의 사향 사친하이 벵이[51] 박게 빗치여라
바라나이다 첨지임게[52] 비나이다
지은 죄 복 업것마난 거향이 적적실하다
둘되 업산 사향지회 붓긋초로[53] 기록하랴
자모의게 보내오니 반겨 살피소서
날 본다시 보압그던 천종저의 명월은 흐외하여
명〃한 요월하의 부즐 드려[54] 소회랄 낙이오니
녹수 산여하고 월색이 무광하다
모여 형제 못 보오면 원귀되 쉬울노라
상주 조형 요절하니 심회 더욱 갈발업다
불상하고 악갑도다[55] 엇지 거리[56] 놋고저온
다만 축수 하난 말이 우리 자모 만수무강
우리 자모 사체강영 어린 동생 무양충실
우리 형제 연고 업시 외〃내〃 태평하엿든
시화세풍 하거덜아 자모 슬하 즐기리라
내의 마암 외로하고 시절만 기다리나
내의 안이로다 사오촌의 반겨울며
너역더니 풍성도 매몰하다 죄서도
정막한다 초목 업산 형강한들 밧칠손가
백수산 한들기의 노송 남기 고적〃한다

50) 저연 : 거년(去年). 지난해.
51) 벵이 : 백리.
52) 첨지임게 : 천지(天地)님께.
53) 붓긋초로 : 붓끝으로.
54) 부즐드려 : 붓을 들어.
55) 악갑도다 : 아깝도다. 모음 간 경음 'ㄲ'을 'ㄱㄱ'으로 중철 표기하였다.
56) 엇지거리 : 어찌 그리.

청천의 흰구람은 어대랄 향하니
서북으로 가거들아 이내 소식 전해주소
고향을 떠나온이 이 회포랄 기록한이
필흉창 〃 타신볼가 쉬괴 〃 〃
함족단문을 사수를란 온전히 옷게 죄뇌
백발 쉬연 우리의 존안 남누로 소일하이
아연 마암 녹난닷 덕욱 추필망축
삼월 십오일에 벗겻시니[57] 글시악
키노라 괴 〃 한 보시고 비수말고
자 〃 이 눌여 보시고 문장되기 축원하시소

---

57) 벗겻시니 : 베꼈으니.

2. 로쳐녀가

이 가사는 국문가사로 <로쳐녀가>, <청년화류가>, <우민가>, <우미인가>와 함께 수록되어 있다. 자료 형태는 19×19.3cm 크기의 책이며, 2단 1행 4음보 형태의 필사본이다. 원작자와 필사자는 미정이다. 권영철 소장본이다.

내용은 마흔이 되도록 시집을 못 간 노쳐녀의 마음이 담겨 있다. 부모가 좋은 혼처를 고르는 바람에 나이 사십이 넘도록 혼인을 하지 못한 노쳐녀의 비애를 노래한 작품이다. 노쳐녀가 혼인을 하지 못한 것은 가난한 자기 집안의 처지 때문이었다. 그러나 더욱 문제가 되는 것은 사대부가의 체면이었다. 요컨대 그녀는 가난하면서도 체면을 고집하는 몰락사대부의 후예였기 때문에 노쳐녀로 늙어야 했던 것이다. 그러나 노쳐녀는 자신의 신세를 체념하거나 순응하지 않는다.

이 작품은 유통되는 과정에서 다양한 변이형을 낳고 또 소설화되기도 하여 가사의 소설화라는 조선 후기의 문학사적 현상을 보여주기도 하였다. 1848년(헌종 14)에 나온 작자 미상의 한글 소설집 『삼설기(三說記)』 소재의 <노쳐녀가> 그리고 구활자본으로 간행된 ≪노처녀고독각씨전(老處女孤獨閣氏傳)≫ 등이 각각 소설화된 작품들이다. 소설화된 <노처녀가>는 병 때문에 나이 사십이 되도록 시집을 못간 노처녀가 슬픈 노래를 부르며 지내다가 이웃집 도령과 혼인하여 그 후에는 병도 낫고 아들까지 낳아서 그 아들이 성장하여 영웅이 된다는 내용이다.

이 작품은 장편 내방가사에 속하며, 작품 가운데 액자형식으로 꿈속에서 이루어지는 장면을 삽입하는 서사적 기법을 이용한 매우 수준 높은 작품이다. 뿐만 아니라 음식·의복 범절, 혼례 절차에 대해 매우 정밀한 서술을 하고 있어 당시의 의복이나 음식 범절과 혼례 절차에 대한 이해를 하는데 도움이 된다.

로쳐녀가

인간 새상 사람들아 이내 말삼 드러보소
인간 만물 생긴 후애 금수초목 짝이 잇다
인간애 생긴 남자 부귀자손 갓근마는
이애 팔자 험하할손 날같흔 이 또 잇난가
백년을 다 사라야 삼만육천 날이로다
혼자 살면 백년 살며 정녀[1]되면 말년 살가
답 〃 한 우리 부모 가탄한[2] 좀양반이
양반인 채 도를려[3] 처잣가 불민하며
괴망[4]을 일삼은니 다만한 쌀 늘그간다
적막한 빈방 안애 전전불매[5] 감존일위
혼자 사슬 드러보소 로망한 우리 부모
날 길여 무엇하리 죽도로 날 길어서
잡아슬가 꾸어슬가 인환씨 적 생긴 남녀
보희씩 적 온가쥐 인간배필 혼취하문
예로부터 잇끈마는 엇든 처녀 팔자 조화
이십 전애 시집 간다 남녀 자손 시집 장가
써써한이 치근마는 이늬 팔자 기협하야
사십까지 처녀로다 이럴 주로 아라시면[6]

---

1) 정녀 : 정녀(貞女). 숫처녀.
2) 가탄한 : 집안이 어지럽고 어수선한.
3) 도를려 : 도르려. 그럴듯하게 말하여 남을 속여.
4) 괴망 : 괴망(怪妄). 말이나 행동이 괴상하고 망측함.
5) 전전불매 : 전전불매(輾轉不寐). 누워서 몸을 이리저리 뒤척이며 잠을 이루지 못함.
6) 아라시면 : 알았으면.

처음 안니 나을 거슬 월명사창 긴긴 밤애
침불안석 잠 못 들어 적막한 빈 방안애
오락가락 다니면서 장래사 생각한니
드욱 답〃 민망하다 부친 하나 평이요
모친 하나 숙맥불별 날이 새면 내일이요
새[7]가 새면 내년이라 혼인 사설 전패하고
가난 사설 쑌이로다 어대서 손님 오면
행여나 중매신가 아해 불러 힐문[8]한 적
외삼촌애 부엄이라 어대서 편지 왓내
외삼촌애 부엄이라 애달고도 서럼지고
이 내 간장 어니 할고 압집애 아오아가
벌서 자손 보다말가 동편집 용골녀는
금연간애 시집 가내 그 동안애 무정 새월
시집가서 푸려마는 친고 업고 헐손 업서
위로하리 전혀 업고 우리 부모 무정하야
위로하리 전혀업고 우리 부모 무정하야
내 생각 전혀 업다 부귀빈천 생각말고
인물 풍채 맞당크든[9] 처녀 사십 나이 적소
혼인 그동 처러주오 김동이도 상처하고
이동이도 기처로다 중매하리 전허 업내
날 치우리[10] 전허 업소 갈동 암소 살저 잇고
봉사 전답 갓건마는 사조가 분 가리면서
이대로록 늘거가니 연지분도 잇근마는
성적 단장 전패하고 율동치마 호박단저고리

---

7) 새 : 해(年).
8) 힐문 : 힐문(詰問). 트집을 잡아 따져 물음.
9) 맞당크든 : 마땅하면.
10) 날 치우리 : 나를 치울 사람. 나를 시집 보내 줄 사람이.

화장 그울[11] 압패 두고 원산갓튼 푸련 눈섭
새루 갓튼 가는 허리 아럽답다 나의 잣태
묘하도다 나의 거동 겨울다려 하는 말이
어화 답〃 내 팔자야 갈대 업다 나마 나도
쓸대업다 너도나도 우리 부모 병조판서
할아버지 호조판서 우리 문벌 이러하니
풍속 좃기[12] 어러위라 어연듯 춘절되니
초목군생 다 질기늬[13] 두견화 만발하고
잔지입 속입 난다 삭은 박개 쟁쟁하고
종달새 놉히 뜬다 춘풍야월 새우 시애
독수공방 어이할고 원수어 아해들아
그런 말 하지마라 압집애는 신랑오고
뒤집애는 신부가내 내 귀애 드른 바는
늣길 일도 하도만타 록양방초[14] 저문 날애
해는 어이 수이 가노 초목갓튼 우리 인생
표여이 늘거러 간다 머이채는 엽해 끼고
다만 한숨 샌이로다 간 밤애 짝이 업고
긴 날애 버지[15]업서 안자다가 누워다가
다시금 생각한니 아마도 모진 목슴
죽지못해 원수로다 老處女歌

---

11) 화장그울 : 화장 거울.
12) 좃기 : 좋게.
13) 질기늬 : 즐기네.
14) 록양방초 : 녹양방초(綠楊芳草). 푸른 버들과 아름다운 풀.
15) 버지 : 벗이.

3. 추풍감별곡

한 권의 전적에 <훈민시> 2편과 함께 수록된 국문 가사로 된 소설이다. 자료 형태는 19.5×27cm 크기의 책이며, 2단 1행 4음보 형태의 필사본이다. 원작자 및 필사자는 알 수 없으며, 권영철 소장본이다.

평양의 대동강을 배경으로, 지척에 임을 두고도 만나지 못하는 안타까운 심정을 노래한 가사이다. 정원에 부는 바람, 이슬을 머금은 국화꽃 등 자연물에 자신의 감정을 이입하여 임과 이별한 슬픈 마음을 표현하였다. 또한 술을 마신 뒤 을밀대에 올라가거나, 영명사를 찾아가 불전에 발원을 하는 등 이별의 슬픔을 잊고자 애쓰는 화자의 외로운 처지도 실감나게 표현하였다. 자신의 상사병은 영사 속 명의인 신농씨와 편작도 고칠 수 없다고 고백하면서 이별한 임에 대한 사랑의 감정을 여과 없이 절절하게 표현한 작품이다.

시작 부분에 '義城春山'이라는 붉은 글씨로 쓴 부기(朱書 附記)가 있는 것으로 보아 의성군 춘산 지방에서 유통되었던 가사로 추정된다.

추풍감별곡

어제 밤 부든 바람 금성이 완연하다
고침단금[1] 깊이 든 밤 상사몽 홀쩍 깨여
죽창을 반만 열고 막〃히 앉아보니
창〃한 만리장공 하운[2]이 흩어지고

---

1) 고침단금 : 고침단금(孤枕單衾). 외로운 베개와 얇은 이불이라는 뜻으로, 홀로 쓸쓸히 자는 여자의 이부자리를 말한다.
2) 하운 : 하운(夏雲). 여름철의 구름.

천연한 이 강산에 찬 기운이 새로워라

심사도 청연한데 물색도 유감하다

정수에 부는 바람 괴한을 알리는 듯

추국에 맺친[3]이슬 별루[4]를 먹었는 듯

실같은 잔류남교[5] 춘앵이 이귀하고[6]

소월비파 동정호에 춘원[7]이 슬피운다

임 여히고 썩은 간장 하마터면 끈치리라[8]

삼춘에 즐기던 일 예련가 꿈이런가

세류 삼경 요적한데 흡〃히 깊은 정과

야월삼경 깊은 밤에 백년살자 군은 언약

단봉[9]이 높고〃〃 폐수[10]가 길고〃〃깊어

문어지기[11] 어려워던 끈처질 줄 짐작하리

양산에 다마험은 예로부터 잇건마는

지이인 하는 것은 조물의 탓이로다

홀련히 이는 춘풍 화초를 요동하니

날아드는 웅봉가접[12] 애연히 홋탄말가

한 장에 감춘 호구[13] 도적할 길 바이없고

□□[14]에 잠긴 앵무 다시 희롱 어려워라

---

3) 맺친 : 맺힌. 중철 표기 형태이다.
4) 별루 : 별루(別淚). 이별할 때 슬퍼서 흘리는 눈물.
5) 잔류남교 : 잔류남교(殘柳南郊). 잎이 진 버드나무가 있는 남쪽 교외.
6) 이귀하고 : 이귀(已歸)하고. 이미 돌아가고.
7) 춘원 : 춘원(春猿). 봄 원숭이. 봄 잔나비.
8) 끈치리라 : 끊(斷)어지리라. 끊어질 것이다.
9) 단봉 : 단봉(丹峰). 모란봉.
10) 폐수 : 패수(浿水). 대동강의 옛 이름.
11) 문어지기 : 무너지기. 분철 표기 형태이다. 믈어디다>믄어디다>문어지다>무너지다.
12) 웅봉가접 : 웅봉자접(雄蜂雌蝶). 수벌과 암나비.
13) 호구 : 호구(狐裘). 여우 겨드랑이의 흰 털가죽을 여러 장 모아 이어서 만든 갖옷. 고관대작(高官大爵)을 상징함.
14) □□ : 이현기 씨 소장본에는 '金籠'이라 표기되어 있다. '금롱(禁籠)'은 '새나 그

지척동서 천리되어 바라보기 모연하고
은하작교 끊쳤으니[15] 건너갈 길 아득하다
인정이 끊쳤으면 차라리 잊치거나[16]
아름다운 자태거동 이목에 매여 있어
못보아 병이 되고 못 잊어 원수로다
천수만한[17] 가득한데 끝〃치 아끼워라
하물며 이는 추풍 별회[18]를 부쳐내니
눈앞에 온갖 것이 전혀 다 시름이라
바람 앞에 지는 잎과 풀속에 우는 짐승
무심히 듣게 되면 관계할 바 없건마는
유〃별한 간절한데 소리〃〃 수성이라
아해야 술부어라 행여나 관희할가[19]
잔 체워 가득 부어 취토록 먹은 후에
석양성로 을밀대로 선뜻이 올라가니
풍광은 옛과 달라 만물이 소연하다
능라도 쇠한 버들 성긴 가지 소실하고
금수봉 꽃진 남게[20] 상렬[21]이 표불하다[22]
인정 이별 변화함은 칙양하여 무엇할가
애연히 눈을 드러[23] 원근을 살펴보니

밖의 동물(動物)을 가두어 두는 장(欌)'을 말한다.
15) 끊쳤으니 : 끊(切)어졌으니.
16) 잊치거나 : 잊(忘)히거나. 제1음절의 종성과 제2음절의 초성이 자음축약 후 중철 표기된 형태이다.
17) 천수만한 : 천수만한(千愁萬恨). 매우 많은 슬픔과 한.
18) 별회 : 별회(別懷). 이별할 때에 품은 슬픈 회포.
19) 관희할가 : 관회(寬懷)할까. 마음에 지닌 회포를 풀까.
20) 남게 : 나무(木)에. '나무'의 15세기 형태는 '낡~나모'인데, 단순 모음 앞에서는 '낡'으로 실현되고 그 이외의 환경에서는 '나모'로 실현된다. 여기에서는 '낡+에'가 연철 표기된 형태이다.
21) 상렬 : 상엽(霜葉). 서리 맞은 잎.
22) 표불하다 : 표불(漂拂). 떨어져 날린다.

용산에 늦은 경은 창울함[24]이 심사같고
마탄[25]에 너른 물은 탄양함[26]이 회포같다
보통문 송객정[27]에 이별 아껴 슬퍼마라
세상 이별 남여 중에 날 같은 이 또 있느냐
수례문에 떴는 배는 행하는 바 어디멘고
만단수회 실은 후에 천리약수[28] 건너가서
우리임 계신 곳에 수이〃〃 돌고지고
성우에 늦인 경은 견데여 못 보리라
허황한 장탄단우[29] 울안을 지었더니
바람결에 오는 종성 뭇노나니 어느 절고
초혜를 떨처신고 섯거니 이리그러
영명사[30] 찾아가서 중다러 묻는 말이
인간 이별 생긴 부처 어느 탑 상 앉았는고
무정한 이한별수 이 또한 정수로다
죽장을 고쳐집고 부벽누를 올라가니
들밖에 점친 뫼는 구름밖에 솟아있고
청강에 맑은 물은 추천과 한빛이라
이윽고 돋는 달이 교〃히 빛을 펴니
그린 상사 지리한 중 옥면[31]인 듯 반겼더니
어이한 뜬구름이 광명을 가리웠네

---

23) 드러 : 들어. 연철 표기 형태이다.
24) 창울함 : 창울(悵鬱)함. 몹시 서운하고 울적함.
25) 마탄 : 마탄(馬灘). 대동강 여울. 마탄춘장(馬灘春張)은 평양 팔경의 하나.
26) 탄양함 : 탕양(蕩樣)함. 물결이 넘실거리며 움직임.
27) 송객정 : 송객정(送客亭). 대동강 지류. 보통송객(普通送客)은 평양 팔경의 하나.
28) 약수 : 약수(弱水). 신선이 살았다는 중국 서쪽의 전설 속의 강.
29) 장탄단우 : 장탄단우(長嘆短吁). 오랫동안 우려하고 탄식함.
30) 영명사 : 영명사(永明寺). 평양 모란봉 언덕에 있는 사찰. 영명심승(永明尋僧)은
    평양 팔경의 하나.
31) 옥면 : 옥면(玉面). 옥같이 깨끗하고 아름다운 얼굴. 남의 얼굴을 높여 이르는 말.

어화 이게 어인일고 조물에 탓이로다

언제나 구름 걷어 밝은 빛 다시보자

송지문의 명하편[32])을 길이 읊어 비휘하니

한로 상풍[33]) 취한 술이 서〃히 다 깨었다.

금준을 다시 열고 낙엽을 깔아앉아

일배〃〃 부일배에 몽롱히 취케 먹고

짧은 탄식 긴 한숨에 발을 미러 이리저리

지향없이 가는 길에 애련당[34]) 드단말가

부용을 꺾어들고 유정히 돌아보니

수변에 피는 꽃은 임이 나를 반기는 듯

옆간에 뜨는[35])비는 내 사정을 알리는 듯

랑〃한 백구들은 홍로에 왕래하고

쌍〃으로 원앙새는 녹수에 부침이라

이 인생 가련함이 미물만도 못하리라

홀련히 다 떨치고 맥마에 해를 떤저

산이냐 구름이냐 정처없이 가자하니

내 말이 허황하여 갈 길이 아득하다

어위 탄식 돌아오니 간 곳마다 보는 물색

이대도록 심란하다

울밀에 피는 국화 담안에 붉은 단풍

임과 함께 보량이면[36]) 경계롭다 하건마는

도〃[37])심사 울〃하여[38]) 도로혀 수심이라

---

32) 명하편 : 명하편(明河編). 중국 당나라 시인 송지문(宋之問)도 <명하(明河
篇)>에서 견우와 직녀가 은하수에 놓은 오작교(烏鵲橋)에 관한 고사를 읊었다.
'七月七日 鵲首兮故皆髡 相傳以爲是河鼓與織女會於漢東 役鵲爲梁以渡 故毛皆脫去'.

33) 한로상풍 : 한로상풍(寒露霜楓).

34) 애련당 : 애련당(愛蓮塘). 평양 대동문에서 종로로 통하는 길 중간복판에 있었던
연못. 연당청우(蓮塘聽雨)는 평양 팔경의 하나.

35) 뜨는 : 듣는. 떨어지는. 어두 경음화가 적용된 표기 형태이다.

36) 보량이면 : 볼(見) 양이면. 볼 것 같으면.

무정 세월 여류하여 날〃이³⁹⁾ 깊어 간다
가기는 절을 찾아 구추에 늦어서라
상 아래 우는 실솔⁴⁰⁾ 너는 무삼 나를 미워
지는 달 새는 밤에 잠시로 끈치 않고
긴 소리 짜른⁴¹⁾소리 경〃히 슬피 울어
다 썪고 남은 간장 어이마저 썪이는고
인계가 어기우니 밤도 자못 깊어서라
상중에 노는 홍안 운소에 홀로 떠서
옹〃한 긴 소리로 짝을 불러 슬피우니
추풍호월 저문 날에 두견성도 듣기거던
오동추야 장단시에 참다 어이 들을 것가
네 아무리 미물이나 사정은 날과 같다
일폭 화전지에서 세〃 사정 그려내여
월명사창⁴²⁾ 요적한데 임 계신 곳 전하려문⁴³⁾
인비목석⁴⁴⁾ 아니어던 임도 응당 반기리라
지리한 이 이별이 생각사록 끝치⁴⁵⁾없다
일염없이 못보는가 유정하여 그리는가
인연이 없었으면 유정인들 어이하랴
인연도 없지않고 유정도 하건마는
일성 중 함께 있어 어이 그리 못 보는고

---

37) 도도 : 도도(滔滔). 두루 돌아다님. 어지러워함. 탄식함.
38) 울〃하여 : 울울(鬱鬱)하여. 마음이 상쾌하지 않고 매우 답답하여.
39) 날〃이 : 나날이. 제1음절의 'ㄹ'이 탈락하지 않은 형태이다.
40) 실솔 : 실솔(蟋蟀). 귀뚜라미.
41) 짜른 : 짧(短)은. 방언형 표기이다.
42) 월명사창 : 월명사창(月明紗窓). 달 밝은 비단창.
43) 전하려문 : 전(傳)하려면. 방언형 표기이다.
44) 인비목석 : 인비목석(人非木石). 사람은 목석이 아니라는 뜻으로, 사람은 누구나
감정과 분별력을 가지고 있음을 이르는 말.
45) 끝치 : 끝(末)이. 모음 간 유기음 'ㅌ'을 'ㅌㅊ'으로 중철 표기한 형태이다.

오주명월 날 밝은데 초산운우 섬길 적에
설진심중 무한사[46]는 황연한 꿈이로다
무진장희 강잉하여[47] 문을 열고 바라보니
무심한 뜬 구름은 그쳤다 〃시 잇네
우리임 계신 곳에 저 구름 아래엿만
오면가면 무삼약수 어리그리 마혔건데
양처가 막〃하여 소식조차 끊단말가
둘 때 없는 이내 심사 어디다가 지접할가
벽상에 걸린 오동 강잉하여 나려놓고
봉구황[48] 한 곡조로 한 숨 썪여 기리 타니
여음이 요〃하여 원하는 듯 한하는 듯
상여에 옛곡조는 의연히 있건마는
탁문군[49]의 맑은 지엄[50] 힘〃히 자취없다
상사곡 옛글귀는 날 위하여 지었는가
결연한 이 이별이 느길 일도 하도 많다
창해에 돋은 월영 임 계신 곳 비취건만
심중소회 안정수는 나 혼자 뿐이로다
갈수록 심란한데 해는 어이 수이가나
잘 새는 지슬 찾아 무리 〃〃 찾아들고
야색은 창망하여 먼 남기[51] 희미하다

---

46) 설진심중무한사 : 진심중무한사(盡心中無限事)를 말하는 것. 가슴 속에 사무친 끝없는 사연. 백거이의 '비파행(琵琶行)'의 한 구절이다.
47) 강잉하여 : 강잉(强仍)하여. 억지로 참아.
48) 봉구황 : 봉구황(鳳求凰). 한나라 문인 사마상여(司馬相如)와 탁문군(卓文君)의 아름다운 사랑이야기를 읊은 노래.
49) 탁문군 : 탁문군(卓文君). 중국 서한(西漢) 대 촉(蜀)의 부호(富豪) 탁왕손(卓王孫)의 딸로 사마상여(司馬相如)와의 사랑 이야기가 유명함.
50) 지엄 : 지음(知音). 음(音)을 앎. 마음을 잘 알아주는 친한 벗을 이르는 말. 백아(伯牙)가 타는 거문고 소리를 듣고 악상(樂想)을 일일이 알아맞혔다는 종자기(鍾子期)와의 옛 고사에서 유래함.
51) 남기가 : 나무(木)가.

적막한 빈 방 안에 울적히 홀로 앉아
지는 일 다풀치고[52] 오는 서름 생각하니
산밖에 산이 있고 물밖에 대해로다
구의산[53] 구름같이 바라도록 모연하다
장〃추야 긴 〃밤에 이리하여 어이할고
아무쪼록 잠이 들어 꿈에나 보자하니
원앙침 써리[54]차고 비취금 냉낙하다[55]
추풍명월 잔등 하에 꿈 일우기 어려워라
일병장촉[56] 벗을 삼어 전〃 불매 잠 못들어
검국령[57] 새벽달에 오경인 줄 깨닫겠다
이리하고 저리하니 아마도 원수로다
흥진비래 고진감래 그윽히 있건마는
명천이 도우시고 귀신이 유예하여
남교[58]에 굳센 풀로 월로승[59] 다시 이여
소상강[60] 어느 날에 고인을 다시 만나
봄바람 가을달에 거울같이 마조 앉자
이런 일 옛말삼아 정회 중에 넣어두고

---

52) 풀치고 : 풀치고. 맺혔던 생각을 돌려 너그럽게 용서하고.
53) 구의산 : 구의산(九嶷山). 중국 호남성 영원현(永遠縣)에 있는 산. 순임금이
　　이 산에서 죽었는데, 두 왕비(아황(娥皇)과 여영(女英))가 애타게 순 임금을 찾
　　아 헤맸다고 함.
54) 써리 : 서리(霜). 어두 경음화가 적용된 표기 형태이다.
55) 냉낙하다 : 냉락(冷落)하다 외롭고 쓸쓸하다.
56) 일병장촉 : 일병잔촉(一柄殘燭)
57) 검국령 : 금강령(金剛鈴). 불교 의식에 쓰이는 도구 중의 하나. 금령(金鈴)이라
　　고도 한다.
58) 남교 : 남교(藍橋).
59) 월로승 : 월로승(月老繩). 전설에서, 월하노인이 가지고 있다는 주머니의 붉은
　　끈. 이것으로 남녀의 인연을 맺어 준다고 한다.
60) 소상강 : 소상강(瀟湘江). 중국 후난 성(湖南省) 둥팅호(洞庭湖) 남쪽에 있는 소
　　수(瀟水)와 상강(湘江).

유자생여 하오시며 한없이 즐기다가
인심이 교사하여 어느 누가 시비커던
추풍오호⁶¹⁾ 저믄날에 금범⁶²⁾을 높이 달고
가다가 아모데나 산 좋고 물 좋은데
자좌오향⁶³⁾ 제법으로 수간초옥 지은 후에
석전을 깊이 갈아 초식을 먹을 망정
백년이 다 진토록 떠나 살지 마자터니
상사로 곤한 몸이 상우에 잠간 누어
죽은 듯이 잠이 드니 호접이 나를 몰아
그리든 우리 임을 꿈 가운대 잠깐 만나
비휘가 교집하여⁶⁴⁾ 별래사정⁶⁵⁾ 다 못하여
수가의 옥저성이 추풍에 썩겨⁶⁶⁾불어
청량한 한소리로 잠던 나를 깨우누나
아서라 그만 둬라 이 산이 유수하니 후일 다시 만나볼가
생각다 못하여서 심〃풀이 지었노라

---

61) 추풍오호 : 추풍오호(秋風五湖).
62) 금범 : 금범(錦帆). 비단으로 만든 돛. 다른 사람이 타는 배를 높여 이르는 말.
63) 자좌오향 : 자좌오향(子坐午向). 묏자리나 집터 따위가 자방(子方)을 등지고 오
    방(午方)을 바라보는 방향. 정북(正北) 방향을 등지고 정남향을 바라보는 방향
    이다.
64) 비휘가 교집하여 : 비희교집(悲喜交集)하여. 슬픔과 기쁨이 한꺼번에 닥쳐.
65) 별래사정 : 별래사정(別來事情). 헤어진 뒤 일의 형편.
66) 썩겨 : 섞이(混)어. 어두 경음화가 적용된 표기로 경상도 방언형 표기이다.

4. 회심곡

이 가사는 국문가사로 <로처녀가>, <청년화류가>, <우민가>, <우미인가>와 함께 수록되어 있다. 자료 형태는 19×19.3cm 크기의 책이며, 2단 2행 4음보 형태의 필사본이다. 원작자와 필사자는 미상이다. 권영철 소장본이다. 제목으로 보면 종교영사류로 분류할 수 있으나 부녀 자탄의 내용이 주를 이루고 있다.

회심곡1)

이럴 어이 하잔말가 인간 하직 망극하다
불상하다 이내 일신 명사 십육 해당화야
솟 진다고 셔러마라 너난 다시 피런이와
명연 삼월 봄이 오면 우리 인생 한 변 가면
다시 오기 어렵워라 엇지 갈고 심산으로
북망산천 도라갈 재 한정 업난 길이로다
언제 다시 도랴오먀 불상하고 가련하다
이 새상을 하직한니 처자 시애 손목잡고
만단설화 못다하여 약탕관을 버러두고
정신 차러 살펴본니 지성극효 극진한들
죽은 목슴 살일손가 성길이 이다쓴니
옛 늘근이 말 드런니 오날 내개 당해본니
대문박애 저성이라 어난 친고 대신가며
친고 벗지 만타한들 일가 친척 만타한들

---

1) 회심곡 : 회심곡(悔心曲). 어진 마음으로 착한 일을 많이 하여 공과 덕을 쌓으라고 축원하거나 덕담하는 노래.

어너 일가 동행할가 신사당애 허배하고[2]
구사당애 하직하고 대문박을 석나서니
업던 곡성 랑자하다 월직사자[3] 등을 미려
일직시자[4] 손을 끌고 풍우갓치 재촉하며
허방지방[5] 모라갈 재 나진 대난[6] 놉하진다
놉흔 대는 나자지고 악이 악식 모른 새상
멕고 가며 시고 가나 내 말 잠간 드러주소
시자[7]님내 사자님내 시장한대 점심하고
신발이나 곳처 신고 들은 채도 안이하고
쉬여 가자 애걸한들 쇠몽치를 등을 치며
어서 가자 밧비 가자 저성 원문 마다러니
이려저령 려여날 재 무두 낫찰 마뚜 낫찰
소래 치며 달려드려 인정 줄 뜻 반푼업다
이정 달라 하난구나 단배 골고 모은 재물
인정 한 푼 서나볼가 열두대문 들러간니
의복 버서 인정 서며 무섭기도 끗치업고
두럽기도 측양 업다 옥사장이 분부잡고
대려하고 기다르니[8] 남녀 죄인 동대할 재
정신차려 살펴본니 최판관이 문서 잡고
열시왕이 좌기하고 남녀 죄인 잡아들어
심문하고 봉초[9]할 재 전후좌우 벼려섰고

---

2) 허배하고 : 허배(虛拜)하고. 신위에 절을 하고.
3) 월직사자 : 월직사자(月直使者). 무속에서 저승에서 오는 여신(女神). 임종에 있는 사람의 죽음을 결정하고 죽은 후 저승으로 인도한다고 한다.
4) 일직사자 : 일직사자(日直使者). 저승사자의 하나. 임종에 있는 사람의 죽음을 결정하고 그 혼백을 저승으로 인도하는데, 성질이 매우 포악하다고 한다.
5) 허방지방 : 허둥지둥.
6) 나진대난 : 낮은 데는.
7) 시자 : 시자(侍者). 귀한 사람을 모시고 시중드는 사람.
8) 기다르니 : 기다리니.

귀두어편 나찰들은 긔치창금 창얼한대
형벌기구 차러놋고 엄숙하기 측양업다
대성호령 기다러니 남자 죄인 잡아드려
형벌하고 뭇난 말이 선심 삼아 바원하고
이놈들아 드러바라 이 새간애 나아가서
무산신심 하여나냐 요방비간 쏜을 바다
발은 되로 아래여라 임금애개 극간하며
나라애 충성하며 늘근 이를 공경하며
부모애개 호도하며 배곱흔 니 밥을 주어
구란공득하엿난가 기식¹⁰⁾공득 하엿난가
헐벗선니 옷슬 주어 조흔 곳애 집을 지어¹¹⁾
행인유속 하엿난가 원천공득 하엿난가
깁흔 물애 다리 노와 목마는 니 물을 주어
급수공득 하엿난가 활인¹²⁾공득 하엿난가
병든 사람 약을 주어 놉흔 산애 불당 지어
중생공득 하엿난가 행인해갈 하엿난가
조흔 밧태 원두노와 부처님 전 공양들어
마음 작아 선심하여 무사 공득 하엿난가
념불 공득 하엿난가 어진 사람 모회하고
불애행사 만히 하며 내 죄목을 엇지하라
탐재¹³⁾함이 극심한니 죄악이 심중한니
풍도옥애 가두리라 위로하고 대접하며
착한 사람 불러들으 못설 놈을 구경하라
잇 사람은 션심으로 그 안니 조흘손가

---

9) 봉초 : 봉초(捧招). 죄인을 문초하여 구두로 진술을 받던 일.
10) 기식 : 기식(寄食). 남의 집에 붙어서 밥을 얻어먹고 지냄.
11) 원문에 좌우가 바뀌었다고 표시되어 있어 바꿔 입력하였다.
12) 활인 : 활인(活人). 사람의 목숨을 구하여 살림.
13) 탐재 : 탐재(貪財). 재물을 탐냄.

주락새개 드러간니 소원대로 물얼 적애[14]
네 원대로 하여주마 연화대로 가랴느냐
극락으로 가랴느냐 성경으로 가랴느냐
장생불사 가랴느냐 반도소님 하랴느냐
서왕모애 시관되여 내 소원을 아뢰여라
옥재 전애 보장하쟈 요지여애 가랴느야
남중절색 되어나서 백만 군중 총독되여
대장봄이 되랴느냐 재도하기 공부하자
석가열애 재가 되여 산신 불러 재됴하기
밧비 불러 분부하라 귀히 되여 나아간니
저런 사람 선심으로 대웅전애 오린 후애
주찬으로 대접하며 착한 사람 구경하랴
못슬 놈을 잡아내여 너의 놈은 죄중한니
풍도옥[15]애 가두리라 여자 죄인 잡아들여
남자 죄인 처결한 후 엄형 국문 하난 말이
너해 죄목 들러바라 지성 효도 하엿난가
시부모와 친부모애 동생 항열 극애하며
친척화목 하엿난냐 부모 말삼 대답하고
괴악하고[16] 간특[17]하년 동생간애 이산하야
형재불목 하개 하고 얼두시로 마음 변해
새상 간륵 다부려벼 못드든대 욕을 하고
마주 안자 우슴 낙담 나무 말을 일삼는 년
국말하고 성내는 년 시악[18]하기 뉴란한 년
풍도옥애 가드리라 온갖 형별 하난구나

---

14) 물얼적애 : 물을 적에.
15) 풍도옥 : 풍도옥(酆都獄). 도가에서, 지옥을 이르는 말.
16) 괴악하고 : 괴악(怪惡)하고. 말이나 행동이 이상야릇하고 흉악하고.
17) 간특 : 간특(奸慝). 간사하고 악독하다.
18) 시악 : 시악(恃惡). 자기의 악한 성미를 믿음. 또는 그 성미로 부리는 악.

죄목을 무른 후애 죄지경중 가리여서
재래대로 처결한 후 검수지옥[19] 발성지옥
칼산지옥[20] 한빈지옥 지악지옥 천망지옥
각처지옥 분부하야 대연을 배슬 하고
모든 지옥 처결한 후 착한 여지 불려내요
위로하고 하난 말이 천여 되여 가랴느냐
소원대로 다 일러라 요지여애 가냐느랴
남자 되여 가랴느냐 재실 왕후 되랴느냐
재상 부인 되랴느냐 부귀공명 흠절[21]업서
네 원대로 하여 주마 선녀불려 분부하야
소회되로 다 일러라 극낙으로 나아가니
그 아니 조흘 손가 불매행사 하지 마소
선심하고 마음 닥가 회심곡을 혀소 말고
선심 수신 안니 하면 구령배미[22] 못 면하내
우마 형상 못 면하고 조심하고 수신하라
수신재가 능히 하면 아무조록 힘을 스오
치국안민 하오리니 적득을 안니하면
신후사가 침옥하다 자선사업 만니하며[23]
마라나니 우리 형재 래생 길을 잘 닥아서
극락으로 나아가새

회심곡 종 십이월 십칠일

---

19) 검수지옥 : 검수지옥(劍樹地獄). 검림지옥(劍林地獄) 불경, 불효, 무자비한 죄를
    지은 사람이 떨어지는 지옥.
20) 칼산지옥 : 칼산으로 된 지옥
21) 흠절 : 흠절(缺節). 부족하거나 잘못된 점.
22) 구령배미 : 구렁이와 뱀이.
23) 만니하며 : 많이 하며.

5. 노탄가

<노탄가>는 표지 서명이 ≪사친가≫인 장책본에 두 번째로 수록된 국문 가사이다. 27.0×19.0cm 규격으로 단, 행, 음보의 구분이 없는 줄글 형태의 필사본이다. 권영철 소장본이다. 작품이 끝나면서 바로 이어서 <명당경>이라는 가사가 이어진다.

내용은 늙음을 탄식하면서 세상 사람들에게 부디부디 늙지 말고, 늙기 전에 일배하고 놀 것을 당부하나 어찌 아니 늙고 죽지 아니 하리라고 탄식하는 글귀로 마무리한다.

노탄가

영웅일닉 〃 〃 〃 진시왕이 영울일닉
아사라 말도 말아 세상에 영웅 웂다
저가 웃지[1] 영웅이라
아방궁 느른 집에[2] 늘는듸로 영웅 잇나
육국 제후 조공 밧고 범같이 보일 적에
늘글 줄을 안다말가 사천 궁여 시위하고
오음육유 가진 풍유 주야 웂시 절길 적에[3]
늘걸 듯지 잇다 말가 삼〃심유 봉닉산에
불사약을 구할나고 동남동여 오백인을
서시불느 보닐 적에 천만 연을 장생이라
늘근마으 잇단말가 만리장성 높이 살고

---

1) 저가웃지 : 저가(저 사람이) 어찌
2) 느른집에 : 너른 집에
3) 절길적에 : 즐길 적에

상님원에 조공 밧고 억만창생 부릴 적에
늘글 줄을 웃지 아리[4] 사구평듸 저문 날에
연산 청춘 가련하다 저가 웃지 영웅이라
세상에 영웅 읍다 장사로다 〃〃〃〃
초픽왕이 장사로다 아사라 말도 말아
세상에 장사 읍다 저가 웃지 장사리요
죽는 듸도 장사리오 세상 강등 초장으로
만인적을 비와 늬싸 팔천 제자 거라리고[5]
중원으로 건느와서 아방궁에 불을 노코
백니 지나 무씨르고 풍문연 높은 집에
장자방이[6] 듸여 안자 백만듸병 옹위하고
병사부를 주선하야 천하을 다톨 적에
죽을 줄을 안단말가 읍난 실수 한변듸고
히하에 실푼 노릭[7] 오초 말도 간곳 읍고
위민이에 손목 잡고 실푼 노릭 한 곡에
수운이 적막하다 듯지 못한 장사리오
보지 못한 영웅이라 늘는 듸도 장사 잇고
죽는 듸도 영웅 잇나 근곤도 계벽하고
일월도 의명이라 부유같은 인생이요
역며갓튼 천지로다 삼천 연등 방석도
불상한 단명이라 팔백연 사든 평조
약착한 요수로다 신선을 뉘가 보며

---

4) 웃지아리 : 어찌 알리
5) 거라리고 : 거느리고
6) 장자방이 : 중국 한나라의 건국 공신(?~BC 168). 이름은 장양이다. 진승(陳勝)
   오광(吳廣)의 난이 일어났을 때 유방의 진영에 속하였으며, 고조 유방을 도와 한
   나라 창업에 힘썼다. 선견지명이 있는 책사(策士)로서 소하, 한신과 함께 한나라
   창업의 삼걸(三傑)로 불린다.
7) 실푼노릭 : 슬픈 노래

장생불사 뉘기든고 낙〃장송 장충이라
늘기는 일반이라 등원도리 잠간이라
죽기는 일반이라 요순우탕 문무주공
성현이면 안니 늘나 공자맹자 안자진자
도독 군자 안니 늘가 마생천자 안니 늘고
열여 충신 안니 죽나 사향시글 자벌제
글자마다 상듸로다 날새자 주글 사자
두 글자가 상듸로다 절믈 소자 늘글 노자
두 글자가 상듸로다-나서 웃지[8] 안니 죽고
절므 웃지 안니 늘나 나기를 조와하고
죽기를 실허 하면 셍사가 이슬손가
늘기를 실허하고[9] 점기를 조와하면
노소가 이슬손야[10] 그러하나 글자 중에
죽을 사자 보기 실타 글자 중에 늘글 노자
사람마다 실허한다 어화 세상 사람들아
부듸〃 늘지 마라 웃지 하여[11] 늘글 손가
이늬 노릐 들으보소 얼논하면[12] 듯든 귀가
절벽강장 듸엿구나 세별같이 발근 눈이
침〃칠야 듸엿구나 삼단같이 조흔 므리
소〃학발 듸엿구나 도화같이 조흘 얼골
이리 실쭉 저리 실쭉 천리 말늬 가는 길이
십〃오리 급이 난다 활살갓치 곳은 허리
수양 청〃 버들갓늬 오동통 늬 다리에
비수금이 모이섯늬 청산유수 조흔 말이

---

8) 나서웃지 : 나서 어찌
9) 실허하고 : 싫어하고
10) 이슬손야 : 있을소냐
11) 웃지하여 : 어찌하여
12) 얼논하면 : 얼른하면.

반벙어리 되엿구나 기운는 세진하고
정신좃차 간곳 읍다 말조차 늘그진니
만사가 어왕하다 듯기 조흔 풍유 소리
지박게도 듯기 실타[13] 놀기 조흔 어화만인
젓에도 안기 실타 어화 세상 사람들아
부디〃 늘지 마라 웃지 하야 늘글 손야
이늬 노리 들으보소 천지가 강활하고
일월이 명낭하다 이른 세상 바리두고
웃지 하야 죽단말가 보기 조흔 일색이요
듯기 조흔 풍유로다 처장흠함 절겨잇고
친구 모이 소일이라 이른 새상[14] 바리두고
웃지 하야 죽단말가 고듸광실 집을 짓고
광치전장 점담살고 전여구산 모은 제물
마음듸로 실컨 실듸 이리가도 호걸이오
저리가도 남자로다 이른 호강 바리두고
웃지 하야 죽단 말고 이른 새상 이른 호강
운이 청산 바리두고 혼비백석 헛트진나[15]
청산말니[16] 도라가면 흘과 몸이 배합듸여
초목같이 석어진다 적막공산 고혼듸여
처음 무슴 구진 날에 후훈주〃 슬피 울며
철〃절〃 왕늬하늬 엇지 아니[17] 가련하며
엇지 안니 슬풀손야 어화 세상 사람들아
늘지 말고 죽지 말라 세월이 무정한니
늘기는 할지라도 일사면불 부셍한니

13) 듯기실타 : 듣기 싫다.
14) 이른새상 : 이런 세상.
15) 헛트진나 : 흩어지나.
16) 청산말니 : 청산 만리.
17) 엇지아니 : 어찌 아니.

죽지는 못할늬라 늘기도 실헌 중에
죽기조차 한다말가 어화 세상 사람들아
늘기 전에 실컨노자[18] 사라 생전 일비주라
술이나 믁으보자 신풍미 조흔 잔에
그 술 맛이 드윽 조타 일비 〃 부일비라
그 술 한 잔 드부으라 여게동소 만고주라
근심을 이저보자 전군진 〃 일비주라
다시 한 잔을 믁으보자 픠제만사 부가주라
술박게 쏘 잇는가 주취심처 힝처유하니
갑이웃지 이슬손가 일 〃 주경 삼백비라
만이 〃 믁으보자[19] 아금정비 일문지라
아사라 그만 믁자 백주홍인 면하니
술이 만취 듸엿구나 지취에인 불지하니
잡바질가[20] 염여로다[21] 술 믁다가 생각히도
백박올가 염여로다 황금으로 박으볼가
방패로서 막으볼가 취장으로 막으볼가
호형으로 막으볼가 눈을 쏄시 막으볼가
주믁으로 막으볼가 발노 차서 막으볼가
돌을 미르 막으볼가[22] 굿슬 하야 비러볼가
경을 일느 훗차볼가 도늘주으서 달늬볼가
손을 비러 사정할가 성을 늬여 물너갈가
회를 늬면 안니 올가 문을 닷고 피히볼가
갓치나가 보늬보자 서간도가 므다하니[23]

---

18) 실컨노자 : 실컷 놀자.
19) 믁으보자 : 먹어보자.
20) 잡바질가 : 자빠질까. 넘어질까.
21) 염여로다 : 염려로다.
22) 막으볼가 : 막아볼가.
23) 므다하니 : 멀다 하니.

그리로 피히보가 금강산이 높다한니
그 산 중에 숨으 볼가 아모리 셍각히도
막을 모첵 전여 읍다 만코도 만은 틀을
낫〃치 접고한다 실타하고 마다하는
나를 으이 늘커느냐 신한갓치 조흔 곳에
늬〃 웃지 차자오나 나와 무삼 원수로서
간 곳마다 싸라 오노 할 수 읍다 〃
늘글박게 할 수 업다 날과 같은
호걸남자 실상으로 늘기 실타 악갑다[24]
청춘 소년 느는 으이 늘단말고 야속하다
백발이여 무정하다 백발이여 남자마다
점간하고 부인까지 점간하늬 늘기도
분한 중에 간 곳마다 굽가이라 주야청누
차저 간니 모히고 절무 아히 저거싀정
도라보면 손가락으로 가르친다 저른 노인
어쎱좌다 어라그 요마하다 너 뒤에도
백발 간다 느는 항상 절므 주며 난들본딕
늘거든가 백발이 읍다 느를 독키 악길손가
나을 보고 웃는느로 웃슴 밧을 날이 잇다
무안 당코 이르서〃 이웃 사람 차저간니
만방 중에 모인 소연 저거싀정 눈을
주며 차릭〃 이러나며 안자시오 노라시오
볼일이서 나는가요 할일이서 나는가요
이러타시 헛튼 모양 청천에 구름 굿듯
비온 뒤에 앙게[25] 굿듯[26] 삼고선에

---

24) 악갑다 : 아깝다.
25) 앙게 : 안개.
26) 굿듯 : 걷히듯.

닷줄 풀듯 아히들연 술풀들 사경말에
수나풀 듯커다컨 빈 방안에 도라본니
흔자로다 할 수 읍다 〃 갈 곳이 전이읍다
거리에 늬다보니 심니오리 장셍이라
지나다가 무는 사람 뉘를 바리 여내왓노
딕답할 말 전여 읍다[27] 집으로 도라와서
빈 방 안에 흔자 안자선니 부처님이
완연하다 코 눈물이 옷깃슬[28] 적시쏘다
어화 세상 사람들이 부듸 〃 늘지 말고
아모릭도 늘지 마라 세상 천지 사람들에
실노 부탁 하여온나 웃지 하야 내 말갓치
늘기을 안니하고 죽기를 아니하리
노탄가끗

---

27) 전여듭다 : 전혀없다.
28) 옷깃슬 : 옷깃을.

6. 사친가

본 ≪사친가≫라는 가사집은 경북대학교도서관 고도서실(소장번호 0768134)에 소장된 장책본이다. 26.4×22.7cm 크기로 33장인데 표지에는 <사친가>라는 서명이 세로로 기록되어 있으며, <사친가>라는 내방가사 작품(15면)과 <제문>(16면)이 필사본으로 장철되어 있다.

이 경대본 <사친가> 가사집은 누구가 창작한 것인지 그리고 어떤 연유로 전해왔는지 그리고 필사자가 누구인지는 전혀 알 길이 없다. <사친가>에 이어 실려 있는 <제문>은 己卯(1915)년에 담양 전씨 댁에 시집간 의령 남씨(의령 南氏) 부인이 친정 어머님인 청주 한씨(淸州 韓氏) 부인 소상에 글을 지어 올린 것으로 친정 어머니를 그리며, 그의 죽음을 매우 애통하게 절규한 글이다. 앞에 실린 <사친가>와 뒤에 실린 <제문>과의 상호 연관성은 아직은 밝혀지지 않았다.

한편 이 가사집의 표지에는 "忍一時之 免百日之夏"라는 기록과 함께 "戊戌春"이라는 기록이 있다. 표지에 기록된 서체와 여러 명이 기록한 것으로 보이는 본문의 서체와 같지 않기 때문에 "戊戌春"을 정확하게 창작된 연대라고 추정하기는 힘들지만 이 작품 가운데에 "큰낭자 하지마라 머리 밋치 찡길시라//저역사관 일척하고 늬방의 가자그라//새벽사관 하지말아 든잠을 어이씨리"라는 대목을 고려하면 무술년이 1898년으로 추정이 가능하다. <사친가>와 함께 실려 있는 <제문>이 이루어진 간기 '乙卯'년은 1975년과 1915년으로 추정되는데 이 자료가 <바를문고> 소장본의 일부로서 '乙卯'년은 1915년으로 확정되기 때문에 "戊戌春"은 1898년 봄으로 확정지울 수 있다.

뿐만 아니라 <사친가> 가운데 "자우로 구혼할지 청도잇난 밀량박씨//반빌도 조큰이와 가사도 풍주하고//부모도 갓차잇고 낭자도 준수하고//가닉도 형성하고 빅사가 구비하다//청혼허혼 왕닉하야 모졀모일 틱일하니"라는 구절을 고려한다면 경북 청도(慶北 淸道)로 시집을 든 여성이 친정 부모님을 그리워하면서 쓴 작품이라는 사실을 알 수 있다. 이 작품은 신행의 날을 받아 시가로 신행을 들면서 친정 부모님과 상객으로 따라온 배반들을 떠나보내며, 시부모님께 사관을 올리며 익숙하지 않은 시집살이를 하는 시대적 배경을 이해하는데 도움이 된다. 표현력이 매우 뛰어날 뿐만 아니라 개인적 체험을 호소력 있는 어휘로 구사하고 있는 수작 가운데 하나이다.

사친가

가소롭다 가소롭다 여자 일신 가소롭다
못할내라 못할내라 부모 셍각1) 못할내라
전생에 무삼 지로2) 여자몸 되여나서
부모형제 이별하고 팔녀무지3) 남의 집에
이십전을 출가하여 부모 동기 다 버리고
부모 인정 생각하니 태산이 가득하고
항해가 여상터라 십색4)을 배를 빌어
항하여일, 항상 하루같이.
상여해5)로 자라날 제 아들 딸이 분간 없이

---

1) 셍각 : 생각의 오기.
2) 무삼 지로 : 무슨 죄로. 경상방언.
3) 팔녀무지 : 시집가기 전까지 알지 못하던. 여기서 8년이라.
4) 십색 : 십삭(十朔).
5) 상여해 : 매년 꼭 같이.

주옥같이 사랑하여 마른 자리 진자리 가려가면
치우면6) 치울시라 더우면 더울시라
만단수심 골몰 중에 잠시라도 아니 잊고
젖을 주어 잠 제우고 척푼척이7) 모와내여
사철 이복 곱게 지여 몸 단장도 곱기 하고
서신도 수러 한다 육칠세 자라내여
밍주8) 비단 침자질과 마포무명9) 풍게질10)과
모럼 있게11) 가르치고 책 씨기면 편지 씨기12)
살뜰이 가라칠 제 티미한 나의 제주
선망후실13) 하건만은 귀면14) 한번 아니 치고
해롭같이15) 가르치고 잠을 조금 늦게 자면
이러시면 하신 말씀 어데가 아프느냐
일이 뒤어16) 그러한 양 잠을 들자17) 그리하나
얼굴도 파리하고18) 음식도 아니 먹노
십오십육 자라나니 부모 은덕13) 중한 줄을
비로소 알건마는 갚기을19) 생각하니
호천만극20) 아니런가

---

6) 치우면 : 추우면.
7) 척푼척이 : 적은 돈이라도.
8) 밍주 : 명주(明紬).
9) 마포무명 : 삼베와 무명.
10) 풍게질 : 물레질. 풍구질.
11) 모럼있게 : 묘리 있게.
12) 씨기 : 쓰기(書).
13) 선망후실(先忘後失) : 들으면 듣는 대로 잊어버림.
14) 귀면 : 귀나 얼굴을.
15) 해롭같이 : 하루같이.
16) 일이 뒤어 : 일이 고단하여.
17) 들자 : 충분히 자지 못해.
18) 파리하고 : 얼굴이 파리하고.
19) 갚기을 : 갚을 것을.
20) 호천만극 : 호천만극(昊天萬極), 넓고 끝없음.

연보휘진 갖춘 법이 만복근원이 아닌가

자식 사랑 우리 부모 어진 사위 가릴낫고21)

자우로22) 구혼할 때 청도 있는 밀양 박씨

반벌도23)좋거니와 가사도 풍주하고 부모도 갖추어 있고24) 낭자도 준수
하고

가내도 흥성하고 백사가 구비하다

청혼허혼 왕래하야 모절모일25) 택일하니

자정있는 우리 부모 혼인안목26) 빈번하리27)

골몰골몰 안생각고 밍주양목28)을 침금이복

비단세 두 일습과 휘양29) 요강 반상게며30)

비단당혜31) 호단장32)을색색이 차려내여

넉넉잖은 우리 살림 부모간장 오죽하리

주인 영소 하는 날에 번객33) 만영하니

노비야 갖건마는 음식 강금 골몰이라

자식 사랑 우리 부모 사위 사랑 변면하리

삼일회상 지낸 후의 상답하인34) 돌아오니

상의도 넉죽이요35) 하의도 넉죽이라

---

21) 가릴낫고 : 가리려고, 선택하려고.
22) 자우로 : 좌우(左右)로, 이리저리.
23) 반벌로 : 반벌(班閥) 곧 (婚班).
24) 부모도 갖 추어 있고 : 부모구존(父母俱存)하고.
25) 모절모일 : 모월모일에.
26) 혼인안목 : 혼인안목(婚姻眼目), 혼인을 치르는 안목, 또는 수준.
27) 빈번하리 : 보통이 넘는다.
28) 밍주양목 : 비단이불과 옷.
29) 휘양 : 머리에 쓰는 방한구.
30) 반상게며 : 반상기며.
31) 비단당혜 : 비단으로 만든 여자신.
32) 호호단장 : 단장(好丹粧), 좋은 갓과 망건.
33) 번객 : 반기는 손님.
34) 상답하인 : 답례로 보내는 물건을 가지고 오는 하인.
35) 넉죽이요 : 네 벌이요.

대발같은 요강대야36) 금체은환37) 갖초38) 있네
제포 북포 세백목이39) 장롱 북롱40) 체와41) 있네
혼인안목 색색하기 남보기야 좋거니와
필필리 도침자질과42) 가지가지 침자질은43)
춘복하복 하인 갈 제 가내44)가 울울하나
보선창옷 상하의복45) 넉죽닷죽 부족이라
소주 약주 가진 술과 행신근 안주등을
가초가초 보내자니46) 그건 심이 오작하리47)
제행 삼행 다니실 제48) 소도 잡고 개도 잡아
사친종족(사친종족)49) 다 청하니 날마당 잔치요
달마당 연차로다 새월이 여류하와
칠팔월이 닥치오니 신행오라 편지하고
날 받았다 하인 오니 옛법도 있거니와
누영이라50) 거역하리51) 신행길을 치송하니
비단 옷은 품삯이요52) 무명 옷은 운력이라

---

36) 요강대야 : 세수대야.
37) 금체은한 : 금으로 만든 비녀와 은가락지.
38) 갖초 : 갖추어.
39) 세백목이 : 모시베, 함경도산 고운 베, 가는 흰 무명.
40) 북롱 : 복롱말에 싣는 부담짝.
41) 체와 : 채워져.
42) 도침자질과 : 다듬이질.
43) 침자질은 : 바느질은.
44) 가내 : 중치막 밑에 껴 입던 소매가 좁은 옷.
45) 상하의복 : 의복(衣服).
46) 보내자니 : 보내려니.
47) 심이 오작하리 : 힘이 오죽하리.
48) 다니실 제 : 니실 때.
49) 사친종족(사친종족) : 사촌과 일가친척 모임.
50) 누영이라 : 누구의 명령이라.
51) 거역하리 : 거역하리.
52) 품삯이요 : 삯을 주고 시키는 일. 여러 사람이 힘을 모아 도아 주는 일.

가내댁에 품아시요 정지년들53)더냉기라54)

우리 어매 나을 키워 백리밖에55) 치와놓고

할말도 많거니와 소희도56) 있건만은

낮이면 앉아볼가57) 밤이면 장등이라

추선하면분주하여 말씀 한번 못하옵고

음비든비58) 내가니 신행날이 닥쳤구나

열두바리59) 도북발이 교마가마 등대하고

하인도 석음차할 제 한님 두쌍 교전비라 말에 실은 가마를 잡고 따라가는 마부 뒤체를 잡는 부지군

부제군제처제 영을 받아 들어서고60)

짐바리도 실어내고 마말 단속 치송하니61)

가진 단장 고이하고 가매 안에 들어가니

어린 동생 큰 동생은 구석구석 눈물이요

늙은종 젊은종은 목을 놓고 설허 운다

형제숙질 가내들은 잘가라고 하직하고

가매안에 들어앉아 옛일을 생각하니

구곡간장 갈발없다 우리 엄마 날 길을 제

밤이면 한비개요62) 들어시고 낮이면 한자리의

주옥같이 여기시고63) 잠시라도 아니 잊더니64)

---

53) 정지년들 : 부엌에서 일하는 하인.
54) 더냉기라 : 숙덕숙덕 흉을 보고 어림.
55) 백리밖에 : 백리밖에.
56) 소희도 : 하소연할 꺼리.
57) 앉아볼가 : 이제나 저제나 볼까. 밤새도록 불을 켜고 일을 한다는 뜻.
58) 음비든비 : 엄벙덤벙.
59) 열두바리 : 열두 수레.
60) 들어서고 : 들이시고.
61) 치송하니 : 송치송하(送置送荷), 실어보내니.
62) 한비개요 : 같은 베개요.
63) 여기시고 : 생각하시고.
64) 잊더니 : 잊었더니.

백리타항 먼먼 길에 날 보내고 어이할고
내 만치든 이개 그럭65) 낱낱이 세로 내고
방안은 빈방이요 내당의 있던 화초 밭은
졸지로 없서지내 주야로 앞에 보던
그 간장 그 회포를 누라서 알아 주리
방안에 있던 듯고66) 정지간에 오는 듯고
눈에 삼삼 그리있고 꿈에 종종 보이시라
이십년 키운 공이 협부고도67)가소롭다
우리 어마 그동 보소 가마문을 열고
앉을자리도 편키하고 요강도 만쳐보면68)
머리함도 만치면서 구곡간장 녹는듯이
할말이야 수도 없건마는 경계하야 하는 말씀
울지마라 울지마라 울지말고 잘가거라
니야 무슨 한이 있나 아분님 배행 서고69)
칭칭시하70) 좋은집에 백양아지 맞아가니
무삼하여 한 또 있으리
친정은 생각 말고 구고시을 잘 신기라71)
구고님 은덕으로 사랑시리72) 할 것이니
방심말라 가장은 하날이라
하날이 하신 일을 거역말고73) 잘신기라
친정 생각 자주 하면 시가 눈치 보이나니

---

65) 그럭 : 옷광주리와 그릇.
66) 듯고 : 있는 것 같고.
67) 협부고도 : 허수하고 허탈함. 경상방언.
68) 만쳐보면 : 만져보며. 경상방언.
69) 배행 서고 : 배행(拜行). 시집을 갈 때 따라가는 일.
70) 칭칭시하 : 층층시하(層層媤下), 시조부모,시부모 아래
71) 잘신기라 : 섬겨라.
72) 사랑시리 : 사랑스럽게.
73) 거역말고 : 거역하지 말고.

생각말고 어른이74) 도라올때 소리하여 울지마라

홍을 보고 웃난이라

한님을 하직할 때 잔 사담을 하지 말라

남의 눈에 뜨이나니 두석 달이 잠간이라

시월이 잔간가면 근청75)오면 볼 것이라

시댁이 내 집이라 친정은 아주 잊고

시댁만 생각하라

가매 하인 제촉하니 빌마등에 가매 싣고

탄탄대로 나서가니 생각하든 우리 집을

일조에 이별하고 생면부지 남의 집을

내집같이 가는구나 석양의 설픈 하인

맞일 한임 현신하네 저 동내가 그 동넨가

하인들은 왕래하고 주기홍상 번득인다

산천도 눈의 설고 사람도 낯이 설다

저무도록 우든 눈물 분손으로 정히 하고76)

머리도 씨다듬고 옷섭도 수리하고

새 정신이 절로 난다 정반청의77)들어가서

분성적을 다시 할 재 찹쌀감주 냉면수를

먹으라고 근구하나78)조심 많애 못 먹을세

선구리든 인물평풍79) 대평풍을

첩첩이도 둘러치고 늙은이먼 젊은이가

이 간청의 둘러서서 내 행실만 살피보니

빠꿈빠꿈 보는 눈은 골일 받고 얄무하다

---

74) 어른이 : 배행 따라간 친정아버지와 친지를 뜻함.
75) 근청 : 근친(覲親), 친정으로 돌아 옴.
76) 정히 하고 : 깨끗하게 하고.
77) 정반청의 : 시집들기 전에 임시로 대기하며 머물어 쉬는 곳.
78) 근구하나 : 먹으라고 권하는구나.
79) 인물평풍 : 병풍(屛風).

공중의 뜨인 몸을 하인전의 워지하여80)
사배 례단81) 드린 후의 동방의 드러가서
저무도록 불 땐 방에 훈기도 있거니와
가매 안의 치인82)다리 각통증이 절로난다
록의홍상 새댁들은 첩첩이 앉았다가 서는 모양83)
눈빠지기 자시 보고 젓태까지84) 돌아보고
눈을 깜짝거리면서 입도 뱃삭85)근는구나
일모한86) 할문이난 옆에 불끈 들어앉아
고개을 매툴치고 이목구비 뜯어보면
미나리도 잘보았네
거리도 좋거니와 얼골도 다복하다
하로밤 지낸 후에 아분님도87) 하직하고
한님도 배별할 제 대성통곡 할듯한대
나는 눈물 끊치고 문안에 들어서서
가는 것을 살피 본 후에 문을 닫고
네 혼자 소리 없시 우노락고88) 앉았으니
자정하신89)시모님이 시수물로 손수들고
내방에 들어와서 손목잡고 하신 말씀
울지 마라 울지 마라 여자유헹은 원부모는90)
엣부터 그러하니 수삼색만91) 지내가면

---

80) 워지하여 : 의지하여.
81) 례단 : 사배(四拜) 예단(禮緞).
82) 치인 : 훈기(薰氣).
83) 모양 : 앉았다가 서는 모양.
84) 젓태까지 : 곁에까지(구개음화형).
85) 뱃삭 : 삐죽거림.
86) 일모한 : 일모(日暮), 늙은.
87) 아분님도 : 친정아버님.
88) 우노락고 : 우느라고, 경상방언형.
89) 자정하신 : 자정(慈情) 많으신.
90) 원부모는 : 원부모(遠父母), 부모와 멀리 떨어짐.

귀령부모92)할 것시니 이 달이 얼른 가면

밧사돈 청하리라 시수하고 성적하라93)

안손님이 많이 온다 황공 감사하여 오는 새댁들은

어지94)보던 구면이라 의복구경하러 하고

롱바닥의 있는 옷을 가지가지 다 들추어

홑옷의 까끔질과95) 접옷에 상침질과96)

핫옷에 발림솔을 길이도 땡기보고

가로도 빌시보면97) 도련도 곱게 하고

깃달이도 이상하다 젙에까지 눈을 주면

입소리을 오모리면 쌍긋쌍긋 웃는구나

삼일입수98) 정지간의 채장만 하을 적의

구고님 쿼미99)몰라 시매씨야 맛을 보게

싱급어도 조심이요 짭아도 조심이라

두손으로 들어두고 의정히 하자

어느 반찬 질기신고100) 상나도록 조심하니

구고님의 은덕 보소 미거한 위인을

사랑시리 귀히하고 못 드가기 유아같이 애휼하대

정지간의 들지마라 불때맡기101)오작하리

방앗간의 들지마라 딩기때가102)오를시라

---

91) 수삼색만 : 수삼색(數三塞). 한 달 정도.
92) 귀령부모 : 친정으로 돌아가 부모를 만남.
93) 성적하라 : 세수하고 화장(化粧)해라.
94) 어지 : 어제.
95) 까끔질 : 바금질.
96) 상침질과 : 겹옷의 시침질과.
97) 빌시보면 : 빠꼼이 들여다 보다.(경상방언)
98) 삼일입수 : 시집와서 3일 뒤에 물에 손을 담금.
99) 쿼미 : 구미(口味).
100) 질기신고 : 어떤 반찬을 즐기시는가.
101) 불때맡기 : 불그으름.
102) 딩기때가 : 등겨찌꺼기.

침자질 과히 말아 목구개가103) 땡길시라
큰낭자104) 하지마라 머리 밑이 땡길시라
저녁사관 일찍하고 네방의 가 자그라 머리.
새벽사관 하지말아 든잠을 어이 깨리
음식이나 달기 먹고 무병한 것 제일이라
사촌시매105) 청해다가 쌍륙이나106)처어보아라
어린 이해 불문장의107) 첫줄이나 써서주라
창호지에 대장지에 책글씨나 써보아라
놀다가 심심커든 책이나 들고보라
이렇듯시 귀히 하고 저렇듯이 사랑할 때
어리고 어린 소견 부모 생각뿐이로다
청끝에 올라면서 남산만 치다보고
빈 방 안에 들어가면 숨은 눈물 갈발 없다
대한길에108) 가는 하인 우리 친정 그분인가
가마상객 들어오면 친정서 오시는가
청끝에 비겨 서서 살펴 보면 생면부지109) 손님이라
한님도 날 속이고 손님도 날 속이네
바람 끝에 저 구름은 고향으로 항하는 듯
창안의 저 달 빛은 교향에도 비치는가
저 산넘어 저 골짝은 우리집이 있것만은
이내 몸이 날개없서 날라가지 못할내라
진진대로 하로 길의 그리 멀지 않컨만은

---

103) 목구개가 : 목 뒤쪽이.
104) 큰낭자 : 조선조 기혼여성의 머리에 덧얹는 머리꾸밈.
105) 사촌시매 : 사촌시매(媤妹), 사촌시누이.
106) 쌍륙이나 : 장윷.
107) 불문장의 : 글씨를 모르는 이의.
108) 대한길에 : 대한길(大한길), 크고 큰 길.
109) 면부지(生面不知) : 전혀 알지 못하는.

말리 타국 수록같이 생각사로 멀고멀다
오날이나 부친올가 내일이라 모친올가
날날이 시시세만110) 기다린 차의 자식 자정
우리 아붓님 오날이야 오는구나
문밖에서 절을 하고 곁에 살푼111) 앉았으니
심중소회 말씀 들으니 반갑고 목이 매여
안부도 못 묻겠네 소도 잡고 게도112)잡아
삼사일을 유한 후에 가실려고113) 뜨나시니
새로히 섭섭하여 안본 것만 못할리라
대문밖에 내다서서114) 산모령이 나가도록
갑갑이 바라보니 염치없는 눈물이
두눈을 가리 덮펴115) 앞길이 안보이내
이 삼삭 지낸 후에 근행길을 치송하니
한할 보고 고운 의복은 고사지하여 보세
제회재국하는 말씀 가지가지 드욱드욱
자애하신 시분님은116) 배행 서고
하인 불러 앞 세우고 가던 길로 다시 가니
즐겁기도 측양없다 적도여지 날낸 말도
가지드니117)오날 길이 멀고 머다
주마같은 날낸 말이 날민118)가도 싶으잖다
소자첨이 적벽강에 유화등선 하는구나

---

110) 시시세만 : 시시세(時時歲). 때만.
111) 살푼 : 곁에 살짝.
112) 게도 : 개(狗)의 오기.
113) 가실려고 : 가실려고.
114) 내다서서 : 내다서서, 멀찌기 나가서서 산모롱이.
115) 가리덮펴 : 가려어 덮여.
116) 시분님 : 시부(媤父)님, 시아버님.
117) 가지드니 : 적도마와 같이 제빠른 말을 갖더라도.
118) 날민 : 날면서.

이같이 화튼가 소진이 육군인들 함께하고
남약 고향 돌아올 제 이같이 기쁘든가
한 충신 소자상의 만리타국 행군 중에119)
고국어로120) 도라올제이 같이121) 기쁘든가
칠년 대한 가무럼의122) 비을 만나 좋을시고
롱중에 갇힌 학이123) 명월로화 춘강에
훨훨이 날나가내
구렁에124) 잠든 용이 소륜을 얻어 타고
구만리 창천 상에125) 금실금실 올라가네
그중의 병든126) 고기 망경장과 물을 얻어
너울너울 떠나가네 뒤에 오는 부지군과
앞에 가는 구종구비 드러서니 이재 보던 산이요
눈의 익은 마실이라
반갑도다 반갑도다 엣날 보던 길이로다
각 종숙모님은127) 대문밖에 기다린다
그리든 우리 엄마 정조헤128) 나리와서
손목 잡고 즐겨하네129) 눈물을 먹음고서
이때 번성한 우리가 내 면면이 찾아와
시댁 인심 칭찬하여 석달은 잠을 자고
석달은 놀아 보세 여자의 일평생이

119) 행군중에 : 십구년 고생타가 백안에게 글을 전코.
120) 고국어로 : 저가.
121) 같이 : 이같이.
122) 가무럼의 : 가뭄에.
123) 학이 : 농의 장식으로 그려진 학을 표현함.
124) 구렁 : 구름.
125) 창천상 : 구만리 장천(장천).
126) 병든 : 병이 들어 아픈.
127) 종숙모님 : 종숙모, 재종숙모, 재재종숙모 등을 뜻함.
128) 정조헤 : 부엌에.
129) 즐겨하네 : 즐겨하네.

오날같이 즐고우면 여자 한탄 어이하리
가소롭다 가소롭다 생각하니 새걱정이 절로 난다
구고가진 신부여가 친정 있기130) 오랜손가
오나가나 생각하니 여자유행 가소롭다
불버워라131) 불버워라 남자 일신 불버워라
젊고 늙고132) 일평생을 보모 슬하 모시다가
우리도 남자되어 남과 같이 하여볼고
일평생을 부모 슬하 불위라 것을
로래자의 효성같이 알롱달롱 옷을 입고
부모께 넘놀다가 거짓거로133) 넘어저서
부모님께 영을 받아 글공부하였다가
소녀들과 매설하여
반종록을 받아다 부모 영화 하여보세
부모님 즐겨하시거든 같이 앉아 즐겨하고
부모님이 편찮거든 주야로 지대라여
약도 달여 시탕하고 죽도 끓여134) 시범하세
가난튼지 유천튼지 열촌밖에 또 있는가
원이로다 원이로다 지금 죽어 환생하여
남자몸 되여나서 부모봉양 원이로다
가소롭다 가소롭다 지금 죽기 원이로다
한이로다 한이로다 허사로다 허사로다
부모 공덕 허사로다 우리 같흔 불초여식
백리 밖에 보내두고 자정을 생각하여
비가 오나 눈이 오나 잊을 날이 잇을소냐

---

130) 친정있기 : 친정을 잊어버리기.
131) 불버워라 : 부러워라.(경상방언)
132) 늙고 : 젊고 늙고.
133) 거짓거로 : 거짓으로.
134) 끓여 : 끓여.

동지섣달 차운 날은 밤이면 치울시라
요륙월 더운 날은 땀이나 흘리는가
질삼방적 시집살이 낮이든가 밤이든가
천대 방가의 행신 범백 빠지는가
칭칭시하135) 가진 집에 호성없다 꾸짖는가
시매시숙 가진 집이 우애 나빠지는가
남존여비 들인 집에 인사나 빠지는가
선관같은 우리 사위 아내나 생각는가
이것저것 생각할 때 부모 마음 편할소야
절통하다 부녀 일신 만가지로 생각하니
절통하기 측양없다
부모은공 다 뜬지고 인정 허비 뿐이로다
같이 크든 종남들과 동기골육 정이 깊어
형님동생 서로 불어 이십년을 즐겨 하더니
동서남북 출가하여 타향살이 되었으니
남자같이 갈 수없고 상객같이 갈 수 없고
저 올 제 내가 오고 내 올 재 지가가니
이전같이 모여 앉아 즐기 볼 수 전여없다
제 죽은들 내가 알면 내 죽은들 지가 알가
전편의 부친 편지 히답인들 진작 올가
축수하내 축수하내 백발 쌍친 우리 부모
백세만영 축원일세 부모 동생 생각하여
일편 가사 지여내여 명산애 기록하여
보고보고 다시 본들 부모 생각 위로할가
무심한 여자들아 부모 생각 없난 그선 사람이라 하오리

---

135) 칭칭시하 : 층층시하.

7. 한별곡

이 작품의 주인공은 의성 산운(義城 山雲)의 영천 이씨 부인이며, 남편은 안동 박곡(安東 朴谷, 박실)의 류연집(柳淵楫)이다. 이씨 부인은 판서 이의만(李義晚)의 손녀로 명문세가에서 태어나 남편 류연집과 14세에 결혼하였으니 이 작품은 19세기 초엽에 지어진 것으로 추정된다. 이들은 소시에 결혼하였으나 신랑은 재행 후에 몇 년이 지나가도 오지 않아 애타게 기다리는 모습을 안타까이 여긴 친척 남자가 이 가사를 지어 신랑에게 보내니 이를 보고 감동하여 다시 왔다는 설화가 전한다. 이 작품의 이본은 선산본, 안동본, 성주본 등이 있으나 이재수(李在秀) 박사가 이들을 교합하여 복원한 작품을 소개한다.[1]

전체가 3단으로 구성되어 있다. 제 1단은 혼례에 대한 축복과 예찬을 하고 있으며, 제 2단은 임과의 생이별의 한을 토로하고 있다. 제 3단은 임에 대한 그리움에 대한 애절한 절규를 하는 중심부이다.

이 작품의 가치는 첫째, 내방가사의 창작자가 일반적으로 여성이나 이 작품은 남성의 작인 점. 둘째, 창작 연대가 고종조년간으로 추정되는 작품이다. 셋째, 고사성어가 많이 인용되어 문장이 매우 유려한 수작이라는 점 등을 들 수 있다.

---

1) 李在秀(1975), <限別曲 鑑賞(遺稿)>, ≪국어교육연구≫ 7, 경북대 사대.

한별곡

쳔개(天開)[2]하즈 기벽[3]하며 해 돋은 후 날이 발고
꼿치 피자 나우[4]오며 구름 생겨 용이 나며
장단 나자 춤이 나며 상토[5] 나자 동곳[6]나며
군자 나자 내가 나니 이치(理致)도 기이하다
쳔연(天緣)[7]도 즁하도다
길일[8] 양신 조흔 날에 예수(禮需)[9] 차려 만나 보니
세상 사람 다 당한일 나 혼자 당하난 듯
쳔고만고 정한 법을 오날날 쳐음인 듯
엄동의 셜중 고목 봄이 올 쥴 엇지 알며
염쳔(炎天)에 감춘[10] 부체 쳥풍[11] 날 쥴 어이 알며
오뉴월 농부들이 팔월 신선(神仙) 어이 알며
심산[12]에 잇난 즁이 퇴속[13]할 줄 어이 알며
십여년 규즁 처자 오늘밤의 이 노름을
내가 알지 뉘가 아나 오늘밤 이 놀음이
커타 하면 망발[14]이요 좃타하면 여담(餘談)이라
내 몸의 션여(仙女)런가 션관[15]갓치 보이압고

---

2) 쳔개(天開) : 하늘이 열리자.
3) 기벽 : 개벽(開闢)하며.
4) 나우 : 나비.
5) 상토 : 상투, 성인 남자의 머리털을 감아올린 머리.
6) 동곳 : 상투가 풀리지 않게 꽂는 비녀.
7) 쳔연(天緣) : 하늘의 인연.
8) 길일(吉日) : 좋은 날.
9) 예수(禮需) : 맞이하는 예절과 수.
10) 감춘 : 더운날에 감추어 둔.
11) 쳥풍 : 시원한 바람.
12) 심산 : 깊은 산중.
13) 퇴속 : 속계에서 벗어남.
14) 망발 : 망녕된 말.

내 전생이 보살이냐 붓처갓치 보이도다

삼종지법(三從之法) 누가 낸고 쪼질¹⁶⁾ 종자 조흘시고

이성지합¹⁷⁾ 매진 연분 오륜에 부부유별

이별 별자 뜨지든야¹⁸⁾ 히한히¹⁹⁾ 만난 인정

우연히 이별하니 쳔만고 전한 이별

내 이별에 더 할소냐 이릉(李陵)의 소무 이별

눈물로 피가 되며 유황숙(劉皇叔)의 소주 이별

나무 쳐서 바래 보고 이젹선(李謫仙)의 오주 이별

명월 보며 상사하고 두심언(杜審言)의 하교 이별

강수가 함정²⁰⁾하니 그 인정도 대단하다

남자는 강장²¹⁾이라 이별할 때 쑌이근만

엇지타 내 이별은 갈사록 애들하다²²⁾

대강²³⁾에 버들 심고 가는 배 후려 매고

공곡(空谷)²⁴⁾에 생초 일속²⁵⁾ 오난 말 자바 매면

이런 한이 없슬 거슬 알고 못한 내 일이야

생각하니 답답하다 진시황의 불근 화로

만권시셔²⁶⁾ 태윗근만 이별 별(別)자 못 태윗고

하우씨 옥도끼로 용문산(龍門産)을 끈어내도

이별 인정 못 끈엇고 전욱고양 지은 책역²⁷⁾

---

15) 션관 : 선관(仙觀), 신선과 같은 풍모를 지닌 사람.

16) 쪼질 : 쫓을(啄).

17) 이성지합 : 이성지합(異性之合), 남녀가 결혼함.

18) 뜨지든야 : 뜻이더냐.

19) 히한히 : 이상하게(경북방언).

20) 함정 : 강물마저 먼곳에 있는 이의 정을 함유하고 있다

21) 강장 : 강한 심장.

22) 애들하다 : 애달프다.

23) 대강 : 큰강에.

24) 공곡 : 빈 계곡에.

25) 일속 : 살아 있는 풀 한포기.

26) 만권시셔 : 시서만권(詩書萬卷). 좋은 시와 글귀가 있는 많은 책.

피흉취길[28] 히일 해도 이별 한자 못 없새니
인간에 일개 여자 당한 이별 어이 할리
그러나 자연 인정 바래나니 그곳이요
생각나니 군자로다 그 중에 삼춘화류[29]
사람 회포 도도난 듯 청청한 저 양유난
우리님과 동성이요 작작한 도리화[30]난
나와 함께 동성이라 춘풍 삼월 조흔 시절
두 나무 서로 향해 봄비를 히롱하니
사람은 무어신대 초목만도 못하나냐
양유 청산 꿈을 비러 호접[31]으로 화할지면
저 가지에 노라 볼가 시우중곡 올라가서
갈지담혜 캐여다가 그 둥치에 감겨볼가
기창 미화 뭇지 마라 고향 생각 여가 없고
타향 생각 간절하다
가럭아 늬 오나냐 북해에 길을 떠나
안동땅[32] 지나 올 때 그리고 그린 님이
일봉 셔찰[33] 부치드냐 연자(燕子)야[34] 반갑도다
강남서 나오다가 박실촌[35] 역노차의
그리고 그린 님이 언제 올나 하시드냐
두견아 야속하다 벽사창[36] 솟은 달에

---

27) 책역 : 책력(冊曆).
28) 피흉취길 : 흉(凶)함을 피하고 길(吉)함을 취함.
29) 삼춘화류 : 봄 석 달 피는 꽃과 버들.
30) 도리화 : 도화(桃花)와 이화(梨花).
31) 호접 : 호랑나비.
32) 안동땅 : 경북 안동(慶北 安東).
33) 셔찰 : 한 편의 편지 봉투.
34) 연자(燕子)야 : 제비야.
35) 박실촌 : 안동 박곡(安東 朴谷, 박실).
36) 벽사창 : 벽에 있는 창살 창문.

내 소회 간절한대 낙화 청산 깁흔 밤에
셜운 우름 무슨 일고 만수번음[37] 어대 두고
나에 창전 네가 우러 백쥬에 이룬 꿈을
깨워내기 무삼 일고 삼춘[38] 물색[39] 조타한 들
나에 원수로다
본정 일코[40] 미친 다시 술을 먹고 취한 다시
누엇다가 다시 안자 안잣다가 다시 서니
인간 만사 무심하다 일단 정념 기우려서
눈에는 낭군 면목[41] 귀에난 낭군 셩음[42]
완연하고 정연하되 다시 보니 헛생각 뿐이로다
여보 여보 그리 마오 사람 괄세 그리 마오
삼천 약수 머다 해도 청조새 지내 오고
구만장쳔[43] 놉다해도 대붕이 나라오고
오산이 지험[44]해도 백학 타면 오그시오
은하수 광할해도 오작교[45] 없스릿가
유정할 대 무정하고 무정하고 안 이즐 것 잇사오니
곡색한 이내 간장 별반으로 생각되오
초수오산 도로 난에 길이 험해 못 오신가
도화 담수 심쳔척에 물이 깊어 못 오신가
홍교 일단 무소식에 다리 없어 못 오신가
셜용남관 마부젼에 눈이 잇셔 못 오신가

---

37) 만수번음 : 대낮에.
38) 삼춘 : 봄 석 달.
39) 물색 : 온갖 물상의 기운.
40) 일코 : 본 정신(精神)을 잃고.
41) 면목 : 면목(面目), 얼굴과 눈.
42) 셩음 : 음성.
43) 구만장쳔 : 구만장천(九萬長天), 멀고 높은 하늘.
44) 지험 : 험준하여도.
45) 오작교 : 칠월칠석 까치와 까마귀가 만든 다리.

아니 올 일 만문한 딕⁴⁶⁾ 어이 그리 안 오신고
얌전하신 우리 군자 심산곡⁴⁷⁾ 차자 가서
글공부 하시는가 풍정 잇난 우리 군자
강상 풍경 구경하며 시쥬⁴⁸⁾로 노러신가
활달하신 우리 군자 환히에 빅를 씌워
부귀로 노르신가 호탕하신 우리 군자
청누미색⁴⁹⁾ 불러다가 가무로 노러신가
구곡간장 생각하니 쳔만곡 맺쳐 잇고
열두시 생각하니 백천사 지리하다⁵⁰⁾
마음을 진정하야 심회를 이즈러고
침션⁵¹⁾들어 의복하니 동졍⁵²⁾이 고름⁵³⁾ 달고
조석을 반감하니 지렁⁵⁴⁾의 객수⁵⁵⁾ 타고
졍신 없시 책을 보니 자자이 낭군이요
희황하게 꼿츨 보니 가지가지 군자로다
이러한 깁흔 졍곡 만분이나 알으실가
원잉금침 퍼트리고 잠이나 비럿드니
야속할사 저 소년들 지히난 부부 만나
자황으로 지늬오며 별장난 다 하면서
나의 사정 전혀 몰라 욕담으로 하는 말이
꿈의 보면 쓸 듸 잇나 안 보기만 못하리라

---

46) 듸 : 만분(萬分)하다, 만에 하나라도 아님.
47) 심산곡 : 깊은 산속에.
48) 시쥬 : 시(詩)와 술로.
49) 청누미색 : 젊고 아름다운 기생.
50) 지루하다 : 모든 일이 지루하다.
51) 침션 : 바늘과 바느질 도구.
52) 동졍 : 동정.
53) 고름 : 옷고름.
54) 지렁 : 간장(경북방언형).
55) 객수 : 객물. 맹물.

너의 낭군 기첩두어[56] 외입[57]속 넉넉하여
번화지[58]의 노러나고 처가 거름[59] 드무난듯
허황한 저의 말을 심청[60]이야 하리만은
협협한 군자 마음 하물며 소년 시절
그 혹시 염여로다
그 말삼 드른 후로 바라난 기[61] 허사되어
이내 행중[62] 내가 차려 군자전에 내가 가서
질물[63]하즈 하잣드니 우리 형님 근친 거름
십년만의 쳐음이라 내 역시 당해 볼 일
정회[64]난 일반일 듯 말유치 못하여서
마지못 보내오니 백발쇠년 우리 부모
수하 무인[65] 어이 하며 만금 사랑 우리 질아
거 뉘라서 거둘울고
파이로다 파이로다 이내 거름 파이로다
가간백사[66] 다 젓치고 다시 곰곰 싱각하니
셜상의 바람분들 이늬 간장 시원하며
월하의촛불 현들[67]이늬흉중 발가오며
삼중석[68] 포진한 들 이늬 몸이 편하오며

---

56) 기첩두어 : 첩을 두어.
57) 외입 : 오입.
58) 번화지 : 번화한 곳.
59) 거름 : (처가(妻家)를 찾는) 걸음.
60) 심청 : 신중하게 들음.
61) 기 : 바라는 것이.
62) 행중 : 길을 떠날 채비.
63) 질물 : 질문(質問).
64) 정회 : 만남의 정(情)은.
65) 무인 : 수하에 사람이 없음.
66) 가간백사 : 집안에 여러 가지 일.
67) 현들 : 켠들.
68) 삼중석 : 삼중석(三重席) 자리를 차지하다, 눕다.

팔진미 버러논 들 이닉 몸이 감식[69]되랴
아서라 말지어다 각박한 내 마음이
곡식히[70] 싱각하야 허탕한 소년 욕설
미더한 일 내 그러지[71] 점잔하신 우리 군자
성현 유훈 일너스니 행신 범빅 오즉할까
동방일야 빅년 언약 은은 수작 잇섯으니
내 역시 글을 배와 옛 법딕로 힝신하니
숙녀군즈 이별지 제[72] 정중히 생각하게
척피고강 올라가서 언치기망 남물 캐며
성덕후비 달믈 지나
자연이 나는 심회 만단 회설 하여볼까
천하의 명산승지 사람마다 놀 것만은
규중의 잇난 몸이 그 엇지 생심(生心)하며
천상의 옥경선약 소릭로 듯건만은
진간의 뭇친 몸이 그 엇지 엇을 소냐
세상만사 다 제치고 군자 하나 따라가서
인간 영욕 부탁하고 일신고락 맛겨드니
한번 이별 몃삼년의 풍치도 암암하고
소식조차 망연하니 답답할 사 내 일이야
츄슈부용 만발한듸 넘노이는 져 원잉은
쌍쌍이 왕닉하고 하슈일변 바라보니
쪽 부른 져 져구는 단란히 화답흔듸
무정하다 우리 군자 져런 물정 못 보신가
진나라 양빅난은 맹광을 다려다가

69) 감식 : 음식에 감동됨.
70) 곡식히 : 깊게 사색함.
71) 그러지 : 내가 옳지 않다.
72) 이별지 제 : 이별의 절차.

심산이 갓치 숨고 진쳐사 도연명이
적쳐를 불러노코 녹주하며 즐겨스니
글 비와서 무을 하고 긋치고 싱각하니
원망이 가당하다
이닉 소회 어이 할꼬 이절나니 정난이라
병이 되면 어이할고 웃다가도 한숨하고
노다가도 탄식이라 유시로 나의 벗은
거문고 한쌍이라 옥난간의 꼿치 피어
꼿가지의 달이 도다 밤소식이 적적할 제
주렴을 거의 미고 화월츈풍 홀로 안자
빅옥수를 높이 들고 한곡조 보내보니
둥덩실 하난 소리 억만 회포 자아내고
무심히 타드릭도 곡조지어 보닉보식
츙젼의 벽오동은 츄월츈풍 호시졀의
무성하게 자라나서 빅척이 되근마는
봉황은 어딕 가고 성음이 젹막한고
문젼의 벽도화는 옥동연화 향기되고
요지일월 빗치 되여 사시 즁츈 눈 압해서
유정하게 잇건만은 봉닉선즉 어딕 가고
종적이 적막한고 심양강 비파소리
풍엽적화 소슬한딕 무정천리 일반회포
백낙쳔이 들엇신가 요지연 홍쥭소리
빅운명월 흔드난 듯 팔쥰일힝 숨말이의
주목왕이 들으신가 들으시면 요량할 듯
요량하면 아니 올가

8. 칠셕가라

이 <칠셕가라>는 이정옥 소장본으로 20.5×30.5cm의 크기이며, 총 69면의 필사 장책본 가사집에 실린 작품이다.1) 책 앞표지는 따로 없으며 백지의 뒷표지만 남아 있다. 이 가사집에는 대중적으로 향유되고 있는 <칠셕가라>, <우미인가라>라는 두 편의 가사와 함께 <쳔흥의 인싱들아>는 편지글에서 사용할 수 있는 계절 인사법에 대해 쓴 글로서 당시 여성들에게 한글 편지가 중요한 생활 글쓰기의 일부임을 짐작케 한다. 이 가사집에는 서간문으로 <현지 바다 보아라>, <어마임젼 상스리>, <가국은 살피옵쇼셔>, <형임답샹셔라>, <동스이답>이 실려 있다.

<칠셕가라>는 칠월 칠석에 견우와 직녀가 1년에 한 번 만나게 된다는 설화를 바탕으로 구성한 작품이다. 칠월 칠석이 되면 견우성과 직녀성이 가까워지는 자연 현상을 이승과 저승에 헤어진 부부가 만나는 꿈과 희망을 담고 있다. 옥황상제의 손녀인 직녀와 목동인 견우가 혼인을 했는데 자신들의 의무를 게을리하여 그 벌로 옥황상제는 두 사람을 1년에 한 번만 만날 수 있게 하였는데 은하수가 그들을 가로막아 만날 수가 없게 되자 수많은 까마귀와 까치가 머리를 맞대어 다리를 놓아 주었다. 그 다리를 '오작교'라 하며, 이날 오는 비, 곧 칠석우(七夕雨)는 견우와 직녀가 기뻐서 흘리는 눈물이라 한다.

여 형제 세 사람이 장성하여 결혼한 뒤에 막내가 부부 금슬이 좋게 행복하게 살았는데 호사다마하여 남편이 죽게 되자 외로운 독수공방의 서러움을 달래며 풍월시서(風月詩書) 낙을 삼으며 임을 그리워하며 칠석날을 기다린다. 기다림에 지쳐 칠석날 만나는 낭군을 위해 눈물 썩어 짜낸 비단의복을 고이 지었으나 인편없어 못 보내고 손꼽아 칠석날을 기다린

---

1) 이정옥, ≪영남 내방가사≫ 제2권, 국학자료원, 2003, 1~16쪽. 영인본 원문 참조.

다. 그런데 날을 헤어 보니 윤유월이 들어 다시 한 달을 기다린 연후에 칠석날 꿈속에서 남편을 상봉하지만 곧 새벽닭이 울자 어쩔 수 없는 이별을 할 수 밖에 없다. 다시 일 년 흘러가면 오늘 밤에 헤어진 부부가 내년 이때 다시 만나서 올해 칠석 맺은 정을 명년 칠석에 풀 일이다. 끝으로 세상 부부들에게 우리 부부의 서러운 인연을 증거로 삼아 부부 금슬의 중함을 일깨우고 있다.

비록 짧은 내용이지만 기다리던 칠월 칠석이 윤달이 끼어들면서 기다림을 더욱 고조시키려는 서사적 긴장의 틀을 장치해 둠으로써 가사의 서사화로 이행되는 초기적 시도를 하고 있다는 점에서 서사 구성으로 발전할 가능성을 보여 주고 있다. 설화적 모티브를 활용하면서 여성 내방가사의 한 특징인 교훈적인 장치를 결사의 형태로 표현하고 있다.

칠석가라

어화 시상 스람들라 이니 회포 들어 보소
우리 형지 시 사람이 옥황승지[2] 여식으로
맛형은 츌가ᄒᆞ여 월궁항아[3] 되어 잇고
둘지 형은 장호ᄒᆞ여 요지왕모 즈부되고
고이 이니 몸도 증셩ᄒᆞ야 옥반홍안[4] 곳다울 ᄭᅵ
쳔싱 쳔졍 연분[5]으로 견우낭군 쳐음 만나
빅년 동낙 조헌 가약[6] 금셕가치 미졋션이

---

2) 옥황승지 : 도가(道家)에서 '하느님'을 일컫는 말.
3) 월궁항아 : 월궁항아(月宮姮娥). 월궁에 산다는 선녀.
4) 옥반홍안 : 옥돌로 만든 쟁반에 놓인 혈색이 좋은 얼굴. 또는 달처럼 아름다운 혈색이 좋은 얼굴을 이르는 말.
5) 연분 : 하늘이 베푼 부부의 인연.
6) 가약 : 부부가 되자는 약속.

우리 부부 조흔 금실 닉 아니 불버ᄒ리7)

수류쳥강 말근 물이 원앙갓치 놀랏스며

쥭딕 쳥풍 딕슈풀이 봉황갓치 논일 젹이

요지연이8) 가기 되면 쳥도 짜셔 갈라 먹고

월궁 션경 구경가며 일변 홍힝9) 논나 먹고

일년 즁륜 송엽쥬와 지일 션미 포도쥬을

금반 옥비 부어 녹코 쥬소동낙10) ᄒ올 젹이

춘ᄒ츄동 스시졀도 일즁춘몽 갓티셔라

춘풍 도리 화발 시와 츄월 단풍 황국졀이

나비 갓치 넘놀면셔 이슬갓치 질기쓴이

조물리 시기ᄒ고 호ᄉ가 다마ᄒ여

옥황임기 득지ᄒ여 ᄒ동ᄒ셔 분찬ᄒ니

은ᄒ슈 깁편 물을 어이 ᄒ야 근너가며

동셔 쳘리 면면 곳이 어이 가셔 만나 보리

녹발홍안 호시졀을 허송 쳥츈ᄒ단 말가

이팔 방년11) 꼿가지이 싱이스별 되단말가

쳔이지각12) 멀다ᄒ들 이이셔 ᄃ할손가

쳥조13) 날라 울찍 말 조심이야 듯근마ᄂ

---

7) 불버ᄒ리 : 부러워하리.
8) 요지연이 : 요지연(瑤池宴)은 중국의 옛 문헌인 ≪죽서기년(竹書紀年)≫과 ≪목천자전(穆天子傳)≫에 실린 서왕모와 주목왕(周穆王)의 연회에 군선들이 초대받아 가는 고사에 연원을 둔 것으로, 주나라 목왕(穆王), 또는 전한의 무제(武帝)가 서왕모(西王母)의 거처인 곤륜산(崑崙山)의 요지(瑤池)에서 연회를 베풀었다는 전설이 있는 연못. 즉 환상적인 곤륜산 요지에서 아름다운 여신 서왕모와 지상의 인간이 만나 연회를 즐긴 장소이다.
9) 홍힝 : 홍행춘풍(紅杏春風)에 유래된 말. 붉은 앵두.
10) 쥬소동낙 : 낮밤으로 함께 즐김.
11) 방년 : 16세 전후 여자의 꽃다운 나이.
12) 쳔이지각 : 천애지각(天涯之角). 하늘 끝과 땅의 귀퉁이의 뜻으로, 아득하게 멀리 떨어져 있음을 이름.
13) 쳥조 : 반가운 사자(使者)나 편지를 이르는 말. 푸른 새가 온 것을 보고 동방삭

만나 볼 길 아득ᄒ다

우아 풍어 불승금은 늬몸으로 이럼이라

한화 방초 너젼[14] 봄이 희는 어이 더듸 가며

셩히 월명 가을 달이 밤은 어이 기렷든고

쳔음우셥[15] 여름날이 눈물 흘르 비가 되고

빅셜 분분 츈 겨울이 흔슙지어 바람이라

젹젹 무인 빈방 안이 슬슬 단신 홀노 안즈

일졈 등록[16] 벗을 슴고 풍월 시셔[17] 낙을 슴마

화렴갓치 이난 열졍 임이 화용[18] 눈이 슴슴

구름갓치 듯난 희포 임이 소릐 귀이 징징

화조월식 졀졀 마댱이 가라셔 어이 ᄉ리

일편단심을 슬은 ᄉ졍 임이 싱각 잇져려고

이졀 망쯔 쏀을 슴고 싱각 ᄉ즈 셕을 슴마

금은고을[19] 압픠 노고 이십오현 음을 골라

금실로 노릐ᄒ니 봉황 승승 싱각나늬

금실 셩흔 소릐이 이즐 망쯔 간곳 읍고

봉황곡[20] 한 곡조 이 싱각 숫쯔 어이ᄒ리

믈믈마다[21] 이려ᄒ니 젹도손도 할 일 읍다

믄 이즐 ᄉ 임이 옥안 꿈속이나 보려ᄒ고

이 서왕모의 사자라고 한 한무(漢武)의 고사에서 유래한다. 청조 곧 파랑새가
울면 누가 올 것이라고 미리 말을 내면 뜻을 이루지 못한다고 한다. 미리 입밖에
말을 꺼내지 말라는 말.

14) 너젼 : 늦은.
15) 쳔음우셥 : 하늘이 흐리고 비가 내려서 축축하다.
16) 등록 : 가사나 소설을 베껴 적음.
17) 풍월 시셔 : 풍월시서(風月詩書).
18) 화용 : 그림같은 모습.
19) 금은고올 : 거문고를.
20) 봉황곡 : 조선 시대의 가사(歌辭). 남녀의 금실을 노래하였다. 중국의 사마상여
  가 지은 <봉구황곡(鳳求凰曲)>을 본떠서 지었다.
21) 믈믈마다 : 온갖 물상. 때때로.

천ᄉ만염 다 바리고 공히 맘을 줍아

원앙침이²²⁾ 이지흥이 원앙 삼삼²³⁾ 싱각나고

비치금옥 덥고 나니 비치 상상 싱각키니

어짓타 이 니 몸은 그 무슴 죄악으로

니 눈이 보난 것과 니 몸이 닷난 것이

단침물은 어듸 가고 쌍쌍 일홈 쑌이든고

아모리 이셔도 전전반칙²⁴⁾ 줌 안오니

이경²⁵⁾ 숨경²⁶⁾ 다 보니고 야슴ᄉ경²⁷⁾ 잠이 들려

화발춘셩²⁸⁾ 봄바람이 봉접갓탄 우리 낭군

오식 단중²⁹⁾ 고운 틱도 모란 갓탄 이니 몸이

분벽ᄉ충³⁰⁾ 화촉³¹⁾ 이릭 우리 부부 상봉흐야

슬현32) 심정 말 다흐고 그런 희포 풀듯 마듯

오중 속이 쏘현 눈물 울며 줍고 넛길 졈의야

월공ᄉ 우는 두견 귀쵹도의 놀나 낀니

두로혀 회심이라 남가일몽³³⁾ 헛부도ᄃ

---

22) 원앙침이 : 부부가 함께 자는 이부자리.
23) 삼삼 : 사물이나 사람의 생김새나 됨됨이가 마음이 끌리게 그릴 듯하다.
24) 전전반칙 : 누워서 몸을 이리저리 뒤척이며 잠을 이루지 못함.
25) 이경 : 하룻밤을 오경으로 나눈 둘째 부분. 밤 아홉 시부터 열한 시 사이이다.
26) 숨경 : 하룻밤을 오경으로 나눈 셋째 부분. 밤 열한 시에서 새벽 한 시 사이이다.
27) 야슴ᄉ경 : 하룻밤을 오경(五更)으로 나눈 넷째 부분. 새벽 1시에서 3시 사이이다.
28) 화발춘셩 : 꽃이 피는 봄이 오는 소리.
29) 단중 : 다섯 가지의 빛깔. 파랑, 노랑, 빨강, 하양, 검정으로 얼굴, 머리, 옷차림 따위를 곱게 치장함.
30) 분벽ᄉ충 : 여자가 거처하며 아름답게 꾸민 방을 이르는 말.
31) 화촉 : 혼례의식.
32) 슬현 : 서러운.
33) 남가일몽 : 꿈과 같이 헛된 한때의 부귀영화를 이르는 말. 중국 당나라의 순우분 (淳于棼)이 술에 취하여 홰나무의 남쪽으로 뻗은 가지 밑에서 잠이 들었는데 괴안 국(槐安國)의 부마가 되어 남가군(南柯郡)을 다스리며 20년 동안 영화를 누리는 꿈을 꾸었다는 데서 유래한다. 당나라 9대 황제인 덕종 때 광릉 땅에 순우분이란 사람이 있었다. 어느 날 순우분이 술에 취해 집 앞의 큰 홰나무 밑에서 잠이 들었 다. 그러자 어디서 남색 관복을 입은 두 사나이가 나타나더니 이렇게 말했다. "저

독수공방이 늬 청춘 구곡간중[34] 다 녹난듯

못늬 할 ᄉ 옥황상지 일년 일츠 만너라고

연연 칠월 칠셕 야의 ᄒ로 밤을 정히 쥬니

일년 삼빅 육십일이 칠셕일리 멋변인가

일각이 삼츄[35]가쇼 일월리 빅연너라

무정 시월 양유파는 일시간이 헛말리라

빈풍유화 칠월졀리 언지 다시 돌라오리

습츈 습흥[36] 긴긴 쳘을 근심슈로 다 보너고

유월 그문 지날 젹이 승봉할 날 시어 본니

남은 날리 칠일이라 목욕 단중 기다릴 지

천만이위[37] 몽미[38] 밧쎠 윤유월이[39] 왼 일고

희는 괴안국왕의 명을 받고 대인을 모시러 온 사신이옵니다." 순우분이 사신을 따
라 홰나무 구멍 속으로 들어가자 국왕이 성문 앞에서 반가이 맞이했다. 순우분은
부마가 되어 궁궐에서 영화를 누리다가 남가태수를 제수받고 부임했다. 남가군을
다스린 지 20년, 그는 그간의 치적을 인정받아 재상(宰相)이 되었다. 그러나 때마
침 침공해 온 단라국군에게 참패하고 말았다. 설상가상으로 아내까지 병으로 죽자
관직을 버리고 상경했다. 얼마 후 국왕은 "천도해야 할 조짐이 보인다"며 순우분을
고향으로 돌려보냈다. 잠에서 깨어난 순우분은 꿈이 하도 이상해서 홰나무 뿌리부
분을 살펴보니, 과연 구멍이 있었다. 그 구멍을 더듬어 나가자 넓은 공간에 수 많
은 개미의 무리가 두 마리의 왕개미를 둘러싸고 있었다. 여기가 괴안국이었고, 왕
개미는 국왕 내외였던 것이다. 또 거기서 "남쪽으로 뻗은 가지"에 나 있는 구멍에
도 개미떼가 있었는데 그 곳이 바로 남가군이었다. 순우분은 개미 구멍을 원상태
로 고쳐 놓았지만 그 날 밤에 큰 비가 내렸다. 이튿날 아침 그 구멍을 살펴보니 개
미는 흔적도 없이 사라졌다. "천도해야 할 조짐"이란 바로 이 일이었던 것이다.

34) 구곡간중 : 굽이굽이 서린 창자라는 뜻으로, 깊은 마음속 또는 시름이 쌓인 마음
　　속을 비유적으로 이르는 말.
35) 삼츄 : 일각이 삼년과 같다는 뜻으로, 몹시 기다려지거나 몹시 지루한 느낌을 이
　　르는 말.
36) 습흥 : 봄 석 달과 여름 석 달.
37) 천만이위 : 천만 뜻밖에도.
38) 몽미 : 잠을 자며 꿈을 꾼 듯이.
39) 윤유월이 : 윤년에 드는 달. 달력의 계절과 실제 계절과의 차이를 조절하기 위하
　　여, 1년 중의 달수가 어느 해보다 많은 달을 이른다. 즉, 태양력에서는 4년마다
　　한 번 2월을 29일로 하고, 태음력에서는 19년에 일곱 번, 5년에 두 번의 비율로

안졍ᄒ신 희황시가 어이 이리 무심ᄒ며
억승ᄒ난 션관들이 어이 그리 야속한고
어난 달이 못 두어서 유월달이 긋티 두나
윤유월을 보ᄂᆡ준니 몃히나 ᄃᆡᄂᆞᆫ난듯다
이도 쏘한 ᄂᆡ팔즈라 슈원슉구⁴⁰⁾할 슈 잇나
우리 인연 고이ᄒ야 쳔승 이별 되얏스니
촌쟝이 싄어지고 양안이 녹아진다
이긋져긋 다 바리고 이복이나 짓즈ᄒ고
광안젼 난간 알이 비틀 흔 승 츠려 놋고
옥슈 들려 졀기⁴¹⁾지워 일심단여⁴²⁾ 쓰닐 젹이
북 나드는 그 형승은 시류강이 황잉⁴³⁾갓고
바듸 소릭 즈진 것은 목싹 치난 소릭 갓다
눈물로 슈을 노아 그력져력 다 짜ᄂᆡ어
은ᄒ슈이 마젼⁴⁴⁾ᄒ고 의거셕⁴⁵⁾가라 ᄂᆡ여
젼도쳑지⁴⁶⁾ 마련홀 지 승ᄒ 이복 지어ᄂᆡ니
압픠난 일월문치 승학이 츔을 츄고
뒤이난 봉황문치 죽실을 희롱ᄒ고
좌우이 빗난 광치 슈복듸길 박앗션이 조헐시고
이 이복을 견우이기 쥬리로다
눈물 셕써 쓰닌 비단 고히 이복 지어ᄂᆡ야
인편 읍셔 못 보ᄂᆡ고 굴지기일⁴⁷⁾쑌이로다

한 달을 더하여 윤달을 만든다. 유월에 든 윤달.
40) 슈원슉구 : 누구를 원망하며 누구를 탓하랴라는 뜻으로, 곧, 남을 원망하거나 꾸
짖을 것이 없음.
41) 졀기 : 아주 뛰어난 기예.
42) 일심단여 : 한 마음으로. 다른 생각을 다 끊고 한 마음으로.
43) 황잉 : 노란 앵무새.
44) 마젼 : 길쌈한 것을 펼치고.
45) 의거셕 : 옷 마름질하는 자리.
46) 젼도쳑지 : 옷의 본을 종이에 그림.

그렁뎌렁 어은간이 윤유월도 흘르가고

칠월육일 막 지나니 오날리 칠셕이라 반갑도다

반갑도다 우리 낭군 오실지라 인낫 오작 다리 올라셔

언ㅎ슈이 다리 노아 틔을션관 후기ㅎ고

슘틱⁴⁸⁾ 칠셩 길 만드려 오작교 고흔 길이 션풍이 진동하다

진쥬발을 놉피 달고 상봉관을 머리 스고

구슬 신발 ㅈ조 옴겨 쳔지돈지⁴⁹⁾ 늬다른이 반갑도다

구면이여 쳥아ㅎ고 단졍ㅎ다

일년이나 그린 부부 만낫 인졍 싯쯧ㅎ고 향기롭다

슘슘 옥슈 마조 잡고 넘길 젹이

방방 뉴슈 흘르 나려 은ㅎ슈이 보틸지라

시시 졍곡 다 못ㅎ고 오경 밤이 쯧이 읍셔 우난 듯

한 초싱달도 어는 듯시 스라지고

좌우이 기명셩이⁵⁰⁾ 이별을 직촉ㅎ니

가련ㅎ다 이별이야 후기약을 ㅉ 바릭나

싀벽 이슬 져진 곳이 작별 시각 급급ㅎ다

흔시라도 지만듸면⁵¹⁾ 다시 득직할 트이라

할 슈읍난 이별이라 셔로 위로ㅎ올 젹이

참은 우럼 복바쳐셔 목이 미여 흘썩이며

돌라셔 가난 낭군 보고 보고할 쑨이라

쳔방지츅 다시 쫏츠 익달려 울고지고

무졍 시월 직촉ㅎ야 다시 일년 흘느가면

오날 밤이 갈인 부부 명년 잇써 다시 만나

금년 칠셕 미진 졍을 명연 칠셕 풀 스이다

---

47) 굴지기일 : 손꼽아 날을 기다림.

48) 슘틱 : 대웅성좌(大熊星座)에 딸린 별. 자미성(紫微星)을 지킨다고 하는 세 별.
   곧 상태성(上台星), 중태성(中台星), 하태성(下台星).

49) 쳔지돈지 : 천동한동. 정신없이 내 달음.

50) 기명셩이 : 닭의 울음소리.

51) 지만듸면 : 늦어지면.

오즉교 노인 곳이 시벽 안긔 즈옥ᄒ고
은ᄒ슈 말근 물이 별만 쌘짝 흘느가니
어화 시상 부부들아 우리 인연 징그ᄒ야
금실지략 즁ᄒ나마 첩첩 ᄉ량ᄒ지 말고
무삼 심승 즁유슈로 빅년히로 ᄒ기 ᄒ쇼
끗

제4장

풍류기행류

풍류기행류

1. 부여노정기

이 작품은 권영철 교수가 발견하여 학계에 소개한 작품으로서 창작자와 창작년대가 정확하게 밝혀졌을 뿐만 아니라 창작 의도가 분명한 작품이다. 경북 안동군 풍천면 하회동(물똘이동)에 살고 있는 연안 이씨 부인의 5세손인 풍산 류씨(豊山 柳氏) 댁의 유항우(柳恒佑) 씨가 가전으로 소장하고 있던 가사이다.

창작자는 정부인 연안 이씨(貞夫人 延安 李氏, 1737-1815) 부인이며, 창작 연대는 순조 2(1802)년이다. 이씨 부인은 예조참판 이지억(李之億)의 딸로 서애 유성룡의 8세손 첨지중추부사겸오위장(僉知中樞府事兼五衛將)을 지낸 유사춘(柳師春)과 결혼하여 슬하에 사계문신이며, 태좌(台佐) 유학서(柳鶴捿)의 자당으로 재원과 문필이 뛰어난 현철한 부인이었다.

작품의 내용은 연안 이씨가 아들인 유학서가 1800(정조 24)년 경신(庚申) 3월에 부여 현감(夫餘縣監)을 제수받아 도임할 때, 경북 안동 하회(安東 河回)에서 충남 부여(夫餘) 관아까지 도임행차에 내행으로 동행하는 과정을 기행가사 형식으로 읊는 한편 부여 관아생활의 모습을 기술한 것으로 도임 잔치와 부군 사춘의 수연잔치를 즉물적으로 노래하고 성은에 감축함으로 송경문(頌慶文) 형식으로 노래하는 복합적 구성으로 이루어져 있다. <부여로정기>는 순한글로 총 219구로 된 수필본이다.

이본으로 최강현(1982) 교수가 소개한 <경신신유노정기(庚申辛酉路程記)>와 권영철(1965) 교수가 소개한 <부여노정기>가 있다.

부여노정기

황정경 일자를 엇지타[1] 그릇 일고
인간에 적강하여[2] 평싱에 병이 만하
북창 하에[3] 누윗스니 려위여 역불위라
복휘씨를 꿈꾸던가 금조에[4] 희작성이[5]
과연히도 신영흥다[6] 경주인[7] 한임[8] 소리
느러지게 나는고야 갑인연[9] 방 소린 듯
을묘년 감시런 듯 홍문관 직중 아해
평서를 올리거늘 소수를[10] 엇풋 드러

---

1) 엇지타 : 어찌하다가.
2) 적강하여 : 적강(謫降), 유배되어 내려오다.
3) 북창하 : 북창(北窓) 아래.
4) 금조 : 금조(今朝) 조선.
5) 희작성이 : 희작성(喜鵲聲). 기쁨을 알리는 까치 울음소리.
6) 신영흥다 : 신령(神靈)하다, 귀신 같이 용하게 맞다.
7) 경주인 : 경주인(京主人), 서울의 주인.
8) 한임 : 하인(下人).
9) 갑인연 : 갑인(甲寅), 정조 18(1794), 10) 을묘(乙卯), 정조 19년.

방함을[11] 떼어보니 충청도 부강태수[12]

말망에[13] 몽점ᄒ니[14] 어화 성은이야

가지록 감축ᄒ다

작년에 안악 영감[15] 일문에[16] 감우러니[17]

오늘날 이 희보는[18] 긔 더욱 망외로다[19]

수왈[20] 소읍이나[21] 내게는 고향이라

축할사 우리 주자 일마다 긔특ᄒ다

정공등 어대내며 병친이[22] 쾌차ᄒ니[23]

화풍은 만실ᄒ고[24] 시절은 삼월이라

친척은 만당ᄒ며[25] 시유난[26] 낙낙ᄒ여

이화도 향기롭다 풍백을[27] 의논ᄒ며

성은이 중첩ᄒ여[28] 이역[29]을 피ᄒ소냐

청하[30] 초길일에[31] 영양으로 발행ᄒ니

---

10) 소수 : 소수(素手). 손.

11) 방함 : 방함(榜緘), 임금의 명을 담아 전달하는 나무 함.

12) 부강태수 : 부강(夫江)은 지금 부여(夫餘) 태수.

13) 말망 : 말망(末望), 벼슬아치를 추천하는 삼망 가운데 마지막 망.

14) 몽점ᄒ니 : 임금이 직첩을 내림.

15) 안악영감 : 안악(安岳) 영감벼슬.

16) 일문에 : 일 가문에.

17) 감우러니 : 단비.

18) 희보 : 기쁜 소식.

19) 망외로다 : 바라던 밖의 일.

20) 수왈 : 수왈(雖曰), 비록 가로되.

21) 소읍이나 : 작은 읍이나.

22) 병친이 : 병친(炳親)이.

23) 쾌차 : 쾌차(快差), 병이 낫다.

24) 만실ᄒ고 : 가득차고.

25) 만당 : 만당(滿堂), 집에 가득 차며.

26) 시유 : 시유(時維).

27) 풍백 : 풍백(風伯), 바람을 다스리는 신.

28) 중첩 : 중첩(重疊).

29) 이역 : 이역(吏役), 벼슬아치가 맡은 일.

30) 청하 : 청하(淸夏), 음력 4월.

친척이 히열흔다³²⁾ 고붕이³³⁾ 하례흐니³⁴⁾
범갓흔 허다 하졸³⁵⁾ 조수갓치³⁶⁾ 미러드러
부운총 조흔 말게³⁷⁾ 쌍교를 놉히 시러
청풍은 선배³⁸⁾ 되고 명월을 후배 삼아
추종이 십리로다 좌우에 권마성은³⁹⁾
위풍이 볼만흐다 당시에 듯던 소리
반갑기 그지업다 독교를⁴⁰⁾ 후거흐니⁴¹⁾
별수는 바이업내
예천 따⁴²⁾ 오천내를⁴³⁾ 발 아래 구버보니
용궁읍을⁴⁴⁾ 얼는⁴⁵⁾ 지내 우두원⁴⁶⁾ 숙소흐고
샹산을 잠간 드러 옛벗님 차자보고
수향을 승선홀⁴⁷⁾ 제 어옹⁴⁸⁾을 즐기는 듯
육힝⁴⁹⁾을 승거홀 제 곳곳마다 반기난 듯
창송은⁵⁰⁾ 울울흐고 록죽은⁵¹⁾ 의의흔디

---

31) 초길일 : 초길일(初吉日), 초하루.
32) 히열흔다 : 기뻐하다.
33) 고붕이 : 옛친구가.
34) 하례흐니 : 축하하니.
35) 하졸 : 숳한 나졸(羅卒), 병졸.
36) 조수갓치 : 밀물처럼.
37) 말게 : 말(馬)에.
38) 선배 : 선배(先陪), 길을 인도하는 안내자.
39) 권마성은 : 권마성(勸馬聲), 말모는 소리.
40) 독교 : 독교(獨轎), 말 한마리가 끄는 가마.
41) 후거흐니 : 후거(後擧).
42) 예천 따 : 경북 예천(醴泉).
43) 오천내 : 오천(烏川).
44) 용궁읍 : 경북 예천군 용궁읍(龍宮邑).
45) 얼는 : 빨리.
46) 우두원 : 우두원(牛頭院).
47) 승선홀 : 배에 오를.
48) 어옹 : 어용(漁龍), 고기와 룡.
49) 육힝 : 육로로 감. 승거(乘車), 차에 오름.

삼춘은[52] 거의 가고 연작은[53] 완완흔디
차졍에[54] 채운이요 마졔에[55] 향풍이라
멋곳이나 지나거니 쥬렴을 잠간들고
원근을 쳠망흐니[56] 산쳔도 수려흐고
지셰도 활연흐다 사삽년 막힌 흉금
이졔야 티이거다[57] 함창 따[58] 태봉술막[59]
음식도 졍결흐다 상주는[60] 대관이라
인물도 번화흐다 보은은[61] 협즁흐다[62]
속리산내 맥이로다 옥쳔을[63] 다시 보니
반셕이 더욱 조혜 삼십년 떠난 동생
유셩와 만나보니 도로예 고초흐여[64]
쳥수흔[65] 그 얼굴이 반백이[66] 다되엿네
손잡고 쳬루흐니[67] 회포도 엄억흐다[68]
압길이 탄탄흐니 옛말삼 다흘손가

---

50) 창송 : 창송(蒼松), 푸른 솔.
51) 록죽 : 푸른 대(綠竹).
52) 삼춘 : 봄 석달(三春).
53) 연작 : 연작(燕雀), 제비와 까치.
54) 차졍 : 차졍(車頂) 채운(彩雲).
55) 마졔 : 마졔(馬蹄), 말굽.
56) 쳠망 : 쳠방(瞻望), 내려다 봄.
57) 티이거다 : 트였도다.
58) 함창 따 : 경북상주 함창 땅.
59) 태봉술막 : 태봉주막(胎峯酒幕).
60) 상주 : 경북 상주(慶北尙州).
61) 보은 : 충북 보은(忠北報恩).
62) 협즁 : 협중(峽中), 두메산골.
63) 옥쳔 : 계곡 가운데 있음.
64) 고초 : 고생하여.
65) 쳥수흔 : 티없이 맑고 깨끗한.
66) 반백이 : 반백(斑白), 머리가 반만 셈.
67) 쳬루흐니 : 눈물을 흘리니.
68) 엄억흐다 : 엄악(淹抑), 어물다.

창연지심[69] 그지업다 패거리 큰주소에[70]

북풍이 마주 부니 십오야 발근 달에

성신을[71] 거느리고 백연화 한가지가

연연이[72] 나라드러 천백인 앙첨중에[73]

지재현[74] 흐올 적에 이 조흔 이 세계를

남으게 보이고져 행인이 국공흐니[75]

주막을 용동흐며[76] 가교마[77] 벌연독교[78]

편토록 하령흐니 수배에[79] 다리 떨기

백배나 더흐고나 년산에[80] 말을 가라

금편을[81] 다시 치니 채석강 뱃머리가

녀흘을 맛내난 듯 진애에[82] 뭇은 썩를

백마강에 업시흐니 금회가[83] 탁락흐야

선분이[84] 젹을소냐 고란사 청풍전은

본다시 알거니와 조령재 청풍경을

안자서 보리로다 노성현 은진미륵

이제야 친히 보고 션경을 얼풋보아

---

69) 창연지심 : 창연지심(蒼然之心), 몹시 안쓰럽고 슬픈 마음.
70) 큰주소에 : 큰 술집에.
71) 성신 : 성진(星辰), 하늘에 떠 있는 별.
72) 연연 : 연연(娟娟), 어여쁘게.
73) 앙첨중 : 앙첨중(仰瞻中), 높이 바라봄.
74) 지재현 : 재주와 현철(才賢)함을 앎.
75) 국공 : 국공(掬恭).
76) 용동 : 용동(湧動), 날뜀.
77) 가교마 : 가교마(架轎馬), 가마를 이끄는 말 수레.
78) 벌연독교 : 별연독교(獨轎).
79) 수배 : 수배(隨陪), 아전.
80) 년산 : 연산(連山), 지명.
81) 금편 : 금편(金鞭), 잘 달리는 말을 치는 채찍.
82) 진애 : 진애(塵埃) 티끌과 먼지.
83) 금회 : 금회(襟懷), 가슴에 품은 회포.
84) 선분(仙分) : 신선의 분수.

부아로선분이[85] 도라드니 향기예 생명거동

호수입식[86] 책젼립이[87] 일안에[88] 기묘흔되

삼번에 현알ᄒ네

오리졍[89] 넓은 뜰에 꿀벌리 모이난 듯

젼후사령[90] 까지옷과 급창의 청쳔익[91]

개암이 잣는 곳에 오색이 어래엿내

삼현 육각은[92] 쳔지가 진동ᄒ니

백졔젹 도읍이라 오히려 풍역일다[93]

수문을 크게 열고 내아로[94] 뫼실 적에

렴점성 수양버들 그늘도 한가ᄒ다

완완히[95] 행보ᄒ여 쳥즁에 올나셔니

삼즁석[96] 만화방을[97] 이리져리 노앗난데

좌ᄒ여 안즌 후에 옛일을 상상ᄒ니

명주의[98] 조흔 풍경 아시예[99] 즐겻드니

유양의[100] 조흔 의식 실토록 ᄒ여보고

---

85) 선분이 : 부아(府衙), 부가 있는 관아.
86) 호수입식 : 호수입식(虎鬚笠飾), 범모양의 융복에 갖추는 치장.
87) 책젼립 : 책젼립(冊戰笠), 전쟁 복장의 벙거지.
88) 일안에 : 한눈에.
89) 오리졍 : 오리졍(五里亭).
90) 젼후사령 : 앞뒤의 사령(使令).
91) 청쳔익 : 청쳔익(靑天翼), 당상관 무관이 입는 정복의 한가지.
92) 육각 : 거문고, 가얏고, 당피리는 삼현이고 북, 장구, 해금, 피리, 대평소 한쌍은 육각(三絃六角).
93) 풍역 : 풍역(豊域), 풍요로운 지역.
94) 내아로 : 내아(內衙), 지방 관아의 안채.
95) 완완히 : 천천히.
96) 삼즁석 : 삼겹 자리(三中席).
97) 만화방 : 만화방(滿花方), 꽃을 새겨넣은.
98) 명주 : 강원도 명주(溟州), 지금의 동해시.
99) 아시예 : 어린 시절에.
100) 유양의 : 유양(乳養)의, 젖을 먹여 기르는.

황제에 조흔 성덕 중토록[101] 입엇드니
부강에 조흔 맛을 노래에[102] 다시보니
아해야 술부어라 취도록 마시리라
한태전(漢太傳)103) 한태부에 남궁연이[104] 이갓치 즐겁더냐
주중에 진정 말이 석감에[105] 젹을소냐
임자계축[106] 기황시절 차마 엇지 이질소냐[107]
유자유손[108] 유귀거니[109] 옛글에도 잇거니와
당당흔 동상방에 너를 엇지 못안치며
이 조흔 이 세계를 너를 엇지 못보이나
오내에 맷친 한이 골슈에 박혓스니
속광전 풀닐소냐 의법적[110] 종부직을
증자로 쓰단말가 부생이[111] 약몽ㅎ니[112]
천당에셔 만날손가 취즁 건곤이요[113]
한중[114] 금괴로다[115]
광음이 훌훌ㅎ여 정신신유 거의로다
십일월 염육일은[116] 유학대감 회갑이라

---

101) 중토록 : 무겁도록.
102) 노래 : 노래(老來), 늙어서.
103) 한태전(漢太傳) : 당나라 태부 한유(韓愈)의 전기
104) 궁연 : 남궁연(南宮宴), 당나라 예부에서 주관하던 연회령.
105) 석감 : 석감(昔感), 애석한 감정이.
106) 임자계축 : 임자계축(壬子癸丑), 정조 16(1792)년과 17년.
107) 이질소냐 : 잊을소냐.
108) 유자유손 : 자식과 자손이 있음.
109) 유귀거니 : 귀한 것이니.
110) 의법적 : 법에 따른.
111) 부생 : 뜬구름같은 인생.
112) 약몽ㅎ니 : 꿈을 꾸니.
113) 건곤 : 건곤(乾坤), 천지, 음양.
114) 한중 : 한중(恨中).
115) 금괴 : 금고(今古), 이제와 옛날.
116) 염육일 : 염육일(念六日), 기념일.

유자자효[117) 여증손에 유부유부[118),
경부정부[119) 시화 세풍ᄒ니 씩가장 조타마는
팔역신민[120) 소의중에 셜연이야[121) ᄒ올손가
당정중[122) 뫼왓신들 종종효성 적을소냐
우ᄒ로서 주실 쌀을 시진빙청[123) 모아다가
남산갓치 썩을ᄒ고 한강채로 술을 비져
종누[124) 갓치 괴와 올여 병부찬[125) 태수 아해
국공ᄒ여 헌수홀새 연벽진ᄉ[126) 중제아는
종후ᄒ며[127) 잔을 드니 배석ᄒ신 두 노인은
서로 고면[128) ᄒ시난양 평생에 못ᄒ 일을
자식에게 받을나니 만고에 희한ᄒ다[129)
하저ᄒ 후[130) 상물여라 통인급창[131) 포복일다
원정월[132) 초흔날에 사향지심 더ᄒᆞᆯ더니
승정원 옥당소리 슈찬유지[133) 올이나냐[134)
어와 셩은이야 가지가지 망극ᄒ다

---

117) 유자자효 : 효도하는 자식이 있고.
118) 유부유부 : 유부유부(有夫有婦), 지아비와 지어미가 있는.
119) 경부정부 : 경보친부(卿輔親父)의 잘못인 듯함.
120) 팔역신민 : 팔역신민(八域臣民), 팔도 임금의 백성.
121) 셜연 : 연회를 베풂.
122) 당정중 : 정자(亭子) 안에.
123) 시진빙청 : 시진빙청(市塵氷淸).
124) 종누 : 종의 누각같이.
125) 병부찬 : 병부(兵符), 병조의 부적을 찬.
126) 연벽진ᄉ : 연벽진사(聯璧進士).
127) 종후ᄒ며 : 뒤를 따르며.
128) 고면 : 고면(顧眄). 좌우로 살핌.
129) 희한ᄒ다 : 희한(稀罕), 희귀하고 더물다, 이상하다.
130) 하저ᄒ후 : 저를 놓고.
131) 통인급창 : 통인급창(通引及唱).
132) 원정월 : 정월달.
133) 슈찬유지 : 수찬유지(修撰諭旨).
134) 올이나냐 : 울리느냐.

2. 갑진연 여힝기럼

<갑진연여힝기럼>은 한 전적에 세 번째로 실린 국문 가사이다. <게묘년여행가>가 끝나고 다음 쪽에 <갑진연 여힝기럼>이라는 제목으로 새로운 내용이 실려 있다. 31×20.5cm 크기의 금전출납부 같은 책자를 상·하로 세워서 2음보 2단의 행 배열로 필사한 작품이다. 권영철 소장본이다. 표기는 거의 현대의 표기와 비슷한 부분이 많다. 비유적인 인물 표현이 돋보이며 구체적인 지명, 인명이 드러난다.

육십여 명 계원들이 오십원씩 푼돈을 모아 저축하여 여행 자금을 모아서 풍족하다는 내용과 장소를 정하기 어려웠다는 이유로 여행지 여러 곳을 들면서 못 가는 이유를 낱낱이 밝히기도 한다. 결국은 경주로 여행지를 정하여 통일여객을 타고 여행을 한다는 내용이다. 포내댁이 지었다는 구절과 '갑진년 사월초팔일 여행기럼가'를 통해 연대를 짐작할 수 있다. 작품 중에 "삼팔선이 가로 막혀"라는 대목이 있기 때문에 한국전쟁 이후에 쓴 작품임을 알 수가 있다.

갑진연 여힝기럼[1]

어와 우리 벗님내야 잇째[2]가 어느땐고
갑진년 모춘이라 화란춘성 만화방창
호시대라 하건만은 녹음방초 성화시가
사시 중에 으듬이라[3] 운담풍경 건오천에
방화수류 과전천이라 매월매월 보름마다

---

1) 여힝기럼 : 여행 기념.
2) 잇째 : 이때.
3) 으듬이라 : 으뜸이라.

방월을 벗을 삼아 단양관에 본부삼아
육십여명 계원들이 오십원씩 푼전 모아
반일년을 저축하니 행재가 풍족하다
기대가 너무 커서 행선지를 못정할세
어대 뫼로 가잔말가 강원도 금강산은
팔경 중에 으듬이요 삼팔선이 가로 막혀
갈 길이 막연하고 서울이라 종남산은
만고문장 모여안자 풍월터로 삼든 되니
우리갓은 숙여들이 갈 곳이 못되드라
악약루 고소대는 시선비들 놀던대니
무식한 우리들이 당치 안어 못갈대요
아미산을 갈라한이 이태백이 놀든대라
오루촌을 갈라하니 도연명에 유우로다
부춘산을 갈라하니 읍자협에 피서터라
삼각산을 올라가서 만호장안 구경할가
경상도라 안동 땅에 제비원을 차자갈가
대구로 나러가서 팔공산을 구경갈가
청도 밀양 차자가서 영남루를 다녀올가
놀기 좃코 경치 조흔대⁴⁾ 허다하기 만컨만은
신라 문화 옛서울로 해방을 정한 후에
신가라 유행가라 고상한색 골라내여
춘부초수 갓추어서 맵시나게⁵⁾ 꾸며놋코
삼월이라 금음날로 조흔 날 택일하여
옥방고대 하든 중에 여행할 날 닥척구나
철그런 삼월 장마 무진 간장 태우드니
병천이 감동한가 이십구일 오후 십시

---

4) 경치조흔대 : 경치 좋은 곳.
5) 맵시나게 : 맵시나게.

견우성과 즉녀성이 흑운을 멀리 쫏차[6]
등대갓치 발커부처 걱정 근심 터러부니[7]
심신이 상쾌하여 비상천을 할 쯧하다
교배진찬 장만하고 고양진미 장만하여
개명시에 행장 차려 단양댁에 모여안자
수면 못할 눈길에도 샛별갓치 광채나네
변변각각 회색일세 호몽에 봄을 빌려
잠에 취한 운전수을 단잠을 깨윗스니
곱사스런 양미간에 내 천자을 색여내나
그런 사정 다 볼손가 일천일백 구십호로
통일여객 자동차에 박인석씨 운전사와
이명흠씨 차장에다 손병남씨 조수 딸코
사십 팔명 우리 일행 왕태골댁 정문 압에[8]
차 머리을 돌러놋코 앞을 서고 뒤를 싸라
차례차례 좌석 잡아 운전사을 체질한다
금당항을 썩나서니 큰큰한 거리에서
이별에 고함소리 귀전에 사무친다
무심히 듯고 보니 관계할 바 업건만은
돌아오지 못한다면 빗차할 일 생각나니
눈시울이 쓰겁구나 차창을 개문하니[9]
산도 가고 물도 가고 연연한 방로 쫏차
필림갓치 도라가내 예천읍을 당도하니
동산에 돗은 해은[10] 우리 차를 빗추면서
교교하게 우슴 친다 평소에 보든 해은

---

6) 멀리쫏차 : 멀리 쫓아.
7) 터러부니 : 털어 부니.
8) 정문압에 : 정문 앞에.
9) 개문하니 : 개문(開門)하니. 문을 여니.
10) 돗은해은 : 돋은 해는.

광채을 몰라도니 오날 아침 광선에는
인사가 너무 만아 노할세라 두렵드라
우리 일행 실은 차은 쉬지 않고 서로 차자
안동읍을 경유하고 청송진보 지나다가
말만들은 달개에서 약수터 근처에다
차을 정차 하온 후에 진수성찬 가진 음식
도란도란 모여안자 서로서로 감식하고
동동촉촉 차에 올라 강구로 차를 몰아
해변을 구경할 제 갈지자 거름으로
우리 일행 거동 보소 무변대해[11] 창파 우에
집체같은 파도 우에 돗단배오 어선들이
물결을 차고 가니 경동한 눈초리로
면면 각각 혀를 찬다 금당 맛질 반서울노
예로부터 명칭하나 해변 구경 처음이니
해물 보고 탐은 낸다 아모리 탐이난들
가전 갈 길 막막하여 눈요기만 하여으라
강구를 구경하고 구룡포로 차를 돌려
보경사 다다르니 점심나잘[12] 되엿구나
정차하고 나려가서 관음식당 들어가서
소고기 월천국에 밥을 말아 감식하고
일배주 노은 후에 보경사 들어갈제
양편에 가로수은 보기에 드물도다
자연하 겹사구라 로상에 낙화되여
연분홍 하엽들이 길을 고이 덮어주니
거름거름[13] 조심되여 대웅전을 잠간거쳐

---

11) 무변대해 : 무변대해(無邊大海). 끝이 없는 넓은 바다.
12) 점심나잘 : 점심 나절 : 점심 때.
13) 거름거름 : 걸음걸음.

화단을 돌아보니 촉계화가 줄을 지어
단정하게 되접하네[14] 울림벽계 거처 가서
명산폭포 차저 들어 선진후진 길을 이어
속보로 돌아가니 입구에서 비를 만나
당당하고 나선 행차 차마 보기 안실퍼라[15]
업더지고 자바지고 물기신에 방불하다
구경할 일 생각하니 이도 쏘한 경계로다
그럭저럭 다가보니 삼생폭포 다달앗네
별로에 무감이라 약간 낙심 하엿드니
행인잡고 물어본 즉 오리가량 올라가면
구경할 곳 만타함에 관음폭포 여산폭포
귀상한 구경이라 득문하고 용기내요
호흡을 내품으며 거진 거진 다 가보니
연산교 상용앙이 목전에 다달앗네
층층단을 올라 갈제 조심조심 세어보니
이십사단 놉은 단을 홀란하게 만들엇네
단숨에 올라가서 연산교에 색인활자[16]
자세히 살펴보니 팔군단 미군들이
수공이라 색여놋고[17] 년조로 볼작시면
십사년전 공자로다 이 다리를 볼작시면
오색이 영롱하니 오색교라 하고지고
쏘 한교를 당도하니 조심조심 만을시고
스프링을 밧처스니 스양버들 가지처럼
휘층휘층[18] 하는 양이 어물한 단양댁이

---

14) 되접하네 : 대접하네.
15) 안실퍼라 : 안쓰러워라.
16) 색인활자 : 새긴 활자.
17) 색여놋고 : 새겨 놓고.
18) 휘층휘층 : 휘청휘청.

그 중간에 밀어놋고 노르게로 삼아본다
그도 쪼한 가관이세 연산폭포 여기로다
상용암 놉흔 봉에 수용안자 안가
폭포수 솟은 물새 울암하기 거지업네
사진 일 매 찍은 후에 구경할 곳 만건만은[19]
우수가 재촉하니 석굴속에 고적 구경
다 못하고 나려오니 유감이 천만이라
올라갈 쌔 내린 비는 물럿다가 웃겨주고
봉마다 귀암인되 새 광선을 비쳐주니
주정갓은 물방울로 진주 열매 맺엇구나
부태스런 왕태골댁 덕수 넘머 낙상하니
단양댁이 탐을 내여 동행차로 낙상하네
우리 일행 대소 소레[20] 산천이 진동하여
용미봉탕 소복한 듯 아차판에 살이 찐다
내려오는 도중에서 정하수에 수족 씻고
잠간 피로 회복한 후 우리 차에 몸을 실어
불국사로 달려간다 경주읍을 당도하니
여기저기 고적들이 목전에 필림같이[21]
너진너진[22] 지나간다 불국사 문전에다
차를 정차하여놋고 목적지에 도착하니
금의환양 한것갓다 오산댁이 안내서고
화려한 천년사적 좌우로 살펴가며
절을 차저 들어가니 석양은 재산하야
황혼 속에 보인 건물 듯든 바와 다르구나

---

19) 만건만은 : 많지만은.
20) 대소소레 : 크고 작은 소리.
21) 필림가치 : 필름같이.
22) 너진너진 : 천천히.

피로한 우리 일행 양쪽방을 차지하고
구경보자 끌러놋고 서로서로 지저귀며
식사을 맞친 후에[23] 취침상태 볼작시면
반신을 서로 굽혀 수족둘 자리 업서
이리저리 역거가며 고향꿈에 영을 보내
새우장에 뿐을 받아 반분도 못풀어서
초종 소래 요란하니 일동코 기상하며
행장을 대강차려 석굴암을 차저간다
캄캄한 수림속에 고요한 벽계수난
약간 소래 고이내여 행인들을 달래난 듯
그 줄령 넘고넘어 토함산성 상상봉에
신라금 강판보니 사친귀령 하올 적에
귀령부모 한것갓해 반갑기가 짝이업네
공주다방 문화시설 대도시서 볼작시면
무상히 지날건설 심심산곡 밀림속에
이런 건물 잇실 줄을[24] 어느 누가 집작하리
호흡을 잠간하고 석굴암 차자가서
석가모니 부처님께 경계하고 비왓든니[25]
한 가지 유감사가 미간에 박힌 금옥
왜란 째 도적 맞고 터만 남은 자리보니
저절로 통분하네 동해에서 솟은 햇님
말만 듯고 부른 노래 세로운 감상으로
시름업시 불려보세 석굴암 아침 경은
못보면 한이 되고 해운대 저녁달은
볼수록 유정해라 팔경가를 불러보니

---

23) 맞친후에 : 마친 후에.
24) 잇실줄을 : 있을 줄을.
25) 비왓든니 : 빌었더니.

작사는 누구인고 새로히 알고십네
보보을 다시 돌려 차츰차츰 내려오며
산수경계 굽어보니 소로 변에 써인 활자
약수터라 써엿기에 진주댁과 둘이가서
약수로 목을 적서 한곡조 부르면서
병이라도 잇엇으면 약수 한번 가져와서
친구 대접 하여저라 삼신산 불로초가
선녀 먹던 옥간수라 이름 조흔 감로주가
아마도 모르겟네 그럭저럭 오다보니
신라상홰 관관상홰 관판보고 들어가니
석물로 만든 물건 몽중하고 앙정앙정
행자만 넉넉하면 가지가지 사다가서
기렴으로 선사하면 그 안이 조흘손가
도라오는 노중에서 신라호탤 구경하고
관광호탤 구경하니 내용이 궁금하나
혼자라 못가보고 섭섭하기 도라와서
우리 처쇼 차자가니 세수하고 하장하여
향유 발라 광채내고 곱게곱게 삐슨 머리[26]
면적갓치 쪽을 질어[27] 면경[28] 보고 단장하니
요조숙녀 이안이며 군자호구 하여보세
요지일월 불워할가[29] 순지건곤 우리 일행
심산선녀 하강할 쌔 구자태에 방불하다
그차에 조반상이 진열하여 차렷스니
코 인사가 야단일세 고수한 기름냄세

---

26) 삐슨머리 : 빗은 머리.
27) 쪽을질어 : 쪽을 질러.
28) 면경 : 거울.
29) 불워할가 : 부러워할까.

초요구는 능히 된다 옥식을 다감하고
조속히 행장곤처 절구경 가잣서라
일주문 들어선니 석등대 층층탑이
행인을 맞이하여 대웅전 들어가니
불국사 시조부채[30] 다보붓채 안좌석은
중앙에 모셔놓고 아미타불 미륵탑은
좌우에 좌석 잡고 오고가는 행인에게
만복을 불아주며 극락전 들어가니
미력불 오백나흔 관세음 보살 부채
나란히 안좌하고 사리정 들어서니
미력보살[31] 재화가라보살 태보석 사리탑이
나란히 진열되고 금관과사 백팔렴주
모도가 기이하다 사리탑을 깨트리고
이런 보물 발견하고 전시회를 차려놓고
안내자가 설명하나 자세히 다 못듣고
다보탑 석가탑은 전후원에 자리잡고
무영탑 이사탑은 좌우에 앉아있어
그밖에 이야기는 글이 짧아 못쓰겟네
대부분만 구경하고 박물관에 차를 돌려
차레차레 들어가니 사전연대 석기시대
흙으로 만든 고물 허다하기 만컨만은
일일이 다 못쓰고 선덕여왕 금관에는
비상한 차림으로 왕색이 변함업시
광채가 눈이 바서[32] 볼만해도 신성하다
그 위에도 고려자기 갑옷차림 하나하나

---

30) 시조부채 : 시조부처.
31) 미력보살 : 미륵보살.
32) 눈이바서 : 눈에 부셔.

옛날이 새롭도다 국보로 전해오든
이십구호 이송영사 안좌서 듯든 말과
별호히[33] 다름업서 어밀래[34] 하는 소리
종만보고 못 드러니 간절히 듯고져라
처볼 수가 바이업네 그리저리 구경하고
부황서 잠간 들려[35] 대략대략 더터나화[36]
석문고 대북모양 금문고문 처음일네
첨성대 안압지은 로중에서 인사하고
포석정 들어가서 표주박 돌린터전
옛대로 남아있어 잠간잠간 구경하고
안내자 업는고로 상세히 못들어서
기록하지 못 할세라 송림에 모여안자
점심식사 하온 후에 반주일배 논고나서[37]
서로서로 손을 잡고 한곡조 흥을 풀어
우줄우줄 춤을 춘다 서촌동에 동장댁이
장구치는 그 자태에 흥이 나서 출을 추니
평약기생 방불하다 흥 난다고 놀다보면
갈 길이 바쁘그든 쏘 다시 차을 돌려
양산통도 가자서라 육해를 다 지나서
은양을 경유하여 양산에 당도하니
난대업난 교통순경 검문을 당하여서
잠시잠간 지채되고[38] 천금으로 단봉쌋고
백옥으로 길을 싹아 이리저리 수단써서

---

33) 별호히 : 별로, 크게.
34) 어밀래 : 에밀레.
35) 잠간들려 : 잠깐 들러.
36) 더터나화 : 더듬거리고 나와 대충 살펴보고 나와.
37) 논고나서 : 놓고 나서.
38) 지채되고 : 지체되고.

운전사 덕분으로 교통순경 보초서고
부산항을 차저가서 영도교를 구경하고
그박에 조흔 구경 시간 업서 못다하고
해중에 고도갓치 웃둑선[39] 군함배은
멀리서서 구경하고 엽치기 부산 구경
만만보고[40] 돌아와서 통도사 다다르니
오후 구시 반이로다 영산여관 들어가서
풀길업시 피로한 몸 저녁식사 맛친 후에
패전한 군사처럼 이리저리 써러저서
수깟치를 던진듯시 한경잠에 취햇구나
실내에서 들어노는 합창노래 들어보소
코소리 숨소리을 요란해서 못듯겐네
면면각각 병창일세 이틀밤 주린 잠을
오늘밤에 풀어볼가 열심히도 잘도잔다
일곱시 이십분에 기상이라 하고보니
동천에 돗은해는 우리들을 조롱한다
중천에 높이 솟아 갈 길을 재촉하내
조반을 얼른 먹고 명단을 호면함에[41]
밴도을[42] 손에 들고 차레차레 오반 바다
단정하게 싸서놋코 통도사을 들어가서
일주문 좌우에는 사천광이 마주서서
우죽간에 만인유에 선약을 조사하는
의무를 담책하니 죄중한 차신이라
저절로 음노하다 천황문 들어가니

---

39) 웃둑선 : 우뚝선.
40) 만만보고 : 맛만 보고.
41) 호면함에 : 호명함에.
42) 밴도을 : 도시락을.

웅장한 법당에는 붓처님[43] 간곳업고
부용일지 높히 꼬자 어린 중이 들어서서
친절하게 안내하니 귀엽고도 옹종하다
협천이라 해인사은 법지종가 되엿섯고
양산이라 통도사은 불지종가 되여스며
부처님의 유골로서 화상으로 미시놋코
산지종가 골용산은 이야기만 들엇도다
구룡지 영사보소 아홉용이 살다가서
절문용 여덜[44] 용은 등천을 다 하엿것만
귀 여덥고[45] 눈 먼 용은 혼자서 남엇다가
갈 곳이 막연하여 대사님께 분부하와
이태전에 홀로 남아 구룡지을 지키다가
통도사을 창설할 쩨 빈 못만 남겨두고
야간도주 하온 후에 행적을 다시 몰라
얌전한 황용교은 동중하고 아담하다
뒤산을 둘러보니 녕축산이 높이 솟아
통도사를 보호햇네 성분전 강노당은
나오다가 잠간 보고 그 박에 열두법당
일일이 다 못보고 장움탑 압해서서
기렴사진 찍고나서 갈정나서 못 견대서
용진정에 정하수로 일배일배 인정쓰고
꿀맛같은 감노주은 지음[46]도 생각난다
절문 압 썩나서서 반월교가 눈에 뜨여
옛날에 진시왕이 삼천궁여 거나리고

---

43) 붓처님 : 부처님.
44) 여덜 : 여덟.
45) 귀여덥고 : 귀 어둡고.
46) 지음 : 지음(知音). 마음이 서로 통하는 친한 벗.

이 다리에 노싯든가 옛일을 새로워라
낙화암 사자수도 함께 꾸경 하고지고
고란사은 어디멘고 왕홍사도 못보앗네
또 다시 차를 돌려 석남사 구경가세
벽계산협 또 지나고 촌촌인가 경유하야
심심산곡 들어가니 가지산 석남사라
목전에 보인 간판 천진교을 건너스니⁴⁷⁾
죄우에 울림벽계⁴⁸⁾ 심회를 돕는구나
우지짓은 뭇새들은 째를 반겨 지젓기고⁴⁹⁾
정원을 둘려서니 다시 지은 새 건물이
오색이 영농하고 셋듯하고 아름답네
대웅전 들어가니 법당 안에 여승들이
경불 소래 들어보소 아름다운 옥성으로
앵무새의 소리갓치 귀전에 사무친다
혼진당 천도실은 영화가 만당하니
취연이라 하고지고 극낙당 만월영은
백이붓채 둘러안자 이와갓치 정한옥골
인도하온 경태로다 후원에 록죽들은
하날을 찌를듯시 멋대로 놉히자라
만인에게 층도밧네 모롱이로 도라가니
옴계나무 밥통 보소 면면각각 놀랍도다
현덕왕 십육년에 오백명 신하들이
이 밥통에 밥을 담아 고루고루 노낫다네⁵⁰⁾
또 골짝 들어가니 시설 중에 새법당에

---

47) 건너스니 : 건넜으니.
48) 울림벽계 : 울림벽계(鬱林碧溪). 숲이 울창하고 물이 맑음.
49) 지젓기고 : 지저귀고.
50) 노낫다네 : 나누었다네.

낙성식이 인박하여 동동촉촉 바쁘도다
조고마한 이층에서 행장을 고쳐잡고
절밑에 내려와서 박노태씨 정쓴 술로[51]
쏘 한취흥 돗은 후에[52] 운전사를 몰아낸다
한곡절을 권고권해 목포에 눈물로서
우리행차 다 녹인다 낙심할사 청도댁아
노름에 취햇든가 피로에 지첫는가
부용안색 홍안되어 이리저리 쓰러지니
다황증이 절로 난다 면면각각 근심일세
단양댁이 편작인가 성심으로 간호함에
재비같은 공작댁이 약을 내여 복약하니
자든잠을 다시 깬듯 다시금 흥이나서
경주쌍을 돌아와서 오능을 구경하고
송림에서 죄정하여 점심을 먹고나서
유명한 경주 명물 법주 한 잔 마섯더니
간이 깜짝 놀낫구나[53] 용모에 홍도화가
만발을 하엿구나 칭칭이로 흥을 풀어
숭정각 담박에서 향배로 베온 후에
여성문과 숙경분은 못 드가서 못 보앗고
월성을 지나다가 무열왕능 구경하니
돌으로 만든 거북 금실금실[54] 기는 갓네
이순신 장군님이 이 거북을 타고가서
왜적을 물리치고 승전고 놉히[55]달아
금의환양 하든 때가 목전에 완연하다

<hr>

51) 정쓴술로 : 정을 쓴 술로.
52) 돗은후에 : 돋운 후에.
53) 논낫구나 : 놀랐구나.
54) 금실금실 : 굼실굼실.
55) 놉히 : 높이.

갈 길이 하도 바빠 감간잠간 구경하고
의성쌍을 경유하야 안동땅 일직해서
윤서방댁 술한 말로 부조하고 기마이쓰니
술맛보고 신이 나서 예천읍을 당도토록
개화결실 하는구나 예천에서 정차하여
취도록 포음한 마음되로 놀아보세
난되업는 찬철씨를 악수로 반겨잡고
나도너도 노리게로 벗을 삼아 놀러되니
명창노래 갓치불러 우라 좌석 화창하네
통도사 기념수건 일제히 머리둘러
궁전에 궁여들이 하관을 쓴 듯하여
그자태가 아름답다 연세만은 품달댁은
발혀리를 굽혓스니 수계지심 태도로다
점잔한[56) 화촌댁은 동서 두 분 거나리고
어런 행실 어러워서 노래 한 번 못시니
유전댁과 살림댁은 노는 구경 처음이라
이상하고 신기해라 수태시런 신호댁은
순박하기 그지업고 중노인 밤실댁은
흥겨워 잘도 노네 요조한[57) 백골댁은
손벽치기 일수로다 연약한 동호댁은
병날세라 겁나드라 몽실몽실 노산댁은
돌공동골 잘도 노내 자태 시런 상촌댁은
초성조차 청청하다 휘층휘층 진주댁은
능울능울 잘도 논다 장구잡이 청도댁은
기생춤에 으뜸이라 춤 잘추는 무섬댁은
진주기생 부럽잔고[58) 잿치잇는 금천댁은

56) 점잔한 : 점잖은.
57) 요조한 : 요조(窈窕)한 : 고상하고 정숙한.

고개짓에 흥이 난다 뭉쑹한 간실댁이
춤노래로 뭉쑹하다 참새갓은 건내댁이
소리조차 참새갓네 처리책임 잘 직히는
오산댁이 일수로다 부태시런 왕태골댁
평양감사 방붕하고 총무맛든 단양댁은
일년동안 골몰하여 안색좃차[59] 헐숙하다
여축엄난[60] 공장댁과 입담 조흔 상촌댁은
경리과을 책임지고 빈틈업시 책임닥아
우리 일행 조캐하네 옹종한 거문골댁
노는 모양 같을세라 헌출한 맞질댁이
부끄럼도 너무만아 나는 풍정 다 못낸다
덕안댁은 나마나도 신명은 퍽도만다
어리무던 일직댁은 초성조차 음전하네
월태[61]고은 덕산댁은 춤노래도 요조하다
뭉실뭉실 금산댁은 복지노인 태도로다
부운갓은 화회댁은 종부태가 완연하고
차현나는 성동댁은 내몸추면 못할망정
신나게도 잘도 논다 실기실은 직산댁은
노는 태도 방불하다 요조한 회장댁은
봉구로흔 잘 하겟네 아릿다운[62] 동이댁은
규중쳐녀 행실갓해 다복실런 청동댁은
해마다 갱소하니 부렵기 그지업네
얌전한 하남댁은 자태도 유식하다
압제비 포내댁은 처하신명 혼자나네

---

58) 부렵잔고 : 부럽지 않고.
59) 안색좃차 : 안색조차.
60) 여축업난 : 빈 틈이 없이 정확한.
61) 월태 : 월태(月態). 달과 같이 예쁜 자태.
62) 아릿다운 : 아리따운.

덕암에서 오신 손님 택호몰라 못쓰겠네
서기관 벽정식씨 수고가 너무 만아
보답을 할작시면 이승에서 다못갚고
결코 보은 하오리라 보호자 박노태씨
황공하고 감사해서 후년 다시 동행하세
예천에 동상댁은 타관 친구 동행하니
심명이 안나는가 조심조심 나더오니
그도 쏘한 미안하고 쑹쑹보 윤서방댁
만석거부 종부태라 기마이쓰기[63] 마당하다[64]
함창손님 삼척소님 조심이 너문 만아[65]
비소하기 두렵도다 길 쩌난지 삼일만에
금당항을 돌아오니 가족들이 맛이 와서[66]
아우성 치는 소리 신명을 다 못 풀어
칭칭이로 노래쳐서 용문면민 들어보소
사랑하는 우리 고장 만복지원 축원할세
악기 잡기 소멸하고 지신지신 눌러주세
얼사절사 우리 일행 절절시구 잘도 논다
명년 삼월 다시 한번 이런 여행 하여보세
우리나라 명승지로 고루고루 노리 가세
춘초난 세세년년 봄을 차저 오건만은
초로갓은 우리 인생 한번 앗차 죽어지면
청산에 티집 짓고 만년유택[67] 하올 것을
생노병사 하는 것은 인간에 법칙이라
장생불사 못할진데 사라 생전 즐겨보세

---

63) 기마이쓰기 : 인심쓰기, 한턱내기.
64) 마당하다 : 마땅하다.
65) 너문만아 : 너무 많아.
66) 맛이와서 : 마중 와서.
67) 만년유택 : 만년유택(萬年幽宅) : 무덤.

어와우리 벗님내야 행설수설[68] 한곡조로
조필단문[69] 이내 필적 여러분 능문으로
오작낙서 고처보소 능지소문 하옵소서
갑진년 여행가로 한구절 남겨보세
포내댁 지은 가사 해소하고 일러주소

갑진년 사월 초팔일 여행기렴가
남새[70] 〃 〃

---

68) 행설수설 : 횡설수설.
69) 조필단문 : 졸필단문(卒筆短文). 뛰어나지 못한 글솜씨.
70) 남새 : 남우세. 남에게 비웃음과 놀림을 받게 됨. 자신을 낮추어 겸손하게 표현
　　한 것으로 보인다.

3. 시절가

<양귀비가>, <도덕가>와 함께 한 권의 전적에 수록된 국문 가사이
다. 자료 형태는 21×15.2cm 크기의 책이며, 2단 2행 4음보 형태의
필사본이다. 원작자 및 창작 연대는 미상이다. 그런데 이 자료의 마지
막 부분에 펜으로 '임고면 一구 232번지 이종월 氏'라고 부기되어 있
어 원래 영천 임고면에 살던 '이종월 씨'가 소장했던 것으로 추정된다.
권영철 소장본이다.

세상이 변하여 삼강오륜이 무너지고 인의예지가 끊어져 살기 어려
워진 시절을 탄식하며 그러한 가운데에서도 사람의 도리를 다할 것을
당부하고 있다. 시절에 따라 풍류기행을 노래한 작품이다.

시절가

여보소 드려보소 바린 소문 드려보소
남ᄃᆡ문을 열고 바리치니 긔명산이 밝아온다
가면가고 말면말지 시절구경 가즈ᄉᆡ라
서울이라 지쳐 달나[1] 남ᄃᆡ문을 들여가니
일육수가 북문이요 이칠화가 남문이라
삼팔목이 동문이요 사구금이 셔문이라[2]
일구승지 터을 닥[3] 팔쉼이라 도읍한이

---

1) 달나 : 달려(走).
2) 일육수가 북문이요 이칠화가 남문이라 삼팔목이 동문이요 사구금이 셔문이라 : 음
   양학(陰陽學)에서 나온 말. 음양(陰陽)이 처음 생긴 일육수(一六水)가 하(下)에
   있고 이칠화(二七火)가 상대방(相對方)인 상(上)에 응(應)하고, 삼팔목(三八木)
   은 일육수(一六水)의 생장(生長)이므로 일육수(一六水) 좌편(左便)에 위치(位置)
   사구금(四九金)은 상대방(相對方)인 우편(右便)에 응(應)한다.

문명한 산슈간이 신황직 만시기라
삼각산이 쥬용⁴⁾이요 종남산이 쥬산이라
화기산이 청용이요 인황산⁵⁾이 빅호로다
무학산이 현무되고 관악산이 안딕로다
남산 뒤이 쥴솔나무 울〃낙〃 민〃하다⁶⁾
삼공육경⁷⁾ 지상들은 션유가를 지어닉여
기도히 난장으로 놀기 조타 션유로듸
물화상통 그리한이 만물풍연 여기로다
산슈 풍겨 조흔 곳이 열국명사 우지진듸
어화 시상 동유닉야 시절가을 들여보소
청산고국 두견죠난 불여귀을 우지진듸
억만장안 거믄구름 문건〃〃 피여나여
듯기 조흔 경기 노릭 이화도화 만발이라
어지 시벽 찬 바람이 낙화만지 되단말가
부용당상 연기상이 엄중소회 짓든말가
공즈왕손 육일촌이 우셜풍상 되단말ㄱ
금반옥기 저자화는 녹슈진경 이싯황직
인쥬록도 보아서라 허츅방구 만리셩이
망진즈⁸⁾을 몰ㄴ든가 인심 소동 사십연이
사히잘방 이름들이 법〃즁유 쎠여놋코

---

3) 터을닥 : 터를 닦아. '터을닥아'의 오기로 추정된다.
4) 쥬용 : 주봉(主峰).
5) 인황산 : 인왕산(仁王山).
6) 민〃하다 : 밀밀(密密)하다. 빽빽하다.
7) 삼공육경 : 삼공육경(三公六卿). 조선 시대에, 삼정승과 육조 판서를 통틀어 이르던 말.
8) 망진즈 : 망진자(亡秦者). 진나라를 망하게 한 사람. '망진자(亡秦者)는 호야(胡也)'라는 말에서 온 말이다. 진시황이 '망진자(亡秦者)는 호야(胡也)'라는 말을 듣고, 만리장성을 쌓고 흉노족을 막고자 했으나 그 '호'는 오랑캐 호가 아니라 자기 아들 호해였다. 즉 진나라는 진시황의 아들에 의해 망하고 말았다.

이리저리 노히다가 지시 후이 츌싀하조
우리사시 들여보소 고국사을 싱각ᄒ오
군신유이 멸ᄒ지고 부조유친 ᄯ어졋다
상ᄒ분별 간듸업고 시셔빅가 간듸업다
공희형지⁹⁾ 부지하고 부〃유별 갈나젼내¹⁰⁾
삼강오륜 간듸업고 인의려지 ᄯ어져셔
하천 평등 무삼일고 상가궁즉 실쩌업다
여보소 동유임늬 시절 구경 이려하다
탁히예 거문비예 살기울 바릐셔라
소〃빅발 우리 부모 타이듸사 어이할고¹¹⁾
망〃듸히 너른 물이 철이말이¹²⁾ 머러진다
션인분묘 고금통은 이산져산 무더두고
팔도강산 쥬류총은 이집저집 허소로다
여보소 동유임늬 싀상구경 이려하다
엇지타가¹³⁾ 사라나셔 인각등명 조흘시고
부지농민 귀 먹어셔 차〃이 말 들여보소
사히팔방 기물적이 구인구곡 소리하소
삼각산이 희가 지고 경명봉이 달이 쩟듯
불상하다 창싱들아 사싱가을 들여보소
초지갓튼 이 싀월이 무지한 동유임늬
만연갓치 싱각ᄒ고 안이 먹고 안이시늬¹⁴⁾
젼곡으로¹⁵⁾ 틈이 나셔 부조 형지 불화하고

---

9) 공희형지 : 공회형제(孔懷兄弟). 형제는 서로 사랑하여 의좋게 지내야 함.
10) 갈나젼내 : 갈라졌네. '갈나-'는 모음 간 'ㄹㄴ' 표기 형태이고 '-젼내'는 앞 음
    절의 종성이 뒤 음절 초성에 동화된 표기 형태이다.
11) 어할고 : '어이할고'의 오기로 추정된다.
12) 철이말이 : 천리만리(千里萬里).
13) 엇지타가 : 어찌 하다가. '엇지'는 모음 간 경음 'ㅉ'을 'ㅅㅈ'으로 중철 표기한
    형태이다.
14) 안이시늬 : 안니 쓰(用)네.

인심 일코 모은 직물 즁갑¹⁶⁾쥬고 전지 사늬
즁갑 쥬고 사지 마소 토가 완전 너려지늬
경포쥬야 빅시이 전귀하다 곡귀하다
만셕 토지 무엇홀고 일푼일이 익기소셔
이늬 작정 히할 사람 이곳저곳 취당한다
쳔만직물 달나다가 돈 업시며 목슘 가늬
무지한 동유임늬 전답 시가 들여보소
말만 한 저 논빅미¹⁷⁾ 삼사빅원 무삼 일고
전답 산단 그만 말고 작자¹⁸⁾ 딕접 후이하소
동양 쳔지 너른 곳이 음풍 부려 시려지고
탁히 말이 거문 날이 광풍 부려 문어지고
분〃울〃 흠흔 싀기 갑진연¹⁹⁾을 적어 보소
미국하난 쳔적 등은 시긱간모 어이할고
사딕문 팔십이익²⁰⁾ 화륜거²¹⁾ 논아들여
오군문 날닌 군사 삼쳔칠빅 노피 셧드
무지하다 너이 등이 오조액여 무삼 일고
일이 난늬 〃〃〃 삼각산 빅운딕
빅학이 놉히²²⁾셧다 육조직신 조흔 관북
늬사 실타²³⁾ 놉히 셧드 팔즈 조흔 정별장은
이십팔슈 놉히 셧드 구즁심첩 빅화등이
기명 소릐 놉히 셧다 범갓탄 으딕즁은

---

15) 전곡 : 전곡. 집터의 경계선.
16) 즁갑 : 중(重)값. 비싼 값.
17) 논빅미 : 논배미. 논두렁으로 둘러싸인 논의 하나하나의 구역.
18) 작자 : 작자(作者). 농사를 짓는 사람. 하인이나 소작인.
19) 갑진연 : 갑진년(甲辰年). 1904년.
20) 팔십이익 : 팔십(八十) 리(里)에.
21) 화륜거 : 화륜거(火輪車). 예전에 '기차(汽車)'를 이르던 말.
22) 놉히 : 높이. 모음 간 유기음 'ㅍ'를 'ㅂㅎ'으로 재음소화여 중철 표기한 형태이다.
23) 늬사실타 : 나는 싫다. '실타'는 자음 'ㅎ+ㄷ' 축약이 반영된 표기 형태이다.

쳘은 한동 놉히 셧다 여보소 동유임늬
사직가 가련하다 반객갓치 노든 식월
삼쳣갓치 문어젼늬²⁴⁾ 삼쳘이²⁵⁾ 조흔 강산
문어진이 원통하다 보기 실소 춤혹ㅎ 드
이관 인물 거동 보소 부모 유톄²⁶⁾ 즁흔 몸이
감틔갓치 거문 머리 비슈갓치 드는 칼노
일조일셕 각단 말ㄱ 뭉굴 〃 〃 모양식가
어듸인고 어듸갈고 고국안민 보기 실소
개명소리 듯기 실소 쥬아 〃 〃 신명쥬아
붓쳐임늬 염불바라 사람 살일 붓쳐임이
골 〃마다 잇건마난 양사불 노화상이
무지기로 션을 둘너 양모 풍치 고은 허리
장갑짓기 무삼일고 훅달령 소릿치고
단초고리 무산일고 훅이장삼 거문식기
비승비속 분 〃하다 명 〃쳔지 발근 날이
일모동셔 어이할고 목닥 업시 염하나
빅염쥬는 어듸 두고 망가 즉손 실푼²⁷⁾날이
빈희하기 그지업다 인심 소동 히동국이
상의관 조흔 틱도 일시 변복 무산 일고
쳥사후비 훅이 실낭 셔동부셔²⁸⁾ 듸단말가
우리 혼취 조흔 문이 통혼듸기 무삼 일고
슈령 방빅 노든 고듸 이국 인물 범탄말ㄱ

---

24) 문어젼늬 : 무너졌네. '문어-'는 분철 표기 형태이고, '-젼늬'는 자음동화가 반
    영된 표기 형태이다. 믈어디다>문어지다>무너지다.
25) 삼쳘이 : 삼천리(三千里).
26) 유톄 : 유체(遺體). 부모가 남겨 준 몸이라는 뜻으로, 자기의 몸을 이르는 말.
27) 실푼 : 슬픈. '실-'은 치찰음 'ㅅ' 아래에서 'ㅡ'가 'ㅣ'로 고모음화된 표기이다.
28) 셔동부셔 : 서동부서(壻東婦西). 전통 혼례에서 신랑은 동쪽, 신부는 서쪽에서
    초례청 앞에 마주 서는 것을 말한다.

시상 인심 변컨이와 산천조차 곤칠손양[29]

초한 시절 당히든가 팔연 풍진 무산 일고

초한 시절 당힛든가 삼분시기 무산 일고

우륙쥬류 가난 비는 상문 반겨 모엿던가

양산이적 양단포이 상인[30]갓치 빈난 칼노

면 〃 촌 〃 이려나면 쳐 〃 곡 〃 이려난다

봉지하고[31] 접빈ᄒ소[32] 유리결식[33] 싱각하소

약흔 사람 달여들디 그딕 신시 가련하다

이놈저놈 불너다가 고시상존 어이할고

부모 형지 화슌하소 이웃 인정 불화하소

사량 손임 기긱 마소 문젼 절인 후딕하소

노인 딕접 극진하소 노복딕접 박딕마소

동힉춤좌[34] 츌반 마소 시졀 소문 편단 마소[35]

시상 인심 간지마소 도라셔면 무려으니

니 굿 먹든 저 사람이 이니 인심 험담하니

그력져력 말이 나매 비명힝사 어이할고

이니 인심 놉히 나면 활난 즁이 사라나고[36]

일가인심 후이하면 젹덕존문[37] 구하난니

남인북촌 동유임니 장무[38]산천 각가우이[39]

무명악질 독한 병이 기문 곡셩 어이할고

---

29) 곤칠손야 : 고치(改)는가. 바꾸는가.
30) 상인 : 상인(霜刃). 서슬이 시퍼렇게 선 칼날.
31) 봉지하고 : 봉제사(奉祭祀)하고. 조상의 제사를 받들어 모시고.
32) 접빈하소 : 접빈(接賓)하소. 손님을 접대하소.
33) 유리결식 : 유리걸식(遊離乞食). 떠돌아다니며 밥을 얻어먹는 유량생활.
34) 춤좌 : 그 대열이나 행렬에 참여함.
35) 편단마소 : 편단(偏斷) 한쪽으로 치우쳐서 결정하지 마소.
36) 사라나고 : 살(生)아나고. 연철 표기 형태이다.
37) 젹덕존문 : 적덕(積德) 존문(尊門). 덕을 많이 베풀어 쌓은 가문.
38) 장무 : 장무(瘴霧). 눅눅하고 무더운, 독기가 서린 안개.
39) 각가우이 : 가까(近)우니. 모음 간 경음 'ㄲ'을 'ㄱㄱ'으로 분철 표기한 형태이다.

약이사 잇건마안 망초도민 구희다가
소쥬 한 잔 전복하면 빅익하나 사라닉
도당시으⁴⁰⁾ 시졀인가 구연 딕슈 무삼 일고
천봉지탁 흐른 물이 물가젼지 슈피한듯
셩탕시⁴¹⁾이 시졀인가 칠연 딕한 무삼 일고
삼각산 봉전이요 팔강산 삼분이라
젼고금이 다랄손야 여양 가기 불상ᄒ듯
한 고조의 시졀인가 셔기풍셔 이려나닉
삼남문이 며려지니 인간 산퇴 무산일고
광무황지 시졀인가 희퇴 상연 무삼일고
탁안독거 못홀닉라 방포 소릭 검나더라
면희나고 면희나소 보정하고 보정하소
이히거딕 가으보면 서풀⁴²⁾지고 불노 들어
와이불기⁴³⁾ 어이할고 음풍 만나 죽단말가
여보소 동유임닉 동셔남북 보아셔라
긔가 짓닉 〃〃 〃〃 북삼도의 긔가 짓닉
철이 삼쳔 가난 군스 일등 명장 으인⁴⁴⁾이라
북적〃〃 괴난 슐이 쳥쥬난 쩟건이와
모쥬갓탄 탁한 슐이 남저기들45) 안 취할ᄀ
희가 난닉 〃〃〃〃 삼남산도 희가 난닉
양산 통도 철논 고딕 긔긔 쥰비 짓촉흔듯

40) 도당시으 : 도당씨(陶唐氏)의. '도당씨(陶唐氏)'는 중국 오제(五帝)의 한 사람인
　　요(堯)를 이르는 말이다. 처음에 당후(唐侯)에 봉해졌다가 나중에 천자(天子)가
　　되어 도(陶)에 도읍을 세운 데서 유래한다.
41) 셩탕시 : 셩탕씨(成湯氏). B.C.1766년. 상(商)나라로 처음 내려오다가 은(殷)나
　　라로 됨. 일명 상은(商殷).
42) 서풀 : 섶(薪)을. 연철 표기 형태이다.
43) 와이불기 : 와이불기(臥而不起). 누워서 일어나지 아니함.
44) 으인 : 의인(義人). 경상도 방언형 표기이다.
45) 남저기들 : 나머지인들. 찌꺼기인들.

풍글 〃 〃 타난 불이 영기사[46] 셧건마난
전화갓치 급한 불이 옥셕인들 안이 탈까
변고난늬 〃 〃 〃 〃 인쳔직밀 변고 난늬
빈쑉 〃 〃 창금 알이 깃발이가 셧건마안
야빅쳔슈 심반디병 번기갓치 달여드늬
물이 넘늬 〃 〃 〃 〃 히동죠션 물이 넘늬
울영츌영 셧난 비난 남조션이 쯧건마안
츈풍 삼월 조타 마소 히동조션 가이업다
삼쎠갓치 시려지고[47] 욱디갓치 자쌔진다
구월풍상 낙엽갓치 삼츈풍우 낙화갓치
고가원즁[48] 문어진다 압산 보리 산틔곳치
기사하고 즈사한이 일망쳔장 가이업듯
삼양팔간 잇든말가 시상운 〃 드렷건이
장자방이 모한 슐법 결응쳘이 자아늬여
기명산 츄야월이 옥퉁소 슬피 부려
히향곡조 슬피 부려 고국사을 화답한이
팔쳔 지자 훗터진듯 우리 인싱 가련하다
남양초당 풍셜중이 형익도을 기려늬여
옥퉁슈 실피 부려 직시경윤[49] 싱각한니
삼분쳔ᄒ 가른 적이 한종실이 미약한이
팔진도[50] 버려늬여 칠종칠금[51] 하올적이

---

46) 영기사 : 연기(煙氣)는.
47) 시려지고 : 쓰러지고.
48) 고가원즁 : 고가원장(古家垣墻). 옛집의 담장.
49) 직시경륜 : 재세경륜(在世經綸).
50) 팔진도 : 팔진도(八陣圖). 촉한(蜀漢)의 제갈량(諸葛亮)이 만든, 중군(中軍)을 가
    운데에 두고 전후좌우에 각각 여덟 가지 모양으로 진을 친 진법(陣法)의 그림.
51) 칠종칠금 : 칠종칠금(七縱七擒). 마음대로 잡았다 놓아주었다 함을 이르는 말.
    중국 촉나라의 제갈량이 맹획(孟獲)을 일곱 번이나 사로잡았다가 일곱 번 놓아
    주었다는 데서 유래한다.

츌사포52)을 지으늬여 오월도을 건닌말가

무사하기 방송하이 불분만야 딕당말ᄀ

불상하다 창싱들아 시월딕로 살고보기

이민연53)이 그려져려 임읻딕로 사라나셔

긔모연54)을 다〃른이 긔모 하이 못 슬깃늬

갑진연을 다〃른이 갑진 정분 어딕가고

정신 업시 안즌다가 외국 슈젹 어이할고

을사연은 다〃른이 을사절사 십부딕신

병오연을 다〃른이 병이 난늬 병이 난늬

이골저골 인병이요 병오츈이 못 살깃늬

정미연을 다〃른이 정업시 히미하다

일톄공일 졍미연이 졍미츈이 못 살깃늬

무신연을 다〃른이 무신 소문 전하든고

무고인명 살히한이55) 인심시월 무심하다

긔유연을 다〃른이 긔우 그력 사는 몸이

무고 인명 살히한이 신무사경 겨우보늬

경슐연을 다〃른이 경슐한 이늬 신시

방부낭 경슐연이 합이는 경슐한다

신희연을 다〃른이 신정식은 무삼일고

신물나는 신희연이 인심소동 신희로다

임즌연을 다〃른이 임즌쥬즁 아는 시월

팔십초목 뉘가늬셔 임즌라고 일으든고

계츅연을 다〃른이 계츅쳔츅 직일츅이

임즌업는 □□□을 긔츅이라 이르든가

---

52) 츌사포 : 출사표(出師表). 중국 삼국 시대에, 촉나라의 재상 제갈량이 출병하면
    서 후왕에게 적어 올린 글. 우국(憂國)의 내용이 담긴 명문장으로 유명하다.
53) 이미연 : 임인년(壬寅年). 1902년.
54) 긔모연 : 기묘년(己卯年). 1903년.
55) 살히한이 : 살해(殺害)하니. '-한이'는 '-하니'의 과분철 표기 형태이다.

갑인연을 다〃른이 갑인히도 심립 마소

분〃민정 갑인연이 가빈한인 사현처라[56]

얼묘연[57]을 다〃른니 일모광풍 저문 날이

울〃궁〃 허사로다 얼묘연을 조타마소

병진년을 다〃른이 병든 중사 무병하다

병진연 춘삼월이 화조철 마술되엇나

정연을 다〃른이 정사 조흔 우리 정사

요슌갓튼 정사연이 시화시중 정사로다

여보소 동유임늬 죽지 말고 사라나소

살기를 바릭거던 길인을 구하소셔

익즈 사모[58] 밋지 마소 손즈 사무[59] 조타 마소

일셕 삼우 쫏지말고 지심동무 동지로다

가오을미[60] 양연 간의[61] 임순픿가 멷〃치고

쳔양거리 만양거리 즁도상이 모여던가

골윤산 빅즁봉이 이정 삼인 만닐 젹이

동국산쳔 기려늬고 각골비결 기려늬여

신입혈[62]이 불명ᄒ다 궁〃을 살펴본이

---

56) 가빈한이 사현처라 : 가빈(家貧)하니 사현처(思賢妻)라. 집안이 가난하면 어진 아내를 생각한다는 뜻이다.

57) 얼묘년 : 을묘년. 1915년. 제1음절의 중성 고모음 'ㅡ'를 중모음 'ㅓ'로 표기한 것으로 경상도 방언형 표기 형태이다.

58) 익즈사무 : 익자삼우(益者三友). 자신을 이롭게 하는 세 친구. 서로 사귀어 이롭고 보탬이 되는 친구로는 직(直:정직)·양(諒:믿음)·다문(多聞:지식)의 세 종류가 있다는 말이다. 『논어(論語)』<계씨편(季氏篇)>에 나온 말이다.

59) 손즈사무 : 손자삼우(損者三友). 사귀면 손해를 보는 세 가지 해로운 벗. 편벽(便辟:간사)·선유(善柔:치렛말)·편녕(便佞:아첨)의 세 종류가 있다고 하였다. 『논어(論語)』<계씨편(季氏篇)>에 나온 말이다.

60) 가오을미 : 갑오(甲午) 을미(乙未).

61) 양연간의 : 양(兩) 년(年) 간(間)에. 이년 사이에

62) 신입혈 : 신입혈(身入血). 『격암유록(格菴遺錄)』에 '身入血草田名(신입혈초전명) : 몸에 들어오는 피 묻은 풀이 있는 밭의 명칭이다.'에서 따온 말이다.

여보소 도유임늬 궁〃이슈 찻지마소
초전명을 싱각한이 화왕수가 뉘길넌가
□□□□ 싱각한이 픽지츳지 분명하다
화우이슈 싱각한이 야익기명 분명하다
사답칠두 낙지⁶³⁾고듸 양븍⁶⁴⁾이슈 분명ᄒᄃ
소두무족⁶⁵⁾ 어이할고 삼인 일셕 분명ᄒ다
무지한 동유임늬 십승지〃⁶⁶⁾ 츳지마소
이〃쳔〃 어이할고 천졍지방 광활하다
유월비생 어이할고 문젼 결식 당할손야
임지연 조합쥬을 십승지〃 츠즈갈지
풍기쌍을 츠즈가니 금긔촌이 어듸믜요
화산쌍을 츠즈가니 소틱빅이 어듸믜요
늬셩쌍을 츠즈가니 활풍곡이 어듸믜
속이산을 츠즈가니 와황촌이 어듸믜요
예천쌍을 차자가니 금당실이 화려하다
영월쌍을 츠즈가니 마천봉이 어듸믜요
긔롱산을 츠즈가니 긔롱산이 쥬근이라
셩쥬쌍을 츠즈가니 서중촌이 번셩하다
븍마강을 츠즈가니 늬포촌이 여긔로다
물유산을 츠즈가니 븍사잔이 화길이라
여쥬쌍을 츠즈가니 도화촌이 다곡이라
승쥬쌍을 츠즈가니 우복동이 회길이라
□□□□ □□□□ 명졀보실 사라□가
유쥬ᄒ고 무류ᄒ다 실듸업시⁶⁷⁾ 가난사람

---

63) 사답칠두 낙지 : 사답칠두(寺畓七斗). 『격암유록(格菴遺錄)』에 나오는 말.
64) 양븍 : 양백(兩白). 『정감록』에 나오는 말.
65) 소두무족 : 소두무족(小頭無足). 『격암유록』과 『정감록』에 나오는 말세에 관한 말.
66) 십승지〃 : 십승지지(十勝之地). 전쟁이나 천재(天災)가 일어나도 안심하고 살
    수 있다는 열 군데의 땅.
67) 실듸없이 : 쓸데없이.

명〃 쳔지 발근 날이 눈을 쓰고 잘 못가닉

불상하다 창싱들아 살기를 바릭셔라

청송쌍을 츠즈가니 도적즈가 절반이라

진보쌍을 츠즈가이 결식즈가 틱반이라

여양쌍을 츠즈가이 기사병사 구만이라

예안이라 조타마소 슈사병사 어이할고

안동이라 조타마소 직시여산 밋곳진고

군이[68]쌍을 조타마소 일립곡[69]을 구할손야

이셩[70]쌍이라 가지마소 줌든 아기 붕상ᄒ다[71]

여양산 가지마소 남이 목슈 딕명가닉

청도 미랑 사지마소 밤식 편안 뉘가 갈고

실영〃쳔 사지마소 쥬인 보기 어렵도다

경쥬 쌍을 차자가니 불의지변 누가 알고

영희 영둑[72] 조타마소 사라나야 장답하지

양〃 간셩 가지마소 낙딕업시 나려가닉

연빈 칠업 사난 사람 잘 먹고도 □쓴서닉

가련하다 창싱들아 글염ᄒ고 글염하소

오호통지 창싱들아 죽어지면 긋쓘이라[73]

사라싱젼 노는 사람 죽어지면 그쓘이라

식벽서리 쵼 바람이 다릭 묵기 여려 죽닉

식야〃〃 청도식야 청청약슈 나려완닉

나릭스 조큰마안 부지불싱 어이할고

68) 군이 : 군위(軍威). 경상북도 군위군에 있는 읍. 소백산맥으로 둘러싸인 산간 분
지로 소, 농산물 따위가 난다. 군청 소재지이다.
69) 일립곡 : 일립곡(一粒穀).
70) 이셩 : 의성(義城). 경상북도에 있는 읍. 의성군의 군청 소재지이다.
71) 붕상ᄒ다 : 불쌍하다.
72) 영둑 : 영덕(盈德). 경상북도 영덕군 중부에 있는 읍. 오십천이 흐르며, 농산물
집산지로 부근 바다 기슭에는 해안 단구가 발달하였다. 군청 소재지이다.
73) 긋쓘이라 : 그뿐이라. 모음 간 경음 'ㅃ'을 'ㅅ섀'으로 중철 표기한 형태이다.

셔풍소실 찬 바람이 바람길이 붓쳐완늬
동희동쳔 발근 날이 빗발갓치 헛터진듸⁷⁴⁾
긔야〃〃 불상하다 신치젼장 어듸할고
긔야 승〃터이 긔명산 비호초 츠즈간다
숯하⁷⁵⁾〃〃 이화곳하⁷⁶⁾ 녹음방초 어이할고
인가고북 노든 시월 븩일홍도 실쩌업싸
즉〃도리 조흔 숯히 탐화봉졉 모혀쩐이⁷⁷⁾
쳘이강산 변긔갓치 더운 바람 도려부려
츈풍삼월 노든 숯치 온갓 나무 〃셩터이
금슈쳥산 푸린 곳의 만산화초 연달늬야
봉졉이 나라가니 츈싴이 느져간다
졍지견곤 도읍시의 용산븍호 풀 가지이
남풍 가을 지어늬여 고〃화츔 의렬 젹이
쳘마구셩 어이할고 금이공즈⁷⁸⁾ ᄂ신 곳이
만슌 도리 명멸한이 오동양유 만시풍이라
가지〃〃 번셩한이 오도가도 못할이라
불피풍유⁷⁹⁾ 어이할고 탐화하난 저 봉졉이
어화 동유 츠즈가니 이 승지〃 츠즈완늬
건늬 터을 츠즈가니 금슈강산 조흔 궁실
젹시여산 되단말가 녹음방초 송화시이
만산화초 일여난다 하셔산이 츅슈하소
구월산이 화젼간다 속리산이 풀듸듸고

---

74) 헛터진듸 : 흩(散)어진다. 제1음절의 중성 'ㅡ'를 증모음 'ㅓ'로 표기한 것으로
     경상도 방언형 표기이다.
75) 숯하 : 꽃(花)아. 모음간 유기음 'ㅊ'을 'ㅅㅎ'으로 표기한 형태이다.
76) 이화곳화 : 이화(梨花)꽃아. '곳'은 어두 경음화가 적용되지 않은 표기 형태이다.
77) 모혀쩐이 : 모였더니. 제2음절의 종성이 제3음절의 초성으로 연철 표기된 형태
     이다.
78) 금이공즈 : 금의공자(金衣公子). '꾀꼬리'가 노란색인 데서, '꾀꼬리'를 비유적으
     로 이르는 말.
79) 불피풍유 : 불피풍우(不避風雨). 비바람을 무릅쓰고 한결같이 일을 함.

틱빅산이 히가 나고 지리산이 풀이 나닉
금강산이 물이 실닉 천신기도 언닉여
이화쏘이 당할손야 진즈독 거동보소
오딕츙신 가련하다 슈원슈우[80) 하단말가
오호통지 가련하다 쏫치 〃 〃 시려지닉[81)
탁쥬 한 잔 노라보즈 탁쥬 식월 가련하다
와서

80) 슈원슈우 : 수원수구(誰怨誰咎). 누구를 원망하고 누구를 탓하겠냐는 뜻으로, 남
    을 원망하거나 탓할 것이 없음을 이르는 말.
81) 시려지닉 : 쓰러지네. 어두 경음화가 적용되지 않았으며, 제1음절의 중성이 치찰
    음 'ㅅ' 아래에서 고모음화되어 표기된 형태이다.

4. 봉별갱봉기

이 가사는 안동 하회로 시집온 초밭댁 김씨 부인이 20년 만에 친정을
갔다 온 여정과 느낌을 적은 국문 가사이다. 초밭댁(광산 김씨 집성촌)의
친정은 경북 의성군 금성면이다. 자료 형태는 26×375.3cm 규격의 두루
마리이며, 2단 2행 4음보 형태의 필사본이다. 연대는 나와 있지 않으나
"하회 초밧딕이 이십연만에 친정가서 놀고 지은 것"이라는 기록이 있다.
권영철 소장본이다. <봉별갱봉기>는 오래 헤어져 있다가 다시 만난 기
록이라는 뜻이다.

봉별갱봉기

하회 초밧딕이 이십연만 친정 가서 놀고 지은 것

태셰상원 신유초이 이십연 이친지회
안심하기 어려워서 존구[1]전 품영으로
군자이 허의 바다[2] 모물하고[3] 발힝[4]하미
십니 교군 굼듸더니 쳔운변화 차힝으로
안동읍 도착하니 셩즁도치 시졍물화
의복이 현황하니 대도회를 짐작할듯
두루 거러 완경하니[5] 각국인의 집채도난
비각이 유달하니 하림이 무지로다

---

1) 존구 : 존구(尊舅). 시아버지를 높여 이르는 말.
2) 허의 바다 : 허락받아.
3) 모물흐고 : 모물(募物)하고. 물건을 모으고.
4) 발힝 : 발행(發行). 길을 떠나감.
5) 완경하니 : 완경(玩景)하니. 천천히 걸으면 경치를 구경하니.

목성동 도라드니 히한할사 김쥬사되

쳑분⁶⁾도 잇거니와 탐″한 미사지의

일야헐슉⁷⁾ 권″정품 신변여구 한담하고

고빈⁸⁾진찬 차담상⁹⁾은 감당하기 어려워라

아연히 작별하고 졍거이 와 차를 타니

으셩읍¹⁰⁾이 승모로다 병난 차를 곤쳐 타니

시간니 너멋구나 등듸 힛든 교마¹¹⁾인은

부지후쳐 희졍하고 일역은 재산한듸

갈 길이 아득하나 비만한 늬 근친니

일각이 여삼츄라 사치를 불고하고

얼고 녹은 셜이졍이 혼″젼진 도보하여

십니를 계요가니¹²⁾ 일모도궁¹³⁾ 할 길 업서

등하일가 차자드믹 슉소업다 가라하니

황혼츅객 비인사라 예의동방 자득진을

그집 두고 일음일내 칠푼상 십사푼이

사졍하고 밤을 새와 효두미명 등졍하니

힝역이슌 편하다 장등영 올나셔니

반갑다 저 금셩아 나의 고향 초젼지경

임인연 이별하고 오날이야 도라온다

재를 나려 동 어구이 삼동셜한 죽은 입흔

고인보고 반기것만 가련 셕일 우리 형졔

---

6) 쳑분 : 척분(戚分). 성이 다르면서 일가가 되는 관계.

7) 혈슉 : 헐숙(歇宿). 어떤 곳에 머물러 쉬고 묵음.

8) 고빈 : 고배(高排). 과일이나 과자, 떡 따위의 음식을 그릇에 높이 괴어 담음. 또 는 그렇게 괴어 담은 그릇.

9) 차담상 : 차담상(茶啖床). 다담상(茶啖床). 손님을 대접하기 위하여 음식을 차린 상.

10) 으셩읍 : 의성읍.

11) 교마 : 교마(轎馬). 가마와 가마를 끄는 말을 아울러 이르는 말.

12) 계요가니 : 겨우 가니.

13) 일모도궁 : 일모도궁(日暮途窮). 날은 저물고 갈 길은 막혀 있음.

엇지 이덧 망민한고 촌즁이 드러서니
낫 모르는 개가 짓고 아동이상견 불상식이
소문객종 하처래라 어와 늬 근친니
오랜 쥴 깨닷깃다 근인친가 하여가니
슉면목이 나아온다 헌츌한 우리 형쥬
손 잡고 반겨한 후 잉무갓튼 질아죵반
면〃이 어라 만져 얼굴보고 이름 알아
잇글고 드러가니 황연하신 빙쳥¹⁴⁾이라
오회라 백모쥬요 칠십여연 젹울 풍상
하로 밧비 바리시니 명찰하신 하교지언
어나 셰월 다시 드러 불인무상 쌔치리요
안으로 드러가니 창안학발¹⁵⁾ 우리 태태¹⁶⁾
불초한 나의 힝지 고지 듯지 아니시고
쑴으로 아시다가 안치며 흐므하니
음용이 아조 서러 엇더한 반 늘그니
내 딸이라 흐므하랴 이히하여 하압시니
품기하신 나의 모친 쥬즁 션쥬 취하서서
홍진 노소 므라시내 오미불망 우리 형졔
낫비 보고 밋친 졍이 원일갱션 하엿더니
오날날 일셕 단취 늣기고 살펴보니
불우무졍 나의 몸을 넉시 업시 바라보내
노쳔니 무지하여 살피잔코 채벌하나
현졔의 츌인 덕행 내〃 엇지 몰나보리
우로지은17) 다시 나려 고목이 엽슌나서

14) 빙쳥 : 빙쳥(聘請). 예를 갖추어 초청하여 부름.
15) 학발 : 학발(鶴髮). 하얗게 센 머리. 또는 그런 사람을 이르는 말.
16) 태태 : 태태(太太). 어머니를 이르는 말.
17) 우로지은 : 우로지은(雨路之恩). 때 맞춘 은혜로움.

말내는 안과하고 기츌형제 흥복하여
부모 신셜 하오리라 만분관심 하압소서
반평생 넘은 셰월 지리하나 언마리요
피차 흉즁 설인 한을 다 후리쳐 덥허두고
환희담낙[18] 즐기리라 소수각이 채못되어
슉당종반 원근 친쳑 만방하계 모엿스며
면〃니 손을 잡고 늘근 인사 그린 정을
여츌일구[19] 하는구나 씩마차 영신가절
일〃 츄측 상봉하여 열 친쳑지 정화하고
소어[20]담낙 흔〃하여 셰월 거래 불문터니
상원십오 편웃셜시 대퇵거〃 자품으로
오십 노인 다 청하니 사람은 늘것스나
풍정은 늘지 안어 되개듯툼 풍파 나고
부자 간이 시심이라 어와 우습고 장관일새
멋칠 후 우리 종씨 늬 온 기별 드르시고
저 동자 압흘 셰워 포연히 오시는대
전지 도지 닛쩌보니 화월갓튼 우리 형쥬[21]
할막다저 져 왼일고 형쥬 역시 날을 보고
놀나며 고약다니 쥬고 밧고 통노사정
엇지 아니 그럴손고 이팔쳥츈 분슈 후이
사십 연광[22] 되엿구나 오날붓터 정을 어어
쩌나기 전 즐기리라 좌와기립 갓치하니
인간 쳬락 이 아닌가 슈일 지늬 봉듸 김실
조달저자 솔늬하니 슉질 동반 그린 정을

---

18) 담낙 : 담락(湛樂). 평화롭고 화락하게 즐김.
19) 여츌일구 : 여출일구(如齣一口). 이구동성.
20) 소어 : 소어(笑語). 웃으면서 하는 말.
21) 형쥬 : 형주(兄主). 형을 정중히 이르는 말.
22) 연광 : 연광(年光). 세월.

이번 길이 터회로다 두 곳 질서 한목[23] 오니
샛득하고 반가우며 단아할사 김낭이요
쥰수할사 이낭이라 함부이 신힝참예
츌인신부 쾨락하다 어와 이 집이야
장공예를 효특하야 화합가즁 찬셩문은
닉조붓터 삼간배라 어엿부다 우리 질아
고모의 불용누질 달맛다면 엇질넌고
옥부화신 지란셩기 천질효심 우등이라
어듸 가면 미즉할고 방연이 이팔이라
실영 짜 현고촌이 명문지 화벌인대
빅연가약 틱일하니 즁츈 이월 이십이일
월노홍승 인연으로 빅양화쵹 교빅셕이
봉황이 깃드리니 도지요〃 작〃기화
오날날 봉츈니라 양증하다 져 봉황아
빅연동쥬 기약하며 오물〃 봉이 삿기
다복〃〃 품엇구나 학우풍신 조낭이야
요조슉여 어덧스니 군자호구 아니런가
관즁한 우리 질셔 도량은 하히갓고
젼졍은 말니로다 사랑홉고 귀즁함을
낫비 보고 써나나니 의틱행차 하시거든
박식층호 차즈실지 공생할사 우리문아
츌생지일 도라왓내 각색등물 버려녹코
차래로 잡는 거동 수부문부 겸하엿다
어화 늬소쳐가 오래 지체 할 수 업서
슈일 후 발행인대 거록하신 문장슉쥬
관홍하신 셩덕으로 용젼다소 불고하사
소연자졔 부로시와 등산소창 쓰기시니

23) 한목 : 한꺼번에 다. 한몫.

감사하고 흥이나서 불관문즁 우리들이
화수손물 미안하다 일촌노소 합집하니
학발창안 노인분내 절슈 맛차 치힝하고
쳔〃니 거르시며 채의[24)]나상[25)] 아해들은
유두분면 곱계 하고 빅일향풍 듸여가며
화류츈풍 조흔 째예 벗 부르는 황앵인가
비로비소 우리들은 남형들 압셔우고
완〃히 싸라가니 향산쳐〃 구면니요
심곡층〃 독도로다 일독화쳔 듸여녹코
쳔원기슈 그려니야 아심불망 하오리라
북츌어 쥬령으로 좌청용 우빅호이
남향하얄 치하니 인걸의 유체이요
셔산은 오동이라 북판은 거문고라
반석 조흔 굴바위는 병암 괴셕 입〃하니
물형도 만을시고 대상을 뭇겻스니
풍뉴ᄒ사 흠할 비라 앙셩창〃 쳥원니요
하시 벽〃 셕방이라 심신니 한가하고
경계가 아담하니 셔왕모 강임쳐라
아신니 츌가한듸 번화승지 션명하다
가려강산을 일구월심이 유〃불망허니
차일갱봉[26)]이 찬〃니 보잣드니 인간만사 불여의[27)]라
깃화시졀 미다풍이 한입골 수불승하야
총〃이 작별하니 금의환향 담 보자
산쳔도 졍근이셔 잘 갓다 쉬오라내

---

24) 채의 : 채의(綵衣). 여러 가지 빛깔과 무늬가 있는 옷.
25) 나상 : 나상(羅裳). 얇고 가벼운 비단으로 만든 치마.
26) 갱봉 : 갱봉(更逢). 오래 헤어져 있다가 다시 만남
27) 불여의 : 불여의(不如意). 일이 뜻과 같이 잘되지 아니함.

그럭저럭 오정이라 이고지고 쌧쳐오니
시장허기 면할계라 나노와 진지하니
채소과반 맛난 즁이 남북히 가지자반
엽도 뒤도 아니보고 식양²⁸⁾을 펴고나니
얼될시고 남자분내 콩밧 싸홈 가섯듯가
쌕헛키는 왼 일인고 쳬면이 과타가는
마사한다 샹담이요 어와 셥〃하다
손의 눈쓸 살피잔코 대공을 바라든가
판공나리 쥬일이니 쥬일배가 맛당하다
노름이 되자하면 그것도 노름이요
그러나 오날 노름 빈쥬예가 이셔야재
비반니 낭자하니 월색쳥픙 가자하니
소동파를 불어할가 놋동낙 오늘 노름
두견니 미발하니 썩이 업셔 한니로다
이즁의 노신 분내 다시 볼 기약하새
화봉인이 슈를 비러 노인분내 드리우고
우리내들 늘지 말계 삼신산 차져가서
불노초를 캐여 먹셰 찬〃니 후기하니
송빅가지 잉무조가 셕양 농어하니
파연곡이 아니련가 각기 귀가 하고나니
몽과츈산 헛부도다 슈십연 사모하던
고당친쳑 즐기오나 일편셕회 비감하며
인자하신 종고모쥬 무모한 종질여를
무휼과이 하압시니 이 은덕 이 자인를
엇지하여 갑사오리 말삼 곳 잘하오면
쳔양빗도²⁹⁾ 가린다니 필셜노 갑하보새

---

28) 식양 : 식량.
29) 쳔양빗 : 쳔냥 빚.

수고강영 하옵시고 만채 영원 도라가서
닉외분니 화락하소 유명 다른 동귀종반
쳔듸상봉 기약하나 생존하신 하개형장[30]
언졔 〃 〃 만나보며 하북이 류실이는
함계 못와 이들하고 녹동의 두고실과
인동 장실 사촌 유실 져희들 간졀 사연
셕묵지심 요동된다 승양낙일 사졍업서
주야삼일 얼풋 지내 조발종군 등졍하니
심비목셕 나의 촌장 북당독노 한별이야
쳔우신조 하시나마 모여 다시 만나보새
동긔슉질 당슉종반 함비엄누 상별하니
강슈도 윈함졍을 이졍 잇난 우리 형쥬
남북이 이별하며 피차이 무언이니
양인심사 양인지라 차마 못한 연고로서
동구밧 신장노이[31] 윈근 친쳑 작별하니
면 〃 니 아연하고 차자오라 당부로다
션항이 형제분은 못닉하심 층가시라
어마 〃 〃 우리 어마 일 마장을 나오시와
헛비 〃 〃 바라보내 불초막심 이닉 인사
귀령부모 쓰졀 몰나 슈월유쳬 하엿스나
효봉 한 번 못해 밧내 한 거름이 도라보고
두 거름이 울고보니 향산호수 머러지고
구비 〃 〃 셔린 것은 망 〃 도로 쑌일너라
우리거 〃 김실이실 졍거까지 동힝하여
좌우편 둘너보니 여헌션생[32] 송덕비는

---

30) 형장 : 형장(兄丈). 나이가 엇비슷한 친구 사이에서, 상대편을 높여 이르는 이인
   칭 대명사.
31) 신장노 : 신작로.

외선조 아니신가 감창[33]하계 뵈온 후이

쥬인의와 요기하고 면〃니 작별하니

슷쳑한 거〃신색 가삼이 쓰리도다

우래갓튼 차셩이야 어나결이 안동이라

영호루[34] 바라보니 단쳥은 퇴색하나

졔도가 굉걸하다[35] 동문밧 차자들어

뉸슌사듸 친분 보소 여형약졔 관곡하다

써나는 길 목셩인사 문젼을 드러셔니

학생 모자 졍히 쓰고 발월한 생호기군

늬렴으로 짐작한 바 그듸 집 맛자졘가

---

32) 여헌션생 : 장현광(張顯光, 1554년 ~ 1637년 9월 7일)은 조선시대 중기의 학
   자, 문신, 정치인, 철학자, 작가, 시인이다. 본관은 인동(仁同), 자는 덕회(德晦),
   호는 여헌(旅軒)이다. 과거에 뜻을 두지 않고 학문에 힘써 이황(李滉)의 문인과
   조식의 문인들 사이에 학덕과 실력을 인정받았으며, 수많은 영남의 남인 학자들
   을 길러냈다. 류성룡(柳成龍) 등의 천거로 여러 차례 내외의 관직을 받았으나,
   대부분 사퇴하였고 그 중에서 부임(赴任)한 것은 보은현감(報恩縣監)과 의성현
   령(義城縣令)의 외직과 내직(內職)으로는 공조좌랑(工曹佐郎), 사헌부장령(司憲
   府掌令), 형조참판(刑曹參判), 의정부우참찬 등이다. 1602년(선조 35) 공조좌랑
   으로 부임하여 정부의 주역(周易) 교정사업에 참여하고 이듬해 잠깐 의성현령으
   로 부임했으며 그 외에는 모두 사양하거나 사직, 고사하였다. 그 뒤 형조참판직
   에 잠시 취임하였으나 이후 계속 관직을 사퇴하였다. 광해군 때 합천군수 등에
   제수되었으나 모두 사양하였고, 인조 반정 이후 조정에서 학문적 권위를 인정한
   산림(山林)에 꼽혔다. 인조조에도 사헌부지평·집의 등에 여러 번 제수되었으나
   모두 사퇴하고 학문에 전념했다. 이괄의 난 때 사헌부장령에 제수되어 취임하였
   고, 이후 형조참판, 대사헌 등에 제수되어 마지못해 취임했으나 사퇴하고 고향으
   로 되돌아갔다. 1636년(인조 14) 병자호란 때는 우참찬에 임명되고 의병을 일
   으켜 청나라군과 교전하는 한편 군량과 군자물품의 조달과 지원을 주도했으나,
   패전 후 실망하여 입암에 들어가 은거하였다.
33) 감창 : 감창(感愴). 어떤 느낌이 가슴에 사무쳐 슬프다.
34) 영호루 : 한강 이남의 대표적인 누각, 오래전부터 안동의 영호루는 경남 밀양의
   영남루(嶺南樓), 진주의 촉석루(矗石樓), 전북 남원의 광한루(廣寒樓)와 함께 한
   강 이남의 대표적인 누각으로 불리어저 왔다. 창건에 관한 문헌이 없어, 언제 누
   구에 의하여 건립되었는지 잘 알 수는 없으나 천여 년 동안 그 이름이 전통의 웅
   부안동(雄府安東)과 함께 하고 있다.
35) 굉걸하다 : 굉걸(宏傑)하다. 굉장하고 훌륭하다.

드러가셔 아라본 즉 과연이라 희망일새
눈순사뒤 볼일 이서 동힝차로 나아와서
풍산 장터 정거하야 조용히 나려오니
화풍이 나붓기고 유명한 광도즁이
초록이 은〃하다 하회현내 드러셔니
원지산쳔 경기씌고 부용대는 달이 쓰며
화산은 화기 쓰고 낙강이 져역날은
쥬림이 잠겨 이서 활동사진 모양이라
문젼이 당도하니 압히와 절하는 놈
바라보고 쒸는 눔이 나날 고대 츌망하여
그린 정사 우난 것은 여아 형채 약장이라
승당하여 현알하니 백수노친 의문하사
무사왕반 깃거시나 늬당이 황연³⁶⁾하니
새로이 슬푸으며 대소틱 존소분니
멋해나 되는 드시 홉〃히 반기시니
후은은 거록할사 고당사난 전생사요
구틱홍은 차생사라 와룡초당 꿈을 깨니
이력도 만흘시고 일츌하니 사환생의
약신니 모손하다 활달 긔상 나의 벗아
어셔〃〃 자라거라 남흔여가 칠워녹코³⁷⁾
귀령 기회 다시하자

병인 이월 십일일

---

36) 황연 : 황연(荒煙). 인기척이 없다.
37) 칠워녹코 : 치러 놓고.

5. 경북대본 화전가

경북대학교 도서관(고도서 811.13 소 42)에 소장되어 있는 ≪小白山大觀錄≫이라는 필사본 속에 한문시로 되어 있는 <소백산대관록>과 이를 해석한 <소빅산듸관녹언희가>와 함께 <화전가>라는 내방가사가 수록되어 있는 작품이다.

≪小白山大觀錄≫은 가로 15cm이고 세로 26.5cm인 책자 형식으로 한지로 장철되어 있는 필사본이다. 표지에 세로로 서제와 함께 "昭和十三年十月日"이라는 기록이 있는데 이를 토대로 하여 1938년으로 필사 시기로 추정된다. 이 ≪小白山大觀錄≫에는 한시 <小白山大觀錄>과 <소빅산대관록언희>와 <화전가>라는 세 편의 작품이 실려 있다.

<소빅산대관록언희>은 한시 <小白山大觀錄>을 언해한 것처럼 보이지만 한시와는 형식이나 내용에서 상당한 차이를 보인다. 곧 한시 <小白山大觀錄>을 소재로 하여 소백산 일대의 자연 경관을 상상적으로 기행을 한 가사이다. 여성들의 기행이 이처럼 험준한 소백산록의 여러 경처를 직접 기행하기란 불가능했기 때문에 <小白山大觀錄>에 나타나는 산이나 지리적 지형을 소재로 삼고 풀, 나무, 꽃, 나비, 새 등 다양한 자연 경관을 매우 정밀하게 활용한 작품이다. 따라서 <소빅산대관록언희>는 상당히 풍부한 소재를 한시 <小白山大觀錄>으로부터 이용한 독특한 상상적 기행가사의 하나이다.

<화전가>는 조선 후기 사회의 변화와 함께 여성들의 출입이 조금 자유로워지면서 사대부가의 부녀자 중심으로 이루어지던 봄놀이가 마을의 사대부 집안 중심의 상계와 비사대부 중심으로 뭉쳐진 하계가 동계로 통합되면서 마을 부녀자들이 소백산 자락의 비봉산으로 꽃놀이 곧 화전놀이를 행한 전 과정을 815행의 장편의 내방가사로 엮은 것이다. 이 작

품에 대해서는 김문기(1983), 류탁일(1988), 신태수(1989), 류해춘(1990), 이정옥(1998) 등이 자료 소개와 함께 작품 분석을 한 바 있다.[38]

"昭和十三年十月日"이라는 제책 년대가 1938년으로 확인되는 ≪小白山大觀錄≫에 실린 경북대본 <화전가> 본문에서 "병술년 괴질 닥쳐고나"라는 대목의 병술(丙戌)년은 고종 23(1886)년으로 추정된다. 실제로 그해에 삼남지방에 괴질이 크게 창궐하여 많은 사람들의 생명을 앗아 갔다고 한다. 따라서 이 작품은 19세기 말 영남 영주지역에 널리 전성되어 오다가 1886년에 필사된 것으로 추정된다. ≪小白山大觀錄≫이 1938년에 제책된 것이라면 여기에 실린 화전가는 그보다 더 이른 시기에 창작되어 영주지역에서 유통된 작품이라고 볼 수 있기 때문에 늦어도 병술(丙戌)년 고종 23(1886)년 전후하여 창작된 것임을 알 수 있다.

작품 속 주인공은 영남 북부지역 순흥(順興)지역 출신 처녀로 무려 네 차례나 개가를 하였으나 개가한 남자는 모두 죽게 되는 비운의 여성이다. 다행히 마지막 개가한 남자에게 아들을 하나 얻었으나 불에 데어 덴동이라 이름하게 되는데 이 가련하고 불쌍한 여인의 일생담을 화전가 속에 삽입한 액자형 내방가사 작품으로 매우 뛰어난 고전작품 가운데 하나이다.

청상과부가 된 어느 여인이 외로운 마음을 달래기 위해 하루 동안 화전놀이를 하는 동안 자신의 심사를 덴동어미로 대변하여 술회하는 형식을 취하고 있다. 이를 통해 조선 조 후기의 양반 가문의 계급 몰락과 함께 삼종지도의 유가의 법도가 이미 무너졌지만 개가의 금지를 강조하는 시대상을 반영하고 있는 작품이다.

---

38) 김문기(1983), ≪서민가사연구≫, 형설출판사
    류탁일(1988), "'덴동어미'의 비극적 일생", 권영철 박사 화갑기념논문집.
    신태수(1989), "조선후기 개가 긍정 문학의 대두와 화전가", 영남어문학 제16집.
    류해춘(1990), "<화전가(경북대본)>의 구조와 의미", 어문학 51집, 한국어문학회.
    임형택·고미숙(1997), "덴동어미 화전가", ≪한국고전시가선≫ pp.195-219.

서민들의 삶이 우회적으로 표현되어 있는 총 815행으로 된 장편 내방가사이다. 전체 17단락으로 구분되며 서사, 본사, 결사 형식으로 본사에 '덴동어미 일생담'이 액자 형식으로 전후의 화전놀이 가사 가운데 삽입된 대서사적인 내방가사이다.

이 작품의 문학적 특징은 첫째, 가사와 민담 간의 장르 혼효를 보여주는 작품으로 특히 작자층의 개인 경험이 존중되는 현실 인식이 확대 변화되는 과정을 반영하고 있는 매우 훌륭한 수작이다. "우리도 이리 히셔 버러가지고 고향가면//이방乙 못하며 호장乙 못하오 부러을게 무어시요"라는 대목에서 중상주의 의식이 확대되며, 매관매직하던 당시의 시대 상황을 엿볼 수 있다.

둘째, "영감 싱이 무어시오 늬싱이는 엿장사라//마로라는 웃지하여 이 지경의 이르런나//닉 팔자가 무상하여 만고풍싱 다 적거소"에서처럼 가사에서 대화체를 이용하고 있다.

셋째, 20세기의 영주 지방의 방언이 대거로 반영되어 있어 문학 텍스트로서뿐만 아니라 방언의 영사적 연구를 위해서도 매우 귀중한 자료로 활용될 수 있다. 또한 언어놀이로서 의성어와 의태어의 조합이 매우 자유자재로 이루어지고 있다. 방언에서의 언어의 풍부성을 이해하는 데에도 매우 귀중한 실증적 자료가 된다.

넷째, 문학사적으로 조선 후기 계급 몰락과 함께 사대부가의 규방이 서서히 명분만 남은 사대부가의 내방으로 변모하는 과정을 담고 있다. 집안 딸네 간의 계모임이 서서히 동내계로 확대됨으로써 사대부가와 평민가의 여성들이 지향하는 가치가 혼류되는 모습을 보여주기 때문에 여성들의 지향 가치가 어떻게 굴절되고 변화하는지 조망이 가능하다. 사대부 여성들의 신분적 제약이 확대되면서 다양한 체험적 문학으로서 문예미학적 가치를 지닌 작품으로 승화된 작품 가운데 하나이다.

다섯째, 이 작품은 내방가사로서의 구연으로, 새로운 민요가락으로, 혹

은 희곡 장르로 혹은 영화로 다양한 장르 전이를 통해 고전 문학의 현대
화를 통한 스토리텔링이 가능한 뛰어난 소재라고 할 수 있다.

여섯째, 이 작품에는 20세기 초 영남 방언이 대량으로 나타난다. 따라
서 국어학적인 자료로서도 충분한 가치가 있다.

화전가

가세 가세 화젼을 가세 꼿 지기 젼의 화젼 가세
잇찌가 어늣 찐가 찍 마참 三月이라
동군니1) 포덕틱하니2) 츈화일난3) 찍가 맛고
화신풍이4) 화공되여5) 만화방창6) 단쳥되닉
이른 찍乙 일치 말고 화젼노름 하여 보세
불츌문외7) ㅎ다가셔 소풍도 ㅎ려니와
우리 비록 여자라도 흥쳬 잇계8) 노라보셰
웃던9) 부人은 맘이 커셔 가로10) 흔 말 퍼닉노코
웃던 부人은 맘이 즈거 가로 반 되 쩌닉쥬고
그령져렁 쥬어모니 가로가 닷말가옷질닉11)

---

1) 동군니 : 태양의 이름의 별칭, 봄을 주관하는 태양신. 봄의 신.
2) 포덕틱ㅎ니 : 은택을 베품.
3) 츈화일난 : 봄이 되어 날씨가 따뜻함.
4) 화신풍이 : 봄을 알리는 바람.
5) 화공되여 : 그림쟁이가 되어.
6) 만화방창 : 만화방창萬化方暢. 따뜻한 봄날에 온갖 생물이 자라남.
7) 불츌문외 : 일체 문밖 출입을 하지 않음.
8) 흥쳬 잇계 : 흥(興)과 체모(體貌)가 있게.
9) 웃던 : 어떤. 어두음절에서 'ㅓ:'는 'ㅡ:'로 고모음화한다. 경북 영주 지역과 충북
   단양 지역에서 'ㅓ>ㅡ' 변화가 실현된다.
10) 가로 : 가루粉. '곫, ㄱㄹ'에서 '곫→ㄱㄹㄹ-' 형태가 나타난다. 'ㄱㄹ>가르'와 'ㄱ
    ㄹ>ㄱ로', 'ㄱㄹ>가리', 'ㄱ로>가루'와 같은 어형이 방언에 따라 다양한 분화양
    상을 보인다.

웃던 부人은 참지름12) 늬고 웃던 부人은 들지름 늬고
웃던 부人 만니 늬고 웃던 부人은 즉게 너니
그렁져렁 주어모니 기름 반 동의 실하고나13)
놋소릭가 두셋 치라 짐군 읍셔 어니흘고
상단아 널낭 기름 여라 삼월이 불너 가로 여라
취단일낭 가로 여고 향난이는 놋소릭 여라
열여셔셜 열일곱 신부여는 가진 단장 올케 흔다

청홍사14) 가마 들고15) 눈썹乙 지워너니
셰 부스로16) 그린 다시 아미 팔자17) 어엿부다
양색단18) 졉져고리 길상사19) 고장바지20)
잔쥴누이21) 겹허리쯰 밉시 잇게 잘근 미고
광월사22) 쵸민의23) 분홍단 툭툭 터러 둘너입고
머리고기 곱게 비셔 잣지름 발나 손질흐고
곱안 당기24) 갑사당기 슈부귀 다남자 싹싹 바가
청춘쥬 홍쥰쥬 싯테 붇여 착착 져버 곱게 미고

---

11) 닷말가웃질늬 : 다섯 말 반 정도가 되네.
12) 참지름 : 춤기름>참지름. ㄱ-구개음화. '기름>지름'의 변화 이후 '참+지름'으로
합성되었다.
13) 기름 반 동의 실하고나 : 기름 반 동이가 충분하게(실하게) 되구나.
14) 청홍사 : 청실홍실(혼례에 쓰는 남색과 붉은색의 명주실 테). 청홍사를 두른.
15) 가마 들고 : 감아쥐어서 들고. 감아쥐고.
16) 셰 부스로 : 가는 붓筆으로.
17) 아미 팔자 : 눈썹 팔자. ㅅ자 모양으로 그린 눈썹.
18) 양색단 : 씨와 날이 색갈이 다른 올로 짠 비단.
19) 길상사 : 중국에서 생산되는 나는 생사로 짠 비단.
20) 고장바지 : 고쟁이. 바지. 고쟁이는 '바지'를 뜻하는 '고자(袴子)-+-앙이'의 구
성.
21) 잔쥴누이 : 안감에서 솔기마다 풀칠하여 줄을 세우는 누비질.
22) 광월사 : 질이 매우 좋은 비단.
23) 쵸민의 : 쵸민>치마. '츼민>쵸민' 원순모음화.
24) 곱안 당기 : 고운 댕기. '곱안'은 영남도 방언형.

금쥭졀²⁵⁾ 은쥭졀 조흔 비여 뒷머리예 살작 곳고

은장도 금장도 가진 장도 속고름의 단단이 차고

은조롱 금조롱²⁶⁾ 가진 픠물 것고름의 비겨 차고

일광단 월광단 머리보²⁷⁾ᄂᆞ 셤셤 옥슈 가마들고

삼승 보션²⁸⁾ 슈당혀乙 날츌자로 신너고나

반만 웃고 썩나셔니 일힝 즁의 졔일일셔

광춘젼 션여가 강임힌나 월궁 항아가 하강힌나

잇난 부人은 그러커니와 읍난 부人은 그듸로 하지

양듸문(포) 겹져고리 슈품만 잇게 지여 입고

칠승목²⁹⁾의다 갈마물 드러 일곱 폭 초미 덜쳐 입고

칠승포 삼베³⁰⁾ 허리씌乙 졔모만³¹⁾ 잇게 둘너 씌고

굴근 무색³²⁾ 겹보션乙 슐슐하게³³⁾ 쌔라 신고

돈 반자리 집셰기라³⁴⁾ 그도 쏘한 탈속ᄒ다

열일곱살 쳥춘과여 나도 갓치 놀너 가지

나도 인물 좃컨마난 단장홀 마음 젼여읍닌

씌나 읍시 셔슈하고³⁵⁾ 거친 머리 듸강 만자

못비여乙³⁶⁾ 실젹 꼬자 눈셥 지워 무엇하리

---

25) 금쥭졀 : 화려하고 값비산 대나무 문양으로 만든 금빛 비녀.
26) 은조롱 금조롱 : 은이나 금으로 만든 조롱, 주머니나 옷 끝에 액막이로 차는 물건.
27) 머리보 : 머리 싸는 보자기.
28) 버선 : 버선. '보션>버션>버선'의 변화. 17세기 이의봉(李義鳳)이 저술한 ≪고금석림(古今釋林)≫의 <동한역어(東韓譯語)>에는 "속칭말자(俗稱襪子) 왈보션(曰補跣)"이라 하여 '보션'이 한자 '보션(補跣)'으로부터 왔을 것이라는 추정.
29) 칠승목 : 결고운 무명천. 평북 초산과 벽동 지역의 칠승포가 유명하다.
30) 삼베 : 삼베. '삼뵈'(가례언해 6:24)의 예 '삼뵈'는 '삼(麻)-+뵈(布)' 합성어이다.
31) 졔모만 : 가지런한 모양.
32) 무색 : 색깔을 물들인.
33) 슐슐하게 : 수수하게.
34) 짚셰기 : 짚신.
35) 셔슈하고 : 세수하고.
36) 못비여乙 : 못 비녀를.

광당목[37] 반물치마[38] 슷쏭[39] 읍는 흰져고리
흰고름乙 다라 입고 젼의 입던 고장바지
뒤강뒤강 슈습하니 어련[40] 무던 관기 차데
건넌 집의 된동어미 엿 흔 고리[41] 이고 가셔
가지 가지 가고말고 닌들 웃지 안 가릿가
늘근 부여 졀문 부여 늘근 과부 졀문 과부
압 셔거니 뒤 셔거니 일자 힝차 장관이라
슌흥이라 비봉산은 이름 조코 노리[42] 죠의
골골마다 꼿비치요 등등마다 꼿치로셰
호산나부 범나부야[43] 우리와 갓치 화젼하나
두 나릭乙 툭툭 치며 꼿송이마다 증구하닉[44]

사름ㅏ[45]간 곳 딕 나부 가고 나부 간 곳 딕 사름ㅏ 가니
이리 가나 져리로 가나 간 곳마다 동힝하닉
꼿타 꼿타 두견화 꼿타 네가 진실노 참꼿치다[46]
산으로 일너 두견산은 귀촉도[47] 귀촉도 관즁이요
식로 일너 두견식는 불여귀[48] 불여귀 산즁이요
꼿트로 일너 두견화는 불긋불긋 만산이라
곱다곱다 창꼿치요 사랑하다 창꼿치요

---

37) 광당목 : 광목과 당목.
38) 반물치마 : 남물 치마. 밤물은 남색.
39) 슷쏭 읍는 : 여자의 저고리 소맷부리에 댄 다른 색의 천을 댄 것이 없는.
40) 어련 : 당연히. 어련하다의 어근이 부사로 사용됨.
41) 고리 : 싸리나 부들로 엮어 만든 상자.
42) 노리 : 놀이. '놀-遊+-이(명사 형성 접사)'의 구성.
43) 범나부야 : 호랑나비'를 일상적으로 이르는 말.
44) 증구하닉 : 종구(從求)하네. 따라다니며 구하네.
45) 사름ㅏ : 사람. 두 글자를 한 글자로 만든 것임. 일종의 언어 유희에 속한다.
46) 참꼿치다 : 참꽃이다. 참꽃은 '진달래'의 방언형.
47) 귀촉도 : 귀촉도(歸蜀道). 두견새.
48) 불여귀 : 불여귀(不如歸). 두견새.

탕탕ᄒ다 창곳치요 식식ᄒ다 창곳치라

치마 읍폐도 싸 다무며 바구니의도 싸 모무니[49]

ᄒ 줌 싸고 두 줌 싸니 春광이건 人 치롱[50]中乙

그 줌의 상송이[51] 쑥쑥 걱거 양작[52] 손의 갈나 쥐고

자바쓰들 맘이 전여 읍서 향기롭고 이상ᄒ다

손으로 답삭 쥐여도 보고 몸의도 툭툭 터러보고

낫테다 살작 문듸보고[53] 입으로 흠박 무러보고

저긔 저 식듸 이리 오계 고예고예[54] 곳도 고예

오리 볼 실[55] 고은 빗튼 자늬 얼골 비식ᄒ의[56]

방실방실 웃는 모양 자늬 모양 방불ᄒ외

잉 고부장[57] 속슈염은 자늬 눈섭 쏙 갓트늬

아무릐도 쌀 맘 읍셔[58] 듼머리 살작 쇠자노니

압푸로 보와도 화용[59]이고 뒤으로 보와도 곳치로다

상단이ᄂ 곳 데치고[60] 삼월이ᄂ 가로작[61] 풀고

취단이ᄂ 불乙 너라[62] 향단이가 썩 굼는다

청계 반셕[63] 너른 고듸 노소乙[64] 갈나 좌[65] 차리고

---

49) 모싸 : 전부다. 영남방언형.
50) 치롱 : 싸릿개비나 버들가지로 엮은 채그릇.
51) 상송이 : 쌍송이. 영남도방안에서 'ㅅ'과 'ㅆ'이 비변별적임.
52) 양작 : 양쪽.
53) 문듸보고 : 문질러보고.
54) 고예고예 : 고와고와.
55) 오리 볼 실 : 오래 볼수록.
56) 비식ᄒ의 : 비식ᄒ-의(부사화 접사, -이). 비슷하게. 어말 'ㅅ'이 'ㄱ'으로 재구 조화된 방언형. 그릇>그륵. 비슷하게)비식하이.
57) 잉 고부장 : 영영 꼬부장해진, 굽혀진. 영남방언형.
58) 쌀 맘 읍셔 : (꽃을) 딸 마음이 없어.
59) 화용 : 화용(花容). 꽃처럼 아름다운 얼굴이나 자태.
60) 데치고 : (뜨거운 물에) 살짝 익히고.
61) 가로작 : 가루를 담은 봇짐.
62) 너라 : 불을 넣너라. 을을 지펴 때어라.

꼿쩍乙 일변 드리나아[66] 노人붓텀[67] 먼저 드리여라
엿과 쩍과 함계 먹은니 향긔의 감미가 드욱 조타
흠포고복 실컨 먹고 셔로 보고 흐는 마리
일연 일차[68] 화전 노름 여자 노롬 졔일일셔
노고조리 쉰 질 쩌셔 빌빌빌빌 피리 불고
오고 가는 벅궁새[69]는 벅궁벅궁 벅구치고
봄 빗자는 쐭고리[70]는 조은 노릐로 벗 부르고
호랑나부 범나부는 머리 우의 츔乙 츄고
말 잘 흐는 잉무이[71]는 잘도 논다고 치흐흐고
쳔연 화표 흑두룸이 요지연인가 의심흐늬
웃던 부人은 글 용히셔 늬칙편乙 외와늬고
웃던 부人은 흥이 나셔 월편乙 노릐흐고
웃던 부人은 목셩 조와 화젼가乙 잘도 보늬

그 즁의도 뎬동어미 먼나계도[72] 잘도 노라
츔도 츄며 노릐도 흐니 우슘 소릐 낭자흔듸[73]
그 듕의도 쳥쥰과여 눈물 콘물 귀쥐흐다[74]
흔 부人이 이른 마리 조은 풍경 죤 노름의[75]

---

63) 쳥계 반셕 : 맑은 개울 가의 반반한 돌(盤石).
64) 노소乙 : 노소(老少)를.
65) 좌 : 좌(坐). 자리.
66) 드리나아 : 들여놓아.
67) 노人붓텀 : '-붓텀'는 '-부터'의 방언형.
68) 일연 일차 : 일 년에 한 차례.
69) 벅궁새 : 뻐꾹새.
70) 쐭고리 : 꾀꼬리.
71) 잉무이 : 앵무새는.
72) 먼나계도 : 멋이 나게도.
73) 낭자흔듸 : 허들어지는데. 왁자지껄하고 시끄럽다.
74) 귀쥐흐다 : 꾀재재하다.
75) 죤 노름의 : 좋은 놀음놀이의.

무슨 근심 듸단히셔 낙누한심[76] 원일이요
나건[77]으로 눈물 싹고 늬 사정 드러보소
열네살의 시집 올 쩍 청실홍실 느린 인정
원불산니[78] 밍셰하고 빅연이나 사짓더니
겨우 삼연 동거ᄒ고 영결종쳔[79] 이별하니
임은 겨우 十六이요 나는 겨우 十七이라
션풍도골[80] 우리 낭군 어는 찍나 다시 볼고
방정맛고 가련ᄒ지 이고이고 답답ᄒ다
十六셰 요사 임쑨이요[81] 十七셰 과부 나 쑨이지
삼사연乙 지늬시니 마음의는 은 죽어늬[82]
이웃 사름 지늬가도 셔방임이 오시는가
싀소릭만 귀의 온면 셔방임이 말ᄒ는가
그 얼골리 눈의 삼삼 그 말소릭 귀의 징징
탐탐ᄒ인 우리 낭군 자나 끼나 이즐손가

잠이나 자로[83] 오면 꿈의나 만나지만
잠이 와야 꿈乙 꾸지 꿈乙 쒀야 임乙 보지
간밤의야 꿈을 쑤니 정든 임乙 잠간 만늬
만담정담[84]乙 다 ᄒ짓더니[85] 일장설화乙 치 못ᄒ여
쐭고리 소리 끼다르니 임은 정영 간 곳 읍고

___

76) 낙누한심 : 낙루(落淚). 한숨. 눈물을 흘리며 한 숨을 쉼.
77) 나건 : 비단수건(羅巾).
78) 원불산니 : 원불상리(遠不相離). 멀리 떨어지지 않음.
79) 영결종쳔 : 영결종천(永訣終天). 죽어서 헤어짐.
80) 션풍도골 : 신선 풍모(仙風)에다가 도가 터인 골격(道骨)인.
81) 十六셰 요사 임쑨이요 : 십육세에 요절하여 죽은(夭死)한 사람은 임뿐이요.
82) 마음의는 은 죽어늬 : 마음에는 안 죽었네.
83) 자로 : 자주. 영남 방언형임.
84) 만담정담 : 만담정담(滿談情談). 정이 가득한 긴 이야기를 나눔.
85) ᄒ짓더니 : 하자고 했더니.

초불만 경경⁸⁶⁾ 불멸ㅎ니 악가⁸⁷⁾ 우던 져놈우 쇠가

잔닉는 쯧고 좃타ㅎ되 날과 빅연 원슈로셰

어딕 가셔 못 우러셔 굿틱야⁸⁸⁾ 닉 단잠 씩우는고

셥셥흔 마음 둘 딕 읍셔 이리져리 직든 차의⁸⁹⁾

화전노름이 조타ㅎ긔 심회乙 조금 풀가하고

잔닉乙⁹⁰⁾ 짜라 참예ㅎ니⁹¹⁾ 촉쳐감창뿐이로셔⁹²⁾

보나니⁹³⁾ 족족⁹⁴⁾ 눈물이요 듯나니 족족 한심일셰⁹⁵⁾

쳔하만물이 쯕이 잇건만 나는 웃지 쯕이 읍나

쇠 소리 드러도 회심ㅎ요 꼿 핀걸 보으도 비창ㅎ니

이고 답답 닉팔자야 웃지 하여야 조흘게나⁹⁶⁾

가자ㅎ니 말 아니요 아니 가고는 웃지 홀고

덴동어미 듯다가셔 썩 나셔며 ㅎ는 마리

가지나 오가지 말고 져발 젹션 가지 말계

팔자 흔탄 읍실가마는 가단⁹⁷⁾ 말이 웬말이요

잘 만나도 닉 팔자요 못 만나도 닉 팔자지

百연희로도⁹⁸⁾ 닉 팔자요 十七셰 쳥상도 닉 팔자요

팔자가 조乙 량이면 十七셰의 쳥샹될가

---

86) 초불만 경경 : 촛불빛만 깜박거림. '경경(煢煢)하다'는 외롭고 걱정스럽다라는 뜻임

87) 악가 : 조금전에. 아까. 영남방언형

88) 굿틱야 : 구태어.

89) 직든 차의 : 재던 차에. 견주던 차에, 할까말까 망설이던 차에.

90) 잔닉乙 : 자네를. '자네'가 2인칭대명사로 사용됨.

91) 참예ㅎ니 : 참여하니.

92) 촉쳐감창 : 촉처감창(觸處感愴). 곳곳에 슬픈 감정.

93) 보나니 : 보는 사람마다. '보-+ㄴ-+ㄴ+ㅣ'

94) 족족 : 보는 사람마다.

95) 한심일셰 : 한숨일세.

96) 조흘게나 : 좋을거나.

97) 가단 : 간다는.

98) 百연희로도 : 백년해로(百年偕老). 머리가 파뿌리가 되도록 백 년 동안 함께 산다.

신명도망⁹⁹⁾ 못 홀디라¹⁰⁰⁾ 이닉 말乙 드러보소

나도 본딕 슌흥읍닉 임 이방의 쌀일너니¹⁰¹⁾

우리 부모 사랑ᄒᆞ사 어리장고리장¹⁰²⁾ 키우다가

열여셧셰 시집가니 예쳔읍닉 그 즁 큰집의¹⁰³⁾

치힝¹⁰⁴⁾ 차려 드러가니 장 니방의 집일너라

셔방임을 잠간 보니 쥰슈비범¹⁰⁵⁾ 풍부ᄒᆞ고¹⁰⁶⁾

구고임게 현알ᄒᆞ니¹⁰⁷⁾ 사랑ᄒᆞᆫ 맘 거록ᄒᆞ딕

그 임듬히 쳐가 오니¹⁰⁸⁾ 씩 맛참 단오려라

三빅장 놉푼 가지 츄쳔乙¹⁰⁹⁾ 쒸다가셔¹¹⁰⁾

츈쳔 쥴리 써러지며 공즁 더긔 메바그니¹¹¹⁾

그만의 박살이라 이런 일이 쏘 인는가

신졍¹¹²⁾이 미흡ᄒᆞ데 十七셰의 과부된닉

호쳔통곡 실피운들 죽근 낭군 사라올가

흔심 모와 딕풍되고 눈물 모와 강슈된다

쥬야읍시 ᄒᆡᆼ¹¹³⁾ 실피 우니 보나니마다¹¹⁴⁾ 눈물닉네

---

99) 신명도망 : 타고난 목숨(身命), 운명을 피해 달아남(逃亡).

100) 홀디라 : 못 할 것이라.

101) 쌀일너니 : 딸이더니.

102) 어리장고리장 : 귀여워 아이를 어르는 광경.

103) 그 즁 큰집의 : 그 가운데 제일 큰집. 제일 잘사는 집.

104) 치힝 : 여자가 시집 가는 행례(行禮).

105) 쥰슈비범 : 준수비범(俊秀非凡). 외모가 수려하고 범상치 않은 모양.

106) 풍부ᄒᆞ고 : 풍채가 큼.

107) 현알ᄒᆞ니 : 현알(見謁)하니. 뵈오니. 만나 인사를 드림.

108) 쳐가 오니 : 처가에 오니. 남편과 함께 처가에 오니.

109) 츄쳔乙 : 추천(鞦韆). 그네.

110) 쒸다가셔 : 뛰다가. '-셔'는 '셔람므네'와 같은 어미로 그 축약형으로 사용된다.

111) 메바그니 : 메쳐 박으니.

112) 신졍 : 새정. 신정(新情). 금방 결혼한 정.

113) ᄒᆡᆼ : 'ᄒᆡᆼ(行)'는 'ᄒᆞ(大, 多)의 오자이다. 매우 많이.

114) 보나니마다 : 보는 이마다. 보-+-ᄂᆞ(현재시상어미)-+-ㄴ(관형형어미)+ㅣ

시부모임 항신 말삼 친정 가셔 잘 잇거라
나는 아니 갈나항나[115] 달늬면셔 기유항니[116]
홀 슈 읍셔 허락항고 친정이라고 도라오니
三빅장이나 놉푼 낭기[117] 날乙 보고 늣기는 듯[118]
셔러지는 곳 임의 넉시 날乙 보고 우니 난 듯
너무 답답 못 살깃늬 밤낫즈로 통곡항니
양 곳 부모 의논항고 샹쥬읍의 듁미항늬[119]
이상찰의 며나리 되여 이승발 후취로[120] 드러가니
가셔도 음장항고[121] 시부모임도 자록항고[122]
낭군도 츌등항고[123] 인심도 거록항되
믹양 안자 항는 마리 포가 마나[124] 걱정항더니
희로 삼연이 못다가셔[125] 셩 쏫든[126] 조등늬 도임항고
엄형즁장 슈금항고 슈만 양 이포乙 츄어닉니
남전북답 조흔 전답 츄풍낙엽 써나가고
안팍 줄힝낭 큰 지와집도 하로 아침의 남의 집 되고
압다지 등진 켠 두지며 큰 황소 젹듸마 셔산나구
딕양푼 소양푼 셰슈딕야 큰솟 즈근솟 단밤가마

（의존명사)+-마다>보는 사람마다.
115) 갈나항나 : 가려고 하나.
116) 기유항니 : 개유(開諭)하니. 회유(開諭)하니. 사리를 알아듣도록 잘 타이름.
117) 낭기 : 낡-+익>나무에.
118) 늣기는 듯 : 느끼는 듯
119) 듁미항늬 : 중매(仲媒)하니.
120) 후취後娶로. 후처로.
121) 가셔도 음장항고 : 가세(家勢)도 엄장(嚴莊)하고.
122) 자록항고 : 자록(慈祿)하고. 인자하고 복록도 있고.
123) 츌등항고 : 출등(出等)하고. 출중하고.
124) 포가 미나 : 이포가 많아. 관아로부터 빌린 빚이 많아.
125) 못다가셔 : 다 가지 못해서.
126) 셩 쏫든 : 성(城)을 쌓던.

놋쥬걱 슐국이¹²⁷⁾ 놋졍반의 옥식긔 놋쥬발 실굽다리¹²⁸⁾

게사다리 옷거리며 듸병 퉁소 병풍 산슈병풍

자긔흠농 반다지의 무쇠 두멍¹²⁹⁾ 아르쇠¹³⁰⁾ 밧쳐

쌍용 그린 빗졉고비¹³¹⁾ 걸쇠동경¹³²⁾ 놋동경의

빅통지판 청동화로 요강 타구 지터리거짐¹³³⁾

룡도머리 장목비¹³⁴⁾ 아울너 아조 횔젹 다 파라도

슈쳔양 돈이 모지리셔 일가 친쳑의 일족호니

三百냥 二百냔 一百냥의 흐지흐가¹³⁵⁾ 쉰 양이라

어너 친쳑이 좃타호며 어너 일가가 좃타호리

사오만 양乙 츌판호여¹³⁶⁾ 공치필납乙 호고 나니

시아바임은 쟝독¹³⁷⁾이 나셔 일곱 달만의 상사나고

시어머님이 잇병나셔¹³⁸⁾ 초종¹³⁹⁾ 후의 쏘 상사나니

젼 니십명 남노여비 시실시실 다 나가고

시동싱 형제 외입가고¹⁴⁰⁾ 다만 우리 늬외만 잇셔

남의 건너방 비러 잇셔 셰간사리 호자호니

콩이나 팟치나 양식 잇나 질노구 박아지 그러시 잇나

누긔가 날보고 돈 쥴손가 하는 두슈 다시 읍늬

---

127) 슐국이 : 술국이. 술을 뜨는 기구.

128) 실굽다리 : 밑바닥에 받침이 달려 있는 그릇.

129) 두멍 : 물을 길어 붓는 큰 독.

130) 아르쇠 : 삼발.

131) 빗졉고비 : 쌍룡을 그려 장식한 빗졉고비. 빗솔 등을 꽂아서 걸어두는 장식물.

132) 걸쇠동경 : 걸어두는 동경. 동거울.

133) 지터리거짐 : 재떨이까지.

134) 룡도머리 장목비 : 장목(꿩)의 꽁지깃으로 만들고 용머리 장식을 한 고급스러운 빗자루.

135) 흐지흐가 : 하지하(下之下). 최고 아래가.

136) 츌판호여 : 거두어서.

137) 쟝독 : 장독(丈毒). 곤장을 맞아 생긴 독.

138) 잇병나셔 : 애간장이 타는 병. 일종의 홧병이 나서.

139) 초종 : 초상을 다 마친 후.

140) 외입가고 : 오입(誤入)가고.

하로 이틀 굼고 보니 싱목숨 죽기가 어려워라

이 집의 가 밥乙 빌고 져 집의 가 장乙[141] 비려

증한소혈도 읍시 그리져리 지닉가니

일가 친쳑은 날가ᄒ고[142] 한 번 가고 두 번 가고 셰 번 가니

두 변직는[143] 눈치가 다르고 셰 번직는 말乙 ᄒ닉

우리 덕의 살든 사름[144] 그 친구乙 차자가니

그리 어러번은 왓건만 안면박딕[145] 바로 ᄒ닉

무삼 신셔乙 마니 져셔 그젹게 오고 쏘 오는가

우리 셔방임 울젹ᄒ여 이역[146] 스럼乙 못 이겨셔

그 방안의 궁글면셔[147] 가삼乙[148] 치며 토곡ᄒ닉

셔방임야 셔방임야 우지 말고 우리 두리 가다보셔

이게 다 읍는 타시로다 어드로 가던지 버러보셔

젼젼걸식 가노라니 경쥬읍닉 당두ᄒ여[149]

쥬人 불너 차자드니 손굴노[150]의 집이로다

둘너보니 큰 여긱의[151] 남닉북거 분쥬ᄒ다

부억으로 드리달나 셜거지乙 걸신ᄒ니[152]

모은 밥乙[153] 마니 쥰다 양쥬은[154] 다 실컨 먹고

---

141) 장 : 장(醬). 간장이나 된장.
142) 날가ᄒ고 : 나을까 하고. 남보다 나을까.
143) 두 변직는 : 두 번째는.
144) 우리 덕의 살든 사름 : 우리 덕(德)으로 살든 사람
145) 안면박딕 : 안면박대(顔面薄待). 잘 아는 사람을 푸대접함.
146) 이역 셜움을 : 자기 자신의 셜움을. '이역, 이녁'은 부부 간에 서로를 가르키는 2인칭 대명사.
147) 궁글면셔 : 뒹굴면서.
148) 가삼乙 : 가슴을. 가삼>가슴.
149) 당두ᄒ여 : 당도(當到)하여.
150) 손군노(孫軍牢) : 손씨 성을 가진 관아에 소속된 노비.
151) 큰 여긱의 : 큰 여객(旅客)에. 큰 집에.
152) 걸신ᄒ니 : 씩씩하게 해치우니.
153) 모은 밥乙 : 먹다남은 모은 밥.

아궁의나 자랴ᄒ니 쥬人 마누라 후ᄒ기로
아궁의 웃지 자랴ᄂ가 방의 드러 와 자고 가게

쥼늠이[155] 불너 당부ᄒ되 악가 그 사름 불너드려
복노방[156] 지우라 당부ᄒᄂ니 ᄌ드 절ᄒ고 치사ᄒ니[157]
主人 마노라 궁칙ᄒ여[158] 겻틱 안치고 ᄒᄂ는 마리
그듸 양쥬乙 아무리 봐도 걸식홀 스름ᅡ 아니로셔
본듸 어닉 곳 사라시며 웃지ᄒ여 져리 된나
우리난 본듸 살기ᄂ 쳥쥬 읍닉[159] 사다가셔
신병 팔자 괴이ᄒ고 가화가 공참ᄒ셔[160]
다만 두 몸이 사라나셔 이러케 기걸ᄒ나니다[161]
사름乙 보ᄋ도 슌직ᄒ니 안팍 담사리[162] 잇셔쥬면
밧스름ᅡ은 一百五十냥 쥬고 자닉 사젼[163]은 빅양 쥼셔
닉외 사젼乙 흡ᄒ고 보면 三百쉰냥 아니되나
신명[164]은 조곰 고되나마 의식이야[165] 걱졍인가
닉 맘대로 웃지 ᄒ오릿가 가장과 의논ᄒ사이다
이닉[166] 목노방 나가셔로 셔방임乙 불너닉여
셔방임 사미 부여잡고 졍다이 일너 ᄒ는 마리

154) 양쥬은 : 양주(兩主)는. 남자와 여자. 남편과 아내.
155) 쥼늠이 : 객사나 주점에서 허드렛일을 하는 하인.
156) 복노방 : 봉놋방. 대문 가까이 여러 명이 합숙하는 방.
157) 치사ᄒ니 : 치사(致謝)하니. 감사하는 인사를 하니.
158) 궁칙ᄒ여 : 궁측(矜惻)하여. 불쌍하고 측은하여.
159) 쳥쥬읍닉 : 충북 청주읍내.
160) 가화가 공참ᄒ셔 : 가화(家禍)가 공참(孔慘)하여. 집안에 닥친 재앙이 매우 참혹
하여.
161) 기걸ᄒ나니다 : 구걸, 개걸(丐乞)하나이다.
162) 안팍 담사리 : 내외 간에 모두 머슴살이와 식모살이.
163) 사젼 : 사전(賜錢). 조선 시대에, 담살이를 한 댓가로 지불하는 돈.
164) 신명은 : 몸(身命)은.
165) 의식이야 : 의식(衣食)이야. 입고 먹고 사는 일이야.
166) 이닉 : 곧.

主人 마노라 ᄒᄂ 마리 안팍 담사리 잇고 보면
二百五十냥 줄나ᄒᄂ니[167] 허락ᄒ고 잇사이다[168]
나ᄂ 부억 에미되고 셔방임은 즁놈이 되어

다셧히 작정만 ᄒ고 보면 혼 만금乙[169] 못 버릿가
만냥 돈만 버럿시면 그런듸로 고향 가셔
이젼만치난 못사라도 나무게[170] 쳔듸ᄂ 안 바드리
셔방임은 허락ᄒ고 지셩으로 버사니다[171]
셔방임이 ᄂ 말 듯고 둘의 낫틀[172] 혼듸 듸고
눈물 ᄲ려 ᄒᄂ 마리 이 사람아 ᄂ 말 듯게
임상찰의 ᄶ임이요 니상찰의 아들노셔
돈도 돈도 좃치마ᄂ ᄂ사ᄂ사 못 ᄒ긴ᄂ
그런듸로 다니면셔 비러 먹다가 죽고 마지
아무리 신셰가 곤궁ᄒ나 굴노놈의[173] 사환 되어
혼 슈만 갓듯 잘못ᄒ만[174] 무지혼 욕乙 웃지 볼고
ᄂ 심사도 홀 말 읍고 자ᄂ 심사 웃더 홀고
나도 울며 ᄒᄂ 마리 웃지 싱젼의 빌어먹소
사무라운[175] 긔가 무셔워라 뉘가 밥乙 조와 쥬나
밥은 비러 먹으나마 옷션 뉘게 비러입소
셔방임아 그 말 말고 이젼 일도 싱각ᄒ게

---

167) 줄나ᄒ니 : 주려고 하니. 의도형어미 '-려'는 영남방언에서 '-라'로만 실현된다.
168) 잇사이다 : 있으십시다.
169) 혼 만금乙 : 대략 만금(萬金)을. 방언에서는 'ᄒ-'가 '行'의 뜻만 가진 것이 아
    니라 '대략'의 뜻을 가지고 있음을 알 수 있다.
170) 나무게 : 남에게.
171) 버사니다 : 벌어 살아갑시다.
172) 낫틀 : 낯(面)을. '낯'은 비속어로 바뀌고 '얼굴'로 어형이 변화하였다.
173) 굴노놈의 : 관청 노비놈의.
174) 혼 슈만 갓듯 : 한 수만 까닥. 한 가지만 자칫 잘못해도.
175) 사무라운 : 영악하고 무서운.

궁八十 강틱공[176)도 광장三千죠 ᄒ다가셔
쥬문왕乙 만난 후의 달 八十ᄒ여 잇고

표모긔식[177) ᄒ신이도 도즁소연 욕보다가
ᄒ 고죠[178)乙 만난 후의 ᄒ즁디장 되어시니
우리도 이리 ᄒᄉ셔 버러가지고 고향 가면
이방乙 못ᄒ며 호장[179)乙 못ᄒ오 부러을게 무어시오
우리 셔방임 ᄒ신 말삼 나는 ᄒ자면 ᄒ지마는
자ᄂᆞᆫ 여ᄉ이라 ᄂᆡ 맛침 모로깃니
나는 조곰도 염여 말고 그리 작정ᄒᄉᆞ니다
主人 불너 ᄒᄂᆞᆫ 마리 우리 사환ᄒ올 거시니
이빅 양은 우션 쥬고 쉰양乙낭 갈 제[180) 쥬오
主人이 우스며 ᄒᄂᆞᆫ 마리 심바람만[181) 잘 ᄒ고보면
七月 버리[182) 잘된 후의 쉰양 돈乙 더 쥬오리
힝쥬치마 털트리고 부억으로 드리달나
사발 디졉 동지[183) 졉시 몃 쥭 몃 기 셰아려셔
날마다 종구[184)ᄒ며 솜씨나게 잘도 흔다
우리 셔방임 거동 보소 돈 二百냥 바나코
日슈月슈 체게노이[185) ᄂᆡ 손으로 셔긔ᄒ여[186)

---

176) 강틱공 : 강태공이 80세가지 위수에서 낚시질을 하다가 주 문왕(周文王)을 만
    나 출세하게 된 일을 말하는 것으로 가난했던 전반부를 '궁팔십'이라 하고 영화
    를 누린 후반부를 '달팔십'이라 함.
177) 표모긔식 : 표모기식(漂母奇食). 남의 빨래를 해주는 할머니에게 밥을 구걸하여
    먹다. 한신이 불우하던 시절 빨래하는 할머니에게도 밥을 구걸하였다는 고사.
178) ᄒ 고죠 : 한 고조(漢高祖). 유방(劉邦).
179) 호장 : 호장(戶長). 고을 아전의 맨 윗자리.
180) 갈 제 : 떠나 갈 때에.
181) 심바람만 : 심부름만. 영남방언형.
182) 버리 : 돈벌이.
183) 동지 : 종지.
184) 종구 : 정리.

낭즁의다 간슈ᄒ고 슈자슈건[187] 골 동이고[188]
마죽 쑤기[189] 소죽 쑤기 마당 실기 봉당 실긔

상 드리기 상 늬기와 오면가면 거드친다[190]
평싱의도 아니 ᄒ든 일 눈치 보와 잘도 ᄒ늬
三연乙 나고 보니[191] 만여금 돈 되여고나
우리 늬외 마음 조와 다섯히거지[192] 갈 것읍시
돈 츄심乙[193] 알드리 히여 늬연의ᄂ 도라가셔
병슐연 괴질 닥쳐고나 안팍 소실[194] 三十여명이
흠박 모도 병이 드려 사을마늬[195] 씨나보니
三十名소슬[196] 다 죽고셔 主人 ᄒ나 나 ᄒ나 뿐이라
슈千 戶가 다 죽고셔 사라나니[197] 몃 읍다늬
이 世上 天地 간의 이른 일이 쏘 잇ᄂ가
서방임 신치 트려잡고[198] 긔절ᄒ여 없드려져셔
아조 죽乙 쥴 아라드니 게우 인사ᄅ[199] 차리여늬
읻고읻고 어릴거나 가이없고 불상ᄒ다

---

185) 쳬게노이 : 차계(借契) 놓으니. 돈을 빌어주고 이자는 받는 계. 일수, 월수로 돈
　　을 빌어주고 이잣놀이 곧 전당놀이를 하니.
186) 셔긔ᄒ여 : 서기(書記)하여. 기록하여.
187) 슥자슈건 : 석 자짜리 수건. 긴 수건.
188) 골 동이고 : 머리 동여 메고.
189) 마죽 쑤기 : 말죽 쑤기.
190) 거드친다 : 걸어치운다. 일을 잘한다는 의미.
191) 나고 보니 : 지나고 보니.
192) 다섯히거지 : 다섯 해까지.
193) 돈츄심乙 : 돈을 찾거나 받아 냄, 곧 관리를 알뜰하게 하여.
194) 안팍 소실 : 안팎 소솔(所率). 남녀 식솔.
195) 사을마늬 : 사흘만에.
196) 三十名소슬 : 30명가량. 영남방언형.
197) 사라나니 : 살아난 사람이.
198) 신치 트려잡고 : 시체 틀어잡고.
199) 게우 인사ᄅ : 겨우 정신을.

셔방임아 셔방임아 아조 벌덕 이러나게
쳔유여 리²⁰⁰⁾ 타관 긱지 다만 늬의 와다가셔
날만 ᄒ나 이곳 두고 죽단 말이 원말인가
죽어도 갓치 죽고 사라도 갓치 사지
이늬 말만 밍심ᄒ고 삼사연 근사 헌일일식

귀ᄒᆫ 몸이 쳔인되여 만여금 돈乙 버러더니
일슈 월슈 장변 쳬게²⁰¹⁾ 돈 씬 사람이²⁰²⁾ 다 죽어늬
죽은 낭군이 돈 달나나 죽은 사람이 돈乙 쥬나
돈 닐 놈도 읍거니와 돈 바든들 무엇ᄒ고
돈은 가치 버러시나 셔방임 읍시 씰듸 읍늬
익고익고 셔방임아 살드리도²⁰³⁾ 불상ᄒ다
이를 쥴乙 짐작ᄒ면 쳔집사乙²⁰⁴⁾ 아니 ᄒ제
오연 작정ᄒ올 젹의 잘 사자고 ᄒᆫ 일이지
울면셔로 미달젹의²⁰⁵⁾ 무신 듸슈로 셰워든고²⁰⁶⁾
굴노놈의 무지 욕셜 쑬과 가치 달게 듯고
슈화즁乙²⁰⁷⁾ 가리잔코 일호라도 안 어긔늬
일졍지심²⁰⁸⁾ 먹은 마음 ᄒᆫ번 사라 보짓더니²⁰⁹⁾
조물이 시긔하여 귀신도 야슉ᄒ다²¹⁰⁾
젼싱의 무삼 죄로 이싱의 이러ᄒᆫ가

---

200) 쳔유여리 : 천유여리, 천여리(千餘里).
201) 장변쳬게 : 돈을 빌려 주고 이자를 받은 것을 기록한 장부.
202) 돈 씬 사람이 : 돈을 빌어 쓴 사람이.
203) 살드리도 : 알뜰하게도, 철저하게도. 영남방언형
204) 쳔집사乙 : 아주 낮고 천한 일을 맡아 하는 것.
205) 미달젹의 : 매달릴 적에.
206) 듸슈로 셰워든고 : 큰 변통수로 세웠던고.
207) 슈화즁乙 : 매우 곤란하고 어려운 지경.
208) 일졍지심 : 일정한 마음.
209) 보짓더니 : 보자고 했더니.
210) 야슉ᄒ다 : 야속하다.

금도 돈도 닉사 실예²¹¹⁾ 셔방임만 이러나게
아무리 호천통곡흔들 사자난 불가부싱이라
아무랴도 홀 슈 읍셔 그령져렁 장사흐고
죽으랴고 익乙 쎠도 싱흔 목슘 못 죽을닉

억지로 못 죽고셔 쏘 다시 빌어먹닉²¹²⁾
이 집 가고 져 집 가나 임자 읍는 사람이라
울산읍닉²¹³⁾ 황 도령의 날다려 흐는 마리
여보시오 져 마로라²¹⁴⁾ 웃지 져리 스러흐오
흐도 나 신셰 곤궁키로 이닉 마암 비창흐오
아무리 곤궁흔들 날과 갓치 곤궁홀가
우리 집이 자손 귀히 오딕 독신 우리 부친
五十이 늠도록²¹⁵⁾ 자식 읍셔 일싱흔탄²¹⁶⁾ 무궁타가
쉰다셧셰 늘 나은이 六代 독자 나 흐나라
장즁보옥²¹⁷⁾ 으듬갓치 안고 지고 케우더니²¹⁸⁾
셰살 먹어 모친 죽고 네 살 먹어 부친 죽닉
강근지족 본딕읍셔²¹⁹⁾ 외조모 손의 키나더니
열네살 먹어 외조모 죽고 열다셧셰 외조부 죽고
외사촌 형제 갓치 잇셔 삼연 초토乙 지나더니
남의 빗데²²⁰⁾ 못 견딕셔 외사촌 형졔 도망흐고

---

211) 닉사 실예 : 나야 싫어.
212) 빌어먹닉 : 빌어먹네.
213) 울산읍닉 : 경남 울산읍내(蔚山邑內).
214) 져 마로라 : 저 부인.
215) 늠도록 : 넘도록.
216) 일싱흔탄 : 일생한탄(一生恨歎). 평생동안 한탄스럽게.
217) 장즁보옥 : 장롱 속의 보물과 옥. 가장 소중한 보물.
218) 케우더니 : 키우더니.
219) 본딕읍셔 : 보고 들은 것 없이. '본대업다'는 자라면서 보고 들은 것 없이 막 자
라난 것을 뜻하는 영남방언의 관용어이다. 혹은 본래 없어. 후자로 해석하는 것
이 더 타당할 것 같다.

의퇴홀 곳지 전여 읍셔 남의 집의 머섬 드러
십여연乙 고싱ㅎ니 장기 미쳔이 될너니만[221]
셔울 장사 남는다고 사경 돈 말장[222] 츄심ㅎ여[223]

참씨 열 통 무역ㅎ여 딕동션의[224] 부쳐 싯고[225]
큰 북乙 둥둥 울이면서 닷 감난 소릭[226] 신명난다
도사공은 치만[227] 들고 임 사공은 츔乙 츄니
망망 딕희로 써나가니 신션노름 니 아닌가
희남 관머리 자니다가 바람 소릭 이러나며
왈콱덜컥 파도 이러 쳔동 긋티 벼락치듯
물결은 츌넝 산덤갓고[228] ㅎ날은 캄캄 안보이니
슈쳔셕 시른 그 큰 빅가 회리바람의 가랑닙 쓰듯
빙빙 돌며 써나가니 살 가망이 잇슬넝가
만경창파 큰 바다의 지만읍시[229] 써나가다
흔 곳딕 다드리 븟쳐[230] 슈쳔셕乙 시른 빅가
편편파쇄[231] 부셔지고 슈십명 젹군드리[232]
인홀불견[233] 못 볼너라 나도 역시 물의 쌔자

---

220) 빗데 : 빚에.
221) 될너니만 : 될 것이러마는.
222) 말장 : 몽땅.
223) 츄심ㅎ여 : 추심(推尋)이란 챙겨서 찾아 가지거나 받아 낸다는 뜻.
224) 딕동션의 : 대동선에. 조선 후기 대동미를 운반하던 관아의 배.
225) 부쳐 싯고 : 부쳐싯고. '브티다'는 '착'(着)의 뜻이 아닌 '부'(附)이다. 곧 '어디
　　에 의탁하다'의 뜻이다.
226) 닷 감난 소릭 : 닻을 감는 소리에.
227) 치만 : 키만.
228) 산덤갓고 : 산더미같고.
229) 지만읍시 : 바램이(期望) 없이, 지만없이, 천방지축으로, 마음대로..
230) 다드리 븟쳐 : 부디쳐.
231) 편편파쇄 : 편편파쇄(片片破碎). 조가조각 부셔지다.
232) 젹군드리 : 노(簬)를 젓는 일꾼들이.
233) 인홀불견 : 인홀불견(因忽不見). 홀연 다시 못 보다.

파도 머리의 밀여가다 마참[234] 눈乙 써셔보니
빈쪽 ㅎ나 둥둥 써셔 닉 압푸로 드러온이
두 손으로 더위 자바 가삼의다가 부쳐노니
물乙 무슈이로 토ㅎ면셔 정신을 조곰 슈습ㅎ니
아직 살긴 사가다마는[235] 아니 죽고 웃지홀고

오로는 절덤이[236] 손으로 헤고 나리는[237] 절덤이 가만이 잇스니
힘은 조곰 들드나만 몃달 몃칠 긔흔잇나
긔흔 읍는 이 바다의 몃달 몃칠 살 슈 잇나
밤인지 낫진지 정신 읍시 긔흔 읍시 써나간다
풍낭소릭 벽역되고 물사품이[238] 운이되닉[239]
물귀신의 우름 소릭 응열응열 귀 믹킨다[240]
어는 쩌나 되어던지 풍낭 소릭 읍셔지고
만경창파 잠乙 자고 가마귀 소릭 들이거늘
눈乙 드러 살펴보니 빅사장의 뵈는고나
두발노 박차며 손으로 혀여 빅사장 가의 단는고나[241]
엉금엉금 긔여나와 정신 읍시 누어다가
마음乙 단단니 고쳐 먹고 다시 이러나 살펴보니
나무도 풀도 들도 읍고 다만 히당화 쐴거잇닉[242]
면날 면칠 굴며시니 빈들 아니 곱풀손가

---

234) 마참 : 마침. 공교롭게. '마초아', '마츰', '마즘'. '맞-+-ㅁ'의 구성.'
235) 사라다마는 : 살았다마는.
236) 절덤이 : 물결 더미. 곧 파도를 말함.
237) 느리다 : 내리다. '느리다(降)>내리다' 개재자음이 'ㄹ'인 경우 움라우트는 일반적으로 동사 어간에서만 나타난다.
238) 물사품이 : 물거품이.
239) 운이되닉 : 운애(雲靉). 구름이나 안개가 끼어 흐릿한 공기.
240) 귀 믹킨다 : 귀가 막히는 것 같다. 어처구니가 없다.
241) 단는고나 : 닿는구나.
242) 쐴거잇닉 : 붉어있네.

엉금셜셜 긔여가셔 히당화 곳乙 싸먹은니
정신이 점점 도라나셔 쏘 그엽흘 살펴보니
졀노 죽은 고기 하나 커다난 게 게 잇고나[243]
불이 잇셔 굴 슈[244] 잇나 싱으로 실컨 먹고 나니

본 정신니 도라와셔 눈물 우름도 인졔 나늬
무人졀도[245] 빅사장의 혼자 안자 우노라니
난듸읍는 어부더리 빅乙 타고 지늬다가
우는 걸 보고 괴인 여겨 빅乙 듸이고[246] 나와셔로
날乙 혼들며 ᄒᆞ는 마리 읏진[247] 사람이 혼자 우나
우름 근치고 말乙 ᄒᆞ라 그졔야 자셰 도라보니
六七人이 안자는[248] 듸 모도 다 어뷜너라[249]
그듸덜른 어듸 살며 이 슴 즁은[250] 어듸잇가
이 슴은 게쥬 한라슴이요[251] 우리는 듸졍의[252] 잇노라
고기 자부로 지늬다가 우름 소릭 싸라왓다
어느 곳듸 사람으로 무삼일노 에와[253] 우나
ᄂᆞ는 본듸 울산 사더니 장사길노 셔울 가다가
풍파만나 파션ᄒᆞ고 물결의 밀여 늬쳐노니
죽어다가 씌는 사람 어늬 곳진 쥴 아오릿가
졔쥬도 우리 죠션이라 가는 질乙[254] 인도ᄒᆞ오

---

243) 커다난 게 게 잇고나 : 커다란 것이 거기에 있구나.
244) 굴 슈 : 구을 수.
245) 무人졀도 : 무인절도(無人絕島). 사람이 살지 않는 외로운 섬.
246) 듸이고 : 대고. '닿-+-이-+-고'의 구성.
247) 읏진 : 어떤. 어찌한.
248) 안자는 : 앉았있는.
249) 어어뷜너라 : 부(漁夫)일러라.
250) 슴 즁은 : 섬(島) 안은.
251) 게쥬 한라슴이요 : 제주도 한라섬이요. 게쥬>제주. 역구개음화 표기.
252) 듸졍의 : 대정에. 제주도 남제주군 대정읍.
253) 에와 : 여기 와서.

흔 사람이 이려셔며²⁵⁵⁾ 손乙 드러 가라치되
졔쥬 읍닉는 져리가고 딍졍 졍의는 이리 가지
졔쥬 읍닉로 가오릿가 딍졍 졍의로 가오릿가

밥과 고기 마니 쥬며 자셔니²⁵⁶⁾ 일너 흐는 마리
이곳딕셔 졔쥬 읍닉 가자흐면 사십니가 넝넉흐다²⁵⁷⁾
졔쥬 본관 차자 드러 본 사졍乙 발괄흐면
우션 호구홀²⁵⁸⁾ 거시요 고향 가기 쉬우리라
신신이 당부흐고 빅乙 타고 써나간다
가로치든²⁵⁹⁾ 그 고딕로²⁶⁰⁾ 졔쥬 본관 차자 가니
본관 삿도 듯르시고 불상흐게 싱각흐사
돈 오십 양 쳐급흐고²⁶¹⁾ 졀영²⁶²⁾ 흔 장 닉 쥬시며
네 이곳딕 잇다가셔 왕닉션이²⁶³⁾ 잇거덜랑
사공 불러 졀영 쥬면 션가 읍시²⁶⁴⁾ 잘가거라
그렁져렁 삼 삭만닉 왕닉션의 근너와셔
고향이라 도라오니 돈 두양이 나마고나
사긔졈의²⁶⁵⁾ 차자가셔 두 양아치²⁶⁶⁾ 사긔지고

---

254) 질乙 : 길을. ㄱ－구개음화형. '길(道)'은 '지형'의 뜻에서 '여졍, 경로'나 '수단,
　　 방법' 등의 의미를 갖고 있다.
255) 이려셔며 : 일어서면서.
256) 자셔니 : 자세히.
257) 넝넉흐다 : 넉넉하다, 충분하다.
258) 호구홀 : 호구(戶口)할. 먹고 사는 일.
259) 가로치든 : 가르치든. 'ᄀᆞᄅ치다', 'ᄀᆞᄋ치다'. 'ᄀᆞᄅ치다' '育'(양육하다)의 뜻으
　　 로 곧 '말하여 치다'(말로써 양육하다)는 뜻이다. 영남방언에서는 '가르치다'는
　　 '가르치다'와 '가리키다'의 의미로 쓰이고 있다.
260) 가그 고딕로 : 그 그대로.
261) 쳐급흐고 : 지급하고(處給).
262) 졀영 : 전령(傳令)증. 조선조 상급 기관에서 하급기관에 내리는 명령서.
263) 왕닉션이 : 왕래선(往來船)이.
264) 배션가 읍시 : 배를 타는 삯 없이.
265) 사긔졈의 : 사기그릇을 파는 점포.

촌촌가가 도부하며 밥乙낭은 빌어먹고
삼사 삭乙 하고 나니 돈 열닷 양이 나마고나
삼십 너무 노총각이 장기 미쳔 가망읍닉
익고 답답 닉 팔자야 언졔 버러 장기 갈고
머섬 사라 사오빅 양 창희일속 부쳐두고

두 양 밋쳔 다시 번 들 언졔 버러 장기갈가
그런 날도 살야는딕[267] 스라마오 우지 마오
마노라도 슬다ᄒᆞ되 닉 스럼만 못ᄒᆞ오리
여보시요 말슴 듯소 우리 사졍乙 논지컨딘[268]
三十 너문 노총각과 三十 너무 홀과부라[269]
총각의 신셰도 가련하고 마노라 신셰도 가련ᄒᆞ니
가련ᄒᆞᆫ 사람 셔로 만나 갓치 늘금녀[270] 웃터ᄒᆞ오
가만이 솜솜 싱각ᄒᆞ니 먼져 으든 두 낭군은
홍문 은의[271] 사딕부요 큰 부자의 셰간사리[272]
픽가망신[273] ᄒᆞ여시니 홍진비릭[274] 그러ᄒᆞᆫ가
져 총각의 말 드로니 육딕 독자 나려오다가
쥭은 목슘 사라시니 고진감닉홀가 부다
마지 못ᄒᆡ 혀락ᄒᆞ고 손 잡고셔 이닉[275] 마리
우리 셔로 불상이 여겨 허물 읍시 사라보셔

---

266) 두 양아치 : 두 냥어치.
267) 살야는딕 : 살아 왔는데.
268) 논지컨딘 : 논하여 가르치건대.
269) 너무 홀과부라 : (나이가) 넘은 홀로사는 과부라.
270) 늘금녀 : 늙으며 가는 것이.
271) 홍문 은의 : 홍문(紅門) 안의. 충신·열녀·효자들을 표창하려고 그 집 앞에
    세우던 붉은 문 내에 있는. 곧 사대부 가문임을 나타냄.
272) 셰간사리 : 세간. 살림살이.
273) 픽가망신 : 패가망신(敗家亡身), 집이 망하고 신세도 버림.
274) 홍진비릭 : 홍진비래(興盡悲來). 흥함이 지나가고 슬픔이 다가온다.
275) 이닉 : 나의.

영감은 사긔 흔 짐 지고 골목의셔 크게 위고[276]
나는 사긔 광우리 이고 가가호호이 도부흔다
조셕이면[277] 밥乙 비러 흔 그릇세 둘이 먹고
남촌 북촌의 다니면서 부즈러니 됴부흐니

돈빅이나 될만 흐면[278] 둘즁의 하나 병이 난다
병구려[279] 약시세[280] 흐다보면 남의 신셰乙 지고나고
다시 다니며 근사[281] 모와 쏜 돈 빅이 될만 흐면
쏜 흐나이 탈이 나셔 한 푼 읍시 다 씨고 마니[282]
도부장사 흔 십연흐니 장바군의[283] 털이 읍고
모가지 자릭목 되고[284] 발가락이 부러젼늬
산 밋틔 쥬막의 쥬人흐고 구진비[285] 실실 오난 늘의
건넌 동늬 도부가셔 흔 집 건너 두 집가니
쳔동소릭 복가치며[286] 소낙이 비가 쏘다진다
쥬막 뒷산니 무너지며 주막터乙 쎄가지고[287]
동힉슈로 다라나니 사라나리 뉘길고넌[288]
건너다가 바라보니 망망딕히 쏸이로다
망칙흐고 긔막킨다[289] 이른 팔자 쏘 잇는가

───────────

276) 크게 위고 : 크게 외치고.
277) 조셕이면 : 조석(朝夕)이면. 아침 저녁이면.
278) 돈빅이나 될만 흐면 : 돈 백원쯤 벌만 하면.
279) 병구려 : 병 구로(劬勞). 병 수발을 함.
280) 약시세 : 약을 대령하여 먹이는 일.
281) 근사 : 부지런히 애써.
282) 씨고나니 : 쓰고나네. 써 버리네.
283) 장바군의 : 정수리. 머리 위에 숫구멍이 있는 자리. 뇌천(腦天). 짱바구, 짱배
기, 장바구니. 영남방언.
284) 자릭목 되고 : 자라목 되고.
285) 구진비 실실 오난 늘의 : 궂은 비가 쓸쓸히 오는 날에.
286) 복가치며 : 볶아치다, 연발하다.
287) 쎄가지고 : 빼서. 휩쓸려서.
288) 뉘길고넌 : 살아 날 사람이 주구일꼬.

남히슈의 죽乙 목숨 동히슈의 죽ᄂ고나

그 쥬막의나 잇셰여면 갓치 ᄯ라가 죽을 거슬

먼져 괴질의 죽어더면²⁹⁰⁾ 이른 일을 아니 복걸

고딕²⁹¹⁾ 죽乙 걸 모로고셔 쳔연만연 사자 ᄒ고

도부가 다 무어신가 도부 광우리 무여박고

히암²⁹²⁾ 읍시 안자시니 억장이 무너져 긔막큰다²⁹³⁾

죽어시면 졸너구만²⁹⁴⁾ 싱흔 목슘이 못 죽乙네라²⁹⁵⁾

아니 먹고 굴머 죽으랴 ᄒ니 그 집딕늬가 강권ᄒ늬²⁹⁶⁾

죽지 말고 밥乙 먹게 죽은덜사 시원홀가

죽으면 씰딕 잇나 살기마ᄂ 못ᄒ니라

져승乙 뉘가 가반난가²⁹⁷⁾ 이승마ᄂ 못ᄒ리라

고싱이라도 살고 보지 죽어지면 말이 읍늬

훌젹이며 ᄒ난 말이 늬 팔자乙 셰 번 곳쳐

이런 익운이 ᄯ 닥쳐셔 신쳬도²⁹⁸⁾ 흔 번 못 만지고

동히슈의 영결종쳔²⁹⁹⁾ᄒ여시니 이고 이고 웃지 사라볼고

主人딕이 ᄒ난 마리 팔자 흔 번 ᄯ 곤치게

셰 번 곤쳐 곤흔³⁰⁰⁾ 팔자 네 번 곤쳐 잘 살넌지

---

289) 긔막킨다 : 기가 막히다, 어이가 없다.

290) 죽어더면 : 죽었을 것 같으면. '−더면'은 '∼할 것 같으면'의 뜻으로 사용되는
영남도 방언의 어미.

291) 고딕 : 곧장, 이내.

292) 히암 : 헤임, 생각.

293) 긔막큰다 : 기각 막힌다.

294) 졸너구만 : 좋겠구마는.

295) 못 죽乙네라 : 못 죽을러라. 못 죽겠더구나.

296) 강권ᄒ늬 : 억지로 권하니.

297) 가반난가 : 가 보았는가.

298) 신쳬도 : 죽은 시신(屍身).

299) 영결종쳔 : 영결종천(永訣終天). 죽어서 영원토록 이별함.

300) 곤흔 : 곤(困)한, 괴로운.

셰상일은 모로나니 그런듸로 사다보게
다른 말 홀 것 읍시 져 꼿나무 두고 보지
二三月의 츈풍 불면 꼿봉오리 고운 빗틀
버리는 잉잉 노뤼ᄒᆞ며 나부는 펼펼 춤乙 츄고
유긱은³⁰¹⁾ 왕왕 노다가고 산조는³⁰²⁾ 영영 흥낙이라³⁰³⁾
오유月 더운 날의 꼿쳔 지고 입만 나니

녹음이 만지ᄒᆞ여³⁰⁴⁾ 조흔 경이 별노 읍다
八九月의 츄풍 부려 입싸귀조차 쩌러진다
동지 슷달 셜흔풍의³⁰⁵⁾ 찬 긔운乙 못 견듸다가
다시 츈풍 드리 불면 부귀春花 우후紅乙
자늬 신셰 싱각ᄒᆞ면 셜흔풍乙 만나미라
홍진비릐 ᄒᆞ온 후의 고진감늬 홀 거시니
팔자 혼 번 다시 곤쳐 조흔 바람乙 지다리게³⁰⁶⁾
꼿나무 갓치 츈풍 만나 가지가지 만발홀 제
향긔 나고 빗치 난다 꼿 쩌러지자 열믜 여러
그 열믜가 종자 되여 千만연乙 젼ᄒᆞ나니
귀동자 하나 하나 아시면 슈부귀다자손³⁰⁷⁾ ᄒᆞ오리라
여보시요 그 말마오 이 十三十의 못 둔 자식
四十五十의 아들 나아 뉘³⁰⁸⁾ 본단 말 못 드런늬
아들의 뉘乙³⁰⁹⁾ 볼 터니면 二十三十의 아들 나아

301) 유긱은 : 노는 손님(遊客).
302) 산조는 : 산새는.
303) 영영 흥낙이라 : 영원히 흥겹게 즐거워함이라.
304) 녹음이 만지ᄒᆞ여 : 목음이 자욱 우거져.
305) 셜흔풍의 : 셜한품(雪寒風)에. 눈썩인 찬바람에.
306) 지다리게 : 기다리게. 기다리다>지다리다 ㄱ-구개음화.
307) 슈부귀다자손 : 수부귀자손(壽富貴多子孫). 장수하고 부유하며 자식을 많이 가
짐.
308) 뉘 : '뒤'의 로자. '후손'을 보다는 뜻임.

四十五十의 늬 보지만 늬 팔자는 그 뿐이오
이 사름아 그 말 말고 이늬 말乙 자셔 듯게
셜혼풍의도 곳 피던가 춘풍이 부러야 곳치 피지[310]
씨 아인 젼의[311] 곳피던가 씨乙 만나야 곳치 피닉

곳 필 씨라야 곳치 피지 곳 아니 필 씨 곳 피던가
봄바람만 드리불면 뉘가 씨겨서[312] 곳피던가
졔가 졀노 곳치 필 씨 뉘가 마가셔 못 필넌가
고은 곳치 피고보면 귀흔 열믹 쏘 여나니
이 뒷집의 죠 셔방이 다먼[313] 닉외 잇다가셔
먼져 달의[314] 상쳐흐고 지금 혼자 살임흐니
져 먹기는 틱평이나 그도 쏘흔 가련흐딕
자닉 팔자 쏘 고쳐셔 닉 말딕로 사다보게
이왕사乙[315] 싱각흐고 갈가말가 망상이다[316]
마지 못히 허락흐니 그 집으로 인도흐닉[317]
그 집으로 드리달나 우션 영감乙 자셔 보니
나은 비록 마느나마 긔상이 든든 슌휴흐다[318]
영감 싱익[319] 무어시오 닉 싱익는 엿장사라

309) 뉘乙 : 뒤를. 후손을 본다는 뜻.
310) 셜혼풍의도 곳 피던가 춘풍이 부러야 곳치 피지 : 눈이 내리는 추운 바람에 어
    지 곳이 피던가 봄바람 춘붕이 불어야 꽃이 피지. 은유적 표현으로 남자를 만
    나야 아이를 가질 수 있음을 말한다.
311) 씨 아인 젼의 : 때가 아닌 젼에. 때가 이르기 전에.
312) 씨겨서 : 시켜서.
313) 다먼 : 다만.
314) 먼져 달의 : 먼저 달에. 지난 달에.
315) 이왕사(已往事)를 : 이전에 있었던 일을.
316) 망상이다 : 망설이다가.
317) 인도흐닉 : 인도(引導)하니. 이끄니.
318) 슌휴흐다 : 순후(淳厚)하다. 순수하고 덕이 많아 보임.
319) 싱익 : 생업(生業)이.

마로라는 웃지흐여 이 지경의 이르런나
늬 팔자가 무상흐여 만고풍싱 다 젹거소[320]
그날붓텀 양쥬되여 영감홀미 살임흔다
나는 집의셔 살임하고 영감은 다니며 엿장사라
호두 약엿 잣박산의 참씨박산 쏭박산의

산자 과질 빈 사과乙 갓초갓초 하여쥬면
상자 고리예 다마 지고[321] 장마다 다니며 미미흔다
의셩장 안동장 풍산쟝과 노로골 늬셩장 풍긔장의
흔 달 육장[322] 미장[323] 보니 엿장사 죠 쳡지 별호되늬
흔 달 두 달 잇틔[324] 삼연 사노라니 웃지 흐다가 틔긔 잇셔[325]
열달 빅슐너[326] 희복흐니[327] 참말로 일긔 옥동자라
영감도 오십의 쳣아덜보고 나도 오십의 쳣아의라
영감 홀미 마음 조와 어리장고리장[328] 사랑흐다
졀머셔 웃지 아니 나고 늘거셔 웃지 싱견는고[329]
홍진비늬 젹근[330] 나도 고진감늬 홀나는가
희한흐고 이상흐다 둥긔둥둥 이리로다
둥긔둥긔 둥긔야 아가 둥긔둥둥긔야
금자동아 옥자동아 셤마둥긔 둥둥긔야

---

320) 젹거소 : 겪었소. ㄱ-구개음화.
321) 다마 지고 : 담아서 지고.
322) 육장 : 육일장. 육일만에 서는 장.
323) 미장 : 매일장, 상설장.
324) 잇틔 : 이년.
325) 틔긔 잇셔 : 임신(姙娠)을 한 기운이 있어.
326) 빅슐너 : 배에서 키워. '배불러'가 아니다. '배스르다'는 아이 임심하여 뱃속에서
      키우는 과정을 말한다.
327) 희복흐니 : 해산(解産)하니.
328) 어리장고리장 : 어린아이를 귀여워 하는 모양.
329) 싱견는고 : 생겨났는고.
330) 젹근 : 겪은, ㄱ-구개음화형.

부자동아 귀자동아 노라노라 둥긔 동동긔야
안자라 둥긔 둥둥긔야 셔거라 둥긔둥둥긔야
궁덩이 툭툭 쳐도보고 입도 쪽쪽 마쳐보고
그 자식이 잘도 난늬 인지야[331] 한변 사라보지
흔창[332] 이리 놀리다가 웃던 친구 오더니만

슈동별신 큰별신乙[333] 아무날부텀 시쟉ᄒ니
밋쳔이 즉거덜낭아[334] 뒷돈은 늬 듸 즘세
호두약엿 마니 곡고[335] 가진[336] 박산 마니 ᄒ게
이번의ᄂ 슈가 나리[337] 영감임이 올케 듯고[338]
찹살 사고 지름 사고 호두 사고 츄자[339] 사고
참ᄢ 사고 밤도 사고 七八十냥 미쳔이라
닷동의 드리[340] 큰 솟티다 三四日乙 쏨노라니[341]
한밤 즁의 바람 이자[342] 굴둑으로 불이 ᄂ늬
온 지반의 불 붓터셔 화광이 츙쳔ᄒ니[343]
인사불성 정신 읍셔 그 엿물乙[344] 다 펴언고[345]

331) 인지야 : 이제야. ㄴ - 첨가.
332) 흔창 : 한참.
333) 슈동별신 큰별신乙 : 수동 지역의 별신굿의 하나로 마을에서 공동으로 여는 큰
     별신굿.
334) 밋쳔이 즉거덜낭아 : 밑천이 적거든. 모자라거든.
335) 곡고 : 고고.
336) 가진 : 골고루 갖춘. 여러 가지.
337) 슈가 나리 : 수가 날 것이니. 돈을 한꺼번에 많이 벌 수 있는 기회.
338) 올케 듯고 : 옳게 알아 듣고.
339) 츄자 : 호두.
340) 닷동의 드리 : 다섯 동이의 물이 들어가는.
341) 쏨노라니 : 고노라니.
342) 이자 : 일자. ㄹ 불규칙.
343) 츙쳔ᄒ니 : 충천(衝天)하니. 하늘에 솟아오르니.
344) 엿물乙 : 엿 고던 물.
345) 펴언고 : 퍼 없고.

안방으로 드리달나 아달 안고 나오다가
불더미의 업더져서 구불면서 나와보니
영감은 간곳 읍고 불만 작고³⁴⁶⁾ 타는고나
이웃사람 하는 마리 아 살이로 드러가더니
상가쩌지 은 나오니 이졔 흐마 죽어고나
흔마로써 쩌러지며 지동조차 다 타고나
일촌 사름 달여 드려 부혓치고 차자 보니
포슈놈의 불고기 흐듯 아조 흠박 쑤어고나

요련 망흔 일 쪼 잇는가 나도 갓치 쥬그라고
불덤이로³⁴⁷⁾ 달려드니 동닉 사름ㅏ이 붓드러셔
아모리³⁴⁸⁾ 몸부림하나 아조 죽지도 못 흐고서
온몸이 쏭과질³⁴⁹⁾ 되야고나 요런 연의³⁵⁰⁾ 팔즈 잇나
감짝시이예 염감 죽어 삼혼구빅이 불곳되야
불틔와가치 동힝흐여 아조 펼펼 나라가고
귀흔 아덜도 불의 듸셔³⁵¹⁾ 죽는다고 소릭치닉
엉아엉아 우는 소릭 닉닉³⁵²⁾ 창자가 쓰너진다
셰상사가 귀차닉여³⁵³⁾ 이웃집의 가 누어시니
뙨동이乙 안고와셔 가심乙 헤치고 졋 물이며
지셩으로³⁵⁴⁾ 흐는 마리 어린 아히 졋머기게

---

346) 작고 : 자꾸. '자꾸'는 어떤 행위나 상태가 여러 번 반복하거나 계속되는 모습을
        나타내는 부사이다. '작구>자꾸>자꾸'
347) 불덤이로 : 불 구덩이로. 듬은 높이 솟아 있음을 말한다.
348) 아모리 : 아무리. '아므리'는 '아므(아모)(대명사)-+-리(접사)'의 구성.
349) 쏭과질 : 콩과즐.
350) 요런 연의 : 요런 년의.
351) 듸셔 : 불에 데어서.
352) 닉닉 : 이네.
353) 귀차닉여 : 귀찮아서.
354) 지셩으로 : 지셩(至性)으로. 정성을 다하여.

이 사름아 정신 차려 어린 아기 졋 머기게
우는 거동 못 보깃닉 이러나셔 졋 머기게
나도 아조 죽乙나닉 그 어린 거시 살긴는가
그 거동乙 웃지 보나 아죠 죽어 모를나닉
된다군덜³⁵⁵⁾ 다 죽는가 불의 되니³⁵⁶⁾ 허다ᄒ지
그 어미라야 살여닉지 다르니는³⁵⁷⁾ 못 살이닉
자닉 한번 죽어지면 살긔라도 아니죽나

자닉 죽고 아³⁵⁸⁾ 죽으면 조 첨지는 아조 죽닉
사라날 거시 죽고 보면 그도 쏘ᄒ 홀 일인가
조 첨지乙 싱각거든 이러나셔 아 살이게³⁵⁹⁾
어린 건만 살고 보면 조 첨지사 못 안 죽어네³⁶⁰⁾
그뒥닉 말乙 올케 듯고 마지 못히 이러 안자
약시셰 ᄒ며 졋 먹이니 삼사삭마닉³⁶¹⁾ 나아시나
사라다고³⁶²⁾ 홀 것 읍닉 가진 병신이 되여고나
ᄒ 작 손은 오그러져셔 조막손니 되여잇고
ᄒ 작 다리 쌔드러져셔 장치다리 되여시니
셩ᄒ니도 어렵거든³⁶³⁾ 가진 병신 웃지 살고
슈족 읍는 아덜 ᄒ나 병신 뉘乙 볼 슈 잇나
된 자식乙³⁶⁴⁾ 졋 물이고 가르더 안고³⁶⁵⁾ 싱각ᄒ니

355) 된다군덜 : 데었다 한들.
356) 되니 : 덴 이. 불에 덴 사람이.
357) 다르니는 : 다른 사람은.
358) 아 : 아이. '아히兒孩>아이'. 영남방언에서서 '아'가 '아'아'≪a'a≫로 첫음절이
　　　　고조이다. 아이의 변화는 '아히>아회>아히>아이'이지만 영남방언에서는 '아
　　　　히>아이>아'아'로 변화하였다.
359) 아 살이게 : 아이를 살리게.
360) 못 안 죽어네 : 못내 죽지 않았네.
361) 삼사삭마닉 : 3-4삭에 두석 달만에.
362) 사라다고 : 살았다고.
363) 셩ᄒ니도 어렵거든 : 온전하게 성한 이도 (살기) 어려운데.

지난 일도 긔막히고 이 압일도 가련ㅎ다
건널소록 물도 깁고 너물소록³⁶⁶⁾ 산도 놉다
엇진 연의 고싱팔자 一平生乙 고싱인고
이닉 나이 육십이라 늘거지니 더욱 슬의
자식이나 셩히시면 졔나 밋고 사지마난
나은 졈졈 마나가니 몸은 졈졈 늘거가닉

이러킈도 홀 슈 읍고 져러킈도 홀 슈읍다
된동이을 뒷더업고³⁶⁷⁾ 본고향乙 도라오니
이젼 강산 의구ㅎ나³⁶⁸⁾ 인졍 물졍 다 변흔닉
우리 집은 터만 나마 슉딕밧치³⁶⁹⁾ 되야고나
아나니는³⁷⁰⁾ 하나 읍고 모로나니 쓴이로다
그늘 밋던 은힝나무 불기청음딕아커라³⁷¹⁾
난딕 읍는 두견식가 머리 우의 둥둥 쩌셔
불여귀 불여귀 슬피우니 셔방임 죽은 넉시로다
식야 식야 두견식야 닉가 웃지 알고 올 줄
여기 와셔 슬피 우러 닉 스럼을³⁷²⁾ 불너느냐
반가와셔 우러던가 셔러워셔 우러던가
셔방님의 넉시거든 닉 압푸로³⁷³⁾ 나라오고
임의 넉시 아니거던 아조 멀이 나라 가게

---

364) 된 자식乙 : (불에) 데인 자식을.
365) 가르더 안고 : 가로 들쳐 안고.
366) 너물소록 : 넘을수록.
367) 뒷더업고 : 들쳐 업고.
368) 의구ㅎ나 : 의구(依舊)하나. 옛날과 같으나.
369) 슉딕밧치 : 쑥대밭이.
370) 아나니는 : 아는 이는. 아는 사람은.
371) 불기청음딕아커라 : 불개청음대아커(不改淸蔭待我歸), 변함없이 시원한 나무 그늘을 간직하고 내가 돌아오기를 기다림. 옛 모습 그대로 나를 기다렸네.
372) 스럼을 : 설움을.
373) 압푸로 : 앞으로. 원순모음화.

뒤견식가 펼젹 나라 닉 억기의³⁷⁴⁾ 안자 우닉

임의 넉시 분명호다 익고 탐탐 반가워라

나는 사라 육신이 완닉³⁷⁵⁾ 넉시라도 반가워라

건 오십연 이곳잇셔³⁷⁶⁾ 날 오기乙 지다려나³⁷⁷⁾

어이홀고 어이홀고 후회 막급 어이홀고

시야시야 우지 마라 시보기도 북구려웨³⁷⁸⁾

닉 팔자乙 셔겨더면³⁷⁹⁾ 시 보기도 북그렵잔치

청의당초의³⁸⁰⁾ 친정와셔 셔방임과 함긔 쥬겨³⁸¹⁾

져 시와 갓치 자웅되야 천만연이나 사라볼 결

닉 팔자乙 닉가 소가³⁸²⁾ 긔여이 흔 번 사라볼나고³⁸³⁾

첫지 낭군은 츄쳔의 죽고 둘지 낭군은 괴질의³⁸⁴⁾ 죽고

셋지 낭군은 물의 죽고 넷지 낭군은 불의 죽어

이닉 흔 번 못 잘살고³⁸⁵⁾ 닉 신명이 그만일세

첫지 낭군 죽乙 씌예 나도 흔가지³⁸⁶⁾ 죽어거나

사더릭도 슈절호고³⁸⁷⁾ 다시 가지나 마라더면

---

374) 억기의 : 어깨에. '엇게'(月印千江之曲 上:25), '억게'(가례언해 6:6), '엇개'(륜
음언해 82) '억게'의 제2음절 모음 'ㅔ'가 'ㅐ'로 변하여 '억개'가 된 다음 '어
깨'로 표기됨.
375) 나는 사라 육신이 완닉 : 나는 살아 육신(肉身)이 왔네.
376) 이곳잇셔 : 이곳에서.
377) 지다려나 : 기다리려나. ㄱ-구개음화.
378) 북구려웨 : 부끄러워.
379) 셔겨더면 : 새겨서 들으면.
380) 청의당초의 : 청의(靑衣)를 입었던 그 처음에. 곧 시집 가자말자 그때에. 애시
당초에
381) 함긔 쥬겨 : 함께 죽어.
382) 닉 팔자乙 닉가 소가 : 내 팔자에 내(스스로)가 속아서.
383) 사라볼나고 : 살아보려고.
384) 괴질의 : 괴질병에.
385) 못 잘살고 : 제대로 잘 살지 못하고.
386) 흔가지 : 한가지로, 같이.

산乙 보아도 부스럼잔코[388) 져 시 보아도 무렴잔치[389)
사라 싱젼의 못된 사람 죽어셔 귀신도 악귀로다
나도 슈졀만 ᄒᆞ여더면 열여각은 못 셰워도
남이라도 층찬ᄒᆞ고 불상ᄒᆞ게ᄂ 싱각홀 걸
남이라도 욕홀 게요 친쳑 일가들 반가홀가
잔ᄯᅵ 밧테 둘게 안자[390) 흔바탕 실컨 우다 가니
모로ᄂᆞᆫ 은노人 나오면서 웃진[391) 사름이 슬이우나
우름 근치고 마를 ᄒᆞ계 사졍이나 드러보셰

닉 슬럼乙[392) 못 이겨셔 이 곳듸 와셔 우나니다
무신 스렴인지 모로거니와 웃지 그리 스뤄ᄒᆞ나[393)
노인얼낭 드러가오 닉 스럼 아라 쓸듸읍소
일분인사乙[394) 못 차리고 쌍乙 허비며 작고 우니[395)
그 노人이 민망ᄒᆞ여 겻틔 안자 ᄒᆞᄂᆞᆫ 말리
간곳마다 그러흔가[396) 이곳 와셔 더 스런가
간곳마다 그러릿가 이곳듸 오니 더 스럽소
져 터의 사던 임상찰리 지금의 웃지 사나잇가
그 집이 벌셔 결단나고[397) 지금 아무도 읍나니라

387) 사더릭도 슈졀ᄒᆞ고 : 살더래도 수절(守節)하고. 개가(改嫁)하지 않고 수절을
    하고.
388) 부스럼잔코 : 부끄럽지 않고.
389) 져 시 보아도 무렴잔치 : 저 새가 보아도 염치가 없지 않지.
390) 잔ᄯᅵ 밧테 둘게 안자 : 잔디밭에 둘러 앉아. '둘게'는 '포개다'의 뜻이 잇다.
391) 웃진 : 어떤.
392) 슬럼乙 : 설움을. '섧-+-음'의 구성. '셜옴', '셜음', '셔름', '셔룸', '셔롬', '설움'
    은 제1음절 모음의 단모음화(ㅕ>ㅓ), 제2음절 모음 교체(ㅗ/ㅜ/ㅡ), 표기법
    에서의 차이.
393) 스뤄ᄒᆞ나 : 스러워하나.
394) 일분인사乙 : 한 분 한분 인사를.
395) 허비며 작고 우니 : 손으로 땅을 후비며(긁으면서) 자꾸 우니.
396) 간곳마다 그러흔가 : 가는 곳마다 그러한가.

더구다나 통곡하니 그 집乙 읏지 아라던가
져 터의 사던 임상찰이 우리 집과 오촌이라
자사이 본덜 알 슈인나 아무 형임이 아니신가
달여드러 두 손 잡고 통곡ᄒ며 스러하니
그 노人도 아지 못히 형임이란 말이 원 말인고
그러나 져러나 드러가세 손목 잡고 드러가니
청삽사리 정정 지져 난 모론다고 소릐치고
큰 듸문 안의 계우 흔 쌍³⁹⁸⁾ 게욱게욱 다라드닉³⁹⁹⁾
안방으로 드러가니 늘그나 졀무나 알 슈인나

북그려워⁴⁰⁰⁾ 안자다가 그 노인과 흔 듸 자며
이젼 이익기 듸강하고 신명타령 다 못홀닉
명송이⁴⁰¹⁾ 밤송이 다 쎠보고⁴⁰²⁾ 셰상의 별고싱 다 힉봔닉
살기도 억지로 못 ᄒ깃고 지물도 억지로 못 ᄒ깃네
고약흔 신명도 못 곤치고 고싱홀 팔자는 못 곤칠닉
고약흔 신명은 고약ᄒ고 고싱홀 팔자는 고싱ᄒ지
고싱듸로 홀 지경인 그른⁴⁰³⁾ 사름이나 되지 마지
그른 사람될 지경의는 오른 사람이나 되지 그려
오른 사람 되어 잇셔 남의게나 칭찬 듯지
청춘과부 갈나 하면 양식 싸고 말일나닉⁴⁰⁴⁾

---

397) 결단나고 : 다 망하고(決斷). 역구개음화형.
398) 계우 흔 쌍 : 거위 한 쌍.
399) 다라드닉 : 달려드네.
400) 북그려워 : 부끄러이. 부끄럽게.
401) 명송이 : 무명송이. 목화송이.
402) 쎠보고 : 베어보고. '쎠-'는 "콩, 삼, 싸리 등을 낫으로 벤다"는 뜻으로 영남방
    언형이다.
403) 그른 : '그르다'는 옳지 않다는 영남방언형이다.
404) 청춘과부 갈나 하면 양식 싸고 말일나닉 : 청상과부가 개가를 하려고 하면 양
    식을 싸서 따라다니면서 말린다는 뜻.

고싱팔자 타고 나면 열변 가도 고싱일니
이팔청춘 청싱더라 늬 말 듯고 가지 말게
아모 동늬 화령딕은 시물ㅎ나의 혼자되야
단양으로 갓다더니 겨우 다셧달 사다가셔
졔가 몬져 죽어시니 그건 오이려 낫지마는
아무 동늬 장 임딕은 갓시물의⁴⁰⁵⁾ 청상되여
졔가 춘광乙 못이겨셔 영춘으로 가더니만
못 실⁴⁰⁶⁾ 병이 달여 드러 안질빙이 되야다늬

아못⁴⁰⁷⁾ 마실에⁴⁰⁸⁾ 안동딕도 열아홉에 상부ㅎ고⁴⁰⁹⁾
제가 공연히 발광나셔⁴¹⁰⁾ 늬셩으로⁴¹¹⁾ 간다더니
셔방놈의계 매乙 맞아 골병이 드러셔 죽어다늬
아모 집의 월동딕도 시물둘의⁴¹²⁾ 과부되여
졔집 소실乙 모함ㅎ고 예쳔으로 가더니만
젼쳐 자식乙 몹시하다가⁴¹³⁾ 셔방의게 쪽겨나고
아무 곳듸 단양이늬⁴¹⁴⁾ 갓시물의 가장 쥭고
남의 첩으로 가더니만 큰어미가 사무라워
삼시사시⁴¹⁵⁾ 싸우다가 비상乙⁴¹⁶⁾ 먹고 죽어다늬

---

405) 갓시물의 : 갓 스물에.
406) 못실 : 몹쓸.
407) 아못 : 아무. 어떤.
408) 마실에 : 마을. 'ᄆᆞᅀᆞᆳ>ᄆᆞᄉᆞᆯ>ᄆᆞᄋᆞᆯ>ᄆᆞᄋᆞᆯ>마을' 영남방언에서는 'ᄆᆞᅀᆞᆳ>마슬>마
     실'로 잔류했으며 '마실게', '마실글'에서 'ᄆᆞᅀᆞᆳ'을 재구할 수 있다.
409) 상부ㅎ고 : 상부(孀婦)하고. 남편이 죽은 여인.
410) 발광나셔 : 발광(發狂)나셔. 바람이 나셔.
411) 늬셩으로 : 경상북도 봉화군 내성(乃城).
412) 시물둘의 : 스물 둘에. 스물>시물. 전부모음화.
413) 몹시하다가 : 몹시 학대하다가.
414) 아무 곳듸 단양이늬 : 모처에 단양댁이.
415) 삼시사시 : 삼시사시(三時四時). 시도 때도 없이.
416) 비상乙 : 독약. 비상.

이 사람늬 이리된 쥴 온 셰상이 아는 비라
그 사람늬 긔가홀 졔 잘 되쟈고 갓지마난
팔쟈는 곤쳐시나[417] 고싱은 못 곤치듸
고싱乙 못 곤칠졔 그 사람도 후회나리
후회난 들 엇지홀고 죽乙 고싱 아니ᄒᆞ늬
큰고싱乙 안 홀 사름 상부벗틈 아니ᄒᆞ지
상부벗틈 ᄒᆞ는 사람 큰 고싱乙 ᄒᆞ나니라
늬고싱乙 남 못 쥬고 놈의 고싱 안 ᄒᆞ나니
졔 고싱乙 졔가 ᄒᆞ지 늬 고싱을 뉘乙 쥴고

역역가지[418] 싱각ᄒᆞ되 긔가 히셔 잘 되나니는[419]
빅이 하나 아니 되늬 부듸 부듸 가지말게
긔가 가셔 고싱보다 수졀고싱 호강이니
슈졀 고싱ᄒᆞ난[420] 사람 남이라도 귀이 보고[421]
긔가 고싱ᄒᆞ는 사람 남이라도 그르다늬[422]
고싱 팔쟈 고싱이리 슈지쟝단[423] 상관읍지
죽乙 고싱ᄒᆞ는 사람 칠팔십도 사라 잇고
부귀 호강ᄒᆞ는 사람 이팔청춘 요사ᄒᆞ니[424]
고싱 사람 들 사쟌코[425] 호강 사람 더 사쟌늬
고싱이라도 흔이 잇고 호강이라도 흔이 잇셔
호강사리 졔 팔쟈요 고싱사리 졔 팔쟈라

---

417) 곤쳐시나 : 고쳤으나.
418) 역역가지 : 역역(歷歷)가지. 여러 가지.
419) 되나니는 : 되는 이는. 되는 사람은.
420) 슈졀 고싱ᄒᆞ난 : 수절(守節) 고생(苦生)하는. 정조를 지키며 고생하는.
421) 귀이 보고 : 귀하게 보고.
422) 그르다늬 : 그르다고 하네. 잘못되었다고 하네.
423) 슈지쟝단 : 수지장단(壽之長短). 명이 길고 짧음.
424) 요사ᄒᆞ니 : 요사(夭死)하니. 일찍 죽으니.
425) 고싱 사람 들 사쟌코 : 고생하는 사람이라고 덜 살지 않고.

남의 고싱 쐬다ᄒ나 흔탄흔덜 무엇홀고

닉 팔자가 사는 딕로 닉 고싱이 닷난 딕로[426)]

죠흔 일도 그 쑨이요 그른 일도[427)] 그 쑨이라

춘삼월 호시졀의 화젼노름 와거걸랑[428)]

꼿 빗쳘능 곱게 보고 식 노릭는 좃케 듯고

발근 달은 여사 보며[429)] 말근 발람 시원ᄒ다

조흔 동무 존 노름의[430)] 셔로 웃고 노다 보소

사람들의 눈이 이샹ᄒ여 졔딕로 보면 관계찬타

고은 꼿도 식여[431)] 보면 눈이 캉캄 안 보이고

귀도 쏘흔 별일이니 그딕로 드르면 관찬은 걸[432)]

식소릭도 곳쳐 듯고[433)] 실푸 마암 졀노 나닉

맘심자가 졔일이라[434)] 단단ᄒ게 맘 자부면

꼿쳔 졀노 피는 거요 식난 여사[435)] 우는 거요

달은 미양[436)] 발근 거요 바람은 일상 부는 거라

마음만 여사 틱평ᄒ면 여사로 보고 여사로 듯지

보고 듯고 여사 하면 고싱될 일 별노 읍소

---

426) 닷난 딕로 : 닿는 대로. 닥치는 대로. '닷난'은 '돈(到)-+-는'의 구성.

427) 그른 일도 : 그른 일도. 나쁜 일도.

428) 와거걸랑 : 왔거들랑.

429) 여사 보며 : 예사로 보며. 보통으로 보며.

430) 좋은 놀음.

431) 식여 : 새겨서.

432) 관찬은 걸 : 괜찮을 것을.

433) 곳쳐 듯고 : 고쳐 듣고. 달리 생각하여 듣고.

434) 졔일이라 : 제일이라.

435) 여사 : 예사.

436) 미양 : 매양. 늘. '미샹>미양>매양'의 변화. '미샹'은 중국어 '매상每常'에서 온 차용어이다. 20세기 이후에는 '매양'이 일반적으로 쓰인다. 그런데 현대국어에서는 '매양'과 함께 '매상'도 쓰고 있다. 이는 '매상每常'을 한국식 한자음으로 읽은 것이다.

안자 우든 청춘과부 황연듸각 씨달나셔
덴동어미 말 드르니 말슴마다 기기 오릭[437]
이닉 슈심 풀러닉여 이리져리 부쳐 보셔
이팔청춘 이닉 마음 봄 춘짜로 부쳐 두고
화용월틱 이닉 얼골 곳 화짜로 부쳐 두고
슐슐 나는 진 흔슘은[438] 셰우츈풍 부쳐 두고
밤이나 낫지나 숫흔[439] 슈심 우는 식가 가져가기
일촌간장 싸인 근심 도화유슈로 씨여볼가
천만쳡이나 씨인 스름 우슘 끗틱 흐나 읍닉

구곡간장 깁푼 스럼 그 말 끗틱 실실 풀여
三冬셜흔 싸인 눈니 봄 춘자 만나 실실 녹닉
자닉 말은 봄 춘자요 닉 싱각은 꼿화자라
봄 춘자 만난 곳화자요 곳화자 만난 봄 춘자라
얼시고나 조을시고 조을시고 봄 춘자
화전노롬 봄 춘자 봄 춘자 노릭 드러보소
가련흐다 二八 청츈 닉게 당흔 봄 춘자
노련의 깅환 고원츈[440] 덴동어미 봄 춘자
장싱화발 만연춘[441] 우리 부모임 봄 춘자
桂지는엽 一가츈[442] 우리 자손의 봄 춘자
금지옥엽 九즁츈[443] 우리 군쥬임 봄 춘자

---

437) 기기 오릭 : 하나 하나 옳아.
438) 진 흔슘은 : 긴 한숨은.
439) 숫흔 : 숱한. 많은.
440) 노년 갱환 고원춘 : 노령(老齡)에 갱환고원춘(更換故園春). 노년에 돌아온 고향
    의 봄.
441) 장생화발 만년춘 : 장생화발 만년춘(長生花發 萬年春). 꽃 만발하여 오래 피는
    만년의 봄.
442) 계지난엽 일가춘 : 계수나무의 잎같은 온 집안에 봄.
443) 금지옥엽 구운춘 : 금지옥엽(金枝玉葉) 같은 구중궁궐의 봄. 금지옥엽은 임금

조은모우 양듸츈 列王묘의 봄 춘자
八仙大兮 九운춘[444] 이자仙의 봄 춘자
봉구황곡 각來춘[445] 鄭경파의 봄 춘자
연작비릐 보희춘 이소和의 봄 춘자
三五星희 正在춘[446] 진치봉의 봄 춘자
爲귀爲仙 보보춘[447] 가춘 雲의 봄 춘자
今代文장 自有춘 계셩月[448]의 봄 춘자
젹싴쳔명 河北 춘 젹션홍의 봄 춘자

옥門관외 의회춘[449] 심조연의 봄 춘자
淸水듸의 음곡춘[450] 白수파의 봄 춘자
三十六宮 도서춘[451] 졔一 조흔 봄 춘자
도中의 송모춘은[452] 마上客의 봄 춘자

　　의 자손이나 집안 또는 귀여운 자손을 소중하게 일컫는 말.
444) 팔선대혜 구운춘 : 팔선녀 구운몽의 봄 춘자. <구운몽>에 나오는 팔선(八仙)은
　　중국, 민간 전설 중 8명의 선인, 여동빈, 이철괴, 한종리, 장과로, 남채화, 조국
　　구, 한상자, 하선고를 말함.
445) 봉구황곡 각來춘 : 봉구황곡(鳳求凰曲). 봉황곡. 부부간의 금실을 노래한 것. 중
　　국 사마상여가 탁문군의 마음을 끌기 위해 연주했던 음악. 구운몽에서 양소유
　　가 정경패의 마음을 사로잡기 위해 연주하였다.
446) 삼오성희 : 열다섯. 삼오춘광(三五春光). 동녘 별 드문드문한 봄. 구운몽.
447) 위귀위선 보보춘 : 귀신인지 선녀인지 발걸음마다 가득한 봄. 구운몽에서 가춘
　　운이 양소유를 희롱하기 위해 유혹하는 일화.
448) 今代文장 自有춘 계셩月 : <구운몽>에 등장하는 팔선녀 가운데 한 사람. 月中
　　丹桂誰先折 今代文章自有眞 달 가운데 붉은 월계화 누가 먼저 꺾으려나 지금 문
　　장에 저절로 진실함이 있도다. 양소유가 계섬월에게 지은 시.
449) 옥문관외 의회춘 : 옥문관 밖의 아른아른한 봄. 옥문관(玉門關). 고대 중국의
　　서쪽 요지였던 감숙성(甘肅省) 돈황현(敦煌縣) 부근에 있던 관문.
450) 淸水듸의 음곡춘 : 그윽한 골짜기 맑은 못에 봄. 청수대의 운곡천(雲谷川). 경
　　상북도 봉화군 춘양면 서벽리, 애당리에서 시작하여 법전면 소천리를 거쳐 명
　　호면 도천리에서 낙동강과 합류하는 낙동강의 제1지류이다.
451) 삼십육궁 도시춘은 : 36궁 곧 온 세상 모두가 봄.
452) 도中의 송모춘은 : 길 위에서 만나는 늦은 봄. <화수석춘가(和酬惜春歌)>에도

춘닉의 불사춘은[453] 王昭君의 봄 춘자

송군겸 송춘은[454] 이별ᄒᆞᄂᆞᆫ 봄 춘자

낙日萬 가춘은 千里원긱 봄 춘자

등누말의 고원춘 강상긱의 봄 춘자

早知五 柳춘은 도연명의 봄 춘자

황사白草 本無춘 관山 萬里 봄 춘자

화光은 불滅沃陽춘 고국乙 싱각흔 봄 춘자

냥吟비과 동庭춘[455] 呂東빈의 봄 춘자

五湖片쥬 만載춘 月셔시의 봄 춘자

回두一笑 六宮춘 양구비의 봄 춘자

龍안一解 四희춘[456] 太平天下 봄 춘자

쥬진도名 三十춘 이청영의 봄 춘자

어舟축水 이山춘[457] 불변 仙원 봄 춘자

양자江 두 양유 춘)[458] 汝양 귀기 봄 춘자

동원도李 片時춘 창가 소부 봄 춘자

天下의 太平춘은 강구煙月 봄 춘자[459]

"馬上逢寒食 途中送暮春"라는 구절이 있음.

453) 춘닉의 불사춘은: 춘래불사춘(春來不似春). 봄은 왔으나 봄 같지 않은 봄. 동
방규(東方叫)의 <소군원(昭君怨)>에 보이는 '春來不似春' 구절이 있다.

454) 송군겸 송봄춘은: 그대를 보내며 봄도 함께 보내는 봄. 최노(崔魯)의 <삼월회
일송객(三月晦日送客)>에 送君兼送春이라는 구절이 있음.

455) 냥吟비과 동庭춘: 동정춘 동정호의 봄.

456) 龍안一解 四희춘: 용안일안사해춘(龍顔一顔四海春). 임금의 얼굴이 한 번 풀어
지니 온 세상이 봄기운이다. 이백의 <증종제남평태수지요(贈從弟南平太守之
遙)>의 한 구절.

457) 어舟축水 이山춘: 고기잡이 배는 물길 따라가며 봄 산을 즐김. 왕유의 <도원
행>의 한 구절. <유산가(遊山歌)>에도 "편편금이요 화관접무는 분분설이라/삼
천가경이 좋을씨요/도화만발은 점점 홍이요 어주축수 애산춘이라" 있음.

458) 양자江 두 양유 춘: 楊柳江頭楊柳春: 양자강 강가 버드나무의 봄. 버드나무 서
있는 강나루의 봄.

459) 강구煙月 봄 춘자: 강구연월의 봄 춘. 백성이 편안한 봄.

風동슈화전 수궐춘은[460] 故소딕 下 봄 춘자

화긔 渾如 百화춘[461] 兩과 千봉 봄 춘자[462]

만里江山 무흔춘[463] 유산긱의 봄 춘자

山下山中 紅자춘[464] 홍정골딕 봄 춘자

一川明月 몽화춘[465] 골늬딕 늬 봄 춘자

명사十里 히당춘[466] 싀늬딕늬 봄 춘자

的的도화 萬졍춘[467] 도화동딕 봄 춘자

목동이요 거향화춘[468] 힝졍딕늬 봄 춘자

슈양동구 만연춘[469] 오양골딕 봄 춘자

홍교우졔 경화춘 홈다리딕 봄 춘자

연화동이요 앵화춘[470] 힝졍딕늬 봄 춘자

슈양동구 만사춘[471] 오양골딕 봄 춘자

홍교우졔 경화춘[472] 홍다리딕 봄 춘자

융융화긔 수가춘[473] 안동딕늬 봄 춘자

졔명져져 셩곡춘[474] 소리실딕 봄 춘자

치련가출 옥계춘[475] 놋졈딕늬 봄 춘자

---

460) 風동슈화전 수궐춘은 : 바람에 연꽃 흔들리는 봄.
461) 화긔 渾如 百화춘 : 온갖 꽃이 만발한 봄.
462) 兩과 千봉 봄 춘자 : 천만 봉우리의 봄 춘자.
463) 만里江山 무흔춘 : 만리 강산에 끝없는 봄.
464) 山下山中 紅자춘 : 온 산천에 울긋불긋한 봄.
465) 一川明月 몽화춘 : 냇물에 밝은 달이 비치는 봄.
466) 명사十里 히당춘 : 명사십리 해당화 핀 봄.
467) 的的도화 萬졍춘 : 도화꽃 만발한 봄.
468) 목동이요 거향화춘 : 저 멀리 행화촌의 봄.
469) 슈양동구 만연춘 : 집집마다 홍도화 핀 봄.
470) 연화동이요 앵화춘 : 온 골짝 이화 만발한 봄.
471) 슈양동구 만사춘 : 수양버들 늘어진 봄
472) 비가 개자 무지개 뜬 봄.
473) 융융화긔 수가춘 : 화사로운 기운 가득한 융융한 봄.
474) 졔명져져 셩곡춘 : 온갖 새들 노래하는 봄.
475) 치련가출 옥계춘 : 아름다운 연꽃 피는 봄.

제月교 금셩츈[476] 청다리듸 봄 춘자
江之南천 치련츈[477] 남동듸니 봄 춘자
영산홍어 회연츈[478] 영춘듸니 봄 춘자
만화방창 丹山츈[479] 질막듸니 봄 춘자
江天막막 셰雨츈[480] 우슈골듸 봄 춘자
十里長임 華려츈[481] 丹양듸니 봄 춘자
말금 바람 솰솰 부러 쳥풍듸니 봄 춘자
兩로듸의 곳치 핀다 덕고기듸이 봄춘자
바람 싯티 봄이 온다 풍긔듸니 봄 춘자
비봉山의 봄 춘자 화전놀롬 홍의 나니
봄춘자로 노릭 ᄒ니 조乙시고 봄 춘자
봄춘자가 못 가게로 실버들노 쑥 잡미게
츈여 과긱 지나간다 잉무시야 말유히라
바람아 부덜마라 만경묘화 써러진다
어여쓸사 小娘子가 의복 단장 올케 ᄒ고
방긋 웃고 썩나셔며 조타조타 시고 조타
잘도 ᄒ니 잘도 ᄒ니 봄춘자 노릭 잘도ᄒ니
봄춘자 노릭 다 ᄒ는가 솟화자 타령 닉가 홈셔

---

476) 제月교 금셩츈 : 금셩대군의 봄. 금셩대군은 세조의 동생으로 세종 15(1433)
년 금셩대군으로 봉해졌는데 수양대군에 의해 모반혐의로 삭녕(朔寧)에 유배
되었다가 다시 순흥(順興)에서 순흥부사 이보흠(李甫欽)과 함께 단종의 복위
를 꾀하려고 하였으나 거사하기 전 관노의 고변으로 사사(賜死) 되었다. 당시
참형으로 흘린 피가 이 다리까지 흘러내려 청다리라고 하며 피끝(피가 마지막
멈춘 곳)이라고도 한다.
477) 江之南천 치련츈 : 강남에서 연꽃 따는 봄. 강의 남쪽에서 연꽃을 따는 시절의
봄. 綠水芙蓉採蓮女(푸른 연못에 떠 있는 부용화를 따는 여인)<춘향전>
478) 영산홍어 회연츈 : 영산홍 영춘화 피는 봄.
479) 만화방창 丹山츈 : 만화방창 단산의 봄.
480) 江天막막 셰雨츈 : 아득한 강가에 가랑비 내리는 봄.
481) 十里長임 華려츈 : 십리 긴 숲에 화려한 봄.

낙화水 동유 흐른 물의 만면슈심 셰슈ᄒ고
곳 화자 얼골 단쟝ᄒ고 반만 웃고 도라셔니
ᄒᆡ당시레[482] 웃난 모양 ᄒᆡ당화가 한가지요
오리볼실[483] 잉도 볼은 홍도화가 빗치 곱다
압푸로 보나 뒤으로 보나 온 젼신이 곳화자라
곳화자 가튼 이 사람이 곳화자 타령ᄒ여 보ᄉᆡ
조乙시고 조乙시고 곳화자가 조을시고
화신 풍이 다시 부러 만화방창 곳화자라
당상 쳔연 장싱화ᄂᆞᆫ 우리 부모임 곳화자요
실ᄒ 만셰 무궁화ᄂᆞᆫ 우리 자손의 곳화자요
요지연의 벽도화ᄂᆞᆫ[484] 세왕모의 곳화자요
쳔연일기 쳘슈화ᄂᆞᆫ[485] 광한젼의 곳화자요
극락젼의 션비화ᄂᆞᆫ[486] 셔가여릭 곳화자요
쳔틔산의 노고화ᄂᆞᆫ[487] 마고션여 곳화자요
츈당듸의 션니화ᄂᆞᆫ[488] 우리 금쥬임 곳화자요
부귀츈화 우후홍은 우리집의 곳화자요
욕망난망 상사화ᄂᆞᆫ 우리 낭군 곳화자요
千리타향 一슈화ᄂᆞᆫ 소인 젹긱 곳화자요

月中月中 단계화ᄂᆞᆫ[489] 月궁항아 곳화자요

---

482) 해당시레 : 실없이 활짝.
483) 오리볼실 : 오랫동안 보실.
484) 요지연 벽도화 : 벽도화(碧桃花). 복숭아 나무의 한 가지. 벽도나무. 선경에 있
　　　다는 전설 상의 복숭아.
485) 쳔년일개 쳔수화는 : 천년에 한 번 피는 천수화.
486) 극락전의 션비화는 : 극락전의 선비화. 영주 부석사 조사당 앞에 있는 낙엽관목
　　　인 골담초를 선비화라고도 말함. 선비화는 신선(神仙)이 된 꽃으로 '늙어서도
　　　병이나 탈이 없이 곱게 죽음'을 일컫는 말.
487) 천태산의 노고화는 : 천태산에 피는 노고화. 노고화는 할미꽃을 말함.
488) 춘당대의 션리화 : 춘당대의 선이화(仙梨花). 오얏꽃.
489) 月中月中 단계화는 : 월중에 있는 단계화는.

황금옥의 금은화는[490] 셕가랑의 꼿화자요
향일ᄒᆞ는 촉규화는[491] 등장군의 꼿화자요
귀촉도 귀촉도 두견화는 초희왕의 꼿화자요
명사십니 히당화는 히상션인 꼿화자요
셕교 다리 봉仙화는 이 자션의 꼿화자요
슝화산의 이빅화는[492] 이 적션의 꼿화자요
용산낙모 황국화는[493] 도연명의 꼿화자요
빅룡퇴의 청총화는[494] 왕소군의 쇼화자요
마의역의 귀비화는[495] 담 명왕의 꼿화자요
만첩산즁 철쥭화는 팔십노승의 꼿화자요
울긋불긋 질여화는 죡ᄒᆞ 쌀니 꼿화자요
동원도리편 시화는 창가소부 꼿화자요
목동이 요지 살구꼿흔[496] 차문쥬가 꼿화자요
강지남의 홍연화는 권당지상의 꼿화자요
화즁왕의 목단화는 꼿즁의도 으런이요
긔창지션 옥미화는 꼿화자 즁의 미인이요
화게산의 흠박꼿흔 꼿화자 즁의 흠션하다

허다마는 꼿화자가 조코조흔 꼿화자나
화전하는 꼿화자는 참꼿화자 졔일이라
다른 꼿화자 그만두고 참곳화자 화전ᄒᆞ세

---

490) 황금옥의 금은화는 : 황금옥 빛깔의 금은화는. 금은화는 인동초의 별칭.
491) 향일ᄒᆞ는 촉규화는 : 해를 향한 촉규화. 곧 해바라기.
492) 슝화산의 이빅화는 : 중구의 숭산과 화산. 이백화는 오얏꽃.
493) 용산낙모 황국화는 : 석양 무렵 지는. 龍山落帽는 진서(晉書) <맹가전>에 나온다.
494) 빅룡퇴의 청총화는 : 白龍堆의 靑塚花. 중국 신강성의 사막에 잇는 왕소군의 무덤에 핀 꽃.
495) 마의역의 귀비화는 : 마외역(馬嵬驛)은 당나라 현종이 군사들의 요구로 양귀비를 죽이고 헤어졌던 곳. 곧 마의역의 양귀비화는.
496) 목동이 요지 살구꼿흔 : 저 멀리 살구화는.

쌍져협늬 함만구ᄒ니[497) 일연 곳화자 복즁젼乙[498)
향긔러운 곳화자 젼乙 우리만 먹어 되깃는가
곳화자 화젼 부쳐 곳가지 썩거 만니 쓰다가
장싱화 갓튼 우리 부모 곳화자로 봉친하셔
곳다울사 우리 아들 곳화자로 먹여보셰
곳과 갓튼 우리 아기 곳화자로 달닉보셰
곳화자 타령 잘도 하니 노릭속의 향긔는다
나부 펄펄 나라드니 곳화자을 차자오고
곳화자 타령 드르랴고 난봉공작이 나라오고
벅궁시 씩고리 나라와셔 곳화자 노릭 화답하고
곳바람은 실실 부러 쇄웃셩을 가져가고
청산유슈 물소릭는 곳노릭을 어우르고
불근 나오 리려나며 곳노릭을 어리여고
옥식운이 니러나며 머리 우의 둥둥 쓰니
쳔상 션관니 나려 와셔 곳노릭을 듯넌가베

여러 부人이 층찬ᄒ여 곳노릭도 잘도하늬
덴동어미 노래ᄒ니 우리 마음 더욱 좋으이
관자우관 노릭ᄒ니[499) 우리 마암 더욱 조의
화젼놀음 이 좌셕의 곳노릭가 조흘시고
곳노릭도 ᄒ도ᄒ니 우리 다시 홀 길읍늬
구진 맘이[500) 읍셔지고 착흔 맘이 도라오고
걱정근심 읍셔지고 홍체 잇게 노라시니
신션 노름 뉘가 반나 심션 노름[501) 흔 듯ᄒ니

_____

497) 쌍져협늬 함만구ᄒ니 : 젓가락으로 집어 입어 넣으니.
498) 복즁젼乙 : 임제의 시 <젼화회> 가운데 "雙著俠來香滿口 一年春色服中傳(젓가락
　　에 묻어온 향기 한 입 가득하니 한해의 고운 봄 빛 뱃속에 가득하네.)"의 구절.
499) 노래 : '놀애'는 '놀遊-+-개(접사)'의 구성. '놀기>놀이>노래'.
500) 구진 맘이 : 궂은 마음.

신션 노름 다른 손가[502] 신션노름 이와갓지
화젼 흥이 미진하여 히가 하마[503] 셕양일졔
사월 히가 길더라도 오날 히는 져르도다
하나임이 감동하사 사홀만 겸히쥬소
사乙 히乙 겸히여도 하로 히는 맛창이지
히도 히도 질고 보면 실컨놀고 가지만은
히도 히도 자를시고 이내[504] 그만 히가 가늬
산그늘은 물 건너고 가막갓치[505] 자라든늬
각귀 귀가하리로다 언졔 다시 노라볼꼬
곳 읍시는 지미 읍늬 밍년[506] 삼울 노라보셔

---

501) 놀이 : '놀遊-+-이(명사접사)'와 '놀遊-+-음'의 두 가지가 경쟁관계에 있다
    가 '놀음'은 '노름'으로 '놀이'는 '遊'로 각각 의미가 분화되었다.
502) 다른 손가 : 다를 손가. 다를 것인가.
503) 하마 : 벌써. 부사로 영남방언에서는 '하마'가 널리 사용된다.
504) 이내 : 곧.
505) 가막갓치 ; 까막까치. 까마귀와 까치를 아울러 이르는 말. 오작(烏鵲).
506) 밍년 : 명년(明年). 내년. '명년'이 영남 방언에서는 '맹년'으로 실현된다.

6. 화전가

이 작품은 <김딕비훈민가>, <추풍감별곡>과 함께 필사된 장책본이며 18.5×19cm크기로 이정옥 소장본이다. 이 장책본에는 <추풍감별곡> 12면, <김딕비훈민가> 13면, <화전가> 25면 <언문뒤풀리> 5면 등 3편의 가사와 1편의 민요가 수록되어 있다. <화전가>의 작품 끝부분에 "임진 11월 29일"의 기록으로 보아 필사 연대가 1892년으로 추정된다. <추풍감별곡>, <김딕비훈민가>는 4음보로 두 줄을 한 단위로 위 아래로 줄을 바꾸어 적었다. 그러나 <화전가>, <언문뒤풀이>는 줄 구분이나 띄어쓰기 없이 이어서 적었다. 이 작품은 여성작이 아니라 남성작일 가능성이 높다. 첫째 필체가 여성 내간체라기보다 또박또박 적은 남성 필체일 것으로 보인다. 그리고 이 작품의 끝부분에 "산중쳐사 인생 산업니 박게 다시 업다"에서 '쳐사'는 남성을 지칭하는 용어이다. 책 표지에 <花饌歌>, <金大妃訓民歌>, <秋風感別曲>과 같이 한자로 쓴 제목이 있다.

이 장책본의 57면에는 이 책을 만든 목적이라고 할 수 있는 당부의 말씀이 있다. "두렵다 여인 행실 사람으게 잇난니라"라 하였는데 여자의 행실은 '봉제사', '접빈객'이요 '삼종지도'의 유교적 법도를 따르라고 권유한 내용이다. 음보 구분 없이 필사 형태로 전사하였다.

화전가

팔도 산쳔 구경ㅎ자셔라 십이 주령 넘어달나
관동팔경 구경ㅎ고 조령 시재1) 넘어달나

---

1) 조령 시재 : 조령 새재(鳥嶺). 경상북도 문경시 문경읍과 충청북도 괴산군 연풍

강원도 금강 산수 구경ᄒ고 경기도 치야달나

삼각산 구경ᄒ고 졀나도 나려가셔 지리산을 구경ᄒ니

삼신산2)이 이 안인가 삼신산을 구경 후의

허다한 산수 간의 어는 곳지 졔일 좃소

명월수대 졔일니라 명월수대 편답한들3)

어니 그리 다할손야

봉황ᄃᆡ 고소ᄃᆡ 악양누은 즁원의 졔일이요

연광졍4) 초셩누와 경표ᄃᆡ와 죽셜누5)은 동국의 졔일이라

동국명ᄃᆡ 편답ᄒ고 이리져리 노라신니

남자 몸니 조홀시고 향즁 친구 동ᄂᆡ 친구

우슴 웃고 모여 얀자 풍월 공부ᄒ고

안자 장치 ᄇᆞᆯ셩 조홀시고

압 사랑의 바독 장기 뒤 사랑 홧토 골ᄑᆡ

주야로 모여 안자 홍기익기 노름ᄒ니

아모라도 여자라도 이리할 줄 알 건마은 남자

노름 열 가지의 한 가지도 모ᄒᆡ신니6)

어여 ᄇᆞᆯ상 여자 몸이 그 아이 원통한가

ᄋᆡ달할사 여자 일신 구즁이 깁다한들

몃길이나 깁퍼든고 심니 추립7) 오리 추립

마음 녹고 못ᄒᆡ신니 어니 그리 어렵든고

면 사이에 있는 고개.

2) 삼신산 : 삼신산(三神山). 충청북도 음성군 원남면 하당리에 있는 산. 삼신산 남쪽
   으로 큰 삼실, 작은 삼실이 있고 하당저수지 골짜기와 함께 세 골짜기라 하여 '삼
   실이'라고도 불렸다. 삼실산(三實山)은 삼실에서 유래된 이름이다.

3) 편답한들 : 편안하게 답사를 한들.

4) 연광정 : 연광정(練光亭) 북한의 평양성에 위치한 조선 시대의 누정. 북한 현지 행
   정구역상으로는 평양특별시 중구역 대동문동. 원래 이름은 산수정(山水亭)이었다
   가 만화정(萬花亭)으로 고쳤고, 나중에 다시 고친 이름이 연광정이다.

5) 죽셜누 : 삼척 죽서루(竹西樓). 강원도 삼척시 성내동에 있는 조선시대의 누각.

6) 모ᄒᆡ신니 : 못했으니.

7) 심니 추립 : 십리출입(十里出入).

가엽고도 애달흐다 예젹의 여필이 종부라 흐지마은
남의게 매인 몸니 여자박게 쏘 인난야
불상함이 여자이고 고싱함니 여자니라
흐물며 질삼 방젹 골물흐기 그지업고
봉졔사와 접빈객이 호분흐고8) 호분할사
이렴으로 션군자을 조심흐기 그지업다
이령져령 흐느락고 어는 여가 노라볼고
추셕 충 기졔사9) 썩은 잠간 모여 안자다가
춘몽갓치 훗터지고 호인갓치 조흔 날은
셔로 모여 안자다가 자미 익기 못 노고셔
구름갓치 훗터진니 애달할사 여자 몸이
어이 그리 여가업노 동유 〃 우리 동유
어는 째나 한 본 놀고 여자 몸이 뒤야셔은
마음 녹고 놀 째 업내 금연도 그리져리 지닉가면
악가울사 이팔 광음 더덥시10) 허송흐닉
실푸다 무졍 셰월 약유파라 남자이나 여자이나
가는 셰월 못 붓잡아 쏫 갓튼 고흔 얼골
소백발 잠간 뒤지11) 장탄식과 쎠른 노릭도
사창을 반만 비기12) 젹막히 안자든니
어대셔 가는 바람 동편으로 부려와셔 동
창 압해 지내다가 동군의 명을 바다
봄소식을 보닉드라 호련이 기가13) 발가
사창을 반만 열고 눈을 드려 살펴본니

---

8) 호분흐고 : 호분(浩賁)하고. 크고 번다하고.
9) 기졔사 : 기제사(忌祭祀). 해마다 고인이 죽은 날 닭이 울기 전에 지내는 제사.
10) 더덥시 : 덧없이.
11) 소백발 잠간 뒤지 : 호호백발 잠깐이면 되지.
12) 비기 : 비겨 서서. 비스듬히 기대 서서.
13) 기가 : 귀가.

청산의 싸닌 눈은 일시의 사라지고

쎠근 풀 옛등어리 푸릇〃 도라오고

세젼의14) 썩근 마음 입쌀만곰 사라난니

만물 좃차 져려하니 쳔장역15)을 들고본니

입춘졀후 어제 한식 입춘이 분명ᄒ다

창박게 우는 식은봄을 차자 우려 잇고

한식 동풍 부러 신니 삼춘가졀16) 분명ᄒ다

반가울사 봄소식은 사람 마음 좃케 한다

춘ᄒ추동 사시졀의 춘삼월이 졔일니라

삼십육궁 도시춘도17) 봄춘자 보기 좃타

홀노 간 화소요부도18) 곶화자 엇듬이라

거연 금연 간화바라 화발화발ᄒ면 다 풍우라

노라 보새〃〃 화젼ᄒ고 노라보새

상ᄒ촌 동유들아 봄니 가고 곶치 지면

노고져도19) 못 노리라 이를 젹의 노라

---

14) 세젼의 : 세전(歲前)에.

15) 쳔장역 : 천정력(天晶歷). 12절기가 표시된 달력.

16) 삼춘가졀 : 삼춘가절(三春佳節). 봄 석 달 아름다운 계절.

17) 삼십육궁 도시춘도 : 삼십육궁의 조화로 말미암아 봄, 여름, 가을, 겨울이 없어지고 늘 봄과 같은 세계가 된다는 것이다. 늙음이 없는 불로불사의 봄이 세계가 도래함을 말한다.

18) 화소요부 : <화소요부안락와중직사음(和邵堯夫安樂窩中職事吟)>라는 사마광(司馬光)이 소옹의 안락와중직사음시에 화답한 시편에 나오는 구절이다.

　靈臺無事日休休(령대무사일휴휴) 마음에 일 없어 날마다 편하니

　安樂由來不外求(안락유래불외구) 안락은 밖에서 구할 것이 아니로다

　細雨寒風宜獨坐(세우한풍의독좌) 보슬비 찬바람에 의당 홀로 앉아서

　暖天佳景卽閑遊(난천가경즉한유) 따뜻한 날, 좋은 경치면 한가히 논다

　松篁亦足開靑眼(송황역족개청안) 소나무와 대나무도 청안을 열기에 충분하고

　桃李何妨揷白頭(도리하방삽백두) 복사꽃과 자두꽃은 흰 머리에 꽂든들 어떠할까

　我以著書爲職業(아이저서위직업) 나는 저서를 직업으로 삼고 있지만

　爲君偸暇上高樓(위군투가상고루) 그대 때문에 틈 보아 높은 누각에 오르노라

19) 노고져도 : 놀고 싶어도.

보새 압집의 동유들과 뒷집의 동류들을

손길 잡고 모여 안자 화전 공논ᄒ여 보시

장〃춘일 진〃날의20) 화전〃〃공논일새

여려 동유 모인 중의 나의 말을 드려보소

백연유수 헛된 인생 아이 놀고 무엇ᄒ리

청춘이 머다 마소 호〃백발 잠관 뒤리21)

화전ᄒ고 노라 보시 이팔 청춘 절문 째은

우리도 청춘이지 아이 놀고 무엇ᄒ리

잇쩨은 어은 쩨요 이월 삼월 청춘 가절

화란춘셩22) 이 아인가 잇쩨을 허송ᄒ야

궁여의 탄식한 들 장차 어대 밋치리요

노라보새 화전ᄒ고 노라보시 일연 삼백 육십일의

오유월은 너무 더워 놀기가 어려워라

팔월 구월 즁구절의23) 황국 단풍 조컨마은

낙엽 춘풍 찬바람의 사람늘난 탄식이라

참아 실퍼24) 못 노워라 오회라 실푸도다

시월 동지 셜상풍의 셜중매화 조컨마은

맹호연의25) 셜중매라 젹셜건곤ᄒ여신이26)

여자 노기 조흘손가 남자 풍유 조흘시고

아모려도 여자 노름 조흔 째은 동풍 삼월 제일니라

---

20) 진〃날의 : 긴긴 날에.

21) 뒤리 : 되리.

22) 화란춘셩 : 화란춘셩(花亂春聲). 꽃은 만발하고 새소리가 시끄러운 봄.

23) 즁구절의 : 중구절. 중양절. (음력 9월 9일)의 미홀수가 두 번 겹치는 날에는 복이 온다 하여 유래된 날.

24) 실퍼 : 슬퍼. 전부모음화.

25) 맹호연의 : 맹호연(孟浩然, 689년 ~ 740년)은 중국 당나라의 시인이다. 이름은 호이며, 자는 호연이며 호(號)는 녹문거사(鹿門處士)이다.양양(襄陽) 사람으로 절개와 의리를 존중하였다. 한때 녹문산(鹿門山)에 숨어 살면서 시 짓는 일을 매우 즐겼다. 40세 때 장안(지금의 시안)에 나가 시로써 이름을 날렸다.

26) 젹셩건곤ᄒ여 : 적설건곤(積雪乾坤)하여. 하늘과 땅에 눈이 쌓여.

천봉만학 그 가운데 곳천 피여 화산 뒤고

입흔 피여 청산니라

풍경 좃타 춘화졀의 경치도 졀승ᄒ다

한 본 놀기 여렵거든 그 뉘라셔 사양ᄒ리

옛말의 ᄒ엿시뉘 악양누27) 조흔 집도 식후경이 뒤야

이태백이 사지 싱각ᄒ니 팽택쌩 도련명28)의 포도주을

북고 부어 일배 〃 부일배을

여자의 비슴으로29) 술을 엇지 먹으리요

셕니나 ᄭ우어보새 알숑달숑 비단체로 이리져리 ᄭ우어 녹코

노라 보새 〃 화전ᄒ고 노라보새

봉접으로 노래ᄒ고 쇠소리로 버졀 불너

호기 잇기 노라보새 동유 〃 우리 동유

누구 〃 모여든고 어린 종 압셔우고 늘근 종 뒤을 ᄯ라

화전ᄒ로 올나갈 제 춘기의 쓰졀 바다가

뉘수을 여려녹고 곳갓튼 고흔 얼골 분단장ᄒ려ᄒ고

명월갓튼 발근 거울 동창 압패 녹고 안자

여홍여백 도화분30)을 졍히 ᄒ고 곱기ᄒ니

여화 미인 고흔 셩젹31) 모한태도 셩젹니라

---

27) 악양누 : 악양루(岳陽樓). 호남성 악양시(岳陽市) 서문(西門)의 성루(城樓) 위.
노숙열병대(魯肅閱兵臺)라고도 한다. 노숙이 동정호(洞庭湖)에서 수군을 훈련시
킬 때, 파구(巴丘)의 관저를 확장해 성으로 만들었다. 그러고는 산을 등지고 호
수에 접해 있는 서문 위에 열병대(閱兵臺)를 세웠는데, 열군루(閱軍樓)라고도 불
린다.

28) 도련명 : 도연명(도잠(陶潛), 陶淵明). 동진, 유송 대의 시인으로 당나라 이후 남
북조 시대 최고의 시인으로 평가받는다. 동진 시대 지방 하급 관리로 관직 생활
을 하기도 했으나 일평생 은둔하며 시를 지었다. 술의 성인으로 불리며, 전원시
인의 최고봉으로 꼽힌다. 대표작으로는 〈오류선생전〉, 〈도화원기〉, 〈귀거
래사〉 등이 있다.

29) 비슴으로 : 모습으로 태어나서.

30) 도화분 : 도화분(桃花粉). 뜻불그레하게 복숭아꽃 빛깔을 띠는 백분(白粉)

31) 셩젹 : 성적. 화장.

허다한 셩젹분을 매화갓치 곱기ᄒ고
쌸고 쌸근 월연지을 양협의32) 찍거내니
목단꼿 치새로 픤든 멥씨난다
가는 허리 춘삼월 시내가의 동픙셰류 흡사ᄒ다
팔자 아미 고흔 태도 반월쳬로 다시리고
춘초갓흔 연한 머리 향대추의 감아닌이
쏙갓치 푸린 머리 이리져리 쎅기내여33)
명월갓치 둘비언 고은 봉채34)와 쌍호잠을
비식 〃35) 질너녹고 반월갓튼 모한
살작 머리우의 질너노와 헐 〃 썰쳐닌여 노니
절대가인이 아며게 궁신휠 도라온 듯
두렷탄 화용월 태용국의셔 나와든가
월궁의션 나려온 듯 상ᄒ 이복 차린 모양
무슨 비단 둘너든고 모단과 고단과 팔사단과
초록단과 금셕단과 백모단과 쥭엽화월 연수단과
두양션의 승화단과 산즁쳐사 송엽단과
쳥싴 홍색 못초단과36) 백이 숙제 고사단과
알송달송 게화단과 이단 져단 양셕단을
연 〃한 가는 허리 회 〃 찬 〃 둘너입고
깜둥 쌋진37) 힌코백니38) 잇씨갓튼 접버션을
두 발 담숙 담아 신고 잔이 건난 태도
월궁향아 동유로다

---

32) 양협의 : 양 볼에다.
33) 쎅기내여 : 빗어내어. 빗겨내어.
34) 봉채 : 꾸밈.
35) 비식 〃 : 비스듬하게.
36) 못초단 : 모초단(毛綃緞). 모초(毛綃)(중국에서 나는 비단의 하나).
37) 깜둥 쌋진 : 검은색 가죽신.
38) 힌코백니 : 흰코백이. 뽀족한 코가 나온 버선.

도다오는 명월이요 피여가는 부용니라

화전노름 가자셔라 화전노름 가자셔라

어대로 가자셔라 산수 절승 너른 곳의

어대로 가잔말가 등동산ㅎ자 ㅎ니

공부자님 노라익고39) 등피 셔산ㅎ자ㅎ니

백이 슉졔 노라익고

화암산은 명승지라 화전ㅎ기 조흘시고

유언 남산 노자ㅎ니 채미ㅎ기40) 한창니라

산쳔 물식 조흘시고 경게 좃차 절승ㅎ다

잔〃한 시내물의 손도 씨고 발도 씨여

차〃로 올나가셔 동편을 바래보니

만화방창 쏫 피엿고 셔편을 바래보니

층암절벽 괴니ㅎ야 붓채모양 흡사ㅎ고

남편을 바래보니 삼쳔쳑 폭포수은 이시은 ㅎ낙

구쳔의 구비〃 노을 너 익고

북편을 바리 보니 백운 심쳐 집푼 곳애

약케기가 한창니라 졈〃 올나간니

산은 쳡〃 둘너 익고 물은 잔〃 흘너간다

흘너간다 화즁강산 임자 업셔 우리도 임자 뒤야

금일상봉 노라보새 엇지ㅎ야 잘 놀손가

화전ㅎ고 노라보새 춘기 쳡〃 집푼 곳의

백화 만발 치여 잇고 나무〃 새소래요

가지〃 쏫치로다 버리은41) 노래ㅎ고 나비은 춤을 춘다

왕손 방초 가련초은 푸룻〃 도다 잇고

송이 〃 피난 쏫쳔 벙긋〃 우셔잇다

---

39) 노라 익고 : 놀아 있고, 놀았고. '-아+잇->-앗-'의 발달과정을 반영.

40) 채미ㅎ기 : 나물하기.

41) 버리은 : 벌(蜂)은.

만화방창 난만한대 곳송이도 사람 갓고 사람도 곳과 갓다

홍〃백난만중의 금수강산 곳빗치라

양유가지 쇠소리은 황금 옷셜 썰쳐 입고

비거비래 노래ᄒ고 곳가지의 봉접들은 쌍거쌍내 춤을 춘다

엿차 등실 조흘 젹의 쳔봉만학 둘너본니

만자쳔홍 쌀거익고 차참〃〃 올나가며 화젼〃〃 노름할 졔

〃셤옥수 넌짓드려 곳가지을 후려잡고 썩거온니

만산 춘색 축인내라 화고42) 불너 분부ᄒ대

곳쳘 싸셔 썩을 쑤면 어니〃〃 쑤잔말가

음양 일월 돈젹쳬로 둥구력귀43) 쑤여보새

쳔원지방 쏜을 바다 돈젹으로 쑤버볼가

이리 쑵고 져리 쑤고 수단대로 쑤어 내셔

사각 송반 너른 반의 한 둘 거굿 즁 녹고44)

우슴 웃고 모여 안자 먹어보새〃〃

그 마시 엇더튼고 삼춘의 피난 곳쳘 먹어본니

새마실내 동풍 한식 피난 곳치 우리 입의 드난구나

너도 나도 모여 안자 식양대로 먹어보새

이편 져편 편을 갈나 편지 왕내 셔로ᄒ고 화젼을

이른 후의 어와 우리 동유들내 이 말을 드려보소

오늘날의 우리 노름 먹작고45) 모여셔라

아이 먹고 무엇ᄒ리 노라 보새〃〃

이팔 쳥춘 우리들도 노래ᄒ고 산유ᄒ이46)

여자 노름 졔일니라 동유〃〃 우리 동유

춘일 등산ᄒ잔 쓰젼 경일망기ᄒ여47) 보새

---

42) 화고 : 화고(畫雇) 혹은 화공.
43) 둥구력귀 : 둥그렇게.
44) 녹고 : 놓고.
45) 먹작고 : 먹자고.
46) 산유ᄒ이 : 산유(山遊)하니.

임간의 숙불기을 오늘날노 흐자셔라

상〃봉의 놉피 올나 산쳔경계 둘너보새

무려보자 〃〃 잇째가 어는 째요

모츈 삼월 가졀니라 셕양 쳔의 져문 날은

셔산으로 나려 감을 일역으로[48] 먹을손가

오날의 져문 해을 부상가지[49] 매여시면

자미 잇기 더 놀거셜 속졀업시 날 져문이

쳥쳔의 쓴 구름은 셔산 머리 훗터지고

만학쳔봉 만흔 곳쳘 사양흐고 도라올 졔

머리의도 꼽아 보고 입의도 무려보싀

산유흐고 노래흐며 곳차〃〃 무려보자

너은 엇지 피여는야 동군의 너분 덕택

〃〃싯태 피여는가

쳥용니 물을 주어 조흐 싯태 피여는가

일매 오일 양화졀의 비을 쑤려 피여는야

쳐〃졔조[50] 우난 곳의 싀소래도 듯기 좃타

져〃경게 조흔 곳의 그져가면 무엇흐리

화조가을[51] 읍퍼 보자

삼백화보 곳자치의 자〃이 살펴보니

홍화 백화 난만한대 어는 곳치 어는 곳치 엇듬인고[52]

삼백 쳔양 목단화은 화중군자 뒤야 잇고

---

47) 경일망기흐여 : 경일망기(慶日忘棄)하여. 축하 일을 잊지 않게 하여.

48) 일역으로 : 인력(人力)으로. 사람의 힘으로.

49) 부상가지 : 부상(浮上)까지. 해가 떠 있을 때까지.

50) 쳐〃졔조 : 처처재조(處處在鳥). 곳곳에 있는 새.

51) 화조가을 : 화조가(花鳥歌)를. 조선 후기에 지어진 작자 미상의 가사. 경상도 안
    동지방에 전하는 것으로,『조선민요집성(朝鮮民謠集成)』영남 내방가사편에 수록
    되어 있다. 한껏 부풀던 젊은 시절도 다 가고 이제 백발이 된 신세를 한탄하면
    서, 여생을 꽃과 새와 더불어 태평성대나 기리며 살아가겠다는 내용이다.

52) 엇듬인고 : 으뜸인가?

연당 압해 부용화은 화즁의 계일이요
명사십니 해당화은 화즁 신션 뒤야 익고
만호촌 즁53) 셩유화은 화즁 미신 뒤야 잇고
산즁의 게수화은 월궁션여 뒤여잇고
쓸고쓸근 복숭화은 황혼 명월 발근 곳의 고산쳐사 뒤여잇고
향기 조흔 살구꼿쳔 어이 그리 만발흔고
초당 압해 무구화은 백일홍이 뒤여잇고
뒤동산 두견화은 산즁쳐여 뒤야잇고
꼿다울사 봉순와은 함소함졍54)
보기 조화 화즁미인 뒤야 익고
우리나라 어사화은 당상관의 빈나드라55)
곱고 곱은 매화꼿은 여즁일색 뒤여 잇고
창젼의 국화꼿은 산즁쳐사 뒤야잇다
삼백화즁 조흔 꼿쳘 어이 말을 다 할손야
우조삼쳔56) 읍퍼보자
화쵹 쳔연 백학새은 셩음이사57) 조컨마은
쳥쳔요해58) 머려신니 학을 어니 바래리요
해동창 보리매은 쳥쳔으로 놉피 쓰고
말 잘흐는 앵무새은 만수법을 무러잇고
영춘학비날 재비은 강남으로 나라드려 옛주인을 차자잇고
황운셩변 짜마기은 백운셩변 우러익고
알송달소 저 장기은 만학쳔봉 창송 아래 썰우러 잇고
연비여쳔59) 소래기은 반공 즁의 쩌셔 놀고

---

53) 만호촌 즁 : 만호촌(萬戶村) 가운데.
54) 함소함졍 : 함소함정(含笑含情). 웃음과 정을 머금음.
55) 빈나드라 : 빛나더라.
56) 우조삼쳔 : 우조삼천(羽鳥三千). 삼천여 종의 새.
57) 셩음이사 : 성음(聲音)이야. 목소리사.
58) 쳔쳔요해 : 청천요해(靑天遼海). 푸르고 먼 바다.

쌍거쌍내 원앵조은 청강녹수 노라 잇고

호품 조흔 황기달은 남촌 북촌 우러 잇고

질 나은60) 백노새은 셕양천의 도라들고

초혼 조두견새은 귀촉도 불여기을 야월 공산 우러잇고

소리 조흔 쇠꼴이은 연사유막 져 버들의 환우성이 쳐량흔다

우조삼쳔 우난 시을 어니 말을 다 흐리요

어려울사 우리 동유 삼촌 가졀 엇지흐리

청홍흑 막나 만화을 다 썩잔니 어려우리 놋차흥이 애셕흔다

곳차 잘 잇거라 나은 간다 나은 간다 명연 삼촌 다시 보자

곳 진다고 탄식한들 쳔지이수61) 가는 잇체62) 일역으로 막으리요

산쳔 구경 다시 흐자 산아〃〃 잘 익거라

명연 삼월 화젼시의 다시 한 본 차지리라

상봉의 놉피 올나 산쳔을 다시 보새

동국산쳔 둘너본니 놉고 놉푼 백두산은 웅장함이 졔일이라

쳔장 마장 삼각산은 한양 주산 뒤야잇고

광원도 금강산은 봉내션자 노라잇고

황해도라 구월산은 구월구일 노라익고

경상도라 태백산은 단종대왕 노라잇고

삼십 육봉 청양산은 테계션싱 노라잇고

해도수양 금오산은 야은션싱 노라잇고

안동니라 학가산은 션학이 노라잇고

대구라 팔공산은 월인셕니 그리잇고

청쳔의 출금부용 부용산이 보기좃타

쳔흥 명산 허다한대 산쳔 경계 졔일니라

---

59) 연비여쳔 : 연비여천(聯飛如天). 하늘에 닿아 있는.

60) 질 나은 : 길 나선. 길을 나온.

61) 쳔지이수 : 천지이수(天地里數). 하늘과 땅의 거리. 곧 흘러가는 세월의 이치.

62) 잇체 : 이치(理致).

산쳔 경게 고만 두고 이니 탄식 거여보새

오늘 우리드리 이졔 한 본 모여다가 진졍 소회흐여 보식

화젼 공논 고만 두고 니내 말을 들려보소

출가 법니63) 고니흐다

부모 형졔 원근 친쳑을 일조의 이별흐고

백니 쳘니 산수 타향 교군비거64) 타고 안자

나의 보든 고향 산수 일조의 다 바리고

눈물지여 타교 갈 졔 산도 셜고 물도 셜고 집도 셔려어

쳔만사 다 션 곳의 추구월 찬바람의 낙엽갓치

산지 사방 훗터진니 슬푸도다 여자 몸이 이려키도 한심튼가

엇지흐야 일팽싱을65) 남의 매연든고 가엽도다 〃〃〃〃

여자 몸니 가엽도다 씰 쩨 업고〃〃〃〃

여자 몸니 씰쩨 업고 고〃이 싱각흐면

구비〃〃 원통흐다 골물흐고 원통함을

다 기록흐면 태산도 부족흐고 흐해도 집지66) 안내

역〃히 싱각흐면 여자 몸이 원수로다

남자 몸이 대야시면 호기억기 노라볼 걸

원수로다 여자 몸니 원수로다 조흘 시고 남자 몸이 조흘시고

셰월 탄식지여 보새 광풍의 지난 꼿치 명연

삼월 다시 오면 그 꼿 다시 피련마은

이내 얼골 늘거지면 명연 삼촌 다시 온들

엇지 다시 졀무리요

셰월이 무졍흐야 가고 감을 못 막아셔

흔 본 늘거 백발 뒤면 쳔만을 지내가도

---

63) 출가 법니 : 출가법(出稼法)이. 여자가 시집을 가는 법이.
64) 교군비거 : 교군비거(轎軍非車). 수레가 없는 가마를 타고.
65) 일팽싱을 : 일평생을.
66) 집지 : 깊지. ㄱ-구개음화.

소연 뒤기 어려운니 원통ᄒ고 절통ᄒ다
니렴으로 명현 달나 백발탄식 지여셔라
권ᄒ논니 〃〃〃 이팔 청춘 권ᄒ논니
이내 말을 드러보소 청춘 째을 허송말고
글공부을 심쎠 해서 입신양명ᄒ엿다가
쥭백의 이렴 시려67) 쳔자만소 전해 두계
이렴 업시 죽어지면 초목과 갓트리라
부대 〃〃 심쎠ᄒ소 늘거지면 고만이라
셰월 탄식 고만두고 쏫 탄식을 지여보시
화야 화야 무려보자 낙화분 〃〃 ᄒ지마라
네가 지면 내가 늘거 만종심회 어이 푸리
화무십일홍이 너을 두고 이름니라
광풍아 부지 마라 낙화분 〃 날인 곳의
수심 〃〃 낙화수심 태산갓치 놉파 잇고
ᄒ해갓치 집퍼 이셔 놉고 집푼 이내 수심
뉠노라야68) 푸려낼고
명연 삼촌 방화졀의 쏫 아이면 못 푸리라
동원도리 편시춘의69) 규즁소부 탄식니라
너은 졍영 아련마은 청춘 홍안 이내 몸이
져 쏫 갓치 늘그리라 삼춘의 조흔 경게
난낫치70) 기려내셔 벽상의 거려두고

---

67) 이렴 시려 : 이름을 실어.
68) 뉠노라야 : 누구라야. 누구로 하여금.
69) 편시춘의 : 편시춘(片時春). 판소리를 부르기 전에 목을 풀기 위하여 부르는 단
가. 오래된 단가로 보이지 않으며 일제 때 많이 불리던 단가이다. 임방울(林芳
蔚)이 잘 불러 유명해졌다. 이 단가를 편시춘이라 하는 것은 첫머리에 "군불견
(君不見) 동원도리(東園桃李) 편시춘(片時春) 창가소부(娼家笑夫) 웃들말아."라
고 하는 데에서 나온 말이다. 청춘이 늙어감을 한탄하는 내용으로 일제 때 나라
잃은 백성들의 설움에 감정이 맞아 많이 부르게 된 것이다. 중모리장단에 평조
로 되어 있으나 대목 대목 설움조가 끼기 때문에 슬픈 느낌을 준다.

주야 장쳔 보련마은 아셔라 고만 두자
우리가 망영니라 봄니 가고 여름이 오먼
쳔지 간의 이수로다 어엽불상
청산의 지난 솟치 지고십퍼 지련만은
광풍을 못이기여 점〃이 쎠려져셔
비거비래 낙수 가을 날고 십퍼 나라든가[71]
규중소부 이내 몸이 늘고 십퍼 늘거든가
무정셰월 약유화의 나의 나을 직촉ᄒᆞ야
창안 빅발 잠간 뒤니 궁여 탄식 짐푼 한을
어짓다가 말을 ᄒᆞ리 규즁소부늘난 탄식
모춘 삼월 낙화 탄식 다 ᄒᆞ자면 기록ᄒᆞ기 어렵도다
삼촌이 얼마든고 구십춘광 잠간이지
셤〃옥수 셔로 잡고 졍담 졍논 다 못ᄒᆞ고
일낙 셔산날 져문니 셔로 갈여 이별이야
한양 낙일 수원이은 소통국의 모자 이별
셔출양관 무고인은 위셩의 붕우이별
편삽수류 소일인은 용산의 형졔 이별
모춘 삼월 낙화시은 우리들의 이별니라
다 ᄒᆞ자면 눈물 나내 이별이 무어신가
이별 잇자 쎗트리여[72] 한강수의 너허볼가
이것도 망영이지 겹〃히 싸인 회표 다 못 풀고
이별이야 셩우의 일분수은 오늘날의 우리로다
일낙셔산 셕양쳔외 쳥〃 한색 지역 연기[73]
남촌북촌 홋터지고 원쳔의 가마기은 구름사니 나라가고

---

70) 난낫치 : 낱낱이.
71) 나라든가 : 날았던가.
72) 쎗트리여 : 깨뜨려서.
73) 지역 연기 : 저녁 연기.

계수의 우는 새은 수풀 속의 나라 들고

원표의74) 어선들은 애내 일셩산수록 호연이 슨어젓다 가려ᄒ다

호시의 강아 목젹소래 호련이 드려본니

낙매곡조 분명ᄒ다 부지마라〃〃〃〃

낙매곡조 부지마라 철니호지75) 왕소군76)이

너의 소래 츈한이 깁퍼 도다 호지을 가셔보면

봄니 와도 봄니 업고 갈기77) 와도 갈기업셔

쳔산만산 둘너보면 풀도 업고 나무 업셔

백사장 샨니로다 이른이을 생각ᄒ면

ᄉᆞᆺ 진다고 한을ᄒ리 소군의 깁푼 한니

사후의 맷치여셔 무듬의 푸리나셔 츈색을 자랑한다

낙매 곡조 실피 듯고 이젼 싱각 지금 심사 두불니나 깁퍼도다

규즁심쳐 나의 심사 너의 소래 깁고 깁퍼

새야〃〃 두견새야 야월공산 어대 두고

낙화 쌔을 차자 우노 우지 마라〃〃〃〃

너의 우름 든난 과부 철니 젼장 가신 낭군

주야로 싱각다가 너의 소리 실피 듯고

구곡간장 쎡난 눈물 망부셕이 뒤야잇다

어엽불상 우리 동유 이별ᄒ기 어렵도다

수풀사니 자자ᄒ니 야월 공산 두견식 듯기 실고

집으로 오자ᄒ니 츈한을 엇지할고

만산페야 져 ᄉᆞᆺ송이 난낫치 썩자ᄒ이

---

74) 원표의 : 원표(遠漂)의. 먼 바다에서 표류하는.

75) 철니호지 : 천리 밖의 오랑캐의.

76) 왕소군 : 왕소군(王昭君). 왕소군은 한나라 원제 때의 궁녀였으나 흉노와의 친화 정책을 위해 흉노왕 호한야선우에게 시집가서 아들 하나를 낳았다. 그 뒤 호한 야가 죽자 흉노의 풍습에 따라 왕위를 이은 그의 정처 아들에게 재가하여 두 딸 을 낳고, 그곳에서 생을 마쳤다. 왕소군에 대한 이야기는 전설화되어 후대에 많 이 윤색되어 전해졌다.

77) 갈기 : 가을이.

엇지 다 썩글손야 썩기만 다 썩거셔 벽상의 거려녹고
춘회을 푸련마은 그도 쏘한 못할게라
꼿가지을 다시 잡고 화간 봉졉 사래ᄒ고 화락 탄식이내
탄식 올트가 그르든가 실푸다 우리 동유
명연 삼월 꼿 피거든 금연 갓치 만내보시
오월 단오 다시 오면 추쳔 꼿태 다시 만내 추쳔ᄒ고 노라보시
무심한 남자들은 이련 주을 모르고셔
압사랑과 뒷사랑의 주야로 모여 안자 비식〃〃 웃지 마소
여자 몸이 뒤여다가 이려ᄒ기 여사지요
어리고 어린 마음 삼춘 째을 만내여셔 꼿도 피고 입도 필 째
화젼ᄒ기 여사이지 어여 불상 남자들내
역지사지 싱각ᄒ면 남녀 간의 일반이지
이렴으로 여자 마음조셔 변경 이 아인가
질긴 뒤의 노래ᄒ고 노래 꼿태 실퍼지고
실푼 꼿태 눈물나내 이기 등〃〃 호결 남자
부대〃〃 웃지 마소 청춘 홍안 백발 뒤기 남녀가 다를손가
우리 동유 어졔 청춘 오늘 백발 뒤고 십퍼 뒤여시며
오늘 화산78) 내일 청산 뒤고 십퍼 뒤여든가
셰월이 이려ᄒ내 이 길노 훗터저셔 무어시로 상사할고
동쳔의 달 쓰거는 그 달 보고 상사ᄒ새
비거비래 낙매화은 규중소부 탄식이요
소〃〃 실져 낙엽은 호결 남자 탄식니라
명연 봄니 다시 오면 늘기 젼의 노라보시
동유〃〃 우리 동유 늘거지면 허사로다
노라보새〃〃〃〃 이팔 청춘 여자 몸도
봄을 짜라 화젼ᄒ고 노라 보시 비나이다
〃〃〃〃 ᄒ나임게 비나이다

---

78) 화산 : 화산(花山). 꽃이 만발한 산.

늘그이 죽지 말고 졀문이 늘지 말기
인간고탁 보기ᄒ고 흥망승셰 알기ᄒ소
비려본 들 씰 째 잇소 쳔지간의 순환 잇쳬
봄니 가면 여름오고 가을가고 져을옴을
뉘가 능히 막으리요 막을 재조 업셔
길내 ᄒ나라 광무 황졔 늘난 거셜 원통해셔
백양대을 지여녹고 승노반79)의 이실 바다
장생불사 수을 빈들 일역으로 엇지ᄒ리
가련ᄒ다 ᄒ무졔도 죽음을 면치 못해
우주 청산 무듬 뒤고 만고 영웅 진씨황도
늘난 거셜 원통해셔 셔씨을 차자드려
동남동여 오백인을 삼신산의 보낼 적의
범〃중유 배을 타고 삼신산을 차자갈 졔
불사약을 캐로 간들 불사약이 어대인나
가련ᄒ다 진씨황도 죽난 거셜 면치 못해
우주 산천 무듬 뒤고 삼황오졔 져 임군도
일역으로 못해거든 우리사 엇지ᄒ리
가엽도다 죽음이여 낙양 셩동 도리원의 놉고 나진 져 무듬은
왕후 장상 몇〃 치며 영웅 달사 몃〃친가 어엽불상 고금쳔지
나는 사람 죽지 안고 사라시면 어너 누가 죽난다고 셔려할가
이렴으로 성현의 ᄒ신 말삼 죽난 거션 산 사람의 근본이고
나는 자은 죽난 자의 근본니라 자〃손〃 전해간이
엇지ᄒ여 늘난다고 셔려ᄒ며 죽난다고 원통ᄒ리
인간고락 이려ᄒ다 동유〃〃 우리동유
오날의 훗터져셔 명일의 싱각ᄒ면 장춘동분명ᄒ다
어여 불상 이와갓치 잘간80) 셰월 뉘랴셔 막을손야

---

79) 승노반 : 승로반(承露盤). 승로반은 이슬을 받는 소반이다.
80) 잘간 : 잠깐.

청연〃〃 이팔 청연 백발보고 웃지 마라
무정 세월약유파의 백발 뒤기 잠간이라
우섭도 마이 인생이 수풀 夭태 이실낏다
어엽비 사창을 비거 안자 청산역을 바래본니
어졔은 화산이요 오날은 청산니라
광풍의 날닌 夭치 창압해 써려진니
夭쳘 들고 바래보며 夭차〃〃 쌜근 夭차
어젼 날의 쌜거던니 오날은 빗치 업노
청춘 홍안인애 방면이 夭과 갓트리라
녹음방초 승화시라 맥두양유 황금색은
산심 사월 시문 앵은 곳〃이 녹음을 자랑한다
호련이 바람 소래 창젼의 부려온다
풍아〃〃 져 광풍아 네 엇지 부려오노
네가 불면 夭치 진다 봄아〃〃 가지마라
네가 가면 내 늘는다 이조 명춘 새소래도 봄과갓치 도라간애
자고로 봄을 두고 탄식ᄒ고 노래함을
누가〃〃 이셔든고 아셔여라〃〃〃〃
수원수구할 것 업다 졀문이 늘난 것과 늘근이 죽난 거시
인간공도81) 가는 이수82) 어너 누가 막을 손가
어와 셰상 사람들내 이내 말삼 드려보소
인생 산업 졔일이라 아들 노고 손자 바셔
길삼 방젹 힘을 씨고 팔월 박조ᄒ고
구월 수의한 연후의 남젼북답 장만ᄒ야
춘경 추수ᄒ기 대면 셔창을 비기 누어
아들 손자 압해 녹고 독셔셩을 드려시면
인간 자미 이박게 쏘 이실가

---

81) 인간공도 : 인간공도(人間公道). 인간이 공적으로 가는 길.
82) 이수 : 이수(里數).

봉졔와 접빈객을 지셩으로 ᄒᆞ기대면
산업 즁의 엇듬니라 여가〃 심〃커든 강태공 쏜을 바다
동유수의 다달나셔 낙수을 담아 녹고
백구로 싹을 ᄒᆞ고 소부 허유 쏜을 바다
소을 모라 등산ᄒᆞ야 종일토록 머긴 후의
셕양쳔의 도라오면 산즁쳐사 인생 산업
이 박게 다시 업다 여가〃〃 심심커든
졍이 보고 간수ᄒᆞ라 이것도
젹비 심역

7. 하슈가

<북국가>, <화전가>, <상원가>와 함께 한 권의 전적에 수록된 국문 가사이다. 자료 형태는 26.1×30.5cm 규격의 단·행·음보 구분 없는 줄글 형태의 필사본이다. 권영철 소장본이다. 전적의 앞표지에 "경북 안동 풍천 광덕1동 柳道根 류동열"이라는 기록이 있는 것으로 보아 원래 柳道根 혹은 류동열이 소장하고 있던 것으로 추정된다. 원작의 창작 연대와 저자 및 필사자는 미상이다.

꽃 피는 봄을 맞이하여 오랜만에 만난 화수회 친척들과 화전놀이를 하며 시집살이의 애환을 달래고 봄날의 정취를 즐긴다는 내용이다. 하회, 풍기, 용궁, 안동 일대에서 불리던 신변 탄식류인 동시에 기행류가사이다. 집 안에 있다가 밖으로 나오면서 가슴에 응어리져 있던 여성의 탄식이 분출하기 마련이다. 그런 면에서 탄식류와 기행류는 매우 밀접한 관계를 맺고 있다.

경북 안동 풍천 광덕1동 柳道根
류동열

하슈가[1]

어와 우리 계류드라
원노에 연분으로 우연이 모여스니
아모리 여잔들사 화슈지락[2] 업살손가
썬맛참 삼춘[3]이오 경개 좃타 녹수로다

---

1) 하수가 : '화수가(花樹歌)'의 오기로 보인다.
2) 화슈지락 : 꽃나무를 즐기는 즐거움.

동셔남북 홋턴 몸이[4] 다 모이기 쉽잔으니
한번노름 판출하기[5] 그 안이 쾌시련가[6]
형졔슉질 불너닉여 어나 승구[7] 가잔말고
산슈 조흔 봄동산을 우리 평생 원일너니
오날〃 이 노름이 그리로 가자셔라
가기야 가지만은 누기〃 가잔말고
풍정 조흔 하상쎡[8]은 션등[9]으로 길을 잡고
자살구진[10] 사형쎡은 일촌을 충동ᄒ고
시쳬 쌔른 공복쎡은 젼휴좌우 인도ᄒ고
허울 조흔 원촌쎡은 어셔가자 직쵹ᄒ고
아리짜온 미곡쎡은 뒤셔기는 무삼일고
장파동 지닉가셔 조족산 넘어드니
일이[11]가도 녹음이오 져리가도 방초로다
동편을 구경ᄒ고 셔쌱[12]을 드려가니
일학션구 요죠흔딕 월봉유지 역에로다
웅장할사 강당이오 화려할사 묘사로다
조부셰닉 영강슈는 남향박게[13] 흘너잇고
옥여봉 도홍봉은 동구밧게 흘너잇고

3) 삼춘 : 상춘(上春). 음력 정월을 달리 이르는 말. 이른 봄.
4) 홋턴몸이 : 흩어져 있던 사람들이. '홋턴'은 모음 간 유기음 'ㅌ'을 'ㅅㅌ'으로 중
    철 표기한 형태이다.
5) 판출하기 : 판출(辦出)하기. 돈이나 물건 따위를 변통하여 마련하기가.
6) 쾌시련가 : 쾌사(快事)런가. 통쾌하고 기쁜 일인가.
7) 어나승구 : 어느 승구(勝區). 어느 경치가 좋은 구역.
8) 쎡 : 댁. 부인. 어두 경음화가 적용된 표기 형태이다.
9) 션등 : 선등(先登). 맨 먼저 오름.
10) 자살구진 : 데설궂은. 성질이 털털하고 걸걸한. 성미나 행동 따위가 몹시 잘고
    싹싹하고 부드러운. 방언형 표기이다.
11) 일이 : 이리. 과분철 표기이다.
12) 셔쌱 : 서(西)쪽.
13) 박게 : 밖(外)에. 모음 간 경음 'ㄲ'이 'ㄱㄱ'으로 연철 표기되었다.

잔대마다 풍정이오 보기 조흔 경치로다

창강슈 발을 씩고[14] 벽틱산을 올나가니

일친척도 좃컨이와 등임지흥 그지업다

악양누 놉흔 경은 등자경이 올나스딕

기국히향 져쌴이오 적벽가 발근 흥은

소자첨이 노라스딕[15] 원만ᄒ기 일을손가

셰상에 조흔 노름 우리 졔류 쌴이로다

여양사 너른 집에 좌우로 버려안자

풀 쓰더라 싸홈[16]하다 곳 꺽거라 화젼ᄒᄐ

이 날이 져물그던[17] 촉불노[18] 딕신하고

시쥭을 못 ᄒ그던 가사로 불너보싀

마암딕로 히롱하니 남자들을 부려하랴

포토록 먹어노니 빈반지락 가소롭다

이보소 졔류드라 여즁호걸 안일련가

이 〃오 셕양 빗치 암자산에 거이로다

이 노름 못다하고 이별을 싱각ᄒ니

오촉밤 쳘이 쌍은 붕우에 이별이오

구리송 유벽거 졍인에 이별이라

우리 이별 더할손가

부모 친척 멀이 하고 산지사반[19] 훗터져셔

보고져라 친척이오 그리난이[20] 부모로다

---

14) 씩고 : 씻(洗)고. 앞 음절의 종성 'ㅅ'이 뒤 음절 초성의 영향으로 연구개음으로
동화된 표기이다.

15) 노라스딕 : 놀았으되. 연철 표기 형태이다.

16) 싸홈 : 싸움(鬪). 싸홈>싸옴>싸움.

17) 져물그던 : 저물(暮)거던. '-그-'는 '-거-'에 고모음화가 적용된 표기 형태이다.

18) 촉불노 : 촛(燭)불(火)로. '촉'은 제1음절이 한자 '촉'의 영향을 받은 표기이고,
제2・3음절에서는 모음 간 'ㄹㄴ' 표기가 나타났다.

19) 산지사반 : 산지사방(散之四方). 사방으로 흩어짐. 또는 흩어져 있는 각 방향.

20) 그리난이 : 그리나니. 그리워하는 것은. '-난이'는 '-나니'의 과분철 표기이다.

풍남면 하회촌은 유실[21)]에 구가로다
칠십이 너른 드례[22)] 경치야 좃컨만은
□□를 생각하니 촉쳐[23)]에 심회로다
풍기쌰[24)] 사현촌은 이실에 집이로다
봉황되 놉흔 고대 구경이야 만타만은
빅이[25)]밧[26)] 타향 즁에 구슈 기회 어이할고
상산남 곡목초은 조실에 갈고지라
갑장봉 놉흔 봉에 우리집을 보련만은
여자이 되어나셔 정한 기리[27)] 할 슈업다
용궁쌰 삼강존은 졍실에 집이로다
빅셕졍 발근 달은 밤마다 보건만은
십이밧[28)] 집을 두고 그리기난 무삼일고
안똥 쌰 오미촌은 김실 갈 씩 안이런가
거무산 집흔 되 용〃흔 져 구름은
향쳔으로 향컨만은 안지나도 구름갓치
향원으로 도라가고 별후일을 싱각하니
오늘〃이 노름[29)]이 구은 졍셰 안이런가
며〃이 흐는 마리 구가로 도라가셔
살드리[30)] 그릴 젹에 하슈가 늬여노코
구곡에 싸인 회포 이 길노 위로흐시

---

21) 유실 : 류실(柳室).
22) 드례 : 들(野)에. 연철 표기 형태이다.
23) 촉쳐 : 촉처(觸處). 가서 닿는 곳.
24) 쌰 : 땅(地). '땅'의 15세기 형태인 '쌓(地)'에서 'ㅎ'이 탈락한 형태이다.
25) 빅이 : 백(百) 리(里).
26) 밧 : 밖(外). '박(外)'의 원래 형태인 '밖'에서 말자음군 중 'ㄱ'이 탈락한 형태이다.
27) 기리 : 길(道)이. 연철 표기 형태이다.
28) 십이밧 : 십리(十里) 밖. '십이'는 제2음절의 어두 'ㄹ'이 탈락한 표기 형태이고, '밧'은 '밖(外)'의 종성 'ㅺ'이 'ㅅ'으로 단순화되어 표기된 형태이다.
29) 노름 : 노름(遊戱).
30) 살드리 : 살뜰히. 연철 표기 형태이다.

8. 화조가라

<화조가라>는 <무제-히보은은못할망적>, <회혼가>와 함께 한 권
의 전적에 수록된 국문 가사이다. 자료 형태는 31×20.6cm 크기의 책이
며, 단·행·음보 구분 없는 줄글 형태의 필사본이다. 권영철 소장본이다.
원작의 창작 연대는 효명세자의 대리 청정 시기인 1827년으로 추정되며,
저자는 궁녀 조맹화로 추정된다. 필사자는 미상이다.
태평성대를 맞아 왕실을 찬양하고 국운이 융성하기를 송축한 노래이
다.

화조가라

요슌셩딕 다시 만나 틱평 화조 잔치ᄒ니
강국연월[1] 노인들아 틱양가[2]로 화답ᄒ쇼
낙양셩[3]즁 셜니화[4]난 가지〃〃 꼿치 피여
인왕산의 뿔의[5]박아 강슈로 물을 쥬어
사빅연늬 봄바람의 화듕왕이 치엿또다
시졀언[6] 만춘이요 동군[7]언 적위시라[8]

---

1) 강국연월 : 강구연월(康衢煙月). 번화로운 길거리에 달빛이 연기에 어리어 은은하
   게 비침. 태평한 시대의 평화로운 풍광을 말함.
2) 틱양가 : 격양가(擊壤歌). 태평한 세월을 즐기는 노래.
3) 낙양셩 : 낙양성(洛陽城). 중국 하남성(河南省) 북서부에 있는 시. 여러 왕조의 도
   읍지로 번화롭던 명승고적지.
4) 셜니화 : 선리화(仙李花). 오얏꽃을 신비롭게 일컫는 말. 조선왕조를 이룬 이씨 성
   을 높이어 말한 데서 이씨 왕가(王家)를 상징하는 꽃 이름으로 이르는 말.
5) 뿔의 : 뿌리(根). 제2음절의 초성 'ㅎ'이 탈락한 표기 형태이다. 불휘>불희/ 쑬희/
   쑬휘>쑤리/뿌리>쑤리>뿌리.
6) 시졀언 : 시절(時節)은. 시절+은. 주격조사 '은'을 '언'으로 쓴 것은 'ㅡ'와 'ㅓ'를

집츈문⁹⁾을 도〃열고 츈당대¹⁰⁾이 좌긔흐니

비관¹¹⁾은 현슈흐고 창성은 고무한듸¹²⁾

비현니 도로 우리 츈궁 축슈흐고

요지연얼¹³⁾ 비설하고 만화빅됴¹⁴⁾ 다 묘잇따¹⁵⁾

말 잘흐난 잉모신난 마셰〃〃 호만셰¹⁶⁾요

글 잘하난 할님시¹⁷⁾난 군즈만연 축슈흔다

흉연그셰¹⁸⁾ 빗쥭신난¹⁹⁾ 금연츈을 근심흐고

뒷동산 솟작시²⁰⁾난 명연풍됴²¹⁾ 미리 전코

동족의 신벽 간치 조헌 소식 전흐던가

더듸 오난 청조시²²⁾는 빅운가²³⁾랄 다시 불너

혼동했던 경상도 방언의 특징을 표기에 반영한 것이다.

7) 동군 : 동군(東宮). 황태자나 왕세자를 달리 일컫는 말. 춘궁(春宮). 동군(東君).
여기에서는 '효명세자'를 가리키는 것으로 보인다.

8) 적위시라 : 즉위(卽位) 시(時)라. 즉위한 시기이다. 효명세자가 대리청정을 시작
하게 된 1827년을 말하는 것으로 보인다.

9) 집츈문 : 집춘문(殿春門). 창경궁(昌慶宮)의 북문(北門). 이 문을 통하여 성균관
(成均館)으로 드나들 수 있음.

10) 츈당대 : 춘당대(春塘臺). 서울 창경궁(昌慶宮) 안에 있는 대(臺). 조선시대에 과
거를 보던 곳.

11) 비관 : 백관(百官).

12) 고무한듸 : 고무(鼓舞)한 때. 고무시(鼓舞時). 북을 치고 춤을 추는 때. 힘과 용
기가 솟도록 부추기는 때.

13) 요지연얼 : 요지연을. 요지연(瑤池宴)은 주(周) 목왕(穆王)을 맞아 신녀(神女)
서왕모가 요지에서 베풀었다는 주연(酒宴).

14) 만화빅됴 : 만화백조.

15) 다 묘잇따 : 다 모였다.

16) 호만셰 : 호만세(呼萬歲). 경축, 환호, 바람을 위하여 두 손을 높이 들면서 「만세」
를 외침.

17) 할님시 : 한림(翰林)새. 글 잘하는 이를 일컬어 상징적으로 붙여 이른 새 이름.

18) 흉연그셰 : 흉연기시(凶年饑歲). 재해(災害)를 입어 농작물이 되지 않아 굶주림
을 당하는 해.

19) 빗쥭시 : 삐쭉새. 종다리. 종달새. 고천자(告天子). 영남 방언.

20) 솟작시 : 소쩍새. 두우(杜宇).

21) 명연풍됴 : 명연풍조(明年風調). 새해의 우순풍조(雨順風調). 비와 바람이 알맞
아서 농사짓기에 순조로움. '됴'는 구개음화 이전의 표기 형태이다.

은화슈 한 구비예 오작교랄 노화듀소
소상강²⁴⁾ 저 긔력이²⁵⁾ 소문²⁶⁾편지 전ᄒ던가
동남슨²⁷⁾의 우난봉화²⁸⁾ 오현금을 화답ᄒ고
하슈간의 관져귀²⁹⁾ 군ᄌ호귀³⁰⁾ 작을³¹⁾ 지어
금셜노³²⁾ 벗졀³³⁾삼고 감남³⁴⁾서 나온 졔비 봉각을 화답ᄒ고
월샹시³⁵⁾ 현빅치³⁶⁾난 틔묘³⁷⁾의 올나잇고

---

22) 청조시 : 청조(靑鳥)새. 청조(靑鳥). 파랑새. 옛날 한 무제(漢武帝)의 창 앞에 푸른 새 한 마리가 와서 울기에, 신하들에게 무슨 새인가 물으니 동방삭(東方朔)이 말하기를, 서왕모(西王母)가 오늘 밤 내려온다는 소식을 전하러 온 새라 했는데, 과연 그 날 밤 서왕모가 하강하여 인연을 맺었다 함.<한무고사漢武故事>.

23) 빅운가 : 백운가(白雲歌). 주(周) 목왕(穆王)이 곤륜산(崑崙山)에 이르러 서왕모(西王母)와 연회할 때 서왕모가 노래했다는 사(詞).

24) 소상강 : 소상강(瀟湘江). 중국 호남성에 있는 소강과 상강을 아울러 일컫는 강 이름. 소상반죽(瀟湘斑竹). 소상팔경(瀟湘八景)으로 이름난 강.

25) 긔력이 : 기러기(雁). '그려기'의 제1음절 모음이 제2음절 음절부음에 동화된 표기이다. 또 한 제2·3음절에서 과분철 표기 양상을 보인다. 그려기>기러기.

26) 소문 : 소무(蘇武). 중국 전한(前漢)의 정치가. 자는 자경(子卿). 흉노에 사신으로 갔다가 볼모가 되어 19년 간의 고초를 겪고도 절개를 굽히지 않고 있다가 되돌아 왔다.

27) 동남슨 : 종남산(終南山). 중국 섬서성(陝西省) 서안시(西安市)의 동남쪽에 있는 산. 또는 서울의 남산을 일컫는 옛 이름. 북악산 낙산 인왕산과 더불어 서울을 둘러싸고 있는 산. 인경산(引慶山), 목멱산(木覓山), 남산(南山), 열경산(列慶山)이라고도 함. '동'은 구개음화 이전 표기 형태이다.

28) 봉화 : 봉황(鳳凰).

29) 관져귀 : 관관저구(關關雎鳩). 꾸룩꾸룩 우는 저구. '저구'는 징경이 또는 증경이 또는 원앙새. 남녀가 서로 정겹게 지내는 모양. 사랑을 구하는 모양. 출전 시경(詩經) 관저장(關雎章).

30) 군ᄌ호귀 : 군자호구(君子好逑). 사나이의 좋은 짝. 「窈窕淑女 君子好逑」 <詩經. 關雎>.

31) 작 : 짝. 어두 초성 경음을 예사소리로 표기하였다. 짝>작.

32) 금셜로 : 금슬(琴瑟)로. 거문고와 비파로. 모음 간 'ㄹㄹ' 표기 형태이다.

33) 벗졀 : 벗(朋)을. 중철 표기 형태이다.

34) 감남 : 강남(江南).

35) 월샹시 : 월상시(越裳氏). 월상은 안남(安南) 남쪽에 있는 옛 나라 이름. 씨(氏)는 월상 나라의 군(君)을 뜻함.

36) 현빅치 : 현백치(獻白雉). 몸빛깔이 흰 꿩을 올려 바침. 주공(周公)의 거섭(居攝)

영디[38] 우희 저 홍안[39]은 우리 님군 도라본다

빗 고은 저저 쇠고리 양유스[40]로 베 자니여[41]

우리 성상 골용포이 오싁실노 슈랄 노코

바지 벗슨 탈과시는 철니 흔풍 칩단[42] 말과

봄이 지촉 폭곡시[43]난 풍연〃 우지진다

소리 조흔 촉노시난 사방니자[44] 다 부란다[45]

월궁계지 놉흔 가지 뇌쥬랴고 피엿덧고

빗 고은 히당화나 양구비[46]로 히롱ᄒ고

작〃도화[47] 만발홍은 이거가인가 거록ᄒ다

장안호걸 소연덜아[48] 힝화촌을 츠자가소

일편단풍 군자화[49]난 연엽듀로 현슈하고

세상 연월[50] 쳐ᄉ국[51]언 도연명을 벗을 삼고

___

육년에 월상씨가 백치를 바쳐온 일. 「有越裳國 周公居攝六年 制禮作樂 天下和平
越裳以三象重譯 而獻白雉」 <後漢書 南蠻傳>.

37) 퇴묘 : 태모(太廟). 종묘(宗廟). 중국 제왕가의 조상 위패를 모시던 묘(廟).

38) 영디 : 영대(靈臺). 주(周) 문왕(文王)의 누대(樓臺). 임금이 올라가서 사방으로
바라보던 대. 「周文王靈臺之制爲是也」 <漢書>.

39) 홍안 : 홍안(鴻雁) : 큰 기러기와 작은 기러기.

40) 양유스 : 양유사(楊柳詞·辭). 당(唐)의 백낙천(白樂天)에서 비롯된 악부시(樂府
詩) 또는 굿거리장단의 단조로운 경기민요(京畿民謠)인 양류가. 표면적인 뜻으
로는 버들가지 같은 고운 실. 양류사(楊柳絲).

41) 베자니여 : 베(布) 짜(織)내어.

42) 칩단 : 춥다는. 치찰음 'ㅊ' 아래에서 'ㅜ'가 'ㅣ'로 전설모음화 된 표기 형태이다.

43) 폭곡시 : 포곡(布穀)새. 뻐꾸기. 두견과의 새. 시구(鳲鳩).

44) 사방니자 : 사방래자(四方來者). 온갖 곳에서 찾아오는 사람.

45) 다부란다 : 다 부른다.

46) 양구비 : 양귀비(楊貴妃).

47) 작〃도화 : 작작도화(灼灼桃花). 몹시 화려하고 찬란하게 핀 복숭아꽃.

48) 소연덜아 : 소년(少年)들아. '연'은 초성 'ㄴ'이 탈락한 표기이고, '덜'은 'ㅡ'와
'ㅓ'의 혼동으로 인한 표기이다.

49) 군자화 : 군자화(君子花). 연화(蓮花)를 군자에 비기는 데서 일컬은 꽃 이름.

50) 세상연월 : 새상연월(閑散煙月). 하는 일 없이 한가하게 지내는 사람의 태평스러
운 세상을 비유한 말.

51) 쳐ᄉ국 : 처사국(處士菊). 벼슬하지 아니하고 초야에 묻혀 살던 선비를 상징하는

듈기⁵²⁾듈은 칠단화⁵³⁾난 무산 일노 너젓든고
오동제월⁵⁴⁾ 봉선화난 소〃구셩⁵⁵⁾ 츔을 츄고
아롱다롱 곰은화⁵⁶⁾난 당샹관의 관딕딕고
뿔고뿔근⁵⁷⁾ 함박화⁵⁸⁾는 삼빅궁여 치마 딕고
빗고언⁵⁹⁾ 쟝미화난 각궁시여⁶⁰⁾ 빈혀⁶¹⁾되고
보기 조흔 자양환⁶²⁾난 우미인을 회롱ᄒ고
부셕산즁 션비화⁶³⁾난 봉영만승 시여되고
뉴초싱영화난 셩샹츈츅⁶⁴⁾ 혜아리고
습천갑자 동방셕⁶⁵⁾은 박동화⁶⁶⁾도 진〃ᄒ고
반갑또다 딕명화⁶⁷⁾난 우리 조션 의탁ᄒ여

절개 있는 국화.

52) 듈기 : 줄기. '듈'은 구개음화 이전 표기 형태이다.

53) 칠단화 : 칠단화. 췹화. 췹꽃. 갈화(葛花). 갈건(葛巾)을 연상케 하는 췹꽃.

54) 오동제월 : 오동지월(梧桐至月). 음력 오월과 동짓달을 아울러 이르는 말. 동짓
달에 오는 눈의 양에 비례하여 이듬해 오월에 오는 비의 양을 헤아릴 수 있다는
데서 이르는 말이다. 또 오동지(-冬至)는 음력 11월 10일이 채 못 되어 드는
동지를 말하기도 한다.

55) 소〃구셩 : 소〃구셩(簫韶九成). '소소'는 옛 순임금이 만들었다는 풍류 이름. 이
소소의 풍류를 아홉 번 연주함은 악곡을 한 번 마침이란 뜻.「簫韶九成 鳳凰來儀」
<書傳>.「發簫韶 詠九 成」<漢書>.

56) 곰은화 : 금문화(金銀花). 인동덩굴에 피는 꽃.

57) 뿔고뿔근 : 붉(紅)고 붉은. 어두 경음화가 적용된 표기 형태이다.

58) 함박화 : 함박꽃. 작약(芍藥)꽃.

59) 빗고언 : 빛(色) 고운(麗).

60) 시여 : 시녀(侍女). 나인(內人).

61) 빈혀 : 비녀(簪). 분철 표기 형태이다. 빈혀>비녀.

62) 자양환 : 자양화(紫陽花). 수국(水菊).

63) 션비화 : 션비화(禪扉花). 부석사의 조사당(祖師堂) 뜰 위의 왼 편에 의상대사가
꽂아놓은 지팡이가 싹이 돋아 자랐다는 불가사의한 전설적인 나무 이름.

64) 셩샹츈츅 : 성상춘추(聖上春秋). 살아계시는 임금님의 연세(年歲).

65) 동방셕 : 동방삭(東方朔). 중국 전한(前漢)의 문인. 자 만청(曼倩). 벼슬이 금마
문시중(金馬門侍中)에 이름. 속설(俗說)에 서왕모의 복숭아를 훔쳐 먹어서 장수
(長壽)하였으므로 삼천갑자 동방삭이라 한다 함.

66) 박동화 : 벽도화(碧桃花). 선계(仙界)에 있다는 전설상의 복숭아꽃.

67) 딕명화 : 대명화(大明花). 안평대군이 명나라에서 하사받은 꽃.

뎨단[68]의 뿔회[69]박아 만셰〃〃 되야서라

끗

---

68) 뎨단 : 대보단(大報壇). 조선 숙종(肅宗)조 때 창덕궁 경내에 설치한 제단. 황단
(皇壇). 임진왜란 때 원병을 보내 준 명(明)에 대한 고마움을 보답하는 뜻으로
명의 태조, 신종, 의종을 제 지내던 제단.
69) 뿔회 : 뿌리(根).

9. 제주관광

이 작품은 안동의 수졸당 종부인 윤은숙이 지은 두루마리에 쓴 한글
가사로 2,100×22cm 규격이다. 수졸당은 진성이씨 하계파의 종택으로
400여 년을 이어온 유서 깊은 사대문 가문이다. 현재도 종손 내외분께서
기거하고 계시며 15대 선조이신 동암선생의 불천위를 포함하여 10여 번
의 제사와 문중 행사들이 치러지고 있다. 이 집안 여성들의 계모임으로
제주도를 관광하게 된 배경으로 시작하여 제주도의 곳곳을 관광하며 그
절경을 노래한 가사이다. 1행 2음보로 된 두루마리 형식이며, 한글 궁체
가 아주 뛰어나다.

제주관광

상해 이륙 우리나라 팔도강산 삼천리에
곳〃마다 명산기슈¹⁾ 기후도 아름답고
제주도 관광지난 섬 중에도 제일 크고
천고전설 내 몰라도 화산이 폭발되여
용암이 흘러나려 절경을 일우엇고
바다 속에 생긴 육지 바람 쏘한 순풍이라
푸른 입²⁾ 붉근 꽃이³⁾ 사시장철 피엿다네
구경 가세 구경 가세 이 강산을 구경 가세
수육만리 지음하니 여자행지 쉬울는가
여비회결 의논하니 침묵계가 엇더할까

---

1) 명산기슈 : 명산기수(名山奇水).
2) 푸른입 : 푸른잎.
3) 붉근꽃이 : 붉은 꽃이.

진심갈력 모인 돈이 거액이 상당하니
절문 계원 주선으로 째 맞추어 날을 잡아
갑자 추국 십칠일에 대전 복판 중심가에
슈덕관광 세워노코 우리 계원 다 모엇네
악수상봉 인사 후에 일열로 차에 올라
좌석을 정돈하니 서왕모에[4] 선반인가
천태산은 업다마난 마고선녀 이아닌가
절세명승 찾아가네 요기참 부곡들어
일안에 굽어보고 김해 평야 지나가니
국내공항 여기로다 시간을 노칠새라
급〃히 표을 밧아 비행기에 올라셔니
형체난 짐승이나 실내는 방과 같고
의자 안자 벌트 매고 평안이 비행하니
일행이 무탈하고 우리 계원 희소담낙
현홍 압서 즐겁구나 창박을 내다보니
만공인가 새공인가 구름 위에 솟앗구나
규중심처 늘근 몸이 세월 짜라 등입인가
우화이 등선인듯 호〃망〃 날은 중에
목적질세[5] 제주쌍 나여보니 한폭의
그림같고 푸른 들판 검은 돌이 바둑판을
연상한듯 기절하고 신기롭다 별유천지
비인간을 이곳보고 말함인가 해는 벌써
석양이라 관광소에 책임자가 책임지고
인솔하니 여관대접 후이 받고 침실이
화려하다 우리 계원 몇〃인고 이십여명
모여안자[6] 오든 길을[7] 회상하며 희〃낙〃

---

4) 서왕모에 : 서왕모(西王母)의.
5) 목적질세 : 목적지일세.

즐거워라 노독도 불구하고 음악판이
버려지니 노래 썩어 춤이로다 못노난이
병신일내 반갑도다 여양척숙 반천리를
멀다안고 금일합석 황공하오 인자하신
그 체신에 풍유난 호길이나 유행가
한곡조에 만안청산 푸르계네 금상첨화
더욱 조타[8] 추야가 깁퍼셔라 일접목
하고나니 배반이 낭자로다 조반을
재촉하고 인솔자 안내양이 죽〃이
벌러서서 차타기를 기다린다 안내자의
설명듯고 관광코스 댈 째마다 차을 세워
구경하니 관덕정과 순의문은 고적이
완연하네 정면에 걸인 액자 안평대군
친필이라 적혀 있고 순의문 순의비는
삼별초의 흔적이며 김영굴 협제굴은
전설이 얼켜 잇고[9] 기묘한 삼방굴은
해변에 높이 솟은 삼방산 중턱일네
계단도 놉다만은 진심갈역 올라가니
신비하다 이 굴안에 애화가 얼컷다네
고려시대 고승 한 분 이곳에 거쳐할째
속세미인 사귀다가 미인 역시 눈물 썍여[10]
석함에 고여 잇고 자비하신 부처님은
허다 중생 살듯 암석에 여승하나
염불하며 목탁치며 산천 정기 울이난듯

6) 모여안자 : 모여앉아.
7) 오든길에 : 오던 길에.
8) 더욱조카 : 더욱 좋다.
9) 얼켜잇고 : 얽혀 있고.
10) 눈물썍여 : 눈물 뿌려.

명산대천 부처님계 중한 남편 귀한 자식
수복장원 빌어볼가 성명 삼자 적어노코
합장배려 하고나니 심신이 쾌낙해라
나려보니 망〃대해 바다도 계곡일네
괴암괴석 중〃한데 각〃나무 우거지고
말근 물은 계곡싸라 바다로 합유고나
휴식처가 그곳이라 잠관들여 허기면고
서귀포로 나갈 적에 곳〃마다 절승이요
초원의 마쇠들은 자유롭게 쮜여잇고
농촌의 인정들은 미덕이 풍기는 듯
서귀포 만평산은 신도시라 깨끗하네
일박지절 착염하니 우리 일행 만족일세
어제저녁 남은 흥을 오날 저녁 쏘 즐기고
명〃추야 지새도록 풍유대로 즐겨보소
세간 고낙 싸인 몸이 이런 여행 쉬울른가
유수광음 흘러가니 인생 따라 늘거지고
오난백발 못 막을네 어화 우리 계원들요
늘기 전에 유람하고 산명슈여 찾아가며
시름업시 즐깁시다 이왕지사 관광이니
제〃창창 다 봅시다 천지연 푹포슈는[11]
좌우둘레 웅장하고 천슈만엽 풀은 빛은[12]
비단장막 펼쳐진듯 푸른잎 사이사이
불근 꽃이 방긋 웃네 물속에 장어들은
천년기물 간직하고 청파녹슈 욱어진 곳
천졔년이 쏘 잇고나 청암절벽 솟난 폭포
하늘다리 놓앗는가 육경류에 모여안자

---

11) 풀포슈난 : 폭포수는.
12) 풀은빛은 : 푸른 빛은.

옥제불며 놀던 선녀 흰구름 발을 싸고
이곳 왕내 하였는가 높고 낮은 기암괴석
기화요초 이안인가 삼〃오〃 우리 제류
한라산을 향하려니 계곡도 만흘시고
아흔아홉이 연했다네 중턱에 휴개소난
시림이 욱어진 곳 춘하추동 사시절에
계절 따라 광채내고 청하유수 흐른 물은
만병통치 액슈라네 서로 닷투 마신 후에
높고 높은 한라산을 어찌하여 올라보나
일신도 부족하고 기골도 못당하여
상〃봉을 못 갓스니 백록담을 어이보나
후한이 미진한이 서산 일출봉은 전설도
윤기로다 마흔여덜 마흔아들 먹이여고
죽 끄리다 죽솥에 싸진 어미 어미찾아
우던 넉이[13] 둘그로[14] 굿엇다네 하날 싯에
솟은 암석 바다도 하늘같내 늦잠 자지
안앗던들 일출봉영 하여 볼 걸 사면으로
너른 바다 호〃망〃 용〃수는 해여들의
일터이고 일출식당 뚝배기난 제주에
제일미요 초가집 막걸리난 국모을
같쳐있고 제주농원 양봉 설명 관광코스
등장햇네 만장굴을 둘어보니 천장만장
넓은 굴이 천장도 암석이고 지상도
석상이라 중간지점 돌거북은 살아 꿈틀
형용이고 천정을 살펴보니 천작으로
싹인 연못 연화부록 그려있내 끗가에

---

13) 우던 넉이 : 울던 넋이.
14) 둘그로 : 돌로

돌기둥은 천고기물 용암석이 장성같이
솟아있네 유명하여 찍은 사진 정기가결
흉흉하여 광명홍인 질배업내[15] 정방폭포
만흔물은 한라산의 원유로서[16] 바다로 직선일네
일녁이 덧이 업서 숙소로 찾아들 때
제주시 바다가 우뚝 셧는 용두암은
옥구슬을 탐내다가 승천 못해 굿든 용이
바위로 변했다네 가아둑한
전설이나 재미잇계 들어보고 바위 우에
모여안자 손발 씻고 놀아보세 황혼에
물든 바다 채석강이 여기같네 장〃이틀
구경코스 다시 정리 하여보니 용연에
말근 물은 평풍갓흔 암석 속에 티업시
고여 잇고 송백이 울〃하고 선학이
춤을 추듯 선경이 이 안인가 화산에
분화구인 삼굴부리 둘여외는 깊고도
널엇스나 수목만 울창하여 천고마비
빗치나고 백록담과 같다하내 삼성헐사
발성지는 수석만평 위치하고 제〃창〃
고목이고 신라 시조 고양부가 재석당이
연해있내 물허벅과 돌하루방 제주 풍경
본색이고 사투리을 배운다고 일장대소
우슴이라 웃고 노난 그 순간에 삼박사일
하든일자 일정이 다댔구나[17] 행화낙원
조흔 곳을 작별두자 남겨두고 아침 하늘

---

15) 질배업내 : 진배없네.
16) 원유로서 : 원류(原流)로서.
17) 다댔구나 : 다 됐구나.

말근 공기 동천홍인 돗울 째나[18] 구름쌍 〃
불계 필 째 어화둥실 배를 탓네 우리 제류
흥이 나서 춤도 추고 노래한다 선창에
올라가니 반석갓치 편하구나 일기난
온화하여 만경창파 널은 바다 일점고도
전혀업고 육지같이 달린 선박 희생의
기적인듯 바람 한점 업는 바다 우리 일행
복일런가 총무님의 성의로서 기도불공
여음인가 푸른 바다 힛듯대는[19] 가슴풍 〃
물결치며 하늘나라 은하수에 새벽달이
여음인가 산을 안고 물이 들고 물 우에도
산이 쓰내 여보소 아우님네 축파른
잠관들어 저곳을 살펴보소 저 섬이름
무엇인가 인가가 나타니오 둥실 〃 〃
산이가니 연화둥 〃 쩌나갓듯 삼라만상
조흔 빛이 만경창파 꽃 피우네 소동파의
글귀절을 다시 한번 배워볼까 시조 한곡
못 불우니 무식한계 한이로다 여섯시간
배을 타도 지루한 빛 하나 업소 아쉬움이
태반일세 목포항구 다달르이[20] 차는 벌쎠
대령했고 식당에 점심 준비 연일등대
만찬이라 사방 세상 돈놀음에 돈이라면
만족일세 유달산을 쏘 올라서 목포시를
구경하고 남은 시흥 다 풀엇다 오는 길을
재촉하네 고속도로 직선으로 김제 만평

---

18) 돗울째나 : 돋울 때나.
19) 힛듯대는 : 흰 돛대는.
20) 다다르이 : 다다르니.

얼풋지나[21] 광주 논산 꿈결일세 대전 도착
초경이나 취식쳐을 찾아들어 석반으로
부탁하고 지나온 길 되풀이로 쏘 한바탕
분주하다 삼박사일 즐긴 것이 일장춘몽
꿈이되어 아연하다[22] 벗님네요 명년 삼월
계회시에 쏘 다시 노사이다 각〃처소
작별 인사 매월 계날 보사이다.[23] 끝

---

21) 얼풋지나 : 얼핏지나.
22) 아연하다 : 아련하다.
23) 보사이다 : 청유형 '봅시다'의 고어.

10. 귀녀가라(귀흔쓸노리라)

이 가사는 이정옥 소장본으로 20×19.5 cm 크기로 총 26면 필사 장책본이다. 2003년 국학자료원에서 간행한 ≪영남 내방가사≫ 제1권에 영인본으로 실려 있다. <귀녀가라> 14면, <화전가라> 8면, <효성가라> 6면으로 3편의 가사와 함께 실려 있는데 장책된 표지에도 <귀녀가라>로 되어 있고 내면의 첫 작품에는 <귀녀가라>로 하단에는 "귀흔쓸 노리라"라는 제명과 함께 "慶州府 모서촌 이야기"로 기록되어 있다. 경주 지역의 누군가에 의해 필사, 장책된 가사이다. 책 마지막에 "갑술 시월 칠일에셔"라는 기록으로 미루어 보아 1874년에 필사된 것으로 추정된다. 작품의 출처 지역과 필사 연대가 분명한 작품으로 교훈도덕류 가운데 계녀가 계통의 우수한 작품이며 필사 방식은 댓구 2단이다.

귀녀가라 귀흔 쓸노리라

경쥬부[1] 모셔 촌여 귀동쓸 나시거다
틱평 셩셰예 텬시도 죠흘시고
지젹의 손을 갈아 죠흔 방의 고이 늬겨
말근 물 밧비 듸여[2] 고은 몸 싹근 후예
등잔불 도〃으고 즈셰히 슬펴 본니
구각도 넉〃하고 이목도 긔졀하다
아미갓흔 고운 눈셥 셰 부시로 그렷 쏘다
청양흔 울람 쇼릭 죵고올 울이닷시

---

1) 경쥬부 : 조선시대 경주부로 부르다가 1895년 고종 때 경주군으로 개편되었다.
2) 듸여 : 데어서.

두 눈울 뻔들 쓴니 경〃 히 비쵀는닷
어화 이 익기야 복슈부귀 되오리라
길흔 방이 갈이니여 살일설 되운 후여
미역국 죠히 달여 힌밥 지어 츠리 놋코
두 쇼을 합장ᄒᆞ야 슴신계 명복 빌셰
어질고 어진 슴신 발고도 발근 삼신
물갓흔 이 익긔을 돌갓치 구더 쥬쇼
겁품갓흔 이 익긔을 나무갓치 길윈 쥬쇼
구슬갓흔 고운 니긔 명복을 만니 쥬쇼
은금갓치 즁흔 익기 명귀을 만니 쥬쇼
슴신이 감동ᄒᆞ야 졍영히 말슴ᄒᆞ되
졍셩이 지극ᄒᆞ니 무어시 앗가오랴
셰명 계명을 빌어 빅셰을 점지ᄒᆞᄉᆞ
상졔 계복을 바려 부귀을 만니쥬ᄉᆞ
명신이 날 쇠긔랴 복슈부귀 ᄒᆞ오리라
이슴칠얼 못가고 슴ᄉᆞ삭이 도라온니
물욱〃〃굴는 양은 이살 아춤 물외 갓고
벙을〃〃 위난 양은 동산 쇼의 꼿치로다
긔졀흠도 기졀ᄒᆞ다 은금 쥬고 밧굴쇼야
신긔함도 신긔ᄒᆞ다 녜단 쥬고 밧굴쇼냐
셰월이 여류ᄒᆞ야 이 슴셰 드리오니
엉검〃〃 기는 양은 쥬슈 즁의 기린이오
쥬젹〃〃 셔는 양은 졔군 즁의 학일이라
엇지 그리 기이흔고 이 쏠 익긔 거동 보쇼
남의 눈의 쇼치 되니 우리 눈의 오작ᄒᆞ리
ᄀᆞ듭비도 불어오고 업던 지미 졀노는다
ᄉᆞ오셰 줌간 가고 칠팔셰 도라온니
유화흔 거동 보쇼 춘당의 부용이요

청월흔 쇼릭 드쇼 츄쳔의 학녀로다

효유는 텬셩이요 직질은 텬연ᄒ다

지역 이은 가라치니 가갸나냐 발셔 알고

두어 쥴 군두목³⁾이 졍즈 쵸셔 다능ᄒ다

글 비화 문장ᄒ긔 여자 직분 아니로다

고금 치산 홍망ᄉ를 듸강 민들어 알고

늬측편 가언 션힝 녀즈의 법되로다

아람다온 셩품으로 시셰가이 싱장ᄒ니

말마다 비화나고 일마다 효측ᄒ니

빅힝이 귀비흔즁 문화도 죠홀시고

옛ᄉ람 죠흔 글을 셥염ᄒ여 아단 말가

굴슴여의 이쇼경⁴⁾과 도쳐ᄉ의 귀거릭와⁵⁾

---

3) 한어식(漢語式)의 물건 이름이나 또는 한자의 글자 뜻에 얽매임 없이 그 음과 새김을 따서 물건 이름을 적고 그에 대한 당시의 국어식 호칭을 한글로 병기하는 방식. 예를 들면, '아장(牙獐) 수노루', '황서(黃鼠) 죡져비', '산군(山君) 범', '여자(驢子) 나귀', '낭구(狼狗) 이리' 따위이다.

4) 이소경(離騷經)은 영균이라 불리우는 영적(靈的) 인물의 독자적 서술 가운데 여수영분·무함 등의 언사(言辭)를 섞어 극히 상징적이고 완곡하게 '시름을 만난 심정'을 노래했다. 거기에는 신선적 환상, 전설 신화의 나라들을 지나는 공상이 화려하게 펼쳐진다. 지극히 낭만적인 시편인데도 거기에는 초나라 현실정치에 대한 울분의 토로는 작품의 여러 곳에 드러나 있다. 그리하여 최후의 난사에는 명료히 표현되었다. 그런 의미에서 <이소>는 <구장>과 함께 지극히 현실주의 작품이라 말할 수 있다. 이 작품이 만약 신선의 단순한 선유(仙遊)의 노래에 그쳤다면 그 가치는 크게 감소할 것이다. 굴원의 정치상의 입장, 도의적 정신, 그리고 그러한 배경을 가진 초나라의 운명 등이 그의 비통으로 더군다나 뛰어나게 완곡한 사구(辭句)에 영탄된다. 이 작품이야말로 시인 굴원의 생명의 연소인 정신의 결정(結晶)으로 천고불멸의 예술작품이라고 말할 수 있다.

5) 귀거래사(歸去來辭)는 산문시이다. 도연명 작. 도연명이 41세 때의 가을, 팽택(彭澤=장시성 심양 부근)의 현령을 그만두고 향리(심양)로 돌아갔을 때의 작품. 13년간에 걸친 관리생활에 종지부를 찍고 드디어 향리로 돌아가서 이제부터 은자로서의 생활로 들어간다는 선언(宣言)의 의미를 가진 작품이다. 지금까지의 관리생활은 마음이 형(形=육체)의 역(役=노예)으로 있었던 것을 반성하고, 전원에 마음을 돌리고, 자연과 일체가 되는 생활 속에서만이 진정한 인생의 기쁨이 있다고 주장하고 있다. "돌아가련다. 전원이 바로 거칠어지려는데 아니 돌아갈소냐. (歸去

쇼동파의 젼후젹벽 백학ᄉ의 비파힝을
츈삼월 죠흔 경과 츄구월 습오야이
쇠옥 갓흔 목쇼리로 졀쥬 잇계 외와 닐젹
ᄌ축셩이 어릭엿고 봉황이 닉의 한들
화슌ᄒ고 텽ᄋᄒ기 이예셔 지닐쇼냐
시〃로 동유 만나 샹육판 닉여 녹코
쳥홍마 버려 녹고 ᄉᆞ오을 쩌질 젹이
ᄋ습 쥴육 비ᄂᆞ 쇼리 쥬옥이 즛치ᄂᆞ 닷
옥경의 바둑 승부 쳥ᄋᄒ기 일알쇼야
문화도 흐려이와 방젹인들 바니말야
길갓흔 습긔 츄리 가늘계 쎠어닉여
결은 싯 길계 잇고 가ᄂᆞ 싯히 어울너셔
크다큰 광지리이 셔럼 〃〃습마너니
셰침 귀이 훌튼 닷시 츄호갓흔 털도업다
쇠이긔이 앗슨 무명 딕할노 퉁〃 타니
난딕 업ᄂᆞ 구람 동니 층〃니 ᄂᆞ려나고
슈〃딕예 가문 곤치 슬〃니 ᄌᆞ아닉니
귀족의 쥴일언가 슈품도 긔졀하다
틀 위히 비쓰긔난 여자의 할 일이라
옥슈로 북을 담아 바딕집 울일 젹이
여류양류 지이 황영이 넘너난 닷
텽텬빅일이 가ᄂᆞ 비 ᄲᅣ리ᄂᆞ 닷
미구예 싱장ᄒ니 일〃마다 칠양지 피로다
남녀 복 바나질은 슈품도 능흘시고
가진 도량 볼작시면 고금 쳬격 다 셧다

來兮 田園將蕪 胡不歸)"의 명구에서 시작되어, 전체적으로 영탄적 어조가 강하나,
그려진 자연은 선명하고 청아한 풍이 넘쳐 있다. 짧으면서도 구성·표현이 정연
한 걸작이며 연명의 대표작으로서 후세에 커다란 영향을 주고 있다.

이령 져령 가는 셰월 시오셰인 당도흐니
쳬신은 귀격이요 용모는 덕부로다
츄토명향 죵덕가인 미작이 오단 말가
사쥬의 향복흐야 길일을 졍흐거라
욱일시죠 〃 튼 날이 납치 젼안흐온 후인
셔 동부셔 홀긔 쇼리 남의 업슨 경사로다
실낭의 스모 긎히 계화 가지 넘너난 닷
신부의 슈식 우희 부용이 휘드는닷
녹슈인 원잉이라 길고 긴 홍사실료
슉여의 죠흔 비필 빅년 연분 미줏쏘다
얼시고죠흘시고 억지츔이절노난다
유흔 〃 닉쏠 익긔 현쳘홈도 현쳘하다
쥰슈흔 우리 스회 긔휴함도 기특흐다
쏠 길너 스회 뵈기 여스일 알거만는
오날 〃 우리 경사 비할듸 잇단말가
숨일 태상 흐엿싸가 지힝으로 동승할 졔
금실을 벗흐는닷 죵고로 낙을 숨아
시례 가의 죨은 남여 져구지 별이라
싱민의 쳐엄이요 빅힝의 근원이라
어화 지미로다 그지 업슨 지미로다
신뷱이 퇴일흐야 신힝길 츠랴 닐 젹
츙 〃 이 어류신니 사랑이 긔풀스푹
일슴오 공경흐야 시각을 놋치 말나
말쇼리 놉피흐면 완잉이 넉길셰라
우슘을 과히 흐면 가졍이 넉길 셰라
긔친 즁 여려분니 신졍을 귀히 넉겨
말슴을 뭇즙시면 화슌흐긔 엿즈오되
여려 말슴흐지 말고 드라시긔 듸답흐라

빅스을 공성ᄒ야 죠금도 방심말나
코츔도 아라 밧고 합품도 길기 말나
코츔을 남이 보면 더러니 넉길셰라
합품을 길기 ᄒ면 능정이 넉길셰라
어화 녀즈 힝실 할 일도 ᄒ고만타
봉졔스 〃구고는 힝실 즁이 딕져이라
직ᄉ날 당ᄒ거든 슴일 젼 졔계ᄒ야
죠흔 의복 츠려 닙고 직ᄉ을 츌일 젹긔
극진히 졍결ᄒ야 졍셩을 다ᄒ여라
졍셩이 지극ᄒ면 쳥졍이 흠향ᄒ고
졍셩이 미진ᄒ면 허ᄉ라 ᄒᄂ이라
셩인의 말슴인니 죵신토록 잇지마라
구고을 셤길 젹이 화슌흔 낫빗츠로
좌우의 쥬션ᄒ야 슉죡갓치 시니거라
젼후의 뫼셔 이셔 이묵갓치 시이거라
ᄉ량이 기풀ᄉ록 마암을 놋치 말고
어려온 일이라도 걸셔 밧비ᄒ고
칙망이 겨시거든 공경ᄒ여 듯ᄌ와라
낫비츤 죠히ᄒ야 일단 화긔 일치말나
친지을 슌히 ᄒ야 죠금도 위범 마라
쯧딕로 힝할진딘 그 안니 편ᄒ시라
네 졔죠 가지고셔 구쳬봉양 경계ᄒ라
딕강만 일너신니 빅스을 밀우여라
부〃의 빅합되은 쳔지의 비유ᄒ니
하날은 놉독시고 ᄯᅡ은 안니 나즈시라
셩심을 싱각ᄒ야 군즈을 공경ᄒ라
아ᄂ 일도 무려ᄒ고 능흔 일도 유렴ᄒ여
네 쯧딕로 힝치 말고 일마다 화락ᄒ라

공부를 권ᄒ여도 말슴을 공경ᄒ라
빅연이 고락이 군ᄌ의게 달여신니
엇지 안니 죠심ᄒ며 엇지 안니 공경ᄒ라
실졍의 지각으로 화슌ᄒ여 줄 섬겨라
져무려 오는 손님 썩그리긔 오는 손님
손님의 딕졉ᄒ는 일은 네 이미 알거이와
친쇼을 뭇지 말고 극진히 딕졉ᄒ라
걱졍 쇼리 밧긔 나면 안진 손님 귀가 이셔
낫″치 도는 후이 줌심내 치부ᄒ야
도라가 쳐ᄌ다려 낫″치 젼갈ᄒ면
이 안니 두려오야 부딕 ″ ″ 죠심ᄒ라
부리는 비복들도 다갓흔 ᄉ람이라
졔 힘이 못 할 일을 시긔여 ᄒ지 말고
치우며 빈 고픔을 셰졍을 만니 아라
은위을 병젼ᄒ야 원망을 듯지 마라
어화 우리 지여 할 일도 만코 만타
틱평 연월이 초연으로 등과ᄒ여
ᄉᄒ의 경ᄉ되고 허신 국가ᄒ여
졍ᄌ부 졍ᄒ온 후 환노의 계지로겨
별겸이라 문겸이라 흥문관 교리 슈춘
딕단으로 지평 장영 외님으로 부ᄉ 목ᄉ
승교을 후라 타고 조흔 길노 갈녀 갈지
우리 귀녀 유복ᄒ야 ᄉ화 줄 본 덕분이라
이 안니 영광인ᄀ 내직으로 드려와셔
싱지 당승 춤의 춤판 슴품직 다 흔 후이
부귀예 ᄌ족ᄒ야 가향을 도라온니
셰간 만ᄉ의 무슴 일 부쥭ᄒ리
딕장부 ᄉ업이 이 안니 거룩ᄒ야

얼시고 긔특홀수 너의 부뷔 긔특ᄒ다
엇지 안니 깃거 우리 우리 팔즈로다
두어라 슈부귀 다남즈 너의계 브왓노라

제 5 장
도덕·수신가류

도덕 · 수신가류

1. 직여사

이 가사는 <규영현가>, <화조가>, <권효가>, <게부사>, <정승상 회혼가>, <퇴계선생문월가>, <문월가>, <전춘가>, <해동국대계> 등 과 같이 한 권의 전적에 수록된 국문 가사이다. 자료 형태는 25.6× 15.6cm 크기의 책이며, 3단 2행 4음보 형태의 필사본이다. 원작자 및 창작 연대는 미상이며, 권영철 소장 가사이다.
여성의 직분 가운데 실을 뽑아 베를 짜는 길쌈 방적의 소중함을 노래 한 작품이다.

직여사

니 가스난 려공 간난콰 빈부 살님을 졀〃당〃흐계 억양흐고 유식도 흐고 자의가 곡창흐여 비록 부려 스담과 되흑흐난 무리나 슉려의[1] 유 한흔 틱도가 닛신이 부려되여 자죠 보면 힝실의 유죠[2] 흐리로다

---

1) 슉려의 : 숙녀의.

천상의 저 여직아[3] 옥경황제 똔님[4] 으로
일싱의 흔가ㅎ여 할일이 ㅁ이업다[5]
문 압페 별똥 밧헤 목화나 주어볼시
씨이을 트즈ㅎ이 벅역소리 귀 압푸고
물뎃살 압페 노니 비상 정신 듯올닌다
군박흔 살님사리 연중조츳 칠〃찬타
볏틀을 지려ㅎ고 월궁의 긔별ㅎ여[6]
게수 저편 흔 싹가지 동방희아 부탁ㅎ여
부상목 씻틴목을 오강즈 드는 도키
목수마튼 선관[7] 불어 손의 맛게 당부ㅎ고
칩도 덥도[8] 조흔 씨의 칠월 길삼 ㅎ여보시
무지기 활을 메워 황ㅎ수 줄을 달고
안기 쪼각 구름뭉치 솜〃이 곱게 타서
번기 쑬 조심여 벽공의 실경다라
첩〃이 장이 언쇼 선궁의 열두낭즈
둘게 미영 손품[9] 아스 천문의 금짤 울 제[10]
멋〃 식비 신고ㅎ야 운모씨 이웃 낫틀
낫틀 엇즈 히 다간다 일연포로 나아보자
삼빅 육십 바듸 식가 긔〃 촘〃 별쑹기라
별쌀 홀여 쏩바나라 날기사 날아서나
밀기리 아득ㅎ다 곡석 주고 미자ㅎ어

---

2) 유조 : 유조(有助). 도움이 있음.
3) 여직아 : 천을 짜는 여자.
4) 똔님 : 따님.
5) ㅁ이업다 : 많이 없다.
6) 긔별ㅎ여 : 기별하여.
7) 선관 : 선관(僊官). 선경(僊境)에서 벼슬살이를 하는 신선.
8) 칩도덥도 : 춥지도 덥지도.
9) 손품 : 손을 놀리면서 일을 하는 품.
10) 금짤 : 금계(金鷄). 누런 닭.

창곡정이 드비엿고 촌픔박과 미즈히도
이웃 동디 만〃춘타 서짝의 서왕모은
아레보고 맛좌던니 요지연 뉘잔츠의
복상[11]쏘서 부조흐고 청조시 사환부려
풋옷다고 기별노고 쳔뮈산 뒤편 따의
마고 히미 청히던니 쌩밧가의 갓든 길의
군산주 찬걸마셔 닝체가 협발되고
조기[12]주어 등쓸다가 손틈도러 시로나셔
빅설갓탄 종중머리 요두쑹이 자로나셔[13]
아죠실틋 흔속흐이 논흔쑹도 잇거니와
사셰드러 러그흐고 동히용여 소리흐이
가주자는 이웃지요 거걸스 지셰흐여
우의엇다 늬일 가마 홰김의 이러셔〃
사황디비 좁쌀을 싹〃으러 볏풀 쑤고
동쳔이 시비 번기 볏불을 달게 놋코[14]
남북극말 목박아 은흐수 긴쌧침의
무저울노 사친질너 여와씨 왕근력이
큰돌 눌너 씽이 노코 익지 못흔[15] 선솜씨예
맛손 업셔 어이 미랴 월궁항아 전갈흐여
볏마지로 마조 안즈 두 셋 스름 모힌 마당
세상 만스 식그럽다 괴적은 저여와씨[16]
아히낫 턴 옛이익이[17] 맛아치 수지잇셔

---

11) 복상 : '복숭아'의 방언.
12) 조기 : 조긔. 조기.
13) 자로나셔 : 자라나셔.
14) 달게놋코 : 아주 뜨겁게 해놓고.
15) 익지못흔 : 익숙하지 못한.
16) 여와씨 : 여와(女媧). 중국의 천지 창조 신화에 나오는 여신. 오색 돌을 빚어서 하늘의 갈라진 곳을 메우고 큰 거북의 다리를 잘라 하늘을 떠받치고 갈짚의 재로 물을 빨아들이게 하였다고 한다. 사람의 얼굴과 뱀의 몸을 한 여신으로 알려졌다.

남걸 후워 집을어 유초씨 퍼명ᄒ고
둘지 아히 어이ᄒ여 듸홍씨 사장정코
소릐반히 오닙 가고 셋지 ᄌ식 쌍동이로
수히 장히 일홈ᄒ여 거른발 인지타서
불신 부름 수인씨오 플쌥질은 신롱씨라
목숨이나 엇쩌할지 글ᄒ기난 버서낫다
충듸의 엇던 아히 글쓰을 일수짓고
모릐예¹⁸⁾ 팔괘 긋든 그 사람은 뉘라더나
늘근 정신 이덧ᄒ여 일홈은 이제씨¹⁹⁾나
썽²⁰⁾은아마 풍성이라 그런 아달²¹⁾ 나흔 노구²²⁾
직죄엇서 그러ᄒ가 반고씨²³⁾ 우리 동싱
친정 ᄌ랑 비식〃〃 씨기자는²⁴⁾ 고담으로
뭇잔는 말²⁵⁾ 듸답ᄒ며 이 보쇼 저 아씨난
이압 성품 종늬 잇소 사람의 삼싱낙이
부〃 밧게 업는 거설 굿테야 고집ᄒ예
숫처ᄌ²⁶⁾로 헷²⁷⁾늘거서 크닥흔 광흔전의
혼ᄌ 잇서 어이스오 항아씨 그 말 듯고
닝소ᄒ예 이른 말이 인역 살님 걱정ᄒ제
나무세ᄉ 차락넙소 혼ᄌ 사난 늬 평싱의

---

17) 옛이익이 : 옛이야기.
18) 모릐예 : 모래에
19) 이제씨 : 이제(夷齊). 백이와 숙제를 아울러 이르는 말.
20) 썽 : 성(姓).
21) 그런아달 : 그런 아들.
22) 나흔노구 : 낳은 늙은 몸.
23) 반고씨 : 반고(盤固). 중국에서, 천지개벽 후에 처음으로 세상에 나왔다는 전설 상의 천자.
24) 씨기자는 : 시키지 않은.
25) 뭇잔는말 : 여쭈어 보는 말.
26) 숫처ᄌ : 결혼하지 않은 성년 여자.
27) 헷 : 헛의 옛말.

저런 소리 통분터라 이닉 싱이 드러보소
나도 상아의 전셩으로 유긍 후씨 빅을 비러
인간 시접 마다라고 월중으로 다라와서
달과 갓치 항상 잇즈 항아로 일홈지어
광흔전 놉흔 고딕 반월형 터을 싹가
션후천수 법 맛촤 쳔지 중간 명긔바다
사방광명 경조흐딕 월궁흔간 지어놋코
북두추성 쌍창드라 바람 막계 긔폐흐고
쳥쳔장지 온쪽 반즈 쌍틱을 구분난간
동편은 싱명궁 서편은 만공딕라
오식 운무 단청흐여 좌우로 현판 달고
공중누 놉픠 소좌 별궁 반간 식로 지어
허공의 공보²⁸⁾언저 이허 중이 중문닉고
무중창의 영창다라 능허궁 힌 현판의
별제도로 지은 모양 반공의 동동썻다
션보롬²⁹⁾ 졍궁거쳐 후보롬 허궁쳐소
옥졍수 말근 식암³⁰⁾ 달물 에워 양치흐고
명흐수 발근 거울 만경유리 딕을 바촤
벽공의 도〃언쇼 옥호박의 갈걸썬사³¹⁾
삼쳥의 단이실노 옥비 불너 삽쪽³²⁾닷고(조석지고)
히궁삼쳔 구경갈 제 어름갓탄 수리박휘
닉겻희³³⁾ 외별흐나 물쏭으로 압서우고
순식간의 다여와셔 쌀식 불너 삽쪽닷고

---

28) 공보 : 기둥과 기둥 사이의 벽을 치지 않은 곳에 얹는 들보.
29) 보롬 : 보름.
30) 식암 : 샘.
31) 갈걸 썬사 : 가루를 빻아.
32) 삽쪽 : 사립문의 방언.
33) 닉겻희 : 내 곁에.

게수나무 삭다리[34]을 낙엽조차 뒤스러러서
남방화성 분〃ᄒ여 연긔[35]적게 군불쩍고
금두셥이 나놀 적의 치설거지 미리ᄒ고
옥토끼 기잠드러 사방이 고요할 제
구름두소 병풍을운 첩〃이 둘너치고
월촉을 도〃다라 만스 틱펑 흘노누니
진즈리 마른즈리 세상 즈미 닉사 실소[36]
저와씨 근력 보소 틱괴라 ᄒ날 실제
와씨 혼즈 걱정인가 부주산 놉흔 봉의
히고 검고 굴근 돌을 민머리의 여울닐 제
수지잇단 말아덜과 소릭오닙 둘겨양반
그럴 제도 딕힝 못히 자식조타 무엣ᄒ오
오날사 슁이 돌은 와씨오기 유관ᄒ나
풍두요통 노릭병이 즌희산 큰돌역부
즈취ᄒ여 그런 탈이 춤을 성도 븨이 엽소
반고 씬가[37] 틱고씬가 친정 즈랑 그만ᄒ오
만호광명 닉 가문의 흔 쪽인달 빈쥐볼가
여와씨 무류ᄒ여 머리쓸소 ᄒ날보며
묵〃히 물너가이 직여아씨 흥아다려
우시며 ᄒ난말이 우리도 저느되면[38]
그다지 추솔할까[39] 항아씨 악가마리[40]
도리여 상쾌ᄒ다 우리두리 지닌도리

<hr>

34) 삭다리 : 삭정이.
35) 연긔 : 연기.
36) 닉사 실소 : 나는 싫소.
37) 반고씬가 : 반고씨(중국 전설상의 천자)인가.
38) 저느되면 : 저 나이가 되면.
39) 추솔할까 : 추솔(麤率)할까. 거칠고 차분하지 못할까.
40) 악가마리 : 아까 한 말이.

무삼 말 못홀손가 나도스 시집명식
전건너 흐서다의 머즌이 출흐여
견우씨 우리낭군 틀씨렵고[41) 체중흐다[42)
출립조츠 일정흐여 연〃칠월 초싱되데
가지호박 다늘글제 오작불너 다리놋코
옥용불너 이멍메워 일연일눈 오난걸사
번그럽고[43) 살난시러[44) 정담도 못맛촤서
씨문다시 썻처가니 니역시 흥십풀여
전이흐든 벼틀[45)길삼 선천갓치 던저두니
우리어런[46) 영이엄히 시깁간후 방심흔듯
천동갓치 쑤지시이[47) 시가길도 다시못히
약수천리 지척일쇠 멋십연을 틔몽업서
줌즈리 편흔법은 아씨방과 방불흐오
즌사실 그만흐고 벼뒤감기 밧바서라
구만팔천 흐날수로 낫〃치 법씬녹코
춘흐추동 매구비을 츠〃로 빗겨닐제
가는손 약흔힘의 비지기로 안고뒤처
돗트마리 굴난양은 팔구삭 아기선닷
도독〃 불너온다 초흐로 흐날장이
아무릭도 못밋칠까 띠청궁 시경쇠
일즉일터 벼차릴졔 셰〃흔[48) 연장징기
낫별갓치 훗터졋다 츠례츠즈 참겨보즈

---

41) 틀씨렵고 : 틀스럽고. 겉모양이 듬직하고 위엄이 있고.
42) 체중흐다 : 체중(體重)하다. 지위가 높고 점잖다.
43) 번그럽고 : 번거롭고.
44) 살난시러 : 산란하여.
45) 벼틀 : 베틀.
46) 어런 : 어른.
47) 쑤지시이 : 꾸짖으시니.
48) 셰셰흔 : 세세한. 보잘 것 없는.

건삼련 흔날쾌로 잉이씨⁴⁹⁾ 골나일고
쳔지수 둘이갈나 눈엽씨 마조밥고
열습쯔⁵⁰⁾ 쌍다리이 흔일쯔 가르셰라
삼틱셩 셰모나셔 벼김미 메와엿코
횃씨구름 가로누어 눌늠씨 눌너두고
청용황쌍 용을트러 용두머리 도〃엇쇼⁵¹⁾
이무지기 신쓴가지 집신별노 줄을다라
구음방셕 안잘씨이 초싱반월 비틱둘너
옥난간 틱양창이 동굴럭키 안진양은
우리상졔 용상쳬로 옥경션관 도듬쳬토
셰우갓튼 가는오리 쳔지로 싯을지워
일월노 북을질너 환즈갓치 왕닉할졔
북바드⁵²⁾집 지난소릭 작쓴별락〃〃치닷
용두머리 우난소릭 외봉황니 쪽부르고
도트말리⁵³⁾ 뒤치곳디 쳔동소릭 뒤누윗다
닛친바람 도불씨오 써러진별 빕디로다
황흐수 물저질기 구비구비 횟두루처
인간이 어딕민야 큰비온다 소동흐늬
아마도 이버틀이 온갖조화 다드럿다
북멋추코⁵⁴⁾ 싱각흐이⁵⁵⁾ 우리낭군 상시로다
상사고〃〃〃상사실노 수을짜셔

---

49) 잉이씨 : 잉앗대. 베틀에서, 위로는 눈썹줄에 대고 아래로는 잉아를 걸어 놓은 나무.
50) 열습쯔 : 열십자.
51) 도도엇쇼 : 높이 없고.
52) 바드 : 바디.
53) 도트말리 : 도투마리. 베를 짤 때 날실을 감는 틀. 베틀 앞다리 너머의 채머리 위
    에 얹어 둔다.
54) 북멋추코 : 북(베틀에서 날실 틈으로 왔다 갔다 하면서 씨실을 푸는 기구)을 멈
    추고.
55) 싱각흐이 : 생각하니.

벼틀노릭 지여보싀 잠실성 빈췬고딕
부상누의 다늘것다 달갈갓흔 둥근쇼치
천지헌항 삼기조화 뉘과여 무러볼까
칠양사 실을뫛아 이십팔수 좌우싀로
이비단을 나은쓰젼 뉠주랴고 나아썬가
우리낭군 옷셜지어 천황갓치 장수ᄒᆞ싀
찰그락찰 〃 벼틀이야 천문의 저금쌀건
날씌우랴 홰을치다 게명성[56] 직쵹ᄒᆞ고
두우셩 기우럿다 옥경누딕 젹 〃 ᄒᆞ딕[57]
션여션관 잠드럿다 서혼즈이 벼틀의
뉘을위ᄒᆞ 신고ᄒᆞ고 우리낭군 공부씨겨
월궁의 저계화을 놉고놉흔 혼싹가지
항아다려 붓탁ᄒᆞ자 찰그락출 〃 벼틀야
은ᄒᆞ수 저물ᄉᆞ비 볏밧듸로 쎗처고나
희쓴쏙은 것구비요 달쏜쏙은 안쏙이라
약목가지 놉흔울의 싀빅날의 볏서기ᄌᆞ
바람아 부지마라 은ᄒᆞ날게 다리놋ᄎᆞ
출그락출 〃 버틀이아 ᄒᆞ교우의 저ᄒᆞᆫ돌은
비단씻쏜 가늘것다 실씻쏜고 네늘그라
망부상ᄉᆞ 졀노늘네 이실쏫쳘[58] 다시잡아
잉이쏀 눈섭 쎳자 미지 말고 흘어 가난 저 세월을
요마만치만 자믹 두싀[59] 유ㅁㅁㅁ ㅁ분으로
천장지구 귀약ᄒᆞᆫᄌ 벼틀더지의 실어무바라
닉 벼틀의 실나지 마라 우리ㅁㅁ 호령 쏫테
동그륵동 〃 쩌쏙로달나 찰그륵출 〃 벼틀이야

---

56) 게명성 : 계명성. 샛별.
57) 젹젹ᄒᆞ딕 : 조용하고 쓸쓸한데.
58) 실쏫쳘 : 실끝을.
59) 자믹두싀 : 자매두세. 묶어 두세.

이러튼시⁶⁰⁾ 호창쌀제⁶¹⁾ 용을타고 엇듯선즈
구름비단 소원으로 운혼까의 날을찻늬
늬손으로 흔폭갈나 인간으로 전송호고
가지로치 마흔가음 유의하여 두어써이
동정소상 엇던낭즈 졍〃호긔 홀노서〃
칠빅평로 물바람이 쳔손불너 우지〃이
늬마음 츠마못히 육폭치마 찌여주고
어느히 은호날게 별쎄탄 엇던손님
늬벼틀 괴운돌을 뉠주랴고 쎄여간고⁶²⁾
그후로 벼틀멍이 벼기우고 다리저늬
인간의 마은여즈 늬솝시을 교호ᄃ고
칠셕양신 노는날의 물쎠놋코 나을빌며
엇던집은 옷설지어 칠셕볏 쐬이랴고
고지썬 ⁶³⁾긴〃싯헤 나을 향히 놉히거늬
볏틀노릐 멋촤두고⁶⁴⁾ 구름잉이 손의 걸고
인간구경 호려호고 구주산쳔 연그난ᄃ
네려ᄃ 구어보이 가소로다 인간아희
쳡〃심산 부룡목을 빅무노옹싱이 흔의걸고
북바듸집 외난소릐 쳔상스람 놀늬다
엇덧낭즈⁶⁵⁾ 솜씨업서 빅옥갓탓 선비난군
셕시 길삼 쏭바느질 츌입닙셩 뒤못짝가
건장 눈이 박듸바다 쏜물 눈물⁶⁶⁾ 셰월보늬

---

60) 이러튼시 : 이렇듯이.
61) 호창쌀제 : 한창 짤 때.
62) 쎄여간고 : 빼어 갔는가.
63) 고지 : 꼬쟁이.
64) 멋촤두고 : 멈춰 두고.
65) 엇덧낭즈 : 어떤 낭자.
66) 쏜물눈물 : 콧물눈물. 어려운 생활을 비유한 말.

종조벼리 제츳나라 틈〃으로 품싹주고
그런아히 살임사리 나부탄이 곳〃지요
엇던여즈 지죄잇셔[67] 목동초부 쌀을만늬
간는 오리 고은 수품 지기미틔 드부셔라
안히 눈이 버셔나셔 곤상건ㅎ 도틈나고
엇던 부인 팔즈 조와[68] 지상규문[69] 농혼집이
쌍죠별연 뒷덧실고 고량진미 먹고습고
금수응나[70] 조흔이복 만연입어 넉〃ㅎ다
바늘귀난 밍갈이요 별톳쇼릐 전벽이라
이려타신 호부타가 일조이 탕픠ㅎ며
볕살글쏘 글이지고 노비사촨 훗터진다
성싹휘 기운집이 손만밋고 홀〃블제
네팔 즈이 네 쏙아셔[71] 사람ㅎ날 원망마라
엇던 사람 박복ㅎ야 소연쳥춘 홀노 잇셔
환부사리 웃격졍이 과여탄식 밧갈기라
싹〃이로 어근나셔 셰상싱이 지미업다
성남이 쌩빈여즈 어느 고지 실을 팔까
나무 낭군 입혀주고 눈물 짓고 도라셔셔
줌부스로 즈탄ㅎ고 신쳔지셔 낭즈는
쓰든 비단 북을 멋촤 먼듸 낭군 싱각할 졔
황운졍 져 까마귀 이쥬로난 가지마라
녹양싯지 가는 실이 황금가탄 져 쇠골리
금북을어 봄을 쌀졔 계우든 잠 놀늬쏘야
요셔이 비단길짜 기력이조츠 인편 업셔

67) 지죄잇셔 : 제 죄가 있어.
68) 팔즈조와 : 팔자 좋아.
69) 지상규문 : 재상집의 규중.
70) 금수응나 : 금수능라. 명주실로 짠 피륙.
71) 쏙아셔 : 속아서.

무정 셰월 혀송ᄒ야 흥심업시 싸락마라
정부살님 가연ᄒ다 장안 부귀 순젹업고
여렴싱이 두셔업고 시졍 풍속 시ᄃ업다
두로 〃 〃 구경ᄒ고 은ᄒ수 구비듸라
벽공을 휘여자아 직여궁이 도라와셔
셰상 쓱글⁷²⁾ 다 별리고⁷³⁾ 월궁을 ᄎᄌ가셔
항하보고 손을 잡고 볏뒤보든 아히수고
셰상갓든 오날 귀별 셔로 안자 반긴 후이
월노불어 문목ᄒ되 너으 아씨 너을 보늬
인간이 ᄒ송할셰 불근 홍ᄉ 연분실을
귀쳔남여 노소 간이 견우직여 싹을지워
원망업시 ᄒ란거셜 너가 무신 용심⁷⁴⁾으로
고운 아씨 미운 가장 빅발 낭군 쳥춘홍안
형졔요부 인물 가난 져죄졀등 모양 박식
볏틀 일노 보드라도 비단 실이 삼볘오리
굴근 날이 간는 씨와 긴 쎠침이 져른 오리
뒤썩거서⁷⁵⁾ 벼을 나며 빅공직죄 속졀업다
믹고 쯔고 익선 길삼 쳔상 인간 드른잔타
그다지도 분수업서 억조만싱 원망소릭
전국셰게 그 안이야 월노이 거동보소
고두빅빅 사죄ᄒ고 다시 이러 아뢴 마리
그 분부 지중ᄒ나 그듸로만 시힝ᄒ면
막모갓탄 박식 여ᄌ⁷⁶⁾ 독숙공방 일싱ᄒ고
두목지이 고은 풍골 팅조술게 뭇쳐 죽고

---

72) 쓱글 : 뜻글.
73) 다별리고 : 다 버리고.
74) 용심 : 남을 시기하는 심술궂은 마음.
75) 뒤썩거서 : 뒤섞어서.
76) 박식여ᄌ : 아주 못생긴 여자.

석숭갓탄 기면부지 딕〃로 그직죄며
한틱지의 문장궁귀 사람마다 한틱질갓
길삼일노 말삼 큰딕 비단실을 난〃직죄
딕〃로 그 직죄며 맛포길삼 흐난 솜씨
사람마다 그 솜실가 물닉가치 도은 식상
북식갓치 오락가락 딕소 장단 뒤썩거서
평〃흐기 흐난 길삼 그게기역 연분이라
공평일심 온일이 충신득죄 발명업소
만일 아씨 흐잔딕로⁷⁷⁾ 일정분간⁷⁸⁾ 흐자흐면
곳〃 초한전장 나늘이 삼국 풍진
제갈진평 부싱히도 지〃균평 속절업소
직여씨 묵〃흐여 항아불디 도라보고
월노의 말 드러보이 송사결처 코 압푸다
그러나 저을 불너 딕답시업⁷⁹⁾ 보닐소야
월노야 말 드러라 인간의 다시느가
인간(아장)일이 더러이다 만고의 효부옐여
천문의 정여흐고 부모보양 길가목족
착흔 힝실 가지 사람 낫〃치⁸⁰⁾ 상을 주고
그나마 걸인일이⁸¹⁾ 선비살님 불상터라
비옥흐천 저문날의 부〃 안즈 흐난 말이
글일너도 빅곱흐니 서풍유속 옛말이오
길슴히도 등버시이 가민양처 빈말일쇠
칠석갓튼 조흔 날의 허송흐기 어러워라
빅을 헤처 볏 쐬이고 쇠코 중이 닉예걸며

---

77) 흐잔딕로 : 하자는 대로.
78) 일정분간 : 똑같이 나눔.
79) 딕답시업 : '딕답업시'의 오기로 보임.
80) 낫〃치 : 낱낱이. 빠짐없이 모두.
81) 걸인일이 : 걸린 일이. 마음에 걸리는 일이.

사지못히 걱정이오 미천업서 탄식ᄒᆞ나
민소으로 나려가서 비단흔치 못 주엇다
너 부듸 나려갈지 늬집으로 단여가라
이번시벼 톱머리의 규성문희 문장포가
볏쫏이나 나마써이 늬전갈노 포정ᄒᆞ고
괫심터라 인간 아히 죄 버실날 머러더라
ᄒᆞ날의 우리 황후 틔울궁의 벼틀 놋코
삼천선여⁸²⁾ 다리고서⁸³⁾ 부상의 쌩을 캐여
ᄒᆞ날빗 가문비다 중앙토식 두린 치마
옥수로 친히 ᄌᆞ서 상제 옷설 지어써던
ᄒᆞ물며 세승여ᄌᆞ 벼틀조차 박듸ᄒᆞ여
안질식도 미ᄒᆞ며 벼틀다리 살광⁸⁴⁾달고
눈썹씨 ᄒᆞ나〃마 정지 벗장 쇠ᄌᆞ두고
도불씨 눈물 홀여 조광 압페 드난ᄒᆞ고
싣업ᄂᆞᆫ 쪼각비틔 불치기로 번을 서며
연〃⁸⁵⁾무근 엉이쩌의 거무줄⁸⁶⁾이 잉이걸고
문지벽의 걸인 북은 용이 되야 ᄂᆞ라간가⁸⁷⁾
익가올사 저 벼틀이 나무손의 귀양왓나
이러타시 살임ᄒᆞ며 ᄒᆞ날 원망 왼일인고
춘ᄒᆞ추동 노다가서 찬바람이 선쭉 불면
시집올 씨 거듯옷시 쪽〃이로 으러저⁸⁸⁾
감고가문 힝주치마 살신귀가 환싱ᄒᆞ고
벗고벗신 민젹신이 여장승이 완연ᄒᆞ다

---

82) 삼천선여 : 삼천 선녀.
83) 다리고서 : 데리고.
84) 살광 : 살강. 그릇 따위를 얹기 위해 부엌에 매단 선반.
85) 연연 : 연년(連年). 여러 해를 계속함.
86) 거무줄 : 거미줄.
87) ᄂᆞ라간가 : 날아갔나.
88) 으러저 : 으스러져. 조각조각 부스러져.

그 중이 힝동체신 빅쳔틱가 구비ᄒ다
남무임닉 살임 자랑 이웃 팔아 방두경졍
흐린 구변 소진이요 몹씰 잔쇠 소〃로다
손새이로 다셰수면 소경 잘계 썩을쥐고
바날 귀을 뒤쮜면셔 환싱포을 입이 난닉
그런여즈 일거덜낭 □□□□ □□□□
즈〃시 차자가셔 벼틀가로 타이로디
기과쳔신[89] 다시ᄒ기 부딕〃〃 속키오라
두세번 당부ᄒ고 황아으계 ᄒ자ᄒ니
항아씨 문이 나셔 밤부릭기 압세와셔
수이보ᄉ[90] 긔약[91]ᄒ고 잘가소셔〃〃

---

89) 기과쳔신 : 개과천선. 지난날의 잘못이나 허물을 고쳐 올바르고 착하게 됨.
90) 수이보ᄉ : 가까운 장래에 다시 보자.
91) 긔약 : 기약.

2. 잠설가

이 가사는 김형수 소장으로 안동 광산김씨 집안에서 내려오던 가사이다. 이 작품은 노트에 필사된 원본을 복사한 것으로 17.7× 24.7cm 크기로 책 표지는 ≪국운명운가≫이며 그 장책본 안에 <잠설가>, <회제선생사모애곡>, <화전가>, <칠세동자 재상과 친교>, <국운명윤가>, <부인명윤가> 등이 실려 있는데, 그 중 첫 번째 작품이다. 누에는 애벌레에서 비단을 만들어 사람들의 외모를 빛내게 한다. 누에의 탄생부터 죽어서도 남을 빛나게 하고, 마지막까지 자비선심하는 양잠을 노래한 가사이다. 필사 시기는 1970년으로 추정되며 1행의 2음보이다.

잠설가1)

천지간 만물 중에 너 이름이 누이로다
긴 〃 영사 오늘까지 천백년 지나가도
갸륵한 선심공덕 그 누가 말하던고
나는 오죽 사람이요 너는 오죽 미물인대
너만 갖지 못하노니 사람이 오만함을
내가 능히 알고 잇다 인간 육십 지나도록
그 무엇설 자랑할고 남을 위해 할일업고
충성효도 몰났으니 너 보기가 부끄럽다
일게2)곤충 너해3)몸이 누이4)로 삼겨나서

---

1) 잠설가 : 잠설가(蠶說歌). 누에의 영사를 쓴 가사.
2) 일게 : 일개
3) 너해 : 너에.
4) 누이 : 누에.

인간 밀집 깁은 인연 어이 차마 이줄손가[5]
만화방창 봄이 오면 너가 날을 차자와서
서로 만나 반겨보고 애지중지 사랑할 적
때마처 밥을 주고 똥 가라 잠재우며
추울새라 더울새라 (添:쉬파리가 찝을 새라)
한 달을 조심하고 일심공덕 하다보며
어나사이 완성하여 자리 잡고 올려주며
손도 발도 업는 너가 입 하나로 실을 뽀바
너해 몸을 가리면서 자갈 갓치 집을 짓고
오롱조롱 달렸으니 영특한 너 재주가
미물 중에 비상한대 전생에 무삼 죄로
인간 세상 선심적덕 엇지 하여 다하던고
불쌍한 너의 몸을 끌는 물에 집어여서
은빗 갓튼 실을 뽀바 금관조복 골용포을
어전에 페백하니 너의 충성 장할시고
그 다음 만인간에 덥혀 주고 입혀주어
조흔 호강 쓰기면서 너는 엇지 알몸으로
인간공덕 보답하니 선심공덕 갸륵하다
그것마저 부족하여 대도장안 걸[6] 〃
인간 따라 단이면서 업난 사람 구제하고
약한 아해 살지우니 오호통곡 불상하다
고금간에 흐른 영사 너만이 자랑일세
너가주는 명주비단 수복차림 곱게 하여
생전사후 광체로다 어느 시절 왕능인지
발굴하여 다시 보니 찬란한 금이채색
그대로 불변하니 숫천연[7] 갈지라도

---

5) 이줄손가 : 잊을 손가?
6) 걸 : 거리.

썩지 안코 변치 안코 영원한 너에 공덕
세상에 또 인는가[8] 만물에 영장으로
인간에 최귀함을 어느 누가 자충하노
천륜지장 인간이요 자비선심 인간인데
충성효도 못하엿고 남을 위해 한 일 업고
무록지심 충만하여 남을 죽여 내 가사는
양육강식[9] 하는 세상 너해 압헤[10] 북그럽다[11]
내가 죽고 남을 살여 유방백세 자랑하나
너을 엇지 당할손애 인유사회[12] 낫든 발천[13]
무어스로 자랑하나 너을 엇지 당할손가
자최 업시 가는 인생 허무하기 그지업다
천차만차 지은 죄는 사람박게 다시 업내
미물에 곤충이라 무심히 보지마소
질이를[14] 알고보라 갸륵한 자비선심
영특한 그 재주와 불상한 너모습을
이 가사에 기록하와 세상에 전하력고
너 이름 불러가면 빈나고 슬픈 사연
낫〃치 적고 나이 너와 나와 깁은 인연
내엇지 이줄소냐[15] 알몸으로 남을 위해
죽엇스이 오호통제 불상하다
너가 주는 명주비단 어루만져 사랑하여

---

7) 숫천연 : 수천년.
8) 또인는가 : 또 있는가
9) 양육강식 : 약육강식.
10) 너해압헤 : 너의 앞에.
11) 북그럽다 : 부끄럽다.
12) 인유사회 : 인류사회.
13) 낫든발천 : 미상.
14) 질이를 : 진리를.
15) 이줄소냐 : 잊을소냐.

내가죽어 가는 날에 곱게 〃 〃 차려입고
수천연 갈지라도 변치 안코 이슬거라[16]
허무한 것 사람이라 죽어지면 허사로다
인유세상 사는 사람 누에선심 뿐을 보고
남에 공덕 보답하소 진자리 마른자리
알드리 기른자식 부모은공 잊지마라
세상이 이러하니 만사가 그러하다
하도적막 심 〃 하여 누애 영사 기록하니
자비선심 누에로다
끗

---

16) 이슬거라 : 있을거다.

3. 침낭자가

이 가사는 전적 한 권에 수록된 국문 가사이다. 자료 형태는 22.6×
28.4cm 크기의 책이며, 단과 행의 구분이 없는 21장으로 된 필사본이다.
원작자 및 창작 연대는 미상이며, 이정옥 소장본이다.

침낭자가

천지가 초판후로 염양이[1] 정위ᄒ고
오힝이 유운ᄒ야[2] 만물을 자싱할 식
형 〃 이 싱긴 얼골 식 〃 이 기이ᄒ고
공산이 옥이 나고 예슈이 금이 나서
물즁의 승품이요 인간의 조화로다
양공이 다사리서[3] 일역으로 조작ᄒᆞ슨
지옥이며 만타ᄒ고 금이멘 조용ᄒ야
턴틴만승[4] 지면 모양 일구난셜이라
거즁의 한 물견이 멸양일지 〃 하다
청승이로 흔강흔이 일홈은 공침이요
도호는[5] 낭자이다 월궁의 향아여
가금 도치 쌔진 이을 바러기[6] 인석하여
천고이로 조작할지 천싁변

---

1) 염양 : 화창하고 따스한 봄 날씨.
2) 유운ᄒ야 : 유운(幽韻)하여.
3) 다사리서 : 다스려서.
4) 턴틴만승 : 천태만상.
5) 도호는 : 도호(道號)는.
6) 바러기 : 바르게.

단여ᄒ야 두기을 지여보리
긔리난 치ᄶ난이요 가늘기난 슬임갓고
혜용이 긔모ᄒ고 치격이 문몡하다
사랑키 짝이 엄시 ᄂ실로기 전혀 엄서
월로찌 무러보니 묵〃히 싱각ᄯ가
그직야 ᄒ난 말이 천지간 싱긴 물견
실찌가 짝〃이라 이것을 무엇ᄒ리
통사을 귀을 쮜여 벽승의 그러두고⁷⁾
창문 덩물 발얼 찐 심지라 도아쩐이
일야을 지닌 후의 전치가 쩌어러서
허중이 자욱ᄒ다 정결한 너이 몸이
천엑이 부당하나 섭〃이 진봉하야
함즁의 간수ᄒ고 반연이ᄂ 지나쯘이
칠석을 맛츰 당히 언하슈을 지며다가
직여을 상봉한이 직여이 하난 말이
히우로 육천일과 일편근심 이시의
쩌날찌 전히 업서 동정이 엄식ᄒ고⁸⁾
동방이 거런하야 싱정의 가치늘고
사후의 함괴 무쳐 빅골이 진토듸ᄂ
혼빅이 승조한이 차홉다 이 싱몡은
저보 못할손 양 일연간 사인 히포
반야의 잠관 맛나 듸강도 다 못ᄒ고
오년이 지닌 이도 〃국의 달키 울고
동방이 발가오니 옥문이 몡이지여
쩌나기 직촉할지 천두가 엄즁하니
뉘라서 말유ᄒ리 연〃한 나이 간장

7) 그러두고 : 걸어 두고.
8) 엄식ᄒ고 : 음식하고.

촌 〃 이 썬어질 듯 누슈쌍 〃 할지
향아 보고 하난 말이 우숩고 가소롭다
무엇할굿 바이 업서 소진 시승 빅연간의
가련한 인싱덜이 창희이 그뭄 갓고
초목의 이실이라 부유갓치 싱긴 몸이
쏨결갓치 지닉선이 일심이 견심이라
사는 낙이 무어이며 부러할 굿 무어이요
야슴경 긴 〃 밤이 직업이 낙을 부처
언근이 멱은 마엄 예천지 무군이라
연 〃 이 상봉ᄒ며 엄한이 무어이요
날갓튼 박명첩도 인싱 낭군 이별ᄒ고
청승이 오러 후로 성이 지즁하여
인간 싱각 전이 업소⁹⁾ 하지월장 〃 하일과
동지야 긴 〃 밤에 적막히 홀노 안자
낙 부힐 곳 전허 업서 동편의 비회ᄒ여
즁천의 노피 써서 서슨의 다가도록
뭇단 사람 전혀 업서 독힝을로 닉왕한이
쏨 〃 한이 시월도 사난 굿이 다힝이요
금도치 싸진이을 천공이로 조작하여
물근 두 긔 지여시티 모양은 긔이하다
실루지 전혀 업서 월노이쇠 무던 후이
홍ᄉ을 귀을 쒸여 함즁의 더러시라
천지간 싱긴 물건 일휴 업시 엇지하며
소봉업시 엇지할가
직여이 지식이 유여ᄒ고 소근도 남 다른이
일흠도 지열쑌 실 곳도 이설지
직여의 하난 말이 연소한¹⁰⁾ 여자로서

9) 전이업소 : 전혀 없소.

지즁이 긔피 무쳐 박물군즈[11] 안이근듸
무엇설 알가마는 엄양어로 말할진듸
금어도 궁궐 썰며 가늘기 침 갓튼이
공침이라 일홈 짓고 쓰는 듸 요긴ᄒ고
홍셩이로 쐬여선이 얼커빈듸 소용이라
털의지연 운무금을 금젼이도 넘지슨어
향아여가 쥬는 말이 쑴 밧씌서도 맛나
일셕이[12] 담화한이 평싱의 히한ᄉ라
이빌이 각가오며 오졍할 굿 젼허업서
금포 한 필 더리온이 〃것설 가저다가
이속을 졍히 발고 공침어로 시험하며
소용이 될 듯한이 글노서 볏을 삼아
시월을 보늬소서 향아가치 ᄉᄒ히
비후로 서로 맛나 평싱의 품은 마엄
허무 어히ᄒ나 가라친미 만슴그등
하물며 필여단을 언근이 포졍하니
감ᄉ무지 ᄒ온 마엄 무어로 갓허릿가
직예이 이수우난 말〃이
시간의 허다 인싱 싱명을 쳠손슈도
졍이가 상슘ᄒ며 시승을 도모ᄒ코
젼궁어로 굴커든 하물몐 우리 양인
쳔승이 싱쟝ᄒ여는 그 몸이[13] 원통할쌘
졍도가 작별한이 무엇시 악가울가[14]
막약히 쥬는 그설 당도 이치ᄉ 한이

---

10) 연소한 : 연소(年少)한. 어린.
11) 박물군즈 : 박물군자(博物君子). 온갖 사물에 정통한 사람.
12) 일셕이 : 일석(一夕)에.
13) 는그몸이 : 늙은 몸이.
14) 악가울가 : 아까울까.

도로히 참죄할 쑨 갑기을 나리잇가
밤이 장츳 기워것지 잠경이 각가운이
낭군 힝츳 오시다가 은하슈 다리 우의
오싁 구럼 높피 쯧다 오작은 우지〃고
망울 소릭 자〃하며 징〃한 선관들이
전우의 요위하고 말장풍 너리물어
우물을 멀기 실고 구말이 천전은
홀갓치 쌱간난 듸 장명동 도두 걸고
불야성 늘은 곳이 예러 친구 모라도로
언점흐라 싀록할지 급〃스인 회포
총〃이 다 못흐고 홀〃 작별한이
어난 쩌 다시 볼고 오난히 칠석날이
이 물가로 다시 올가 힝장을 단속흐여
직예을 흐직흐고 월궁어로 도라올지
목노난 쳐〃하고 언장은 닝〃한듸
정국긔 적〃하야 물긔공단 듸여도다
창문을 열러리고 덩촉을 다시 밝여
옥함을 여러노코 공침을 하저늬여
오섭픽 너직 곱쇼 직예슈든 운무금을
구폭처마 정히 말나 원손으로 오설 잡고
우슈의 공침잡으 옥지을 하조놀이
지격〃 지여본이 저〃흐고 어엿쌕다
비슈로 물치난듯 구럼이 싀이는 듯
하취업시 지늬갈지 귀 밋틔 홈스실은
점〃이 다시 보니 자금어로 기리넌 듯
일랑어로 빗처난듯 신기한 너이 직조
임자츤 할듯맛나 익석흐기 너슨키도
다고즉한 너이 몽이 너로서 밋을함바

시월을 보니쓴이 만연이과 정월이라
삼오야이 인간이 망월홀지
천즈공후 장승더라 서민남여 노소들이
일시이 다라나다 서동천을 향망〃여
월식을 긔다릴지 천은〃 요〃흐여
〃빅여 둘너잇고 서하는 뭉〃흐여
자금의 아득ᄒ다 요〃동순 놉피 올나
두운간의 미히한이 천지간 랑듸한듸
강산은 이척이라 섬궁이 노피안자
운을 노피 열고 시월을 구경할지
동편어로 바릭본이 문순은 이만이
은봉니순 신원들은 치운 간의 노라잇고
치악ᄒ여든 동남여나 종적의 아득한듸
가른한 진향저는 여순이 무처도다
남얼 바릭본이 동정호 칠빅이이
물걸은 거림갓고[15] 삼순은 놉피쏘서
하날쌧기 소스도다 소승강 저문날이
아황여영[16] 두부인이 옥비파 손이 들고
원한을 익소하여[17] 점〃이 피눈물은
쎡가지익 쌛러쏘다 서어로[18] 바라보니
조도산천 이모진관도 함철이요
직선왕모 난호짐이 천당어는 빅화로
듹을함아 강호이 노라잇고 요지선여

---

15) 거림갓고 : 그림같고.
16) 아황여영 : 아황여영(娥皇女英). 아황은 중국 고대왕 요(堯)의 장녀, 여영은 차
    녀, 모두 순(舜)임금에게 시집가 언니인 아황은 황후, 동생인 여영은 비가 되었
    는데, 임금이 죽은 후 함께 물에 빠져 죽었다함.
17) 익소하여 : 애소(哀訴)하여.
18) 서어로 : 서로.

난벽도화 소익즙고 황궁가 노릭며
쥬목왕을 영접한다 묵어도 바릭보니
진나라 만디성은 구룸 속익 머무를고
긔산익 저문 안긔 틱장군익 여한이요
묵희익 츠운슈는 소즁낭익 절긔로다
헉포익든 기럭이 용〃이 울럼우러
상감어로 날아간다 즁앙어로[19] 바라보니
인간익 무지함은 천을익 엇씀이라
구즁익 놉피 안저 만민을 호령ᄒ고
그 지존 안후장상 하릭로 나을ᄒ고
삼천궁여 윤여덜은 사랑을 시기하야
금슈로 이옥ᄒ고 언분어로 단장하야
고운틱도 다부라 근실하긔 바릭드라
이문밤 삼원야익 선각이 익은[20] 할ᄉ
망월ᄒ고 오난 길익 딕도연을 빅설ᄒ고
졔신을 상ᄉ후익 일반궁예 다모예서
좌펜[21]을 풍악이오 우펜은 가무로다
장곡우익 곡원으로 츠릭로 올일 적익
옥누난 정〃ᄒ고 은숙은 황〃ᄒᄆ
천풍이넌 짓푸러 진시틱로 전히업다
가련한 장슈인은 부모을 조실ᄒ고
일신이 익탁업서 궁예익 황얼턴이
꽂짜운 이심연익 근시한번 못히볼졀
딕한 얼구리 메정양한 못한틱도
독슈공방 홀로 안저 멍물을 벗을 습고

---

19) 어로 : -으로.
20) 익은 : 애은(愛恩). 사랑과 은혜. 또는 사랑하고 은혜를 베풂.
21) 좌펜 : 좌편.

변화한 이 시월 눈물을 보느쓴이
이 날망 당히오믜 심신이 살난하여
주럼을 것드두고 옥난이 여러 안자
월식을 구경턴이 사면이 풍악소릭
원슈갓치 덜이오메 오건의 두경식
우러 지죄로 잘아닌이 업심희 잘아닌 듯
쌈작이 〃러나서 한슘 짓고 하는 말이
하날이 미우신가 이 갓치도 박명홀가
천흥이 박싴여도 인간이 낙을마다
힝복잇기 잇것마는 박복한 이늬 몸을
무슴 죄로 이석한 이 청춘을 공방이
널키난고²²⁾ 장〃하일 긴〃츄야 홀노 안저선
이일연이 빅연이요 일월이 여슴츄요
이러 탄식하는 그셜 월궁 향아〃려
실하난 말이 전승이나 지하이나
사람은 일반이라 소희을 다하리요
나는 손듸 한민어로 인간이 이실쩍
이죄과한 궁여들을 이석이 여겨썬이
오날밤 당히보니 헛말이 안이로다
무엇설 위로할고 향이든 공침두기
갈나늬여 규슘이 고자노코 정미하여
하난 말이 공침아녀더러 천지간 싱긴물이
맛다기도 천연이라 이싈함도 성슈이라
너이 둘을 맛난 후로 골육갓치 이홀흐고
붕유²³⁾갓치 반겨하야 쥬스로 숭듸흐메
손늬 놀 쥴 몰나쓴이 오날 밤이 〃별은

____

22) 널키난고 : 넓히는고.
23) 붕유 : 붕우. 친구.

천슈이자
언간의 즁슈인은 한항의 궁여로서
옹모도[24] 미볌호고 가무도 둘덩한듸
신명이 기구하야 쳥츈을 허송하야
거궁슝이 가련하미 너로서 보늬선이
조금도 실허 말고 부듸할가 거라면
지일 장졍히 서〃침낭과 동봉호고
영이한 선동부는 편지 쥬고 하신 말이
이거설 가저다가 인간의 늬러가서
장신궁[25]의 전하시라 선동이 연을듯고
편지 바다 손이 들고 쳥창을 썰처입고
선후을 병이하야 구룸 우로 다리놋고
장문을 학을 모다 쳔퇴순 당도하야
만고의 길을 물어 향호슈을 것너
쳥양순 지늬다가 서자의 무른 후
황셩의 다나른이 만호누듸 총〃한듸
장신궁이 어더민양 국정이 심슈흔이
지쳑이원의 피는 곳튼 츈풍이 작〃호다
단봉을 구졍호고 미랑궁 어서지늬
장낙궁 무러가서 화졍궁의 즘관 서여
장신궁이 다〃른이 궁문은 심슈호고
인젹은 젹〃호다 뉘라잇서 무러볼고
월하의 씨히던이 잇쩌 맛춤 장슈인이
졍신이 쇠곤하여 금침의 〃지하야
잠관[26] 조우던이 가슈의 품은 마음

---

24) 옹모도 : 용모도.
25) 장신궁 : 장신궁(長信宮). 중국 한(漢)나라 때 장락궁 안에 있던 궁전. 주로 태후
　　가 살았다.

몽즁이 낫타날지 청의한일 선동이
천승이로 하강한이 만호장단 편담²⁷⁾다가
궁문을 휘여덜어 규토서 손이 들고
월하이 쒸히커날 호련이 놀익씬이²⁸⁾
남가일몽이라 창문을 열더리고
스면을 살져손이 처량한 식식달이
긔명성은 닉〃흐고 옥누난 잔〃흐고
궁장이 심〃한이 사람오기 만무하야
문을 닷고 적막히 싱각싸가
심신이 황홀흐여 이상을 곳처 입고
완〃이 거러나가 즁문을 만만 열고
사명을 살펴보미 혼즈서〃 하난 말이
구말이 차청길이 날 차저 뉘가 왓소
호련이 광풍이 이러나며 천승선동
빅학을 인도하며 눈 ㅇ픠 지격닷
처업흐고 흐난말이 철궁비향 아예가
죄인의 선명듯고 젼지일장 못치기로
소몽이 닷난이다 장슈인 반기듯고
즁문어로 영접흐고 침궁이 더러가서
편지마다 살펴보니 거〃서이 하예시딕
월궁이 향예단두여 자금옥서 장죄인씨
못친이다
찬천은 구말이요 딕지난 삼헐이요
만물이 명직흠은 스람을 이럼이라²⁹⁾

---

26) 잠관 : 잠깐.
27) 편담 : 편담(遍談). 널리 빠짐없이 말함.
28) 놀익씨니 : 놀라게 하니.
29) 이럼이라 : 이르는 것이라.

하날이 스람닐되 지천도 정슈이요
죄인도 박명한 초연이 익이 맛다 어엿썬 하늬
사시가 적막키로 공침한긔 모닉난이
이곳을 볏을 삼아 침션이 각을 부쳐
천시을 긔다리면 일월이 다시 밝고
인신이 감동되야 조흔시 다시 오면
천은을 싀로 되힉 부긔을 님흐리라
갈길이 총〃흐와 두여자³⁰⁾ 적스오나
화답을 바람이다 편지을 다 본 후이
금낭을 여러보니 선언한 일기침이
슌금어로 쏍아닌듯 만션이 광치로다
인간이 업난 보화 천승 물근 분명흐다
금화지 널븐 옥이 담장서〃 선동쥴쎠
것봉이 하여시되 지흥이 장슈인은
월궁전이 올님이다 츳홉다³¹⁾ 천지가
현슈흐고 싱장이 다른고 사모난
간절흐늬 한면성아 못히보고 일싱이
청양텬이 심궁이 슙은 몸을 하힝이 아러시고
옥슈을 근노흐라
정서을 비우신이 즁심이 감스함은
산히가무 족이가 보닉신 공침일긔
부럼히 밧스오늬 싀승어 드문비라
무엇서로 감스올고 지식이 유미흐와
쳔슈을 모린고로 일시고싱 못이기서
종〃이 살펴쓴이 사람이 경기하물
골슈이 명영흐와 전헌이 머러으이

---

30) 두여자 : 두어 자. 두어 글자.
31) 차홉다 : 주로 글에서, 매우 슬퍼 탄식할 때 쓰는 말.

박복한 이 몸도 조흔 씌가 잇설잇가
산갓치 스인 희포 딕강도 못함이다
편지을 맛친 후이 자흐츠 썰는 물을[32]
옥잔이 가득부여 선동[33]씌 전흔 후이
월궁어로 함봉[34]혼다 슈인이 〃날처럼
침선이 잠식한이 슈지도 긔이하다
공후이 조속이며 후미이 금침이멘
구룸가치 모다드러 산갓치 자아놋코
쥬야로 지여닐지 잇씨는 남월이라
신연길 복단지을 직승방광 거말 듯고
궁란이 전연하야 천즈이 구장목과
황후에 골동도을 장신궁 가저다가
속〃히 지에오라 궁안이 그말 듯고
금도을 가저다가 쟝신궁이 전흠이라
슈인이 바다두고 손어로 지예닐지
공침어 경디흐딕 너 본시 흉물이라
골용포을 보을손양 결을다 부리여
조곰도 히허마라 슌〃이 〃런후이
흉즁이 품은 조화 천틱빅지 다 부리여
지정지모 지여닐지 일월노 문장흐고
종흐로 회슈하야 쟝단이 적즁흐고
앞뒤품이 맛처맛긔[35] 슘일만이 지여닉야
상방어로 보닉쓴이 신연이 당흐오믹
상방관이 오셜[36]가저 양즁의 더리오니

---

32) 썰는물을 : 끓는 물을.
33) 선동 : 선동(僊童). 선경(仙境)에 살면서 신선의 시중을 든다는 아이.
34) 함봉 : 함봉(緘封). 편지, 문서 따위의 겉봉을 봉함.
35) 맛처맛긔 : 알맞게, 적당히.
36) 오셜 : 옷을.

황후가 보신 후의 듸춘호여 하신 말솜
천하이 드문비라 금규시의 쳠손비라
뉘 집이 여자로서 이런 지조 가젓쓴고
천즈씌 쥬품호여 입시호기 호오리다
저숨일연 조희이 빅관이 무후할지
천즈가 가라스듸 이빈이[37] 지연 오선[38]
슈품도 별다리고 지작이 무엇어로
지엿난지 천작인지 연유을 직소하라
승방관니 엿자오듸 다럼이 안이라
궁여즁 장슈인은 쟝신궁이 독여이라
짐운이 샹서로서 약스저가 구물호고
슈인이 헐 〃 단신 위가이 〃 탁다가
칠시이 입궁호와 방연이 십시라
한미후이 입시 한 빈 못히보고
심궁의 홀노이서 용모가 절식이요
지조가 비승하며 신통한 슈을 비와
익속이 지조함은 고금이 업난이라
피하이[39] 골용포도 그 궁예이 한 비이라
천즈가 탄식호고 지신을 도라보듸
늬 엇지 불명호여 인지로 볼라보고
일은일이 다서가 양일부가 호원하면
오월이 비상이라
이십연 독슈공방 어그작 할가
어란궁이 그하난요 장신궁이 잇난이다
황분이 명영호듸 장신궁이 선통하야

37) 이빈이 : 이번에.
38) 지연오선 : 지은 옷은.
39) 피하이 : 폐하의.

그날부텅 잇시ᄒ라 틱시가 명초ᄒ여
딕연을 씌설ᄒ고 옥연을 슈식ᄒ여
사마이 비이 짓고 쟝신궁을 딕연ᄒ니다
잇쎠 쟝신궁은 정막히 보러고서
침금을 물업시고 뮤슈이 조우든이
몽즁이 용을 타고 구천이 소사올나
상져씨 문안ᄒ고 오다가 향아 맛나
전스을 구논타가 분〃한 인마스딕
숨길히 들이그날 호른이 씌달은이
동충이 희가 돗고 궁장이 우난짠치
소식을 전ᄒ난가 반가바 이러나서
동정을 살펴쓴이
일천명 긍위군은 궁문이 용위ᄒ고
황문관이 덩을드리 입시하다 직촉커날
슈인이 황망ᄒ야 고운 단장 다 못ᄒ고
선연한 본틱도로 옥연이 노지아자
딕드로 더러을지 망진은 막〃ᄒ고
즈글은 봉〃ᄒ다 심즁이 성각ᄒ딕
향야이 츤난 말이 천지가 잇다쓴이
오날이야 알이로다 만성즁 안여들이
뉘안이 천츤하리 절문이 당도한이
삼천궁여 영접ᄒ고 만조직신⁴⁰⁾ 다 맛엿다
옥연이 울는 나러 천승이 올을적이
선연한 두 귀밋틔 비옥어로 싹싸니야⁴¹⁾
부용화로 부더전듯 눈섭흔 초월갓고
눈알은 츄슈로다 구룸갓든 머리즐이

---

40) 만조직신 : 만조제신. 만조백관(滿朝百官). 조정의 모든 벼슬아치.
41) 싹싸니야 : 깎아 내어.

화필노 그지딛듯

연〃한 입스구리 쥬홍어로 직어닌 듯

긴〃한 이 모습은 진쥬로 역그닌듯

섬〃한 허리틔도 슈양유 몰즌가지

츈풍을 몬이그서 일언〃 힌드난듯

거럼〃언 이날말이 황치로다

화단을 정지ᄒ고 천즌씨 미희ᄒ고

궁관에로 인도ᄒ고 각짜이 인도ᄒ고

턱별리 스랑할수 식〃이 무러시딛

성명은 무엇이면 나이난 밋슬이며

뉘집이 여식이요 슈인이 황공ᄒ여

염용하여 알월 말이 쟝석운이 독여이요

일홈은 슈인이요 나히난 어십이요[42]

가부을싱 왔난양 어일딛 더러쓴이

딛강은 아난이다 오날은 정도회라

일연지 가절이요 하물며 너을위틔

딛연을 미설ᄒ고 만인이 모여선이

가부을 시험ᄒ야 질금을 돕기ᄒ라

슈인이 빗스ᄒ고 일루을 올외온이

느딛익 츠여시딛 나섯드다

　〃되한 황지 나섯다 황후연쥬 이엿도다

성득을 요균이요 품군은 직서이다

진나라 모진정사 인풍어로 말키시고

광우일철 다시 발가 히홀창 문도다

화홉다 충싱더파 여군도낙 ᄒ여플가

ᄒ노다 놀이을[43] 맛칫후익[44] 넘봉단좌

---

42) 어십이요 : 이십이요.
43) 놀이을 : 노래를.

안자신이 만조가 탄복ᄒ고 삼천궁여
무을일로 좌우가 묵〃하다
천자가 딖히ᄒᄉ 궁란을 다시명희
금문고을 쥬라한이 슈인이 모한틔도
옥슉을 넌짓덜어 오런금쥬
쇠리 한호칠 구리친이
청슌은 막〃ᄒ고 녹슈는 암〃한듸
봉황이 츔을 츄고 궁전이 빅도화가
일시이 난만[45]하다 타기을 다한 후이
쳔자전이 알이올듸 불민한 가무로서
상천이 덜이그니 황공무지 ᄒ이리다
천자가 이러ᄉ듸 늬 엇지 불민하여
이 갓치로 한인지 목전이 두여시듸
어십연이 지나도록 실줄을 몰라션이
도로여 참괴ᄒ다 금빅어로 상ᄉᄒ고
지인을 함어시고 오날부텀 잇시ᄒ라
천자가 거후슥텀 날노등구 사랑ᄒᄉ
일망이목 침션명졀 죄인이 소시로다
규즁이 슈침흠이 일ᄂ서 믜와쏘라
어연가 삼연이라 잇듸이 황후지서
츈츄가 ᄉ십시듸 여시나 셜ᄒ이
일점혈젹 이업섬으로 글노서 병이듸야
물힝이 뭉시미 희로서 치ᄉ[46]ᄒ고
ᄌ신이 쥬달ᄒ듸 황후가 붕ᄒ시고
늬쳔이 비엿션이 헌궁을 듸최ᄒ에

44) 밧칠후이 : 마친 후에.
45) 난만(爛漫). 꽃이 활짝 많이 피어 화려함.
46) 치ᄉ : 치상(治喪). 초상을 치름.

궁위을 정ᄒ소서 천ᄌ가 더러시고[47]
지신이 씨이러서 딘월궁이 장슈인을
용모가 아람답고 셩졍이 헌헐하니[48]
황후딘기 엇썻한오 만조[49]신이 치ᄒ구메
조원이 가런지라 천ᄌ가 올히여겨
딘ᄉ간이 조직ᄒ샤 질일을 기리오니
칠월이다 딘연을 미설할쩌
슈륙이 진슈명찬 진션진마[50] 다 모와서
왕모이 선도이며 안리싱이 직조이메
월승이 힝조이메 서역의 이공쥭슌이라
삼천궁여 다모이고 이런지자 풍유소치
티평을 자랑흔다
종일토록 질기다가 망이장차 당히오니
천안이 근시할지 옥촉[51]을 황〃ᄒ고
자금은 심〃ᄒ다 삼천궁 우리들은
문의기 슈직ᄒ고 맹문이 동침한이
인간이 겨낙시라
천승이 직여셩은 건우을 장몽ᄒ고
인간이 장슈인은 천자을 모시도다
조〃이 이러나서 지신이 조저할ᄉ
황후부 장석운은 좌셩승을 슈럼ᄒᄉ
당이시 치ᄒ고 친족을 상ᄉᄒ고
쳔후이 딘ᄉᄒ고 일국이 반프ᄒ다

---

47) 더러시고 : 들으시고.
48) 헌헐하니 : 헌헌(軒軒)하니. 풍채가 당당하고 빼어나니.
49) 만조 : 만조(滿潮). 만조백관.
50) 진마 : 진마(進馬). 임금에게 바치던 말.
51) 옥촉 : 옥촉(玉燭). 시절의 기후가 고르고 날씨가 화창하여 해와 달이 훤히 비치
    는 모양.

천자가 거후부틈 어진 경수 힘을 시자
황후의 간한 말을 일〃이 다 듯쩌라
생명연삼 월상사일 긔빅화난 만발ᄒ고
춘일은 온화ᄒᄃᆡ 화전궁 구경할지
천완동 도가하ᄉᆞ 오정이 모옥ᄒ고
루승에 빈희ᄒᆞ여 춘식을 구경턴이
광풍이 흐런무러 용포가 홀터지ᄆᆡ
침낭이 노피 날아 쥬치돌이⁵²⁾ 쩌러저서
징헌히 소리울여 허리가 썩쩌진이
황후가 실식ᄒᆞ여 츄승의 업히지며
낙심천만 하시다가 밤더리 환군ᄒᆞᄆᆡ
공침을 싱각하야 경〃불ᄆᆡ⁵³⁾ 하시든이
호런이 싱각ᄒᆞᄃᆡ 어엿쌘 너이 일신
혼빅이나 위로할가 궁방을 정히 실고
영승을 설위할지 용상어로 지승할지
빅설화지 혼빅접여 오싁사 츠자ᄂᆡ여
전정후시 믜짐의 믜여 허리이 잘근 믜여
옥햠이 다마노코 첨금는 포ᄂᆡ을 무처
좌우의 둘너노코 각싁지물 정히지여
차릐로 진실ᄒ고 금노이 불을 다마
울금한 시빈 쏩고 향긔로운 울창쥬을
옥믜 가득부여 언듸이 바처놓코
황촉이 불을 붓처 좌우이 발커노코⁵⁴⁾
양실노 쑤려안자 옥슈이 지문들고
통곡하고 이런말이 오호이지 오호통지

---

52) 주치돌이 : 주춧돌에
53) 경경불믜 : 경경불매(耿耿不寐). 염려되고 잊혀지지 않아 잠을 이루지 못함.
54) 발커노코 : 밝혀 놓고.

천지간 싱긴 물이 널거서 쥭는 그선
애ᄉ이 잇는비요 요슈⁵⁵⁾함과 장슈함은
천명이 성한이라 이 일을 ᄌ천만고
싱사간이 비히업슨 바는
이목이 모든 긋과 슈즁이 노든 긋을
아모리 잇자한들 어이ᄉ 이저리요
어엿쑨 침낭자야 천숭이 싱긴몸이
월궁이 변화ᄒ야 팔연이 다가도록
천지무궁 하러다가 가련한 장슈인이
인간이 싱겨나서 어러서 부모일코
혈〃리 의탁업서 동서로 포박다가
입궁한 이십연이 천안도 못듸ᄒ고
흉즁이 사인⁵⁶⁾원한 우쥬이 사모찬다
월십오일 의만장아니 망월홀지
정막한장 신궁이사 싀울 자탄타가
후득하신 향아여가 널서 보늬서며
그듸을 별을사마 골육갓치 의즁ᄒ여
평싱을 지악⁵⁷⁾튼이 너이 지조 비숭ᄒ여
의복을 지조하니 만고이 처엄이라
현명이 낭즈하야 천자가 더러에고
밋천한 나이 몸을 쳔궁에 임시ᄒ여
황후을 봉ᄒ시니 너이언히 망격하다⁵⁸⁾
빅골인들 이절손야⁵⁹⁾ 오호라 침낭즈야
너 몸이 부귀한이 너 더욱 의셕ᄒ다

---

55) 요슈 : 요수(夭壽). 요절.
56) 사인 : 쌓인.
57) 지악 : 지악(至惡). 악착스럽다.
58) 망격하다 : 망극하다.
59) 이절손냐 : 잊을소냐.

사싱을 도모타가 사랑도 못 듸우고
박절이 썬어지니[60] 하날이 미워한가
귀신이 시괴한가 씻쎳한 너이 얼골
어듸가 다싯볼고 좃치라 불을 달가
승곳치라 쎳털닐가 던지는 헐규업다
천명어로 그러한가 여명어로 익스한가
쳔빅연이 다가도록 이롬이 쥭기 전이
너을 엇지 이절손양 심즁이 저문 식난
너이 엄성 처랑ᄒ고 오동이 글인달은
너이 허봉 망물ᄒ고 넉시라도 잇써들낭
몽즁이나 자쥬 보즈 오호통직 오호이직
인물은 다을지나 사싱은 일반이라
샹원[61]이 지난 곳흔 츈풍이 다시 지고
천문이 연화버덜 봄여이 푸러도다
청천이 쓴 구럼은 올 날이 잇싼마는
샹강이 허른 물도 올 되가 잇싼마는
만진즁 날닌 장규 보금이 싹러진듯
챵희이 잠린용이 이여볼 날 잇싼마는
공슌이 쌔진 구실 츠질 날이 잇싼마는
너 아무리 무심한들 다시 올쥴 모러난양
모〃이 다시 보고 구비〃〃 싱각ᄒ듸
요슈ᄒ긔 만무ᄒ다 결곡한 너이 몸이
헛쌱긔도 식어지며 찬〃한 너이 마엄
경망키도 연복ᄒ다 귀밋틔 홍스실은
믹업시 달여잇고 침슝이 골미집은
홍심엇시 남어잇다 인도인들 무엇ᄒ며

60) 썬어지니 : 끊어지니.
61) 샹원 : 상원(上元). 대보름날.

전도인들 무엇하리 물통실은 쟝척은
키거면 소용잇다 열쌔진 다리비⁶²⁾난
얼굴조챵 밉싱어다 널판갓헌 저 궁뎅이
뉘격이 실근듸고
싱각난이 너 쌘이라 요경이 긔푸도록
경〃이 안자선이 모진 숨이 안이온즉
너쥬은 신치라도 천승이 다싯 올나
소원듸로 변화키나 거것도 마라그든
인간이 며무다가 나 죽은듸 연후이
한씌가 무처다가 산천이 화판듸고
천지가 면복커든 후 시승⁶³⁾이 다시 나서
산이거든 옥이 듸고 물이그등 금이 듸야
양공을 일적맛나 조용하면 반락ㅎ야
인간이 보빅듸야 천만연이 지나도록
달토말고 면토말라 너이 후손 업설지나
초종벼속 듸스승을 씨염 업시 할터이라
한 쟝 결과 석 쟌 술노 홀영⁶⁴⁾을 외로한이
익직산향 통지산향 지문을 이던 후이
신치을 어루만저 헐이이 통한이
첨〃이 허런⁶⁵⁾눈물 용포가 다젓난 듯
여오일조 조희석이 전자씨 쥬달한이
익석히 넉이시고⁶⁶⁾ 방공을 직시불러
상품금 갑닉여 공침을 시조할지
치슈 모양 가지하야 만조이 희이그〃고

---

62) 다리비 : 다리미.
63) 후시승 : 다음 세상.
64) 홀영 : 혼령.
65) 허런 : 흐른.
66) 넉이시고 : 여기시고.

천하이 만도후이 퇴일하야 정수할지
명수을 구히 노코 녕화로 엄섭ᄒ고
단향어로 닥을 쓰고 금언어로 항여수며
판일익 숨사ᄒ고 익조[67]이 발인ᄒ여
향안성 쏘 날 씨익 뉘 안이 실히 ᄒ러
어엿쑨 상여미힝 [68]황후가 다러시고
삼천궁여 호송ᄒ여 방〃쏠〃 집갈지
상여 노리 처량ᄒ다 어와 넘좃 천승이
침낭자가 인간이 오시쏘다 황천궁
잔치 긋히 광동이 몰닉쏘다 무어소식
〃여슈싸이 무더 모시이다 추이라
홍추하관ᄒ고 향수을 맛친 후이
샹우졸곡 십미다 그날밤 황후긔서
사몽비몽 무엇선이 천승일학 한 마리
편지 한 쟝 입이 물고 침승이 올이르날
겁지바다 블지프니 지면이 하여시디
황후이 지닌 일을 전싱익운 거러하다
이지와 부귀함은 하날이 도운 비다
싱쟝이 다른고로 존안을 못 디ᄒ고
서신만 왕속하니 샤브가 간절ᄒ오
썩거진 그 공침은 거역시지 명이라
천승이 가저다가 직조하여 실더인어
과도이 실허마오 편지을 보신 후이
답장을 얼선서〃 학이편이 붓저쓴어
호정이 씨다걸이 담과 일못이라
스〃이 싱각ᄒ고 군관얼 조분[69]하여

67) 익조 : 익조(翌朝). 다음 날 아침.
68) 항여 : 상여.

여슈로 보닉던이 군관기거릭 보닉오티
무듀이 히에젼 듯 침낭이 업든이다
황후가 거말 듯고 봉ᄉ을 넝험ᄒ여
쳔승이 올라가지 조한 쥴 알고
마암이 틱평이라 이만 슷

69) 조분 : 조분(躁忿). 성급하여 화를 잘 냄.

제 6 장

놀이·유희류

놀이·유희류

1. 일도송 윳푸리로다

이 가사는 한국국학진흥원에 소장된 한글 가사로 전소장처는 전주류씨 류창석이다. <일도송윳푸리로라>라는 제목으로 필사자나 필사 연대는 미상이며 25×33cm 크기로 장책된 것으로 1행 4음보 형식으로 기록되어 있다. "일월셩신 분명ᄒ니 쳔도가 젹실ᄒ고 산쳔초목 분명ᄒ니 지도가 젹실ᄒ다" 일도송 윳푸리로다 가사집에 수록되어 있다. 이 장책에는 <일도송윳푸리로다>, <가셰영언>, <퇴계선생낙빈가>, <정승샹회혼가>, <화조가> 등 5편의 작품 중 첫 번째 작품이다. 권두서명은 <일도송 윳푸리로다>로 보이지만, <윳푸리로다>를 제목으로 보아야 할 것이다. 윷풀이의 구성은 '일도송, 이기송, 삼걸송, 사윷송, 오모송'으로 되어 있기 때문이다. 이때 '도'는 '道'와 관련되는 '천도, 지도, 인도, 공맹도(孔孟道), 양목도 등이 고사와 같이 설명되어 있는 것이 특징이다. 일반적으로 윷풀이 다음에는 <화조가>와 <구구단>이 있지만, 따로 제목은 없다.

일도송 웃푸리로다1)

일월 셩신 분명ᄒ니 쳔도가 젹실ᄒ고
산쳔 초목 분명ᄒ니 지도가 젹실ᄒ다
인의예지 분명ᄒ니 인도가 젹실하다
인의ᄒ고 예지ᄒ신 공밍도을 도라ᄒ랴
위아ᄒ고 겸의ᄒ신 양목도를 도라하랴
왕사가 챵망ᄒ니 옥챵에 형연도야
츈일이 박모ᄒ니 초즁에 우양도야
속슈 진경도난 경치도 좃커니와
지시 쟝안도난 번화할 졔 더옥좃타2)
거연 한식 낙양도는 고먹에 슈심이오
관셰 극쳔 유조도난 산곡도 심슈하다
오황듸도 당쳔심은 셩쥬 표졍이 젹실ᄒ다
쟝안 듸도 연협상에 팔가구믹 이안닌가
우순니 발졍하ᄉ 슝산의 방한도야
셔왕이 셜낙하ᄉ 요지의 현벽도야
욕보진슈 쟝ᄌ방은 소졀잔도 하단말가
문일지십 안연이는 안빈낙도 ᄒ단말가
하규에 무빙흔듸 광무가 이도하고
재슈에 쥬집 업셔 남도를 바릴손야
백도에 효도로도 종신 무자 ᄒ단말가
일엽 편쥬 다시 한듸 무릉홍도 찻단말가
규즁의 망부졍사 노심이 도도하고
호ᄉ의 노취홍이 든 곳에 조조ᄒ고
빅도에 쟝한공은 회서를 슈편ᄒ고

---

1) 일도송 웃푸리로다 : 일도송(一度頌). 웃풀이로다.
2) 더옥좃타 : 더욱 좋다.

서역국 너른 들에 극낙셰계 구어보니
아미타불 게신 곳에 도솔쳔니 명랑ᄒ고
관음보살 게신 곳에 연화봉이 슈려ᄒ다
졔환 진문 퓌도런가 문무 쥬공 왕도런가
공부ᄌ의 셩도런가 밍부ᄌ의 현도런가
셔싱의 녹도런가 종졍이 모망ᄒ고
공영의 형익도은 경윤니 만단이라
홀도챵젼 이시군은 졀ᄃ가인 ᄎᄌ가고
도화 유슈 못연거는 별류 쳔지 여기로다
문도운안 국미츈은 미미향도 조커니와
문도하양 근송승은 보쳡봉늬 더욱좃타
만물무비 츙의ᄉ는 만화방챵 조커이와
일문추 난싱이은 화란춘셩 더욱좃타
빙상의 구리ᄒ니 왕상³⁾의 효도런가
백미의 부미ᄒ니 자로의 효도런가
어쥬 축슈 안이온ᄃ 무릉도원 이어ᄃ며
지ᄌ우귀 안니온ᄃ 도지요요 무삼일고
구연홍슈 안이온ᄃ 착산통도 무삼일고
칠연ᄃ란 안이오ᄃ 단봘기도 무삼일고
공밍외 관일도은 셩인니 역역ᄒ고
관운쟝의 힝ᄎ런가 청용도은 무삼일고
셔왕의 잔치런가 욕챵도은 무삼일고
아로동산 아니온ᄃ 도도불귀 무삼일고
도지요요 안니온ᄃ 기엽진진 무삼일고

---

3) 왕상은 여성의 임무로 몸소 방적을 부지런히 하고 술과 음식을 정결하게 하여 제
사를 잇는 일을 게으르지 않게 해야 한다고 말하고 있다. 또한 맹자의 어머니가
이르기를 부인의 예는 하루 다섯 끼를 충실하게 하며 술과 장을 담가서 시부모를
봉양하고 의복을 손질하는 일이라 하여 내치 곧 집안일을 다스리는 것이 곧 여성
의 본분이며 이를 게으르지 않고 근면하게 할 것을 강조하고 있다.

이구산에 긔도ᄒ야 공부ᄌ를 탄싱ᄒ고[4]
상임야외 기도하야 칠연 뒤한 비가왓네
도지운원 안이오면 갈운 능늬 어이ᄒ며
쥬도여지 안이오며 군자소이 어이되리
도화능홍 이틍빅은 히고 쌜근 경이로다
도화셰츅 양화락은 써러지난 경이로다
이기송
이기져기 다바리고 시문부정 츅강기는
두룽야로 초당이라 산호고슈 육칠쳑은
보픠ᄌ랑 왕기로다 상인삼쳑 비슈금은
협슈고풍 형기로다 동문의 기관ᄒ고
영슈외 셰이ᄒ니 소부허유 졀기로다
슈양슨은 고스리 기쟝을 치왓스니
빅이숙졔 졀기로다 명ᄂ슈 찬물결이
듸부를 영즁ᄒ니 글삼여외 졀기로다
오두뉴 마다ᄒ고 율이촌 도라드러
쳥풍북창 한가한듸 자위히황 ᄒ엿스니
도쳐ᄉ외 졀기로다 간의듸부 마다ᄒ고
부춘산 도라들어 동강슨 칠이란의
슈로챵파 하엿스니 엄ᄌ릉의 졀기로다
양인듸ᄌ 산화기는 슐이취츠 잠이오고

---

4) 안씨의 딸 징재는 숙량흘을 성인의 후예로 반드시 훌륭한 자식을 낳을 것임을 알
고 아버지를 설득하여 사위로 맞게 하고 자신은 니구산에서 기도를 드려 공자를
낳았다. 공자(孔子)의 아버지는 숙량흘인데 상처를 하여 재취하고자 하였다. 공자
의 어머니는 안씨인데 그의 아버지가 공숙량흘은 늙고 추한 외모를 가졌지만 무
술이 뛰어나다며 재취를 권하자 어린 딸 안징재(顔徵在)가 제가 들으니 공씨는 성
왕(聖王)의 후손이며 그의 후손 중에 반드시 훌륭한 인물이 날 것 같으니 그의 처
가 되기를 원했다. 드디어 징재는 숙량흘에게 시집가서 니구산(尼丘山)의 신령에게
기도를 드려 아들 중니(仲尼)를 낳았다. 공자의 출생 기원에 관한 이야기는 ≪사기≫
권47 <공자세가>에 있다.

비리비서 낙슈가는 나라가는 형상이오
비입심순 빅셜가는 나라드는 형상이라
호산외 푸른 무덤 왕소군에 졀기로다
회상의 쓰은 달은 노즁연외 졀기로다
우즁춘슈 만인가는 시화셰풍 기상이요
삼연을 불흐루은 문쳔상의 졀기로다
쳔불능궁 역싁가는 무즈 가싁 더욱 좃타
금산의 타는 불은 긔즈츄의 졀기로다
챵여외 불경이 부부 춘향의 졀기로다
집우관목 아니온듸 기명기기 무삼일고
춘일직 안이온듸 챵경기기 무삼일고
비화송쥬 무젼첨은 츔츌무즈 좃커이와
호로영춘 가후원은 노릭 가즈 더욱좃타
국위중양 위우기은 구월황화 조을시고
국화종츠 불유기야 빅가시서 졍일기야
만호쳔문 츠졔기야 풍생도두 금몽기야
빅운심쳐 유인가는 한산석경 차즈가고
기쥬불원 안니온듸 빌가가 무삼일고
셔씨의 못한 색도 츄피를 반기흐고
쳥누미싁 고은 얼골 쥬진을 반기로다
일난슈졔 유면기는 망국졍신 가릭흐고
강득계화 향일기는 백일성 더욱 좃타
지지옹츌 옥부용은 가지가지 부용이요
엽엽쟝기 금즈약은 입입히 자약이라
삼졀송
졔왕문에 스승흐니 요순우탕 호걸이라
도역문외 스승흐니 공밍안졍 호걸이라
변사즁외 춘유흐니 소진쟝의 호걸이라

언어즁의 츌유ㅎ니 지아자공 호걸이라
지쟝기마 스승슌은 말타기 호걸이요
증비마 이서구는 공셔젹의 호걸이라
츄수공장 쳔일싘은 등왕각의 기록ㅎ니
왕즈안의 호걸이요 무양촌 이별ㅎ고
누외쳥산 젼송ㅎ니 초왕근심 호걸이라
초승부 아여즈로 한단시예 미스ㅎ니
평월군의 호걸이오 쳥누 반취한 슐노
쳔승쳔즈 붑어ㅎ니 백납승도 호걸이라
육츌기게 져진평은 참여못한 결이요
원종젹종 장즈방은 인간마다 호걸이라
션위셜스 즈흥즈공 언어즁의 호걸이라
옥결이 무광ㅎ여 동경으로 도라드니
범증이도 호걸이요 페온포 털쳐입고
이고삭 불치ㅎ니 계즈로의 호걸이라
무젼포젼 안니온듸 유유결결 무슴일고
포도쥬 취케먹고 강외달을 건지다가
기경상쳔 ㅎ엿스니 이틱빅의 호걸이요
말이장셩 먼담안의 아방궁 놉히짓고
육국졔후 초회밧고 삼쳔궁여 히롱ㅎ니
진시황의 호걸이라 화룡도 좁은길의
위셕조조 하엿스니 관운쟝의 호걸이라
박낭스즁 너른들에 쳘퇴를 놉히들고
져격시황 ㅎ엿스니 황희역스 호걸이라
풍시의 유방의는 되취할졔 호걸이오
강둥의 항젹이는 도강할졔 호걸이오
시즁의 즈즁즈는 춤잘츄기 호걸이오
웅간의 피이부난 슐잘먹기 호걸이오

휴기동산 사안석은 지상즁의 호걸이요
쳔ᄒ일식 탁문군은 양원석 조흔ᄌ리
봉황곡 화답ᄒ니 사마장경 호걸이라
취과양쥬 ᄒ올젹의 황슐이 만츠하니
두목지의 호걸이라 쳔ᄒ장ᄌ삼부ᄌ로
말이교의 졔명ᄒ니 송장군의 호걸이라
남병산 살기즁의 장츤을 놉히들고
좌츙돌 ᄒ엿스니 조ᄌ롱의 호걸이라
동딕의랄 즘포포 호치긔 약마ᄒ니
조딩덕의 호걸이요 쳔ᄒ문장 삼부ᄌ로
말이교의 졔명ᄒ니 소ᄌ쳠의 호걸이라
사읏송
느리오신가 느리오신가 탁문군이 느리오신가
빅두음은 무삼일고 고담명경 아니온딕
비백발은 무삼일고 황타경연 유식시을
누른거슬 물듸리고 백유잔셜 믹화로은
힌빅ᄌ 머무렷다 백홍이 관일ᄒ니
연언이 의지ᄒ고 빅바로 조쥬ᄒ니
기ᄌ홍범 그아니야 쳥츌작반 아니온딕
빅슈방가 무삼일고 목야졍벌 안니온딕
빅어등쥬 무삼일고 백일이 이산진은
일식이 장도ᄒ고 빅두 궁여좌을
왕ᄉ를 슬허흔다 츄심쥴슈 쳔금편은
유ᄌ밧치 황금이요 풍타노화 셜일쟝은
갈곳치 빅셜이나 빅졔셩즁 은츌물은
종젹이 못망ᄒ고 소월누딕무츌용은
월식이 상심이라 야유ᄉ록 안니온딕
빅졔포족 무삼일고 공곡싱축 안니온딕

교교빅구 무삼일고 와겨신가 와겨신가
유현덕이 와겨신가 남양초당 풍셜즁예
백학이 지로한다 삼산반낙 청쳔위난
푸를쳥자 던져놋코 이슈즁분 빅노쥬난
반빅즈 더욱죳타 월상씨 조공한가
헌빅치 무삼일고 조졍유도 쳥운거는
푸를쳥자 죳커이와 여학무스 빅일장은
힌빅즈더욱죳타 명구유연 쳥춘심은
푸를쳥즈 죳커니와 낙황유스빅일장은
힌빅즈 더욱죳타 상황에 벽오 동 빅학셔는
벽오동 푸른가지 벽조학학 깃드리고
도화셰축 양화낙은 무릉춘풍 죳커니와
유자편편 더욱죳타 황조시 겸빅조는
집우관목 죳커이와 백조학학 더욱죳타
삼십셰게 은셩싴은 유리셰셰 조커니와
십이누듸옥즉거는 빅옥셔듸여기로다
이화일지 춘듸우는 비꼿치 비를쒸고
소지노화 월일션는 갈꼿치 달을쒼다
양싴이 영농ᄒ고 백일이 무광 곡셩고는
가근할손 이별이라 슌인군니 붕ᄒ신가
창오산에 눈이왓네 아황여영 붕ᄒ신가
황능못에 분칠힛네 동영에 슈고송은
듀슈창창 죳커이와 츄월이 양명휘난
월싴곳곳 더욱죳타 당듸문장 츠즈가니
이틔빅이 스라잇고 월여셔씨 차즈가니
쳔ᄒ빅이 여기로다 십만강명 야유혈은
피혈즈 불어이와 홍문옥두 분여셜은
눈셜즈 더욱죳타 빅학이 비상쳔은

두ᄂ릭를 펼쳐들고 백학이 권일족은
한발노 치켜든다 백백ᄉ장 너른들에
넘노나니 빅학이라 명ᄉ십이 희당화는
빅두산 상상봉에 눈이오고 셜이쳣다
오모송
단덕종가 일연의 현슈ᄒ던 손슉모야
쥬문왕 요지연에 헌도ᄒ던 서왕모야
이강남슈 초당전에 권아옥상 삼즁모야
지상우금 유봉모는 주릉야로 시편이오
만고운소 일우모는 졔갈양의 충졀이요
양쥬의 발일모믈 성현이 볼쳥ᄒ고
시황이 우모졍은 백성이 원망이라
틱산경의 일홍모은 위국충졀 그아니야
소군후졔 안니어던 감용현덕 무삼일고
모슈가 ᄌ쳔ᄒ니 십구일이 졔일이오
모용슈가 질을치니 연군이 딕픠로다
오월도로 졔갈양은 심입불모 ᄒ단말가
십연지졀 소즁낭은 셔셜담모 ᄒ단말가
셜만장안 학항홍은 눈가온딕학이날고
만득총즁 일점홍은 풀가온딕곳치되고
왕소군의 호지총에 빅양목도 좃커이와
양틱진의 취쳥지에 불은곳더욱좃타
이모져모 다바리고 모용젼다 용한글은
팔딕가의 졔일이료 신가랑에 첫날밤에
자조이불 당초만은 과희불이 못쓸너라
삼경누상 셕양홍은 여에불이 못쓸너라
상엽홍의 이월화는 과이불이 못쓸너라
만ᄌ쳥홍 총치춘은 일싴으로 불이도다

원어부닌 청츠중을 풀릴청츠조커이와
고셩반졈 홍욕형은 불을홍즈5) 더욱조타
풍청월빅 농삼연은 힌빅즈 조커이와
사음홍심 미일비은 불을홍즈더욱조타
소상반쥭 혈누낭은 젼한 말과 황단ㅎ고
목야졍벌 혈포로은 기록조츠업슬손야
탓단말가 탓단말가 진시황 아방궁이
셕달열홀 탓단말가 윗단말가 윗단말가
틴산에 딘부송을 무릉홍도 윗단말가
공문제즈도라보니 공셔젹이 간딘업고
졀딘가인 츠즈가니 연지홍이 살아잇고
홍문옥두 분여셜은 눈셜즈좃커이와
십만강병 야유혈은 피혈즈가련ㅎ다
계젼젹셩 안니온딘 안문자신 무삼일고
빅지미식홍미빅은 히고쌀근 경이로다
양구비 고은얼골 히당화의 줌을즈고
월여셔씨 고은얼골 젹즈약이 반기로다
셕양에 불은글은 고시와 갓치낟고
구고에 우는학이 단스를 만느고나
창밧게 잉도화은 오록조록 불어잇고
셤우에 목단화는 넙흘넙흘 불어도다
유막에 잉가록은 푸른거슬 느릐ㅎ고
화간에 졈무홍은 불은 춤을춘다
사승초각 욱신악은 푸른거슬 닉스실코
셩변야지 연욕홍은 불은연화 더욱좃타
자오오 실거모믄 반포심이 그아이야
모별즈 즈별모믄 비화가 망극ㅎ다

5) 불을홍즈 : 붉을 홍자.

츄슈공장 천일식은 푸른빗치 한글것고
낙하여고 목졔비는 불은빗치 갓치는다
되틱변 현ᄉ일에 백졔즈가 우단말가
망탈손 오치운에 젹졔즈가 찻단말가
함월취벽 고은홍은 즁즁촌벽 푸르럿고
빅일단풍 만목초은 금슈산광 더욱좃타
사촌빅운 잉함동은 빅운함통 미암ᄒ고
홍현홍미 이방춘은 춘화경명 더욱좃타
구즁춘식 취션도은 셔리츈풍 조흘시고
부귀츈화 우후홍은 틱평시졀 기상이오
셔촉잉도 야즈홍은 겸각춘식 더욱좃타
왕소군의 고은눈물 단봉각 ᄒ직ᄒ고
초되션여 고은얼골 연지홍을 단즁힛네
구구팔십 일강노은 여외동빈 츠즈가고
팔구칠십 이젹션은 치석강에 달건지고
칠구육십 산호동은 한픽곤 츠즈가고
육구오십 ᄉ호신선 상산의 바닥쓰고
오구사십 오즈셔은 동문에 기관ᄒ고
사구삼십 육한되ᄉ팔션여 희롱ᄒ고
삼구이십 칠덕문은 당틱종의 풍악이오
이구십팔 진진도은 졔갈양의 진볍이오
일구일구 구궁슈은 ᄒ도낙셔 이안이야

2. 오힝웃칙

<오힝웃칙>은 병자년(1936년 혹은 1996년)에 필사한 것으로 필사자는 박조실이며 100×50cm 크기의 장책된 가사집에 음보 구분 없는 줄글 형태로 실린 작품이다. <일편심>, <화산연회시> 뒤에 붙은 가사 작품으로 금목수화토, 금은중, 목은중, 수난송, 화난송, 금목은하, 금슈생, 금화생, 금토생, 목수생 등 39개의 괘가 차례로 열거되어 있다. 매 점괘마다 '희왈'하는 풀이가 붙어 있다. 웃점은 한 해의 운수를 미리 알아보기 위해 정초에 행하는 여러 가지 점복 중의 하나이다. 웃을 던져 나온 괘로 점을 치는데 웃책(오행책)은 바로 그 점괘를 풀이하여 적어 놓은 책이다.

웃판의 바깥 둘레를 네모지게(方)한 것은 하늘의 운기(運氣)가 땅에서 이루어짐을 상징한 것이며 천지음양의 합일한 모습으로 표현한 것이다. 또 말판을 이루는 점들은 별자리를 뜻하는 것으로 새벽의 북극성을 중심으로 뭇별들이 둘러싸고 있음을 형상화하고 있다고 한다. 웃말의 움직임을 해에 비유하고 말판의 네 점과 중점을 오행에 견주어 설명한 것이 오행웃점이다.

웃점은 크게 두 가지로 나눌 수 있다. 하나는 여러 사람이 편을 나누어 웃을 놀며, 그 결과로 마을의 공통된 운수나, 그해 농사의 풍흉을 점치는 것이고, 다른 하나는 웃을 던져 나타난 숫자로 개인의 운수를 점치는 것이다. 개인의 신상에 대한 웃점을 치는 방법은 골패짝만한 웃의 납작한 면에 숫자를 새기고, 세 번 던져 나온 괘를 순서대로 상괘, 중괘, 하괘의 세가지 괘를 만들고 그 수에 따라 정해진 운수를 해석한다. 모두 64괘가 있다. 어린아이가 젖을 얻는 괘, 쥐가 창고에 들어가는 괘 등이 나오면 좋다고 하였다.

오힝웃칙

金木水火土

금목슈화토

기린과 봉황이 승셔을 드리고 거북과 요이 경亽을 □릿슬고 지앙은 가고 복녹이 오난쏘다 벼슬니 놉하 용문의 올으도다 히왈 다섯 별니 말그미 ᄒ날 광치 빈나니 亽람니 이 괘을 어드면 쥬손니 충셩ᄒ고 기리[1] 영화을 누리오리라

금은즁

옛일을 곳치고 쇠로 구ᄒ야[2] 무비 조흐리로다 고기 용문의 뒤나니[3] 범인[4]도 신션 되리라 히왈 안즈 일이 유논ᄒ미 셔광니 깃츠고 낮칙을 일우며 영화와 귀인의 비틀 보리라[5]

목은즁

병시 바람을 싸라 익고 못칙 亽람의계 의지ᄒ여 되난쏘다 만일 무거운 통을 만나며 빅시 홍전리라 히왈 낭기 슴츈의 비틀 발ᄒ야 날노 무셩ᄒ니 병셰 즉시 괴ᄒ고 만셰 슌ᄒ리라

---

1) 기리 : 길이.
2) 쇠로 구ᄒ야 : 새로 구하여.
3) 용문의 뒤나니 : 용문에 뛰나니. 용문(龍門)은 지명. 황하와 분하가 합치는 지점에서 황하의 200Km 상류에 있는데, 양 기슭이 좁고 아주 심한 급류여서 배나 물고기가 쉽게 오르지 못하며 잉어가 여기를 오르면 용이 되어 등천(登天)한다 함.
4) 범인(凡人) : 평범한 사람.
5) 비틀 보리라 : 빛을 보리라.

슈난송

여흘[6]의 비을 씌엿다가 모미 구슬을 엇도다 맛당히 크게 씰 거시니
지앙은 홋터지고 복녹이 오난또다 희왈 북방의 불이 왕셩하니 경수
잇고 기리 지앙 업스리라

화난송

남경의 물니 나니 물꼿을 당취 못흐리로다

송ㅅ난 분셔의 걸이고[7] 씌로 죄 안이 만토다 희왈 마암니 유연흐미
몸의 거침니 만코 구셜니 끈치 아니며 일마다 길치 못하리라

무거운 가즈 디흘이 먼져 난험츠고 후의난 길하도다 광쳐 신쳐의
익을 보시나 필경을 물소흐도다 희왈 흘기 쥬양의셔 쳐음은 곤하나
니즁은 츙셩흐고 ㅅ시 속이 길흐니 평안히 보젼흐리라 졔 싱이 나리
빗치니 북쳔의 ㅅ홈이 잇도다

금목은하

은인니 옛일을 잇고 친쳑니 화목지 못흐도다 희왈 금이 복을 구지
흐니 일일니 거침이 만코 쳔한 ㅅ람니 도로 조흐 은혀을 인나니 이을
끗난쏘다

금슈생

덕을 싹그리 하날니 도으시니 빅복이 오난쏘다 귀인니 힘셔 힘쎠
도으니 보비와 복녹니 영화롭도다 희왈 금과 물니 만나 은근히 구지
흐니 ㅅ람의 도으물 어더 무궁한 복을 바드리라

---

6) 여흘 : 여울.
7) 분셔의 걸이고 : 분서에 걸리고.

금화생

금과 물이 길츠을 만나니 영화의 셔광이 잇도다 집이 니스나 나가나 깃분 일[8]이 만흐리라

금토생

나아가 공명을 취호고 금의로 고향의 도라오는도다 밤의 눈빗치 근고흐다가 쏙갓흔 일홈을 엇도다 히왈 벼살니 만흐미 만고 근심니 근심니 업스며 계교슬미 길흐리라

목수생

춘화시예 셔진한 쏫치 다시 무셩흐고 더옥 회음을 만나 쏫슈니 날노 번화호도다 히왈 춘일니 홧층흐미 죽은 낭기[9] 다시 스니 근심 가온딕 깃부미 오도다

목화

하물[10]이 낭계셔 나리 낭글 도로 히우니 흔히 변흐여 원슈 되니 놀나미 어지렵고 직앙이 날노 더흐고 구셔을 조심흐라[11]

슈화생

겨울 낭기 가지 마르고 고우미 나지 못흐나 한번 봄을 만나미 입피 돗고 쏫치 피도다 슈화 셔로 만나 미길흐미 업스며 리흐이 슌화되고 길을미[12] 쯧과 갓흐리라

---

8) 깃분 일 : 기쁜 일.
9) 죽은 낭기 : 죽은 나무가.
10) 하물(何物) : 무슨 물건.
11) 구셔을 조심흐라 : 구설을 조심하라.
12) 길을미 : 기름이.

슈토

흉용노의 난셔된 눈니 만코 슈로의 난풍시 급ᄒ도다 ᄯ 모진 범니 압흘 마그니 생가손리라 히왈 마암니 무심되고 일마다 슌치 못ᄒ니 근심을 분칠 곳 업스리라

화토생

하날의 히 도드니 스히 조요ᄒ도다[13] 빅사 길ᄒ고 공명니 여이ᄒ도다 히왈 홧토 셔로 합ᄒ미 길ᄒ여 지앙은 스라지고 복녹니 흥ᄒ여 마암과 ᄯ지[14] 편ᄒ리라

금목슈생

사무라운 기[15] 쓰러지고 깃분 일이 날노 오난ᄯ다 어두운 길 가다가 히 도듬 갓도다 히왈 이미한 일을 발키니 지앙은 가고 복녹니 오미 문젼늬 빈난 이리 만ᄒ리라

금목화

중약을 먹어 송시랄 결난ᄒ여 이리저리 슬미 유슌ᄒ여 길ᄒ고 강익ᄒ며 히롭도다 히왈 범스랄 슬펴보고 급피 말며 부지리이 ᄒ니[16] 지앙을 막으리라

금목토

ᄒ 마암니 어지러우니 리물이
홋터지고 친젹이 원망ᄒ니 필경 화목지 못ᄒ리라 히왈 귀인니 멀니

---

13) 조요하다(照耀) : 밝게 비쳐서 빛나는 데가 있다.
14) 마암과 ᄯ지 : 마음과 뜻이.
15) 사무라운 기 : 사나운 개.
16) 부지리이 ᄒ니 : 부지런히 하니.

가고 소인니 봇치며 엄슈니 넉이니 소원을 일우지 못ᄒ리라

금슈화승

국틱민안ᄒ니 거리마다 식양가로다 빅셩이 넉을 즐기니 싱츄랄 만
ᄂ니도다 유슌풍도ᄒ니 가양 열미 빅빈나 ᄒ고 지물니 풍족ᄒ고 임군과
신히 신뢰 경ᄉ로 지니리라

금슈토상

말은 고기 물을 엇고 식 그물이 버리나도다 복녹 날노 오니 깃분 기
운니 가득ᄒ도다 ᄒ왈 가물의 비을 엇고[17] 타향의 고인을 만나며 오린
변은 이ᄉ 귀인 닌ᄉ 잇으리라

금화토상

금음[18]의 진 달이 보름의 두렷ᄒ도다 지원ᄒ고 기쥴ᄒ여 흐헛ᄒ미
아도다 ᄒ왈 이지릭진[19] 달이 둥그려 옛이를 곤쳐[20] 싀롭고 호인니 화
학츠 막 먼 고딕셔 셔신을 보리라

목슈화상

공명을 구하미 벼슬이 놉고 녹녹니 충명ᄒ도다 영화로 고향의 도라
오니 깃분 이리 후얼ᄒ도다 ᄒ왈 ᄉ괴임은 덕을 안으리 지물과 보빅
을 만히 어드며 직ᄉ을 바드리라

---

17) 가물의 비을 엇고 : 가뭄에 비를 얻고.
18) 금음 : 그믐.
19) 이지릭진 : 이지러진.
20) 곤쳐 : 고쳐.

목슈토

ᄒ긕지예 기갈이 심ᄒ고 집 소식니 머드라 구ᄒ난 비 어리고 일마다 한슘치 못하도다 희왈 경□히 어기고 소인니 친합ᄒ니[21] 닉 몸을 슘기고 ᄉ람을 조심ᄒ라

목화토상

싯별이 셔로 싱ᄒ니 ᄒ날 조화을 만나도다 지앙니 흐터지고 빅ᄉ 길하리라 희왈 희기운니 셔로 싱ᄒ니 빅ᄉ 근심니 업고 나난 용이 ᄒ날의 이시니 귀인을 만나리라

슈화토즁

고향을 쩌나 여려히만[22] 도라오니 온갓 일니 다 화합ᄒ고 우슘과 노릭로 날을 보닌ᄯ다 희왈 친쳑을 만나미 근심 업ᄉ며 빈난 빗치 가득ᄒ고 구셜니 시려지리라

금목슈

화즁궁식이 잉어을 낙가닉여 슬무려[23] ᄒ다가 필연 묵은 영물이라 노아 바다을 보닉도다 희왈 목젼닉 희로오나 즁닉[24] 난 이란 영화을 인ᄒ여 복을 어드리라

금목슛토

ᄒ 멀고 먼 길에 가도록 상이ᄒ도 마암의 바랄 비 업고 범식라 츈난

---

21) 친합ᄒ니 : 친압하니(親狎). 버릇없이 너무 지나치게 친하다.
22) 여려히만 : 여러 해만에.
23) 슬무려 : 삶으려.
24) 즁닉 : 장래.

또다[25] 히왈 스람니 바미 히올미 기리 분명치 못ᄒ니 온길 이을 이루지 못ᄒ고 승히 마암니 놀납고 허슈하리라

금목화토상

줌시 쏜홈이 가변방을 맛기고 승진곡을 울이도다 질뎔니 짐의 드니 빈나고 영화롭도다 히왈 벼슬이 놉흔 공문니 이라니 지앙니 훗터지고 복녹니 ᄒ회갓트리라

금슈화토

줌갑속 구슬과 돌속의 옥니 날 듸 잇도다 지조을 쌋그며 슬을 구ᄒ니 삼가 더듼나 지앙이 아니로다 히왈 일경 이리할 거시 잇 다시 크미 이라야 거의 기미리지 아니리로다

목슈화토

어름[26]을 발고 깁흔 물을 임ᄒ며 놉흔 다리을 건니난도다 윗틱한 곳을 지니니 불 빗치 난만ᄒ도다 히왈 고승니 진ᄒ며 하니 나날이 아직은 곤ᄒ나 이르난기 슬리다 말근 기우니[27] 쓴글의 스이고 빈난 옥이 진흘예[28] 뭇치도다 빈한 글식 빙궁촌니 니스니 어나 나도 식승을 보고 히왈 정신니 씌이고 짓기시 침노ᄒ니 군즈난 멀이 가고 소인니 친험ᄒ여 복칙ᄒ다

---

25) 춘난또다 : 찾는도다.
26) 어름 : 얼음.
27) 말근 기우니 : 맑은 기운이.
28) 진흘예 : 진흙에.

3. 언문뒤풀리

이정옥의 ≪영남 내방가사≫ 6에 실린 <추풍감별곡>, <김듸비훈민가>, <화전가>와 함께 실린 가사이다. <화전가> 작품 말미에 "임진 십일월 이십구일"이라는 간기와 표기법을 검토해 보면 1952년에 쓴 작품으로 추정된다. 내방가사의 필사는 통상적으로 베껴 쓰는 방식이 있었기 때문에 원작은 그 이전에 전승되던 것일 가능성을 배제할 수 없다. 16세기 후반부터 사대부 층의 여성들은 국문으로 변역된 소설을 널리 탐독했던 것으로 알려져 있다. 오희문(吳希文, 1539~1613)의 ≪쇄미록≫에 "1591년 1월 3일. 하루 종일 집에 있으면서 무료하기 짝이 없던 참에 딸이 청하기를 ≪초한연의≫를 언해하여 둘째딸에게 그것을 쓰도록 했다"는 기록이 있다. 또 한 숙종조 학자였던 조성기(趙聖期, 1638~1689)의 ≪졸수재집(拙修齋集)≫을 보면 평소 노모가 즐겨 읽던 소설을 종종 구해 드렸으며 ≪창선감의록≫을 지어 바치기도 했다고 한다.[1] "시시로 진셔로며 언셔로 뼈 광즈리이며 소코리예 담아 든니며(수시로 한문을 한글로 써서 광주리며 소쿠리에 담아 다니며)"라는 인목대비가 쓴 ≪서궁일기≫의 내용에서도 궁중 내부에서 한글 서적이 유통되고 또 한글 소설이 널리 유포되어 있음을 짐작할 수 있다.

17세기 경에는 한글 소설이 문화 상품으로 등장했으며 18세기 경에는

---

1) 이민희, ≪조선의 베스트셀러≫, 프로네시스, 2007, 19쪽 참조.

전문적으로 필사한 책을 대여해 주는 세책업이 성행할 정도였으니 한글의 소통이 예상외로 빠른 속도로 진행되었다고 할 수 있다. 영·정조 연간에 뛰어난 재상으로 이름난 번암 채제공은 부인이 쓴 ≪여사서≫의 서문에 당시 부녀자들이 한글소설이나 한글번역 소설에 빠져든 세태를 다음과 같이 비판하고 있다.

"근세에 안방의 부녀자들이 경쟁하는 것 중에 능히 기록할 만한 것으로 오직 패설(稗說)이 있는데, 이를 좋아함이 나날이 늘고 달마다 증가하여 그 수가 천백 종에 이르렀다. 쾌가는 이것을 깨끗이 베껴 쓰고 무릇 빌려주는 일을 했는데 번번이 그 값을 받아 이익으로 삼았다. 부녀자들은 식견이 없어 혹 비녀나 팔찌를 팔거나 혹 빚을 내면서까지 서로 싸우듯이 빌려가지고 그것으로 긴 해를 보냈다."2)

한편 이덕무(李德懋, 1741~1793)가 1775년에 쓴 ≪사소절(士小節)≫에서도 세책본 소설에 빠져 든 당시의 사회상을 다음과 같이 기록하고 있다.

"한글로 번역한 전기를 빠져서 읽어서는 안 된다. 집안일을 내버려 두거나 여자가 해야 할 일을 게을리 해서는 안 된다. 심지어는 돈을 주고 그것을 빌려 보면서 깊이 빠져 그만두지 못하고 가산을 탕진하는 자까지 있다. 그리고 그 내용이 모두 투기와 음란한 일이어서 부인의 방탕함과 방자함이 혹 여기서 비롯되기도 한다. 그러므로 어찌 간교한 무리들이 염정(艶情)의 일이나 기이한 일을 늘어놓아 선망하는 마음을 충동시키는 것이 아닌 줄 알겠는가?"3)

이옥(李鈺, 1760~1815)의 <봉성문여(鳳城文餘)>에 실린 <언문소설>에

---

2) 채제공(蔡濟恭), ≪여사서서≫, ≪번암집(樊巖集)≫. 위의 인용문은 이민희(2007 : 22) 참조.
3) 이민희, ≪조선의 베스트셀러≫, 프로네시스, 2007, 24쪽 참조.

도 아주 재미있는 기사가 있다.4)

"어떤 사람이 언문소설을 가지고 와서 나에게 긴 밤을 지새우는 데
도움이 된다 하기에, 그것을 보니 바로 인본인데,
≪소대성전(蘇大成傳)≫이었다. 이 책을 서울의 담배 가게에서
부채를 치며 낭독하는 것들이 아닌가? 크게 윤리가 없고, 다만
사람들에게 웃음이 그치지 않게 할 뿐이다. 그러나 이것은
패사(稗史)보다는 낫다고 생각한다."

번암 채제공은 언문 소설이 패설이라고 하였으나 당대에 함께 살았던
실학파 이옥의 관점은 전혀 다르다. 언문 소설이 패사(稗史)보다 더 낫다
는 생각을 갖고 있다. 이미 항간에 한글 소설이 얼마나 널리 유포되었는
지 짐작할 수 있다. 이옥의 <이언(俚諺)>에 실린 <아조(雅調)>에 아주
재미있는 시가 있다.5)

진작에 익힌 궁체 글씨	早習宮體書
이응자가 약간 각이 져 있네	異凝微有角
시부모 글씨 보고 기뻐하시며	舅姑見書喜
언문 여제학이라 하시네	諺文女提學

18세기 한글 학습의 상황을 상상할 수 있다. 궁체를 학습하고 이응자
가 동그라미가 아니라 각을 지게 쓴 변체에 대해 시부모가 기뻐한다는
내용이다.

임의 옷 짓고 깁다가	爲郞縫納衣
꽃내음이 나를 나른하게 만들면	花氣惱儂倦

---

4) 실사학사 고전문학연구소, ≪완역 이옥전집≫ 2, 휴머니스트, 2009, 131쪽.
5) 실사학사 고전문학연구소, ≪완역 이옥전집≫ 2, 휴머니스트, 2009, 425쪽.

| 바늘을 돌려 옷깃에 꽂고 | 回針揷襟前 |
| 앉아서 숙향전(淑香傳)을 읽는다 | 坐讀淑香傳 |

역시 이옥의 '아조'에 실린 내용이다. 이러한 한글 소설류 책을 읽는 분위기는 궁중에까지 흘러들어 낙선재에도 상당 분량의 소고설이 소장된다. 이와 함께 조선 후기에는 내방가사가 영남 남인들 사대부 층의 여성들에게 대량 전승되었으며, 언간류로 상장과 답상장, 사돈지, 제문, 물목뿐만 아니라 한글로 된 고문서로서 고목, 소지, 유언 등 한글이 남여의 성별 차이를 뛰어넘고 또 사대부와 중인이나 서민계층에까지 소통 문자로서 확산되었다.

개화기에 접어들면서 한문의 해독층은 점차 들어든 반면에 한글의 해독층은 기하급수로 늘어남에 따라서 대한제국에 들어서서 고종이 한글 전용 표기를 전격적으로 선언함으로써 한자에서 한글로의 문자의 전복이 이루어지게 되었다.

개화기 이후의 동몽 층과 여성층에서의 대한 한글 교육은 주로 반절표를 활용하는 방식이 일반화함에 따라 반절표나 혹은 가갸거겨로 시작되는 민요나 가사 형식을 활용한 학습 풍조가 확산되었다. 이 글에서는 한글 학습의 구연방식이 어떤 시대에 어떤 형식으로 출발되었는지 또 상호 어떤 계기성을 지니고 있는가에 대한 판단을 내리기에는 어려움이 있지만 한글 자모 학습을 서사적 방식이 아닌 구연적 방식으로 진행되었다는 사실은 한글 문해률을 높이는데 상당한 기여를 했다고 판단된다.

<언문뒤풀리>라는 가사는 8종성 14행 반절표 가운데 8종성 4행만으로 곧 '가갸거겨, 나냐너녀, 다댜더뎌, 라랴러려, 마먀머며, 바뱌버벼, 사샤서셔, 아야어여, 자쟈저져, 차챠처쳐, 카캬커켜, 타탸터텨, 파퍄퍼펴, 하햐허혀'까지 자음 14자와 모음 4자(아, 야, 어, 여)와 조합한 반절표를 말잇기 형식으로 구성한 가사이다. 이 작품이 기사된 시기가 "임진 십일월

이십구일"이니까 1952년 11월 29일인데 이런 '언문뒤풀이'류의 가사가 개화기를 지나 한국전쟁 기간 동안까지도 전국에 널리 유포되었다. 이 가사는 표기법의 특징으로 미루어 보아 경상도 지역에서 전사되었다.

이와 같이 기초적인 한글 자모의 합자 원리를 구전 가사의 형식으로 학습한다면 매우 훌륭한 학습 방법이었는데 '가사' 자료는 훌륭한 교재 역할을 하였다.

본 가사는 서사와 함께 14 단락으로 구분된다. 언어유희요6) 가운데 문자유희요와는 달리 "가갸거겨 가련하다 고향소식 거연 금연 돈절하다 고은님 어듸 두고 구정인들 이즐손가 그 말이 정마인가 그여이 가서 볼가"에서처럼 제시된 자모와 노래가사가 일대일의 대응을 보이지 않고 작자의 신세탄이 뒤섞여 있다.

반절표에서 '가갸거겨'의 형식으로 4음절씩 끊어서 배열하고 첫음절로 된 단어로 시작되는 데 반절 전체가 가사로 지어지지 않았다.

> 지역자7)로 집을 짓고 이은8)으로 문얼9) 다라 지곳하고10) 이슬
> 거설 이을11) 갓치 구분 마음 부용갓치12) 고은 안해 부용갓치13)
> 바려두고14) 시옷갓치 너른 천지 애오리 방탕하이15)
> 이행즉천16)이라

---

6) 박경수, 「별책3-민요 및 무가편」, ≪한국구비문학대계≫, 한국정신문화연구원, 1992.
7) 지역 : '지역'은 '기역'의 ㄱ구개음화의 과도교정형.
8) 이은 : '니은'의 두음법칙.
9) 이은 : '으'와 '어'가 비변적인 표기.
10) '지곳하고' : '지긋하게'의 뜻임. 또는 '지웃하고'에 ㄱ이 삽입된 형태.
11) 이을 : '리을'의 두음법칙.
12) 부용갓치 : 부용(芙蓉)같이.
13) 부용갓치 : 비읍같이.
14) 바려두고 : 버려두고.
15) 방탕하이 : 방당(放蕩)하니. '하니'의 비음화한 방언형으로 '하이'가 실현된다.
16) 이행즉천 : 이행즉천(移行卽天)이라.

언문뒤풀리

가갸거겨 가련한 이내 신세 거지 업시 뒤여도다 고교구규 고은임을
그려두고 구정을 이즐손가 그기ㄱ 하이 그 마리 정말이면 그여이
가서 볼 걸
나냐너녀 나 죽어도 너 못살고 너 죽어도 나 못살지 노뇨누뉴 노엽
고 정통한 말 누게 다가 하소할가 느니나 하니 느저 가는 이내 행차
임만 내거 느젓도다
다댜더녀 다정튼 일의 얼골 더지 업시 뒤여도다 도됴두듀 도하월이
적막한대 두견성이 처량하다 드디다 하이 드려가든 임의 초당 임과
두리 놀고지고
라랴러려 나라가는 원낭새야 너고 나고 갓치가자 로료루류로류장화
손의 들고 청풍명월 놀고지고 그리ㄹ하 이르러진 양육지의 환유성
이 처량하다
마먀머며 마하령니 머다든니 얼마나 머려든가 모묘무뮤 모망할사
고향소식 무슨편의 아라볼고 므미ㅁ하니 미숙한 이내정을 애정할
곳 정여업다
바뱌버벼 바람불고 비올실 째 버지 업시 어이할고 보뵤부뷰 보경을
도도 유이 부용안색이 늘것도다 브비ㅂ하이 브서진 수양산의 배이
숙졔 숨어 잇다
사샤서셔 사시가 졀고은 몸이 서산낙일 자치로다 소쇼수슈 속졀업
난 이내 신세 수원수구 어이하리 스시ㅅ하니 스사로 먹근 마음 풍
중원들 이질손가
아야어여 애정튼 임으 얼골 어이그리 못보난고 오요우유 오동야우
썩근 비난 피눈물을 쏙리난듯 으이ㅇ 하니 이위의 상봉하니 애정도
가득하다
자쟈저져 자연이 째느진 이저 아니 먼누타신가 조죠주쥬 조흔 가사

능나주의 다 바리두고 무주걸인 절노된다 즈지즈 지은 밥을 다 바리고 자내 싸라 가고 지고

차챠처쳐 차목한 이신셰가 처처 잇건마은 차질 사람 누구 인난고 초쵸추츄 촌나라 굴원이도 가을 달 동졍호의 추추이 실피 운다 츠치츠하니 층양할 수 업난 신셰 차라리 죽어져서 은일처사 뒤고지고 카캬켜 칼갓치 먹은 마음 커 갈소록 심하구나 코쿄쿠큐 코이 매친 서름 푸러 주리 누 이스리 크키크ㅎ이 크닥한 창계 송녹죽순 경영사의 씌터낸이 군자절계 허사로다

타탸텨 타향의 이별하니 사랑하든 터도 업내 토툐투튜 토졍 백연기약할 제 투기할 줄 씃할손가 트티트 하니 튼튼한 임의 졍을 타인의 계젼치 마소 피퍄펴펴 파산야 우불여귀은 짝을 지여 울고 잇다

포표푸퓨 포행동졍 새벽 달의 푸린 안개 쌔이로다 프피프 하니 피여 가든 임의 얼골 파파 노인 절노 된다

하햐허혀 하연하월 나의 신셰 허순이 늘거진다 호효후휴 혼산의 죠흔 경치 홀홀이 보내고 훗기약을 다시 한다 흐히흐니 훗터진 임의 졍을 셰셰이 모와 녹코 백연동낙 하여 볼가

제7장

영사·종교경전류

영사 · 종교경전류

1. 조선건국가

　<형제원별가>, <증여亽>, <아즈마님전상서>, <그리운 오형이여>, <쥬실답셔>, <답상장>, <장끼전 일절>와 함께 한 권의 전적에 수록된 국문 가사이다. 자료 형태는 27.5×30cm 크기의 책이며, 2단 2행 4음보의 필사본이다. 창작 연대는 작품 말미의 '무자이월 초이일'이라는 말로 보아 1948년으로 추정된다. 원작자 및 필사자는 미상이며, 권영철 소장본이다.

　조선의 건국과 을사년을 기점으로 일제에 나라를 빼앗긴 일, 일제강점기의 민족적 치욕, 해방의 기쁨을 시간의 순서에 따라 서술하고, 나라와 민족을 위해 모두 힘을 모을 것을 역설한 작품이다.

조선건국가

조흘시고 조흘시고 우리조선 조흘시고

천운순환 무왕불복[1] 만고에 역〃하다

가엽서라 우리동포 야만민족 되단말가

백두산이 다시 놉고 한강슈가 말아서라[2]

침상편시 춘몽즁[3]에 새벽문이 열여서라

일진풍 오난머리 독립셩[4]이 들날닌니

하날에서 나려든가 쌍에서 일어든가

자든 잠을 깨우치고 귀쌕리를 놀내이내[5]

황곡[6]에 석은붓째 오날이야 쌔여보세

단문졸필[7] 불게하고[8] 소회일곡[9] 털어낸니

자〃이[10] 피가 맷고 구〃이 누슈로다

원유하든[11] 여러분내 우리 경력 어이알리

망영되다 말으시고 용서흐야 살피시오

개국원조 단군쎄서 당뇨시[12]와 병립흐니

압록강을 경개두고 동북으로 갈나잇서

대〃로 형성지군 문치무졍[13] 일체로다

---

1) 천운순환 무왕불복 : 천운순환(天運循環)이 무왕불복(無往不復). <대학장구(大學
   章句)> 서(序)에 나오는 말이니, '하늘 운면수는 돌고 돌아서 다시 돌아오지 않는
   법이 없다'는 뜻이다.
2) 말아서라 : 맑(淸)았어라. '말~'은 '맑(淸)-'의 말자음군이 'ᆰ'이 'ㄹ'로 단순화
   되어 표기된 형태이다.
3) 침상편시 춘몽즁 : 침상편시(枕上片時) 춘몽중(春夢中). 베개를 베고 잠시 봄꿈을
   꿈. <잠삼岺參 춘몽春夢>.
4) 독립셩 : 독립성(獨立聲).
5) 놀내이내 : 놀라게(驚)하네. 모음 간 'ㄹㄴ' 표기 형태이다.
6) 황곡 : 황곡(荒谷)
7) 단문졸필 : 단문졸필(短文拙筆).
8) 불게하고 : 불계(不計)하고. 옳고 그른 것이나 이롭고 해로운 것 따위의 사정을
   가려 따지지 아니하고.
9) 소회일곡 : 소회일곡(所懷一曲).
10) 자〃이 : 자자(字字)이.
11) 원유하든 : 원유(遠遊)하든.
12) 당뇨시 : 당요씨(唐堯氏).
13) 문치무졍 : 문치무정(文治武政).

그리로 인민발전 삼대일월 가추어서

추로유풍 밧드리여 례이지국 이 안인가

찰연한[14] 력대사기[15] 오천연이 되얏구나

지방백리 가이왕[16]은 고성인에 격언인대

하물며 조선강토 적다히도 삼철리라

강산도 슈려하고 토지도 비옥하다

충군에국 인심풍토 세개예 유명하다

삼한백제 신라 고려 자주자체 상전턴니[17]

동방이 허소하야[18] 도리 침략[19] 자조맛나[20]

말내[21]난 한양왕기 오백연에 맛첫도다

신성흔 우리 민족 그손 밋헤 명을 밧처

유사지심 무셍지게[22] 불공대천 할터니나

강약이 부동이라 일력[23]으로 어이할리

공자[24]속에 쓸는 피가 즁욱신사[25] 그 샌일세

[26]내삼천 외팔백은 일죠에 간곳 업고

---

14) 찰연한 : 찬연(燦然)한.

15) 력대사기 : 역대사기(歷代史記)

16) 가이왕 : 가이왕(可以王).

17) 상전턴니 : 상전(相傳)터니. 대대로 이어져 전하더니.

18) 허소하야 : 허서(虛疎)하여. 허술하여.

19) 도리침략 : 도이침략(島夷侵略)

20) 자조맛나 : 자주 만나.

21) 말내 : 말래(未來). 늘그막. 늙어 가는 무렵.

22) 유사지심 무셍지게 : 유사지심(有死之心) 무생지계(無生之計).

23) 일력 : 인력(人力).

24) 공자 : 공자(腔子). 배(腹). 복부(腹部).

25) 즁욱신사 : 주욕신사(主辱臣死). 임금이 치욕(恥辱)을 당하면 신하가 임금의 치욕을 씻기 위하여 목숨을 바친다는 뜻으로, 아랫사람이 윗사람을 도와 생사고락을 함께함을 이르는 말.

26) 내삼천 외팔백 : 내삼천외팔백(內三千外八百). 경관(京官)이 삼천 명, 외관(外官)이 팔백 명이라는 뜻으로, 문무백관이 의장(儀裝)을 갖추고 모이는 것을 이르던 말.

을사조약 경술합방 유국이레 초사로다
슬푸다 자인자처[27] 교목세가[28] 어너대신
불사원혼 혈쥭도다[29] 구국유차 고동흐니[30]
문천상과 악무목은 조정에 몃〃치며
오자서와 굴삼려난 초야간에 태반이라
잇대예 영웅지사 입산도히 몃〃치고
부모처자 다버리고 고국산하 이별하고
손목 잡고 눈물 흘여 서북으로 흣터저서
말리를 지척갓치 초힝노슉 불개흐고[31]
복국정신[32] 품에 품고 히외각국 명완한니
장할시고 〃〃〃〃 수모〃〃[33] 장할시고
왕〃이 방랑퇴셩[34] 쳔지를 헌동하고
쳐〃에 한당회셕 모슈자천 일밧으니
일심은 일반이라 뉘안이 감복하랴
듯밧기 세계대젼 서북을 일어나서
그 즁간에 우리동포 압박이 더욱심타
물품통케 상업정비 세금저금 국방헌금
각죵각셕 통장고지 셩화갓치 독촉하고
최권비부 공매차압 지갑 다들 여가업내
더구나 식양공출 일립곡이 여금이라
셍면관두 불고체면 인심물정 돌변흐고

---

27) 자인자처 : 자인자처(自刃自處).
28) 교목세가 : 교목세가(喬木世家). 여러 대에 걸쳐 중요한 벼슬을 지내 나라와 운명을 같이하는 집안.
29) 혈쥭도다 : 혈쥭(血竹) 돋아.
30) 고동흐니 : 고동(鼓動)하니.
31) 불개흐고 : 불계(不計)하고.
32) 복국정신 : 복국정신(復國精神). 나라를 찾으려는 정신.
33) 수모〃〃 : 수모수모(誰某誰某). '아무아무'를 문어적으로 이르는 말.
34) 방랑퇴셩 : 박랑추성(博浪椎聲).

개초일속 자유업서 가옥까지 퇴창파벽
풍 〃 우 〃 긴 장마에 몸 둘 곳이 바이업고
백철황철 유기등속 낫 〃 치 다털은니[35]
목저시저 사기 쏘각 죽반간에 걱정일세
은금반지 빈여등속 보난듸로 쎗아가서
불상투 민손가락 여자 모양 괴물갓고
유류업난 공출독히 초목금슈 소여흔니
시일갈믹 그 원셩이 목 속에만 우물주물
입 잇서도 못버리고 가면싱활 흔심흐다
우어자즁 기시하든 상앙가법 이상이라
일이일도 어럽거만 지리할사 십연간을
먹으라면 초근목피 죽으라면 죽는 형용
일호령에 몰여단여[36] 우마개견 흔가지라
노약만 남겨두고 청연자제 몰아가서
이삼개월 훈련흐야 개 〃 이 극군흔니
증용증병 류희병과 보국대 이용대로
가 〃 호 〃 편성흐야 동남동여 구분업시
동서남북 실어다가 전지로 구송흔니
오합지졸 무엇할고 압서 죽일 작정일세
하나라도 위령흐여 벌금증역 포사로다
이지경당 한목슈요 살아난들 무슨 영광
일월도 빗치 업고 산천도 찡그린다
늘고 병든 우리내도 충혼이혼 남아잇서
비난니다 하나님개 제외동포 힘을 도와
조시에 연셩벽이 완귀할 날 잇게 하소
청주가흔 쳡서야보 하일하시 바래든니

---

35) 다털은니 : 다 털으니. 제3·4음절에 과분철 표기가 나타난다.
36) 몰여단여 : 몰려 다녀(行). '단여'는 분철 표기 형태이다.

공든탑이 문어질가[37] 소원성취 소식왔내
반갑도다 〃〃〃〃 을유팔월 반갑도다
라지오 한소리에 피벽통고 모도쓴니
무슈가 빈〃흐고 환성이 우래갓다
동서대전 종료되고 천일복명 누가알고
도라왓내 〃〃〃〃 우리조선 돌아왓내
약육강식 그 기렴이 즉시에 죽어진니
강〃필사 인이왕은 초한전감 불전이라
월정흑 안비고에 탄무슌도 보갯구나
일력으로 어이할이 리치속 분명흐다
아차〃〃 금일이여 자직고도 자직하다
이삼개월 더듸면 혈기방강 하나업서
부노들만 마조 안저 기한이 도골히도[38]
잡으라도 힘이업고 슬나히도 저산업서
환국하신 여러분내 척슈공권 어이할이
아즉도 우리 운명 째가 나마 돌아왓내
철리가 잇난 이상 화가도로 복이로다
금옥갓은 청춘자제 전장에서 다석을가
천고영결 그거럼들 돌아올날 다시보내
가든차에 돌로실고 나날이 회환흐니
이것이 누 힘이고 하나님에 조화로다
환영 나온 부모처자 역노에 밀고찬니
눈물석인 우슴속에 대경사가 이 안인가
갓다오난 그 마당에 히극비셍 왼일이고
그 즁에 못오난자 소식가지 돈절흐니

---

37) 문어질가 : 무너질가. 분철 표기 형태이다. 믈어디다>문어지다>무너지다.
38) 기한이 도골히도 : 기한(飢寒)이 도골(到骨)해도. 기한이 골수까지 이르러도. 배
　　고픔과 추위가 극심해도.

자기자식 차자와셔 헛거름 돌아셜대
그 부모들 심장이야 뉘가 능히 위로할가
나오시내 〃〃〃〃 희외선비 나오시내
태극기 손에 들고 국가를 합창한니
듯는자 박수하고 보는자 쮜고노내
원슈도로 은인되고 먹은 마음 다풀인다
놉프도다 〃〃〃〃 희외첨위 놉프도다
유지자 사경성³⁹⁾은 오날이냐 보갯구나
천신만고 선싱저시 싱남싱여 얼마신고
희악정기 바다나셔 기〃총명 준슈로다
소즁대학 다 마치고 당〃국샤 그록하다
그르나 선싱님내 청춘시절 건너가셔
상〃한니 모두 백발 세간공도 피할손가
총검 가진 자셰들을 압세우고 뒤세와셔
서양문화 빈에 실고 조선쌍 돌아셜대
우리민족 수가 쓸어⁴⁰⁾ 삼천만니⁴¹⁾ 되얏구나
태평양 건너셔〃 뒤조선 장내사읍
우리들에 엇개⁴²⁾우에 무겁개 갓치 지고
억마연 단〃전도 이 집을 제건흐니
인의례지 터를 쌱가 삼강오륜 지츄박고
효제충신 립주하야 평화주의 대량언저
사농공상 창호달고 법악현정 장치한 후

---

39) 유지자사경성 : 유지자사경성(有志者事竟成). '뜻이 있어 마침내 이루다'라는 뜻
  으로, 이루고자 하는 뜻이 있는 사람은 반드시 성공한다는 것을 비유하는 고사
  성어이다. 중국 후한(後漢)의 광무제(光武帝)와 수하 장수 경엄의 고사(故事)에
  서 유래되었다.
40) 쓸어 : 불어. 늘어나. 어두 경음화가 반영된 표기이다.
41) 삼천만니 : 삼천만이. '만니'는 중철 표기 형태이다.
42) 엇개 : 어깨(肩). 모음 간 경음 'ㄲ'의 'ㅅㄱ' 표기 형태이다. 엇게>어깨.

사대문을 통개ᄒ고 만국쳔시 수치업시
하로 밥비[43] 진힝하소 방〃곡〃 무궁화가
이구히 만발한니 우리 근역 경사나면
이 곳치 증험일세 삼천만 우리 동포
한 말삼 비나니다 이와갓흔 대힝운을
탐소오대 하지마소 자숙자즁 하고보면
독립날이 신속ᄒ고 경거망동 하고보면
대사업이 느저[44]가내 우슌풍조[45] 금연추산
시절좃차 대등한니 함포고복 하지말고
절용졀식 ᄒ여보세 건국준비 일길양신
독립만세 불러보세
만세〃〃 만〃세 조선독립 만〃세
무자[46]이월 초이일

43) 하로밥비 : 하루바삐. '하로'는 '흐ᄅᆞ'의 제2음절 'ㆍ>ㅗ' 표기 형태이며, '밥비'
    는 모음 간 겹음 'ㅃ'의 'ㅂㅂ' 표기 형태이다.
44) 느저 : 늦(晩)어. 연철 표기 형태이다.
45) 우슌풍조 : 우순풍조(雨順風調)비가 때맞추어 알맞게 내리고 바람이 고르게 분
    다는 뜻으로, 농사에 알맞게 기후가 순조로움을 이르는 말.
46) 무자 : 무자년(戊子年) : 1948년으로 추측된다.

2. 희동만화

이 가사는 전주 류씨 류창석 소장본인데 현재는 한국국학진흥원에 소장되어 있다. 원 가사는 1867년(고종 4)경 안치묵(安致默)이 지은 가사로 220×23cm 크기의 두루말이다. <희동만화>는 우리나라의 오천년 영사와 조직을 그린 가사인데, 작자는 김병국(金炳國, 純祖 25〃光武 9, 1825〃1905)으로 보기도 하고, 1867년(고종 4)경 안치묵(安致默)이 지은 가사로 보기도 한다. <민족문화대백과사전, 홍재휴 글>. 해동은 고구려의 장수였던 대조영이 고구려의 유민과 말갈족을 거느리고 동모산에 도읍하여 세운 나라를 풍자와 해학적으로 풀어낸 이야기를 말한다.

내용은 동국이 개벽한 뒤로 단군의 개국을 비롯한 기자조선, 고구려·백제·신라 등 삼국과 고려의 영사적 사실을 소재로 하였다. 특히 조선의 건국을 중심으로 한 신도읍의 지리적 환경과 자연의 조화로 이룩된 짜임새와 왕정의 내외직제를 비롯하여 도성의 풍물과 팔도의 형승, 문화적 유적, 각종 방물 등을 소재로 하여 형상화하였다.

그리고 도학과 문치로 빛낸 선현에 대한 경앙심(景仰心)을 일게 하여, 낙토 동국에 태어난 겨레의 자긍심을 가지게 하여 나라 사랑에 대한 마음을 일게 하였다. 이 가사는 우리의 영사를 이해시키고 국토와 문물·제도·문화유산을 비롯한 정신문화를 찬양한 찬미가사로서, 우리의 자주의식과 민족적 긍지를 심어주는 교화적 내용의 계몽적 작품이라 할 수 있다.

희동1)만화2)

천지 홍몽3) 계벽초의4) 구쥬 순쳔5) 도야셔라6)
쳔쥬가 흘억하고 짓츅이 버려시니
쳔부지직7) 양의 간에 사해가 최대ㅎ고
동서남북 사히 즁의8) 챵해가9) 웃듬이라10)
부승묵 가지우의 일월이 묵욕ㅎ고11)
은ㅎ슈 팔류 씃히12) 졍화가 응결ㅎ니
챵히 이동의 조선국이 승겨셔라13)
직방씨 그림 밧기 지계를 구버보니14)
삼면은 대해 중이 빅두순니 련류이라
빅두산 물 근원이 동서로 갈나흘러
두만강은 동류ㅎ고 암록강은15) 셔류ㅎ여
좌쳥용 우빅호로 계한을 삼아두니
분야난 기미어늘 지형은 사해로다
동서난 이칠이요 남북은 삼칠이라
혼돈이 초판할 제 풍기가 만벽하여

---

1) 희동 : 조선. 우리나라.
2) 만화 : 만화(漫畵). 풍자나 해학으로 즉흥적으로 하는 이야기.
3) 쳔지홍몽 : 천지홍몽(天地鴻濛).
4) 계벽초의 : 개벽초(開闢初)에.
5) 구쥬순쳔 : 구주산천(九州山川).
6) 도여셔라 : 되어서라.
7) 쳔부지직 : 천부지재(天賦至才).
8) 사히즁의 : 사해중에(四海中)에.
9) 챵해가 : 창해(滄海)가.
10) 웃듬이라 : 으뜸이라.
11) 묵욕하고 : 목욕(沐浴)하고.
12) 팔류씃히 : 팔류(八流) 끝에.
13) 승겨셔라 : 생겼어라.
14) 구버보니 : 굽어보니.
15) 암록강은 : 압록강(鴨綠江)은.

당용씨 무진연익 단군이 이려나서
묘향순 단묵하에 신군이 도야서라
하우씨 도산회익 부류가 조공하고
은나라 무성 씨난 구월순에 승선ᄒ니
일쳔이빅 년익 긔ᄌ가[16] 동봉하여
빅마로 강을 건너 평양익 도읍할ᄉ
졍젼을 처음 굿고 팔조를 가라치니[17]
준〃한 동이속이 셩인의 화입어
남ᄌ는 례의하고 여자는 졍신하여
용화졔 변익숙언 그 뉘어 공익신고
듸쥬의[18] 실국 후익[19] 위만이 서단말가
삼한이 변경하여 풍우가 분〃터니
고구려 빅졔 후에 실라가[20] 통일ᄒ여
동도익 경쥬지난 일쳔연 고도로다
박석김 삼셩군은 향국도 면원ᄒ다
계림익 일이 되고 치영익 솟치피며
쳠셩대 싀진〃지고 반월셩익[21] 스심온이
류수 쳔연 고국이요 한연 이십 왕능이라
흥망을 생각ᄒ면 그 아니 슬허ᄒ랴
경슌왕 귀복 후는 왕씨익 고려로다
송경에 건토ᄒᄒ 오빅연 향국ᄒ니
엇지한 말셰 풍속 샹불언 무슴일고
셩늬예 노장봉은 례불형이 안이런가

16) 긔ᄌ가 : 기자가.
17) 가라치니 : 가르치니.
18) 듸쥬 : 기자조선의 왕인 기준을 이름.
19) 실국후익 : 실국(失國)후에. 나라를 잃은 후에.
20) 실라가 : 신라가.
21) 반월셜익 : 반월성(半月城)에.

상등에 연화나니 번화도 잠간이라
송학이 산이 울고 삼각산의 돌이나니
쳔운이 슌환흐고 지령이 왕셩하여
오빅연 흥왕운의 셩인니 나시기다
요슌이 기상이요 우랑의 공업이라
인심 쳔명 이십연이 수챵궁이 즉위하스
만〃세 구든 긔업 한양이 정돈흐니
용비봉무 삼각은[22] 현무로 뒤에 잇고
현무로 뒤에 잇고 회룡고조 종남슨은
쥬작이 압히 녹코[23] 오강이 조종흐여
금대수로 둘러스니 쳔부금셩 관즁이오
제왕가니 금능이라 무학이 향비내어
구즁궁궐 집을 짓고 쳔치만치 셩을 싸니
동대문은 흥인이오 남대문은 숭례로다
돈의문은 셔문이오 창의문은 북문이요
동셔의 쌍대궐은 제도〃 궁슝흐다
경복궁은 구궁이요 챵덕궁은 신궁이요
돈화문[24] 홍화문은 궁장이 흘입흐고
연영문 근정문은 젼압히 통기흐고
슉슉한 협양문은 젼 압히 통기하고
수〃한 희정젼은 시어흐신 편젼이요
묵〃한 인정젼은 조회반난 정젼이요
오식운 깁흔 고대 청뇌달 놉히여려
동셔정 너른 쓸은 문무빅관 반열이요
듸외난 엄숙하고 후원도 심누하다

22) 삼각은 : 삼각산은.
23) 압히녹코 : 앞에 놓고.
24) 돈화문 : 돈화문(敦化門).

금실화정 대조전은 현침을 친히짜고
류궁분듸 익정서난 갈누장 노릐ᄒᆞ니
츈당대 서총대난 친익하여 시ᄉ호고
영화당 어수당은 청연할 제 유상ᄒᆞ고
듸보단의 대명홍은 춘왕 정월 봄빛이요
풍국대예 셰단풍은 상임팔월 추석이라
관덕당에 활을 쏘고 단풍각의 농ᄉ보니
규모가 홍원ᄒᆞ고 제작도 빈〃하다
건관분직 너른 제도 중화를 의방하니
닉직은 삼천이요 외직은 팔빅이라
동서반 만벼슬이 경각ᄉ 버러시니
의정전 놉히 여려²⁵⁾ 삼공이 논도ᄒᆞ고
리호례병 형공여 육경이 분직ᄒᆞ고
종친부 방수하니 공ᄌ 왕손 모여들고
풍훈부 철전상이 보국공신 기록ᄒᆞ고
기호소원 임대신가 영화상 그려두고
돈〃영부 귀척근신 주문계국 버러서고
출납 왕명 승정원은 후설을 맛ᄒ 잇고
찬〃문병 규즁각은 문운을 여러녹코
홍문관²⁶⁾ 예문관은²⁷⁾ 사륜을²⁸⁾ 윤식ᄒᆞ고²⁹⁾
사현부³⁰⁾ ᄉ간원은 이뭇을³¹⁾ 널과 잇고³²⁾
팔도의 대동미포 션의청에³³⁾ 영긔ᄒᆞ고

---

25) 놉히여려 : 높이 열어.
26) 홍문관 : 홍문관(弘文館).
27) 예문관은 : 예문관(禮文館)은.
28) 사륜은 : 사륜(四倫)은.
29) 윤식하고 : 윤색(潤色)하고.
30) 사현부 : 사헌부(司憲府).
31) 이뭇을 : 이목을.
32) 널과잇고 : 넓혀 있고.

긔닉예 호구인민 한성부의 통솔ᄒᆞ고
사대교리[34] 큰문서난 승문원의[35] 져작ᄒᆞ고[36]
춘현(텬)하송 고례악은 성균관의 양ᄉᆞ하고
관상감은 천문보고 선공감은 토목 짓고
상의원은 의복 맛고[37] 사옹원은[38] 엄식지어
그나마 딕소 관부긔 포셩나 하단말가
중추부 그 이하로 서반 관직 히어보니[39]
훈련청 어령청의 빅만 비휴 둔의하고
금위령 용호영의 이천 마병 시제하고
토포ᄉᆞ 통릉사난 포직을 제어ᄒᆞ고
선전관 비별당은 관문을 방비ᄒᆞ고[40]
셰ᄌᆞ궁이 익위ᄒᆞ고 오위청의 도총부라
닉직이 근실하니 외임도 구비하다
팔도이 관찰ᄉᆞ난 방면이 선풍하고
사도이 수어ᄉᆞ난 관방을 보중ᄒᆞ고
수륙군 총제ᄉᆞ요 병마령 절도사라
웅주의 묵부ᄉᆞ요 소읍의 감헐영과
진관의 영중이요 령관의 판관이라
각영의 중군이요 변포의 청ᄉᆞ로다
닉외관직 버럿ᄉᆞ니 주관제도 아니런가
졔각 의문 고ᄉᆞᄒᆞ고 도성 풍물 히여보니
형상도 조컨이와 물식이 그지업다

---

33) 선의쳥의 : 선혜청에.
34) 사대교리 : 사대교리(事大校理).
35) 승문원의 : 승문원(承文院)의.
36) 져작ᄒᆞ고 : 제작(製作)하고.
37) 의복맛고 : 의복맡고
38) 사옹원은 : 사옹원. 조선시대 궁중의 음식에 관한 일을 맡아보는 관아.
39) 히어보니 : 세어보니.
40) 방비하고 : 방비(防備)하고.

장안 억만 팔방곡과 락양삼천[41] 십육교이
동서난 수철니요[42] 남북은 금빅이라
사통오달 종루가와 삼조 구국 광통교의
박지 여려은[43] 종명정 식지가요
연운갑졔난 쳑이장상 지퇵이라
요헌기각 최위하고 문창수호 영농하다
비딩이 호기하고 열스가 상대ᄒ니
위물화 당물화난 박물전의 버려노코
평양긔 전주긔는 쳥누이 모아두니
가병은 음취ᄒ고 장경은 규홍이라
셔원빅계난 귀공ᄌ이 유흥이요
금안락마난 유아랑의 노릐로다
셕양루 조양류에 쳥가묘무 번화하고
연융딕 세금정은 연하수석 경치로다
남한ᄉ셩[44] 화류구경 북한산셩 단풍노름
광녹지딕난 쳐〃이 금수로다
장군누각은 중화문물이요 춘되 연월은 강구 기상이라
팔도 지계를 쳥스라 수원은 중영이요
광주난 정영이라 임진강 만리산은
산수도 긔이ᄒ다 양주파부 큰 힝궁은
필노가 도야잇고 영조문 모화당이
ᄉ선이 나역ᄒ다 삼남의 조운미난
만리 창외 싸여두고 북경이 박물화난
긔성부이 긔시로다 충청도 공주영은

---

41) 락양삼천 : 낙양삼천(洛陽三千).
42) 수철니요 : 수천리요.
43) 여려은 : 여렴은.
44) 남한ᄉ셩 : 남한산성(南漢山城).

호서의 명승지라 속리슨 계룡산
산긔가 방박흐고 빅마강 단양강은
수세도 장원하다 스군의 강슨성은
종고이 천명흐니 층〃한 옥순봉은
옥부용[45] 각〃 서고 정홍한 구도담은
내성이 싸우난 듯 충주이 탄금디는
신장군이 진터이라 천추이 충혼의빅
강류가 오열한다 단산의 요정은
유국이 완연하고 청풍의 한벽루난
강월이요 경주라 경상도 문명지난
해동의 제일이라
틔빅슨 락동강은[46] 진슨진슈 도야잇고[47]
문경순흥 조죽령은 관방을 막아 잇고
청양산[48] 육〃봉은 무리산 풍연이요
소빅산 구곡계난[49] 빅녹동 규모로다
유현이 빅출흐고 인재가 울흥흐니
숙상은 현송이요 유풍은 추로〃다
영남루 촉성루난 누각중 제일이요
범어스 은혜스난 사찰노 대관이라
가야슨 홍유동은 최 고운의 방축이요
부석스 션비화는 사명당의 유적일라
젼라도 전주영은 호남의 가려지라
지리슨이 웅박흐고 금강수 흘러잇다
김재 만경 너른 들과 능주 나주 고운 물식

---

45) 옥부용 : 옥부용(玉芙蓉).
46) 락동강은 : 낙동강(洛東江)은.
47) 도야잇고 : 되어 있고.
48) 청양산 : 청량산(淸凉山)
49) 구곡계난 : 구곡계(九谷溪)난.

인물이 번화하고 풍속이 스려하다
제주도 한나산은[50] 영주산이 일홈조코
남원의 광한루난 오작교 그가이라
회서이 항해도난 지경이 서해로다
구월순 반긔하고 세류강이 옹포ᄒ니
김겨진의 어럽이요 장연순이 직목이라
수양신 청셩묘난 빅이 숙제 청풍이요
해주의 효ᄌ비난 소년대연 유허로다
강원도 관동지난 산수항이 도얏서라
동해이 금강산은 쳔하의 쳔명하니
홀셩류 올라가니 만이쳔봉 진면목이
쳡〃이 백옥이라 층〃이 금불이라
영동읍 명승지예 팔경을 히어보니
강능이 경포대요 삼척이 죽석류다
울진이 망양정과 평해이 월송정
청강정 총석정과 낙셩수 삼일포라
화용이 유의하야 승계를 여러도다
관서이 평안도난 슈쳔년 고도로다
궁슝흔 묘향순은 만고 청산 푸르〃럿고
양〃한 대동강은 고금 류수 흘러 잇고
평양성 대즈묘난 전침이 의구하고
칠성문 정전헌은 강력이 완연ᄒ고
릉과금슈난 의주상고 도희하고
셍가육적은 한양유여 풍속이라
강산이 연당장은 십이산 광충연이여
성쳔이 강션류난 삼쳔선즈 조희ᄒ고
관북이 함경도난 우리나라 근본이라

---

50) 한나산은 : 한라산은.

세황순이 종령하고 용흥강이 육체하니
함흥이 풍포관은 흥왕지 〃 아니런가
영흥이 션원진은 어진을 봉안하고
되쥬동 릉침소에 상설을 이호하고
산풍에 산천이요 용릉에 가지로다
락민누 만세교에 인물이 은부하고
회령이 부증셩계예 화긔으 계시로다
합하여 팔력되예 물산을 의론하면
여흥 긔교난 왕기가 제일이요 장상피력은
셔관히 명순이여 호남토공은 귤유와 죽전이라
영남 소슨은 직칠과 은석이라
히서도 시저로 봉밀과 송사관동이라
마포모물 관북이라
산천도 수련하여 물화도 조타마난
이것저것 다 바리고 옛붓터 해동국이
소중화 이르기난 예약교화 아니런가
아조 조선 개국 후로 열성이 상승흐여
유정유일 제왕심법 주거니 받거니
인의로 터을 싹고 공경으로 집을 삼아
증회루흡 스빅연이 시민 후틔 빅식흐여
문치를 숭상하고 인재를 작성흐니
청제관듸난 스회의 웃듬이라
동노례악은 천하가 자릐하니
황명천지 의관문물 동국에 다 잇것다
국학을 창건하고 의문을 이르키니
당상악은 싱황이요 당학악은[51] 경관이요
옥진금성 시종도리 절이의 유음이라

---

51) 당학악은 : 당하악은.

정 포은이 별락하고 오련이 이러나서
명셩을 근본하고 경의로 길을열어
공밍의 궁장이요 정주의 문호로다
수ㅅ의 긋친 신을 망〃히 이어내니
민낙의 기친 줄을 요〃히 다스리고
만고의 오도연월 동방의 다잇것다
셩명도 비양은덕 그 아니 거룩한가
어와 우리들은 이 왕국에 싱장ㅎ여
쳥아 화우의 쟝휵한 초목이오
연어 천지의 고무한 군싱이라
츄로향 유듕에[52] 션현을 경앙ㅎ고
션현을 경앙ㅎ고 요슌의 도를비와
남묘의 주선하면 왕유를 비식하여[53]
남훈젼 오식실노 곤룡표 긔여닉고
강호의 우한하면 셩덕을 강승하여
남훈젼 오식실노 곤용포 지어내니
격양가 놉히 불너 틱평을 보답하세
어화 낙토로다 동국이 낙토로다 〃

---

52) 유듕의 : 유속즁에.
53) 비식하여 : 배석하여.

3. 한양비가

하나의 두루마리에 전편이 수록된 국문가사이다. 515.5×37.2cm 규격의 두루마리이며, 단·행·음보 구분 없는 줄글 형태의 필사본이다. 분철 표기가 이루어져 있어, 대체로 현대어에 가까운 표기로 기록되어 있다. 작품의 마지막 부분에 "경진 팔월 순이일 권 첨지 서"라고 기록되어 있고 1900년대로 추정된다. 이정옥 소장 가사이다. <한양비가>라는 제목에서 보듯이, 조선 개국부터 조선 말까지의 영사적 기록과 함께 조선의 비운에 대해 안타까워하는 심정을 담고 있는 작품이다. 송사류 가사를 통해 여성들은 역사에 대한 견문을 넓힌다. 영사류 가사는 조선조 여성들에게 일종의 교양 역사교과서 구실을 한 것이다.

한양비가

일락서산[1] 옛성터를 죽장[2] 지분 돌아보며
높이 솟은 북악산과 얕개 솟은 남산이라
한강수은 동쪽애서 굽이치며 흘어오고
서쪽애는 인왕산이 이씨 고궁 굽어보네
남한산성 북한산성 굳게 쌓은 이태조가
고려왕실 둘어치고 이씨 왕국 건설하사
정도전을 앞새우고 한양으로 천도할제
백대권근 살고지고[3] 터울 닦은 대궐이며

---

1) 일락서산 : 일락서산(日落西山). 해가 서산으로 떨어짐.
2) 죽장 : '늘, 줄곧'의 방언형이다.
3) 살고지고 : '지다'는 '-고 지다'의 구성으로 쓰여 앞말이 나타내는 동작을 소망함을 이르는 말이다. 예스러운 표현으로 자주 쓰인다.

애단척첩 날 떠민다 옴겨 안진 벽궁자리
호로[4]인생 떠난 후에 권설[5]만이 남아있어
권족만데 이 땅에서 사는 백성 교훈이라
이씨 조선 오백년사 들처 보면 비극이라
국초부터 골육상쟁 위의치사 잘못인가
태조대왕 많은 왕자 두 왕비의 소생이라
한씨 소생 방과 방원 개국공로 뚜렷함을
강씨 소생 사랑하야 세자책봉 결정할 재
방원의 난 일으켜서 정도전을 학살하고
방번 방식 두 왕자를 용상 앞에 박살헷네
이 소동을 보신 대왕 기가 막혀 은퇴하사
함흥으로 피해가서 적막하게 계실 따라
방과 등극 먼저 시켜 정종대왕 그 분이오
방원 등극 나종 되니 태종대왕 그 분이라
용상 앞에 피 비린내 정종대왕 싫어하사
개경으로 옮기신 후 동생에게 선위헷네
태종대왕 즉의하사 한양으로 다시 옮겨
용상 위에 안았으나 무리 하개 얻은 왕의
절차마다 문안하고 함흥차사 보내면은
태조대왕 화가나서 가는 차사 다 죽이메
함흥차사 불여지는 신하까지 불행사요
대궐 안에 여러 살님 싸움 그칠 날 없엇내
삼천궁녀 편을 갈아 모락중상 궁리통에
태종대왕 왕자들은 갓별 조심 하는지라
슬피하는 유림들이 집현전에 모여 앉자
새상 만사 탄식하며 발명하신 훈민정음

---

4) 호로 : 북방의 소수 민족을 이르는 말이다.
5) 권설 : 권설(勸說). 타일러서 권하는 말.

국민에게 선포하신 세종대왕 큰 공덕을
우리백성 하나같이 영세불망[6] 하고지고
집집마다 언문 공덕 가갸거겨 배우는데
야극할사 신명이여 세조대왕 승하로다
문종께서 직의하사 이역 별서 웬일이며
어린 단종 등극할 새 수양대군 황장햇네
어린 단종 자리 뺏은 세종대왕 그분이라
역대춘신 잡아다가 주리 틀고 악형할재
옳은 말은 듣기 싫고 고룡포[7]만 탐이나서
단종에사 살신은 세조대왕 저지른 죄
못 할노릇 하신 세조 슬하 형재 요사[8]마다
단종 모후 꿈애 뵈고 자신 병도 고질이라
세조대왕 노래에든 자기 잘못 후회하사
한양부군 고활찻아 불공 중에 별새헷내
성종임금 죽한 후 단종 신주 모시적어
자리불은 새조 신주 손자호령 들엇다내
참혹하계 객사하고[9] 어린 단종 추모하여
사륙신의 사당 세워 죄 벗기고 분향이라
성종대왕 어지신일 조신들이 추앙할제
곤전[10]마마 별세하사 후궁 중에 선택받은
윤비 마마 투기심을 왕이 알고 사양햇네
연산군을 낳아놓고 투기 죄로 사양 받은
윤비 마마 슬픈 사연 알려주는 금삼[11]의피

---

6) 영세불망 : 영세불망(永世不忘). 영원히 잊지 아니함.
7) 고룡포 : 곤룡포(袞龍袍). 임금이 입던 정복. 누런빛이나 붉은빛의 비단으로 지었
   으며, 가슴과 등과 어깨에 용의 무늬를 수놓았다.
8) 요사 : 요사(夭死). 요절.
9) 객사하고 : 객사(客死)하고. 객지에서 죽고.
10) 곤전 : 곤전(坤殿). 중궁전. 왕비를 높여 이르는 말이다.

연산군이 어릴 때라 모르고서 등극할 새
훈구파와 사림파의 감정폭발 무오사와[12]
김종직의 조이제문[13] 왕의머리 자극하여
연산군의 복수정취 가자사화[14] 또 빗었네
어릴 때은 영특하신 연산군이 미친듯이
성균관은 놀이터로 원각사는 기악 장소
왕의비행 투서하면 굴아는 이 투옥하고
국문서적 압수하여 불살이고 버렸다네
이런 폭정 십년이라 조신들이 싫어하여
연산군을 좇아 내고 중종반정 혁명거사
중종대왕 등극하사 혁신정치 하시려고
도학파로 이름 높은 조광조를 등용햇네
조광조는 대사헌에 성현으로 이름날 재
소인들니 시기하여 귀양 가게 환훈조가
역모 한다는 뜻 왕이 믿게 하는라고
주초의왕 글자대로 벌래먹은 풀잎 따서
궁녀들이 해명할 재 대왕게서 크게 올라
성현군자 조정 암을 투옥하여 극형하며
한양성은 안퐈으로 유림들이 통곡이며

---

11) 금삼 : 금삼(錦衫). 비단으로 만든 적삼.
12) 무오사와 : 무오사화(戊午士禍). 조선 연산군 4년(1498)에 유자광 중심의 훈구
파가 김종직 중심의 사림파에 대해서 일으킨 사화. 4대 사화 가운데 첫 번째 사
화로, 《성종실록》에 실린 사초 <조의제문>을 트집 잡아 이미 죽은 김종직의
관을 파헤쳐 그 목을 베고, 김일손을 비롯한 많은 선비들을 죽이고 귀양 보냈다.
13) 조이제문 : 조의제문(弔義帝文).조선 성종 때 김종직이 세조의 왕위 찬탈을 빗대
어 지은 글. 항우가 초나라 회왕인 의제를 죽인 고사를 비유한 것인데, 무오사화
의 빌미가 되었다.
14) 가자사화 : 갑자사화(甲子士禍). 조선 연산군 10년(1504)에 폐비 윤씨와 관련하
여 많은 선비들이 죽임을 당한 사건. 연산군의 생모 윤씨가 폐위되어 사약을 받
고 죽은 일에 관계한 신하들과 윤씨의 복위를 반대한 사람들이 임금의 노여움을
사게 되어 화를 입었다.

인산인해 이룬 중애 자진 투옥 칠십여명
형틀 위애 같이 올라 자진화를 당한 시실
기모사와[15] 그 원인은 간신들의 악행이라
꿀 물어서 쓴 글자에 벌래 먹은
풀 잎사귀 어리석은 대왕 앞에 위협 드린
비극이요 중상모략 일은 삼는 왕비 천성
새도판애 중종대왕 승하하사 인종대왕
즉위로다 계모 대신 윤대비는 인종 해찰
계교로서 친정 사람 불어들여 별별수단
계획 중에 자기소생 상감 되라 절을 짓고
불공터니 인종대왕 요사할 새 병종대왕
올려놓고 대비마마 섭정이라 대윤 소윤
싸움이요 을사사화[16] 빗은 참극 윤씨들의
추태로다 인종 외숙 윤파는 대윤으로
쫓겨나고 병종외숙 윤형은 소윤으로
들어서서 섭정세도 난장판애 명종 임금
승한로다 선조대왕 입양 등극 복이할 수
없던가 형숙하신 왕비 몸에 왕자 일찍
못 두시고 서자 중에 광해군이 총애받고
자랐다내 임진외란 저을 때도 한양성을
포기하고 피란 가서 선위할 제 광해군이
계승햇내 가악 으린 외놈들은 금수[우]강산

---

15) 기모사와 : 기묘사화(己卯士禍). 조선 중종 14년(1519)에 일어난 사화. 남곤, 심
   정, 홍경주 등의 훈구파가 성리학에 바탕을 둔 이상 정치를 주장하던 조광조, 김
   정 등의 신진파를 죽이거나 귀양 보냈다.
16) 을사사화 : 을사사화(乙巳士禍). 조선 명종 즉위년(1545)에 일어난 사화. 인종
   이 죽자 새로 즉위한 명종의 외숙인 소윤(小尹)의 거두 윤원형이 인종의 외숙인
   대윤(大尹)의 거두 윤임 일파를 몰아내는 과정에서 대윤파에 가담했던 사림(士
   林)이 크게 화를 입었다.

침략하여 평양까지 올라가니 간 곳마다
바다요 국가 존셔 위기어서 광해군이
한약사수 피랑[17]못간 백성들을 위로햇는
그 공인 듯 상궁들이 동정하니 선조대왕
승하하고 초상 중애 등극하니 집어비의
적이로다 상궁덕에 등극하신 광해군이
심약해서 상궁말만 신용타가 나라 정사
그르첫다 영창대군 살해하고 대비마마
욕을 보여 폐륜행위 오심하기 금수 다름
없는지라 조신들이 통곡하며 인조반정[18]
결심하야 대궐 뒷문 깨트리고 상감 침실
들어가니 발가벗은 궁녀들이 한 방 모여
장난이라 대들어서 붙잡을 때 큰 힘들지
아니한 듯 강화도로 귀양가서 광해군이
아사햇네 인조 반정 그 행사도 우리나라
혁명거사 내랑 외첩 잦은 탓에 병자호란
비극이며 적군 침략 올 때마다 한양 비운
수 없어라 호수만복 추치든 어디 가니
호조할꼬[19] 약소 민족 우리 겨래 대국 사이
끼인 설음 외우내환 그 속에도 옳은 사람
못 배기네 효종대왕 인질되어 호적[20]땅에
계시다가 수 년만에 도라와서 눈물 속에

---

17) 피랑 : 피난.
18) 인조반정 : 인조반정(仁祖反正). 조선 광해군 15년(1623)에 이귀·김유 등 서
인(西人) 일파가, 광해군 및 집권파인 대북파(大北派)를 몰아내고 능양군(綾陽
君)인 인조를 즉위시킨 정변.
19) 호조할꼬 : 호조(互助)할꼬. '호조하다'는 서로 돕다라는 뜻으로 '상조하다'와 같
은 말이다.
20) 호적 : 호적(胡狄). 오랑캐.

신양[21]으로 요사할 새[22] 허드지둥 대를이어
숙종대왕 즉의 후라 곤전마마 패의하고
장희빈에 혹해다가 희빈조차 싫증나서
다시 민비 입절할 새[23] 투심많은 장희빈이
사약 밧고 발악이라 자기 소생 경종 임금
병신으로 만들었내 요악수력 그 성품에
궁녀들도 많이 죽고 대왕 앞에 소곤거리
곤전 마마 쫓아낸 뒤 군신 간에 논의타가
노론 남인 당쟁이면 서로 암살 일삼아서
한양 땅에 피 뿌릴제 희빈 소생 경종왕은
즉위하사 곧 별세라 영조대왕 등극하사
다비 다남 팔십 향수 탕평책[24]을 써가면서
국민 단결 힘 써오니 사도세자 죽일려고
옹주들의 말을 듣고 두지 안에 세자 넣어
띠워 죽인 그 즉시로 세자비도 폐비하당
부당하신 분부이매 조옥천이 반대하는
상소문을 올렸다가 명조대왕 대로하사[25]
옥천승지 투옥할 새 필히 귀양 가는 가마
옥천태위 전별이요 귀양길에 상소문을
또 보내고 병사했네 영조대왕 다음 위에
정조대왕 등극하사 부친 원수 갚으려고
도[우]사리든 그 당시라 눈치 헤린 전의들이

---

21) 신양 : 신양(身恙). 신병. 몸에 생긴 병.
22) 요사할새 : 요사(夭死)할 새. '요절하다'는 '요절하다'라는 뜻이다.
23) 입절할새 : 입절(立節)할 때에. '입절하다'는 한평생 절개를 굽히지 않는다는 뜻이다.
24) 탕평책 : 탕평책(蕩平策). 조선 영조 때에, 당쟁의 폐단을 없애기 위하여 각 당파에서 고르게 인재를 등용하던 정책.
25) 대로하사 : 크게 노하시어.

마음 써서 편해한 일[26) 아는 이도 있거니와
모르는 이 더 많도다 궁중 비화 알고 보면
위태한 것 왕위건만 사람마다 그 자리를
좋다고만 하는 세상 그 후에도 여러 임금
나이 어려 등극하사 외척들이 섭정하고
서로 죽인 한양이라 슬푸도다 한양 땅아
이씨조선 오백년아 올은 사람 죽이기를
계저 도살 같이햇네 한양 도읍 그동안에
외첩내란 연달앗고 위기봉착 종묘 사직
몃 번이나 양자격어 고종 황재 어린 제왕
소의생부 섭정토록 조대비가 수렴친정
비밀결사 성공이라 득햇던 안동김씨
일조일석 몰락이요 쇠국주의 대원국이
복수정친 노골화[27) 라 그중에도 대궐 중수
핑계하고 돈 거들재 한양 근처 사는 백성
모두 고통 받았다네 영남 출신 최익현씨
발른 말로 간언할 재 위정자가 듣지 않고
도로 봉변 시킨 때라 민중전도 구부 간에
의산충들 심하드니 청국배를 오라해서
대원을 타게한 후 부지거최 출항으로
청국까지 싣고 간일 대원군이 돌아[우]온 후
이를 갈고 있을 적에 민비 파가 들어서서
수구파를 몰아내고 로국사람 불러들여
석제 건물 지은 일리 일본 병정 불러들여
청국 병정 막으려다 청일 전장 부발되니

---

26) 편해한일 : 편애한 일.
27) 노골화 : 노골화(露骨化). 숨김없이 모두를 있는 그대로 드러냄. 또는 숨김없이
    모두가 있는 그대로 드러남.

민중전의 책임이라 대원군의 구부 싸음
남인 노론 상극되고 왜놈들이 앞장서서
대원군을 이용하여 민중전이 무참하게
왜놈 손에 피살됨을 한양 성중 경북궁에
경희가 보았거니 밍중전의 불탄 궁장
집어넣은 연못이내 한심해라 우리나라
긴 영사을 들칙 보면 왕조마다 바꾸일 때
무혈 점령 당했지만 한양도읍 한 후로는
악당요녀 난판이요 민중전의 하나 소생
병신 되여 자락용을 일본놈이 새운 임금
융희 황재 그 분이내 이름만이 독립국이
독립문도 새웠으나 일본놈의 보호조약
한성에서 체결되고 애고애고 큰일 낫내
어이하면 좋단 말고 사천여년 긴 영사가
아조 끝날 되단말가 팔도강산 유림들니
통곡하며 모여들고 매국노매 이완용을
죽일려고 미행할 때 의병들이 도처에서
외놈촌에 다 죽은 일 가엽서라 백의용사
유림들은 말하노니 항일토쟁 고혼들은
누가 알아준단 말가 왜놈들은 대대손손
대륙침략 계획으로 동해주변 영덕 땅에
배를 대고 상륙이라 쇠국주의 대원군의
죽마지우 초남주장 의병들을 거느리고
삼십여년 공방전[28]에 물심양면 기울여서
가산탕지 하엿것만 국가으 녹 쇠잔하니[29]
일생공적 수포됐다 매국도배 이완용은

---

28) 공방전 : 공방전(攻防戰). 서로 공격하고 방어하는 싸움.
29) 쇠잔하니 : 쇠잔(衰殘)하니. 쇠하여 힘이나 세력이 점점 약해지니.

일본놈과 결탁하야 일본 헌병 불러들어
패장 병을 소탕할 새 장군들이 낙심하여
집단으로 자살한 일 외놈들의 세상이리
소문조차 금할 적에 이십칠때 고종황재
막동왕자 인절이요 일본으로 건너간 후
돌아올 길 묘연터니 고종 황재 별안간에
별세하신 인산이라 외놈들이 시관시켜
독살햇단 소문으로 배일 감정 최고조에
우리 겨래 단결할 새 삼일운동 독리만세
유혈 참극 빚었으나 일본 헌병 총부리에
백의민족 안굴햇네 무차별로 쏘는 총에
애국열사 쓰러지며 독립선언 하는 글을
만민 앞에 낭독한 일 탑골공원 목석들도
같이 울며 외우난 듯 춘풍추우 굿은 날에
피냄새도 풍기난 듯 삼십삼인 애국열사
나라 위해 서명한 글 품에 품고 빠저나간
이준열사 용감하다 만국평화 회담석에
약소 민족 비애로써 할복하신 그 정신을
우리 어찌 잊을소냐 가엾어라 윤희 황제
허수아비 같은 존재 창덕궁에 감금되어
둘어싸고 한국군대 해산시켜 보병학교
세우더니 총알 업은 헛총매고 꼼작 말고
있은할 제 유립 대포 조대간은 일본 시찰
하고와서 좋은 기회 놓칠새라 입절하야
부복하고 금상패화[30] 어찌하와 아무 분부
없나이까 오월상장 그때에도 와신상담
유명한 일 언제든지 유림들을 부르시면

---

30) 금상패화 : 금상폐하(今上陛下). 현재 집정하고 있는 황제를 높여 이르는 말.

일나리라 틈을 타서 알외온 말 황제 대답
듣기 전에 이완용이 가로막고 물어서라
호령이라 조대간을 끌어내란 추상같은
호령후로 철통같은 경비태새 어마어마
하엿건만 이동박분 수양딸이 배모 양반
들락날락 외놈들과 열락하여 갓은 작난
다 하는대 말 한마디 못해보고 용상 위에
앉은 대왕 부부지락 조차 몰라 궁녀나인
탈시 중에 별새로다 융희 황제 이조 말왕
그분이라 이씨 왕국 오백년에 이십팔왕
사십왕비 한양 근처 양손처 자리잡은
능라제궁 많을시고 대궐 안애 혼자 남은
윤비마마 가엽서라 병든 남편 만난 탓에
소생하나 읇시 늙어 딸 팔아서 사는 친정
원망하며 한탄할 제 막즉 인산 유월이라
육십만시 그날에도 외병들이 학생들을
강재해산 시켰도다 소방차로 물을 쏘고
사람들을 잡아 갓내 광주학생 만세사건
전속으로 번질 때도 외징취하 항일투장
한양천지 뒤집헛다 외놈들도 학생들을
무시할 수 업는지라 음속잡아 전부 석방
시킨 후에 두고두고 잡아들여 배일사상
시킨 후에 뿌리 빼며 신간회[31]를 해산시켜
간사들을 검거하고 한글회를 해산시켜

31) 신간회 : 신간회(新幹會).1927년에 민족주의와 사회주의 운동의 대립을 막고 항
   일 투쟁에서 민족 단일 전선을 펼 목적으로 조직한 민족 운동 단체. 이상재를 회
   장으로 추대하여 결성하였는데, 항일 투쟁에 많은 활약을 하였지만 내부 분열로
   1931년에 해산하였다.

간부들 검속하여 홍원까지 끌고가서
잦은 악형 다할 때라 서부인을 매수하여
천도교로 분열공작 그중에도 최린씨가
병심한일 듯밖이라 조선팔도 유지들은
일본감투 쓰라할 재 총독부의 소속으로
중추원[32]의 참의원들 황국신민 맹세하고
순회 강연 하더니만 창씨가지[33] 권유하여
왜성같은 변성명은 참고볼 수 없는지라
유리들은 통곡할 재 창씨안한 사람에겐
요시찰의 딱지붙고 밤낮으로 미행하여
삼족[34]가문 괴롭히면 처녀 공출 해와서는
일본군의 위안부로 젊은 사람 증발여서
일본군대 보병으로 외놈들의 압잡이가
껑청대던 그 시대라 인류 평등 이 세상에
무슨 운명 이러할꼬 애고애고 원통해라
일본제국 침략 행위 대륙까지 빼앗으려
만극출병 시작한 후 십년넘은 대전이라
초근목피 우리 약식 어린 자식 불상토다
이래저래 비운 속에 외놈들이 항복할새
금수강산 삼철 리가 해방인가 했더니만
삼팔선의 철의장막[35] 조선반도 두쪽 낫네
슬푸도다 우리나라 약소 민족 이 비애라
세계대전 종식날에 미소가의 얄타협정
북한에는 쏘군이요 남한에는 미군정에

32) 중추원 : 중추원(中樞院). 1. 대한 제국 때에, 의정부(議政府)에 속한 내각의 자
   문 기관. 2. 일제 강점기에 둔, 조선 총독부의 자문 기관.
33) 창씨가지 : 창씨까지. 창씨개명까지.
34) 삼족 : 삼족(三族). 부계(父系), 모계(母系), 처계(妻系)를 통틀어 이르는 말.
35) 철의장막 : 철의 장막(鐵-帳幕).

외놈들이 때을 지어 야간도주 햇는지라
총독부도 우리 손에 방속도 우리 손에
해방천지 한양 땅에 태극기가 날일 때라
심팔선을 원망하며 망명객들 돌아오나
우익 명사 승진우씨 괴한애게 암살 당코
좌익 사람 여운형도 또 암살을 당햇으면
한민당의 장덕수씨 괴한에게 암살 당해
청년들이 통곡하면 장지까지 매고 가니
국장보다 애통스런 장씨 장래 그날이요
남북으로 갈린 서름 모두 갓치 울었난이
한양 땅에 흘린 눈물 한강수도 불는 듯고
모자년에 종서 겨을 대한민국 수립할 새
간접 선거 대통령에 이승만씨 당선이라
창덕궁에 윤비 마마 아뢰 통령 황대하야
비원 속에 차린 잔치 가신님이 돌아온듯
오려만에 조국 광복 우리나라 경사러니
김구 성생 암살 사근 의혹 중에 의혹이며
우방나라 원조받아 번창해 진 한양이나
하강 상류 올아간이 한탄강이 탄식하내
찬 여울에 흘린 피는 육이오를 알렷건만
우리나라 이원구는 미련하개 방송키를
모든 직장 잘 지키라 미군들이 곧 온다고
백성들을 속여놓코 혼자만이 피랑이요
육군참모 책임자가 한강교를 끊어놓니
성군[36] 시민 이백만이 독안에 든 쥐와 같아
인민군이 내려와서 다들잡아 가려다가
요행으로 남은 청년 오늘날의 국군이라

---

36) 성군 : 성군(成群). 무리를 이룸.

슬푸도다 이 한양아 비참한 일 몇 차랜고
병자호랑 그 해에도 희생당한 어린이며
육이오에 남북인사 언제 놓여 오려는고
부모 처자 고대함을 짐작이야 하련마는
철이장막 삼팔선에 가로 막혀 못 오는 덧
보고지라 납치 인사 언제 다시 만나볼꼬
남북인사 생각하면 원망스런 이 원수라
그 이팔에 입성한 후 남으시면 모이며는
이 원수의 음성조차 듣기 싫어하는 말이
일사후태 부산에서 무리하게 당선이요
수복에서 삼선 출마 또 당선이 될 적에도
해공 선생 급사하야 젊은이들 실망햇네
야당 출마 신익희새 시체 운반 그날이라
경무대 앞 큰길에서 경관들과 대중들에
삼백여명 젊은이가 검거되고 소환햇내
사선에도 출마하신 이 대통령 명령인가
오심 선거 땡겨갖고 삼이오에 한다할 재
한양조씨 유식 선생 또 급사를 당하시와
전래없는 군만창은 또 한양의 매국이요
조객들이 모여들어 인산같은 그날이라
기리기리 경계망을 삼엄하계 늘여놓아
그 날만은 모사하계[37] 국민장을 치럿것만
땡겨하는 총서거가 처음부터 화근이라
삼일오의 부정선거 마산에서 폭도될 새
경하욕지 젊은 학도 결사부대 편성하야
사일구의 학생의 경무대로 향하더니
아까와라 젊은 학도 천여 명의 살상이요

---

37) 모사하계 : '무사하게'로 추정된다.

무찰별로 쏘는 총은 경찰관의 만행이네
늙은 원수 살이리고 젊은 학도 막 죽일 때
이기붕집 일 가족은 담을 넘어 피신이라
며칠 두고 하는 데모 철야농성 항거터니
각부 장관 사임하고 장 부통령 사임했네
이기붕도 모든 공직 물어선다 맹새하고
이 대통령 하야[38] 성명 사이류의 정변이라
그 사흘날 이 원수가 관저 떠날 준비할 재
이기붕집 일가족이 경무대서 자결했네
십이 년간 이씨 정권 한양에서 끝이 나고
여당 행세 자유당은 심판대에 올랐도다
위대한손 피의 댓가 고루고루 시정할 때
과도정부 내각에는 허정씨가 스방이요
악이심판 바른 무리 형무소가 만원될 재
밀리 낫든 윤비마마 고궁 차자 온다하내
육십필새 쌍근 모습 부족해서 섰는 왕비
새삼스리 구한국의 왕족이며 부산에서
환도하사 창덕궁도 뺏온 지라 동막제궁
귀양살이 윤비신서 죄량터니 이 대통령
물어날 새 이내 환궁 하심이라 구한 비극
남은 자최 다시 무고이 여닫는 비원 연당
물고기도 다시 주인 연접하니 고진감래
홍진비래 이를 보고 말함인 듯 알 수 없다
사람일생 백년고락 임타을 윤비 보고
우리 여자 동정하고 탄식할 재 양녀마마
내외분은 이화장에 계신다니 춘몽같은

---

38) 하야 : 하야(下野). 시골로 내려간다는 뜻으로, 관직이나 정계에서 물러남을 이
   르는 말.

부귀영화 돌아보면 허무하리 어화 우리
동지들아 불가항력 새상사라 대대손손
전해가며 순리되로 살고지고 가죽 밑에
든 복마은 끌 갖고도 못 판다니 사람마다
각각분복 관분하개 원치말 것 서울근처
산새 보라 독살 맛기 한이 없내 천지개벽
타시런가 신한 구한 비극이라 우리나라
착한 민족 십여 년간 돌아보면 우방 나라
원조밧다 극사극치[39] 타락 생활 적[우]이음도
모루고서 춤만 추든 육이오라 잇으려도
못 잇갰네 총소리가 날 때마다 서울 시민
놀안 간장 한양성을 돌아볼 제 동북쪽의
수락산[40]은 비수같은 산이로다 백악천봉
늘러서서 항성 노려 질색이라 무서워라
무서워라 산새조차 인심조차 한양 비극
잦은 탓을 누구보고 탓하리요 서북쪽을
두른 산은 벌개 벗고 업드린 양 식모해서
안되는 산 한양밖에 없는지라 악한마음
갖은 사람 어육내고 망신한 곳 한국 영사
들처보면 부정 못할 사실이매 슬푸도다
이 한양아 또 비극을 빚으련가 학생의거
위령재에 시민들은 통곡한다 끝

경진 팔월 순이일 권첨지[41] 서

---

39) 극사극치 : 극사극치(極奢極侈). 더할 수 없이 매우 사치함.
40) 수락산 : 수락산(水落山). 서울특별시 노원구, 경기도 의정부시 사이에 있는 산. 도봉산과 함께 서울의 북쪽 경계를 이룬다.
41) 첨지 : 첨지(僉知). 나이 많은 남자를 낮잡아 이르는 말.

4. 우민가라

  <우민가라>는 이정옥 소장본으로 20.5×30.5cm 총 69면의 필사 장책본 가사집에 실린 작품이다. 이정옥(2003)의 ≪영남 내방가사≫ 제2권, 16~38쪽에 영인 자료가 실려 있다. 진나라 말기 항우가 한나라 고조의 군사에게 안차성 영벽현(安徽省 靈璧縣)에 있는 해하(垓下)에서 포위되어 '사면초가(四面楚歌)'의 막다른 상황에 다다르자, 사랑하는 우희(虞姬)와 최후의 주연을 베풀었다. 시름에 찬 항우에게 이별을 하는 대목을 가사로 지은 작품이다. 우희 곧 우미인이 유방 군사에게 쫓기는 항우와 헤어지기 서러워하며 자진(自盡)하였다고 하나 본 작품에서는 항우가 유비에게로 가도록 권하였으나 거절하자 칼로 목을 벤 것으로 극화하였다. 사기(史記)의 <항우본기(項羽本紀)>에 초나라를 일으킨 항우(項羽)와 한나라를 일으킨 유방(劉邦)은 중원을 두고 다투던 당대 최고의 장수들이었다. 초나라와 한나라의 전세가 엎치락뒤치락하다가 드디어 해하(垓下)에서 최후의 결전을 맞게 되었다. 이때 항우는 군사도 적고 식량도 부족했을 뿐 아니라 한나라 병사들이 사방에서 초가(楚歌)까지 부르자 향수에 젖은 초나라 병사들은 대다수가 전의를 잃고 도망을 갔다. 자신의 운명이 다했다고 판단한 항우는 최후의 만찬을 벌였다. 술 몇 잔을 단숨에 들이킨 항우는 초라해진 자신을 바라보며 비분한 심정으로 패장의 슬픔과 사랑하는 우미인과의 이별의 이야기를 재구성한 작품이다. 후대 송나라 증공(曾鞏)은 "우미인의 피가 변하여 우미인초(虞美人草 : 개양커비)가 되었다"는 시를 남겼다. 사전(史傳) 소설과 전설에서 소재를 따거나 원곡과 전기(傳奇)를 개작하여 다양한 작품 소재로 활용하고 있는데 민요로 전승되고 있기도 하다. 특히 민요 우미인가는 "천지헌황 강남국에 산도좋고 물도좋다/아황여영 죽은터에 무산선여 노던곳에/우미인이 새로낫다/초패왕의 부인인가

위공자의 딸일런가/만국절색 곱은얼골 구름속의 월산인가/배태영웅 장사들아 초한상고 들어보소/"와 같이 본 가사와 내용이 비슷하다. 중국에서도 경극으로 <패왕별희>라는 작품으로 공연되고 있다.

이 작품은 내방가사가 소설장르와 혼효되는 모습을 보여주고 있다. "한숨짓고 하는 말이 "우미인아 우미인아 어서 깨오. 바삐 깨오. 잠은 어이 깊으신고. 나는 지금 갈 터이니 이별주나 먹어 보세.", "눈물 짓고 하는 말이 "잡으시오 잡으시오 이별주를 잡으시오 잡으시오 잡으시오 하직(下直) 술을 잡으시오."와 같이 대화체를 가사에 삽입하는 기법을 활용하고 있다. "~하고 하는 말이"라는 인용 방식을 이용하여 대화체를 인용하고 있다.

조선 후기 내간에서도 세책본 한글 소설이 널리 유포되는 과정에서 내방가사와 소설 형식이 혼효되는 모습을 보여준다는 측면에서 가치가 있다.

우민가1)

천하 색향 강남국에 산도 좋고 물도 좋다. 아황 여영2) 죽은 곳과 무산선녀 놀든 곳에 만고절색 고운 얼굴 우미인3)이 새로 났네. 위공자에 여식이요. 초패왕4)의 부인이라. 미인 얼굴도 고울시고 미인 태도 비상하다.5) 단청으로 그려낸 듯 백옥으로 깎아낸 듯 팔자 아미(蛾眉) 생긴

---

1) 우미인을 소재로 한 경상북도 울릉군 울릉읍 도동리에서 전해 내려오는 민요. 1967년 울릉읍 도동리에 거주하는 김정오(남, 68)가 구연한 것을 서원섭이 채록하였다.
2) 아황 여영 : 요(堯) 임금의 딸인 아황(娥黃)과 여영(女英)이 함께 순(舜) 임금에게 시집갔다가 순임금이 창오(蒼梧)에서 죽자 상수에 빠져 죽어 물귀신이 되었다 함.
3) 우미인 : 우희(虞姬)라고도 한다. 진나라 말기 항우의 부인.
4) 초패왕 : 초패왕은 항우(項羽)를 말한다.

모습은 구름 속에 반달이요. 녹발홍안[6] 고운 태도 추강[7] 상에 연꽃이
라. 이팔청춘 꽃다울 때 초패왕에 짝이 되어 장할씨고 우리 대왕 역발
산기개세[8]라.

용천검(龍天劍) 드난 칼로 유주강[9]에 행행하여 음마질타[10] 하는 소
리 일 천 사람 자빠진다.[11] 장강군의 장하(將下) 군사 그륵상에 박산되
고 한나라 태조의 십만 대병 해수(垓水) 위에 미가 된다. 소상강(瀟湘
江) 기력(氣力) 이을 활촉 끝에 끼어들고 오추마[12] 좋은 말에 해마되진
높이 앉아 중원[13] 천사(遷徙)하려 하고 선입관중할 적에 꽃같은 우미

---

5) 비상하다 : 예사롭지 않고 특별하다.
6) 녹발홍안(綠髮紅顔) : 검고 윤이 나는 아름다운 머리를 가진 젊어서 혈색이 좋은 얼
   굴.
7) 추강(秋江) : 중국 안휘성 영벽현에 있는 해하(垓下)를 가로 질러 흐르는 강.
8) 이팔청춘 꽃다울 때 초패왕에 짝이 되어 장할씨고 우리 대왕 역발산기개세(力拔山
   氣蓋世) : 사기(史記)의 <항우본기(項羽本紀)>에 초나라를 일으킨 항우(項羽)와
   한나라를 일으킨 유방(劉邦)은 중원을 두고 다투던 당대 최고의 장수들이었다. 초
   나라와 한나라의 전세가 엎치락뒤치락하다가 드디어 해하(垓下)에서 최후의 결전
   을 맞게 되었다. 이때 항우는 군사도 적고 식량도 부족했을 뿐 아니라 한나라 병
   사들이 사방에서 초가(楚歌)까지 부르자 향수에 젖은 초나라 병사들은 대다수가
   전의를 잃고 도망을 갔다. 자신의 운명이 다했다고 판단한 항우는 최후의 만찬을
   벌였다. 술 몇 잔을 단숨에 들이킨 항우는 초라해진 자신을 바라보며 비분한 심정
   으로 다음과 같이 노래하였다.
   "/힘은 산을 뽑을 만하고 기운은 세상을 덮을 만하도다./때가 불리하니 오추마마
   저 가지 않는구나./추마저 가지 않으니 난들 어찌하리/우미인아! 우미인아! 너를
   어찌하리./" '역발산혜기개세'는 항우가 스스로 자신을 평가한 것으로, 한 시대를
   풍미했던 영웅의 대담한 기개를 뜻하는 말이다. 이를 줄여 발산개세라고 하며, 여
   기서 파생된 말로 개세지재가 있다.
9) 유주강 : 유주는 한나라 때 만들어진 13주 중 하나로 요동 반도 가까이 있었고 현
   중국 랴오닝성 일부, 북경, 톈진, 내몽골 자치구 일부 등을 포함한 곳이었다. 여기
   를 가로질러 흐르는 강을 말함.
10) 음마질타(吟馬叱咤) : 달리는 말에 채찍질을 하여 말이 우는 소리.
11) 자빠진다 : 넘어진다. 경상도 방언형.
12) 오추마 : 항우가 사랑하던 명마.
13) 중원 : 오늘날 중국 허난성(河南省)을 중심으로 산둥성(山東省) 서부 지역으로
    한족(漢族) 본래의 생활영역.

인을 연애하다가 실려 놓고 주순호치(朱脣皓齒)[14] 고운 얼굴 오색단장 꾸며 내니 부귀영화 좋은 팔자 미인밖에 또 있을가.

홍문연[15] 높은 잔치 대왕 따라 구경하고 아방궁[16] 불 탈 때도 대왕 따라 구경하고 풍진무석 우리 대왕 만고 영웅 우리 대왕 팔년 풍진 다 지내도 한 번도 실수 아니하더니 오늘 밤에 하성에 하느님아 이 왠 일이고. 유 정장[17]에 십만 대병 첩첩 중에 들었으니 범 같은 우리 대왕 함정(陷穽)에 드단말가. 앵무같은 우리 대왕 그물 속에 드단말가. 구리산[18] 깊은 밤에 적막히 누었으니 금풍은 소슬(塑瑟)하고 추월은 처량하다. 개명산 추야 월에 옥통소를 슬피 불어[19] 사왕곡 한 곡조에 팔천 제자(諸子) 흩어진다. 이 초가성(楚歌聲) 슬픈 소리 대왕님이 놀라 듣고 자던 잠을 놀라 깨어 팔척 장금 빗겨 들고 옥장막에[20] 비겨 서서 사면을 둘러 보니 유 정장의 장한 군사 기치 창검(槍劒) 벌려 섰고 팔천 적병이 나의 군사는 빛살같이[21] 흩어진다.

대왕님도 할 수 없어 장막 안에 빗겨 서서 한숨짓고 하는 말이 "우미인아 우민인아 어서 깨오. 바삐 깨오. 잠은 어이 깊으신고. 나는 지금 갈 터이니 이별주나 먹어 보세." 우미인에 거동 보소. 놀라 듣고 일

---

14) 주순호치(朱脣皓齒) : 붉은 입술 흰 이.
15) 홍문연(鴻門宴) : 중국 초(楚)나라 항우와 한나라 패공 이 홍구의 군문에서 가진 잔치.
16) 아방궁 : 중국 진시황(秦始皇)이 기서 전 212년에 산시성 서안부 장안현의 서북 함양 아방촌에 세운 궁전. 매우 크고 화려한 집의 비유.
17) 유정장 : 한나라를 일으킨 태조 고황제 유방(漢太祖 高皇帝 劉邦), 기원전 247년~기원전 195년)은 진나라의 장수이며 기원전 206년 한나라를 건국하였다. 기원전 202년 항우를 격파하고 중국을 통일하였다.
18) 구리산 : 중국 초나라와 한나라가 싸웠을 때 한신(韓信)이 진을 치는 모양과 장량(張良)의 옥통소 소리에 초패왕(楚覇王) 항우 군사들이 사기를 잃게 된다. 한 패공이 백만 대병, 구리산에 한신이 십면 매복 진을 치고, 패왕을 잡으려 진을 친 곳.
19) 옥통소를 슬피 불어 : 장량(張良)의 옥통소 소리.
20) 옥장막 : 옥을 주렴으로 드리워 놓은 장막(帳幕).
21) 빛살같이 : 햇볕이 흩어지듯.

어 앉아 원앙침 밀쳐 놓고 비취금(翡翠衾) 제쳐 놓고 팔자 아미 찡그리며 대왕님 전 하는 말이 "대왕님 아니 왠 일이고 이별주 가이 왠 말인고. 천하영웅 우리 대왕 태산같이 믿었더니 오늘 밤에 하성에[22] 이별주 가이 왠 말인고. 대왕님 하는 말이 할 길 없고[23] 속절없다. 팔천 재자 흩어지니 내 몸인들 어이 하리". 오추마 굿난[24] 말에 체 한 번 드리쳤으면 적진 중에 흩어나서 내 목숨은 살려이와 년년 약질 내자의 몸, 너 어이 도망하리. 가련하다 우미인아, 불쌍하다 우미인아 우미인 말 듣고 촉하에 빗겨 앉아 백옥같은 두 귀 밑에 흐르나니 눈물이라. 섬섬 옥수 반만 드려 백옥 잔에 술을 부어 대왕임 전 드리면서 눈물 짓고 하는 말이 "잡으시오 잡으시오 이별주를 잡으시오 잡으시오 잡으시오 하직(下直) 술을 잡으시오." 대왕님 거동 보소. 그 술 받아 손에 들고 일배일배 부 일배에 반칙키[25] 먹은 후에 철석같은 간장이나 심신이 산란하여 옥장비가 한 곡조에 시름없는 눈물이라. 천하장사 초패왕이 너를 위해 운다는 말인가. 좌우에 앉은 군사 어느 사람 아니 우리. 우리 비온 다시 지난 눈물 용포 소매 다 졌는다. 어여쁘다 우미인아 너를 어이 하잔 말고. 다시 보자 우미인아 이제 보면 언제 볼고. 이 세상에 하직이라. 후 세상에 다시 보세. 우미인의 거동 보소. 빈 장막에 빗겨 서서 비단 소매 흔들치고 우는 낯을 가리며 대왕임께 하는 말이 "대왕임아 어이 할꼬 대왕임은 가건마는 나는 어이 못 가는고. 천병 만마 적진 중에 나를 두고 간단 말인가. 적적무인(寂寂無人) 빈 장막에 나만 혼자 있단말가. 가고지고 가고지고 오추마는 짐승인데 대왕 따라 가건마는 이 내 몸은 사람이나 말 가는 곳 못 가나. 원하느니 이 내 몸이 까막 까치되었으면 반공중 높이 날아 대왕 따라 가고지고. 원하느니

---

22) 하성 : 자기를 낮추어 이르는 말.
23) 없고 : 어쩔 수 없고.
24) 굿난 : 말을 듣지 않음.
25) 반칙키 : 생각에 잠겨 자리가 편안하지 못하여 몸을 뒤척거리며.

이내 몸이 구름 한 점 화해되어 일진광풍 날리어서 대왕 따라 가고지고. 원하느니 이내 몸이 팔척 장검 되었으면 칼집속에 깊이들어 대왕 따라 가련마는 할 길 없고 속절 없다. 대왕임아 날 살리오. 대왕님은 천자되고 이내 몸은 황후되어 구중궁궐(九重宮闕) 좋은 집에 백수회로(白壽懷爐) 하자더니 오늘 밤에 하성의 대왕님아 이 왠 일이고 팔년 풍진(風塵) 지낸 후에 태평연월(太平年月) 벼슬하고 대왕님과 같이 앉아 희희낙낙 하렸더니 오늘 밤에 하성의 하느님아 이 왠 일인고. 장안 궁궐 높은 집에 황금대(黃金臺)를 차려 놓고 온갖 화초(花草) 심은 터전 화류춘풍(花柳春風) 호시절(好時節)에 대왕남과 함께 앉아 꽃구경하자더니 오늘 밤에 하성의 대왕님아 이 왠 일고. 소상강에 연꽃 피고 동정호에 달 떠거든 대왕님과 배를 타고 선유(船遊)도 하자더니 오늘 밤에 하성이 이 왠 일이고. 대왕님아 구름같이 많은 머리 금봉체를 꽂은 뜻은 금석같이 굳은 마음 임과 하루 하자더니 오늘 밤에 하성의 이별이야 이 왠 일인고. 형산[26] 백옥각(白玉閣)아 내야 금지환을 만든 뜻은 백옥같이 맑은 마음 임과 동낙하자더니 하성 오늘 밤에 이별이야 왠 일인고. 연지(蓮池) 문앞 온갖 화장 녹의홍상(綠衣紅裳) 차린 뜻은 이내 몸 단장하여 임과 함께 살자는 뜻이 가련하다. 이별이야 이 왠 일인고. 하느님아 탄식하며 무엇하리 스러워한들 어찌하랴. 죽여주소. 죽여주소. 대왕임아 죽여주소." 대왕임의 거동 보소. 우민인의 손을 잡고 "울지 마오. 울지 마오. 우미인아 울지 마오." 목맨 소리 하는 말이 "너의 얼굴 저리 하니 유 정장도 영웅이라. 너를 응당 살려서 고이 사랑할 터이니 정장께 부디 가소. 유 정장께 가게 되면 부귀 영화할 것이라. 부귀영화 하더라도 구정(舊情)일랑 잊지 마오." 우미인이 말 듣고 울던 눈물 거치면 정색하고 하는 말이 "대왕님아 이 왠 말인고. 충불사이군

---

26) 형산 : 서우웨산(壽岳)이라고도 한다. 후난성(湖南省) 헝양시(衡陽市) 북쪽에 있다. 남동북쪽을 샹장(湘江)이 둘러싸듯이 흐르며 72개의 봉우리가 있다.

(忠不事二君)이오. 열불경이부(烈不更二夫)라오. 이내 몸이 곧 죽은들 유정장께 가단말인가? 하늘 같은 대왕님아 어서 바삐 죽여 주소. 날 같은 이 여자는 부디 생각마옵소서." 대왕님 이 말 듣고 미인에게 하는 말이 "천하 영웅 이내 몸이 산악같은 의기로서 용납없는 이 자리에 너를 두고 가자하니 혼자 가는 내 맘인들 오직 슬퍼 운다 말인가. 오늘 밤 옥장막에 이별이야 할지언정 보옥(寶玉)같이 귀한 너를 내가 어찌 죽일소냐." 원촌(遠村)의 닭이 우니 밤은 장차 새여 오고 천지는 되눕는 듯 고각 함성 요란하다. 천병만마 적병들은 물밀듯이 들어오니 사시가 위태하니 일각인들 머물소냐. 대왕님도 대경(大驚)하여 우미인에 손을 놓고 우는 눈물 씨쳐주며 만단 위로(慰勞)한 연후에 오추마에 뛰어 올라 장막 밖에 나설 적에 우미인의 거동보소 번개같이 뛰어가서 오추마의 가는 앞을 한사하고 막아 선다. 대왕님도 어이 없어 길게 한숨 지으면셔 뜨난 손에 칼을 빼어 우미인의 목을 치니 막영할 사 미인이여 칠보홍안 아깝도다. 불쌍하다 미인이여. 몸은 죽고 말지언정 일편단심 먹은 마음 송죽같이 굳은 절개 천고 원한 말은 혼은 대왕 따라 가리로다. 옥장막 가를 밤에 찬바람이 조문하고 기우러진 새벽 달도 스런 눈물 머금는듯 대왕임의 거동 보소. 그 머리를 거두어서 심십육계(三十六計) 기체²⁷⁾ 중에 제일 기책(奇策) 도망할 제 백만 군병 기침 창검 삼태같이 버린 곳을 거침없이 헤쳐나서 한 없이 달아 날 때 요란하던 고함성은 뒤로 차차 멀어지고 산간 평야도 노상에 말굽소리 뿐이로다. 한 곳에 다다르니 촌가에 개가 짖고 주검의 새가 우니 동방이 밝아 온다. 그곳에 머물면서 말도 잠깐 쉬게 하고 사방을 살펴보니 일대 청강 흐르고 있고 사위(四圍) 청산 둘렀으니 명산대천 분명하다. 초로 건곤(乾坤)이 천지에 제일 강산 여기로다. 길가에 묘를 쓰고 묘 전에 비를 세워 비문에 하였으니 만고 영웅 초패왕에 그의 부인 절개 가

---

27) 기체 : 어떤 변화(變化).

인 우미인의 무덤이라. 연월일 끝에 쓰고 일장탄식 하는 말이 "원통하다. 우미인아 구원에 쌓인 원혼 부디부디 잘 있으며 초패왕을 기다려라. 포한풍진[28] 지낸 후에 태평 년월 돌아오면 하류춘풍 봄바람에 너를 찾아 내가 오마." 탄식을 마친 후에 오추마의 다시 올라 구름 밖에 멀던 산이 순식간에 앞에 얼른 필마단청 독행(獨行)으로 정처 없이 가단말인가. 끝

---

28) 포한풍진(暴寒風塵) : 무더위와 추위의 어려운 고비를 지냄.

5. 권왕가

조선말기에 건봉사(乾鳳寺)의 축전(竺典)이 몽매한 중생들을 깨우쳐 불심(佛心)을 일으키게 하기 위해 지은 한글 불교가사들을 모아 판각한 것이다. 내용으로 <권왕가> <자책가> <서왕가> 세 편이 수록되어 있다.

<권왕가>는 서방정토(西方淨土)에 왕생하는 방법을 노래하고 있고, <자책가>는 불법을 모른 채 덧없이 보낸 세월을 자책하고 있으며, <서왕가>는 출가수도하여 서방정토에 왕생할 것을 노래하고 있다. 불교음악 가운데 화청(和請)에 속하는 이들 작품은 일반 민요풍을 지니고 있어, 범패(梵唄)와는 달리 누구나 쉽게 부를 수 있도록 되어 있다.

이 책판은 1908년에 범어사(梵魚寺)에서 만하의 주관으로 판각되었는데, 모두 22판이 새겨졌던 것이다. 그러나 현재 범어사에는 <권왕가>의 제7·8판을 제외한 나머지 20판이 남아 전한다. 이 책판은 부산광역시 유형문화재 제30호로 지정되었다.

1908년(隆熙 2)에 동래 금정산 범어사에서 간행한 장편 불교가사집이다. 순한글로만 표기되어 있는 불분권 1책의 목판본이다. <권왕가(勸往歌)>, <자책가(自責歌)>, <서왕가(西往歌)>의 한글가사가 연속된 張次로 수록되어 있다. <권왕가(勸往歌)>는 서방정토에 왕생하는 방법에 대한 것이고, <자책가(自責歌)>는 불법을 모르고 덧없이 보낸 세월을 자책하는 내용이며, <서왕가(西往歌)>는 출가수도(出家修道)하여 서방정토에 왕생할 뜻을 나타내고 있다. 이 책은 20세기 전반기 자료임에도 표기적인 면에서나 문법적인 면에서 상당히 의고적이다. 그러나 부분적으로는 영남 지역의 언어사실을 반영하고 있다.

권왕가

오호라 슬프도다 삼계[1]가 화택(火宅)[2]이오 사생(死生)이 고해(苦海)[3]
로다. 어이하여 그러한고 천상(天上)에 나는 사람 칠보궁전(七寶宮殿)[4]
수신(修身)하고 의식이 자연(自然)[5]하여 쾌락이 무량(無量)[6]하나 천복이
다 하면 오쇠고(五衰苦)[7]가 나타나서 삼도윤회(三道輪廻)[8] 못 면하니 그
아니 화택인가. 인간에 전륜왕(轉輪王)[9]은 이만 부인 일만 대신(大臣)
일천 태자(太子) 시위(侍衛)[10]하고 칠보가 구족(具足)하여 사천하[11]를 거
느리고 위덕(威德)이 자재(自在)하나 그 복이 다하면 업보(業報)[12]를 못
면하여 고치(苦恥)[13]에 떠러지니 그도 아니 화택인가. 천상 인간 제일
복도 오히려 저렇거든 황어요 무ㅅ 서인의 빈궁 고독 무량고(無量苦)를
다시 무엇 언론할까. 하물며 삼악도(三惡道)[14]에 만사만생(萬事萬生)하는

---

1) 삼계 : 천계(天界), 지계(地界), 인계(人界)의 세계. 일체 중생이 생사 윤회하는
   세 가지 세계. 곧 욕계, 색계, 무색계.
2) 화택(火宅) : 번뇌(煩惱)의 고통을 불로, 삼계를 집으로 보아, 이승을 불이 일어난
   집에 비유하는 말.
3) 고해(苦海) : 괴로운 인간 세계.
4) 칠보궁전(七寶宮殿) : 전륜왕이 출현할 때에 세상에 나타난다고 하는 일곱 가지
   보배로 지은 궁전.
5) 자연(自然) : 조화의 힘에 의하여 이루어진 일체의 것.
6) 무량(無量) : 한량이 없음. 무한량.
7) 오쇠고(五衰苦) : 사람이 죽을 때쯤 나타나는 다섯 가지 쇠하여지는 고통.
8) 삼도윤회(三道) : 생사에 윤회(輪廻)하는 인과에 번뇌도(煩惱道), 업도(業道), 고
   도(苦道)를 일컫는 말.
9) 전륜왕(轉輪王) : 몸에 32상을 갖추고 하늘로부터 금, 은, 동, 철의 네 윤보를 얻
   어서 이를 굴리면서 사방을 위엄으로 굴복하게 하여 천하를 다스린다는 인도 신
   화 속의 임금.
10) 시위(侍衛) : 임금을 모시어 호위함.
11) 사천하 : 수미산을 중심으로 한 사방의 세계. 남쪽의 섬부주(贍部洲), 동쪽의 승
    신주(勝神洲), 서쪽의 우화주(牛貨洲), 북쪽의 구로주(俱盧洲)이다. 곧 인간 세
    계의 온 천하.
12) 업보(業報) : 불교에서, 선악의 행업으로 말미암은 과보.
13) 고치(苦恥) : 괴롭고 부끄러움.

고통 무량겁(無量劫)¹⁵⁾을 지나가니 놀랍고 두렵도다. 이러한 화택 중에
어이하여 벗어날고. 우리 세존(世尊)¹⁶⁾ 대법왕이 백천방편(百千方便)¹⁷⁾
베푸시어 화택 제자(諸子) 구완할 때 설교 중에 이른 말씀 십만억토(十
萬億土)¹⁸⁾ 서편 쪽에 극락(極樂)이라 하는 세계 황금으로 땅이 되고 백
천 진보(珍寶) 간착(墾鑿)¹⁹⁾하니 산천과 강이 아주 없고 평탄 광박(廣博)
엄여하여 밝은 광명 영철(英哲)²⁰⁾함이 천억²¹⁾ 일월 화합한 듯 곳곳이
보배나무 칠중(七衆)²²⁾으로 둘렀으되 어떤 나무는 순금이오 어떤 나무
는 순은이오 또 다시 어떤 나무는 황금으로 뿌리 되고 백은으로 줄기
되고 유리로 가지 뻗고 진주 잎이 번성커든 작약꽃이만발하야 많은
과실 열였으며 또 다시 어떤 나무는 꽃과 잎은 백은(白銀)이며 가지가
지 보배 나무에 금은 유리 칠보로서 서로서로 생겼는데 칠중(七衆) 난
순(蘭純)²³⁾ 둘러있고 칠중 라망(羅網)²⁴⁾ 덮었으되 무비²⁵⁾상묘 보배로다.
오백억천 모화(慕化) 궁전 나무 가지 사이마다 상하에 벌어있고 오백
억천 동자(童子)들이 그 궁전에 유희하되 광명있는 마니주(摩尼珠)²⁶⁾로

14) 삼악도(三惡道) : 살아서 지은 죄과로 인하여 죽은 뒤에 간다는 '지옥도(地獄道)'
   와 '축생도(畜生道)'와 '아커도(餓鬼道)'의 세 가지 길.
15) 무량겁(無量劫) : 끝이 없는 시간. 어떤 시간의 단위로도 계산할 수 없는 무한히
   긴 시간. 하늘과 땅이 한 번 개벽한 때에서부터 다음 개벽할 때까지의 동안이라
   는 뜻이다.
16) 세존(世尊) : '석가모니'의 다른 이름. 세상에서 가장 존귀한 존재라는 뜻이다.
17) 백천방편(百千方便) : 십바라밀의 하나. 중생을 구제하기 위하여 쓰는 여러 가지
   묘한 수단과 방법이다.
18) 십만억토(十萬億土) : 십만억 불토.
19) 간착(墾鑿) : 황무지를 개간하며 도랑을 팜.
20) 영철(英哲) : 영명하고 사리에 밝음.
21) 천억 : 아주 많은 수.
22) 칠중(七衆) : 불타의 제자를 7종으로 나눈 것. 곧 비구(比丘), 비구니(比丘尼),
   식차마나, 사미, 사미니, 우바색, 우바이.
23) 난순(蘭純) : 난과 수련꽃.
24) 라망(羅網) : 불전을 장식하는 기구. 구슬을 꿰어서 그물처럼 만듦.
25) 무비 : 비할 데가 없이 뛰어남, 견줄 만한 것이 없음.
26) 마니주(摩尼珠) : 주(珠), 보(寶), 여의(如意). 용왕의 뇌 속에서 나왔다고 하는

화만영락(花滿榮樂)²⁷⁾ 장엄일네. 팔종²⁸⁾ 청풍 건들 부니 본유²⁹⁾ 본망나
는 소리 미묘하고 청절하여 백천(百千) 풍악 진동하니 그 소리 듣는 자
는 탕진번뇌(蕩盡煩惱) 소멸(消滅)하고 염불심(念佛心)이 절로 나며 또 다
시 그 나라에 백보(百寶)³⁰⁾색조 있으되 백학(白鶴)이며 공작이며 가릉
빈가(迦陵頻伽)³¹⁾ 공명(共鳴) 좋다. 주야육시(晝夜六時)³²⁾ 우는 소리 화사
하고 미묘하여 무생법(無生法)³³⁾을 연설커든 듣는 자가 감동하여 염불
심이 격발(激發)하며 또 다시 그 국토에 가지가지 하늘 꽃을 주야육시
보여주거든 중생들이 그 꽃으로 시방세계(時方世界)³⁴⁾ 제불전(諸佛殿)에
두루 가서 공양(供養)하고 숙식간(宿食間)에 돌아오며 죄보여인(罪報餘
人)³⁵⁾ 실로 없고 칠보로 생긴 못에 팔공덕수(八功德水)³⁶⁾ 충만하고 사색
연화(四色蓮花) 피었거든 시방세계 염불 중생님 명종시(命終時) 당하면
아미타불(阿彌陀佛)³⁷⁾ 대성존이 그 중생을 다려다가 연화 중에 화생하

보주(寶珠). 이것을 얻으면 소원이 뜻대로 이루어진다고 함. 뜻이 바뀌어 주(珠)
를 통틀어 이르는 말. 마니주(摩尼珠). 마니 보주(摩尼寶珠). 여의 보주(如意寶
珠).

27) 화만영락(花滿榮樂); 꽃이 만발하고 가득한 영화로움과 즐거움.
28) 팔종 : 남에게 보시(布施)하는 여덟 가지. 곧 수지시, 포외시, 보은시, 구보시, 습
선시, 희천사, 요명시, 위장엄심등시.
29) 본유 : 중생들이 윤회 전생하는 1기를 넷으로 나눈 것. 곧 모태에 삶을 받은 순
간의 생유(生有), 그로부터 죽음의 전까지의 본유(本有), 죽음의 순간의 사유(死
有), 다시 삶을 받을 때까지의 중유(中有)의 넷.
30) 백보(百寶) : 온갖 보배.
31) 가릉빈가(迦陵頻伽) : 호성(呼聲)의 뜻. 불경에 나오는 상상의 새. 히말라야 산
에 사는 데 소리가 곱기로 유명함. 또 극락정토에 깃들이며, 사람의 머리에 새의
몸 모양을 하고 있다 함.
32) 주야육시(晝夜六時) : 주야(晝夜)를 육시로 나누어 아미타불(阿彌陀佛)을 예찬
한 게문(偈文).
33) 무생법(無生法) : 나지도 않고 없어지지도 않는 열반(涅槃)의 일컬음.
34) 시방세계(時方世界) : 아무 것도 없이 텅 빈 시방 세계.
35) 죄보여인(罪報餘人) : 죄업(罪業)에 다른 응보가 남아 있는 사람.
36) 팔공덕수(八功德水) : 여덟 가지의 공덕이 있다는 극락정토(極樂淨土)의 못.
37) 아미타불(阿彌陀佛) : 사방정토(四方淨土)에 있다고 하는 부처의 이름. 무량불
또는 무량 광불(無量光佛)이라고도 함. 모든 중생을 제도하겠다는 대원을 품은

니 식색(食色)이 진금(塵襟)[38]이오 대인 상호 구족(具足)하며 칠보궁전 상묘의식(上廟儀式) 생각조차 절로 생겨 임의자제 수용하며 수량이 무궁하여 생로병사(生老病死)[39] 우비고노(憂悲苦勞)[40] 삼고(三苦)[41] 팔고(八苦)[42] 모두 없고 불생 불멸 기불포 무량 쾌락 지키며 다시 생사 아니 받고 미타성존 수기(手記) 입어 무생법(無生法)[43]을 증득(贈得)하며 지혜 신통 자재(自在)하고 공덕선근(功德善根) 만족하야 보살도(菩薩道)를 성취하며 상선인(上善人)이 취회(取會)하여 과거본행(過去本行)[44] 의논할 때 나는 과거 본행 시에 염불 삼매(三昧)[45] 성취하며 대승경전[46] 독송하고 이 극락에 나왔노라.

나는 과거 본행 시에 삼보전에 공양하며 국왕 부모 충효하며 빈병걸인(貧病乞人)[47] 보시(報施)하고 이 극락에 수생(守生)하노라. 나는 과거 본행 시에 욕되는 일 능히 참고 지혜를 수습하여 공경하고 하심[48]하며 일체 사람에게 권하여 염불시킨 공덕으로 이 극락에 나왔노라. 나는

부처로서, 이 부처를 염하면 죽은 뒤에 극락세계에 간다고 함.
38) 진금(塵襟) : 속된 마음이나 평범한 생각.
39) 생로병사(生老病死) : 불교에서 인간이 반드시 겪어야만 한다는 네 가지 고통, 즉 태어나 늙고, 병들고, 죽는 네 가지의 고통. 사고(四苦).
40) 우비고노(憂悲苦勞) : 근심, 슬픔, 고통, 노역의 고통.
41) 삼고(三苦) : 고고(苦苦), 괴고(壞苦), 행고(行苦)의 세 가지 고통. 고고는 고의 인연으로 생기어서 받는 고통, 괴고는 즐거운 일이 깨어짐으로 인하여 생기는 고통. 행고는 세간 모든 현상의 변화가 끝이 없으므로 인하여 받는 고통.
42) 팔고(八苦) : 인생이 겪는 여덟 가지 괴로움. 생고(生苦), 노고(老苦), 병고(病苦), 사고(死苦), 애별리고(哀別離苦), 원증회고(怨憎會苦), 구부득고(求不得苦), 오음성고(五陰盛苦).
43) 무생법(無生法) : 나지도 않고 없어지지도 않는 열반(涅槃)의 일컬음.
44) 과거본행(過去本行) : 성불(成佛)의 인이 되는, 곧 성불 이전의 수행.
45) 삼매(三昧) : 불교에서 마음을 한 가지 일에 집중시키는 일심불란(一心不亂)의 경지에 이름.
46) 대승경전 : 대승불교의 경전. 석존이 임종할 때, 계법을 지키고 빨리 깨달음을 얻고, 펼쳐 나아갈 것을 설파한 당시의 정경을 그린 경전임.
47) 빈병걸인(貧病乞人) : 가난한 사람, 병든 사람, 걸인.
48) 하심 : 불교에서, 자기 자신을 낮추고 남을 높이는 마음.

과거 본행 시에 탑사(塔事)⁴⁹⁾를 이룩하고 불도량을 소쇄(掃灑)하며 죽
는 목숨 살려 주며 청정 계행(戒行) 수지(守持)하여 삼귀오계(三歸五戒)⁵⁰⁾
팔관재(八關)⁵¹⁾와 열 가지 선업(善業)을 수행하고 이 극락에 나왔노라.
나는 과거 본행 시에 열 가지 제일(祭日)에 목욕하고 제일 성호(聖號)
염송하며 비밀진언⁵²⁾ 지송(持訟)하고 이 극락에 나왔노라. 나는 과거
본행 시에 우물 파서 보시하며 험한 도로 수축하며 무거운 짐 대신 지
며 새벽마다 서향하여 사성존(四星尊)⁵³⁾께 예배하며 평원 광야 정자심
에 왕래 일을 쉬게 하며 유월 염천(炎天) 더운 때에 참외 심어 보시하
며 큰 강물에 배 띄우고 작은 냇물에 다리 넣어 왕래인을 통섭(統攝)⁵⁴⁾
하며 산고곡심(山高谷深) 험한 길에 실노지(失路地)⁵⁵⁾를 통섭(統攝)⁵⁶⁾하며
그믐 칠야(漆夜)⁵⁷⁾ 밤길 가는 저 행인을 횃불 주며 앞을 더듬는 맹인(盲
人)이 개천 구렁 건너거든 붙들어서 인도하며 타향 객사(客死) 길에 송
장 성심으로 묻어주며 사고무친(四顧無親)⁵⁸⁾ 병든 사람 지성으로 구완
하며 이런 공덕 갖추어 닦아 이 극락에 나왔노라. 나는 과거 본행 시
에 십악⁵⁹⁾ 오역⁶⁰⁾(十惡五逆) 두루 짓고 무간지옥 가올러니 임종 시에 선

49) 탑사(塔事) : 탑에 대한 모든 사무를 맡아보거나 탑을 지킴.
50) 삼귀오계(三歸五戒) : 삼보(三寶)에 돌아가 의지한다는 말. 불문에 처음 귀의할
    때 하는 의식. 중생계의 사고를 해탈하고 진리를 깨달은 세계.
51) 팔관재(八關) : 우바새 및 우바니가 육재일(六齋日)에 그 날 하루 낮밤 동안 지
    키는 여덟 계행. 곧, 불살생계(不殺生戒), 불투도계(不偸盜戒), 불사음계(不邪淫
    戒), 불망어계(不妄語戒), 불음주계(不飮酒戒)의 오계에다 불좌고대광상계(不坐
    高大廣牀戒), 불착화만영락계(不着華 瓔珞戒) 및 불습가무희악계(不習歌舞戲樂
    戒), 비시식계(非時食戒)의 삼계를 더한 것. 팔관재계(八關齋戒).
52) 비밀진언 : 해석하거나 설명할 수 없는 경전, 주문, 진언 따위를 이르는 말.
53) 사성존(四星尊) : 아미타불(阿彌陀佛), 관세음(觀世音) 보살, 대세지(大勢至) 보
    살, 대해중 보살의 네 성인.
54) 통섭(統攝) : 도맡아 다스림. 통치함. 돌보아 줌.
55) 실노지(失路地) : 유실된 도로를.
56) 통섭(統攝) : 흙을 채워 넣어 길을 복구함.
57) 칠야(漆夜) : 어두운 길.
58) 사고무친(四顧無親) : 주위에 돌볼 사람이 없는 사람.
59) 십악 : 입, 뜻의 세 가지에서 나는 열 가지의 악업. 곧 '살생(殺生), 투도(偸盜),

우(善友) 만나 겨우 십념염불(十念念佛)⁶¹⁾하고 이 극락에 나 왔노라. 나는 과거 본행 시에 삼악도⁶²⁾중 수고더니 우리 효순 권속들이 날 위하여 공덕 닦아 이 극락에 나왔노라.

천차만별 본 행사를 이 같이 의논하며 극락세계 공덕 장엄 무량겁을 헤아려도 부가사이(不可思議)⁶³⁾ 경계로다. 어이하여 그러한고 과거 구원 무량겁에 유불 출세하시니 세자 제왕 여래(如來)씨라. 그때에 전륜왕⁶⁴⁾은 이름이 교시가라. 국왕위를 버리시고 발심출가(發心出家) 비구(比丘)되니 승명(僧名)이 법장이라. 세자제왕(世自在王) 여래 전에 사십팔원(四十八願)⁶⁵⁾ 세우시니 하늘에서 꽃비 오고 대지가 세게 진동터

사음(邪淫) 따위의 신업(身業)과 망어(妄語), 기어(綺語), 양설(兩舌), 악구(惡口) 따위의 구업(口業)과 탐욕(貪慾), 진에(嗔恚), 우치(愚癡)' 따위.

60) 오역 : 무간 지옥에 떨어질 다섯 가지의 악행. 곧, 아버지를 죽이는 일, 어머니를 죽이는 일, 아라한(阿羅漢)을 죽이는 일, 중의 화합을 깨뜨리는 일, 불신을 상하는 일.

61) 십념염불(十念念佛) : 아미타불(阿彌陀佛)을 열 번 부름. 부처와 보살의 열 분의 이름을 생각하며 외우는 일.

62) 삼악도 : 악인이 죽어서 가는 세 가지의 괴로운 세계. 지옥도, 축생도, 아귀도이다.

63) 불가사의(不可思議) : 사람의 생각으로는 미루어 헤아릴 수도 없다는 뜻으로, 사람의 힘이 미치지 못하고 상상조차 할 수 없는 오묘한 것.

64) 전륜왕 : 정의・정법(正法)으로써 전륜왕 또는 윤왕이라고도 약칭한다. 작가라발랄저(斫迦羅跋刺底)・자가월라(遮迦越羅) 등으로 음역한다. 자이나교와 힌두교에서도 상정되고 있으며, 옛 비문 등에도 나타나는데, 특히 불교에서는 중요한 의미를 지닌 존재로 되어 32상(相 : 신체의 특징)・7보(寶)를 갖추고, 무력에 의하지 않고 정법에 의해 세계를 정복・지배한다고 한다.
이에는 금륜・은륜・동륜・철륜왕의 네 왕이 있다. 일설에 의하면, 인간의 수명이 2만 세에 도달할 때에, 먼저 철륜왕이 출현하여 일(一)천하의 왕이 되고, 2만 년마다 동륜왕・은륜왕・금륜왕의 차례로 나타나므로, 8만 세에 달할 때에는 금륜왕이 나와 사방 천하를 다스린다고 한다. 전통적으로 마우리아왕조의 아소카왕(阿育王)(BC 3세기)을 세속의 전륜성왕이라고도 말한다.

65) 사십팔원(四十八願) : 아미타불이 과거세에서 수행할 때에 법장 비구(法藏比丘)가 되어 세자재왕불(世自在王佛) 앞에서 48가지의 원을 세우고, 그것이 실현될 때라야 성불하겠다고 맹세하였다. 그는 무한한 노력 끝에 복덕을 쌓아 그가 목표한 극락세계를 완성하였다. 이 서원(誓願)의 하나하나는 모두가 남을 위하는 이타행(利他行)으로 되어 있는데, 곧 대승 보살행(大乘菩薩行)의 구체적인 표현

라. 그 후로 무량겁을 난행고행(難行苦行) 다급하여 사십팔원 성취하야 극락세계 장엄하고 그 가운데 (聲同)하니 우리 도사[66] 아미타[67]라 삼계 화택 동무들아 오욕[68]만 탐식(貪食) 말고 생사장야(生死長夜) 꿈을 깨어 이 말씀을 신청하여 아미타불 대성호를 일심으로 외오시되 과거사(過去事)도 분별말고 미래사(未來事)도 생각말고 삼계만법 온갖 것이 몽상(夢幻)인 줄 관찰하고 열두 시간 중 주야 없이 어린 아이 젖 생각듯 목마를 때 물 생각듯 역경계(逆境界)도 아미타불 순경계(純境界)도 아미타불 행주 좌와(行住坐臥)[69] 어묵동정(於默動靜)[70] 일체 시와 일체 처에 일념 미타를 놓지 마오. 일구월심(日久月深)[71] 오래 하면 허다 정양(靜養)[72] 없어지고 염불삼매 성취하여 전후 삼재[73] 끊어지고 인아사상[74] 무너지며 십만억토 극락세계 자심 중에 나타나고 만덕 존상 아미타불 방촌 중에 뵈오리라. 자심 외에 극락없고 극락 외에 자성없네. 내 마음이 아미타요 아미타가 자성일세. 시방세계 무변하나 나의 자성 변만(變萬)[75]하니 내 자성이 변만한 고로 제불심도 변만하고 내 비육(肥肉)[76]도 중생심도 낱낱 각각 변만하니 이르되 하나로되 하나가 아니오.

이다. 이 48원의 내용은 크게 네 가지로 요약된다. 즉, 아미타불 자신에 대한 것, 아미타불의 국토(極樂)에 대한 것, 그 불국토(佛國土)에 태어난 이에 대한 것, 앞으로 극락세계에 왕생(往生)하려는 이에 대한 것 등이다.

66) 도사 : 신앙을 통일하며, 포덕(布德)을 여행(勵行)하는 사람.

67) 아미타 : 서방정토에 있다는 부처 이름. 모든 중생을 제도하겠다는 큰 원을 품었다고 하며, 이 부처를 염하면 죽어서 극락세계에 간다고 함.

68) 오욕 : 불교에서의 색(色), 성(聲), 향(香), 미(味), 촉(觸)의 다섯 가지 정욕(情慾).

69) 행주좌와(行住坐臥) : 가고 머물고 앉고 눕는다(이 네 가지 동작을 불교에서는 사위의(四威儀)라 하여 각각 지켜야 할 규칙이나 제약이 정해져 있음.

70) 어묵동정(於默動靜) : 말하지 않는 동안.

71) 일구월심(日久月深) : 날이 오래고 달이 깊어 간다는 뜻으로, 무언가 바라는 마음이 세월이 갈수록 더해짐을 이르는 말.

72) 정양(靜養) : 몸과 마음을 편하게 하여 피로나 병을 요양함.

73) 삼재 : 수재, 화재, 풍재의 세 가지 재앙. 큰 삼재라고 함.

74) 인아사상 : 사람이 겪는 네 가지 상. 곧 생(生), 노(老), 병(病), 사(死).

75) 변만(變萬) : 변화가 무상함.

76) 비육(肥肉) : 몸.

다르되 불별(不別)⁷⁷⁾일세. 한방 안에 일천 등불(等佛)⁷⁸⁾ 광명 각각 변만
하되 서로서로 걸림 없네. 이마전지 이르면 사바 극락 둘이 아니요. 범
부성인(凡夫聖人) 따로 없어 처처에 극락 현전(現前)하고 염염 미타 출
세로다. 이 같이 수행인(修行人)은 임명종시(臨命終時)⁷⁹⁾ 당하면 팔만상
호 장엄하신 보신미타(保身彌陀) 영접(迎接)하사 실보토(實報土)⁸⁰⁾와 상
적광토(常寂光土)⁸¹⁾ 상품연화(上品蓮花) 왕생하니 방가위 지대 장부라.
정토왕생하는 법이 한 가지로 정함이 없네. 근기(根機)⁸²⁾조차 무량(無
量)하니 우리 극락 상선인의 본행 말씀하신 중에 내 근기에 맞는 대로
수분(守分)하여 수행하고 천파만류(千波灣流) 흐르는 물 한 바다로 들어
가고 만행중선(萬行衆善) 모든 공덕 동귀자량 극락일세. 진실심만 판단
하야 왕생하게 발원(發願)하면 임명종시 죽을 때에 근기대로 왕생하되
상근기(上根機)는 상품가고 중근 하근 되는 이는 장육팔척(長六八尺)⁸³⁾
화신미타(化身彌陀)⁸⁴⁾ 각각 영접하되 방편토와 동거토에 중근인은 중품
연화 하근인은 하품연화 나의 생전 닦은대로 어김없이 왕생하니 아미
타불 영접하되 나도 실로 간바 없네. 아니가고 아니 와도 성범(聖凡)⁸⁵⁾
이 재회(再會)하고 감음(感吟)이 도교(道交)하여 영접하며 왕생하니 이
무슨 도리던고 청천에 밝은 달이 천강수에 비춰오나 달이 실로 온 바

---

77) 불별(不別) : 다름이 아님. 별개가 아님.
78) 등불(等佛) : 사람의 키와 똑같게 만든 불상.
79) 임명종시(臨命終時) : 사람이 죽을 무렵. 명이 다할 시간.
80) 실보토(實報土) : 부처의 나라를 넷으로 나눈 땅. 곧 화정토(化淨土), 사정토(事
淨土), 실보 정토(實報淨土), 법성 정토(法性淨土) 또는 법성토(法性土), 자수 용
토(自受用土), 타수 용토(他受用土), 변화토(變化土) 가운데 하나.
81) 상적광토(常寂光土 : 불토를 넷으로 나눈 땅 가운데 하나이다. 곧 범성 동거토
(凡聖同居土), 방편유여토(方便有餘土), 실보 무장애토(實報無障碍土), 상적 광
토(常寂光土).
82) 근기(根機) : 중생이 교법을 듣고 이를 얻을 만한 능력. 기근(機根).
83) 장육팔척(長六八尺) : 팔척장신 장대한 사람의 몸을 과장하여 이르는 말.
84) 화신미타(化身彌陀) : 미타불이 인간으로 형상을 바꾸어 세상에 나옴.
85) 성범(聖凡) : 성인(聖人)과 범인(凡人)을 아울러 이르는 말.

없고 물도 실로 아니 가되 강수가 정청(靜靑)고로 밝은 달이 나타나고 만일 물이 흐리면 달그림자 없어지니 물의 청탁 탓이언정 달은 본래 거랑에 없네. 이도 또 한 이 같아야 내 마음이 흐린 고로 불신을 못 보다가 임종 일념 맑은 고로 불월(佛月)[86]이 나타나니 내 마음이 청탁 있지 불(佛)은 본래 거랑에 없네. 두 사람이 달을 보되 한 사람은 크게 보고 한 사람은 작게 보니 보는 안정(眼精) 다름 있지 달은 본래 대소 없네. 이도 또 한 이 같아서 팔만상호 보신불[87]과 장육팔척 화신본(化身佛)이 근기 쫓아 나타나니 중생지견(衆生之見) 차별 있지 불은 본래 대소 없네. 하늘 사람 밥 먹을 제 보배 그릇 한 가지니 과거 복덕 지은 대로 음식 빛이 부동하니 이도 또 한 이 같아서 근락(根樂)은 하나이나 사종쟁토(四宗淨土) 구품연화(九品蓮花) 근기조차 각각 보니 정토업(淨土業)을 수행할 제 의심을 품고 하면 이 목숨 마친 후에 명부(冥府)에서 상관없고 미타 아니 영접하니 별로 갈 곳 없사오니 의성이라 하는 곳에 년대 중에 몸을 받아 오백세를 복락(福樂) 받고 다시 정업(淨業) 닦은 후에 극락으로 왕생하니 필경에는 가더라도 오백세는 지체(遲滯)하여 아미타불 못 뵈오니 정토 발원(發願)하는 사람 결정신심(決定信心) 일어나듯 의심을 부디 마오. 만일 다시 분별내되 지은 죄업 무량하고 수행한 지 불구(不具)하여 원결(元結)[88] 부채(負債) 많이 저서 벗어나기 어려우니 임종시에 아미타불 영접하지 아니실까. 이 분별을 부디 마오 정진수행하더라도 이 분별이 장애(障碍)되어 왕생 길을 막으니 여하약하(如何若何)[89] 묻지 말고 필경 왕생할 줄로 결정이신(決定以信)한 후에 아미타불 한 생각을 단단적적 잡드려서 산란심(散亂心)이 동하거든 더

---

86) 불월(佛月) : 부처의 공덕을 밝은 빛을 내는 달에 비유하여 이르는 말.
87) 보신불 : 삼신불(三身佛)의 하나. 선행 공덕을 쌓은 결과로 나타난 만덕이 원만한 부처를 이른다.
88) 원결(元結) : 조세를 매기기 위하여 계산하여 놓은 원래의 토지 면적.
89) 여하약하(如何若何) : 같으나 그래도 좋은지 등 이유를 달지 말고.

욱 정신 가다듬소. 명주(溟洲) 투어(鬪魚)⁹⁰⁾ 탁수(濁水)하면 흐린 물이
맑아지고 불호(不好) 투어 난심하면 난심 즉시 불심일세. 나의 활살 바
로 가면 적 과녁을 못 마치까 보름달이 원만케는 초생달로 시작이요.
천리원정(千里遠征) 득달(得達)함은 첫걸음이 시작일세. 극락이 머다하
나 나의 일념 진실하면 수인결과(修人結果)⁹¹⁾하는 날에 미타성존 아니
볼까. 인생일세 덧이 없어 백년광음 몽중이라. 달팽이 뿔 가관(可觀)이
나 무어서 쓰잔말고 부귀영화 좋다하나 달팽이뿔 다름없네 새벽 이슬
구슬된 들 얼마 오라 보존할고. 인간 칠십 고래희나 새벽 이슬 다름없
네. 칼 끝에 묻은 꿀을 어린 아이 핥아먹다 혀를 필경 상커니와 지혜
자(智慧者)야 돌아볼까 맛은 좋고 죽는 음식 미련한 놈 먹고 죽지, 지
혜자야 그러할까. 여보 오욕수락(五慾受樂)인들 죽는 음식 그만 먹으
소. 생노병사 무서운 불 화택 사면에 붙으니 그 가운데 있지 말고 이
문으로 어서 오소. 삼계(三界) 화택 내닫기는 정토간(淨土間)이 제일일
세. 고해(苦海) 중에 빠진 사람 이 배를 어서 타소. 생사(生死) 바다 건
너 기는 미타선(彌陀船)이 제일일세. 바다 보배 천 가지는 여의주(如意
珠)가 으뜸이오. 의약방문(醫藥方文) 만품(萬品)이나 무산(無算)이 으뜸
이오. 팔만사천 방편문이 수월 문문여입(文文如入)이나 생사윤회 빨리
벗고 불법성(佛法城)에 바로 감은 정토 법문 으뜸일세. 제불 보살 출세
하사 천경만론(千經萬論) 이른 말씀 미타정토 칭찬하사. 고구정령(故舊
正令) 권하시니 우리 범부 사람들이 성인 말씀 아니 듣고 뉘의 말을 신
청하며 극낙정토 아니 가고 다시 어디 갈 곳 있나 오탁악세(汚濁惡世)
나온 사람 과거 죄업 깊은 고로 이런 말씀 불신하여 비방하고 물러가
니 불에 드는 저 나비와 고치 짓는 저 누에를 그 뉘라서 구제(救濟)할
까 정토 수행하는 사람 심구의(尋究意)를 조섭(調攝)⁹²⁾하여 시악업(十惡

---

90) 투어(鬪魚) : 버들붕어. 천상엇과의 민물고기.
91) 수인결과(修人結果) : 사람의 힘으로 할 수 있는 일을 다 하고 하늘의 명을 기다
림.

業)을 짓지 마오. 과거 생사 무량겁에 육도[93]사생 순환하니 여기서 죽어서 가날 제 부모 없이 났는가. 이를 조차 생각하건데 혈기있는 준동함영(蠢動涵泳)[94] 무비다생(無備多生) 부모로다. 산목숨을 죽인 이는 살부살모 다름 없네. 황어경에 한 말씀 혈기 있는 중생류가 필경 성불한다 하니 살생하는 저 사람은 미래불을 죽임이라. 호생오사(互生吾死)하는 마음 나와 저와 일반인데 내 욕심을 채우려고 남의 목숨 죽이오니 현세강약 부동하야 죽인 바를 입으나 맺고 맺는 원한심이 구천(九天)에 사무치네. 생사고락 순환하니 타일 삼도[95] 저 고통을 누가 대신 받아 줄고. 검수도산(刀山劍水)[96] 저 지옥에 근단골절(筋斷骨折) 몇 번하며 확탕노탄(鑊湯怒灘) 저 지옥에 혈육초란(血肉椒蘭)[97] 수 있던가. 지옥고(地獄苦)를 필한 후에 피모대각(皮毛大角) 육축(育畜)[98]되어 목숨 빚을 갚을 적에 나는 한 번 죽었건만 갚는 수는 무수한들 수원수구(誰怨誰咎) 한을 할고. 옛적에 한 엽사(獵師)[99]가 다섯 사슴 눈을 빼고 지옥고(地獄苦)를 갖추어 받고 인간에 사람되어 오백겁을 눈 빼이니 인과보은(因果報恩) 역역커늘 어이 그리 不信하나. 아무리 빈궁해도 도적질 부디 마오. 승야월장(乘夜越牆)[100]하는 것만 도적 업이 아니오라 남의 재물 방편으로 비리(非理) 행취(行就)하는 것이 백주대적(白晝大賊)이

---

92) 조섭(調攝); 게을리 하거나 무리하지 않고 다스림.
93) 육도 : 일체 중생이 선악의 업인에 의해, 필연적으로 이르는 여섯 가지의 미계(迷界). 곧, 지옥(地獄), 아귀(餓鬼), 축생(畜生), 수라, 인간(人間), 천상(天上), 육계(六界).
94) 준동함영(蠢動涵泳) : 잘것없는 무리가 물속에서 팔다리를 놀리며 떴다 잠겼다 하며 법석을 부리는 것. 인간사를 비유한 말.
95) 삼도 : 생사에 윤회하는 인과에 대한 세 가지 곧 번뇌도(煩惱道), 업도(業道), 고도(苦道)를 일컫는 말.
96) 검수도산(刀山劍水) : 아주 험하고 위험한 지경을 비유한 말.
97) 혈육초란(血肉椒蘭) : 초란 향기(香氣)가 좋은 훈향(蒸香)
98) 육축(育畜) : 인간이 죽어 가죽겁질과 큰 뿔을 제공하는 짐승으로 화하여.
99) 엽사(獵師) : 사냥꾼.
100) 승액월장(乘夜越牆) : 한 밤에 남의 집 담을 타 넘는.

아닌가. 저울 내고 되 말 냄은 공본(公繁)되게 하자고 했더니 주고 받는 여수간(與收間)에 그 농간(弄奸)이 무수하니 야속할사 인심이여 어이 하려고 그러한고. 부모 자식 천륜이라. 네 것 내 것 없건마는 옛적에 한 노모가 여자식이 가난커늘 백미(白米) 닷 되 둘러내어 아들 몰래 주었더니 모녀 같이 죽어서는 큰 말(馬) 되며 새끼 되어 그 아들을 태웠으니 모자간도 저렇거든 남의 것을 의논할까

아무리 욕심나도 사음(邪淫)[101]을 부디 마오. 나의 처(妻)도 족하거든 남의 처첩(妻妾) 무슨 일인고 옛적에 한 사람이 남의 첩을 통간(通姦)할 제 본부(本夫) 볼까 두려워하여 사면으로 살폈더니 죽은 후에 아귀(餓鬼)[102]되어 기화가 치성(致誠)하여 오장 육부 모두 갈라 사면철방 타살(他殺)하니 괴롭고 무섭도다.

고인 이 일 아시되 구시화문[103]이라 하니 입으로 짓는 허물 모르는 결에 가장 많다. 발설지옥고(發說地獄苦)를 보소. 혀를 빼어 밭을 가니 거짓말로 남 속일까 두 말하여 이간(離間) 마소. 백설조(百舌鳥)가 이 아닌가 하물며 악담 죄는 그중에 더 중하니 옛적에 한 사람은 한 번 악담 한 죄로 백두어(白頭魚)가 되었으며 또 옛적에 한 여인은 지은 허물 발명코자 가지가지 악담하고 죽은 후에 아귀 되어 제 고기를 삶아 내어 제가 도로 먹었으니 악담 부디 하지 마오. 남을 향해 하는 악담 내가 도로 받으니라. 하늘로 뱉은 침이 내 얼굴에 아니 질까.

술을 부디 먹지 마오. 술의 허물 무량(無量)하다. 온갖 죄를 다 짓나니 술집 한 번 가르치고 오백겁을 손 없던 황어 친이 먹을 손가 의적(義賊)이 작주(酌酒)어늘 우 임금[104]이 멀리 하고 라한(羅漢)[105]이 대취(大醉)어늘 세존이 꾸짖으니 술의 허물 없을진데 성인이 금할 손가 똥

---

101) 사음(邪淫) : 마음이 요사스럽고 음탕함.
102) 아귀(餓鬼) : 계율을 어겨 아귀도(餓鬼道)에 떨어진 귀신.
103) 구시화문(口是禍門) : 입은 화의 근원이니 입조심, 말조심하라는 뜻.
104) 임금 : 중국 하나라의 우임금을 이르는 말.
105) 라한(羅漢) : 아라한(阿羅漢)의 준말. 부처의 제자들.

과 오집 끓는 지옥 저 고통이 무서워라, 부디 탐심 내지 마오.

살도음망(殺盜淫亡) 모든 죄를 탐심(貪心)으로 모두 짓네. 옛적에 한 장자는 재물 탐착(貪着) 못 놓더니 죽은 후에 백구(白鷗)되어 그 재물을 지켰으며 또 옛적에 한 사람은 황금칠병 두고 죽어 뱀의 몸 받았으니 그 아니 무서운가. 부디 진심(瞋心) 내지마오. 진심(瞋心)죄보(罪報) 무량하여 팔만 장문(仗問)[106] 일어나네. 옛적에 홍도 비구(比丘) 다겁(多劫)을 공부하여 거의 성불 가깝더니 한 번 진심 잃고서 대망(大蟒)이[107] 몸 받았으니 놀랍고 두렵도다.

만일사(萬一事) 견일아켜서 선악인(善惡人)과 불신하면 무간지옥 들어가서 천불출세 하더라도 나올 기약 바이없네. 고로 옛적 선성 비구 이십 년을 시불(施佛)하여 악지식(惡之識)을 인연하야 인과(因果)를 불신타가 생함지옥(生陷地獄)하였으니 중생 죄업 무량한 중 사견죄(邪見罪)가 제일이네. 파 마늘을 먹지 마오. 생으로는 지심 돕고 익힌 것은 음심(淫心) 돕네. 담배 이름 다섯 가지 담악초(痰惡草)며 분사초(焚死草)라 선심은 멀리가고 악귀가 뒤쫓으니 알고 차마 먹을손가. 여시(如是) 죄목 무수하여 이루 측량할 길 없네. 화택 중에 있는 중생 뉘가 아니 지었을까. 과거부터 이 몸까지 지은 죄를 생각하면 죄가 형상 있을진데 허공계(虛空界)를 다 채워도 남은 죄가 많으리니. 이 죄업을 거저두고 화택 어찌 벗어나며 극락 어찌 왕생할고.

우리 세존 대법왕이 죄악 중생 슬피 여겨 참회문(懺悔文)을 세우시니 승속 남녀 노소 없이 지은 죄를 생각하여 참괴심(慙愧心)을 일이 닥쳐 이참[108] 사참 두 가지로 삼보전(三寶殿)[109]에 참회(懺悔)하오. 이참이

---

106) 장문(仗問) : 매질하며 신문(訊問)함.
107) 대망(大蟒)이 : 이무기. 아주 큰 구렁이.
108) 이참 : 경상도 방언에서 '한참'이라는 말이 '한 몫'의 뜻으로 사용된다. '이참'은 '두번 째'의 뜻으로 추정된다.
109) 삼보전(三寶殿) : 중생이 지은 업(業)으로 인하여 받는 세 가지의 과보, 곧 순현보(順現報), 순생보(順生報), 순후보(順後報)를 멸하기 위에 비는 불전.

라 하는 것은 죄의 자성(自省) 추구하되 두목수속 사대색신 혈육 피골 모든 중에 죄의 차성 어디 있나. 내신 중에 없을진데 지성향미 외 경계에 죄의 자성 어디있나. 자세히 추구하되 나에게 없을진데 중간인들 있을손가. 내외 중간 모두 없어 죄성이 공즉(空卽)하다. 죄성이 공즉커니 죄상인들 잇을손가. 나의 자성 청정(淸淨)하여 본래 일몰(日沒) 걸림 없네. 태허공(太虛空)에 새가 나니 새는 자취 어디 있나 자성 허공 청정하니 죄상 자취 있을손가. 담담(淡淡) 창해 바람 일어 천파만랑(天波萬浪) 흥흉터니 바람 하나 그친 후에 천파만랑 간데 없네. 나의 자성 바다 중에 現前 일럼 허망하여 죄구파랑(罪咎波浪) 분분터니 현전 일럼 진실하니 무한죄구(無限罪咎) 간데 없네. 이는 실로 이러하나 사상으론 불연(佛緣)하다. 꿈이 비록 허망하나 흉몽에는 흉사 있고 길몽에는 경사 보니 꿈을 일향 허망타고 할까 죄가 비록 허망하나 후세 업보 분명하니 삼보신력(三寶神力) 아니시면 죄를 어찌 소멸할고. 아등도사 아미타불 사십팔원한 말씀 내지 십악오역인(十惡五逆人)이 임종 시에 이르러서 지옥악삼(地獄惡三) 나타나도 내 명호를 지성으로 열 번만 잃걸어도 염불소리 한 마디에 팔십억(八十億)겁 생사 죄가 춘설같이 녹아지고 하품 왕성(下品旺盛) 한다하니 나의 죄라 아미타여 고해보벌(告解報罰) 아니신가 누천년을 기른 숲을 일 성화(成火)로 살오며 천년 암실 어드움을 한 등불로 파했도다. 아미타불 한 소리에 천마외도 공포하고 도산검수(刀山劍樹) 부서지니 과연 삼계 도사로다. 정토 법문 심신하야 극락 가게 발원하면 염라대왕(閻羅大王) 문서 중에 나의 성명 에워내고 극락 세계 칠보 못에 연(蓮)봉하나 솟아나서 내 성명을 표제하고 나의 수행 하는대로 연화 점점 무성타가 안광낙지 하온 후에 그년 태에 난다하니 지금 념불하는 사람 비록 인간 있아오나 벌써 극락 백성이라. 동방세계 약사여래[110] 팔보살을 보내시고 서방 세계 아미타불 스물다

110) 약사여래 : 열두 가지 서원(誓願)을 세워 중생의 질병을 구제하고 수명 연장, 재

섯 대보살(大菩薩)로 이 사람을 호위하며 시방 제불 호렴하고 천룡귀
신 공경하니 텨상 인간 세계 중에 최존최귀 제일 일세 만일 도로 퇴전
(退轉)하면 그 연화가 마른다니 생사윤회 차지하고 연꽃 아니 아까운
가. 여보 염불 동무님네 부디부디 퇴전(退轉) 마오. 도도한 동 유수(流
水)는 참회(懺悔) 바다 가기 전에 쉬는 일이 잠간 없네.

최존최귀(最尊最貴) 사람되어 무정수만 못할 손가. 투석낙정 거동 보
소 도저(到底) 전에 안 그치니 한 번 시작하온 일을 성취 전에 그칠손
가. 남염부주(南閻浮州) 나온 사람 심식이 무정하여 아침나절 신(信)하
다가 저녁나절 퇴전하며 설사 오라 신하여도 결정(決定) 신근(信根) 전
혀 없어 목전 경계 보는대로 다른 소원 무수하니 불상하고 가련하다.
만당(滿堂) 처자(妻子) 애측하고 금은 옥백 탐심(貪心)두니 목숨 마쳐
돌아갈 제 어느 처자 따라 오며 금은 가져 노자(路資)할까. 생사 광야
험한 길에 나의 고혼(孤魂) 홀로 가니 성근 공덕 없으면 삼악도 깊은
구렁 살같이 들어가네. 또 다시 어떤 사람 평시에는 염불타가 병이 들
면 아주 잊고 아픈 것만 싫어하여 살도록만 바라다가 생사노두(生死蘆
頭) 빠른 때에 삼백육십 뼛마디를 바람칼로 에워내니 수망(首望)각란
손발 졌고 출업(出業)식이 요요하야 맑은 정신 벌써 나라 명도지계(冥
途之界) 던진 후에 임종 염불하여 주니 무슨 효험 있을는가. 도적 간
후 문 닫으니 무엇을 잡으려나 생전 약간 염불 공덕 악업 담자(惡業 曇
字) 못 이겨서 수업승침(數業昇沈) 윤회하네 평시에 병법 익혀 난시(亂
時)에 쓰자고 했더니 전진 보고 퇴쟁(退爭)치니 평시 적공(積功) 쓸데
없네. 생전에 염불하여 임종에 쓰자고 했더니 정염을 미실하고 사마에
순복하니 일생염불 와해(瓦解)로다. 여보 염불 동무님내 이 말씀을 신
청하고 병고 만일 침노커던 생사 무상 각금 깨쳐 살아도 탐참 말고 죽

화 소멸, 의식의 만족을 준다는 부처. 큰 연꽃 위에서 왼손에 약병을 들고, 오른
손으로 시무외인을 맺은 형상을 하고 있음. 약사유리광여래(藥師瑠璃光如來).

어도 두려말고 이 세계를 싫어하야 극락 가게 생각하며 이 몸이 허환하야 괴로움이 무량하니 연화 대중 어서 가게 일심으로 기다리되 천리타향 십년 만에 고향으로 가는 듯이 부모 잃고 개걸타가 부모 찾아가는 듯이 만덕홍명(萬德鴻明)[111] 아미타불 지성으로 생각하여 술과 고기 드는 약은 부디부디 먹지 말며 문병인과 기병인(奇病人)과 집안 권속 당부하되 내 앞에서 객담(客談) 말고 보드라운 애정으로 낙누(落淚)하여 위로(慰勞) 하여 가사 범백 묻지 말고 일심으로 염불하여 나의 정염 도와 주며 내가 만일 혼미커던 가끔 깨쳐 권념(勸念)하며 임종 시가 당하거든 서향(西向)으로 뉘어두고 일시 조염 염불(念佛)하며 임종한 지 오랜 후에 고성(高聲)을 내게 하소.

이 같이 임종하면 평시 염불 않더라도 즉지 서방하려던 황어 염불하던 사람 다시 무슨 의심할까. 병이 비록 중하여도 귀신에게 비주 마오. 수요장단 전한 것을 적은 귀신이 어이 할까. 부처님 방광(放光)하니 방광 이름 견불(見佛)이라 임종 인을 권염하고 이 광명을 어덨더니 사람 짐승 물론하고 죽는 자를 만나거든 부디 염불하여 주오. 여보 효순 친속(孝順 親屬)들아 혼정 신성하온 후와 감지 감지 공 받은 후에 염불 법문 봉권하오. 생전에만 효순하고 사후 고락(苦樂) 모르면 지극 효심 어디 있나. 부모님께 죄 되난 일 호읍(號泣) 수지간하고 모든 선근(善根)되는 일은 지성으로 권한 후에 부모 평생 지은 공덕 낱낱이 기록하여 병환이 계시거든 시랑하온 여가에는 염불로 권렴하며 닦으신 선근 공덕 자세히 일러드려 정영을 격발하야 임종까지 이러하면 비록 극락 가시리니 남의 자식되는 사람 이 말씀을 잊지마오.

우리 세존 석가님도 정반부왕[112] 권한 말씀 아미타불 염불하여 극락으로 가라시며 중국에 장노선사 그 어머니 출가시켜 염불 법문 권할

---

111) 만덕홍명(萬德鴻明) : 만 가지의 덕과 큰 명예.
112) 정반부왕 : 기원전 6세기쯤 중 인도 가비라위(迦毘羅衛)국의 실달 태자(悉達太子)의 아버지. 어머니는 마야(摩倻).

때 권화문(勸化文)을 지었으되 세출세간 두 효도를 가추어 말씀하였으니 우리 불조(佛祖) 효해(曉解)대로 일체 인이 봉지(奉持)하고 무병인(巫病人)이 염불함에 다병(多病)타고 비방마오. 전세 죄업(罪業) 중한 고로 사후 지옥 갈 것을 지금 염불 공덕으로 지옥 죄를 모멸(侮蔑)하고 가볍게 받음일세. 장병(長病)[113] 있던 풍부인은 염불하고 병 나으며 눈 어두운 양씨 여는 염불하고 눈 떴으니 나의 정성 지극하면 이런 효험 아니 볼까.

염불 비방하는 사람 부귀(富貴) 창성(昌盛)한다 마소. 전세에 종복(從僕)하고 지금 부귀 받거니와 금세 비방한 죄는 후세 필경 받게 된다. 농사하는 법을 보소 팥 심으면 팥이 나고 콩 심으면 콩이 나네. 지금 어떤 미련한 놈 가시나무 심어두고 벼 피기를 기다리네. 사람의 몸 받아나게 맹귀우목(盲龜遇木)[114] 어려우며 불법 난봉희 있음이 우담화(優曇華)[115]에 지내거늘 다행하다 우리 사람 숙세(宿歲) 무슨 선근(善根)으로 사람의 몸 받아나고 불법까지 만나는고. 이런 불법 만나실 때 듣고 아니하는 이는 불보살의 대자비(大慈悲)인들 저를 어찌 제도할까. 세계 생긴 최초에는 인수(人獸) 팔만사천 세(歲)라. 복락(福樂)이 무량터니 백년을 지낸 후에 정명(定命)일세 감하니 백년만큼 감하여서 삼십 정명 되올 때에 기근 겁이 일어나니 일체 곡식도 없고 인 양식을 서로 하야 칠년 칠월 이러하니 사람 인류 거의 없네. 이십 정명되올 때에 질병겁(疾病劫)이 일어나니 맹화(猛花)같은 독한 병이 변천하(邊天下)에 두루 하야 칠월 칠일 지내도록 만나는 자 즉 사(死)하니 남은 사람 얼마던고. 십세 정명 되올 때에 도병겁이 일어나니 사람마다 악심내어

---

113) 장병(長病) : 오랜 병.
114) 맹귀우목(盲龜遇木) : 눈먼 거북이 물에 뜬 나무를 만났다는 뜻으로, 어려운 지경에 뜻밖의 행운을 만나 어려움을 면하게 됨을 이르는 말.
115) 우담화(優曇華) : 인도 전설 중에 나오는 꽃. 삼천 년에 한 번씩 꽃이 핀다는 것으로, 이 꽃이 필 때에는 금륜명왕(金輪明王)이 나타난다 함.

초목과 석잡는 대로 창검이 절로 되어 부모 자식 장살하니 온 세계에 죽음이라. 칠일을 지낸 후에 옛사람이 남았던고 이것이 소삼재라. 인수 팔만사천 세라 십세 정명 이러하면 이것은 감겁이오. 다시 백년 지낸 후에 정명 일세 더 하면 이같이 점증(漸增)하여 도로 팔만 사천 되면 이것은 증겁(增劫)이라 이십 증감 지낸 후에 칠일이 병출하여 사바 세계 백억 천하 일시에 불이 일어 높은 산과 깊은 바다 욕계천과 색계 초선 낱낱이 재가 되니 그 다음 비가 와서 초선까지 물이 차서 이선천이 무너지니 또 다시 대풍 불어 삼선천이 무너지니 이것은 대삼재라. 이 세계 생긴 후에 팔 증감은 이러하되 부처님은 아니 나고 지금 제구 감겁이라 인수 정명 육만시에 구류손불(拘留孫佛)[116] 출세하고 인수 정명 만시에 구나함불[117] 출현하고 인수 정명 이만시에 가섭불이 출래하고 우리 세존 석가여래 대자대비 증승하사 인수 백세 정명 시에 가비라국(羅睺羅多)[118] 출현하니 그믐 칠야 어두운 밤 추정 만월 돋으신 듯 칠년대한 가뭄 때에 감로(甘露) 세우(細雨) 나리신 듯 삼백 여회 설법하여 도탈 주생하시고 칠년 구년 주세(周歲)하사 이락[119]군 품한 후에 사라쌍수(沙羅雙樹)[120] 열반하니 혼구(混舊) 장야(長夜) 도로 되네. 불신은 상주하사 본래 생멸 없건마는 중생 근기 차별하여 생도보고 멸도 보네. 정법[121] 상법(象法)[122] 이 천년은 벌써 이미 다 지내고 계법(戒法)

---

116) 구류손불(拘留孫佛) : 과거 칠불 가운데 사람의 목숨 4만 살 때 난 부처.
117) 구나함불 : 과거에 나타난 일곱 부처. 비바시불, 시기불, 비사부불, 구류손불, 구나함모불, 가섭불, 석가모니불. 중에 한 부처.
118) 가비라국(羅睺羅多) : 16대 조사(祖師). 인도의 가비라국 사람. 석가의 제 16 대 제자로서, 가나데바의 전법을 받은 제 16세 존자(尊者).
119) 이락 : 내세의 이익과 현세의 안락을 통틀어 이르는 말.
120) 사라쌍수(沙羅雙樹) : 석가모니가 열반할 때 사방에 한 쌍씩 서 있었던 사라수(沙羅樹). 동쪽의 한 쌍은 상주(常住)와 무상(無常)을, 서쪽의 한 쌍은 진아(眞我)와 무아(無我)를, 남쪽의 한 쌍은 안락(安樂)과 무락(無樂)을, 북쪽의 한 쌍은 청정(淸淨)과 부정(不淨)을 상징한다.
121) 정법 : 석가가 성각한 비밀의 극의로, 직지(直指), 인심(人心), 견성(見性), 성불(成佛)의 묘리.

만년 더우 잡아 팔백여세 이과[123]하고 지금 칠십 정명이라. 사천년 또 지내서 삼십 정명 돌아오면 남염부주(南閻浮州)[124] 있나니라. 십만 오백 십육국에 소삼제가 일 것이니 염불 않고 노는 사람 설사 악도(惡道) 아니 가고 세세생생 사람된 들 저 삼제를 어이 할고. 저 때 중생 박복(薄福)하야 불법이 없건마는 오직 정상(淨土) 미타경이 백년을 너머 무사 정인(淨人)[125] 중생 하신다니 광대하다 미타원력(彌陀願力) 무엇으로 비유하료. 고인이 이르시되 오탁(五濁)[126]이 증극[127]하여 삼재겁이 가까오니 미타원력 아니시면 사생 사고[128]난 탈이라. 이 같이 일렀으니 공포심을 어서내어 부지런이 염불하오. 근래 어떤 공부인은 극락 미타 따로 없네. 네 마음이 극락이요 내 자성이이 미타라고 아만 심(心)이 공고(鞏固)하여 정토 업을 멸시(蔑視)하니 박복(薄福) 다 장한 탓이라. 무엇 의논할 것 없네. 내 마음이 부처란들 탐진번뇌(貪塵煩惱) 구족(具足)하니 제불(諸佛) 만덕(萬德) 어디 있나. 형산옥[129]이 보배란들 거저 두어 쓸 데 있나. 난장이 얻어다가 탁마(琢磨)하여 만든 후에 온유지덕(溫柔之德) 나타나서 천하복이 성취하니 자심불도 이 같아서 번뇌 무명 어데 쓸고. 만행으로 탁마하여 번뇌 티끌 제거하고 항사(恒沙)[130] 성덕

---

122) 상법(象法) : 삼시법(三時法)의 하나. 정법시 다음의 천 년 동안.

123) 이과 : 이과지사(已過之事). 이미 지나간 일.

124) 남염부주(南閻浮州) : 염부나무가 무성한 땅이라는 뜻으로, 수미사주(須彌四洲)의 하나. 수미산(須彌山)의 남쪽 칠금산과 대철위산 중간 바다 가운데에 있다는 섬으로 삼각형을 이루고, 가로 넓이 칠천 유순(七千由旬)이라 함. 후에 인간 세계를 통틀어 이르는 말. 곧 현세의 의미.

125) 정인(淨人) : 절에 있으면서, 중의 시중을 드는 사람을 일컬음.

126) 오탁(五濁) : 세상의 다섯 가지 더러움. 명탁(命濁), 중생탁(衆生濁), 번뇌탁(煩惱濁), 견탁(見濁), 겁탁(劫濁).

127) 증극 : 자증극위(自證極位)의 준말. 우주의 진리를 다 증지, 이해한 최상 구경의 지위.

128) 사고 : 인생의 네 가지 고통. 곧, 생고(生苦), 노고(老苦), 병고(病苦), 사고(死苦)의 총칭.

129) 형산옥 : 형산지옥(荊山之玉)의 준말. 형산에서 나는 옥이라는 뜻으로, 어질고 착한 사람을 이르는 말.

나타나면 자성불이 이 아닌가 자성불에 착한 사람인 즉 위자 부디 마오. 사바세계(娑婆世界)[131] 청정(淸淨)함이 자재 천궁(天宮) 같은 것을 나계범왕 홀로 보고 대지 상덕(尙德) 사리불(舍利佛)도 토석(土石)으로 보아시니 황어 우리 구박(具縛)[132] 범부(凡夫) 임종 일념(一念) 실수하면 삼악도(三惡道)[133]에 포복(飽腹)하니 자성 극락 미들손가 이만심이 공고하고 하열심이 비루고로 높은 산과 낮은 구렁 험한 세계 낮거니와 내 마음이 평등하여 부지혜(佛知慧)를 의지하면 정토 왕생하옵나니 자성 극락 착한 사람 집석위보 부디 마오. 거축하다 정토 법문 시방제불 칭찬하고 항사(恒沙)[134]보살 왕생하네. 화엄경(華嚴經)[135]과 법화경(法華經)[136]은 일대교의 시종(始終)이라. 무상 원돈법이건만 극락왕생 칭찬하며 마명보살[137] 용수보살 제불화신(諸佛化身) 강적하사 정법안장(正法眼藏)[138] 친전(親傳)하되 권생극락 기피하며 진나라 혜원법사[139] 반야경을 들으시다 활연대오(豁然大悟)하시고도 광여산 결사하여 십칠일을 정(靜)에 들어 미타성상 친견하고 극락으로 바로 가며 천태산[140] 지자

---

130) 항사(恒沙) : 무한(無限)히 많은 수량을 일컬음.
131) 사바세계(娑婆世界) : 석존이 교화하는 경토, 인간 세계, 속세계, 사바 세계.
132) 구박(具縛) : 번뇌(煩惱)를 갖추고 있어 생사에 속박(束縛)됨.
133) 삼악도(三惡道) : 살아서 지은 죄과로 인하여 죽은 뒤에 간다는 지옥도(地獄道)와 축생도(畜生道)와 아귀도(餓鬼道)의 세 악도.
134) 항사(恒沙) : 무한히 많은 수량을 일컬음.
135) 화엄경(華嚴經) : 석가가 도를 이룬 뒤, 이레가 되던 날 깨달은 대로 설한 경문. 불교의 가장 높은 교리가 됨.
136) 법화경(法華經) : 가야성(迦耶城)에서 도를 이룬 부처가 세상에 나온 본뜻을 말한 대승경전의 하나. 중국의 나습(羅什)이 번역. 8권 28품(品). 묘법연화경(妙法蓮華經)의 준말. 법화경(法華經).
137) 명보살 : 화엄종의 교를 이어받은 7조사. 곧, 마명 보살, 용수 보살, 제심 조사, 운화 조사, 현수 대사, 청량 국사, 규봉선사 등을 일컬음.
138) 정법안장(正法眼藏) : 석가가 성각한 비밀의 극의로, 직지(直指), 인심(人心), 견성(見性), 성불(成佛)의 묘리.
139) 혜원법사 : 중국의 고승으로 원광에게 ≪열반경(涅槃經)≫, ≪성실론(成實論)≫ 등을 가르침.
140) 천태산 : 중국 절강성(浙江省) 동부를 북동에서 남서로 달리는 구릉성의 천태

대사¹⁴¹⁾ 법화 삼매 증독하사 영산회상(靈山會上)¹⁴²⁾ 친견(親見)하고 삼관¹⁴³⁾을 위수하여 상품 왕생하시며 해동 신라 의상법사 계행이 청정하사 천공¹⁴⁴⁾을 수(受)하되. 정토발원 견고하여 좌필서향(座必西向)¹⁴⁵⁾ 하시며 서역(西域) 동토(凍土) 현철(賢哲)들이 고금 왕생 무수하니 뉘가 감히 입을 벌여 정토 법문 폄담(貶談)하리. 오장왕과 홍종황제¹⁴⁶⁾ 만기 여가 염불하여 와생 발원 깊이하며 장한과 왕시랑은 공명이 현달하야 환해(患害)¹⁴⁷⁾에 처하여도 왕생업을 닦으시며 유유민과 주숙지는 처자 (妻子) 오욕(五慾)¹⁴⁸⁾ 다 버리고 백년 결사 참례하여 두적산문 염불하 며 도연명(陶淵明)¹⁴⁹⁾이 태백¹⁵⁰⁾과 백낙천¹⁵¹⁾ 소동파¹⁵²⁾는 만고 명현 문

산맥의 주봉. 중국 불교의 일대 중심이었을 뿐만 아니라 천태종(天台宗)의 본 거지임. 수나라 때에 지의(智顗)가 여기서 천태종을 열었음.

141) 지자대사 : 수나라 때에 천태종을 연 지의(智顗) 대사를 말함.

142) 영산회상(靈山會上) : 석가가 설법하던 영산회의 보살(菩薩).

143) 삼관 : 관법(灌法)의 내용을 셋으로 나눈 것. 천태종에서는 공관(空觀), 가관 (假觀), 중관(中觀). 법상종은 자은(慈恩)이 세운 유관(有觀), 공관(空觀), 중 관(中觀). 율종에서는 성공관, 유식관. 화엄종에서는 진공관(眞空管), 이사(移 徙) 무애관. 주편함용관으로 각각 나눔.

144) 천공 : 무한히 열린 하늘.

145) 좌필서향(座必西向) : 앉을 때 반드시 서쪽으로 향하여 앉음.

146) 홍종황제 : 중국 요나라의 7대 왕. 6대 성종(聖宗)의 맏아들. 서하(西夏)를 쳐 서 굴복시키고, 남송과는 공물을 늘이게 하고 화목하게 지내기를 허하였음.

147) 환해(患害) : 환난(患難)으로 생기는 해로움.

148) 오욕(五慾) : 불교에서의 색(色), 성(聲), 향(香), 미(味), 촉(觸)의 다섯 가지 정욕. 또는 재욕(財欲), 색욕(色欲), 음욕(飮欲), 명욕(名欲), 수면욕(睡眠欲)의 다섯 가지 욕심.

149) 도연명(陶淵明) : 중국 진나라의 시인. 이름은 잠(潛). 일명 연명(淵明). 호는 오류선생(五柳先生). 자는 무량(无亮).

150) 태백 : 중국 당나라의 시인(701~762). 자는 태백(太白). 호는 청련거사(靑蓮 居士). 젊어서 여러 나라에 만유하고, 뒤에 출사하였으나 안녹산의 난으로 유 배되는 등 불우한 만년을 보냈다. 칠언 절구에 특히 뛰어났으며, 이별과 자연 을 제재로 한 작품을 많이 남겼다. 현종과 양귀비의 모란연(牧丹宴)에서 취중 에 <청평조(淸平調)> 3수를 지은 이야기가 유명하다.

151) 백낙천 : 중국 당나라의 시인(772~846). 자는 낙천(樂天). 호는 향산거사(香 山居士), 취음선생(醉吟先生). 일상적인 언어 구사와 풍자에 뛰어나며, 평이하

정이라 필봉이 늠름하여 귀신을 울렸으되 미타공덕 찬탄하고 왕생하게 발원하며 당나라 정진이와 송나라 도완이는 비구니의 몸으로서 염불하여 왕생하며 수 문후[153)]와 영왕 부인 비록 재가 여인이나 여신보를 싫어하여 지성으로 염불하고 년대 중에 남자되며 파계비 구웅준이와 도우탄(屠牛坦)[154)]이 정전화는 생전 죄악 많은 고로 지옥고(地獄苦)가 현전커늘 임종 일념 회심(悔心)하고 연태 중에 바로 가며 풍기 땅에 아간비자 삼생전에 중이 되어 건봉사 만일회에 별좌하다 득죄하고 순흥 땅에 婢子되어 그 죄를 속한 후에 삼생만에 비자되어 미타도량 공급하고 육신(六身)[155)] 등공(騰空)[156)] 왕생하니 고왕금래(古往今來) 살피건대 승속 남녀 현우[157)] 귀천 내지죄악 범부까지 다만 발심 염불하면 아니 가리 뉘있는가. 만경창파 넓은 바다 칠백유순 마갈어와 적은 고기 곤장이[158)]가 한가지로 인인(隣隣)하네 월장경에 하는 말씀 말세 중생 억억인이 기행수도(奇行修道) 하더라도 득도 할 이 하나 없고 염불하여 구생하면 만불누일 한다시니 사자왕의 결정설이 거짓말로 남 속일까. 연비(聯臂) 연동(聯動) 미물(微物)들도 교화(敎化) 은자(隱者) 입는다는데 만물지중 사람되어 성인 교화 못 입을까. 자맥성변 세류 안에

고 유려한 시풍은 원진(元稹)과 함께 원백체(元白體)로 통칭된다. 작품에 <장한가>, <비파행>이 유명하고, 시문집에 ≪백씨문집≫이 있다.
152) 소동파 : 중국 송나라 때의 대문호. 자는 자첨(子瞻), 호는 동파(東坡). 시호는 문충(文忠). 구양수(歐陽脩)와 비교되는 대문호로서 부(賦)를 비롯하여 시(詩), 사(詞), 고문(古文) 등에 능하였으며, 재질이 뛰어나 서화로도 유명하였음. 그의 문학은 송나라뿐만 아니라, 우리나라 고려에도 큰 영향을 끼쳤음.
153) 문후 : 춘추시대에 위(魏)나라 문후(文侯).
154) 도우탄(屠牛坦) : 쇠백장. 소를 잡는 백정.
155) 육신(六身) : 두 팔, 두 다리, 머리, 몸통의 여섯 가지 몸이라는 뜻으로, 사람의 몸뚱이를 이르는 말.
156) 등공(騰空) : 하늘에 오름. 승천(昇天)함.
157) 현우 : 어짊과 어리석음. 어진 이와 어리석은 이.
158) 곤장이 : 곤쟁잇과의 털곤쟁이, 까막곤쟁이, 민곤쟁이 따위를 통틀어 이르는 말. 노하(滷蝦), 자하(紫蝦).

화류하는 소년들아 춘흥이 날지라도 꽃을 부디 꺾지 마오. 그 꽃 밑에 독사 있어 손상할까 무서워라. 무정지물(無情之物) 국화꽃도 봄 나비를 싫어하여 상강(霜降) 시에 숨어 피니 행화촌(杏花村) 여자들아 봄꽃 되게 좋아 마소. 적막 공산 새벽달에 슬피 우는 두견새는 소리마다 불여귀(不如歸)라 망망한 성색(聲色) 도중 사부도서 군자들아 돌아갈 줄 왜 모르나 석양 산로 저문 날에 북망산천 돌아드니 효자순손(孝子順孫) 우는 소리 천지 일월 무색하다. 오호라 슬프도다 만고호걸 남아들아 장생불사(長生不死) 하잤더니 어젯날 거마객[159]이 오늘 황천 고혼(孤魂)일세. 잠을 깨소 잠을 깨소 생사 장야(長夜) 잠을 깨소. 조개도 잠든 때가 천년되면 깬다는데 언제부터 자는 잠을 몇 부처님 출세토록 어이 여태 아니 깨나. 대법고를 크게 치고 생소옥문 열었으니 가친 사람 어서 나오소. 문 열어서 안 나오면 그 사람은 할 길없네. 대비선을 크게 무어 차안(此岸)[160] 중생 제도하니 선가(仙駕) 없는 행인들아 어서 타고 건너가세. 배를 주어 아니 타면 그 사람은 할 길 없네. 보원침닉제 중생은 유심정사(唯心淨土) 어서가서 자성미타 친견하고 환망진구(幻妄塵垢)[161] 모든 때를 공덕수[162]에 목욕하고 탐진열뇌 더운 것을 보수음에 흘휴하고 아귀도 굶주린 배를 선열식에 표만하고 지옥도 중말은 목을 법희수에 解渴하고 곡향같은 설법성에 여환법인 증득하고 공화만행 수습하여 수원도량 안주하여 경상텬무 항목 받고 몽중불과 성취 후에 구화방편 시설하여 환화 중생 제도하고 법성토 너른 땅에 임운 등등 등등 임운 무위진락 수용하세. 나무아미타불

---

159) 거마객 : 수레나 말을 탄 손님.
160) 차안(此岸) : 생사의 세계. 나고 죽고 하는 고통이 있는 이 세상.
161) 환망진구(幻妄塵垢) : 환상과 망상으로 얼룩진 먼지와 때.
162) 공덕수 : 여덟 가지의 공덕이 있다는 극락정토(極樂淨土)의 못. 설이 많은데, 구사론(俱舍論)에는 감(甘), 냉(冷), 연(軟), 경(輕), 청정(清淨), 불취(不臭), 음시불손후(飲時不損喉), 음이불상장(飲已不傷腸)의 팔덕(八德)을 가지고 있다고 함.

시쥬 강지희
화쥬 만하승님
연월일 질인포
늉희 이년 칠월일 경상남도 동닉부 금정샨 범어스기간

6. 찬탄염불가

이 가사는 염불 내용의 국문가사로 자료 형태는 97.5×22.7cm 규격의 두루마리이며, 2행 4음보 형태의 필사본이다. 원작자와 필사자는 미상이다. 김구현 소장본이다.

이 경을 한번 읽으면 대장경 전부를 읽는 공덕을 얻고 매일 읽으면 수복무량하고 재해가 스스로 소멸한다고 한다. 남녀가 명을 마치려 할 때 이 경의 목록을 써서 가슴에 품고 돌아가면 아미타국에 갈 수 있다고 한다.

찬탄염불가

정구업진언 수리수리 마하수리 수수리사바하

서천불설 팔만대장경 목록
나무불 八만대장경 열반경 보살경
허공장경 사의쟝경 수능엄경 절정경
보장경 화엄경 이진경 대반야경
금강명경 미증유경 삼론벌경 금강경
정법론경 법화경 불본행경 오룡경
보살계경 대집경 서천론경 승지경
서천불국장경 귀신론경 대지도론경 유보장경
대개경 정율문경 인명론경 유식론경
구함론경 사십이장경 유교경 미타경
원각경 범만경 지장경 시왕경

목련경 팔야경 고왕경 백록경

월장경 유가론경

서천불설 八만대장경 총귀 四억 八만四백전

장경목록 총귀 칠십구전 중 이경 목록은

당나라 현장법사가 서천에 가서 모셔온 바

여기에 의하면 남녀가 다 읽고 외워 수복[1]을 짓기 위함

이니 한번 읽으면 장경 전부 읽는 공덕을 얻고

무량제불이 효렴하시며 세세생생[2]에 남자대인

의 삼호[3]를 얻으며 매일 읽으면 수복무량하

고 일체 재해가 스스로 소멸하나니 남녀가

명을 마치려 할 때 이 경 목록을 써서 포

대에 넣어 흉중에 품고 돌아간 즉 지부

명사 염라대왕이 합장예배하고 말씀하되

이 사람은 유죄무죄를 막론하고 아미타불국

토로 모셔드려라하시고 게송으로 읊기를

막도차경 무영하라 대자명종왕서방 하

나니라 이경 영험이 없다고 하지 말라

가지고 그 목숨 마칠 때 결정코 극락으로

가느니라 하였다

청부의 말씀에 이 경 목록과 다라니[4]는 죽

---

1) 수복 : 수복(修福). 복된 공덕을 닦음.
2) 세세생생 : 세세생생(世世生生). 발교 용어로 몇 번이든지 다시 환생하는 일. 또는
   그런 때. 중생이 나서 죽고 죽어서 다시 태어나는 윤회의 형태이다
3) 삼호 : 삼호(三壺). 삼신산. 중국 전설에 나오는 봉래산, 방장산(方丈山), 영주산을
   통틀어 이르는 말. 진시황과 한무제가 불로불사약을 구하기 위하여 동남동녀 수천
   명을 보냈다고 한다. 이 이름을 본떠 우리나라의 금강산을 봉래산, 지리산을 방장
   산, 한라산을 영주산이라 이르기도 한다.
4) 다라니 : 다라니(陀羅尼). 불교에서 「1」범문을 번역하지 아니하고 음(音) 그대로
   외는 일. 자체에 무궁한 뜻이 있어 이를 외는 사람은 한없는 기억력을 얻고, 모든
   재액에서 벗어나는 등 많은 공덕을 받는다고 한다. 선법(善法)을 갖추어 악법을 막

은 후 천만금으로 재하는 것보다도 수승[5]하여
지옥의 윤회보를 면하고 바로 극락에 왕
생하는 법이니라 하였고 지장경에 부모
권속[6]이 재를 잘 모시면 七분 공덕에 一분은
영가가 받고 六분은 산 사람이 받는다
하였으니 자기 일은 자기가 준비함이 안심
되오리다 살아서는 사법청 형무소가 있고
죽어서는 염라대왕 지옥이 있으니 만당
처자 형제진이여 수고당시 부대신 하리라
집에 가득한 처자와 재물이 흙과 같이
많아도 내가 고통 받을 때 몸을 대신하 리 없다
하였으니 명을 마치려 할 때 두렵고 겁나지
않으리오 나무서방 대교주 무량수 여태불
나무아미나불 힘껏 부르시요
찬탄 念佛歌(염불가)

는다는 뜻을 번역하여, 총지(總持)·능지(能持)·능차(能遮)라고도 이른다.
5) 수승 : 수승(殊勝). 세상에 희유하리만큼 아주 뛰어남.
6) 권속 : 권속(眷屬). 권솔.

내방가사 낭송 대본

내방가사 낭송 대본

1. 희열가

여기 계신 여러분들 여성 내력 들어보소
영남대학 교육원에 한국 유일 여성문학
내방가사 개강하니 반갑고도 유관해라
득달같이 달려가서 수강 신청 하고나니
옛추억이 그리웁고 지난 생각 절로 나네
내 어릴적 외조모님 시름 많아 읊으시고
공부삼아 가르치고 노래 삼아 흥얼이신
내방가사 배운다니 그립기도 그리우신
외조모님 뵈옵듯이 천상음성 듣는 듯이
늙으나 늙은 몸이 학생되어 배우리라
저녁이면 외척들이 서로 마주 모여앉아
각양각색 가사외기 밤을 새기 여사였네
시근 없고 어린 내가 슬퍼 울면 하하호호
나를 놀려 외손 대접 한다면서 다락에서
빈사강정 내 앞에 내밀면서 달래시니
전라도에 방아고야 부대부대 잘자라서

너의 외가 잊지 마라 당부하신 외조모님
어린 나를 앉혀놓고 여자행실 가르칠 때
눈 속에서 죽순구한 맹씨의 효도이며
규방행실 침선음식 여자행실 가르치심
옥음같이 들리는 듯 어제같이 선연한데
외조모님 하세한지 어언듯 사십여년
무꾸하나 있으면은 열두가지 반찬일궈
정성이 제일이고 접빈이 제일이라
수도없이 이르시던 그 말삼이 선연하여
이날토록 그리운데 돌아보니 나도백날
계미구월 더운날에 내방가사 개강이라
한복단장 곱게 하고 대문앞을 나서는데
승용차가 막아서네 깜짝놀라 비켜서니
사랑손님 세분이서 멀리서 방문했네
반가이 맞이하고 수인사를 나누었네
우리 산에 흐드러진 밤 주우러 오셨다며
나설차림 날 보시고 미안하심 역력하네
늙어서나 젊어서나 아녀자의 몸으로써
공부하러 나간다고 말할 수 없는터라
차를 곱게 우려내어 사랑으로 모셔놓고
점심준비 분주하여 이러저러 하다보니
때가 넘어 내려오셔 소년처럼 즐기시네
점심상 차려내고 다반상 채려내니
어느덧 저녁이라 석양하늘 홍화꽃물
내방가사 참석 못해 애석하고 아쉬우나
접빈객 여성소임 마음만은 가벼워라
그 다음주 목요일을 학수고대 하던 차에
내방가사 강의실에 머뭇멈칫 들어가니

내방가사 보존회의 이선자 회장님과
위덕대학 이정옥 교수님이 반기신다
이교수님 강의듣고 이회장님 가사듣고
안동가사 읊게 되니 내 어릴적 기억새록
내가 늙어 무슨 복에 외조모님 은덕일까
이리 좋은 선생님들 만나 뵙고 공부하니
구름위에 올랐는지 천상위를 비상는지
구별조차 못할레라 나날이 새날같다
일면식도 없는 분들 천년지기 만난듯이
흔흔이 즐거운데 우리교수 유창강의
상고시대 공후인에 구지가에 제망매가
처용가에 충담사의 안민가에 기파랑가
주옥같은 신라향가 처음듣고 아는기쁨
말만듣던 송강정철 사미인곡 속미인곡
속속들이 배울적에 흔감키도 흔감하다
또 하루는 내방가사 보존회장 친정모친
팔순어른 모시어서 은사가를 들었다네
전쟁에 인연있어 오늘에야 만났구나
가지가지 억색하여 마음속에 희열가득
혼자안고 즐기었네 회원이라 단둘이나
수백명 운집한듯 강의는 열강이라
이솔희 회원님은 시인이라 잘도 아네
나는 늙고 기억흐려 방금 배워 금방잊어
이 세월을 어이할꼬 어릴적 들은풍월
헛것은 아닐진대 하다보면 잘되는날
있을 것을 믿었었네 죽자사자 하는중에
어느덧 종강이라 종강발표 하는날에
우리학과 대표 뽑혀 처음 아득 가슴떨려

사양하고 손저어도 격려받고 욕심 생겨
외우고 또 외우며 열심으로 지성으로
발표날만 기다렸네 학과마다 발표내용
가지가지 즐거워라 내 차례가 다가왔네
잘하거나 못하거나 은사가를 읊고나니
박수소리 진동하여 정신이 번쩍 들어
사면을 둘러보니 사돈내외 오시어서
촌닭같은 내 모습을 들키고야 말았구나
이 우사를 어이할꼬 그러저러 하고나서
내방가사 책도 팔고 보존회에 힘을 보태
이 회장님 즐겨하네 외조모님 두루마리
흔적없이 사라진 것 애통하고 절통하나
찾을 길이 막연하다 전쟁통에 불에 타고
이사 중에 분실되고 아깝고도 아까울사
외조모님 두루마리 찾지 못해 어이할꼬
세월은 유수하여 외손녀가 학발되어
외조모님 모습으로 가사를 읊어내니
천상의 외조모님 즐거웁다 하시는듯
옥면을 뵈옵는듯 굽이굽이 사연마다
계녀가에 사친가에 시골색시 설운가에
두루두루 많고많다 종강 후에 현장학습
경주행로 들어가니 곳곳안내 현장수업
고맙기도 고마울사 때마침 동짓날에
흥륜사 절에 들러 팥죽을 공양하고
민망하나 재미 나네 이차돈 순교시에
목에서 흰 피솟고 하늘에서 꽃비오고
목에서 흰 피솟고 하늘에서 꽃비오고
천지는 암흑이라 그 후로 신라 땅이

부처나라 되었다네 혁거세왕 오신내력
여섯부의 촌장모여 하늘정한 임금을
세우자고 의논한즉 양산아래 나정곁에
현현한 기운 있어 가까이 살펴보니
백마한필 꿇어앉아 절하는 모습보여
사람이 다가가자 하늘로 승천했네
백마있던 자리 보니 붉은 알이 있었다네
그 알에서 나온 아이 단정하고 기품있네
동천에다 목욕시켜 몸에서는 광채나니
날짐승과 들짐승이 춤을추고 천지진동
해와 달이 청명하여 사람들이 하는 말이
천자가 하늘에서 내려오니 배필 찾아
짝지울 생각든차 아리영정 우무라에
계룡이라 늑골에서 여자아이 나왔다네
목욕을 시켰더니 입에부리 떨어지고
아리따운 자태로서 오봉원년 갑자년에
사내아이 왕이 되고 아리영은 왕후되니
빛난 나라 신라됐네 혁거세가 나라 세워
육십일년 되던 해에 승천하여 칠일 후에
몸뚱이만 떨어졌네 왕후역시 열흘만에
세상 떠나 천생연분 합장하려 하였으나
하늘님의 조화인가 구렁이의 방해받아
머리와 사지각각 다섯무덤 장사지내
오능이 되었다네 남해왕비 운제부인
운제산의 신모일세 비를빌면 비를내려
지금까지 치성일세 슬기로운 사람들은
치아가 많다하네 떡을 물어 잇금세어
유리왕이 즉위했네 우국충신 박재상은

왕의형제 구해냈고 신라국의 개돼지가
될지언정 왜국신하 절대거절 모진고문
화형으로 참수했네 치술부인 애통절통
모래위에 드러누워 울부짖어 불렀으나
낭군모습 멀어지고 통곡하다 죽었으니
치술령의 신모되네 치술사정 그 사당에
지금도 흔적 있네 무진년에 소지왕이
천정전에 거둥했네 까마귀와 쥐가 와서
울며불며 싸움이라 쥐란 놈이 사람처럼
말하면서 아뢰기를 까마귀가 가는곳을
살피시라 하였드라 백발노인 물에 나와
글을 올려 받들었네 왕이 보니 뜯어보면
두 사람이 죽을 것고 뜯어보지 않으면은
한사람이 죽는다네 일관이 하는 말이
두 사람은 백성이요 한사람은 임금이라
뜯어보라 일러주네 사급갑 단적자라
거문고갑 쏘라했네 궁으로 돌아와서
거문고갑 명중하니 내전에서 분향수도
중과왕후 불륜이라 두사람을 주살하니
임금도운 까마귀라 노인나와 글 올린못
이름하여 서출지라 신라천년 고도경주
설화신화 많고많다 우범의 점심식사
이 또한 일품이라 사백년 고옥에다
마당복판 신라우물 그 자리에 그대로
천년을 있었으니 세월은 흘렀으나
천년 전의 그 신라를 여기서 볼 줄이야
신기하고 감개하다 발에 채는 신라얘기
후에 다시 보고지고 죽장면에 입암리라

교수님이 외숙모신 미역골댁 찾아가서
내방가사 음미했네 추풍에 감별곡과
회재선생 모친 제문 여러 가지 읊으시고
정감어린 작별인사 후일다시 기약하고
날이 저문 저녁이라 아쉽게 석별하고
돌아와서 생각하니 신기한 경주기행
재미난 설화여행 어찌하여 경주는
여인설화 만당인가 선도신모 운제신모
치술신모 세분여신 우연인지 필연인지
선덕 진덕 진성여왕 생각건대 이 지역은
음양의 곤괘로서 대지의 여신이요
어머니의 땅이로다 위덕대한 재숙총장
보기 드문 여성총장 강석경 소설가에
김해자 누비장에 종이마당 최옥자
선생님에 그 외에도 모모여성 경주살기
소원이라 효불효 다리는 말 못할
사정이고 오늘하루 동짓날에 현장학습
즐거웠네 이선자 회장모친 감환 조심
하시옵고 부디부디 오래오래 건강하게
계시어서 많은 가사 남기시어 후손에게
전하소서
甲申年 동짓날

낭송자 및 지은이 :
류복혜(하회댁), 경북 청도군 각북면 삼평1리 39번지

2. 도산별가

태백산 나린 용이 영지산 높았어라
황지로 솟은 물이 낙천이 맑아서라
퇴계수 돌아들어 온계촌 올라가니
노송정 높은 집에 대현이 나시셨다
공맹의 도덕이요 정주의 연원이라
문정공로 날이 달라 그 곁이 명승지라
오홉다 우리 선생 이 땅에 장수하사
당년의 장구지요 후세에 조두세라
연말 후학 인읍에 생장하니 문전은 못미치나
강산은 지척이라 유서를 송독하고
고풍을 상상하야 백리 연하 지점하야 올랐더니
임자년 춘삼월에 예관이 명을 받아
묘하에 치제하고 다사를 함께 모아
별과를 보이시니 어화어화 성은이야 가도록 망극하다
교남 칠십 뉘 아니 홍귀하리
서책을 옆에 끼고 장보의 뒤를 따라
향례를 참례하고 대향을 마친 후에
시장에 들어가서 무사히 성편하고
월야에 퇴좌하야 신세를 생각하니
공명이 염에 없어 물색이나 구경하자
농운정사 바로 올라 앞 서현 들어가니
문전에 살평상은 장석이 의의하고
궤 중에 청여장은 수택이 반반하다
갱장을 뵈옵는 듯 경치를 듣잡는 듯
심신이 숙연하고 비린이 절로 난다
완락재 시습재와 관난헌 지숙요와 정우당 절우사를

차차로 다본 후에 몽천수 떠나시고 유정문 다시나와

녹구암 가던 길로 운영대 올라앉아

원근산천 일안에 굽어보니

동취병 서취병은 봉만도 기수하고

탁염담 반타석은 수석도 명려하다

금사옥역 곳곳이 벌려있고 벽도홍행 처처에 잦았으니

용문팔절 보든 못하였으나

무이구곡 이에서 더할손가 서대를 다본 후에

동대에 올라앉아 상사를 살펴보니 이름 좋다 천연대야

운간에 저 소라기 너는 어찌 날았으며

강중에 저 고기야 너는 어찌 뛰노는고

우리성왕 수고하사 작인하신 연희로다

형용 찬란 활발지는 비은장이 여기로다

창강에 달이 뜨니 야색이 더욱 좋다

상류에 매인 배를 하류에 띄워놓고

사공은 노를 젓고 동자는 술을 부어

이경에 먹은 술이 삼경에 대취하니

주흥은 도도하고 창파는 호호하다

그제야 고쳐 앉아 요금을 빗겨 안고

영영한 옛곡조를 줄줄이 골라내야

청량산 육육가를 어부사로 화답하니

이리 좋은 무한 흥을 도화백구 너왔더냐

춘춘추우 언제련고 추월한수 비치었다

십팔수 칠언시와 이십육수 오언시를 장장이 뽑아내야

차차로 외운 후에 강산을 하직하고

편주로 돌아설 제 백구를 다시 불러 정녕히 언약하고

구추단풍 또 한번 놀잤더니 인간의 일이 많고 조물이 시기하야

우연히 얻은 병이 거연히 십년이라 공산에 혼자 누워

왕사를 생각하니 청춘에 못다 놀아 백수에 여한이라
이 뜻을 이여가며 시시로 풍영하니 백년광음
일편에 부치나니
아마도 수이 죽어 구천에 내려가서
선생을 뵈온 후에 이 말씀 사르리라.

낭송자 :
안동내방가사보존회 회원 김후주(안동시 일직면 소호리)

3. 퇴계선생 시곡

차신이 무용하여 성상이 바리시니 부귀를 하직하고
빈천에 락을 삼아 수간모옥 산수 간에 지어두고
삼순구식 먹거나 못 먹거나 분별이 없었으니
실음인들 있을소냐 만사를 다 잊으니 일신이 한가하다
청송정하 포한을 읊으니 호중천지 석양이 거에로다
춘흥을 못 이겨서 죽삼을 높이 걸고 사방을 둘러보니
지세도 좋거니와 풍경이 더욱 좋다
화묵은 재비하고 수천은 일색이라
남북촌 둘러보니 모현이 작계수라
무심 출수 저 구름은 너는 어찌 떠왔으며
전빈지환 저 새들은 너는 어찌 날았으며
심산이 어딜는고 무릉도원 여기로다
주나라 여생인은 위수에 고기 낚고
한나라 재갈양은 남양에 밭을 갈고
비극 아닌 그 땅이며 내 아닌 그 몸인가 땅이고
사람이야 고금이 다를소냐
아침에 캐온 채를 점심에 다 먹으니
내생의 담박하여 어느 벗이 찾아오리
락락장송 뉘 슬피 화춘에 곽욕을 박잔에 가득 부어
청풍에 만취하여 북창 하에 누웠으니
문휘씨 적 백성인가 갈천씨 적 백성인가
누우면 잠이 오고 깨이면 일어앉아
화전전 손에 들고 자진곡 노래하며
사호는 다섯이요 상산은 너희로다
죽장 막혜 짚고 청산 만수 간에 오며가며
융통함이 있으면 죽이 되고

없으면 굶을망정 값없는 강산과
임자없는 풍월이라 함께 놀자 하노라.

지은이 및 낭송자 :
조남이(이선자 회장의 모친)

(사)안동내방가사전승보존회, ≪내방가사경창대회모음집. 1-4≫, 1997-2000.

고려대학교 고전문학・한문학연구회 편, ≪19세기 시가문학의 탐구≫, 집문당.

고미숙, ≪18세기에서 20세기 초 한국시가사의 구도≫, 소명, 1998.

권영철, ≪규방가사1≫, 한국정신문화연구원 1979.

권영철, ≪규방가사연구≫, 이우출판사, 1980.

권정은, ≪여성화자 가사에 나타난 여성상 연구≫, 서울대 석사논문, 2000.

길진숙, ≪<명도자탄가>의 내면의식과 자탄적 술회≫, ≪규방가사의 작품세계와 미학≫, 역락, 2002.

김문기, ≪서민가사연구≫, 형설출판사, 1983.

김수경(2002), 「창작과 전승 양상으로 살펴 본 <쌍벽가>」, ≪규방가사의 작품세계와 미학≫, 역락.

김종식, 「덴동어미화전가 연구 : 주제의 양면성을 중심으로」, 경남대학교 교육대학원, 1994.

김종식, 「덴동어미화전가 연구」, 경남대학교 교육대학원, 1993.

김학성 「가사의 장르성격 재론」, ≪한국시가문학연구≫, 신구문화사, 1982.

나정순 외, ≪규방가사의 작품세계와 미학≫, 역락, 2002.

노태조, ≪금행일기에 대하여≫어문연구 제12집 어문연구회 1983.

도재훈, 「<덴동어미화전가>의 문체론적 연구」, 경성대학교 교육대학원, 2009.

류탁일, 「'덴동어미'의 비극적 일생」, ≪권영철 박사 화갑기념논문집.≫, 1988.

류해춘, 「<화전가(경북대본)>의 구조와 의미」, ≪어문학≫ 51집, 한국어문학, 1990.

문석호, 「「덴동어미화전가」의 서사적 특성과 현실인식 연구」, 제주대학교 교육대학원, 2007.

박연호, ≪가사문학 장르론≫, 도서출판 다운샘, 2003.

박은경, ≪여성가사의 갈등 해소와 그 의미≫, 경북대 석사학위논문, 1998.

박헌호, 「30년대 전통지향적 소설의미적 특징 연구」, ≪다문화 시대의 국어국문학 연구≫, 제44회 전국국어국문학 학술대회 발표집, 2001.

박혜숙 외, ≪한국여성의 자기서사≫(1), ≪여성문학연구≫제7호, 2002.

박혜숙, 「주해 데동어미화전가」, ≪국문학연구≫, 2011.

박혜숙, ≪덴동어미화전가≫, 돌베개, 2011.

백순철, ≪규방가사의 작품세계와 사회적 성격≫, 고려대 박사학위논문, 2000.

봉화문화원, ≪민요와 규방가사≫, 1995.

서영숙 「개화기 규방가사의 한 연구」, 《어문연구》 14, 어문연구회, 1985.

서영숙, 《한국여성가사연구》, 국학자료원, 1996.

서원섭 《가사문학연구》, 형설출판사 1978.

손대헌, 《화전가의 구조와 유형》, 경북대 석사학위논문, 1999.

송성자, 《가족관계와 가족치료》, 홍익재, 1995.

신은경, 「조선조 여성 텍스트에 대한 페미니즘적 조명 사고(1)-내방가사를 중심으로-」, 《석정 이승욱 선생 회갑기념 논총》, 원일사, 1991.

신태수, 「조선후기 개가 긍정 문학의 대두와 화전가」, 《영남어문학》 제16집. 1989.

안동대학교박물관, 《안동 정상동 일선 문씨와 이응태묘 발굴조사 보고서》, 2000.

양지혜, 「계녀가류 규방가사의 형성에 관한 연구」, 이화여대 석사학위논문. 여성사회연구회 편, 《여성과 한국사회》, 1998.

엄은영 「강원지역 가사의 연구-작품배경과 작자의식을 중심으로-」, 동국대 석사 논문, 1998

영천시, 《규방가사집》, 1988.

유정선, 「<금행일기>에 나타난 기행체험의 의미」, 《규방가사의 작품세계와 미학》, 역락, 2002.

유주연, 「<덴동어미화전가>의 교육적 의의와 지도 방안 연구」, 부경대학교 교육대학원, 2006.

이환, 《근대성, 아시아적 가치, 세계화》, 문학과지성사, 1999.

이환, 《근대성, 아시아적 가치, 세계화》, 문학과지성사, 1999.

이대준, 《안동의 가사》, 안동문화원, 1995.

이동영, 《조선조 영남시가의 연구》, 부산대출판부, 1998.

이동찬, 《가사문학의 현실인식과 서사적 향상》, 세종출판사, 2002.

이원주, 「가사의 독자」, 조선후기의 언어와 문학, 《한국어문학회》, 1979.

이재수 《내방가사연구》, 형설출판사 1976.

이정옥 《내방가사에 대한 미학적 연구》, 경북대 석사논문, 1981.

이정옥, "내방가사에 나타난 여성의 여행경험과 사회화", 《경주문화논총》 제3집, 경주문화원 부설 향토문화연구소, 2000.

이정옥, 「내방가사 향유자의 문명인식과 표출양상」, 《문명의 만남 : 공존인가, 충돌인가》, 현상과 인식 제26권 4호 통권 88호, 한국인문사회과학회, 2002.

이정옥, 「내방가사 향유자의 생애경험」, 《제46회 전국 국어국문학 학술대회 발표집, 국어국문학 업적 평가의 제문제》, 국어국문학회, 2003.

이정옥, 「내방가사의 '청자호명'의 기능과 사회적 의미-영남의 내방가사를 중심으로-」 《어문학》 78호, 한국어문학회, 2002.

이정옥, 「내방가사의 전승과정과 향유층의 의식연구」, 계명대 박사논문, 1992.

이정옥, 「현재성의 내방가사」, 《국제고려학 7호》, 국제고려학회, 2001.

이정옥, 《내방가사의 언술구조와 향유층 의식의 표출 양상》, 《어문학》 60집, 한국어문학 학회 1998.

이정옥, 《내방가사의 작가의식과 그 표출양상》, 《문학과언어》 6. 문학과 언어연구회, 1985.

이정옥, 《내방가사의 향유자 연구》, 박이정, 1999.

이정옥, 《여성의 전통지향성과 현실 경험의 문제》, 《여성문학연구》제8호, 한국여성문학 학회, 2002.

이정옥, 《한국 여성가사 연구》, 국학자료원, 1996.

이정옥, 《경북대본 소백산대관록, 화전가》, 경진출판, 2016.

이정옥 외, 《경북 내방가사 1》, 북코리아, 2016.

이형대, 「<북새곡>의 표현방식과 작품세계」, 《19세기 시가문학의 탐구》, 고려대학교 고 전문학. 한문학연구회편, 집문당, 1995.

임재욱, 「가사 형태와 향유방식 변화와 관련양상 연구」, 서울대 석사논문. 1997.

장성진, 《개화가사의 서술구조와 현실인식》, 경북대 박사학위논문, 1991.

전미경, 「개화기 규방가사에 나타난 '여성'의 일상에 대한 여성의 시각-계몽시각과 '다름' 을 중심으로-」, 《가족과 문화》 14-1, 한국가족학회, 2002, 근간.

정재호, 「가사문학에 나타난 근대적 성격」, 《정신문화연구》 겨울호, 한국정신문화연구원, 1982.

정혜원, 《한국 고전시가의 내면미학》, 신수문화사, 2001.

조(한)혜정, 《성찰적 근대성과 페미니즘》, 도서출판 또 하나의 문화, 2000.

조세형, 「가사 장르의 담론 특성 연구」, 서울대 박사논문, 1998.

조애영, 《은촌내방가사집》, 1971.

최강현, 《기행가사자료선집 1》, 국학자료원, 1996.

최봉영, 《조선시대 유교문화》, 1999.

최태호, 《내방가사 연구》, 경북대 석사논문, 1968.

최혜실, 「신여성의 고백과 근대성」, 《여성문학연구》 제2호, 한국여성문학학회, 태학사, 1999.

최혜실, 《신여성들은 무엇을 꿈꾸었는가》, 생각의 나무, 1999.

한국고전여성문학회편, 《고전문학과 여성화자 그 글쓰기의 전략》, 월인, 2003.

한국여성연구소 여성사연구실, 《우리 여성의 역사》, 청년사, 2000.

허경진, 《평민열전》, 웅진북스, 2002.

홍재휴, 「가사문학론」, 《국문학연구》 8, 효성여대 국문과, 1984.